永恒之王四部曲 ①

石中之剑

（英）T.H.怀特◎著　文竹◎译

中国华侨出版社

北京

图书在版编目（CIP）数据

石中之剑／（英）T. H. 怀特著；文竹译. 一北京：
中国华侨出版社，2019.5
（永恒之王四部曲）
ISBN 978-7-5113-7826-2

Ⅰ.①石… Ⅱ.①T… ②文… Ⅲ.①长篇小说—
英国—现代 Ⅳ.①I561.45

中国版本图书馆 CIP 数据核字（2019）第 058129 号

永恒之王四部曲1：石中之剑

著　　者／（英）T. H. 怀特

译　　者／文　竹

策划编辑／周耿茜

责任编辑／王　委

责任校对／王京燕

封面设计／胡椒设计

经　　销／新华书店

开　　本／880 毫米×1230 毫米　1/32　印张/27　字数/650 千字

印　　刷／天津中印联印务有限公司

版　　次／2019 年 7 月第 1 版　2019 年 7 月第 1 次印刷

书　　号／ISBN 978-7-5113-7826-2

定　　价／118.00 元（全 4 册）

中国华侨出版社　北京市朝阳区静安里 26 号通成达大厦 3 层　邮编：100028
法律顾问：陈鹰律师事务所
编辑部：（010）64443056　64443979
发行部：（010）64443051　传真：（010）64439708
网　　址：www.oveaschin.com
E - mail：oveaschin@ sina.com

她不是普通的土地
水域、树林或空气
那是你我即将前往的
梅林之岛格美利

目 录

第一章

　　每周一、三、五学习书写法律文件，研究《逻辑大全》①，每周二、四、六、日则学习《工具论》②、背书和星相学。家庭女教师对星盘总是迷迷糊糊的，她越是迷糊，就越会把气撒在小瓦③身上，敲他的指节。不过，凯伊可不会享受到被敲指节的待遇，因为等他长大成人以后，就会继承家业，成为"凯伊爵士"。小瓦的本名叫小亚，因为二者的音很相近，所以才会被叫成小瓦。凯伊自己身份尊贵，不能有外号，所以就给小亚取了"小瓦"这个绰号。要是谁胆敢给凯伊起绰号，一定会惹得他大发雷霆。女教师的头发是红色的，还有一个非常神秘的伤口。她曾经将这个伤口展示给城里所有的女人看过，并因此获得了超高

---

　　① 一本逻辑学著作，作者是西班牙的彼得。
　　② 一本逻辑学著作，作者是古希腊学者亚里士多德。
　　③ 原意为瑕疵或疣，凯伊给亚瑟起这个绰号，是讽刺他没有父母，像寄生的疣一样。

的地位。据说她以前出去野餐的时候，不小心坐到了盔甲上，才在身上留下了这个伤口。她还对凯伊的父亲艾克特爵士说，他也应该看看这个伤口。没想到在这个过程中，她突然发起疯来，于是被送走了。后来大家才听说，她曾经进过疯人院，一待就是三年。

下午的课程是这样安排的：周一和周五是长矛比武和马术，周二和周三分别是鹰猎和击剑，周四是射箭，周六是骑士学，内容是在各种场合的行为举止、打猎时用的术语及礼仪。比如，要是在听到猎物死亡的信号或者给猎物开膛破肚的时候，你做错了什么事，就要被架到野兽上方，承受一种恶作剧——被人用剑背敲几下，和航越经线时要剃光头差不多①。它还有一个专门的名字，叫作"挨剑"。不过，虽然凯伊也总是犯错，却从来没有挨过剑。

艾克特爵士在把女教师送走之后说道："不管怎么说，我们也不能让这些孩子如同小混混一样，终日东颠西跑的。在这个该学习知识和本领的年纪，就得让他们受教育啊！我在他们这个年纪的时候，每天早上五点就已经开始学习了，要么学拉丁文，要么学点别的。我觉得，那是我此生最快乐的时候。把酒传过来吧！"

那一天，格鲁莫·格鲁穆森爵士外出探险，长途跋涉之后，天已经黑了，就去他们家借宿。他说，自己像他们这么大的时候，对读书没什么兴趣，总喜欢溜出去放鹰打猎，所以几乎每天都要挨鞭子。他说，自己连"utor"的将来时这样简单的东西都记不住。他说，那应该是在书本的第九十七页从上往下读三分之一的位置。说完，他就把酒传了过去。

---

① 第一次跨越经线的菜鸟海员，就要被剃光头。

艾克特爵士问：“您今天的探险顺利吗？”

格鲁莫爵士说：“哎，还行吧，说实话，今天真是不平凡的一天啊。我到了一个叫威登布希①的地方，在那里看见了一个叫布鲁斯·索恩斯·匹帖爵士的人，他想砍一个大姑娘的脑袋，我就一路追他，一直追到米斯柏里庄园②，没想到他又掉头跑，在魏肯伍德不见了踪影。他跑了得有二十五英里③吧。”

艾克特爵士说：“那你今天真是跑了好远。”

老绅士接着说：“但是话说回来，您也知道，他们总是喜欢——那是用 amo 还是用 amas 啊④？这些孩子总是乱跑，不务正业，您觉得应该怎么办呢？”

格鲁莫爵士一边说一边将一根手指放在鼻侧，还冲着酒瓶眨了一下眼。“如果我说这需要好好动动脑子，你会不会介意啊？”

“当然不会。”艾克特爵士说，“您肯说，我们就觉得十分荣幸了，只会对您感激不尽。这酒您随便喝。”

“这酒真美味啊！”

“这是我的一个朋友送给我的。”

格鲁莫爵士说：“不过，你还没有告诉我一共有几个这样的孩子呢。”

艾克特爵士说：“两个，这两个孩子都是。”

格鲁莫爵士说：“你们肯定不会送他们去伊顿⑤吧，那里不仅太远，而且有点麻烦。”

事实上，他说的不是伊顿，直到一四四〇年，圣玛丽学院才

---

① 位于英国波克郡。
② 位于英国牛津郡。
③ 一英里大概是 1.609 公里。
④ 这两个词分别是拉丁文“爱”的第一和第二人称单数变格。
⑤ 位于伦敦西部，是著名的伊顿公学的所在地。

得以成立，不过他说的是一个和它有着相同性质的地方。而且，他们喝的也不是真正的波特酒，而是一种蜂蜜酒。为了便于理解，才会用现代的酒名。

艾克特爵士说："说实话，距离倒是没什么。只是去那里要路过那个叫什么来着的巨人的地盘啊，他就挡在路上。"

"他到底叫什么名字呢？"

"就是那个住在发泡湖旁边的家伙，我这一时半会儿也想不起他的名字。"

格鲁莫爵士说："葛拉帕斯。"

"就是他。"

"找个家教吧，这是唯一的办法了。"格鲁莫爵士说。

"您是说找个人来家里教东西？"

格鲁莫爵士说："是的，家教就是来家里教你东西的人。"

艾克特爵士说："您出去探险了一天，应该是很累了，要多喝一些酒。"

格鲁莫爵士说："今天真是了不起啊，不过有一点让我觉得很可惜，就是如今他们不再杀人了。我足足追了二十五英里，最后不是让他逃之夭夭，就是不见了踪影。最要命的是，还得再来一次。"

"他们总是让你追得丢了半条命，最后却还是跑掉了，所以我们都是在巨人生产的时候下手。"艾克特爵士说。

格鲁莫爵士说："在大的地方追大巨人，跑一跑，他身上的味道就没有了，肯定是这样的。"

艾克特爵士说："找个家教倒是可以，可问题是，怎么去找家教啊？"

格鲁莫爵士说："登广告。"

艾克特爵士说："已经登过了，'亨伯兰新闻人'和'卡多伊尔广告人'① 已经进行了宣传。"

格鲁莫爵士说："那现在还有一个办法，就是出发探险。"

艾克特爵士说："您是说在出外探险时找个家教？"

"是的。"

艾克特爵士说："不管这酒叫什么，这酒，这些酒或者这点酒，反正您就多喝一些吧。"

格鲁莫爵士说："这壶酒。"

他们最后就这样决定了。第二天，格鲁莫·格鲁穆森爵士就回家了。在他离开后，艾克特爵士为了提醒自己要记得在出去时找一个家教，将手帕打了一个结。他自己也不知道该怎么找家教，就将两个男孩叫来，将格鲁莫爵士的提议告诉了他们，并警告他们，自己离开之后，他们不能跟小混混似的。听完这番话，他们就去做干草了。

此时正是七月，在艾克特爵士的指挥下，所有年轻力壮的人都要下田工作。而且，每年的这个时候，男孩子也基本完成了课程的学习。

在一片广阔的森林中，有一大块空地，这就是艾克特爵士的城堡所在地。城堡的中间是一个中庭，四周被一条护城河包围着，河底安了很多尖刺。在护城河上还修了一座桥，它分成两半：一半是石桥，加了防御工事；另一半是木桥，可以吊起来。每到晚上，这座吊桥都会收起来。越过吊桥之后，就能走到村里唯一的一条大路的起点。这条路长约半英里，两侧分布着很多小屋，都是清一色的茅草盖顶和灰泥篱笆墙。空地被街道分成了两片，左边被开垦成了田畦，足有几百条；右边是一片直通河边的

① 这两个都是人名，是在乡镇里循行的公告员，重要迅速的消息都是由他们口头发布的。

草地，有一半用来放牧，另一半被围成了干草场。

现在正是真正意义上的七月天气，和古英格兰一样。在阳光的照射下，所有人的皮肤都变成了亮褐色，而牙齿却白得瘆人，眼睛也闪闪发亮，如同北美印第安人。有的小狗耷拉着舌头来回踱步，有的则找个凉快的地方趴着喘气。农场里的马儿也热坏了，大汗淋漓。它们甩着尾巴，伸出后蹄，想把赖在它们肚皮上的苍蝇赶走。母牛在牧草地上悠闲地踱来踱去，偶尔还会扬起尾巴，在草地上疯跑一阵子，这让艾克特爵士非常生气。

为了能更清楚地看见大家都在忙什么，艾克特爵士站在了干草堆顶上。他管理着二百亩地，靠喊来传递指令，有时喊得他脸色发紫。割草的高手们在没割的草前面站成一排，挥舞着手里的镰刀，顶着烈日，一边往前走一边割，任凭镰刀发出吼叫声。妇女手持木耙，将干草拢成长堆。为了方便收集，还有两个手持干草叉的男孩跟在后面，把草拢到中间。跟在男孩身后的，是一辆推车，由马儿或者走得十分缓慢的白色公牛拉着，木头车轮上带着尖钉，发出轱辘辘的声响。车上站着一个人，他的任务是接收干草，以及指挥行动。车的左右两边分别站着一个手持叉子的人，把男孩准备好的干草叉起来扔给车上的人。推车位于两行干草中间的位置，装载的顺序必须是从前往后。站在车上的人会大声发出指令，告诉下面的人应该把干草扔到什么位置。负责装载的人会大声抱怨，说男孩把干草放错了位置，还威胁说要是他们跟不上节奏，被逮住之后一定用鞭子狠抽一顿。

大家把推车装满以后，就送到艾克特爵士那里，把干草叉也一并交给他。由于装卸的方式很系统连贯，所以整个过程非常顺利。艾克特爵士站在草堆上，不停地东戳一下西戳一下，极大地妨碍了助手的工作。实际上，助手才是真正干活的人，他累得大汗淋漓，不是跺脚，就是用干草叉把草码得整齐一些，还喋喋不休地说，这些草被西风一吹就会垮掉。

小瓦对收干草很有兴趣，动作也很娴熟，比年长他两岁的凯伊还要娴熟。凯伊干这件事并不熟练，总是踩到自己要叉的草的边缘，所以总会事倍功半。可是他又不想轻易认输，就用尽全身的力气跟对他来说相当于毒药的干草搏斗，把自己搞得筋疲力尽。

格鲁莫爵士到访的第二天，天气热得像着了火一样，他们却坚持和炎热的天气抗争着，直到太阳落山才结束劳动。在他们看来，干草也是自然的一部分，其地位不亚于大海和空气。他们跳进干草里，呼吸着它的气味。他们的头发里、嘴里、鼻孔里，甚至衣服里，都混进了种子和草屑，让他们觉得浑身刺挠。他们衣着单薄，肌肉的影子和亮褐色的皮肤相互映衬，呈现出青蓝色。

对打雷心怀恐惧的人，那天一早就隐约觉得不太对劲。午后突然刮起了狂风。艾克特爵士催着大家赶紧干活，直到头顶上闪着电光，四周变得伸手不见五指，然后就落下了瓢泼大雨，把大家都淋成了落汤鸡。此时的能见度很低，百码之外的东西都看不清了。雷声轰鸣，暴雨倾盆，被雨水淋湿的男孩们都冲到了车下边，挤成一团，借助干草取暖，还不停地打闹着。凯伊在瑟瑟发抖，但是他不想被人看出他是因为害怕才发抖的，所以强装笑颜。突如其来的一记炸雷把大家都吓坏了，但是他们看到别人都十分惊慌，就都哄笑起来，不觉得自己丢人了。

现在铲草活动结束了，该开始游戏了。两个男孩被赶回家去，换一身干衣服。曾经照顾过他们的保姆老太太拿出熨烫机里的无袖皮衣，先是嗔怪他们不知道爱惜自己的身体，然后埋怨艾克特爵士不让他们早点回家。两个人换上干爽整洁的衣服，就来到了院子里。经过雨水的冲刷，此刻的空气清新极了。

"咱们把库利带出来怎么样？看看能不能抓到兔子。"小瓦大声说。

"兔子是不会在这么湿的天气下出来的。"凯伊因为抓到了对方在博物学方面的漏洞而沾沾自喜，语调十分尖刻。

"走吧，用不了多久就干了。"

"那库利得由我带才行。"

每次凯伊跟小瓦一起出去鹰猎，凯伊都坚持自己带苍鹰和放鹰。他觉得他完全有权利这么做：首先，他的年龄比小瓦大，其次，他的父亲是艾克特爵士。小瓦并不是艾克特爵士的亲生儿子，虽然他不太知道这意味着什么，却仍然觉得不开心，因为凯伊因此有点儿看不起他。而且，别人都有父母，他没有，这让他觉得自己和别人不一样，而且他早就听凯伊说过，跟别人不一样就是错的。虽然并没有人跟他提起过这件事，可是他一个人待着的时候，就会想起这件事，心情就会低落。虽然他很不情愿别人提起这件事，可是凯伊每次遇到次序的问题，就会拿这件事做文章。久而久之，他就习惯了在凯伊提起这件事之前让步。而且，他认为凯伊是一个天生的领导者，自己愿意跟随他，也很崇拜他。

"走吧！"小瓦大叫道，于是两个人翻着跟头跑向了鹰棚。

在这座城堡里，鹰棚的地位非常重要，排在第三位，前面两名分别是马厩和狗舍。它面朝南，正对着城顶的房间。朝外的窗户因为要承担防御的职责，所以非常小；而朝着内城中庭的窗户就非常宽大、明亮。窗户上密密麻麻地钉着很多百叶板，但是没有横向的，只有纵向的。窗户上没有玻璃，只有角质薄片，以此来为群鹰抵御风寒。在鹰棚的一头，有一个小火炉和一个小房间。猎狐之后，要是赶上下雨，马夫就会在夜里坐在鞍室之类的地方清理马具。这里有几张凳子，一口大锅，一张放着不同种类的小刀和手术用具的长板凳，以及一些放着很多瓶瓶罐罐的架子。这些瓶瓶罐罐上的标签五花八门，有小豆蔻、姜、大麦脆糖、碎石、治流鼻涕、治便秘、治眩晕，等等。墙上挂着很多皮革，从上面割下一些，就能做成系鹰脚的皮绳，以及头罩和皮带。此外，墙上还有一排整齐的钉子，上面挂着的东西都写有"艾克特"三个字，既有印度响铃，也有连接系脚皮绳与皮带的转轴和脚环。还有一个专门放置头盔的架子，是订制的，看起来非常漂亮。上面有在凯伊降生之前做的用来给鸟儿戴的、如今已经有了裂缝的老款皮头套；还有灰背隼和雄鹰专用的十分小巧的头套；以及在冬夜闲来无事做的漂亮的新头罩。除了那些老款皮头套，其他的所有头罩都是模仿了艾克特爵士的家徽配色制作而成的：白色的皮革，侧边是红色的呢绒，顶上插着从苍鹭的脖子上拔下来的灰蓝色的饰羽。长板凳上放着很多杂物，有小段的细麻绳、铁线、金属、五花八门的工具、被耗子咬过的面包和乳酪、皮革瓶子、有轻微磨损的左手的长手套、钉子、麻布、两三个假鸟——用于诱鹰，以及一些刻着"conays11111111""harn111"等错误拼写的木头，这些东西在每一个作坊都是司空见惯的。

横贯房间的是遮光栖木，此刻正被午后的阳光照射着，上面绑着鸟儿。这里有刚结束野放，即将开始正式训练的两只小灰背隼；有并不适合在这片茂密的森林里放猎、只用来充门面的老游隼；还有一只两个男孩用来学习基本鹰猎术的茶隼；还有一只艾克特爵士替教区的牧师代养的雀鹰。而那只雄苍鹰库利，就被关在一个偏远的角落里。

鹰棚里非常整洁，地上铺着用于吸收鸟粪的木屑，鹰们没有完全消化的呕吐物也会日日清理。每天早上七点，艾克特爵士都会到鹰棚来视察，两名鹰匠就站在门口恭候他。要是爵士看到他们没有梳头，就会将他们丢进军营，不过他们对此并不在意。

凯伊给左手戴上长手套，召唤着站在栖木上的库利。可是库利倒竖起羽毛，表情十分凶猛。它睁大那双橙金色的眼睛，怒气冲冲地看着凯伊，不愿意靠近他。凯伊没办法，只好伸手把它抓出来。

"你真的觉得我们应该把它带出去？"小瓦疑惑地说，"它还没有换好羽毛呢！"

"傻瓜，当然可以带它出去。"凯伊说，"它就是需要人带而已。"

他们出门之后，就从干草田穿过去，发现之前费了好大的力气弄好的干草堆此刻被雨淋湿了，变得乱糟糟的。然后他们来到狩猎场，这里的树刚开始生长，有着像庭园里的树一样的间距，但是用不了多久，它们就会茁壮起来。树下遍布着兔子们挖好的窝，所以并不难找到兔子，难的是找到距离洞很远的兔子。

小瓦说："哈柏说我们在放库利出去之前，要先举起它，让它至少展翅两次。"

"老鹰能不能飞起来，只有带他的人最清楚了，哈柏什么都不懂。"

凯伊又补充说："哈柏只是个农奴而已。"然后，他就准备解开拴在鹰脚上面的皮绳上的转轴和皮带。

库利感觉有人松开了自己脚上的绳子，自己可以去狩猎了，就动了一下，把冠毛、肩部覆羽和腿上柔软的羽毛都竖了起来，似乎要展翅翱翔。可是就在它即将振翅起飞的前一秒，它好像突然想明白了什么，又默默地缩了回来。猎鹰的这些动作小瓦都看在眼里，他真想自己来带库利。他想着从凯伊的手里把库利给抢过来，善待它。他觉得，只要自己轻轻地挠一下库利的脚，拨弄一下它的胸上的羽毛，就能让它心情好转。如果他可以自己来狩猎，而不用拿着一只假鸟跟在凯伊身后亦步亦趋，该有多好！但是他也知道，凯伊一定会讨厌总是听到别人给他出谋划策，所以他没有说话。在现代射击中，你不能对拿枪的人大加指责；同理，外人也不应该随意给放鹰人指手画脚，以免对其判断造成影响。

"哟呼！"凯伊一边大叫着一边抬起了手臂，想帮助库利起飞。他们的眼前是一片被啃得很短的草地，刚好有一只兔子从前面跑过，库利就在半空停住了。看到凯伊的动作，小瓦、兔子和库利都愣住了，然后，库利非常不情愿地挥舞着翅膀，而兔子却跑进一个隐秘的洞里不见了。库利如同荡上了秋千，飞到空中，落在了树梢上，收起了翅膀。它看着下面的两位主人，发出了因为失败而生气的怒吼，便不再动弹。两颗心似乎也停止了跳动。

第二章

　　他们吹起口哨，想把库利引诱回来，还跟着它在树林里东奔西跑，折腾了好久，凯伊终于受不了了。

　　"随它去吧，"他说，"反正它也没什么用。"

　　"那怎么可以，万一被哈柏知道了怎么办？"

　　"哈柏又不是它的主人！我才是！"凯伊生气地大叫，"他只是个仆人而已，就算知道了又能怎么样？"

　　"可是他才是训练库利的人啊！我们又不是三天不眠不休地守着它，时刻把它带在身边的人，所以我们要放走它很容易。可是，我觉得我们就这样不管它的行为是非常不好的。"

　　"这都是他自找的，只有他这样的笨蛋才会养出这样的废物。这只鹰毫无用处，有谁会要它？你要是喜欢，可以留下来，反正我是要回家了。"

　　"我留下来，"小瓦伤心地说，"你回家之后，替我转告哈柏。"

　　于是凯伊气鼓鼓地朝着一个错误的方向走去，因为他知道自己在猎鹰没有准备好的情况下就把它放走了，还让身后的小瓦大声纠正自己的错误。小瓦来到一棵树下坐下，直勾勾地看着库利，就像一只看着麻雀的猫。此刻，他连自己的心跳声都能听见。

凯伊并不在意这件事，因为他对鹰猎的兴趣并不大，这只是一项能够彰显他的身份的活动。不过小瓦就不一样了，他对鹰有感情，而且知道丢了鹰的后果会非常严重。他知道，哈柏每天都会拿出十四个小时来教授库利狩猎技巧，如同雅各和天使角力①一样，十分辛苦。库利丢了，哈柏的心就跟着丢了。哈柏教会了他们很多东西，小瓦没有勇气去面对他得知库利丢了之后责难的眼神。

目前最好的办法就是坐在原地不要动，把假鸟放在地上，等库利的心情平复下来，自己就会飞下来了。可是，库利看起来似乎并不想飞下来。昨天晚上它吃了很多食物，此刻并不觉得饿。天气酷热难耐，它的心情又不好，而且刚才凯伊和小瓦一直追在它身后，对着它挥手和吹口哨，穿梭在树林中，让它不太聪明的大脑变成了一团糨糊。现在，它也不知道自己想做什么，但是它可以肯定一点，不能让别人对自己指手画脚的。它现在满腹怨气，觉得需要杀死个什么东西来发泄一下。

追了很久之后，小瓦距离树林越来越近，终于来到了森林的边缘，而库利则已经飞到了森林里。有生以来，小瓦还是第一次距离城堡这么远。

---

① 雅各和神人摔跤，直到黎明。那人见自己无法打败雅各，就摸了他的大腿窝一下，雅各的大腿窝就扭了。那人说："天快亮了，让我走吧。"雅各说："要是你不给我祝福，我就不放你走。"那人说："你叫什么？"雅各说："我叫雅各。"那人说："以后你不要再叫雅各，要叫以色列，因为你和神和人角力都获胜了。"见创世纪32章。

要是现代的英国森林，小瓦一点儿都不会觉得害怕，可是这是古英格兰的丛林，情况就不同了：森林里有很多野猪，而且这个时节正赶上它们到处觅食。而且，不一定在哪棵树后面就会藏有一只垂涎欲滴的狼，露出浅色的眼睛和两排尖锐的牙齿。除了这些邪恶的野兽，这片阴森的树林里还藏着很多别的可怕的东西。比如，有很多逃脱法网的坏蛋会在这里藏身，他们像腐尸乌鸦一样，既嗜血又让人讨厌。小瓦对一个叫瓦特的人印象深刻，村里的人总会拿这个名字来吓唬小孩。他曾经在艾克特爵士的村子里住过，小瓦对他的样子记忆犹新：双眼斜视，没有鼻子，还是个智障。小孩子们见到他，就会向他扔石头。有一天，他冲向了围着他扔石头的孩子群，抓住了其中一个，大叫一声之后，把对方的鼻子咬了下来，之后就逃到了森林里。从此以后，大家扔石头的对象就变成了被咬掉鼻子的那个孩子。现在瓦特应该还在树林里，穿着兽皮，像动物一样用四肢奔跑。

在那个传奇的年代，森林里不光有没有被现代博物学收录的珍禽异兽，还有很多魔法师，以及撒克逊盗匪团伙，他们不像瓦特那样独居，而是很多人一起生活。他们穿着绿色的衣服，箭法惊人，百发百中。还有一些住在石头下面的龙，它们的个头很小，会发出嘶嘶的叫声，跟茶壶的声音差不多。

更加糟糕的是，天快要黑了。平日里很少会有人来到这个森林，村里人对森林这一端的情况也不了解。此时，森林中弥漫着一种夜幕降临之前的寂静，四周的树木都静静地看着小瓦。

他觉得，此刻最安全的做法就是趁着还能认清道路，赶快回家，但是他心中的勇敢又让他不愿意轻易放弃。他知道，库利在外面过上一夜之后，野性就会复苏，再被驯服的可能性微乎其微。库利被捕获的时候刚刚离巢，羽翼未丰。如果小瓦可以记住它在哪里停留，哈柏又可以带着灯笼及时赶过来，那他们也许可以在夜色的掩护下，趁着它精神不振，被灯光照得有点儿摸不清状况时，爬到树上抓住他。小瓦隐约可以看见库利栖身在森林里大概一百码①的位置，此刻那里还聚集着一群乌鸦。

他来到森林外面的一棵树上做了一个记号，好根据它找到来时的路。然后就用尽全力，钻进了灌木丛。他从乌鸦们发出的声音可以判断出，库利很快就要飞走了。

小瓦在荆棘丛中艰难前行的时候，夜幕降临了，但是他还是一边用心聆听，一边往前走。库利还在不断地想要甩掉小瓦，但是它此时有点儿困了，飞的距离越来越近。终于，在天色完全黑下来之后，它落在了枝头上，小瓦依稀能够借着微光看到它的身影。为了不吵到库利，让它好好睡觉，小瓦就坐在了树下。而库利就用一只脚站在树枝上，假装小瓦不存在。

小瓦对自己说："这里人迹罕至，就算哈柏来了，也很难找到我。要是他不来，也许我可以等到半夜，再爬到树上抓住库利。到时候它十分困倦，应该不会飞走。我可以小声叫它的名字，让它把我当成它每天戴着头套时带它出去的人。我上去的时候，一定要小心一些。不过就算我真的抓到了它，也得能找到回家的路呀。我想，那时候吊桥一定就收起来了，不过也不一定，也许凯伊会跟他们说我还在外面，然后就会有人等我呢。哎，我该走哪条路回家呢？要是凯伊还在这儿该有多好啊！"

他蜷成一团，钻进了树根里，想让自己舒服一些，以免被硬树根刺痛肩胛骨。

"我想，我从那棵高高的、树顶很尖的云杉后面，就可以找到回家的路。我还得想个办法，记住太阳到底是从我的哪一边下山的，这样明天太阳出来之后，我可以让它在我的同一边，这样

---

① 一码约合 0.9 米。

就能找到回家的路。哎？那棵云杉下面是什么东西在动来动去？天啊，可不要让我碰到老野人瓦特呀，否则他一定会咬掉我的鼻子！从库利的站姿来看，它现在气呼呼的，似乎不想理任何事情呢！"

突然，小瓦听到了"嗖"的一声和"咚"的一声，然后他感觉自己的右手好像被蜇了一下。他抽回手，才看到刚才自己手指间的位置插着一支箭。时间似乎凝固了，他仔细端详起这支箭，发现它射进树干中足足三英寸①。黑色的箭身上缠绕着黄色的饰带，看起来有点儿像蜜蜂。主箭羽和另外两支都是染色的鹅毛，分别是黄色和黑色。

此时小瓦突然有了一种感觉：在森林里的这些危机发生之前，自己觉得非常害怕；可是现在真的发生了事情，他又不觉得害怕了。他飞快地站起来（虽然他觉得自己的动作很慢），绕到树的另一边。可是他还没有绕过去，就又飞来了一支箭。这次整支箭都射进了草丛里，只有箭羽露在外面，然后一切都恢复了宁静，好像什么都没有发生过。

等他绕到树的另一边，他才看到这里有一丛高高的蕨类，足有六英尺②高，恰好可以掩护他。可是叶子发出的沙沙声，又暴露了他的藏身之处。很快，又一支箭呼啸而来，从蕨叶间穿了过去，远处还传来了男人的咒骂声。然后，他又听到了那个人（或者东西）穿越蕨丛的声音。他不想再在森林里浪费箭，就没有继续射。小瓦觉得自己像蛇，像兔子，像沉默的猫头鹰。以他小巧的个头来说，那个大怪物绝对不会在捉迷藏方面占得先机。五分钟之后，他就成功逃脱了。

① 一英寸约为 2.54 厘米。
② 一英尺约为 0.3 米。

刺客到处找箭枝，找了半天才不满地走了。小瓦这时才意识到，就算摆脱了弓箭手，他也无法辨别方向、找到老鹰了。现在，他也不知道自己是到了哪里。他来到一棵断落的树下，躺了半个小时，等那个东西离开，也等心脏不再疯狂地跳动。自从逃脱之后，他的心脏就怦怦直跳。

"哎哟，"他想，"完蛋了，我走丢了，等待我的下场就那么几个，不是被咬掉鼻子，就是被像黄蜂一样的箭射中，或者成为龙、狼、野猪的口中餐，或者被魔法师吃掉。也不知道魔法师会不会吃小男孩，我想是会的。要是我以前听话一些该有多好啊！要是我没有在老师被星盘搞得晕头转向的时候惹她生气该有多好啊！要是我对我值得尊敬的监护人艾克特爵士更好一些该有多好啊！"

自从产生了这些沮丧的念头，小瓦就不停地流泪。特别是他想到红鼻头的艾克特爵士手持草叉的和蔼的模样，他就更加难过了。

等到夕阳恋恋不舍地坠下去，月亮威严地爬上树梢的时候，他才敢从地上爬起来。然后，他拍了拍自己身上粘到的树枝，无助地往前走。他只选最好的路走，让上帝来决定自己的命运。走了半个小时之后，看着月光下美丽的树林，他的心情好了一些。然后，他的眼前出现了此生从未见过的美景。

在林中的一片空地上，如水的月光洒落在草坪上。银白色的光线洒在对面的山毛榉林上，让树干变得更加漂亮。树林里传来了窸窸窣窣的声音，以及银铃声。然后，树干之间出现了一个骑士，他全副盔甲，静静地站在那里，仿佛不属于这个世界。在他身下，是一匹和他一样专注的、白色的大马。他的右手中握着一柄比武长矛，这柄光滑的长矛很长，底部靠着马镫，位于树干之间，和像丝绒一样的天幕相互映衬。在月光的照耀下，这一切都发出银光，看起来漂亮极了。

此刻小瓦有些不知所措，他不知道是不是应该去向这位骑士寻求帮助。森林里有那么多可怕的东西，也许他也是个鬼魂呢。远远看去，他确实像一个鬼魂，想用心眼看清这漆黑的四周。小瓦想来想去，终于下定了决心，即便他是鬼，也是骑士变成的鬼，也不会违背骑士扶弱济贫的誓言。

"请问，"他走到这个神秘人的正下方问道，"您知道从这里怎么去艾克特爵士的城堡吗？"

鬼魂听到他突然开口说话，吓得差点掉下马。与此同时，他的面甲下面发出了像羊的叫声一样的咩咩声。

"请问……"小瓦又说话了，可是话刚说到一半就吓得不敢继续说了。

鬼魂揭开面甲，小瓦就看到，他的眼睛上有很多霜。然后鬼魂大叫："啥？"说完，他竟然把眼睛也摘下来了，小瓦仔细一看，原来他拿下来的是一副起了雾的玳瑁框眼镜。他拿起马鬃，想要把眼镜擦干净，没想到事与愿违，眼镜更脏了。他又举起双手，想用头盔上的羽毛擦拭眼镜，没想到把长矛和眼镜都弄到了地上。他没办法，只好跳下马来找，没想到面甲落下来了。他把面甲掀起来，俯身找眼镜，可是刚站直身体面甲又落下来了。他没有办法，只好可怜巴巴地大叫："天啊！"

小瓦帮鬼魂找到眼镜，又替他擦干净之后才还给了他。鬼魂一拿到眼镜，就迫不及待地戴上了（面甲又合上了），然后他飞身上马，似乎要去逃命。上马之后，他朝着小瓦伸出了手，小瓦就把长矛递给了他。他觉得一切都十分妥帖了，才用左手揭开面甲并撑住，然后像一个在大海中迷失了方向之后寻找陆地的水手一样，盯着小瓦说："啊，你是谁？你说啥！"

"抱歉，"小瓦说，"我是个普通的小男孩，艾克特爵士是我的监护人。"

骑士说："我从来没有见过这个人。"

"那您知道怎么从这里去他的城堡吗？"

"不知道，我对这一带也不熟悉。"

"我找不到回家的路了。"小瓦说。

"说起来不怕你笑话，我十七年之前就迷路了。"

"我是派林诺国王，"骑士补充道，"你以前应该对我有所耳闻吧？啥！"面甲突然落下来，发出"哐当"一声，好像是"啥"字的回音。不过，骑士很快又掀开了面甲，"我从十七年前的圣米迦勒节开始，就一直在追那只寻水兽①，实在是太无聊了。"

"我觉得也是如此。"小瓦说。其实他从来没听人提起过派林诺国王，也不知道什么是寻水兽，但是此刻这应该是最为稳妥的回答。

"这是我们派林诺家族担负的重大职责，"国王骄傲地说，"只有我们家族的人和关系最近的亲属，才能抓到寻水兽。因此，应该给家族里的每个人都灌输这种念头，或者接受这种狭隘的教育。粪媒之类的。"

"你说的粪媒我知道！"男孩一下子来了兴致，"就是目标野兽的粪便。追捕鹿的人会把这些粪便装进号角，拿回去给主人过目。还能用粪媒辨别鹿的身体健康情况，以及是否为合法猎物。"

"你可真是个聪明的孩子！"国王称赞道，"我几乎会把粪媒随身携带。"

"这个习惯不太卫生，"他闷闷不乐地补充道，"而且根本没用。因为那是唯一的一只寻水兽，也就不用担心它是否合法了。"

国王说到这里，面甲压得低低的。小瓦看到了，觉得应该先

---

① 一只到处寻找水源来解渴的野兽。

暂时忘记自己的烦恼，给国王鼓鼓劲。于是，他决定向国王提一个问题，毕竟跟迷路的国王聊天要强过自己在森林里迷路。

"您能告诉我寻水兽的样子吗？"

"听我说，我们都称之为格拉提桑兽。"国王故意装出一副满腹经纶的样子，侃侃而谈。"在英语里，这格拉提桑兽就是寻水兽，随便你怎么叫它吧。"后面这一句的口气非常亲切。然后他又说，"这个怪兽有蛇的头，豹子的身体、狮子的屁股，公鹿的脚。不管它去到哪里，它的肚子都会发出奇怪的响声，就好像有三十对猎犬在追捕猎物。"

"也有例外情况，就是它喝水的时候。"国王补充道。

"那它一定非常可怕。"小瓦说着，害怕地望了望四周。

"确实很可怕，"国王重复道，"就是格拉提桑兽呀！"

"那请问，您是如何追捕它的？"

小瓦似乎问了一个不该问的问题，因为国王看起来更沮丧了。

"那边，有我的一只猎狗。"国王郁闷地说。

他失望地举起手指向一个方向，小瓦顺着看过去，看到了一棵树，上面绕着很大一根绳子，绳子的另一端系在国王的马鞍上。

"我看不太清。"

"它一定是绕去了另一边，它就是爱跟我对着干。"

小瓦绕到树的另一边，果然看到了一只大白狗，它正在抓跳蚤。看到小瓦靠近，它就晃着身子，露出一个傻傻的微笑，想要舔小瓦的脸。可是被绳子所困，它累得气喘吁吁的也没有得逞。

"其实它还不错，"国王说，"就是总爱大喘，还总是被东西缠住，而且喜欢跟我对着干！还有我这面甲，有时候我自己都搞不清楚方向。"

"那您干吗不放开它，那样它不就可以自己去追怪兽了吗?"

"我一放开它，它就跑得不见踪影，有时候我一个星期都没法见到它。"

"要是没有它，我会觉得很孤独，"国王补充道，"我总是在追寻怪兽，却从来没有找到过它。有它在身边，还能陪陪我，对不对?"

"它看起来很和气。"

"是太和气了，以至我经常怀疑它并没有去追怪兽。"

"它看到怪兽会有怎样的反应?"

"毫无反应。"

"原来如此，"小瓦说，"我估计它再过一段时间就能有兴趣。"

"我们上次见到怪兽还是八个月之前的事情。"

国王自从开始跟小瓦谈话，口气就越来越悲伤，终于忍不住抽泣起来。"对于派林诺家族来说，这就是诅咒!"他说，"永远跟在那头畜生的屁股后面。它对我有什么用? 我得先停止骑马，帮猎狗解开绳子，然后面甲又落下来，戴着眼镜却像睁眼瞎。夜里没有睡觉的地方，也永远不知道自己身处何处。冬天冷得风湿病都发作了，夏天却热得中暑。还有这身盔甲，光是把它穿上就得花好几个小时的时间。穿上之后也很难受，要么热死，要么冻死。而且它还会生锈，我得彻夜不眠，给它上油。哎，如果我有一间属于自己的漂亮房子，就太棒了! 我要是有钱，就买上一张舒服的床，还有枕头和被子。这匹马，就在草地上放养，那只猎狗就随便它出去玩吧。至于那只怪兽，就让它追着自己玩好了! 这就是我的打算!"

"要是您可以带我回家的话，"小瓦狡猾地说，"我可以向您保证，您能在艾克特爵士家的床上睡一晚上。"

"你说的是真的吗!"国王大叫道,"睡在床上?"

"而且还是羽毛床呢!"

派林诺国王把眼睛瞪得像碟子一样大,"羽毛床!"他慢慢地复述了一遍,"有枕头吗?"

"当然,羽绒枕头!"

"羽绒枕头!"国王小声说。他过了好一会儿才呼出一口气,"您说的这位绅士的家里还真是舒服呢!"

"而且我们从这里过去的话,用不了两个小时。"小瓦趁热打铁。

"真的是这位绅士派你来请我的吗?"(他早就把小瓦迷路的事情忘得一干二净了)"他可真是个好人,是个好人,啥?"

"他一定会非常高兴见到我们。"小瓦诚恳地说。

"他可真是个好人!"国王一边说,一边胡乱整理起马具,"他一定非常和善,才会拥有羽毛床这种东西。"

"我是不是得和别人挤一张床?"他有些难以置信地问。

"不,您自己一张床。"

"可以一个人享用一张羽毛床,还可以有床单和枕头,也可能是两个枕头,甚至一个枕头一个抱枕,还不用按时起床吃早饭。"

"您的这个监护人会按时起床吃早饭吗?"

"不会,从来没有过。"小瓦说。

"床上有没有跳蚤?"

"没有!"

"天啊!"派林诺国王说,"我得承认,这简直是太棒了!我上次睡羽毛床已经是很久之前的事情了,而且我还得终日随身携带那些粪媒。你刚才说我们需要走多久?"

"两个小时。"小瓦说。这时候,附近的一阵噪声盖住了他的话。所以，他几乎是吼出了"小时"两个字。

"那是什么？"小瓦吃惊地问。

"你听！"国王大叫。

"上帝啊！"

"就是我说的那只怪兽！"

这个猎人立刻把所有事情都放下，准备继续去追寻怪兽。他拿起眼镜，在自己伸手能够到的唯一一块布料上用力擦了擦。与此同时，猎犬也发出了嚎叫声和狂吼声。他趁着面甲还没有落下，迅速把眼镜戴上。然后他右手拿起长矛，准备策马奔向声音传来的地方，没想到被树上的绳子绊住了，那头蠢萌的猎犬也发出了哀号。就这样，他从马背上摔了下来，可是过了不到一秒他又站了起来，用一只脚踩住马镫，想要重新上马。小瓦确信，他这一摔肯定把眼镜摔破了。然后，他终于翻身上马，用双腿夹住比武长矛，就绕着猎犬被缠绕起来的那棵树反方向跑了起来。他多跑了三圈，猎狗也狂叫着跑向另一个方向。他又往回跑了四五圈，才算把自己和猎狗都解救了出来。"嗨唷，啥！"派林诺国王一边大叫，一边挥舞着手里的长矛，兴奋地在马鞍上摇晃着。然后，他就带着被绳子拴住的倒霉猎狗，消失在了黑暗的森林里。

第三章

　　小男孩躺在林地窝巢里，很快就进入了梦乡。人们刚在户外过夜时，都会进行这种浅度睡眠，不过它对于恢复精力很有帮助。一开始，他只是浅睡，就像浅水里的鲑鱼掠过水面一样。不过，由于和水面的距离太近，他有了一种自己身在半空中的错觉。他已经进入了梦乡，却以为自己还清醒着。他看到了天上的点点繁星，它们正绕着自己永恒的轴心默默地旋转着。群星下面的树叶也发出了沙沙的响声。他还听到了从草丛里传出的很多细微的声音，比如脚步声、柔软的翅膀轻拍的声音、隐秘的腹部从长草上滑过的声音，还有蕨叶摇动的声音。一开始他听到这些声音觉得有些害怕，却又按捺不住好奇心，就起来看了看（却什么都没发现）。他又听了一会儿，心情慢慢恢复了平静，就不再去想那些是什么，决定听之任之。很快，他就离开了浅水的表面，越游越深，沿着弥漫着香味的草坪，进入暖烘烘的土地，游进了地底的水流之中。

夏夜的月色这么明亮，想要入睡并非易事，可是一旦睡着了，就能轻易地继续睡下去。第二天一早，太阳出来了，他只是翻了个身来表达不满。在入睡的时候，他已经学会了怎么对抗光亮，所以现在的光线根本不会影响他睡觉。直到日出后五个小时，也就是九点的时候，他才翻了个身，醒了过来。现在，他的肚子在咕咕叫了。

小瓦曾经听别人说过，吃野莓也能果腹，但是在这个季节，这个办法根本没用，因为时值七月，森林里根本没有野莓。他找了半天，才找到了两颗野草莓，就匆忙塞进了嘴里，他觉得这是自己这辈子吃过的最美味的食物，吃完了还觉得意犹未尽。他又想，要是现在是四月该有多好啊，那他可以找一些鸟蛋来填饱肚子；要是他没有把库利跟丢了多好，那样他就能让库利帮自己抓一只兔子，自己再像原始的印第安人一样用两根树枝摩擦生火，把兔子烤熟。只可惜，他早就把库利跟丢了，要不也不会困在这森林里。而且，摩擦树枝也不容易，可能摩擦了半天都无法把火点着。他觉得，现在自己距离城堡应该不会超过三四英里，因此眼下最好的办法就是坐下来凝神谛听，如果风向对了，也许他还能听到干草的声音，那他就能顺着这个声音回到城堡了。

可他听见的却是一阵叮叮当当的声音，非常微弱。他以为是派林诺国王在附近追捕寻水兽发出的响声，可是那阵声音非常有规律，音调也很单一，于是他又以为是派林诺国王在干一件需要很大的耐心和专注力的事情，比如隔着盔甲瘙痒。他朝着声音传来的方向走过去。

森林里有一块空地，空地上有一座用石头堆砌的小屋，看起来非常舒适。不过小瓦并没有发现，其实这个小屋是分成两部分的。高大的大厅从地板一直延展到屋顶，用途很多。地板上有炉火，茅草屋顶上有一个洞，烟就从这里飘到外面。小屋的另一半中间有一块水平地板，于是分成了上下两层。上半层充当书房和卧室，下半层作为食橱、储藏室、马厩和谷仓。楼下的房间里放着一头白驴，还有一道梯子，顺着它可以爬到楼上。

小屋前面有一口井，是小瓦听到的金属声的发源地。现在，有一位上了年纪的绅士正站在井边，用一根把手和铁链从井里往外提水。

链子哗啦啦响了半天，水桶才被拉上来。老绅士气鼓鼓地说："这破玩意！都研究了这么多年了，总该有比用这该死的水桶和该死的井打水更好一点的办法吧！我宁愿花该死的很多钱！"

"该死！"老绅士满腹怨气地从井里提出水桶，目露凶光，"他们怎么就不给我们弄电灯和自来水呢！"

他穿了一件长袍，外面套着一件毛皮披肩。长袍上的图案多种多样，既有黄道十二宫，又有带着眼睛的三角形、奇特的十字架、树叶、鸟兽的骨头、天象仪，以及一些像被日光照射的碎玻璃片一样的星星。他的头上戴着一顶和笨蛋帽①差不多的尖帽子，也有点儿类似当时的侍女帽，不过侍女帽的顶端通常会挂着面纱。在他身边的草地上，放着一根魔杖，是用铁犁木做的。他和派林诺国王一样，也戴了一副玳瑁框眼镜。但是这副眼镜很特别，没有眼镜腿，长得既像剪刀，又像狼蛛黄蜂的触角。

"抱歉，先生。"小瓦说，"您可不可以告诉我从这里怎么去艾克特爵士的城堡？"

老绅士把手里的水桶放在地上，认真端详他。

"你是叫小瓦吧。"

"是的，先生，请多多指教。"

老绅士说："我叫梅林，是个魔法师。"

---

① 为了惩罚记性差的学生而给他们戴的纸帽，是圆锥形的。

"您好。"

"你好。"

客套完之后，小瓦才开始仔细地观察这位魔法师。魔法师也和蔼地看着他，目光里充满了好奇，给人一种就算直视回去也不会失礼的感觉，就好像盯着他那头靠在栅门上的母牛思考他的个性一样。

梅林有一把很长的白胡子，两侧还有很长的白髭。从近处观察就能发现，他有点儿脏兮兮的。倒不是说他的指甲里满是泥垢，而是他的头发如同一个鸟窝。小瓦知道雀鹰和苍鹰的窝是什么样子的，它们用的原材料就是树枝以及从松鼠或者乌鸦那里抢来的乱七八糟的东西；他也知道，在鸟窝所在的树枝下面，经常会有白色的鸟粪、放了很长时间的骨头、脏兮兮的羽毛和没有消化的呕吐物。这和他对梅林的印象完全一致。在梅林那件宽大的外袍的肩头部位的星座和三角图案之间，落满了鸟粪。就在他缓慢地眨着眼注视着眼前这个小男孩的时候，从他的帽尖上飞快地爬下了一只个头很大的蜘蛛。他看起来不太高兴，像是要努力回忆起明吉斯或狄厄尔之类的以"柯"字开头却有着截然不同的发音的字。他那双蓝色的眼睛看起来十分和善，在狼蛛眼镜的衬托下，显得又大又圆。他注释着男孩的视线渐渐变得模糊，最后甚至阴云密布。最后，他认命地扭过了头，好像很难接受眼前的一切。

"你喜不喜欢吃桃子？"

"特别喜欢！"小瓦说着，口水都快流出来了，嘴里泛起了一股甜甜的味道。

"这个季节可没有桃子。"老人有点不快地说，然后转身走向了小屋。

小瓦采取了最简单的办法——跟在他身后。他主动提出，要帮老人拎水桶（老人看起来很高兴地把水桶递到他手里），然后他就站在老人身后耐心地等待着。老人数着钥匙，嘴里还不停地嘀咕着，不是把钥匙插错位置，就是失手把钥匙掉进草丛。他就像一个笨手笨脚的小偷一样，好不容易才进了房间。小瓦进去一看，房子里只有黑色和白色。然后，他就跟在老人身后爬上梯子，来到了上层房间。

有生以来，他还是第一次见到这么奇怪的房间。

橡上挂着一具有玻璃眼珠和长满鳞的尾巴的鳄鱼标本，看起来跟活的一样，真是可怕。虽然它只是个标本，可是看到主人进入房间，它还眨了眨眼睛。屋里还有上千本书，都是用皮革装订的，颜色已经有些泛黄。它们中的一些被铁链拴在书架上，其他的就互相依靠，如同站立不稳的醉汉。这些书散发出的霉味，以及沉稳的皮革颜色，让人觉得很踏实。另外，这里还有各种各样的鸟类标本：鹦鹉、喜鹊、翠鸟、缺了两根羽毛的孔雀、个头像甲虫一样的鸟儿，以及一股弥漫着焚香和肉桂味的鸟，据说是凤凰。不过，这应该不是凤凰，因为这世界上有且仅有一只凤凰。在壁炉架旁的墙上，挂着一颗狐狸头，下面写着"从葛夫顿、白金汉到戴文垂，两小时二十分"；还有一只四十磅的鲑鱼，下面写着"奥湖，四十三以上，牛头犬"；以及一只像活的一样的蝾螈，写着"克罗贺斯猎獭犬"这几个斜体字。墙上还有很多野猪的獠牙，以及虎豹的利爪，都被裱了起来，左右对称地挂着。还有盘羊的大脑袋；养在玻璃槽里的六条活的草蛇；住在玻璃圆筒里的独行黄蜂，它还自己搭建了舒服的窝；还有住在普通蜂窝里、可以自由出入的蜜蜂；两只被脱脂棉包裹的小刺猬；还有一见到梅林出现就咿咿乱叫的两只獾；二十个小盒子，里面装着竹节虫和猫蛾，以及一棵供它们啃食的、价值六便士的夹竹桃；一座枪柜，里面放着各种各样的、直到五百年后才被发明出来的武器，以及一个钓竿箱；抽屉柜里满满当当的，全是梅林自己做的鲑鱼饵；另一个五斗柜里也很满，装着毒参、曼陀罗根、老人须①、一束火鸡羽毛和鹅毛（准备用来做笔）、一个星盘、十二双靴子、一打围网、三打铁丝网、十二个螺丝钉、两个玻璃盘间的蚂蚁窝、从红色到紫色的七个墨水瓶、缝衣针、温彻斯特②最佳学者的金质奖章、四五个录音机、一窝活的田鼠、两个骷髅头、很多雕花玻璃、威尼斯玻璃、布里斯托尔玻璃、一罐乳香脂漆、萨摩的陶器、几件景泰蓝、第十四版大英百科全书（整体评价被华而不实的插图所拖累）、两盒颜料（分别是油彩和水彩）、三个已知世界的地球仪、几件化石、一个长颈鹿头标本、六只蚂蚁、几只玻璃蒸馏瓶，以及坩埚、本生灯和一整副野生鸟类香烟牌，其作者是彼德·史考特。

进屋之后，由于高高的帽子会碰到天花板，所以梅林就把尖顶帽摘了下来，露出了一顶黑色无边便帽，这是他用来保护头顶的。突然，从一个阴暗的角落里传来了跳动声和轻微的拍动翅膀的声音，下一秒钟，一只黄褐色的鸟就飞过来，坐在了便帽上。

"哇，这只猫头鹰好可爱呀！"小瓦惊喜地说。

小瓦走上前去，朝着猫头鹰伸出了手。可是猫头鹰却突然站了起来，比原来高出了半个头，身体也变得硬邦邦的，像拨火钳一样，眼睛也闭了起来，只留下一道窄缝——你和别人玩捉迷藏时，别人让你闭上眼睛的时候，你也是这么做的。猫头鹰有点儿怀疑地说："这里可没有猫头鹰。"

说完他就紧紧地闭上了眼睛，把头扭向一边。

"他就是个孩子嘛！"梅林说。

---

① 松萝铁兰，一种地衣。
② 英国的一所公学，创立于一三八二年。

"这里也没有孩子。"猫头鹰的口气里满是期待，但是他并没有把头扭过来。

这只猫头鹰居然会说话！这让小瓦觉得惊奇极了，他顾不上讲礼貌，往猫头鹰身边凑了凑。这可把猫头鹰吓坏了，他把梅林的头发弄得乱七八糟的，让房间里布满了白色的鸟粪，最后在鳄鱼的尾巴梢上停住了，让任何人都够不着他。

"很少有人来拜访我们。"魔法师急忙解释道，说着，他还拿起了半条破睡裤擦拭自己的头发——这条睡裤就是专门用来做这个的。"因此阿基米德对陌生人有些害怕。阿基米德，过来，我给你介绍一位新朋友，他叫小瓦。"

说完，他就朝猫头鹰伸出了手，而猫头鹰居然真的像一只鹅一样，沿着鳄鱼的背一摇一晃地走了下来——他采取这样的姿势走路，是为了不让尾巴受到伤害。然后，他就满不高兴地跳到了梅林的手指上。

"把你的手指放在他的脚后面，不，放在它的尾巴下面，稍微抬高一些。"

小瓦按照梅林的话做了。然后梅林就轻轻地往后推了推猫头鹰，让他的脚和小瓦的手指接触。如果他不站在小瓦的手指上，就会站立不稳。于是，阿基米德就站在了小瓦的手指上。小瓦高兴极了，任凭阿基米德毛茸茸的脚抓住自己的手指。他的爪子可真锐利啊！小瓦觉得自己的手有点儿痛。

"跟人家好好打招呼。"梅林说。

"我才不要！"阿基米德一边说着，一边用脚牢牢抓住小瓦的手指，再次扭过头。

"他好可爱啊！"小瓦又说，"他在您身边很久了吗？"

"从他小时候，他就跟我在一起了，以前他的头才和鸡头那么大。"

"要是他能跟我说话该有多好啊！"

"要是你礼貌地把这只老鼠送给他，也许他会尝试着多跟你接触的。"说着，梅林就从无边便帽里拿出了一只死老鼠，递到了小瓦手里，"这里有很多东西，还有钓鱼用的小虫子，这对我来说十分方便。"小瓦小心地接过死老鼠，递到了阿基米德面前。他那弯曲的喙看起来非常激动，似乎有很大的杀伤力。阿基米德盯着老鼠看了好一会儿，对着小瓦眨眨眼睛，在手指上挪动了一点儿位置。他闭上眼睛，高兴地站在那里，似乎是在进行饭前祷告。然后，他就以一种古怪的姿势侧过身子，把小瓦手里的老鼠叼走了。他的这个动作十分轻柔，就连肥皂泡都不会碰破。他的身体前倾着，紧紧闭着双眼，似乎不知道该拿嘴里这只死老鼠怎么办。这时候，他举起了右脚——虽然大家都说只有人类才会分左撇子和右撇子，但是他就是右撇子——把老鼠抓住，他的模样活脱脱就像一个手拿棒棒糖的小男孩，或者手持警棍的警察。他看了看老鼠，张嘴咬住了它的尾巴。然后，他就给老鼠掉了个个，让它头朝上——看来小瓦给他的方向是错的。做完这个动作，他就张开嘴，一口把老鼠吞进了肚，只剩下一个尾巴在外面。他盯着两个人类同伴看了一会儿，那眼神好像在说："能不能不要这么盯着我看？"然后他就扭过头，礼貌地把尾巴吞下了肚，然后举起自己的左脚趾捋了捋自己的水手胡，就开始整理羽毛了。

"随他便吧，"梅林说，"可能他想先了解你，再决定要不要跟你做朋友。跟猫头鹰交往是万万不能心急的。"

"他会不会想坐在我的肩膀上？"小瓦说完，就放低了手臂。总是喜欢站在高处的猫头鹰迅速沿着斜坡跑上了他的肩膀，羞答答地站在了他的耳朵旁边。

"好了，该吃早餐了。"梅林说。

小瓦看到了窗边的那张餐桌，此刻上面摆放着各种可口的食物，有桃子、甜瓜、草莓、奶油、甜饼干、冒着热气的棕鳟、他珍爱的烤鲈鱼、热辣的鸡肉、配腰子和蘑菇的土司、炖肉丁、咖喱，还有热气腾腾的咖啡和大杯顶级鲜奶油巧克力可供选择。

　　"来点芥末！"吃到腰子的时候，魔法师提议。

　　他的话音刚落，芥末罐就站了起来，他伸出两只非常细的银脚，跟猫头鹰似的摇摇晃晃地来到了他的盘子旁边。然后，他的两个把手就伸直了，一个行了一个非常夸张的礼之后，就打开了盖子，另一个就从罐子里舀出了一大匙芥末酱。

　　"天啊！这么好的芥末罐，哪儿来的？"

　　罐子听到他的话，非常高兴，抬头挺胸地走起来。可是梅林拿起茶匙，朝着它的脑袋敲了一下，它就立刻坐回桌子上，关了起来。

　　"这个罐子还算可以，"他不情不愿地说，"就是太容易自鸣得意。"

　　小瓦很喜欢这个老人的亲切，也很喜欢在这里看到的那些奇妙的东西，所以他不好意思问老人一些死人的问题。他觉得，等到别人跟自己说话的时候自己再回应，会显得很有风度。可是梅林的话不多，偶尔开口也不会问小瓦问题，因此小瓦几乎没有跟他搭讪的机会。最后，小瓦抑制不住自己的好奇心，问了一个让自己觉得非常疑惑的问题。

　　"我想问您一个问题，可以吗？"

　　"请便吧。"

　　"您是如何知道要准备两个人的早餐的呢？"

　　魔法师往后一仰，靠在了靠背上。他点起了一大管海泡石烟斗，才准备回答小瓦的问题。天啊！他还会吐火。这是小瓦第一次看到烟草，所以产生了这样的想法。梅林迷惑地摘下了自己的无边帽——立刻从里面掉出了三只老鼠——然后挠了挠自己光秃秃的脑袋。

"你以前尝试过看着镜子画画吗？"

"好像没有。"

"镜子。"梅林一边说一边伸出了手，然后他的手里就出现了一面非常小巧的镜子，就是侍女用的那种梳妆镜。

"傻瓜，不是这种！"他生气地说，"是用来刮胡子的那种！"

他手里的梳妆镜消失了，转而出现了一面刮胡镜，大概有一平方英尺那么大。然后他又要了铅笔和纸，可是出现在他手里的却是没有削的铅笔和《晨间邮报》。他生气地把这些东西退了回去，这次出现的是一支没有墨水的钢笔，和六令①用于包裹的牛皮纸；他又生气地把这些退了回去，大发雷霆，骂了好几句"该死的"，才得到了一支炭笔和几张卷烟纸，他只好凑合着用。

他拿起一张纸，放在镜子前面，又在纸上画了五个点。

"来，"他说，"你看着镜子，把这五个点连成一个 W。"

小瓦拿起笔，按照他要求的去做。

"还不赖，"魔法师不太确定地说，"和 M 很相似。"

他一边捻着胡子，一边思考着，嘴里还吐着火，看着那张纸发呆。

"那早餐……"

"对，你问我如何知道要准备两个人的早餐的。这也就是我为什么要让你看镜子。我也不知道你能不能明白，时间都是往前走的，也就是说，这世间的一切都是往前进的。这让普通人的生活非常容易，就像我让你连起这五个点一样，正着看并不难，可你要倒着看，或者朝镜子里看，就不容易了。而不巧的是，我是

---

① 令是纸张计量单位，英国和美国的一令分别是 480 张和 500 张。

在时间的另一头出生的，也就是我越过越倒退，而别人都是越活越往前的。用大家的话说，这就是未卜先知。"

说到这里，他闭上了嘴，着急地看着小瓦。

"我以前跟你说过这些吗？"

"没有啊，我是在半小时之前才第一次跟你见面的啊。"

"才这么短的时间吗？"梅林说着，眼睛里落下了很大一颗泪珠，沿着他的鼻梁慢慢往下滑。他用睡衣擦掉眼泪，才又着急地说："用不用我再重复一遍？"

"我也不知道，"小瓦说，"如果您还没有说完的话。"

"要知道，我这种人是很容易把时间弄混的，光是时态就让我弄得乱七八糟。要是你知道一个人以后会遇到什么事，而不是曾经遇到过什么事，就算你不希望看到某件事发生，也无法阻止。你能明白我的话呢，就和对着镜子画图一样。"

对于梅林的话，小瓦有些似懂非懂。他想，如果梅林为此而不高兴，他应该表示一下遗憾。可是这时候，他感觉自己的耳边传来了奇怪的响声。"不要动！"他刚想动，就被梅林制止了，他只好坐在那里一动也不动。原来，之前在他的肩膀上安静地站着、差点被遗忘的阿基米德，现在正在轻轻地碰他。他的鸟喙碰到了他的耳垂，羽毛也让他觉得痒极了。然后，他就听到了一个微弱的、沙哑的声音："你好吗？"这个声音就好像是从脑袋里传出来的。

"啊，是猫头鹰！"小瓦惊叫道，马上忘记了梅林的烦恼。

"您看，他现在在跟我说话！"

小瓦温柔地侧过头，靠着那柔软的羽毛，猫头鹰就张嘴咬住了他的耳郭，飞快地啄了一圈。

"我要称呼他为阿基！"

"绝对不可以！"梅林立刻严厉地说。猫头鹰也离开了他的耳朵，退到了肩膀的边缘。

"哪里有问题吗？"

"那你还不如叫我阿鹰或阿猫，"猫头鹰生气地说，"或者叫我大头！"他的语调非常尖刻。

梅林握住小瓦的手，和蔼地说："你现在还小，不清楚情况。等你长大了，你就会知道，在这个世界上，猫头鹰是最有礼貌、最直率、最忠诚的动物。你绝对不能对它们故意装出亲昵的样子，也不可以对它们无礼，更不能拿它们开玩笑。它们是智慧女神雅典娜的孩子，虽然有时候它们会为了逗乐你而扮成小丑，可是只有真正聪明的动物才有这种权利。你要记住，绝对不可以把任何一只猫头鹰叫作阿基。"

"对不起，猫头鹰。"小瓦说。

"我也得向你道歉，孩子。"猫头鹰说，"我能看出来，你不知道这些，你是无心之失，我却小肚鸡肠，觉得自己被冒犯了。对于我刚才的行为，我表示抱歉。"

猫头鹰的态度很诚恳，看起来十分后悔。梅林只好赶紧换了别的话题，以缓和气氛。

"哎，"他说，"现在我们都吃饱了，就该看看该怎么回到艾克特爵士那里啦。"

"请稍等，"他好像突然想起了什么，转身看着桌上吃剩的早餐，伸出一只指头——这个手指头的指节很粗，大声说，"洗干净！"

所有的杯盘和刀叉听到他的命令，都从餐桌上爬下去。桌布来到窗边，把碎屑倒在外边，餐巾也把自己折叠得非常整齐。然后，它们全都跑下了楼梯，来到了梅林放置水桶的地方。于是，小瓦听到了刚放学的孩子才会发出的那种碰撞声和叫嚷声。梅林来到门边，大叫道："都小心点，谁也不许破！"可是，此刻水桶边全是尖叫声，泼水声，以及"啊，水怎么这么冷！""我可不想洗太长时间！""小心点，别把我打破了！""来，我们一起把茶壶按到水里去"，他的话就被淹没了。

"你们是不是真的要跟着我回家？"小瓦似乎对这个好消息有些难以置信。

"当然，要不我怎么给你做家教呢？"

小瓦听到这句话，眼睛瞪得大大的，几乎和他肩膀上的猫头鹰的眼睛一样大了。而且，他好像有些呼吸困难，脸都憋红了。

"天啊！"小瓦兴奋地叫着，眼睛闪闪发光，"我真的完成了探险！"

第四章

　　小瓦刚走到还不到吊桥一半的位置，就大声叫道："快看我把谁带回来了！"他说，"你们还不知道吧，我出去探险了，有人用着黑色和黄色箭羽的箭射我，一共射了三次。看到这只猫头鹰了吗？它叫阿基米德。我还在森林里看到了派林诺国王。这位是梅林，我出去探险时找到的家教。那个派林诺国王在找寻水兽。森林里实在太吓人了。梅林可以命令碗盘把自己洗得干干净净。哈柏，你快看啊，库利也回来了！"

　　哈柏看着小瓦，看起来非常为他骄傲，这让小瓦有些害羞。安全地回到家见到所有的亲人和朋友，还能实现所有的目标，真是一种美妙的感觉。

　　哈柏粗着嗓子说："少爷，您真是个天生的鹰匠！"

　　他迎上前来，接过了库利，双手有些不听使唤，但是他还是抚摸了小瓦一下。此刻他也不知道，到底是谁的回来让他更高兴。他握紧双拳，把库利接了过来，如同一个丢失了木腿的跛子刚刚找回木腿就迫不及待地把它安回去。

"是梅林把库利抓回来的。"小瓦说，"在我们回城堡的路上，他让阿基米德去把库利找回来。阿基米德告诉我们，库利正在津津有味地吃一只鸽子。我们刚一过去，库利就被吓跑了。于是，梅林拿六根尾羽绕成了一个圈，插在鸽子四周，又给绳子打了个结，套在羽毛上，把绳子的一头绑在地上的树枝上，另一头拿在手里。然后，我们就藏到了树丛后面。他说，要是给传统技艺施展魔法不太公平，就像你只能用凿子一下一下地雕刻，而不能用魔法变出雕像。库利看到鸽子，就从树上飞下来，想要吃掉它，然后我们一拉绳子，就用圈套困住了它的脚。它生气极了，不过最后我们还是把鸽子给了他。"

哈柏和梅林相互行了个礼，他们都知道对方是行家里手，就意味深长地看着对方。哈柏并不善言谈，但是一旦有机会单独和梅林相处，他一定会好好跟他探讨一下鹰猎的问题。不过现在还不到时候，他们只能等待。

"嗨，凯伊！"小瓦看到他带着保姆和一大群高兴的群众走了出来，就大声说，"快看，我们的家教，他是一个魔法师，他的芥末罐会走路！"

"看到你回来我真高兴。"凯伊说。

"小亚少爷，您回来了！昨晚是在哪里过的夜？"保姆尖叫道，"看看您这身衣服，本来多么干净啊，现在变得这么脏，还有好多洞。我们可是让您吓坏了！看您的头发，怎么弄上了这么多树枝，真是个小坏蛋！"

艾克特反穿着护胫，急匆匆地跑了出来，对着小瓦的脸颊亲了又亲。"哎呀！"他唾沫四溅地说，"你可算回来了，你到底是去哪儿了？全家人都着急死了！"

实际上，他的心里非常自豪，因为小瓦是为了一只鹰才在外面过夜的，而且他还成功地把鹰抓了回来。现在，哈柏正在向大家展示这只鹰。

"大人！"小瓦说，"我出去探险了，要找您说的家教，而且真的找到了，他就是您眼前的这位叫梅林的绅士。您看到这头白色的驴子了吗，它的背上驮着梅林先生的獾、刺猬、老鼠和蚂蚁之类的，我们不能把它们留在家里挨饿，所以就带它们一起来了。他是一个非常了不起的魔法师，可以变出很多东西。"

"您是魔法师？"艾克特爵士一边说，一边戴上眼镜，仔细打量着梅林。

"您是修炼白魔法的吧？"

"没错。"梅林说。他站在人群中，放在法师袍里的双臂抱在一起。在他头顶上，站着浑身直挺挺、硬邦邦的阿基米德。

"证书应该有吧？"艾克特爵士有些半信半疑，"都是这样的。"

"证书。"梅林一边说，一边伸出了手。

他的手掌中凭空出现了几块非常重的石板，有亚里士多德的签名，有赫卡特①署名的羊皮纸，还有一个纸质副本，上面有三一学院院长的签名，但是院长并不记得自己曾经见过梅林。上面提到的这几个人都对梅林十分推崇。

"这都是他藏在袖子里的，"艾克特爵士自作聪明地说，"你还能变别的东西吗？"

"可以变树。"梅林的话音刚落，院子里就长出了一棵巨大的桑树，上面结满了沉甸甸的桑葚，眼看着就要掉到地上了。因为直到克伦威尔时代，桑葚才开始在英国流行，所以现在大家看到这一幕都非常惊讶。

---

① 希腊神话中司魔法的女神。

"再来点雪吧，"梅林说，"和一把雨伞。"他匆忙补充道。

还没等到他们转身，原本红铜色的夏日清空就变成了青铜色，寒风刺骨，鹅毛大雪纷纷落下，落在城垛上。他们还没来得及说些什么，地上的积雪就有一英寸厚了，每个人都冻得瑟瑟发抖。艾克特爵士的鼻头都冻成了青色，下面拖着一根长长的冰条。每个人的肩膀上都落满了雪花，除了梅林，他为了照顾猫头鹰，还把伞举得特别高。

"这是印度佬用的那种催眠术。"艾克特爵士说这句话的时候，牙齿都打起架来了。

"够了够了，"他急忙补充道，"我坚信您可以胜任这两个孩子的家教的职位。"

雪停了，太阳也出来了。"再过一会儿，指定会得肺炎。"保姆说，"至少也会吓得大官们不敢登门。"梅林把雨伞收起来，手朝着空气里一伸，雨伞就不见了。

"想不到这个小家伙自己去冒险了！"艾克特爵士说，"真是大千世界无奇不有。"

"那算什么冒险啊！"凯伊说，"他是跟着老鹰去的。"

"凯伊少爷，他也带着老鹰回来了啊！"哈柏有些责备地说。

"得了吧，"凯伊说，"我敢打赌，他是让这个老头帮忙才把老鹰抓回来的。"

"凯伊！"梅林用一种非常可怕的口气说，"你非常高傲，喜欢逞口舌之快。总有一天，你会为此付出代价。"

大家听了梅林的话，都感觉很不舒服。可是凯伊却一反常态，没有大发雷霆，而是低下了头。其实他并不是个惹人厌烦的孩子，他非常聪明、反应灵敏、傲慢又野心勃勃。他不会追随别人，也成不了领导者。他很有野心，却对禁锢着自己的这具躯体感到很不耐烦。对于自己刚才的无礼，梅林也有些懊悔，他迅速变出了一把银制小猎刀，想要弥补凯伊。刀柄是用白鼬的头骨做成的，油津津的，磨得非常光滑，有一种象牙的光泽，让凯伊很是喜欢。

第五章

　　艾克特爵士的城堡名为"野森林城堡"，它名义上是个个人住宅，但实际上说它是市镇或者村庄更恰当一些。一旦出现紧急情况，这里就会变成一个真正意义上的村庄。这个故事说的就是乱世中的情况。一旦有盗匪袭击村庄，或者附近的某个暴君入侵，领地上的所有人都会到城堡里藏身，把牲口赶进庭院，直到危机解除之后再出来。每次遇到这样的事情，村里的所有村舍都会被火烧成一片灰烬，需要事后重建，所以农民们总是骂个不停。因此如果在村里建造一座教堂的话，就难免要反复重建，是非常不划算的。于是，村民们就把做礼拜的地方改到了城堡里的小教堂。每到礼拜天，他们就会换上自己最好的衣服，昂首挺胸地走到大街上，用威严的目光环顾四周，好像不想让别人知道自己要去哪里。平日里，他们就会穿着家居服来望弥撒或做晚祷。当时每个人都会去教堂，还乐此不疲。

　　如今野森林城堡的遗址尚存，它那坍塌的城墙上爬着密密麻麻的常青藤，接受着阳光的照耀和强风的吹拂。现在那里的住客是几只蜥蜴和一些饥肠辘辘的麻雀，在寒冷的冬夜，它们为了取暖，就会钻进常青藤里。而那只执拗的仓鸮就会扑闪着翅膀，在常青藤外面不断盘旋，还用翅膀拍打藤蔓，想让它们从常青藤里飞出来。虽然大部分的胸墙都已经倾颓，但是十二座守卫塔的基石还是依稀可辨。它们呈圆柱状，从城墙一直延伸到护城河，弓箭手站在这里，可以向任何方向无死角地射箭，也能看清城墙每一部分的情况。塔里有一道螺旋梯，它的中间是一根带有箭孔的圆柱。一旦敌人入侵胸墙内侧，杀到塔底，守军也可以退守到这道螺旋梯上，通过箭孔向敌人射箭。

吊桥的石造部分，包括外堡和门楼的小望台，都完好地保存了下来。其设计非常精妙：首先，木造吊桥可以升起，让敌人根本无法靠近城堡。即便他们能够从桥上通过，等待他们的还有一道加了巨木的闸门，他们会被这道闸门压成肉饼。外堡的地板上还藏有一道暗门，可以让所有的敌人都掉进护城河。在地板的另一端还有一道闸门，两道门可以对敌人进行夹击，让敌人如同案板上的鱼肉。望台（又叫悬堡）的地板有开口，守军可以通过这些开口往敌人的头上扔东西。门楼里的屋顶是拱形的，上面有彩绘窗花格和浮雕装饰，中间是一个正方形的小洞，从这个洞可以到达楼上的房间，房间里放着一口专门用来煮铅或热油的大锅。

上面描述的是城堡的外围防御工事。过了胸墙之后，就来到了非常宽阔的过道，有时候，过道上还会有很多吓得瑟瑟发抖的绵羊。在过道的正对面，就是内城的主堡，这是一座非常完整的城堡，有八座如今依然挺立的圆形巨塔。登上最高的塔之后，边界地区就尽收眼底了，那是古代爆发了很多动乱的地方。躺在那里，能够看到头上的烈日，以及下面寥寥无几的观光客，没有飞箭和滚烫的热油，实在是非常惬意。几个世纪以来，这座高塔一直坚不可摧。因为政权斗争，它也曾几易其主，还有一次因为久困而陷落，两次被阴谋夺取，但是没有一次是被强攻下来的。斥候在塔顶守卫着，他可以在这里观察到在通往威尔士的那片青色树林里发生的所有事情。如今，他被埋在礼拜堂下，变成了一把枯骨，所以就得由你来代替他站岗了。

如果你不恐高，有胆量往下看（这里有某个不知名的古迹保存协会安装的栏杆，可以防止你掉下去），整个内庭的构造就会一览无余。你能看到如今正对着上帝的那座敞亮的教堂，以及大厅的窗户和城顶的房；你能看到巨大的外烟囱，构造精巧的相连烟道，古代供人修葺的小房间——现在这些都是对外开放的，还能看到大得出奇的厨房。要是你够机灵，可以在这里待上几天甚至几个星期，推断出马厩、鹰房、牛棚、兵器库阁楼、水井、铁匠铺、狗舍、兵营、神父的房间，以及城主和夫人的卧室分别在哪里。这样，城堡在你的眼中就有了生命：在阳光下，个头矮小的人们在路上来回穿梭；绵羊还像以前一样咩咩叫着；也许你还能听到来自威尔士的三羽箭破空而来发出的嗖嗖声。相比之下，当时的人们比我们矮小很多，想要挤进他们遗留下来的为数不多的几件盔甲和古老手套，还得费一番力气才行。

毫无疑问，对于男孩们来说，这里就是天堂。小瓦就像一只欢快的兔子，在这个迷宫里东奔西跑，他对这里所有的事物和地方都十分熟悉，此外，他还知道每一种特殊的气味，哪里最适合攀爬，哪里是最舒适的窝穴，哪里最适合藏身，以及跳台、滑坡、房间角落、食橱和好吃的东西。他就像一只猫，把一年中最好的地方都占为己有。他仿佛不知道疲惫，不是打闹，就是故意惹恼别人，或者打瞌睡、做白日梦，把自己幻想成一个骑士。现在，他正在狗舍里。

当时的人训练狗的方法跟现在很不相同，他们并不会苛责它们，而是用爱来教育它们。你能想象入籍的猎狐犬管理员跟狗在同一张床上睡觉吗？可是阿里安①却说狗"最好和人一起睡，这样能让其更通人性，也让它们喜欢和人做伴。而且，如果狗在夜里睡不着觉，或者身体不适，你就能立刻知道，第二天就不带它出去打猎了"。在艾克特爵士的狗舍里，有一个叫"狗童"的小男孩就非常特别，每天都和猎犬待在一起。对于猎犬来说，他就是首领。他的任务就是每天带着狗群出去，如果狗的脚上扎了刺，他要帮它们拔出来；他还要防止它们的耳朵发生溃疡；如果狗的小骨头脱臼了，他要为它们包扎；他还要喂它们吃杀虫药；如果有狗得了犬瘟热，他就把它和别的狗隔离开，单独照料；要是狗发生了争执，他要帮忙协调。到了夜里，他会和狗一起睡觉。要是读者们不嫌弃我卖弄学识，在约克公爵——他后来在阿金库尔战役②中捐躯了——所著的《狩猎总管》③中是这样描述承担这一职责的男孩的："我也会对那孩子说，在阳光明媚的日子，要每天早晚带着猎犬散步两次，特别是在冬天。然后让它们在能够被日光直射的草坪上玩闹一番，然后依次为所有的猎犬梳理皮毛，再用大捆的稻草把它们擦干净。这些是每天早上都要完成的事情。然后，他要带着猎犬去一个草木茂盛的地方，让它们自己寻找食物，这对狗群来说可是特效药。"这样，由于男孩和狗"心志合一"，猎犬们就会变得"优雅温和，喜欢打闹，对人和善，对野兽凶猛"。

说到艾克特爵士的狗童，其实就是那个被瓦特咬掉鼻子的孩

---

① 希腊史学家。

② 一四一五年，亨利二世在这场战役中重挫了法军，但第二任约克公爵爱德华在这次战争中殒命了。

③ 约克公爵所写的狩猎书在当时非常流行。

子。自从没有了鼻子，村里的孩子们都朝他扔石头，所以他索性就和动物们待在一起。他会跟动物们说话，但不是和声细语，而是大吼大叫。因为他可以把狗掌上的刺拔掉，还能帮它们解决麻烦，所以狗们都很尊敬他。

小瓦认为狗童非常机智，他随便一动手，就可以教会狗儿做所有的事情，所以对他很有好感。而狗童也像狗儿们尊敬自己一样尊敬小瓦，他觉得小瓦是一个神一般的存在，因为他可以识文断字。他们两个经常在狗舍里碰头，和猎犬们一起打闹。狗舍距离鹰棚不远，位于一楼，上面还有一个阁楼，冬天暖和，夏天凉爽。群中有猎狼犬、锐目猎犬、大侦察猎犬和母猎犬。它们分别叫克鲁西、汤尼尔、菲比、柯尔、格兰、塔伯特、路雅、路夫拉、亚波伦、奥斯洛、布兰、葛乐特、庞斯、小子、狮子、庞吉、托比和钻石。说到小瓦最喜欢的狗，就是卡威尔了，现在他正伸着舌头，在卡威尔的鼻子上舔来舔去——可不是卡威尔在舔他。恰在此时，梅林过来了。

"这个习惯可不太卫生，"梅林说，"不过我不这么认为，因为上帝把它的鼻子和你的舌头都造得很不赖呢。"

"也许它的鼻子还更好一些呢！"这位哲学家又补充道，似乎在思考着什么。

虽然小瓦听不懂梅林说的是什么，但是这并不妨碍他喜欢听他说话。很多大人总是喜欢以居高临下的态度对小孩说话，可是梅林不会如此，他会和平常一样说话，还让小瓦对谈话的内容进行猜测或联想，盯着认识的字词不放，好不容易听懂一个复杂的消化之后哈哈大笑。然后，小瓦就像一只快乐的海豚，在未知的海洋中畅游。

"我们出去吧？"梅林说，"我想是时候上课了。"

小瓦听到这句话，心突然沉了下去。现在已经是八月，距离梅林到这里已经过去了一个月，可是在过去的这一个月里，他们一点儿课都没上。直到现在，他才想起梅林是为什么来到这里，以及讨厌的《逻辑大全》和星盘。但是他也知道，无论如何都得上课，于是他不舍地摸了摸卡威尔，就从地上站了起来。他想，梅林上的课应该不会太差，如果梅林愿意变几个戏法，那枯燥无味的《工具论》都会充满乐趣。

他们走进中庭，火辣辣的阳光照射着他们，比之前铲干草时的阳光还要炽热。在这炎炎烈日下，天空中高挂着在热天里经常出现的雷雨云，大堆积云的光线非常刺眼，但是由于天气实在太热，所以不会出现雷。小瓦想："要是不用进又热又不透风的教室，而是能进护城河游泳就好了。"

他们深吸了几口气，然后加快脚步，跑过了像烤炉一样的中庭。门楼的阴影里非常凉爽，但是高墙封闭的外堡是温度最高的地方。到了沙漠边缘，他们又跑了一次，就冲到了吊桥边。小瓦一边低头看着护城河，一边心想：是不是梅林猜到了我的心思？

在这个季节，睡莲开得亭亭玉立。要不是艾克特公爵提前吩咐在护城河里空出一块水面，留给两个男孩洗澡用，现在护城河里就长满睡莲了。每一年，吊桥的两侧都会清出一块水面，大概有二十码，让人可以从桥上直接跳进去。这条深深的护城河的前身是一个鱼池，好在星期五给城里的居民供应鱼①。因此，建筑师会非常小心地避免排水管和下水道与护城河相连。于是，每年护城河里都有很多鱼。

"如果我是一条鱼该有多好啊！"小瓦说。

"什么鱼？"

---

① 星期五是耶稣被钉上十字架的受难日，基督徒会在这一天斋戒，不能吃肉食，可以吃鱼。

天气实在太热了，小瓦觉得自己的脑子都不会思考了。他看了看护城河里冰凉的琥珀色的水，里面有一群小河鲈正悠闲地东游西逛。

"河鲈吧，"他说，"比起笨鲤鱼，它们要机灵一些，又没有梭子鱼那么凶残。"

梅林拿下头上的帽子，礼貌地把铁梨木拐杖举起来，慢慢地说："林梅上参请有神海受接然欣子此鱼成。"

他的话音刚落，就想起了吹贝壳和海螺的声音，城垛上凭空出现了一个绅士，他的身材胖胖的，笑容可掬。他坐在一朵云上面，腹部有一个锚的图案，胸前有一只好看的美人鱼，下面写着两个字"梅宝"。他吐出一团烟草，就对着梅林和气地点了点头，又举起自己的三叉戟对准了小瓦。小瓦发现，自己身上的衣服不见了，还跌下了吊桥，掉进了水里，发出"扑通"一声。他发现，护城河和吊桥都变成了原来的几百倍那么大，原来自己真的变成了鱼！

"梅林！"他大叫，"您也跟我一起吧！"

"仅此一次！"他身边的一条大黑鱼郑重地说，"这次我可以陪你，以后你就得一个人来了。教育最重要的是经验，经验要靠自己得来。"

小瓦觉得，作为别的动物很有难度。要是他像人那么游泳，就只会缓缓地往前打转。不过，他并不知道鱼游泳的方法。

"不对，"黑鱼略有所思地说，"把下巴靠在左肩上，拱腰。先暂时忘记你的鳍。"

小瓦的双腿融进了脊椎骨，脚掌和趾头变成了尾鳍。他的双手变成了粉红色的鳍，肚子附近也长出了几片鳍。他的头朝着肩膀上面，只要一弯身子，脚趾就会碰到耳朵，却碰不到额头。他的身体变成了橄榄绿色，穿着一身盔甲，两侧还有暗纹。他也不知道哪里是左边，哪里是右边，胸和背怎么区分，看起来像腹部的那里有些发白，看起来很漂亮；背上却有很大的鳍，如果和别的鱼发生冲突，就可以竖起来，里面还有尖刺。他按照黑鱼的教导，把腰拱起来，却直直地游向了淤泥。

"用脚来控制往左还是往右，"黑鱼说，"把肚子上的鳍张开，用它来保持平衡。现在，你需要全面考虑前后和上下。"

小瓦发现，摆动臂鳍和腹鳍就差不多能使自己保持平衡。他慢慢地游起来，快乐极了。

"快点回来！"黑鱼说，"先把游泳学会之后，你才能学习突进。"

小瓦歪歪扭扭地回到黑鱼身边，说："我游得不太直。"

"之所以会有这样的问题，是因为你游泳时用的不是肩膀，而是像小男孩一样用臀部游泳。你要试着直接从脖子往下方拱腰，左右摆动时的力气要一样大，还得用上你的背。"

小瓦身姿漂亮地游了两下，就游进几码外的杉叶藻里不见了。

"很好。"黑鱼在一边说。现在，小瓦在这混浊的橄榄色的水里已经看不到他的身影了。小瓦用力地甩了甩两边臂鳍，用力地挣脱束缚。为了炫耀，他飞快地游回了黑鱼身边。

"不错。"黑鱼说。这时候，他们的尾巴撞在了一起，"但是，你不光要有勇气，还要有方向。"

"你看看自己能不能做到。"他补充道。

他看起来非常轻松地退到了一朵睡莲下面。虽然看起来很轻松，但是聪明好学的小瓦看到了他的鳍都有哪些动作。于是，他也学着黑鱼的样子，逆时针摆动自己的鳍，尾巴轻轻一弹，就游到了黑鱼身边。

"真棒！"梅林说，"我们在水里游一会儿吧！"

现在小瓦已经学会了保持平衡，动作也非常流畅，就有心思观察周围的环境了。多亏了那个胖绅士的三叉戟，他才能够到这个奇妙的世界里来。这里和他原本生活的那个世界有着很大的差别。比如说，此刻他头顶的天空是一个规则的圆形，地平线和这个圆紧紧相贴。要在距离头顶几英寸的地方画一道圆形的地平线，而不是平日里那种平坦的地平线，才可以想象小瓦此时看到的世界。在空中这道圆形的地平线之下，你还得在水下想象一道球状的地平线，而且它还得是上下颠倒的——因为水面对于生活在水里的生物来说就像一面镜子。要进行这番想象是很有难度的，主要是因为水面上所有事物的四周都弥漫着一圈七彩光谱。比如说，如果你想把小瓦变身的这条鱼钓起来，他会从如同盘子一般的上空边缘看到你，而且，他看到的不是一个人，而是轮廓分别为红、橙、黄、绿、蓝、靛、紫的七个人。实际上，现在你在他的眼里已经变成了七彩人，周身散发着不同的颜色，这些颜色互相交织，如同诗中那个在水面上燃烧的埃及艳后。

另外一件让小瓦觉得开心的事，是此刻他没有了重量，摆脱了地面的束缚，不用因为地心引力和大气压力的作用而贴着地面行走。他可以实现人类梦寐以求的理想——飞翔。其实，在水里飞翔和在空中飞翔是一样的。而且他不需要借助机器的帮助，静静地坐在那里拉拉杆，而是像人类渴望已久的，用自己的身体飞翔。

他们刚要游着去巡视，就看到两株杉叶藻轻轻摆动，从里面钻出了一条看起来有点儿胆怯的鲤鱼，它有些不知所措，就停在那里不动。它面色苍白，眼神焦虑，看起来有话想说却又不知道是否该说。

"过来。"梅林的口气非常严厉。

鲤鱼听到他的话，就像一只母鸡一样冲了过来，脸上全是泪水。它结结巴巴地说：“大……大夫，请您行行好。”它太着急了，说话又结巴，所以小瓦和黑鱼几乎听不懂它的话。“我的家里……有人生了……非常可怕的病……我想……您能去看一看吗？我的妈妈……每天都是仰着肚皮游泳……看起来非常吓人……而且……说话也非常奇怪……我们都认为……需要找个大夫……去看一看……您方便吗？是克……克……克拉拉要我这么说的，您……您听明白了吗？”

说到这里，可怜的鲤鱼只顾着流眼泪，说话声都听不见了，只能哀怨地看着梅林。

“别担心，小伙子。”梅林说，“带我去看看你妈妈，我们再决定吧。”

三条鱼一起游进了吊桥下面那昏暗的地方，去执行爱心任务了。

“鲤鱼们总是神经兮兮的，”梅林用鳍捂着嘴，小声对小瓦说，“我猜是太过紧张了，才变得神经兮兮。这种情况可不能找大夫，得找心理医生才行。”

就像鲤鱼描述的那样，它的妈妈仰着肚子躺着，眼睛斜着，腹部的鳍全都放在胸前，隔三岔五吐出一串泡泡。它的孩子们都围在它身边，一看到它吐泡泡，就惊叫、推搡起来。它脸上的笑容像天使一样纯洁。

梅林像一个专业的医生一样问道：“鲤鱼太太，您今天觉得怎么样？”

他拍了拍那些小鲤鱼的头，就大摇大摆地游向了鲤鱼太太。我们在这里要说一下，梅林变成的黑鱼身形宽厚，足有五磅①重，颜色像皮革，有着小小的鳞片。它的鳍上有脂肪，摸起来十

---

① 一磅约为 0.91 斤。

分滑溜。此外，他还有一双金盏花颜色的眼睛，这一切让他看起来非常值得尊敬。

鲤鱼太太有气无力地伸出一片鳍，叹着气说："大夫，我可算把您给盼来了。"

"嗯。"大夫的声音很低沉。

然后，他让大家都把眼睛闭上——但是小瓦偷偷睁开眼睛看了。只见梅林一边绕着鲤鱼太太慢慢游动，一边跳起了舞，还唱起了歌，歌词如下：

> 治疗、象皮、诊断，碰！
> 胰脏、静电、解毒，轰！
> 正常代谢作用、唠唠作用、叨叨作用
> 咔嚓、咔嚓、咔嚓嚓
> 剪光所有病痛！
> 消化不良、贫血症、毒血症！
> 一、二、三，把它赶到门外！
> 有呱啦和叽里，可以免治疗费五基尼！

唱到后面，他紧贴着鲤鱼太太游了起来，他腰侧棕色滑鳞都触碰到了患者苍白的鳞片。这可能是他在用自己身上的黏液为其治疗，也可能是接触疗法、按摩或催眠术。据说，不管什么鱼生了病，都会去找黑鱼。反正鲤鱼太太眯眼斜视的毛病消失了，也翻过了身，说："亲爱的大夫，我感觉自己现在吃沙蚕都没有问题呢！"

"您现在不可以吃沙蚕，"梅林说，"至少也得等两天之后。鲤鱼太太，我给您开一张药方，您需要每隔两个小时吃一次水藻浓汤，毕竟得让您先恢复体力嘛，对不对。罗马不是一天建成的。"

然后他就拍了拍身边的小鲤鱼，告诫它们好好成长，做勇敢的小鱼。然后，他就神气地游向了深水，游的时候嘴巴还在动来动去。

"我刚才听到您说罗马，是什么意思？"等他们来到了一个别人无法听到他们谈话的地方，小瓦好奇地说。

"只有上帝知道。"

他们往前游啊游，一旦小瓦忘记用背鳍，梅林总会及时提醒。慢慢地，他们看清了这个神奇的水下世界。比起陆地上的燥热，这里实在是清凉极了。这里长着很多细密的水草，里面悬浮着很多刺鱼，正在学习运动。听到"一"，它们就会一动不动；听到"二"，它们就会全体转向；听到"三"，它们就一起冲出去，组成一个圆锥，通常锥顶部位就是食物。在睡莲的茎部或者叶片下面，福寿螺缓慢地爬行着；而在水底，淡水河蚌躺在那里无所事事。它们的肉跟鲑鱼肉的颜色差不多，是粉红的，如同美味的草莓冰激凌。他们还看到了一小群河鲈——好像河里所有的大鱼都藏起来了，还真是有点儿奇怪呢——由于微妙的血液循环，它们有点儿类似维多利亚小说里的仕女，脸色既容易红又容易白。不过，它们是深橄榄绿而不是红，而且是愤怒造成的，而不是它们害羞。每当梅林和小瓦从它们身边游过，它们就会把带刺的背鳍竖起来，一副恶狠狠的样子，直到看出梅林是黑鱼，它们才会解除戒备。它们的身体两侧带有黑纹，这让它们看起来好像烤鱼。而且，这些条纹的颜色并不是固定不变，有时候会变暗，有时候会变亮。有一次，他们俩游经一只天鹅的下方，这只白色的天鹅就像一艘齐柏林飞船①一样漂浮在水面上。他们能看

①　由德国飞船设计家斐迪南·冯·齐柏林伯爵设计制造。

清的，只有它位于水下的部分，而且能看得非常清楚。他们发现，这只天鹅的身子微侧，还缩着一只脚。

"您看！"小瓦说，"这是一只跛脚天鹅，多可怜啊。它只有一只脚可以划水，还得弓起另一半身体。"

"瞎说！"天鹅把脑袋埋进水里，两个黑色的鼻孔张得大大的，"天鹅都会用这种姿势休息，别在那装模作样了！"它就这么从高处瞪着他们，如同一条从屋顶突然钻进来的白蛇，直到再也看不见他们。

"看你游泳的样子，"黑鱼说，"似乎不怕这世界上的任何东西。你是穿过那片森林才找到我的，你有没有觉得，这里跟那片森林有些相似？"

"是这样吗？"

"看那边。"

小瓦看了看那边，一开始，他什么都没看到。然后，他就看到在睡莲的影子下面，靠近水面的地方，静静地浮着一个半透明的小东西，享受着阳光的照射。那是一条小梭子鱼，它的身体硬邦邦的，可能已经进入了梦乡。它的外形很像一根烟斗柄，又像躺平了的海马。无疑，它长大后一定会是个强盗。

"我带着你。"黑鱼说，"让你拜会一下这里的老大。我是医生，享有豁免权。由我带你去，他应该会对你很客气的。不过你最好把尾巴收敛一下，谁也不能保证他是不是正在气头上。"

"他是不是这护城河里的王？"

"是的，有人叫他老杰克，也有人叫他黑彼得。但是，大多数时候大家都不敢直呼其名，只敢叫他彼老大，等一会儿你就能见到老大的风采了。"

小瓦跟在黑鱼身后不远的地方，不得不说，他的做法非常正确。因为等他回过神来的时候，他们已经距离目的地不远了。在他们下方的位置，就是那个上了年纪的王。小瓦一看到他，就吓得后退了几步。彼老大的长度为四英尺，不知道体重为多少。他的个头这么大，被莲茎丛一遮，看起来黑乎乎的，几乎看不清。他的脸上带有作为一种因为长期独裁而被蹂躏的各种表情——残酷、悲伤、年岁、尊严、自私、孤寂，以及因为太过强烈而难以承受的情绪。他有时候悬浮着，有时候游动着，他那张巨大的嘴向下耷拉着，流露出一种嘲讽和忧郁的表情。他的下巴瘦削而又干净，很有美国味，看起来有点儿像杉木大叔。他非常冷酷，没有理想，也不讲逻辑，而是蛮横无理，喜欢掠夺，也不会同情别人。他那双像明珠一样的眸子却瞪得很大，里面充满了惊慌、敏感和悲伤，像一只受伤的鹿。他浮在那里不动，用严厉的目光注视着他们。

小瓦偷偷想着，他可不想跟彼老大有什么瓜葛。

"大人，"梅林并没有看到小瓦的不安，"我带了一位年轻的教授来见您，虽然他年纪不大，但是志向高远。"

"学什么？"护城河之王用鼻音说。

"力量。"梅林说。

"让他自己说。"

"不好意思，"小瓦说，"我不知道该问些什么。"

"唯一的一件事，"彼老大说，"就是你假意想要获得的力量：磨碎的力量，消化的力量，搜索的力量，追寻的力量，等待的力量，获取的力量。它们都源自你的后颈。不要对别人心怀慈悲。"

"谢谢。"

"演化之力用爱来戏要我们，用喜乐来引诱我们。只有力量最重要，个人心智的力量，然而仅有它还不够，最具有决定性的力量就是肉体的力量。力量即正义。"

"小少爷，我想你是时候离开这里了。我觉得咱们之间的对话没什么趣味，而且让人很累。我觉得，你最好现在就离开这里，以免我这种毫无理想的嘴想要把我那长满了牙齿的腮介绍给你。要是你够聪明，就用尽全力，迅速离开这里吧！就这样，我的伟大跟你说再见。"

　　小瓦听着他的夸夸其谈，差一点被催眠，根本没有注意到，那张紧闭的嘴正缓缓地逼近自己。他只顾着听说教，注意力被分散了，所以没有发现鱼嘴已经来到了距离自己的鼻子一英寸的位置。彼老大说完最后一句话，就张开了他那张可怕的大嘴，骨头之间和牙齿之间的皮肤全部张开。看起来，这张嘴里长满了像刺一样尖锐的牙齿，密密麻麻的，跟工人的靴子底部的钉子差不多。小瓦直到最后一刻才清醒过来，想起彼老大的命令，迅速逃离。在他的尾巴的末端，那张长满牙齿的大嘴突然闭上了。幸好，他用漂亮的拱腰摆尾躲开了。

　　一秒钟后，他和梅林回到了陆地上，脚下是被晒得滚烫的吊桥。他们穿着湿漉漉的衣服，气喘吁吁的。

第六章

　　一个星期四的下午，凯伊跟小瓦像以往一样，来到射箭场上练习射箭。场上有两个彼此相距五十码的箭靶，都是用稻草扎成的。他们朝着一个箭靶射箭之后，就可以走到靶前，把箭捡起来，转身再向另一个靶射箭就可以了。这是一个阳光明媚的夏日下午，晚上还能吃到鸡肉。梅林来到位于射箭场外边的一棵树下，在树荫里坐了下来。受到阳光、鸡肉和淋在布丁上的奶油的影响，再加上男孩们在场地上来回走动，以及类似于割草机发出的噪声的箭射中靶子的声音，让人觉得像村子里举办的板球赛一样，很有催眠的效果。他看着头上的树叶间那如同鸡蛋一般大小的光影，很快就进入了梦乡。

　　在当时，射箭是印第安人和小孩子都还没有学会的一件事。要是你把箭射偏了，自然就会大发脾气，这一点和如今那些靠猎雉鸡打发时间的有钱人一样。凯伊射箭的时候，用的力气太大，而且不是让弓把箭带出去，而是拉弦，结果不难想见：他射偏了。

"算了！"他说，"我受不了这些讨厌的箭靶了，不如我们射木鸟好了。"

于是他们离开箭靶，开始射木鸟。木鸟是类似鹦鹉的假鸟，个头很大，色彩艳丽，黏在一根木棍上。凯伊射了几箭，并没有射中木鸟。一开始他还气呼呼地想："我非要射中这个讨厌的东西不可，哪怕为此耽误了吃下午茶也无所谓。"但是，很快他就失去了兴趣。

小瓦提议道："那我们去外面找靶子吧！只去半个小时，然后回来叫醒梅林。"

小瓦所说的去外面找靶子，就是带着弓箭去外面散步，找到二人都满意的目标之后，就一个人射一箭。这个目标可能是一座鼹鼠丘、一丛蔺草，也可能是脚下的一丛蓟草。他们选择的目标的距离也不固定，有时候会选位于一百二十码之外的东西——这是他们的箭能射的最远距离；有时候又会选低于脚下的蓟草的地方——因为射出去的箭总会高出一两英尺。如果射中目标，就算五分。如果没有射中目标，但是箭和目标的距离不超过一把弓，就算一分，最后把分数加起来。

星期四这天，他们选择目标的时候非常谨慎。田野里的草刚刚割完，现在长得不高，大大降低了他们寻回箭枝的难度，否则光是找箭也很麻烦，就好像在树篱附近或困难的区域打高尔夫球一样麻烦。没想到今天他们比平时走得远多了，很快就来到了距离库利走失的那个森林不远的地方。

"我想，"凯伊说，"我们不妨直接去猎场的兔子洞，看看能不能在那里抓到兔子，那可比在这里朝着小山丘射箭有趣得多。"

于是，他们来到了猎场。他们站在相距一百码的位置，每人挑选了一棵树，站在树下等兔子。他们不出声，只悄悄地拉弓搭箭，以免发出声音惊扰从洞中出来的兔子。对于他们俩来说，这么站着并没有难度，因为他们刚开始学箭时，通过的第一关就是拉着弓站立，足足要站上半小时。他们每人有六支箭，箭落地之后，要记住落地的方位，等到六支箭全部射完，才冒着把兔子吓回洞里的风险，把箭一一捡回。一支箭发出的声音不大，所以只会吓到被射的兔子，其他的兔子是不会受影响的。

凯伊射到第五支箭的时候，好运终于光顾了他，可能是风量和距离都很合适，他的箭射中了一只小兔子的脑袋。当时，它正笔直地站在那里看着他，思考着他是什么。

"太棒了！"小瓦大叫着，和凯伊一起跑过去抓兔子。有生以来，他们还是第一次射到兔子，而且凯伊还直接把它射死了。他们拿出梅林送的那把猎刀，把兔子开膛破肚，取出内脏，以便让它保持新鲜；然后又把它的两只后腿交叉起来，方便拿回家。做完这一切，他们就打算带着这只战利品回家了。不过，他们决定在解下弓弦之前，还要举行一个仪式。每个周四下午，他们会在结束射箭之后，向空中射一支箭，以此作为终结，也代表着一种胜利。现在，为了向他们的第一个猎物致敬，他们也打算这么做。

小瓦把箭射出去之后，就目送着它往上飞。现在太阳快落山了，他们身上落下了树木的影子。箭枝飞跃了树梢，慢慢升高，距离天空越来越近。今天的箭并不摇晃，而是直冲冲地飞向天空，闪耀着金黄色的光芒。就在它的力气即将耗尽，准备落回地面的时候，发生了一件怪事。不知道从哪里飞来了一只乌鸦，慵懒地扇动着翅膀，在落日的余晖下飞行。它看到这支箭，就毫不犹豫地把它叼在嘴里，慢慢地飞走了。

凯伊看到这一幕非常害怕，小瓦却生气极了。刚才他看着这支箭飞在空中，心里别提多高兴了。而且，这也是他所有的箭中最漂亮的一支。它可以完美地平衡，而且非常锐利，箭羽紧致、搭弦精准。它从来没有剐蹭，也没有弯折过。

"一定是某个巫婆在使坏!"凯伊说。

第七章

　　凯伊和小瓦每周都会有两个下午要练习长矛比武和骑术，在当时的绅士教育中，这两项尤为重要。梅林对于运动有很大的怨气，他说，如今只要是能够把别人击落下马，就会被视为接受过教育。他还说，学术之所以一蹶不振，都是对运动的狂热导致的；如今的学术风气早已不能和他小时候相提并论，所有的公立学校都不得不把标准降低了。可是长矛比武选手出身的艾克特爵士却说，克雷西之战①是在卡美洛的比武场上获胜的。对于这番言论，梅林气愤不已，于是他让艾克特爵士连续两晚遭受了风湿之苦，才算解气。

　　长矛比武这门艺术非常高深，需要经常练习。比武时，两名骑士各骑一匹马，面对面站着，右手持矛，对手就在自己的左侧。其实，长矛基部的握柄位于对手冲来的方向的外侧，因此有

---

　　① 一三四六年，英王爱德华三世将菲利普六世统领的法军打得落花流水。

些人，比如习惯用狩猎短鞭开门的人，就会认为长矛这样拿是不对的。其实，长矛的这种拿法是有原因的。首先，这意味着两位骑士都用左手拿着盾牌，两个人冲到一起的时候，也是盾牌对盾牌，这样能保护骑士。其次，如果你无法确定自己能不能用矛尖将对方刺到马下，也可以用矛朝着对方横扫过去，用矛的侧边将其击落。不过，这种打法是长矛比武中最没有技巧的，也是最低级的。

蓝斯洛或崔斯坦这种长矛比武高手，最喜欢用矛尖刺，以此抢先攻击敌人。但是如果技术不到位，这种刺法是有很大的可能刺不中的。要是一名骑士一开始就横握长矛，想把对手从马背上扫下去，那么对手在距离他有一支长矛那么远的时候，就可以把他从马背上刺下去了，根本等不到他横扫。

如何握矛才能提高刺中率，也是一门很深的学问。如果俯卧在马背上，用力握住长矛，等着迎接猛烈的撞击，是毫无用处的。因为你的马儿在飞快地往前奔驰，如果你就这么硬邦邦地握着，那矛尖也会随着马的奔驰而不停地摇晃，根本不可能刺中对手。你应该做的，就是放松一点，自然地握着矛，跟随马儿奔驰的节奏对矛尖进行调整。在即将出手的前一秒，再用双膝夹住马肚，用力前倾；这时候不光要用之前用到的拇指和食指，还要用所有的手指和手掌握紧长矛。与此同时，你的右肘要靠在身边，对矛柄进行支撑。

接下来就是长矛的尺寸。毫无疑问，如果一个人可以拿一根一百码长的长矛，那在手持十英尺或十二英尺长矛的人靠近他之前，他就可以将对方击落马下。但问题是，没有人可以造出长一百码的长矛，就算真的有人能造出来，也不可能有人拿动。比武者要找到最适合自己的距离，还要保证速度最快。就拿我们后面的故事中要提到的蓝斯洛爵士来说，他就有好几支长矛，长短不一，他会视情况带着合适的长矛上阵。

另外还要注意的一点，就是刺敌人的什么部位。野森林城堡的兵器库里珍藏着很大的一幅画，画上是一个从头到脚都武装起来的骑士，他的每一个弱点都被圈了出来。因为穿的盔甲不同，弱点也就不相同，所以在冲刺之前，你必须好好观察对方，发现对方有什么弱点。当时，那些顶级的武具师傅都住在瓦林顿，可能他们现在还在那里居住。顶级的武具师傅在制作盔甲的时候，会将所有面朝前方或者可能被刺中的部位做成凹面，这样就算长矛刺中了这些部位，也会滑开。不过，大部分歌德式盔甲的盾牌却是凹状的。让矛尖停在盾牌上是最合适的，因为一旦它向上或者向下滑，就可能击中铠甲上更为薄弱的地方。想要把人从马背上刺下来，最好攻击对方头盔的顶饰。如果对方注重外表，头上的金属装饰非常大，矛尖就能在其两侧的折翼和羽饰找到非常好的落脚点。有很多人喜欢佩戴头盔顶饰，形状也多种多样，有熊和龙的雕像，也有船舰或城堡形状。不过，蓝斯洛爵士是个例外，他要么不戴顶饰，要么就装饰上让长矛无从下手的羽毛。在一个特殊的场合中，他甚至用了一截仕女的袖子作为顶饰。

凯伊和小瓦要学习的正统长矛比武有很多细节，只怕要占用很多时间才能详细讲述。因为在当时，想要精通任何一门技艺，都必须从最基础的开始学起。你要知道，最适合制作长矛的是什么木料，其原因是什么，而且，为了防止长矛断裂或弯折，还要定期转动长矛。此外，他们还必须清楚关于武器和护具的几千个尚无定论的问题。

艾克特爵士的城堡外面，就是一座比武场。但是凯伊降生之后，这里还从来没有举办过比武大会。那里生长着一片碧绿的短草，四周还有一些凸起的斜坡，上面也长满了草，可以在那里搭建帐篷。场边有一座由支架支撑起来的木头看台，是专门为女士们修建的，如今已经有些年头了。现在，比武场被用作了练习场，一端矗立着一个旋转人偶矛靶，另一端有一个枪环。这个矛靶是一个插在杆子上的木刻撒拉逊人，它的脸是亮蓝色的，胡子是红色的，双目怒视。它左手持着盾牌，右手拿着一把扁平的木剑。要是你用长矛击中他额头的正中间还好，一旦你击中了它的盾牌或者身体两边的任何一个部位，它就会迅速旋转，在你骑马经过它身边的时候，狠狠地打在你身上。它身上涂的漆已经破损了，右眼上方的木头也被挑了起来。枪环非常普通，只用一根绳子拴着，吊在一座像绞架一样的架子上。如果你正好把枪刺进了铁环，绳子就会断裂，你就可以用长矛挑着铁环得意地离开了。

秋天快到了，此时的天气是久违的凉爽。现在，凯伊、小瓦、武具师傅和梅林都在比武场里。这个武具师傅还有另外一个身份，就是城堡的警卫官。他的肤色很白，精力十足，小胡子上打了蜡，是个刻板的绅士。他走路的时候总是昂首挺胸，非常高傲，就像一只球胸鸽。他只要一抓到机会，就会大喊："预备——"他总是用力把小腹缩回去，可是因为胸膛太过突出，所以他无法看见自己的两条腿，以至经常会摔倒在地。他喜欢抖动自己的肌肉，这一点让梅林很不满。

此刻，小瓦和梅林并排躺在看台的阴影里。小瓦手忙脚乱地在抓身上的秋螨。在这个季节，有锯齿的小镰刀刚刚收起来，收割好的麦子每八束堆成一堆，立在收割完毕的麦田里。现在，小瓦的身上痒痒的，肩膀也有点儿酸。另外，他的一只耳朵有点热辣辣的，原因就是他参加平日里的这种练习时不穿护甲，而刚才练习刺矛靶的时候又不小心刺偏了。好在现在轮到凯伊去练习了，于是小瓦慵懒地躺在阴凉地，一边犯困一边挠痒，有一搭没一搭地看着，还像只小狗一样扭个不停。

梅林背对着场地坐着，正在练习被自己遗忘了的一个法术。

本来，这个法术是可以把警卫官的胡子全部变直的，但现在只能变直一根，而且警卫官根本没有发现这一点。每当梅林施展完法术，警卫官又会慢吞吞地把自己的胡子卷回去，把梅林气得骂了好几句"该死的！"然后重新来过。有一次，梅林一不小心把法术用错了，让警卫官的两只耳朵拍了拍，这可把他吓坏了，他吃惊地瞥了一眼天空。

警卫官站在场子的另一头大叫着，他的声音顺着空气传了过来。

"凯伊少爷，这样是不对的。您看，要用右手的拇指和食指夹住长矛，而盾牌要跟裤子的缝成一条直线。"

小瓦揉了揉自己酸痛的耳朵，叹了一口气。

"你愁什么呢？"

"我不是发愁，只是在想事情。"

"想什么？"

"也没什么，就是凯伊学着当骑士的事。"

"那你要愁的可多了！"梅林生气地说，"这年头，没有脑袋的独角兽遍地都是，他们拿着棍子，把人从马背上推落下去，就得意地宣称自己接受过教育。真是，一想到这些就烦死我了！哎，艾克特爵士为什么不找一个比武高手来给你们做家教呢？我想，他看到你们像人猿一样到处晃荡，说不定会更高兴。为什么要找一个为人正直，在国际上享有很高的声誉，把欧洲所有大学的一级优等学位拿了个遍的魔法师来呢？我就讨厌诺曼贵族的这一点，一门心思想着运动！"

说到这里，他生气地闭嘴了，然后故意让警卫官的两只耳朵同时拍了两次。

"我想的不是这个，"小瓦说，"而是如果可以跟凯伊一样做骑士，就太棒了！"

"哎，那你等的时间也不会很久，对吧？"梅林不耐烦地问。

小瓦没有说话。

"对吧？"

梅林转过身，从眼镜后面打量着眼前这个男孩。

"又怎么了？"他非常凶狠地问。他发现，现在小瓦正在努力控制自己不要哭出来。如果自己口气温和，说不定小瓦就要哭了。

"我是没法成为骑士的。"小瓦冷漠地说。梅林的方法很奏效，现在小瓦根本不想哭，只想对着他狠狠地踢上一脚。"我又不是艾克特爵士的亲生儿子，怎么可能成为骑士呢？只有凯伊能成为骑士，而我只能成为他的随从。"

梅林转过了身，眼镜后面的眼睛却散发着神采。"那真是太可惜了。"他冷漠地说。

此时，小瓦将自己所有的想法和盘托出："要是我有亲生父母该有多好啊！那样我就可以成为一个游侠骑士！"他大声说。

"你会怎么做？"

"我会有一套亮闪闪的盔甲，十二根长矛，还有一匹黑马，足有十八掌幅①那么高。我要化名'黑骑士'，在井边或者浅滩等待着，任何想要从这里经过的骑士，都要为了自己侍女的名誉跟我进行决斗。我会把他们打得落花流水，再放他们走。我会在野外搭建帐篷，住在里面，只做一件事，就是跟人比武，四处探险。然后我会去比武大会，打败所有人，但是我不会告诉别人我叫什么。"

"只怕你太太不愿意过这种生活吧。"

"我才不会娶太太呢！她们都笨得要命。"

---

① 掌幅是测量马匹高度的单位，一掌幅约为 10 公分。

"不过我会有心仪的人，"这个未来的骑士羞涩地补充道，"这样我就可以把她的信物绑在我的头盔上，为了她的名誉建功立业。"

一只大黄蜂从他们两个中间飞过，飞离看台，来到了阳光下。

"你要不要看真正的游侠骑士？"梅林慢慢地说，"就当是给你上课好了！"

"当然想！我们这里连比武大会都没有呢！"

"我觉得这应该可以安排。"

"请您带我去好吗！就像您上次把我变成鱼那样。"

"我想这应该有一点教育意义。"

"很有教育意义！"小瓦说，"我觉得看真正的骑士决斗是最有教育意义的！请您带我去吧，好吗？"

"你想看哪个骑士呢？"

"派林诺国王！"小瓦毫不犹豫地说。自从在森林中遇到国王之后，他一直都忘不了他。

梅林说："好吧。把你的手放在身体两侧，放松肌肉。卡布利西亚、卡塔拉慕斯、辛古雷勒特、诺米拿地法、黑克慕撒。闭上眼睛，不要偷看。波拿斯、波那、波怒。我们走。德悠斯、桑克德斯、艾斯涅、欧雷修、拉丁那斯？埃田、正是、夸列？为什么？主词偕同形容词和阴阳性变格与单复数词性上必须一致。我们到了。"

小瓦听着他念咒，产生了一种非常奇怪的感觉。一开始，他还能听到警卫官的声音，他在大声对凯伊说："不可以！脚跟站稳，借助屁股的力量完成转身。"然后，这个声音越来越微弱，有点儿像拿着望远镜观察自己的脚。然后，他感觉自己进入了一个圆锥体，正在不停地旋转，好像在一个旋涡的端点，很快就要被吸入空气。然后，他就听到了巨大的噪声，好像形成了龙卷风，让他有些难以承受。最后，一切全都安静下来了，只听到梅林说："到了。"这种景象持续的时间，与一枚价格低廉的火箭腾空而起，升到最高处的时候急转直下，轰隆一声落成星火所需的时间差不多。他睁开眼睛，和那根无形的木棍坠地是同步的。

现在他们来到了野森林中，躺在一棵山毛榉树下。

"到了。"梅林说，"站起来把衣服拍干净。"

"我想，那个就是，"魔法师满足地说，因为咒语没出错，"你的朋友派林诺国王，他正穿越平原，朝我们走过来。"

"嗨！"派林诺国王大叫道，把面甲打开又合上了，"这不是家里有羽毛床的那个孩子嘛！对不对？"

"没错，是我，"小瓦说，"见到您真高兴，您有没有抓到寻水兽？"

"还没有呢！"派林诺国王说，"你这母狗，快点过来，别在树林里磨蹭了。你真是太调皮了，总是到处乱跑。你一门心思想要抓兔子对不对？我不是跟你说了嘛，里面什么都没有，你这条坏狗！听话，快过来！"

"它向来不听我的话。"他补充道。

这时，猎犬在灌木丛中发现了一只雉鸡，就把它赶了出来，雉鸡拼命地拍着翅膀逃走了。猎犬高兴极了，喘着粗气，拖着绳子，围着主人转了三四圈，听它的声音还以为它得了气喘。派林诺国王的马儿站在原地，任凭狗绳把它的四只脚都缠住了。没办法，梅林和小瓦只能帮忙抓住猎犬，解开绳子，才能继续谈话。

派林诺国王说："非常感谢。现在帮我介绍一下这位朋友吧！"

"他是梅林，既是我的家教，又是一位伟大的魔法师。"

"您好！"国王说，"我早就想认识一位魔法师了，其实我觉得认识谁都可以，这样可以让我的冒险时光过得快一些。"

"致敬。"梅林神秘莫测地说。

"致敬。"国王想给对方留下一个好印象，就匆忙回答。

他们握了握手。

"您刚才说的是'致敬①'吗？"国王一边着急地东张西望一边说，"我觉得天气会变好的。"

"他是在问您好。"小瓦解释道。

"对，您好啊！"

他们又握了握手。

"下午好，"派林诺国王说，"您觉得此刻天气如何？"

"我看是高气压。"

"没错，是高气压。"国王说，"我得走了。"

国王抖动了几下，面甲又开关了几次，他咳嗽了几声，把缰绳团到一起，大声说："不好意思，您可以再说一遍吗？"看来他想骑着马快速逃离这里。

"他是白魔法师。"小瓦说，"陛下，您不用害怕。他是我最好的朋友，而且他的法术经常失灵。"

"没错，"派林诺国王说，"白魔法师是吧？这个世界实在是太小了。您好啊！"

"致敬。"梅林说。

他们又握了握手。

"如果我是你的话，"魔法师说，"我就要留在这里，因为格鲁莫·格鲁穆森爵士即将向您发起挑战，跟您比试长矛比武。"

"真的吗？有个什么爵士要跟我比武？"

"是的。"

---

① 在英文中，"致敬"和"下冰雹"是同一个单词"hail"。

"有没有让步①?"

"我估计没有。"

"哎,不得不说,"国王大声说,"要么不下冰雹,要么就大得吓人!"

"致敬。"梅林说。

"致敬。"派林诺国王说。

"致敬。"小瓦说。

"那从现在开始,我就不能跟别人握手了,"国王说,"我们要装成熟人。"

"格鲁莫爵士真的会来?"小瓦急切地换了一个话题,"他是真的要向派林诺国王发起挑战?"

"看那边。"梅林说着,指向了一个方向,其他两个人就顺着他的手指看过去。

格鲁莫·格鲁穆森爵士全副武装,正骑着马奔腾在草地上,离他们越来越近。他戴的不是平日里那种护面头盔,而是正式的比赛头盔,这让他看起来活像一个大煤筐,还随着马儿的奔跑发出哐当哐当的响声。

他唱起了从前的校歌:

> 我们拿起长矛比赛,
> 端坐马背,岿然不动,
> 什么都无法斩断,
> 我们对母校深沉的爱。
> 跟上、跟上、跟上,
> 直到盾牌砰砰响,

①　在现代运动中,双方力量悬殊时,给占优势的一方附加一些不利条件。

随着铮铮铁骨的男儿叮当响。

"天啊！"派林诺国王大声说，"我上次跟人用长矛比武还是两个月之前的事。去年冬天，他们撺掇着我打了十八场，当时他们制定了新的让步规则。"

他的话音还没落，格鲁莫爵士就到了，他一眼就认出了小瓦。

"早上好啊！"格鲁莫爵士说，"您是艾克特爵士的儿子，对不？那那个戴帽子的是谁？"

"是我的家教，"小瓦急忙说，"他叫梅林，是个魔法师。"

格鲁莫爵士仔细端详着梅林。在当时的比武阶级看来，魔法师只是中产阶级。他冷漠地说："哦，是魔法师啊，您好啊！"

"这一位是派林诺国王。"小瓦介绍道，"格鲁莫·格鲁穆森爵士，派林诺国王。"

"您好啊！"格鲁莫爵士说。

"致敬，"派林诺国王说，"我的意思是，不会下冰雹，对不对？"

"天气不错。"格鲁莫爵士说。

"是挺不错的，对吧？"

"今天是在探险吗？"

"是的，谢谢您。您也知道，我一直在探险，追寻那只寻水兽。"

"这倒是一件有趣的差事。"

"确实很有意思。您想不想看看粪媒？"

"天啊，太棒了，让我看看吧！"

"我家里还有更好的，不过说实话，这些也值得一看。"

"原来这就是它的粪媒啊！"

"没错。"

"这粪媒真有趣。"

"是挺有趣的，可也会觉得烦的。"派林诺国王补充道。

"今天天气不错，对吧？"

"是挺不错的？"

"不如我们比试一场怎么样？"

"可以，我们就比试一场吧！"派林诺国王说，"真的。"

"我们要以什么名义比试呢？"

"就按照惯例好了，麻烦你们哪位替我换上比武头盔好吗？"

他们三个人都得帮忙才行，因为今天早上国王起床的时候太着急了，将螺帽和螺钉都旋错了螺纹。他们需要帮国王拧开所有的螺钉和螺帽，再把他原来戴着的头盔摘下来，换成比武头盔。这项工程也非常浩大，因为比武头盔的个头足有油桶那么大，而且里面还垫着两层皮革以及厚达三英寸的干草。

准备好之后，两名骑士就分别站在了草地的一端，并同时冲向对方。最后，他们在中间相遇了。

"好骑士，"派林诺国王说，"您愿意把您的姓名告诉我吗？"

"我要考虑一下。"格鲁莫爵士也按照惯例给出了回答。

"这话实在是太不恭敬了！"派林诺国王说，"你身为一个骑士，如果没做什么亏心事，就不用害怕，可以把你的名字告诉我。"

"虽然是这样，我也打算暂时不把我的名字告诉你，你不要再问了。"

"虚伪的骑士，那你就留在这里，跟我比试长矛吧！"

"派林诺，您说错了吧？我记得应该是'你将'。"格鲁莫爵士说。

"不好意思，格鲁莫爵士，你说得没错，我马上改正。虚伪的骑士，那你将留在这里，跟我比试长矛吧！"

两位绅士说到这里就闭嘴了，他们分别回到了空地的两端，拿好长矛，准备开始第一回合的比拼。

"我觉得我们还是爬到树上为妙，"梅林说，"谁也不知道这样的比武中间会发生什么。"

他们爬到了那棵高耸入云的山毛榉上，它的枝干向四周伸展。小瓦爬到了一根距离地面有十五英尺的光滑的粗枝上，来到末端坐好，这里的视野最为开阔。坐在山毛榉看台上观战，别提有多舒服了。

在描绘激烈的打斗场面之前，我们得先说明一件事。在当时，也就是盔甲最重的年代，全副武装的骑士背负的金属几乎跟自己一样重，甚至比自己还重。通常他们背负的盔甲有一百四十公斤重，甚至有一百六十公斤重。换言之，他们骑的是一匹步履缓慢、能堪重负的马，与如今的耕作马类似。而且，受到自身的盔甲和护垫的阻碍，他们的动作非常迟缓，类似于电影里的慢动作。

"开始了！"小瓦高兴地大叫，连呼吸都不敢大声了。

两匹笨重的战马郑重地迈开步伐，缓慢前行。本来直指天空的长矛此刻也变成了水平方向，正对着对手。看来，派林诺国王和格鲁莫爵士已经拼尽全力了，他们用力地用脚后跟踢着马肚。过了几分钟，两匹战马缓缓加速，轰然前行，发出了叮叮当当的响声。两名骑士挥舞着双手和双脚，阳光照射在他们的马鞍上。可是过了不久，格鲁莫爵士的战马就放慢了速度，很快派林诺国王的马也慢了下来。不得不说，这种景象实在是太可怕了。

"天啊！"小瓦尖叫道，心中还有一丝羞愧。要不是因为自己的嗜血，这两位骑士也不会比武。"他们会把对方置于死地吗？"

"这可充满着危险性。"梅林摇着头说。

"就是现在！"小瓦大声说。

一阵惊心动魄的马蹄声传来，两名骁勇善战的骑士终于交上了手。他们手里的长矛都在对方的头盔附近摇晃——看来二人不约而同地选择了最困难的刺击——然后擦身而过，各自向前。格鲁莫爵士把长矛刺进了小瓦所在的这棵山毛榉树的树干，才停止了前进；派林诺国王却骑着马一路向前，最后在他身后消失了。

"我现在可以看了吗？"小瓦问。在关键时刻，他居然闭上了眼睛。

"非常安全，"梅林说，"他们得再用一段时间来重新定位。"

"啊！啊！我说！"从远处的荆豆丛里，传来了派林诺国王含混不清的声音。

"嘿，派林诺！"格鲁莫爵士叫道，"快点回来！我在这里呢！"

然后是很长一段时间的暂停，供这两位骑士调整位置。于是，派林诺国王和格鲁莫爵士互换了位置，此刻他就在原来的位置的对面。

"你这个奸贼！"格鲁莫爵士大叫。

"你这个懦夫，快点投降吧！"派林诺国王喊道。

他们再次放平长矛，骑着马冲向对方。

"希望他们不要伤到自己。"小瓦说。

两匹马都竭尽全力，摇摇晃晃地冲向对方。这一次，两名骑士又采取了同样的作战方法——用横扫式攻击对手。他们都把长矛放到右边，然后向左横扫。小瓦还来不及说话，就听到了非常骇人的一声重击。咣当！盔甲被击中了，这个声音有点儿像公车和铁匠铺相撞。两个比武的人一起落到了地上，他们的战马却慢慢地跑了。

"跌得好！"梅林说。

两匹战马完成了任务，此刻就慢悠悠地啃起了草。派林诺国王和格鲁莫爵士在地上坐着，目视前方，他们的腋下是对方的长矛。

"真是精彩！看来他们俩现在都没事。"小瓦说。

格鲁莫爵士和派林诺国王挣扎着从地上爬起来。

"防守吧！"派林诺国王叫道。

"上帝保佑！"格鲁莫爵士喊道。

然后，他们两个挥舞着剑冲向对方，可惜由于用力太大，他们只是击中了对方的头盔，就双双跌倒在地。

"啊！"派林诺国王大叫。

"呼！"格鲁莫爵士大叫。

"上帝啊！"小瓦尖叫道，"这场比拼真是精彩。"

现在两名骑士都生气了，一场大战一触即发。不过这其实也没什么，因为他们全副武装，根本无法伤害对方。他们用了很久，才从地上站起来。而且，当你的重量达到八分之一吨时，挥剑攻击就变得十分困难。所以，观看决斗的人不但能看清双方的每一个动作，还能对此进行探讨。

在第一阶段，派林诺国王和格鲁莫爵士面对着对方，站了约半个小时，用力击打对方的头盔。因为一次只能有一个人出手，所以他们就是在轮流击打对方。格鲁莫爵士结束攻击，派林诺国王就出手，以此类推。战斗刚开始的时候，如果有人的剑掉在了地上，或者被卡住了，就得笨手笨脚地到处乱摸，或者用力把剑拔出来，对手就会趁此机会多攻击几下。后来他们找到了规律，就你一下我一下，就像玩具机械人锯圣诞树一样。完成这种无聊的运动之后，他们的好脾气似乎又回来了，也觉得这种方式太过无聊。

双方协商之后，准备对第二阶段的比武方式进行改变。格鲁莫爵士和派林诺国王分别缓慢地走到空地的两端，然后他们摇晃了几下，好调整重心。如果前倾的幅度过大，他们就得大步跑几步才可以维持平衡；如果后仰的幅度过大，他们就会一屁股跌倒在地。这就意味着，他们走路都非常困难。等到他们将重心稍微向前，即将失去平衡的时候，他们就大步往前跑，以免自己跌倒。然后，他们就如同两头野猪一样撞在了一起。

跑到空地中央的时候，他们撞在了一起，发出了像船难又像钟声的响声。两个人往后一弹，就仰面倒在地上。躺了半天之后，他们都气喘吁吁的，努力挣扎着想要站起来。显然，他们两个又都发火了。

派林诺国王不但发火了，还非常吃惊于撞击的力量。他虽然努力站了起来，方向却错了，因此他的视线范围内根本没有格鲁莫爵士。这也是可以理解的，因为他的头盔里垫了稻草，他的眼睛距离能够向外看的细缝有三英寸那么远。他看起来十分迷茫，似乎是跌倒的时候把眼镜摔碎了。格鲁莫爵士抓住了这个好机会。

"接招！"格鲁莫爵士大叫，并趁着倒霉的国王正在张望，狠狠地朝着他的头盔打了一下。

派林诺国王生气地转过身来，可是他的速度落下了一大截。格鲁莫爵士转到他身后，又击中了他的头盔的同一个位置。

"你在哪儿？"派林诺国王问道。

"在这里！"格鲁莫爵士一边叫，一边又打了他一下。

可怜的国王赶紧转身，可是并没有抓住格鲁莫爵士。

"我在你身后！"格鲁莫爵士一边叫，一边狠狠地打了国王一下。

"下贱胚子！"国王生气地说。

"迎头痛击！"格鲁莫爵士一边说一边用力地打了一下。

国王先是遭遇了撞击，后脑勺又连续被打了好几下，而且还有一个抓不到的对手，这一切都让他感觉头昏脑涨的。由于接连遭受重击，他的身子晃了晃，无力地挥舞着双手。

"国王好可怜!"小瓦说,"他怎么可以这么打他呢?"

格鲁莫爵士好像想要实现小瓦的愿望,暂时住手了。

"你要不要求和?"格鲁莫爵士问。

派林诺国王没说话。

格鲁莫爵士又是一个重击,又说:"要是你不求和,我就把你的脑袋砍下来。"

"不!"国王说。

当!宝剑砍中他的头。

当!宝剑再次击中。

当!宝剑第三次击中。

"求和!"派林诺国王小声说。

就在格鲁莫爵士准备享受胜利的喜悦,稍有松懈时,派林诺国王转过身来,大喊一声"绝不!"然后,他瞄准对手的胸口中间,使劲推了一下。

格鲁莫爵士轰然倒地。

"天啊!"小瓦吃惊地说,"他居然会使诈!真是出乎意料!"

派林诺国王一屁股坐在了格鲁莫爵士胸口。这样一来,格鲁莫爵士就相当于承受了四分之一吨的重量,所以他根本无法动弹。然后,派林诺国王就把格鲁莫爵士的头盔解了下来。

"你不是求和了嘛!"

"我说了求和,但是又小声说了'绝不'两个字。"

"你耍赖。"

"没有。"

"你这个下流的家伙!"

"我不是。"

"你是!"

"我说的是绝不求和。"

"你说的明明是求和!"

"不,我没有。"

"你有。"

"不,我没有。"

"你有。"

此时,格鲁莫爵士的头盔被摘了下来,在他那颗光秃秃的大脑袋上,他的眼睛似乎要喷出火来,生气地看着派林诺国王,脸都变成了紫色。

"奸贼,你快点投降!"国王说。

"想都别想!"格鲁莫爵士说。

"你要是不投降,我就把你的脑袋砍下来。"

"随便你!"

"别这样啊,"国王说,"你也知道,要是没有头盔了就只能投降。"

"见鬼!"

"那我只好把你的脑袋砍下来了!"

"随便你!"

国王假装把剑举了起来。

"动手吧!"格鲁莫爵士说,"我倒要看看你有没有这个胆量。"

国王放下剑说:"我求你了,投降吧。"

"那你投降好了。"

"不可以,明明是我骑在你身上,对吧?"

"哼,我不知道该怎么投降。"

"得了吧,格鲁莫。要是你还不投降,我就把你当成下流人了。你很清楚,我不会把你的脑袋砍下来的。"

"我是绝对不会向先说求和再偷袭的骗子投降的。"

"我不是骗子。"

"你是。"

"我不是。"

"明明就是。"

派林诺国王说:"这样吧,你站起来,把头盔戴上,我们再好好地较量一番,我是绝对无法容忍别人叫我骗子的。"

"骗子!"格鲁莫爵士说。

他们从地上站起来,一边着急地往脑袋上戴头盔,一边凶狠地对对方说:"不,我不是。""你明明就是。"直到把头盔戴好,他们才闭嘴。然后,他们又走到了草地的两端,调整好重心之后,就像出轨的电车一样,轰鸣着冲向对方。

只可惜,这次他们俩都在气头上,根本不够仔细,所以和对方擦肩而过了。由于他们前冲的势头太过迅猛,所以直到把对手甩开了很大一截之后才停下来。而且,他们转身的时候又出了差错,所以并没有看见地方。这一次,旁观者看到的景象就非常有趣了。遭到别人背后偷袭的派林诺国王吸取教训,不停地在原地转圈,想看看自己身后发生了什么;格鲁莫爵士由于用过这个伎俩,也和派林诺国王一样,不停地转圈。他们就这么转啊晃啊,蹲啊站啊,足足折腾了五分钟。有一次,他们走到了距离对方几英尺的地方,可是由于是背对着对方,所以就小心地走向了反方向,谁也没有看到对方。还有一次,派林诺国王反手就是一下,用剑击中了格鲁莫爵士,但是接下来他们两个又不停地转圈,让自己变得晕乎乎的,根本找不到对手了。

五分钟后,格鲁莫爵士大叫道:"派林诺,你不要再躲了,我都看到你了!"

"我没有躲!"派林诺国王生气地说,"那你说吧,我在哪里?"

他们找到了对方,迎面朝着对方走去。

"下流的人!"格鲁莫爵士大骂。

"不是!"派林诺国王说。

他们转过身,气呼呼地大步回到了自己的角落。

"骗子!"格鲁莫爵士大叫。

"流氓!"派林诺国王吼叫着反击。

骂完之后,他们就用尽全力,准备拼死一搏。他们的身体略微前倾,低下头,像两头雄山羊一样飞快地冲上对方,想要致对方于死地。只可惜,他们瞄得不准,冲到了距离对手五码的地方。他们以蒸汽全开、至少八节①的速度,和对方擦肩而过,就如同夜间在海面上相逢却没有交谈的两条船。他们两个如同两架风车,逆时针挥舞手臂,想要放慢速度,却失败了,他们还是以原来的速度往前冲。格鲁莫爵士最先停下,一头撞到了小瓦所在的那棵山毛榉。然后是派林诺国王,他冲到了空地的另一头,撞上了一棵栗子树。伴随着这两次撞击,枝干不停地摇晃,整个森林似乎都在摇晃。黑鸦和松鼠骂个不停,远在半英里之外的林鸽也从自己栖身的树枝里飞了出来。两名骑士静静地站在那里,差不多过了三秒钟,他们同时倒在了草地上,身上的盔甲发出乒乒乓乓的撞击声。

"他们晕过去了吧?"梅林说。

"天啊,我们下去帮他们一把吧?"

"要是我们有水的话,"梅林凭直觉说道,"可以在他们头上洒水。可是,要是弄得他们的盔甲生锈,他们才不会感激我们呢。放心,他们不会有事。好了,我们回家吧。"

"可是他们有可能死掉了。"

"我知道,他们没有死。过不了几分钟,他们就会苏醒的。

---

① 节是每小时一海里,八节大概是每小时十五公里。

我们该回家了。"

"可是派林诺国王没有地方可去啊!"

"那格鲁莫爵士会收留他的,等他们醒来,还是亲密无间的好兄弟。"

"您真的这么想?"

"放心吧孩子,我很清楚。闭上眼睛,我们要回去了。"

小瓦对梅林妥协了。他闭着眼睛说:"您觉得格鲁莫爵士家有羽毛床吗?"

"应该有。"

"那就好,"小瓦说,"那派林诺国王会觉得很舒适的,虽然他现在晕过去了。"

梅林念了拉丁咒语,也做了秘密手势,然后,他们就被像漏斗一样的呼啸声和空间接走了。短短的两秒钟之后,他们又回到看台下躺着了。这时候,他们听到了从比武场的另一端传来的警卫官的叫声:"小瓦少爷,您这样可不行,您在那打了很长时间的盹了。现在过来吧,在太阳下面和凯伊少爷好好较量一番。一二、一二!"

第八章

　　这是八月底的一个潮湿阴冷的夜晚，通常这种天气是很少见的。小瓦不想在屋里待着，就跑去了狗舍，跟卡威尔聊了一会儿，然后又去了厨房，帮着转了转烤肉叉，不过这里热得让他有点儿受不了。他并不是因为下雨才被困在屋里的，也不像跟我们同辈的那些被女性长辈管制的可怜孩子。他之所以不想去外面，是因为外面阴冷潮湿。现在，他正和大家赌气。

　　"这个小混蛋！"艾克特爵士说，"看在上帝的分上，不要垂头丧气地在床边待着了，去找你的家庭教师吧！我小时候，每逢下雨天都得好好读书，接受教育！"

　　"小瓦是个傻瓜。"凯伊说。

　　"小鸭鸭，你自己去玩吧，"上了年纪的奶妈说，"宝贝，我可没有时间照顾你，还有一大堆衣服等着我洗呢！"

　　"小少爷，"哈柏说，"我看您还是回房吧，不要找鸟儿的麻烦了。"

"不行！"警卫官说，"到一边去吧，我忙着呢，给铠甲上油就够我忙的了。"

他无奈地回到了狗舍，可是连狗童都对着他大叫。

小瓦迈着沉重的脚步来到了高塔房间，现在梅林正在织一顶羊毛睡帽，冬天来临的时候就不愁没得戴了。

"每隔两行，我就会把两针收成一针，"魔法师说，"可是我也不知道为什么，最后居然变得和洋葱一样尖了，每次翻面都会出错。"

"我觉得我得接受教育，"小瓦说，"但我并不知道该怎么做。"

"你是不是觉得闲得无聊的时候才要接受教育？"梅林心情也不好，他看到小瓦这副模样，有些生气。

小瓦说："某些教育是这样的。"

"你的意思是，跟我接受的教育？"魔法师的眼睛里燃烧着熊熊怒火。

"梅林！"小瓦并没有回答他，而是大声说："给我找点事干吧，我现在感觉很糟糕。雨一直下，今天一天大家都对我不理不睬，我也不知道该怎么办。"

"学习打毛线吧！"

"我能变成鱼或者别的动物吗？"

"你已经有过一次变成鱼的经历了，对好学的人来说，一件事学一次就够了。"

"那我能变成鸟吗？"

"但凡你有一丁点常识，"梅林说，"就会知道下雨会把鸟的毛打湿，变得黏糊糊的，所以鸟讨厌在雨天飞行。很明显，你缺乏常识。"

"我可以变成猎鹰，进入哈柏的鹰棚，"小瓦的语气非常坚定，"那我就能待在屋里，不用担心被淋湿。"

"嗬，你想变成猎鹰？看来你很有野心嘛！"梅林说。

"只要您愿意，随时都有办法把我变成老鹰，"小瓦大叫道，"可是您非要拿下雨天来取笑我，怎么可以这样！"

"哎哟，真是！"

"亲爱的梅林，"小瓦说，"求求你了，把我变成一只鹰好吗？要不我就开始捣乱了，我可不敢保证会出什么样的乱子哟！"

梅林放下毛线，从眼镜框上方瞟着小瓦："孩子，那你跟我学完全套课程之前，你可以变成这世界上的任意一样东西，比如，动物、植物、矿物、单细胞生物甚至病毒。但是，请你相信我那睿智的后知后觉，现在还不是你变成猎鹰的好时机，比如哈柏如今正在鹰棚里给它们喂食。所以你最好先坐下来，学学怎么做人。"

小瓦说："好吧，只要您同意就行。"然后他就坐下了。

过了几分钟，他又开口了："人能说话吗？还是说作为一个小孩子，我只能干坐着，不能说话？"

"每个人都可以说话。"

"太棒了，我不得不告诉您，这个睡帽里有三行已经被您织进了胡子。"

"什么？我……"

"我觉得，最好的办法就是剪掉胡子的末端。需要我去给您拿剪刀吗？"

"你干吗不早点告诉我？"

"我只是想看看会发生什么。"

"小东西，你难道不怕我把你变成一片面包，拿到火上烤吗？"魔法师说。

然后，他一边把织进胡子的毛线拆开，一边不停地抱怨着，还得小心点别让织好的毛线松了。

"飞行和游泳一样难吗？"小瓦觉得梅林已经不生气了，才敢张口问。

"你不需要飞行。我本来就没想把你变成野生老鹰，让你去户外飞行。我只想让你在鹰棚里待一晚，跟别的鸟交谈一下。所谓学习，就是听专家说话。"

"它们会乐意说吗？"

"它们每天都会说到大半夜，它们会说自己是怎么被捕获的，记忆中的老家是什么样的。它们会说自己的家世，自己的祖先有多么伟大，自己是如何训练的，学会了什么，还有什么没学。说到底，这就是军人之间的谈话。在骑兵团的食堂里，这种谈话到处都可以听到，包括战术、轻武器、保养、打赌、著名的打猎故事、美酒、女人和歌。"

"它们谈到的另外一个话题，"梅林说，"就是食物。虽然说起来挺让人难过的，但是人类训练它们的主要手段就是让它们挨饿。这些可怜的家伙总是饥肠辘辘，对曾经去过的高档餐厅、餐厅里的香槟、鱼子酱和吉卜赛音乐念念不忘。当然，它们可都是名门之后。"

"成为犯人，每天还要饿肚子，真的很可怜。"

"它们和那些骑兵军官一样，都没有把自己当成犯人。它们觉得，自己是进了军营，成了一个骑士团的一员。你看，鹰棚里全都是猛禽类，这让它们的这种信念更加坚定。它们知道，鹰棚里不会出现下层阶级，那些黑鸫之类的低等鸟是没有资格站在它们的遮光栖木上的。而且，虽然它们饿着肚子，可是还远没有达到饿死的程度。你也知道，每个接受严格训练的人都会吃东西。"

"我什么时候可以开始？"

"只要你愿意，现在就可以开始。我的直觉告诉我，现在哈柏已经收工了。不过，你得先想好要变成哪一种猎鹰。"

"灰背隼①吧！"小瓦恭敬地说。

梅林对这个回答非常满意。"明智的选择，"他说，"准备好了吗？我们要开始咯！"

小瓦离开凳子，来到了梅林面前。梅林放下了手里的毛线。

"首先，你的体积会变小。"说着，他就按住了他的头，把他变得比鸽子还小。"然后用脚趾抓地，弯曲膝盖，收紧手肘，把手举到和肩膀齐平。拇指紧贴食指，中指紧贴无名指，看我示范。"

说着，梅林就踮起脚尖，为小瓦演示了一遍。

小瓦一边按照梅林演示的做，一边好奇接下来会发生什么。其实，梅林早就开始默念咒语了，念完之后，他自己就变成了一只兀鹰；而小瓦却还是老样子，踮着脚尖站在原地。兀鹰好像正身处阳光下，想要晒干身体。它展开翅膀之后的长度为十一英尺，头是鲜橙色的，肉冠是紫红色的。它看起来非常吃惊，表情非常好笑。

小瓦说："快回来，您变错了！"

"都怪那讨厌的春季大扫除！"梅林一边说一边变成了人，"只要有女人进入你的书房，哪怕只待上半小时，你都无法施展法术了。站起来，重新试一次。"

这一次，小瓦发现自己的脚趾伸长了一些，抓住地面。脚后跟向后突出，膝盖缩进了肚子，腿也短了。在他的手腕和肩膀部位，出现了一层皮；手指尖那柔软的蓝色翎管里，长出了初级飞羽，而且还在不断长长；前臂长出了次级飞羽；拇指末端还生出一根伪初级飞羽，又小又漂亮。

---

① 在英语里，"灰背隼"和"梅林"都是"Merlin"这个词。

转眼间，他的尾巴上就长齐了十二根羽毛，中间是复尾羽，背上、胸前和肩膀上的覆羽也钻出了皮肤，将羽毛根部严密地遮挡起来——这对于鸟儿来说重要性更高。小瓦先是看了看梅林，又低下头，从自己双脚之间往后看去。他先是抖了抖羽毛，然后举起脚趾，用上面的一根利爪挠了挠下巴。

"好，"梅林说，"跳到我的手上来吧，注意，不要用力抓我，好好听着。现在哈柏已经结束了工作，我可以带你去鹰棚了。我松开你之后，不会给你戴头套，就把你放在巴林和巴兰身边。你听着，你可千万不要突然到它们身边去。你要记住，它们中的大部分都戴着头套，一旦受到惊吓，就会冲动，做出一些不堪设想的事情。巴林和巴兰，茶隼和雀鹰，都是值得你信赖的。但是，如果游隼夫人没有向你发出邀约，你就不能靠近它。尤其要注意，不要靠近库利的隔间，因为它没有戴头套，会抓住各种机会从网子里向你发出攻击。它的脑袋有点问题，你要是落到他手里，只有死路一条。别忘了，你即将去的是斯巴达式的军中食堂，它们都是正规军，你却只是个不起眼的少尉。所以，如果没有人说话，你就不要开口，也不要插嘴。"

"我是灰背隼，"小瓦说，"级别应该比少尉高吧！"

"你确实就是个少尉。你会发现，茶隼和雀鹰都彬彬有礼，但是，你绝对不可以在比你年纪大的灰背隼或游隼夫人讲话时插话。在军团里，夫人是名誉上校，而库利是步兵上校。因此，你讲话的时候要懂礼节。"

"我一定会小心的。"小瓦说着，心里已经开始打鼓了。

"很好，明天早上，我会赶在哈柏起床之前来接你。"

梅林带着小瓦进入鹰棚的时候，鸟儿们都非常安静。之后，他们又在黑暗里待了几分钟。现在雨已经停了，月亮出来了。月光十分皎洁，连门外十五码的灯蛾毛虫都能看得清清楚楚，它正沿着主堡上崎岖不平的沙岩城墙慢慢地往上爬。很快，小瓦的眼睛就适应了鹰棚里的黑暗。黑暗中充满了亮色和银色的光晕，就不显得那么黑暗了，于是，他渐渐看清了眼前那幅神奇的景象：所有的猎鹰和隼都被银色的月光照耀着，只用一只脚站立着，另外一只就藏在肚子下面。它们都像沉默的武士雕像一样，全副武装。它们庄严地站在那里，戴着羽饰头盔，装了马刺，手里拿着兵器。有风吹过的时候，栖木前面的帆布或麻布帘幕就被掀了起来，如同礼拜堂里宣战的旗帜。这里的气氛非常高贵，而它们就像勇敢的骑士，专注地在此守夜。当时，几乎所有的鸟儿都会被戴上头套，苍鹰和灰背隼也未能幸免。而现在，这两种鸟儿是不戴头套的。

小瓦看着这些默然站立的、如同石雕一样的威严的形体，忍不住倒抽一口冷气。这些鹰这么有气势，让小瓦感到非常震撼。他觉得，就算梅林没有事先交代，自己也会谨小慎微的。

一阵清脆的铃声之后，大游隼挥舞了一下翅膀，带着贵族的派头，用高亢的鼻音说："现在大家可以开始发言了！"

可是谁都没有说话。

只有一个例外，就是库利。它住在鹰棚里一个非常偏僻的角落，这个住处是特地为它围起来的。正在换毛的它没有被绑住，也没有戴头套。这个脾气暴躁的步兵上校正在小声地发牢骚，"下贱胚子，行政，政客，布尔什维克！我的眼前是一把匕首，刀柄正对着我的手！职务！库利，你只有一个小时的寿命了，以后就要万劫不复了！"

"上校，"游隼冷酷地说，"当着年轻军官，不要这样。"

"很抱歉，夫人，"上校说，"您也知道，我的脑子不太清楚，倒霉东西！"

又是一片沉默，此刻的气氛非常严肃和恐怖。

"这位新来的军官是?"那个尖锐又优美的声音问了。

无人应答。

"先生,由您自己说吧。"游隼看着前方说,似乎在呓语。

它们戴着头罩,根本无法看到他。

"不好意思,"小瓦说,"我是只灰背隼。"

然后他就吓得不敢开口了。

站在他身边的巴兰是一只纯正的灰背隼,它靠到小瓦身边,凑近小瓦的耳朵,亲切地说:"别害怕,你可以叫它夫人。"

"夫人,我是一只灰背隼。"

"灰背隼?不错,你属于哪支家系?"

小瓦并不知道这个问题的答案,但是他又害怕别人发现自己是在撒谎。

"回夫人的话,"他说,"我是野森林城堡的灰背隼。"

四周又安静下来了,是他非常害怕的那种银光中的寂静。

"据我所知,有约克郡灰背隼、威尔士灰背隼、北方的麦梅林,以及索斯伯里和爱摩尔荒地附近的灰背隼,以及康瑙地区的欧梅林家。可是你说的这个野森林城堡的灰背隼家族,我却从来没有听说过。"

"可能是旁系家族吧,夫人。"巴兰说。

"上帝保佑它!"小瓦默默地想,"明天我要背着哈柏去抓一只麻雀喂它。"

"可能是吧,巴兰上尉。"

又是一片寂静。

最后游隼摇着铃说:"我们先进行问答,再让他宣誓吧!"

站在小瓦左边的雀鹰一听,都非常紧张,还发出了干咳,但是游隼并没有把它们放在心上。

"野森林城堡的灰背隼,"游隼说,"什么是足兽?"

此刻，小瓦内心默默地感谢上帝，因为艾克特爵士让他接受了非常先进的教育。他说："马、猎犬或猎鹰都是足兽。"

"它们为什么叫足兽？"

"因为它们主要是依靠足力，所以根据法律，如果伤了马、猎犬或猎鹰的足，就相当于危害了它们的性命。让马变成跛子，就等于谋害它的性命。"

"不错。"游隼说，"你的首要器官是什么？"

小瓦想了想，胡乱回答道："我的翅膀。"

小瓦的话刚说完，场内所有的铃铛都轰然作响。看来，这些雕像们都很生气，把原本缩着的那一只脚放下，改成了用两只脚站立。

"你的什么？"游隼尖叫。

"他的翅膀！"在私人禁区里的库利上校说，"要是谁说让我们冷静下来，他就等着倒霉吧！"

"连鸱鹈都有翅膀！"茶隼尖叫着警告它，自从小瓦到来，它还是首次开口。"快点想。"巴兰小声对他说。

小瓦的大脑飞快地旋转着。

鸱鹈有翅膀、尾巴、眼睛和脚——什么都不缺。

"我的爪子！"

"好了，"游隼先是沉默了一阵——这让小瓦心惊肉跳的，才温和地说："和之前的问题一样，这个问题的正确答案也是足，不过回答爪子也行。"

不管是猎鹰还是隼，总之就是所有的鹰，都抬起了系着铃铛的那只脚，重新坐下了。

"足的第一戒律是什么？"

（"好好想想。"善良的巴兰隔着伪初级飞羽对他说。）

小瓦想了半天，才想出了答案。

"绝不放松。"他回答。

"接下来是最后一个问题。"游隼说,"在面对体型比你大的鸽子时,你该怎么杀死它呢?"

还算小瓦运气不错,在此之前,哈柏曾经跟他说过在一个下午,巴兰是怎么杀死鸽子的。于是他谨慎地说:"用脚勒死它。"

"太棒了!"游隼说。

"好!"所有的游隼都鼓动着羽毛大叫。

"九十分!"雀鹰经过快速计算,得出了这么一个数字,"要是爪子那道题给他一半的分数的话。"

"魔鬼让倒了大霉!"

"上校,注意自己的身份。"

巴兰小声告诉小瓦:"库利上校的头脑不太清醒,我们都觉得是它的肝脏有问题,不过茶隼却说是因为它对夫人唯命是从,承受的压力太大造成的。它说,有一次夫人进入用骑兵对步兵的阶级,也就是居高临下地对它说话,它就晕倒了,醒来之后,就跟变了个人似的。"

"巴兰上尉,"游隼说,"说悄悄话是非常失礼的。下面我们将要进行新军官宣誓仪式。开始吧,神父!"

原本就感到非常紧张的雀鹰现在面色绯红,吞吞吐吐地念出了冗长的誓词,其中提到了脚环、系脚皮绳和头罩。"用这个脚环,"它说,"授予你爱、荣誉与服从……直到皮绳磨断为止。"

随军神父还没有把誓词念完,就痛哭流涕地说:"夫人,您能原谅我吗?我忘记留硬骨碎了。"

("所谓的硬骨碎,就是骨头之类的,"巴兰对他说,"你宣誓的时候要用。")

"你的职责不就是这个吗?怎么能忘记留硬骨碎呢?"

"是……我知道。"

"那你把它们弄到哪里去了？"

雀鹰抽泣着说出了自己的罪责："让我给吃光了！"

所有人都一言不发，这样监守自盗的行为实在是太令人发指了。大家都用两只脚站着，都转向了罪人，虽然它们并不能看到它。没有人指着它。接下来，就是五分钟的沉默，大家只能听到神父的哭泣声和打嗝声。

"这样的话，"游隼终于开口了，"只能明天再举办入会仪式了。"

"夫人，请允许我提一个建议，"巴林说，"不如我们今晚举行入会试炼吧？我没有听到候选人被绑起来，所以我确定他的行动完全自由。"

小瓦听到"试炼"两个字，吓得直哆嗦。他决定，明天的麻雀只给巴兰自己吃，让巴林连根羽毛都吃不到。

"巴林上尉，谢谢你，我也正有此意。"

巴林不说话了。

"候选人，你是否行动自由？"

"启禀夫人，我行动自由，但是我不太想接受试炼。"

"按照惯例都要这么做。"

"我想一下，"夫人又若有所思地说，"巴林上尉，你还记得我们上次入会试炼的内容吗？"

"回夫人，我的考验是在三更时在脚上系上皮绳，倒吊起来。"和气的灰背隼说。

"他没有被绑起来，所以不可以这么做。"

"夫人，那您就啄他一下好了，"茶隼说，"您应该可以掌握力度的。"

"让他站到库利上校身边，直到我们响三次铃为止。"另一只灰隼说。

黑暗中传来了上校痛苦的叫声："夫人，求您了，千万不要这么做！我是个坏蛋，可不敢保证会有什么后果啊！这个孩子这么可怜，您放过他吧，夫人，千万不让我们遇见试探啊①！"

"上校，您收敛一点。这试炼是非常合适的。"

"夫人，曾经有人告诉我，千万要离库利上校远一点。"

"是谁？"

小瓦知道，现在自己只有两条路可以选：要么承认自己是人类，那样的话他就无法学习它们的秘密了；要么通过试炼，接受教育。他可不想当懦夫。

"夫人，我同意站到库利上校身边。"说完之后，他立刻察觉到了自己刚才这番话里的挑衅。

游隼并没有在意他的口气。

"就这么定了。"它说，"但是，我们得先唱一首赞美歌。神父，如果你没有把赞美歌也吞进肚子，就带我们唱第二十三首试炼赞美歌吧！"

"还有你，茶先生，"它又转向了茶隼，"最好不要出声，每次你唱得都太高了。"

所有的鹰都沐浴在月光下，等雀鹰数完"一、二、三"，它们就张开了位于头套里的喙——既有圆弧形的，也有长了牙齿的——放声歌唱起来，它们唱的内容如下：

> 生命是血，喷射而出，朝四下飞溅，
> 鹰隼的眼可以目视着猎物受难，
> 被追捕的野兽听见了，也会心情平静，
> 对死亡的恐惧让我心烦意乱。

---

① 库利的头脑不清醒，把"主祷文"都搬出来了。

只有紧握双爪才是正道，

因为肉体十分脆弱，而脚下一无所有，

只有强壮、高贵和孤独者才配拥有力量，

对死亡的恐惧让我的喜乐得以升华，

懒惰者可耻，怯懦者流泪，

逃跑的强者会被凌辱，

鹰爪和利喙都渴望着鲜血，

我们就是死亡的恐惧！

"太棒了！"游隼说，"巴兰上尉，我觉得你的高音C有点儿跑调了。候选人，你去那边，站在库利上校旁边，等着我们响三次铃。你听到第三次铃声后，想溜得多快都可以。"

"好的，夫人。"小瓦说，此刻，他的愤愤不平让他忘记了什么是恐惧。他展开翅膀，飞到了遮光栖木的尽头，紧靠着库利所在的独居隔间，现在他和库利只隔着一张网。

"孩子！"上校奇怪地叫着，"不要靠近我！不要！不要让心狠手辣的我无法抵御诱惑，犯下让我无法超生的过错。"

"长官，我不怕您。"小瓦说，"不用担心，我们都不会有事。"

"不会有事？别在那胡说八道，趁着还不算太晚，赶紧离开，我已经感觉到自己内心的渴望了。"

"别害怕，长官，我们只需要等着它们响三次铃就行了。"

这时候，棚里所有的骑士都将原本抬起的脚放下了，庄严地响起了第一次铃，甜美的铃声萦绕在整个鹰棚里。

"夫人！"上校痛苦地叫道，"求您可怜可怜我这个刽子手吧！我真的撑不住了！"

"长官，你要勇敢。"小瓦说。

"要我勇敢？大概两天前的半夜，我在圣马可教堂后面那条小路上遇到了公爵，他一边发出瘆人的叫声，一边扛着一根死人腿。"

"这不算什么。"小瓦说。

"你觉得这不算什么？那要是我说他是一头披着羊皮的狼呢？把我身上的肉割开看看，拿把匕首来捅死我算了！"

第二遍铃声响起。

小瓦的心怦怦直跳。上校侧身走在栖木上，慢慢地向他靠近。它如同痉挛一样，紧紧地握着树枝，脚步声非常清晰。它的眼睛发出可怜、疯狂、郁闷的光芒，而它紧皱的双眉却十分阴暗，二者的对比非常鲜明。它并不凶残，也不下作。它并不觉得自己比小瓦高一等，而是非常害怕他，才想要杀死他的。

"如果这种结果是不可避免的，"上校嘀咕道，"那早总比晚强。没想到这个小伙子这么固执。"

"上校！"小瓦定定地说。

"小子！"上校说，"你行行好吧，开口阻止我。"

"看看您身后，那里有只猫，"小瓦平静地说，"或者是松貂。"

上校像黄蜂的刺一样迅捷地转过身，凶狠地对着那片黑暗示威，却没有在那里发现任何东西。它知道自己被骗了，就再次用疯狂的双眼盯着小瓦，如同用像毒蛇一样冰冷的语气说："小灰背隼，我听到了铃声的召唤，这是召你去死的丧钟。"

在他说话的同时，第三次铃响起了。这意味着，小瓦可以毫不丢脸地离开了。试炼已经结束，小瓦可以飞离这里了。可是，在他即将飞起的那一刹那，上校从装甲般的双腿射出了一只可怕的爪子，看起来就像锯齿镰刀一样。上校的动作太快了，快得几乎让人无法察觉，只能听到砰的一声。然后，小瓦就像被一个魁梧的警察抓住了一样，他还没来得及退开的拇指里插进了上校的弯刀。

上校死死地抓住，毫不放松。它那健壮的大腿肌肉抽搐了两下，抓得更紧了。此刻，小瓦已经退到了遮光幕帘下方两码的位置，而库利上校只用一只脚站立着，另外一只脚却死死地抓着几根网线，以及小瓦的伪初级飞羽和覆羽，如同一把利钳。在月光下，有几根小羽毛轻飘飘地落到了地面上。

"太棒了！"巴兰高兴地大叫。

"很有绅士风度。"游隼说，并没有把巴兰上尉的抢先发言放在心上。

"阿门！"雀鹰说。

"很有勇气！"茶隼说。

"现在是不是该由我们为他唱凯旋之歌？"巴林的心也突然柔软起来。

"可以！"游隼说。

于是，库利上校领头，所有的鹰一起唱了起来，还摇响了铃铛。

> 虽然山鸟很可口，
> 谷里的鸟却更肥美，
> 我们自然愿意，
> 把后者带回。
> 遇到瑟瑟发抖的兔子，
> 可以一击致命。
> 兔肉是我们的蜂蜜，
> 尖叫是我们的报酬。
> 有的击中云雀的羽毛，
> 让它如同云朵一样散落；

有的进攻鸥鹬的下腹，
被人咬掉它的头。
可灰背隼之王小瓦，
出手比我们都迅捷，
他捕捉兽鸟，
填饱我们的肚子，
让我们歌颂他。

　　"记住我的话，"巴兰说，"这个年轻的候选人很有当王的潜质。好了，我领着你们再唱一遍。"

可灰背隼之王小瓦，
出手比我们都迅捷，
他捕捉兽鸟，
填饱我们的肚子，
让我们歌颂他。

第九章

　　第二天一早，小瓦醒来，发现自己是在自己的床上，"哇！这些尊敬的军官真是太可怕了！"

　　凯伊翻身从床上坐起，就像一只松鼠一样唠叨个没完。"你昨晚去哪儿了？"他说，"我敢肯定你是背着我们爬出去了。我要向父亲告发你，让他狠狠地揍你一顿。你明明知道，我们在宵禁之后是不能外出的。你说你去哪里了？我找遍了每一个地方都找不到你，就知道你肯定是偷偷跑出去了。"

　　有时候，他们会想等獾回来，或者抓那些只在黎明时分才能抓到的鲤鱼，就会在夜里偷偷爬下排雨管，跑进护城河里。

　　"你不要再吵了，我困着呢！"小瓦说。

　　凯伊："你这个坏蛋，快点起来，你说，你昨天晚上去哪儿了？"

　　"保密。"

　　小瓦知道，凯伊一定不会相信自己的话，还会说自己撒谎骗他，反而更加生气。

"要是你不告诉我，我就杀死你。"

"你不会的。"

"我一定会。"

小瓦翻了个身，用屁股对着他。

"浑蛋！"凯伊一边说着，一边抓起小瓦的胳膊用力拧了下去。现在，凯伊把小瓦当成了自己钓起来的鲑鱼，不停地打他，还踢他的眼睛。下一秒，他们两个都站到床下，气得面无血色。由于当时的人都是裸睡的，所以他们此刻就像两只被扒了皮的兔子。他们的双手就像飞快旋转着的风车，想要狠狠地收拾对方。

凯伊比小瓦大几岁，也比他块头大，所以毫无疑问他会取得胜利。可是由于他太过紧张，想象力也太过丰富，总能联想到自己挨的每一拳会带来什么后果，这反而让他的防卫能力大大下降了。而小瓦不同，他像一阵狂怒的龙卷风。

"你快点走开！"小瓦嘴里是这么说的，手里却不放松，用力挥舞着拳头，就算凯伊想走都走不了，两个人一个劲地朝着对方的脸挥拳。

凯伊的手比小瓦的长，拳头也比小瓦的大。他伸直手臂并不是想打小瓦，只是想保护自己，可是小瓦却自己送上门来。于是，小瓦眼前的天空变得漆黑一片，他似乎还能看到流星。小瓦气喘吁吁地抽泣着，朝着凯伊的鼻子挥拳，然后凯伊的鼻子就流血了。凯伊不再抵抗，而是转过身去，背对着小瓦，用鼻音冷漠地说："我流血了！"这场战争就此终结。

凯伊躺在石地板上，鼻子里不断有血涌出。小瓦黑着一只眼睛，从门上拿下很大一串钥匙，放在了凯伊的背上①。他们都一

———————————

① 凉凉的钥匙有助于止鼻血。

言不发。

这时候，凯伊转过身来，抽泣着说："梅林总是帮你，却一次都没有帮过我。"

这番话让小瓦觉得自己好像干了什么见不得人的事。他匆忙套上衣服，去找梅林了。

在路上，他碰到了奶妈。

"小祖宗呀！"她摇着他的手臂大叫，"你和凯伊少爷又打起来了，你看你的眼睛，真是可怜，又得让大副们头疼好一阵子了。"

"没关系。"小瓦说。

"小祖宗啊，怎么会没关系呢。"奶妈更生气了，假装要抽他一耳光，"你要是不想挨打，就跟我说说发生了什么。"

"我不小心撞在了床柱上。"小瓦生气地说。

奶妈立刻把他搂进怀里，抚摸着他的后背："小宝贝啊，四十年前我看到艾克特爵士鼻青脸肿的时候，他也是这么跟我说的。你们连撒谎都用同样的借口，果然是一家人。可怜的小家伙，跟我去厨房吧，我给你贴上一块牛肉①。不过说实话，你不应该跟比你块头大的人打架。"

"没关系的！"小瓦说，他有点讨厌奶妈的这种小题大做，可是奶妈可不是什么宽容的人，因此这顿惩罚是避免不了的。直到半个小时之后，他才带着眼睛上的那块鲜血淋漓的生牛肉摆脱了奶妈。

"用屁股上的肉来吸瘀血最有效果。"奶妈说。厨子却说："我们上次见到这么好看这么多血的生肉，还是在复活节的时候呢！"

---

① 在瘀血部位贴上生肉可以加速散瘀。

"我可以把这块恶心的东西给巴兰吃。"小瓦一边想着，一边去找梅林了。

小瓦非常容易地就在高塔房间里找到了梅林。哲学家都喜欢住在塔里，这一点只要看看伊拉斯谟[1]在剑桥大学选的房间就能证明。梅林也不例外，这个房间就是他自己选的。不过，梅林选的是城堡里位置最高的房间，正好在主堡的瞭望台下面，非常漂亮。打开窗户，就能眺望田野，这是敕许的猎地。你的视线可以一直延伸，越过猎园和猎林，直抵远方的"野森林"，看到那里青色的树冠。它看起来就像一片树木的海洋，又如同高低起伏的丘陵一样不断延展，看起来像麦片粥的表面。最后，它在人迹罕至的群山里消失了，在弥漫着云雾的高塔和雄伟的天国宫殿之间消失了。

梅林看到他顶着大大的黑眼圈，就从医学角度发表了一些意见。

"组织出血造成了你的黑眼圈，它一开始是紫黑色，随后变成绿色，再变成黄色，最终消失。"

小瓦不知道该怎么说。

梅林说："这是凯伊干的吧？"

"没错，可您是怎么知道的呢？"

"我当然知道。"

"我来找您是想问问凯伊的事情。"

"问吧，我一定知无不言。"

"凯伊觉得，您总是把我变成各种模样，他却没有这个待遇，所以觉得不公平。虽然我没有告诉他，他却猜出了个大概。我觉得似乎也不太公平。"

---

① 荷兰哲学家。

"是不公平。"

"那您下次可以让我们两个一起变吗?"现在梅林已经享用完了早餐,正美滋滋地抽着海泡石烟斗。在小瓦看来,他是在喷火。他用力吸了一大口烟,看了看小瓦,刚要说话,又把烟吐了出来,重新吸了一口。

"很多时候,人生看起来就是不公平的。以利亚和雅卡南拉比①的故事,你听说过没有?"

"没有。"小瓦说。

然后他在地上找了一个舒适的地方,无奈地坐了下去。他知道,自己即将听到一个类似于上次的镜子那样的寓言故事。

梅林说:"有一天,这个拉比跟先知以利亚一起旅行,一走就是一天。傍晚,他们来到了一个破茅草屋外面,这里面住着一个穷人,他最值钱的东西就是一头母牛。穷人和妻子先后跑出来迎接他们,热烈地欢迎他们,并邀请他们留下来过夜。虽然家里的条件不好,但是穷人还是拿出了家里最好的东西。他们用牛奶、自制面包和黄油来款待以利亚和拉比,还把最好的那张床让给他们睡,自己却在厨房的炉火边凑合了一夜。可是第二天一早,穷人的母牛却死掉了。"

"然后呢?"

"他们又走了整整一天,傍晚时分,他们来到了一个非常富有的商人家,希望可以借宿一晚。虽然商人腰缠万贯,却非常刻薄,让先知和他的同伴住在牛棚里,吃面包,喝清水。没想到第二天一早,以利亚不仅感谢了商人的盛情款待,还派了一名石匠过来,帮助商人修好了一道摇摇欲坠的墙。雅卡南拉比颇为不解,就问圣人为什么要这么做。先知解释道:'那个热情款待我

----

① 拉比是犹太教师。

们的穷人，原本他的妻子会在当夜离世，可是上帝感念他的善心，只取走了母牛的命，放过了他的妻子。而我帮那个吝啬的商人修墙的原因，就在于附近有一箱金子，如果他自己去修，就会发现金子的。所以，不要对主的做法产生任何质疑，应该在心里默念：主所有的做法，都是正确的。'"

"很好的故事。"小瓦说。故事好像讲完了。

梅林说："很抱歉，我只能教导你一个人，但你也知道，我就是为此而来的。"

"我觉得完全可以让凯伊跟我一起来啊！"

"我也有同感，可是雅卡南拉比也认为不应该给那个守财奴修墙。"

"我知道，"小瓦疑惑地说，"但我还是对母牛的死表示惋惜。让凯伊跟我一起来好吗？就一次？"

梅林和蔼地说："对你有益的事情，对他未必有益。而且你也知道，他并没有提出过要变成什么的要求。"

"可是他有这个想法啊！您也知道，我对凯伊很有好感，而且他似乎不被人理解。他总是心怀恐惧，所以故作高傲。"

"你没有明白我是什么意思。如果昨天晚上，他跟你一样变成了灰背隼，却没有通过试炼，导致丧失了所有的勇气呢？"

"试炼的事情，您是从哪里知道的？"

"我就是知道。"

"好吧，"小瓦坚持道，"那如果他成功通过了试炼，而且没有丧失勇气呢？我不太明白，为什么您坚持认为他无法通过。"

"你这个小家伙！"梅林生气地说，"你今天早上怎么变成了木头脑袋！你究竟想让我怎么样！"

"把我跟凯伊一起变成蛇，或是别的什么。"

梅林摘下眼镜，狠狠地摔在地上，还跳上去踩了几脚。

"让卡斯特和波鲁克斯①把我吹去百慕大吧！"他大叫着。随着一阵骇人的轰隆声，他不见了。

这之后的几分钟，小瓦一直好奇地盯着梅林的椅子，突然，梅林出现了。他的帽子不见了，头发和胡子都像被大风刮过一样，乱成一团。他坐回到椅子上，用手弄平自己的长袍，可以看出，他的手在不停地哆嗦。

"刚才您为什么要这么做？"小瓦问。

"我并不是故意的。"

"也就是说，您真的被卡斯特和波鲁克斯吹去了百慕大？"

"这就当是给你上了一课吧，"梅林说，"任何时候都不要随便赌咒。好了，我们谈点别的吧。"

"刚才我们是在谈凯伊。"

"对，而我，在我被吹去那可恶的百慕大群岛之前，我是想跟你说，在我来之前，我并没有获得将凯伊变成其他东西的能力。至于原因，你和我都不清楚，你只要知道事实如此就可以了。本来我是不想这么明确地告诉你的，可是对我的各种暗示，你又拒不接受。没办法，现在你也只能接受现实。现在你不要说话，我歇一会儿，再去找我的帽子。"

小瓦坐在那里一言不发，梅林闭上眼睛，嘴里在不停地念叨着什么。突然，他的脑袋上出现了一顶黑色的礼帽，是圆筒状的，顶部很高，看起来非常奇怪。

梅林嫌弃地盯着帽子检查了半天，不屑地说："这叫什么服务？"然后，他就将帽子交还给了空气。最后，他从椅子上站起来，生气地大叫："过来！"

小瓦和阿基米德对视了一眼，不知道他在说什么，然而梅林

_____

① 卡斯特和波鲁克斯是希腊神话中的双胞胎，他们的父母是宙斯和丽达。

根本不理睬他们。很明显，阿基米德是不会离开主人的，他只是坐在窗台上看外面的风景。

梅林对着某个看不见的东西说："你是不是觉得这样很有趣？"

"你为什么要这么做？"

"这不应该被当成理由，我只想要我刚才戴的那顶，而不是这一顶，你怎么这么笨？我要的不是我在一八九〇年戴的那顶帽子，你怎么毫无时间观念呢？"

现在出现的是一顶水手帽，梅林把它拿在手里仔细端详。

他严肃地说："这就是时空错乱啊！"

阿基米德似乎已经对这样的场景见怪不怪了，他似乎非常善解人意地说："主人，您直接说出那顶帽子的名字不好吗？您可以说'我要我的魔法师帽'，而不是说'我要我刚才戴的那顶帽子'。也许那个可怜的家伙跟您有同感，都觉得倒着活是一件很有难度的事情。"

"我要我的魔法师帽。"梅林郁闷地说。

转瞬之间，他的头上就出现了那顶长长的尖顶锥形帽。

现在的气氛似乎没有刚才那么紧张了。小瓦又在地上找了个地方坐下，阿基米德又继续用喙梳理自己的翅羽和尾羽上的羽枝。每一根羽枝上都有几百根细钩或小羽枝，这是羽枝能聚集在一起的原因。现在，他正在把羽枝梳理整齐。

梅林说："我今天只是运气不好，才会这样的，你别放在心上。"

小瓦说："凯伊的事，既然您无法让他变身，那能不能让我们一起去进行一场不用变身的冒险呢？"

梅林好不容易让自己平静下来，想了想这个问题，他真的觉得这件事烦不胜烦。

"除了我原本拥有的'后知后觉'和'真知灼见'魔法，我不能为他使用其他任何魔法，你是说让我使用这些吗?"

"您的后知后觉的用处是什么?"

"我能知道你会在下一秒说什么，'真知灼见'让我可以知道其他地方曾经发生过的和现在正在发生的事情。"

"那现在有能让我和凯伊去看一看的事情吗?"

梅林突然拍了拍脑袋，高兴地说:"当然有，我保证你能看见。快，你去带上凯伊，咱们做完弥撒就去。先吃早餐，然后做弥撒，然后出发。就这样。直接带着凯伊去田里，到哈柏的带状麦田堆，沿着那条线一直往前走，直到遇到什么事情。好的，那我就不用担心那可恶的《逻辑大全》，美美地睡个午觉就行了。等一下，我睡过午觉了吗?"

"没有呢，"阿基米德说，"主人，那是以后的事。"

"太好了! 小瓦，你一定要带着凯伊一起去，那样我才能好好睡个午觉。"

"我们去之后能看到什么?"小瓦问。

"这样的小事都来烦我! 孩子，你快去吧，别忘了把凯伊带上。你之前怎么不说呢? 记住了，沿着大麦田一直往前走。哎，自从我担负起这可恶的家教职责，我还从来没有休过半天假呢。午饭之前，下午茶之前，我都得睡一会儿，然后找点事情打发晚饭之前的时间。阿基米德，你觉得我可以在晚饭之前做点什么?"

"睡一会儿吧!"猫头鹰冷漠地说，然后就转过身子，不再看主人了。他对出去历练也很有兴趣，这一点和小瓦有些类似。

第十章

　　小瓦知道，如果把自己刚才和梅林谈话的内容告诉凯伊，那凯伊一定会认为他们是在可怜自己，会拒绝一同前往。因此，他根本没有跟凯伊说这件事。奇怪的是，经过刚才那场奇怪的战争，两个人的关系又密切了起来，也能用困惑的眼神直视对方了。他们一起出发了，虽然无须太多的解释，但是气氛还是有些尴尬。做完弥撒之后，他们就一起来到了哈柏的大麦田尽头。到了这里，事情就容易多了，所以小瓦也不再隐瞒。

　　"走吧，"他说，"梅林说，这附近有特别的东西要给你。"

　　"什么东西？"凯伊问。

　　"应该是冒险。"

　　"我们该如何抵达那里。"

　　"顺着这条麦田一路往前，我猜我们最后会进入森林。我们得保证让太阳时刻处于我们的左边，也不能忘了它移动的位置。"

　　"好吧，那到底是怎样的冒险呢？"凯伊说。

"我也不知道。"

他们顺着一条想象出来的直线，沿麦田一路前行，很快就走过了猎园和猎林。他们一边走一边四下张望，看看怪事什么时候才会发生。在路上，他们遇到了六只小雉鸡，就在想它们是否有什么独特之处。凯伊差点儿脱口而出：有一只雉鸡是白色的。果真如此，而且又突然从空中冲出一只黑鹰，那他们就可以断定，这附近一定会有怪事发生。然后，他们就可以在那只白色的雉鸡或者黑鹰的带领下，找到被诅咒的城堡以及住在城堡中的少女。可是很可惜，那只雉鸡不是白色的。

走到森林边缘的时候，凯伊说："我想，我们得走进去吧？"

"梅林叮嘱过，要沿着这条线一直往前走。"

"好吧，我可不害怕，我觉得这场专门为我准备的冒险不是什么坏事。"凯伊说。

凯伊和小瓦走进森林，才发现路并没有想象中的那么难走，应该和如今的森林差不多。那时的森林看起来和亚马孙丛林类似。当时没有一门心思要铲平灌木丛，以方便自己猎雉鸡的地主；当时的木材商人从数量上来说连现在的千分之一都不到，他们不会一门心思地想要把剩下的几分林地砍伐殆尽。大部分的野森林都很难穿越：树木高耸入云，如同坚固的堡垒；枯死的树木倒在其他的树干上，被藤蔓密密地缠绕起来；活着的树木都极力向上生长，想要获得阳光。地上有很多水排不出去，变得如同沼泽；有的地方被一些枯枝烂叶覆盖，一脚踩下去，很可能会掉进蚁穴；或者被野蔷薇、旋花蔓、忍冬、牵牛花和起绒草，以及农村人说的一种叫"甜心"的植物层层包围，走出去不到三码就会被扯碎。

沿着哈柏的那条线一直往前走，可以通到树林间的一片空地。成群结队的蜜蜂飞舞在野生的百里香丛上，发出嗡嗡的响声。现在，昆虫的季节已经结束了，到了黄蜂和果实的季节，不过豹纹蝶还是随处可见，开得正艳的薄荷上停着很多蛱蝶和红纹蝶。小瓦摘下一片薄荷叶扔进嘴里，像吃口香糖一样吃了起来。

"好奇怪啊，我想应该有人来过这里，那边还有一个上过蹄铁的马蹄的印子呢！"他说。

"那只能说你看到的太少了，你没看到前面就有个人吗？"凯伊说。

在下一片空地的尽头，果然有一个手持斧子的男子，坐在一棵刚被砍倒的树旁。他的模样非常奇怪，个小还驼背，脸色有点像桃花心木。他穿着一些老旧的皮革，只用几根绳子捆住。他正在用一把刀子吃面包和羊奶酪，由于用的时间太长，刀片已经很薄了。他背靠着树干，凯伊和小瓦看到，这是他们今生见过的最高的树干，树干四周撒落了很多白色的木屑。树干的切口看起来非常新。他的眼神亮晶晶的，看起来跟狐狸类似。

"我想，他应该就是冒险了。"小瓦小声说。

"不可能。"凯伊说，"冒险里只有铠甲武士或喷火龙，我可没听说过会有这么脏的砍树老头。"

"不管怎么说，我得去问问才行。"

他们走向了那个正在大快朵颐的樵夫，但是对方好像并没有看到他们。他们问这个樵夫，从这片空地能够去往哪里。可是直到问了两三遍之后，他们才发现他要么聋了，要么疯了。他既不回答他们的问题，也不动弹，很有可能又疯又聋。

"走吧，"凯伊说，"我看他没准儿和瓦特一样，已经疯了，根本不知道自己在做什么。别管他了，我们继续往前走吧。"

他们又继续前行了一英里左右，路依然不难走。不过，这里并没有非常显眼的路，空地也是彼此分开的。任何一个偶然来此的人，都会认为自己来到了一片长几百码的空地上，但是如果他走到空地的尽头，就能看到被几棵树遮挡的不远处，还有一片空地。在路上，他们遇到了好几棵有被斧子砍伐痕迹的残株，但是它们都被细心地盖上了几株野蔷薇，或者根部都被拔了出来。小瓦认为，这些空地都是人为的砍伐形成的。

走到一片空地边缘的时候，凯伊用手扶住小瓦的肩膀，默默地指着空地的尽头。那里有一片斜坡，上面碧草如茵，斜坡的顶部是一棵足有九十英尺高的悬铃木。斜坡上躺着一个壮硕悠闲的男人，他的身边还有一条狗。这个男人也像悬铃木一样令人咋舌，因为他光脚站立或者躺倒的时候，足有七英尺高。他穿了一件格子折裙，看起来是用林肯郡绿毛料织成的，左手的前臂上绑着皮护腕。那条狗的脑袋就在他宽厚的棕色胸膛上，随着他的呼吸，狗的脑袋也一起一伏。它只是竖起耳朵，默默地看着凯伊和小瓦，并没有采取别的行动。看起来，男子已经进入了梦乡。他的身边有一把长弓和几根箭，长度分别为七英尺和一布码①。他的脸色跟之前那位樵夫一样，也和桃花心木差不多。在阳光的照耀下，他胸前的卷毛呈现出金黄色。

"一定是他！"凯伊激动地小声说。

他们要提防那只狗，就小心地靠近那个人。但它还是把下巴放在主人身上，只是默默地注视着他们，还摇了摇尾巴。它摇尾巴的姿势也很奇怪，没有把尾巴举起来，而是在草地上左右摇摆，幅度大概是两英寸。

看来男子并没有睡着，因为他很快就睁开了眼睛，对两个男孩露出一个微笑，伸出拇指指了指远处的空地。随后，他的微笑消失了，眼睛也合上了。

"打扰一下，您能告诉我们那里是什么地方吗？"凯伊问。

---

① 一布码约为 94 公分。

男子没有睁眼，也没有说话，只是举起手，用拇指又指了指刚才那个方向。

"他应该是让我们继续往前走。"凯伊说。

"我敢确定这就是冒险，"小瓦说，"刚才那个哑巴樵夫不是靠在大树上吗？说不定是他爬到树上，告诉这个人我们即将到来。看来，他就是在这里等我们的。"

那个光着身子的巨人一听到这句话，就睁开了一只眼睛，诧异地看着小瓦。然后他把另一只眼睛也睁开了，脸上重新浮现出笑容。他坐起来，拍了拍狗，捡起地上的弓，就从地上站了起来。

"两位少爷，"他笑着说，"看来我只能和你们一起走了。人们不是都说，年轻人的头脑是最灵活的吗？"

凯伊惊讶地问："你是谁？"

"我是奈勒，"巨人说，"本名约翰·奈勒，进入绿林这一行后，大家都称我为约翰小，现在却反过来叫我小约翰了。"

"哇！"小瓦开心地说，"我知道您！大人们经常在晚上给我们讲撒克逊人的故事，我听到过您和罗宾汉的名字。"

"不是'汉'，"小约翰有些责备地说，"在我们这一行，可不这么叫。"

"在故事里都是叫罗宾汉的呀！"凯伊说。

"那些老古板，根本什么都不懂！好了，我们该出发了。"

凯伊和小瓦分别站在了壮汉的两边。虽然他讲话的速度很慢，走路的速度却很快。他走一步，他们就得跑三步。小狗跟在他们身后，速度也很快。

小瓦问："打扰一下，您这是要带我们去哪儿呢？"

"还用说吗，自然是去罗宾木①那里，聪明的小瓦少爷，你

_____

① 小约翰认为"罗宾汉"正确的名字应该是"罗宾木"。

应该早就猜到了吧?"

巨人调皮地瞟了小瓦一眼,他知道,小瓦会从这句话中听出两个问题:第一,罗宾的真实姓名是什么。第二,小约翰怎么会知道他叫小瓦?

小瓦先问的是第二个问题。

"您怎么知道我叫什么?"

"我就是知道啊。"小约翰说。

"那罗宾木知道我们会来吗?"

"小鸭鸭,像你这种老古板,应该叫他的学名才对。"

"可是他到底叫什么呀?"小瓦大叫道。因为生气,也因为忙着追赶巨人,有些气喘吁吁,他才会这么大叫的。"刚才不是您说的罗宾'木'吗?"

"小鸭鸭,确实是木。你看,这里的木头不是随处可见吗?你现在就在木头里跑啊?这个名字可真是顶呱呱。"

"是罗宾森!"

"是罗宾森没错啊!这是最合适的名字了。在森林里,他就是王。在这片森林里,别提多自由了,不管是什么季节,你想睡就睡。你也可以随意打猎,绝对不会饿肚子。每个季节都会长出美丽的叶子,散发出香味,或者按照倒序落叶。你藏在里面,可以不被人发现;你走在里面,可以不被人听见;你躺在里面睡觉,不会让你觉得寒冷——哎,对咱们这种自由的人来说,森林可是个绝妙的地方。"

凯伊说:"我还以为罗宾森的每一个手下都会穿用林肯郡绿毛料做的无袖短上衣和紧身长裤呢!"

"只有冬天需要的时候,我们才那么穿,或者在干木工活的时候,要裹上皮革绑腿。现在是夏天,哨兵可以不穿那些,只完成守望的任务就行。"

"您是哨兵？"

"是啊，刚才你们在砍倒的那棵树旁见过的那个麦奇也是，你们不是还跟他说话了。"

凯伊得意地说："要我说，前面这棵大树就是罗宾森的堡垒没错了！"

他们走到了林中王者的前面。

这是一棵高度超过一百英尺的椴树，与英国东南部赫福德郡的摩尔公园里的那棵类似。在距离地面一码的位置，树腰的周长有十七英寸之多。它的树干看起来有点儿像山毛榉，底部长了很多小树枝，就像长的胡子一样。树干上长出主分枝的所有地方，树皮都皲裂了，被雨水或者树汁改变了颜色。青绿色的树叶看起来黏糊糊的，一些蜜蜂正飞舞其间，距离天空越来越近。从树叶之中，隐约能看到一副绳梯。没有梯子，就算配着铁爪子的人也不可能爬到树上。

"凯伊少爷，你猜对了，"小约翰说，"躺在树根中间的那个，就是我们的罗宾老大。"

本来男孩们关注的是岗哨，看到这些人藏身于这棵不时地摇曳和低语的树上的鸦巢里。现在，他们下移了视线，看到了这个绿林中人。

本来男孩们觉得他应该是一个浪漫的人，但是见面之后才发现不是，或者第一眼看起来不是。他的个头和小约翰差不多。毫无疑问，他们两个都是可以用长弓把箭射到一英里开外的人。他的肌肉非常结实，一点儿赘肉都没有。他不像小约翰那样半裸着身体，而是穿了一件有些褪色的绿衣服，在他的身边放着一个银色的号角。他的脸上没有胡须，黝黑的皮肤像树根一样粗糙，但那不是因为他年纪大了，而是饱经沧桑的成熟，带着些许诗意。他现年三十岁（他一直活到八十七岁才离世，并认为自己之所以这么长寿，是拜松树里的松香所赐）。现在他仰躺着，却没有看天。

罗宾森幸福地将脑袋枕在玛莉安的膝盖上。她坐在椴树根之间，穿着一件绿色的连身罩衫，腰部系着一袋箭，手和脚都落在外面。平常，为了方便打猎和做饭，她都会把头发扎起来，不过现在她把头发放了下来，看起来如同瀑布一般。她正小声地应和着他的歌，还用头发不停地搔弄他的鼻尖。

"他喜欢和我一起，"玛莉安唱着。"在树底躺着，对他的轻快音符做出调整，与鸟儿优美的音律相应和。"

"到这里来，到这里来，到这里来。"罗宾哼道，"在这里他没有仇敌，只有冬天和寒冷的天气。"

他们哈哈大笑，又重新唱了一遍，一人一句：

"他讨厌野心。"

"却喜欢沐浴在阳光里。"

"去寻找食物。"

"随便找到什么都可以。"

然后他们又合唱道：

"到这里来，到这里来，到这里来。

在这里他没有仇敌，

只有冬天和寒冷的天气。"

他们欢笑着结束了这首歌。本来罗宾是用褐色的手指把玩着垂在自己脸上的秀发的，现在他却突然从地上一跃而起。

"约翰。"他说。

"老大。"小约翰说。

"是你带这两位小少爷来的？"

"是他们带我来的。"

"不管怎么样，我都表示欢迎，"罗宾说，"我从没有听到有人中伤艾克特爵士，也觉得没有必要去打他的野猪。你们好啊，凯伊和小瓦。今天这么重要，是谁送你们来到我的草地上的？"

那位小姐插话道："罗宾，你不可以带着他们一起去吧？"

"亲爱的，为什么不可以呢？"

"他们还是小孩子啊！"

"这不是正让我满意吗？"

"没有人性！"她烦恼地说，然后开始将自己的秀发编成辫子。

显然，罗宾觉得最保险的办法就是不争。所以他转过身问两个男孩："你们会不会射箭？"

"您瞧好吧！"小瓦说。

"我可以试试！"对于小瓦的自信，大家报以微笑，所以凯伊说话的时候为自己留了些余地。

"玛莉安，给他们俩一把弓。"

她递给他一把弓和六支箭，箭的长度有二十八英寸。

"就射那只啄木鸟吧！"说着，罗宾就把弓箭递到了小瓦手上。

小瓦看了看，看到了距离自己一百步的一只啄木鸟。他觉得有些丢脸，就笑着说："不好意思，罗宾森，这个距离对我来说有点远。"

"没关系，"罗宾森说，"你只管射好了，我从你射箭的动作就能看出来。"

小瓦飞快地搭上弓，叉开双脚，和目标方向呈一条直线，放正肩膀，将弓弦拉到下巴的位置，瞄准目标之后，稍微抬高了二十度。以前他每次射箭都会偏左一下，所以这次他故意往右挪了两码才放箭。只可惜他没有射中，但是差距不大。

"凯伊，该你了。"罗宾说。

凯伊的动作基本上和小瓦一样，射得也很不错。他们的举弓姿势都很不错，也很快地找到了主箭羽，让它朝外，还是先扣住弓弦后拉弓的——没有学过的孩子总会在拉弓时用拇指和食指抓住箭尾扣弦的部位，真正的弓箭手却会让两三根手指头拉开弓弦，让箭自然地跟上去。他们并没有犯外行经常犯的两个错误——让准头偏左，用左手前臂碰弓弦。在放箭的时候，两个人也没有用蛮力，而且用了非常均匀的力。

"很不错，"罗宾森说，"看来都学过。"

"罗宾，"玛莉安尖声说，"你不可以让他们去冒险，快点送他们回家吧！"

"那怎么可以。"他说，"要是他们不想走，我就不能这么做，这对我和他们来说都是难题。"

"是什么事呀？"凯伊问。

罗宾森把弓扔到一边，盘腿坐在地上，又把玛莉安拉到他身边坐下。

他看起有些迷茫。

"是摩根勒菲。"他说，"解释起来有点难度。"

"换成是我的话，根本不会解释。"

罗宾生气地转过头去看着自己的爱人。"玛莉安，"他说，"要是他们俩不帮我们，我们就只能丢下其他三个人。其实我也不太愿意让他们俩去，可是如果他们不去，就相当于把塔克拱手送给她了。"

小瓦觉得，现在应该换一个换题，就发出一声咳嗽，礼貌地问："请问，谁是摩根勒菲？"

三人同声回答。

"大坏蛋。"小约翰说。

"仙子。"罗宾说。

"不，"玛莉安说，"她是个妖妇。"

罗宾说："重点是谁也不知道她是谁，我觉得她是个仙子。"

他瞪了妻子一眼，又补充道："而我坚持我的观点。"

凯伊问："你的意思是，她像那种摘下蓝钟花当帽子，坐在香菇上半天不动的人吗？"

大家都笑了起来。

"并不是，这个世界上怎么会有这种东西呢？女王是一个可怕的、货真价实的仙子。"

"要是你一定要让这两个孩子参与其中，"玛莉安说，"你最好还是从头开始说吧！"

罗宾深吸一口气，又开双腿，表情又变得非常迷茫。

他说："我们先做一个假设：摩根是仙子中的女王，或者至少跟他们有交情。我说的这种仙子，跟你们的奶妈为你们讲的故事中的那种可不一样。有人说他们是历史最悠久的民族，罗马人还没到来的时候，他们就已经在英格兰定居了——比我们撒克逊人和其他所有的古老民族都早，不过后来被驱逐到地底去了。有人说他们像人或小矮人，也有人说他们和正常人一样，还有人说他们什么都不像，可以随心所欲地变化成各种模样。我们先不说他们的外形，反正他们拥有古代盖尔人①的知识，知道很多早就被人们遗忘的、埋藏在洞穴里的事情，当然大部分都是坏事。"

"小点声。"美丽的玛莉安用一种奇怪的表情说。两个男孩发现，他们不知不觉靠得更近了。

"总之，"罗宾降低了音量，"我不想再直接叫他们的名字，就称他们为'生物'吧！他们的一个最反常的特点，就是没有心。我的意思不是说他们冷酷无情，而是一旦你抓住他们其中一个，给他开膛破肚，就会发现里面没有心脏。他们是和鱼差不多

---

① 古代居住在苏格兰高地和爱尔兰的克尔特人，或者指不列颠人。

的冷血动物。"

"他们存在于任何地方，现在也不例外。"

两个男孩迅速环顾四周。

"别说话，"罗宾说，"我就说这么多吧，讨论他们会让我倒大霉的！我认为，这个摩根就是这些'好人'的女王。我还知道，在我们这座森林的北边，有一座战车城堡，她有时候会去那里住。玛莉安说，这个女王不是仙子，而是个巫师，但是跟他们有来往。还有人说，她的父亲是康瓦耳伯爵。不过这不是重点。今天早上，她施了咒，导致我的一个手下和你们的一个手下被'至古之民'给抓走了。"

"是塔克吗？"小约翰问。由于他出去放哨了，所以对发生的事情并不知情。

罗宾点点头。"消息来自北边的森林，就是你报告说这两个孩子到来之前。"

"这个可怜的修士！"

"最好把事情的经过告诉他们，"玛莉安说，"但我觉得你最好先把名字解释一下。"

"我们并不太了解这些'天赐之民'，"罗宾说，"但有一点是，他们会用动物的名字，比如取名为'母牛''山羊'或'猪'。因此，如果你恰好要喊自己的母牛，一定要指着它喊。否则你可能会喊出一个跟它同名的仙子——或者说'小小人'。受到召唤之后，他会立刻现身，甚至可能抓走你。"

"我想事情的经过是这样的，"玛莉安说，"你们城里的猎犬需要上厕所，狗童就将它们带到了森林边缘，此刻塔克修士跟住在附近的瓦特正好在聊天。"

"等等！"凯伊和小瓦大喊，"他是不是一个老头，在发疯之前就住在我们村里？他是不是把狗童的鼻子咬掉，跑到森林里来住的那个怪物？"

"就是他，"罗宾说，"但是这个可怜的家伙可不是什么怪物，平日里，他主要用草、树根和橡实来填饱肚子，甚至不会谋害一只苍蝇，我想你们可能对他有什么误解。"

"瓦特吃橡实？"

"事情的经过是，"玛莉安耐心地说，"他们三个在一起闲聊，有一只猎犬（我猜是卡威尔）扑向了瓦特，伸出舌头要舔他的脸，把瓦特吓得魂飞魄散。你们的狗童想要阻止它，就大喊'狗儿过来！'你也知道，他是应该伸出手指的，但是他没有！"

"然后呢？"

"我有一个手下正好在不远处伐木，他叫史凯洛克，也就是民谣里的史卡雷。他说，眼前的几个人，连同那只狗，突然就不见了。"

"可怜的卡威尔。"

"也就是说，他们被仙子抓走了。"

"你说的是'和平之民'吧。"

"不好意思。"

"重点是，要是摩根真是他们的女王，我们必须进入她的城堡，才能赶在他们被施魔咒之前把他们救出来。古时候，他们曾有过一个叫赛丝的女王，会把抓到的人变成猪。"

"当然，我们必须去。"

第十一章

罗宾对着凯伊微笑了一下，拍了拍他的背。此时，小瓦正在一门心思地担心狗呢。于是，罗宾清了清嗓子，又说道。

"你说得对，我们必须去，"他说，"但是遗憾的是，只有小男孩和小女孩才能进入战车城堡。"

"你的意思是说你无法进去？"

"但是你们可以。"

小瓦想了想，说道："我猜这应该和抓独角兽差不多。"

"是的，只有女孩才能抓到独角兽这种魔法生物。而仙子也有魔法，因为，除了纯真的人，别人是无法进入他们的城堡的。也正是因为这个原因，他才想偷走人类的小婴儿。"

凯伊和小瓦沉默了一会儿，凯伊又说："我去，不管怎么说，这都是我的冒险。"

小瓦说："我也去。卡威尔是我最喜欢的狗。"

罗宾看了玛莉安一眼。

他说："那好，就这么定了。接下来，我们来商量一下计划。我觉得，你们最好在不知情的情况下去那里，当然，事情并没有你们想的那样恐怖。"

"我们也会跟你们一起，"玛莉安说，"我们会护送你们到城堡，只有最后的部分需要你们进去。"

"没错，等你们进去之后，她的狮鹫应该会出来攻击我们。"

"居然有狮鹫？"

"是的，战车城堡门口的那只狮鹫就像看门狗一样，凶狠极了。我们必须想办法躲开它，一旦被它发现，它就会示警，到时候连你们俩也无法进入了。我们必须秘密行动。"

"我们要等到晚上再行动。"

一整个早晨，两个男孩都在练习使用玛莉安小姐的弓，过得非常快乐。他们之所以要练习，都是因为罗宾的坚持，因为他说，用别人的弓射箭会很不趁手，如同用别人的镰刀割草一样。午饭的时候，大家都吃了冷鹿肉馅饼配蜂蜜酒。所有的绿林好汉都像变魔术一样，突然就出现了。上一秒空地上还是一个人都没有，下一秒就出现了六个人。他们默默地从蕨丛和树丛里现身，有人穿着绿色的衣服，有人被太阳晒得黑魆魆的。最后，在空地上吃饭的足有一百来人，一边吃饭一边打闹。他们之所以成为绿林人士，并不是想要打家劫舍，而是要对抗尤瑟·潘德拉贡的入侵，拒绝接受外族国王统治的撒克逊人。和后世的反抗军战士一样，他们的活动领域，就在英格兰的沼泽地和原始森林里。玛莉安会和助手在树荫下把饭做好，再分给大家吃。

一般来说，下午会是这些绿林人士的睡觉时间。在此期间，他们会安排一名哨兵来接收消息。其中的原因有两个：首先，他们打猎的时间是在别人入睡之后；其次，中午是野兽的休息时间，猎人自然也要休息。不过这天下午，罗宾并没有睡觉，而是把两个男孩叫了过去。

他说："你们听着，我会把之后的计划告诉你们。我把我这一百名手下分成五队，陪着你们去摩根女王的城堡。你们俩就跟玛莉安一队。我们的目的地那里有一棵橡树，有一年暴风雨的时候，它曾经遭遇了雷击，在距离这棵橡树不到一英里的地方，就是那只守城的狮鹫。我们要小心，千万不可以惊动它。要是我们没有遇到麻烦，就到距离城堡四百码的地方，在那里等你们。然后，一切就要看你们的了。因为我们的箭头是用铁做的，不能靠得更近了。

现在，凯伊和小瓦，我要给你们解释一下铁的问题。要是我们的朋友真的落到了那些'好人'手里，而且他们的女王确实是摩根勒菲，那我们将会拥有一个优势：因为这些'好人'是无法靠近铁的。在铁器尚未出现的石器时代，这些'至古之民'就已经存在了，正是铁给他们带来了巨大的灾难。后来，手持着比铁更坚硬的钢剑的人征服了他们，把他们赶到了地下。

因此，为了不让他们有所察觉，我们今晚得躲得远一些。不过，如果你们两个把铁制小刀藏在手里，而且死也不松手，女王就会对你们束手无策了。只要你们不拿出来，他们就不会因为几把小刀而感觉不适的。只要你们把小刀紧紧地握在手里，走完最后的那一段路，就可以成功地进入城堡，找到关押犯人的牢房。犯人们有了金属的保护，就可以跟着你们出来了。凯伊和小瓦，你们听懂我的话了吗？"

他们说："听懂了，完全懂了。"

"还有，你们不但要紧握铁器，还要记得一件事，就是千万不要吃东西。任何一个在他们的城堡里吃东西的人，都会永久地留在里面。所以，无论你们在里面遇到什么事，看到多么诱人的食物，都不能吃，记住了吗?"

"记住了。"

罗宾简单地交代之后，又向手下发出了命令，用一段很长的演说来告诉大家狮鹫、潜行以及两个男孩即将做什么。

大家静静地听完罗宾的演说，随后发生了一件非常奇怪的事：罗宾把刚才的演说一字不错地重复了一遍。讲完第二次之后，罗宾才说："好了，各位队长。"于是，那一百个人就每二十人为一组，以玛莉安、小约翰、麦奇、史卡雷和罗宾为首，分成了五组。然后，两个男孩就听到了一阵念诵的声音。

"他们这是做什么呢?"

"你听呀。"小瓦说。

原来他们是在背诵刚才罗宾演说的内容，而且一字不错。他们不会识文断字，也不会写字，却有一个神奇的本领：不管听到什么都能记忆下来。罗宾就是借此和手下们进行联系的，他让所有的人都知道得同样多，而且烂熟于心。因此，就算有突发情况出现，他也能放心地让手下单独行动。

等到每个人都能把这段演说一字不错地背下来的时候，罗宾就让人给每个人发放了十二支箭。这些箭有着比一般的箭更大的箭镞，像剃刀一样锐利，箭身上装饰了很多羽毛。他还让大家仔细地检查了弓，并给两个人更换了新弓。之后就是一片宁静。

"出发!"罗宾神采飞扬地说。

他挥了挥手，部下们也笑着向他举起了弓。随后，两个男孩听到了一声叹息，以及草地上传来的沙沙声和一根树枝被踩断的声音。眨眼间，椴树下的空地上就一个人都没有了，好像这里从未有人类涉足一样。

"跟我来。"玛莉安拍着男孩的肩膀说。从他们身后的树叶间，传来了蜜蜂的响声。

这是一道漫长的征途。短短半小时之后，人工清理出来的那块通往椴树的十字形空地就没用了。他们需要自己想办法，穿越重重密林。要是在路上可以把树木踢倒或者砍倒，兴许还好走一些，可他们又必须保持安静。玛莉安给他们演示了怎么迂回前进；一旦被荆棘勾到了，要怎么立刻停下脚步；怎么先用脚尖探路，确定没有踩到树枝之后，再把重心落到脚上；怎样一眼看出哪里方便通行；还有一种可以帮他们克服障碍的移动的节奏。虽然奔赴同一个目的地的人多达一百个，但是他们只能听到自己发出的声音，没有听到别的任何声响。

一开始，凯伊和小瓦还因为自己被分到女人率领的小组而感到不满，他们更想和罗宾一起。而且在他们看来，跟玛莉安在一起，就如同被安排给了女家庭教师。但是很快他们就发现，自己的想法完全不正确。本来她是不想把他们牵涉进来的，可是如今既然他们已经参与其中，她就把他们当成了自己的伙伴。做她的伙伴可不是件容易的事，光是走路就很成问题。如果她不停下来等他们，那他们几乎无法跟上她。因为她不仅可以用手脚同时走路，而且就算像蛇一样蠕动前行，她的速度也不比他们慢。而且，她是一个有着更加丰富经验的老战士。可以说，她就是薇芙①转世，唯一的区别就是，当时的女强盗大都剃短发，而她却拥有一头长发。在他们必须保持安静之前，她给过他们很多忠告，有一条是这样的：射箭时不要往低了射，宁可射得高一些。因为射低了只会射到地上，如果射得高一点，还有可能杀死后排的敌人。

"要是我这辈子非结婚不可，"小瓦有些怀疑地想，"我就得

---

① 古代的一个女强盗。

娶一个像母狐狸一样凶悍的女子。"

其实男孩们并不知道,玛莉安还有朝拳头里吹气的本领,而且她还会模仿猫头鹰的叫声,或者把手指伸进嘴巴两侧,用舌头和牙齿发出哨声;此外,她还会模仿鸟叫,吸引它们来到自己身边;她还懂得一些简单的鸟语,比如山雀大叫着老鹰来了;在罗宾射中木头假鸟三次的时间里,她可以射中两次;而且,她还会翻筋斗。然而此刻,这些本领都派不上用场。

随着秋天的第一波雾气,夜晚来临了,一切都是雾蒙蒙的。没有受到雾气干扰的灰林鸮不停地呼号着,小的叫声是"奇威",大的叫声是"呼噜呼噜"。而为诗人们所知的"吐灰、吐呼"声,其实是鸟儿在散开的时候发出的声音。渐渐地,荆棘和其他的阻碍似乎很难看清了,但是想要察觉它们的存在却变得容易了。让小瓦觉得奇怪的是,在这一片静谧之中,安静地行动似乎更加容易。此刻他只剩下了触觉和听觉,反应就变得更加敏锐,走路的速度十分迅速,而且没发出任何声响。

到了晚祷的时候,也就是夜里九点左右,他们已经在森林里艰难跋涉了大概七英里。这时,玛莉安碰了碰凯伊的肩膀,朝着一片青黑色的黑暗指了指。现在,他们在黑暗中视物的能力即将到达极限,这已经超出了城里人的能力范围。他们跟着玛莉安,在根本没有路的森林里艰难前行了七英里,靠近了那棵遭遇雷击的橡树。他们没有交流就达成了一致:默默靠近,尽量不惊动可能已经在此等候的同伴。

不过相比之下,静止似乎比移动更占优势。他们还没有靠近树根,就被同伴抓住了。同伴在他们的后背上微不可察地拍了拍,示意他们坐下。此刻,树根上坐着密密麻麻的人,如同来到了椋鸟群或者即将栖息的乌鸦群。在这个宁静的夜晚,小瓦听着身边上百个人的呼吸声,就像在夜晚别人都已经入眠时,自己挑灯夜读听到的血流的声音。黑夜的子宫是如此黑暗，如此宁静，他们就栖息在里面。

小瓦听到，蚱蜢发出了小而清晰的叫声，像蝙蝠的叫声一样，非常刺耳。叫声一声接一声，再加上玛莉安叫的代表凯伊、小瓦和她自己的三声，一共是一百声。这说明，所有的人都已到齐，该出发了。

先是树叶的沙沙声，似乎风穿过了这棵有着九百年历史的橡树残存的叶片之间。然后是夜鹭和田鼠的叫声，兔子的蹦跳声，雄狐发出的类似公狮子的低咳，以及从头顶传来的蝙蝠的叫声。然后树叶的沙沙声再次响起，持续的时间足够让你从一数到一百，然后，玛莉安率领的二十二个人全部围在了她身边。刚才，就是玛莉安发出的兔子的蹦跳声。小瓦看到，他们围成了一个圈，双手分别和左右边的人相握，再次发出了蚱蜢的声音。这个声音按照圈子的顺序，依次向他传来。最后一只蚱蜢摩擦了后脚之后，他的右手就被右边的人握住了。小瓦也学着叫了一声，左边的人立刻也发出了同样的叫声，还握了握他的手。等到二十二只蚱蜢都叫完了，玛莉安小姐就准备带着队伍悄悄地继续潜行了。

本来这段路会非常可怕，可是小瓦却觉得自己好像进了天堂。刹那间，他对夜晚充满了崇敬，似乎自己已经摆脱了形体的限制。他甚至觉得，自己可以趁着一只兔子忙着吃东西的时候，悄悄地走到它身后，一把抓住它的两只耳朵，让它在空中踢蹬着双腿。他还认为，自己可以在旁边的两个人毫无察觉的情况下，悄悄地从他们的胯下钻过去，或者拔走他们的刀鞘里的匕首。此刻，他的身体里有一种对夜色的热爱，仿佛血液里流淌着香醇的美酒。虽然他年纪很小，个子也不高，但是他可以做到和别的战士一样秘密前行。别人虽然有着高超的在树林间穿梭的本领，可是由于年龄和体重的原因，动作不是很灵活；相比之下，他虽然在本领方面有所欠缺，可是因为年纪小，身体轻，动作倒也十分灵活。

总体来说，这趟潜行如果不把狮鹫考虑在内，还是没什么难度的。这里的土地松软潮湿，也没有灌木丛和容易出声的蕨类，因此他们的速度加快了两倍。他们感觉自己似乎是在做梦，夜鹭和蝙蝠的叫声都没有干扰他们。他们在沉睡的森林的引导之下，阔步前行。有些人觉得有点害怕，有的人迫不及待地想为同伴报仇，还有人就好像真的在梦游一样。

走了二十分钟左右，玛莉安小姐就停下了脚步，指向了左边。

凯伊和小瓦没有接触过约翰·曼德维尔爵士①的作品，所以并不知道，原来狮鹫的个头足有八头狮子那么大。现在，他们借着星光往左看去，几乎不敢相信自己的眼睛——世界上居然有这样的物种！那是一只雄性狮鹫，非常年轻，还没有换过羽毛。

从前半面看，它的前脚和肩膀让它看起来有些像体型庞大的鹰。它有波斯式的弯喙，还有修长的双翼，其中第一根初级飞羽的长度是最长的。此外，它还有刚劲有力的爪子。曼德维尔观察得没错，它的个头足有八头狮子那么大。到了肩膀之后，就能看出区别了：通常鹰隼会有十二根尾羽，而狮鹫的身体和后脚看起来和狮子差不多，尾巴又像蛇。两个男孩借着月光看到，这头高达二十四英尺的巨兽正把头埋进胸口，睡得香甜，它那邪恶的喙放置在胸羽上。这么一只真正的狮鹫，绝对比一百只兀鹰都值得看。他们倒吸一口凉气，就悄悄地从它身边越过，将这副场景印在脑海里，以后再进行回味。

———————

① 英国人，曾经根据马可波罗等人的旅行游记写过一本《曼德维尔游记》。

终于，他们接近了城堡，所有的绿林好汉都留在这里等他们。玛莉安悄悄地碰了碰两个男孩的手，他们就继续往前，从越来越稀疏的树林穿过去，朝着树后的微光走去。

他们来到了大片空地——也可能是平原，被眼前的景象震惊，不由得站住了。他们的眼前是一座用食物搭建而成的城堡，塔顶坐着一只嘴里含着一支箭的乌鸦。

可能是因为"至古之民"几乎没有办法吃饱，所以他们对食物非常热衷。现在你还能读到他们写的一首叫《麦克康格林的异象》的诗，有一段就是描述这座用食物搭建而成的城堡的，其中一部分是这么写的：

> 我看见在那美好的平原中央
> 有一座鲜奶湖
> 以及一座屋顶铺满了奶油的
> 建筑完善的小屋
>
> 松软的门柱是蛋乳冻
> 台座用凝乳和奶油制成
> 猪油床晶莹剔透
> 盾牌是干酪薄片
>
> 在盾牌的吊带之下
> 是香软嫩滑的起司人
> 他们拿着陈奶油长枪
> 知道绝对不可以伤害盖尔人
>
> 还有一只装满肉的大锅

（让我忍不住想要尝一口）
新鲜的甘蓝被煮成了棕白色
盛满的牛奶眼看着要溢出来了

培根小屋的材料是二十根肋条
围墙用牛肚编织而成
我看这里
放着人类爱吃的所有食物

香酥的炸粉肠
做成了漂亮的屋椽
美味的猪肉
搭建成了栋梁和支柱

　　两个男孩看着眼前的城堡，又惊讶又震撼。这座城堡位于奶油湖里，散发着一种凝滞特有的幽光。那是战车城堡带有灵气的一面，古民们最终还是感应到了孩子们随身携带的短刀，想要引诱他们去吃。

　　可是那种味道很难形容，就像杂货店、肉铺、乳品店和鱼摊的味道交织在一起，又甜蜜又刺鼻，所以他们毫无品尝的欲望。他们现在只有一个念头，就是迅速逃离这里。

　　然而他们来这里的目的是救人。

　　于是，他们缓慢地走过了看起来非常肮脏的吊桥，脚踝都陷在了里面。这座吊桥是奶油做的，里面的牛毛清晰可见。看着桥上的牛肚粉肠，他们忍不住瑟瑟发抖。他们拿出铁制小刀指向香软嫩滑的起司士兵，士兵们就迅速闪开了。

　　终于，他们来到了城里的内室，此刻，在那晶莹剔透的猪油床上，躺着的正是摩根勒菲。

她是个中年女人，身材肥胖，不修边幅，有黑色的头发和细微的胡子，看起来跟人类没什么区别。她一看到孩子们带来的两把短刀，就迅速闭上了眼睛，跟丢了魂儿一样。要是她此刻没有在战车城堡，或者没有忙着施展魔法来引起人的食欲，说不定出现的时候会好看一点。

犯人们就被捆在神奇的肉柱子上。

"如果铁让你不舒服，那就不好意思了，"凯伊说，"我们来到这里，是想把我们的朋友救出去。"

摩根女王哆嗦个不停。

"您能下令让手下的起司人放走他们吗？"

摩根女王拒绝了。

"这是魔法，"小瓦说，"我们是否该走到她身边吻她一下，或者做点别的什么可怕的事？"

"我们要用铁碰她吗？"

"那你去吧。"

"还是你去吧。"

"我才不要，你去吧。"

"那一起去好了。"

他们两个牵着手走向了女王。摩根女王感受到金属的存在，觉得浑身疼痛，在猪油床上扭来扭去，活像一只蛞蝓。

他们刚要碰到她，就听到了一种混浊的液体流动的声音，战车城堡的仙灵外表瞬间消失，森林的空地上只剩下了五人一狗，空气中还弥漫着一股脏牛奶的味道。

"上帝啊！"塔克修士说，"上帝保佑！我还以为这次必死无疑了呢！"

"少爷！"狗童叫道。

卡威尔像疯了一样，不停地叫着，还咬他们的脚趾，并躺在地上摇尾巴。老瓦特只是伸出手，摸了摸自己前额上的头发。

"好了，"凯伊说，"冒险结束了，现在我们得快点回去才行。"

第十二章

虽然摩根勒菲在变身仙灵后对铁器毫无抵抗能力，但是她的狮鹫还在。城堡消失的前一秒，她念动咒语，让它摆脱了黄金锁链的束缚。

现在所有的人都沉浸在胜利的喜悦中，放松了警惕。他们决定，先从那头怪物所在的地方绕过去，再从漆黑的森林里穿过去，就可以脱身了。他们并没有想到，居然还会有危险。

先是响起了火车鸣笛声，然后罗宾森吹响了自己的银号角，发出凤凰鸣叫一样的声音。

"嗡—嗡，哒嗡、嗡哒嗡、哒嗡哒嗡、翁哒嗡哒嗡——呜、嘟、嘟呜呜、嘟嘟呜呜。嘟、嘟。当、当、当、当。"

遭到伏击的弓箭手听到罗宾的号声，立刻转过身来，面对着冲向自己的狮鹫。他们的动作整齐划一，齐齐往前迈出左脚，箭矢就像雨点一样飞出来。

小瓦看到，狮鹫在半途中晃了一下，它的肩胛骨被一根一布码长的羽箭射穿了。他看到自己的箭没有击中目标，就迅速弯下身子，从箭袋里又掏出一根。他看到，一排同伴如同事先得到了通知一样，一同弯腰取箭。然后他又听到了弓弦声，以及箭羽在空中飞过的声音。此前，他唯一射中的就是能够发出噗声的稻草人，他一直期盼着可以听到飞箭射中肌肉的清亮的声音，现在可算是梦想成真了。

但是，狮鹫的皮就像鳄鱼皮那么厚，能够击中目标的飞箭很少，其他的都被弹到了一边。它一边尖叫着一边冲上来，用自己的尾巴不停地扫荡着，扫倒了很多人。

小瓦匆忙地搭箭上弓，却怎么也无法对准箭羽，看起来所有的动作都是那么慢。

他看到那庞大的、黑魆魆的身体穿过月光，锋利的爪子抓住了自己的胸膛，而自己就翻了个筋斗，被来自上方的力量压得动弹不得。他看到在这个快速旋转的宇宙里，出现了凯伊那张惊恐的、通红的脸；在另外一头，玛莉安小姐似乎在大叫着什么。在他即将陷入黑暗的前一秒，他想：她是在喊我吧？

然后，他就被大家从狮鹫的尸体下面拖了出来。狮鹫死了，在它即将跃起的时候，它的眼睛被凯伊射中了。

随后的很长一段时间，他都过得很难受——罗宾帮他把锁骨接回去，还撕下一块绿布，为他做了一个吊带。然后，疲惫不堪的队伍就躺在狮鹫的尸体旁边，沉沉睡去。时间太晚了，根本来不及回到艾克特爵士的城堡，或者大椴树下的老窝。现在，一切已经告一段落，只需要生营火，安排人守夜，就可以休息了。

小瓦并没有睡。他靠着树坐着，透过火光看到守夜人来回走动，听着他们小声说着通关暗语，回想着今天的各种遭遇。此刻，这些事情萦绕在他的脑海里，不是打乱了顺序，就是只有一个片段。他看到狮鹫朝自己飞身扑来，听到玛莉安大叫"射得好！"听着蜜蜂的嗡嗡声和蚱蜢的唧唧声相互交织，向木头假鸟射出了几千支箭，木鸟却突然变成了狮鹫。在他的身边，凯伊和脱离险境的狗童睡得正香，偶尔还会抽动一下，看起来非常陌生，他都有些认不出他们了——这在人熟睡的时候是很常见的。卡威尔就趴在他没受伤的那边肩膀上，偶尔伸出舌头舔他的脸颊。然后，黎明慢吞吞地降临了，让人无法判断天到底是什么时候亮的，跟以往的夏日清晨很不一样。

等到大家从睡梦中醒来，草草吃完随身带来的面包和冷鹿肉填饱肚子后，罗宾说："凯伊，请你带着对我们的爱，快点回家去吧。否则艾克特爵士一定会召集人马前来，打败我们，再把你们带回去。对于你们这次的帮助，我非常感激。你们想要什么礼物作为回报呢？"

"不用说，这次的冒险简直太过瘾了，"凯伊说，"我可以把我射死的这只狮鹫带回去吗？"

"它太重了，你扛不动的。你把它的头带回去怎么样？"

"可以，"凯伊说，"要是有人愿意帮我把它的头砍下来的话，说到底，这只狮鹫是我的。"

"那老瓦特呢，你要怎么处置？"小瓦问。

"看他自己的意愿吧，也许他想溜回去，过以前那种吃橡实为生的日子。要是他想加入我们，我们也很乐意。我觉得，他以前是自己主动跑出你们村的，所以再回去的可能性不大。你说呢？"

小瓦缓缓地说："如果你想送给我礼物的话，能把他送给我吗？"

罗宾说："坦白说，我觉得不可以。人可能不会愿意自己被当成礼物，至少我们撒克逊人是这么觉得的。你要他有什么用？"

"我并不是不想让他走，只是因为我有一个身为魔法师的家庭教师，说不定他可以让他恢复正常。"

罗宾说："好孩子，你完全可以带走他。抱歉，我刚才对你有些误解。我觉得，我们可以问问他是否想去。"

很快就有人去叫来了瓦特。罗宾说："我觉得还是你亲口对他说比较好。"

那个可怜的老头被带到了罗宾面前，他茫然地笑着，表情很恐怖，身上也很脏。

"你可以问了。"罗宾说。

小瓦也不知道该怎么问，就说："瓦特，你想跟我一起回去吗？去去就回。"

"啊呐呐呐哇啦吧吧！"瓦特揪着自己额前的头发哈哈大笑，还不停地鞠躬，朝着各个方向回响。

"你要跟我走吗？"

"哇呐呐呐哇呐哇呐！"

"你要吃晚餐吗？"小瓦几乎已经不抱希望了。

"呜！"可怜的瓦特大叫道，语气非常肯定。听到会有东西吃，他的眼睛亮晶晶的，充满了喜悦。

"从这边走。"小瓦指着太阳说，他已经判断出，沿着这个方向走，就能回到艾克特爵士的城堡。"跟我去吃晚餐吧！我带你去。"

"少爷！"瓦特突然冒出了这么一个词。以前每当有人给他赏赐食物，他都会这么说，这是他唯一的本领了。事情就这么决定了。

罗宾说："这次冒险真的是精彩绝伦，真是不舍得让你们离开，希望以后我们还可以重逢。"

"你们感到无聊的时候，"玛莉安说，"随时都可以来玩。沿着空地一直走，就能来到这里。小瓦，这几天你要特别关注你的锁骨。"

"我会派人把你们送到猎林边,"罗宾说,"然后你们就得自己回家了。我想,狗童可以帮你把狮鹫的头搬回去。"

"再见。"凯伊说。

"再见。"罗宾说。

"再见。"小瓦说。

"再见。"玛莉安微笑着说。

"再见!"所有的绿林好汉一起挥舞着弓喊道。

于是,凯伊、小瓦、狗童、瓦特、卡威尔和护送者一起走上了回家的路。

他们受到了家人的热情欢迎。昨天晚上,所有的猎犬都回来了,卡威尔和狗童却不知所踪,凯伊和小瓦也不知道去了哪里,让一家人都心急如焚。他们的保姆差点急疯了;哈柏把森林的外缘都搜了个遍,直到半夜才回来;警卫官把所有的盔甲都擦了两遍,又把所有的刀剑和斧头磨得锋利无比,以免有敌人前来侵略。最后,终于有人想起应该去请教家庭教师,却发现他正在第三场午觉里睡得香甜。梅林为了让自己清静一点,就将此刻凯伊和小瓦正在做什么,在哪里,什么时候回来,全部告诉了艾克特爵士。他说的时间跟凯伊和小瓦回家的时间完全吻合。

因此,家里的人一看到这一小队人马出现在吊桥上,就表示了热烈的欢迎。艾克特爵士拿着一根粗拐杖站在吊桥中间,想要对他们的到处乱跑、惹出大乱子进行惩罚;保姆坚持要拿着一面写有"欢迎回家"的旗子,这是艾克特爵士小时候逢年过节回家时必挂的;此刻哈柏也顾不上自己的猎鹰了,用手遮住额头,想要早点儿看到他们;厨师和厨房里所有的工作人员用力敲打着锅碗瓢盆,唱着跑了调的"你是不是不会再回来"一类的歌;厨房里的猫在大声叫着;无人照看的猎犬也逃出了狗舍,想要去厨房里追猫；警卫官昂首挺胸的，让人担心他的胸膛会不会炸裂。此刻，他严肃地喊着"一、二！"，指挥大家发出喝彩声。

"一、二！"警卫官大喊。

"呀！"包括艾克特爵士在内的所有人都大喊。

"快看我带回来的是什么！"凯伊大叫，"我射死了一只狮鹫，小瓦还负伤了！"

猎犬大叫着扑向了狗童，用舌头舔他的脸，用爪子挠他的胸膛，在他身上不停地嗅来嗅去，想要知道他去了哪里。然后，它们就期待地看着狮鹫的头。狗童高举起狮鹫的头，避免让它们吃掉。

"天啊！"艾克特爵士吃惊地叫道。

"可怜的小麻雀呀！"保姆尖叫道，把手里的旗子扔在了地上，"你的小手怎么受伤了，还绑上了绿绷带，上帝啊！"

"我没事。"小瓦说，"不要抓我嘛！好痛。"

"我能不能把这个头做成标本？"凯伊说。

"奇怪！"哈柏说，"这不是发疯之后跑进森林的老瓦特吗？"

"孩子们！"艾克特爵士说，"真高兴看到你们回来！"

"先别顾着高兴，"保姆得意地说，"您把家法放在哪儿啦？"

艾克特爵士说："哼，你们两个居然敢到处乱跑，差点急死我们！"

"这可是真正的狮鹫呢！"凯伊说，他知道自己不需要害怕，"我射了很多箭才射中的。小瓦的锁骨断了。狗童和瓦特都是我们救回来的。"

"总算没有白教他们射箭！"警卫官骄傲地说。

艾克特给这两个孩子几个吻，并吩咐把狮鹫头拿到他面前。

"天啊！"他惊讶地说，"这头怪物可真大啊！不如把它做成标本，挂在饭厅里。它有多大？"

"双耳的间距是八十二英寸，罗宾说打破了纪录。"

"那要把它记下来才行。"

"是不是还不错？"凯伊强忍着激动说。

"我要请罗兰·渥德①爵士把这个纪录记下来，"艾克特爵士兴奋地说，"还要做一张象牙小卡，上面写上'凯伊的第一只狮鹫'，再把日期写上。"

"别这么幼稚了，"保姆说，"我亲爱的小瓦少爷，现在就回到房间好好躺着吧。艾克特爵士，您不觉得害臊吗？这孩子差点儿丢了命，您还只关心怪物的头，兴奋得不得了。还有你，警卫官，别在那儿挺胸了。来人，快骑着马去卡道尔找大夫。"她对着警卫官挥了几下围裙，他就仿佛泄了气一般，像一只小鸡一样灰溜溜地走了。

小瓦说："我没事，只不过断了一根肋骨而已，昨晚罗宾已经帮我接好了，我没有任何痛感。"

"你就别管他了，奶妈。"艾克特爵士说。刚才的家法事件之后，他迅速和男生结成了统一战线，要跟女生作对，好恢复自己的威严。"有必要的话，梅林会照顾他的。话说回来了，罗宾又是谁？"

"罗宾森！"凯伊和小瓦异口同声地说。

"我可没听说过。"

"就是你们所说的罗宾汉啊，"凯伊高傲地说，"但实际上他叫罗宾森，因为在森林里，他是领头人。"

"原来你们是去跟流氓搅和在一起了！小鬼，快进来吃早饭，顺便跟我说一说他的事。"

小瓦说："我们早在几个小时之前就吃过早餐了，现在能让

---

① 维多利亚时代的人物，非常擅长制作标本。

我带着瓦特去见梅林吗？"

"这个老头不就是发疯之后逃进森林里的那个吗？你在哪里捡到他的？"

"他跟狗童和卡威尔一样，都被'好人'抓走了。"

凯伊插话道："可是我们把狮鹫射死了，是我一个人把它射死的。"

"所以我想带他去见梅林，看看梅林能不能让他变得正常起来。"

保姆严厉地说："亚少爷，"刚才艾克特爵士抢先说了她几句，让她心里直冒火。"现在，你必须立刻回到房间去，躺在床上。无论如何，傻瓜就是傻瓜。我来到城堡工作了五十年了，难道还不清楚自己的本分？您看看，您的胳膊都快耷拉到地板上了，还有心思想着让疯子变成正常人！"

"没错，您这只老火鸡、老公鸡！"她迅速地把枪口对准了艾克特爵士，"您先支开那位魔术师，让我们的小宝贝好好休息一会儿，总该可以吧？"

"别跟那些怪物疯子搅和在一起！"这位得意的胜利者带着自己的俘虏离开了战场，一边走还一边说，"我活了这么大，还没听说过这种事。"

"你们替我转告梅林，好好照顾瓦特！"小瓦一边走一边扭过头来说。

他在凉爽的床上睡了一觉，醒来之后觉得舒服多了。负责照顾他的老保姆拉上了窗帘，现在房间里的光线十分昏暗，别提有多舒适了。根据地板上散落的一缕阳光，他判断出此刻已经是黄昏了。他不但觉得非常舒服，而且精力十足，不能再继续待在床上了。他飞快地掀开被单，没想到牵动了背上的爪痕，疼得他嗷嗷直叫，刚才睡觉的时候，他早就把这件事忘得一干二净了。他悄悄地从床上滑下来，用一只手撑住，站直了身体，随便穿上了拖鞋和家居服，悄悄地沿着石头走廊往前走，踩着上了年头的螺旋楼梯，走向梅林的房间。

进入教室之后，他发现凯伊正在接受一流的教育——听写。小瓦推门进去的时候，听到梅林正在念念有词，他背诵的是中世纪著名的记忆口诀："巴拉巴拉、赛拉伦、达力、费立欧克、普利欧利斯。"凯伊大叫："等一下嘛！我的笔糊了！"

一看到小瓦进来，凯伊就说："你这样会着凉的。你现在不是应该因为坏疽还是别的什么躺在床上，垂死挣扎吗？"

"梅林，"小瓦说，"你对瓦特做了什么？"

"说话的时候尽量别押韵。"梅林说，"比如说，'兄弟，这里的啤酒可不算道地。'这个韵就押得不好。而且，你这个句子本来就不太清楚，我完全可以问你'啥做了啥？'如果我把它当成猜谜，或者如果我是派林诺国王，就会变成'啥做了啥，啥？'说话要尽量严谨。"看来梅林因为凯伊听写得不错而心情舒畅。

"你明白我的意思，"小瓦说，"你对那个缺了鼻子的老头做了什么？"

"他治好了他。"凯伊说。

"说治好或者没治好都可以。"梅林说，"对一个我这么大年纪，还是倒着活的人，对病理学略知一二也不奇怪。不过，你们这代人似乎还不了解分析心理学和整形手术。"

"你到底对他做了什么？"

"只是帮他做了点精神分析而已。"梅林得意扬扬地说，"还给他们分别缝了一个新鼻子。"

"什么鼻子？"小瓦问。

"特别搞笑。"凯伊说，"本来他想用的是狮鹫的鼻子，但是被我拒绝了，于是他就用了晚上要吃的小猪的鼻子。依我看，他们一定会发出小猪那种咕噜的叫声。"

"虽然这场手术很有难度，"梅林说，"但非常成功。"

"好吧，"小瓦忐忑地说，"希望一切正常。后来他们去哪儿了？"

"他们去了狗舍。老瓦特向狗童道歉了，说自己不该咬掉他的鼻子，但是他也忘了自己曾经做过这件事。他说只记得有人朝自己丢石头，然后眼前一黑，就什么都不知道了。狗童原谅了他，说不会在意这件事。以后他们会在狗舍共事，过去的就让它过去吧。狗童说，他们被仙灵女王囚禁的时候，老瓦特对他非常友善，他也对自己当初对他丢石头的事情非常后悔。他还说，每当别的男孩对着他丢石头，他总会想起这件事。"

小瓦说："事情这么圆满，我很高兴。我想去探望他们，可以吗？"

"上帝啊，你可不要招惹你的保姆了！"梅林一边大叫，一边紧张地看了看四周，"我今天早上去看你，可是那个老女人挥舞着扫帚，硬是把我撵了出来，还把我的眼镜给打坏了。你等到明天再去不行吗？"

第二天，瓦特和狗童就成了最好的朋友。他们都曾被人丢过石头，也都被摩根勒菲囚禁在肉柱子上，所以他们就有某些共同的回忆，每天晚上一起躺在狗群里的时候，会有很多共同话题。而且，他们第二天一早就把梅林帮他们缝上的鼻子给揪下来了，他们说，自己已经习惯了过没有鼻子的生活，而且和狗生活在一起让他们觉得很快乐。

第十三章

　　小病人亚瑟心不甘情不愿地被关进了房间里，一关就是三天。除了凯伊会在睡觉的时候进来，其他时间他都是一个人待着。梅林得趁着保姆去洗衣服的间隙，在门外大喊大叫，对小瓦进行教育。

　　小瓦第一次去梅林的林中小屋的时候，带回来了一个蚂蚁窝，盖在了两只玻璃盘之间，现在只有它能让他打发时间了。

　　他可怜巴巴地趴在门缝下面说："请您行行好，趁着我被囚禁着，把我变成个什么东西好吗？"

　　"我没法通过钥匙孔施展魔法。"

　　"通过什么？"

　　"钥匙孔！"

　　"噢！"

　　"你还在不在？"

　　"在。"

"什么?"

"什么?"

"我就讨厌这么喊来喊去的!"魔法师一边在自己的帽子上踩了几脚,一边生气地嘟囔,"叫卡斯特和波鲁克斯……等一下,我可不想那一幕再次上演!上帝保佑我的血压……"

"您能不能把我变成蚂蚁?"

"变成什么?"

"蚂蚁!您只要施展一个小法术就可以了,对吧?这应该是能通过钥匙孔的吧?"

"我觉得这么做不合适。"

"原因呢?"

"因为它们是非常危险的。"

"您完全可以用您的'真知灼见'盯着我,如果发生了什么事,迅速把我变回来不就可以了嘛!求求你了,把我变成动物吧,不然我的脑袋非出毛病不可。"

"孩子,这些蚂蚁并非我们的诺曼种,而是来自非洲海岸的好战蚂蚁。"

"什么是好战?"

门后很长时间都没有传来说话声。

"现在让你接受这种教育还为时尚早,但是总有一天你会遇到的。我记得你那里有两个蚂蚁窝,对吧?"梅林说。

"这里有两组玻璃盘子。"

"从地上捡起一根蔺草,在两个窝之间搭起一座桥。弄好了没有?"

"弄好了。"

他现在所在的地方好像一片布满大石头的旷野,在旷野的另一端,有一座扁平的堡垒——被两片玻璃夹着。只有通过石头里的隧道，才能进入堡垒。通往每个隧道的入口上都挂着一个告示牌，上面写着：

凡是不被禁止的事情，都是义务

小瓦看不懂这句话是什么意思，却莫名地觉得讨厌。他打算先在四处逛一逛，再进入堡垒。他似乎被这告示牌阻断了前进的脚步，而坎坷不平的甬道看起来阴森森的。

他小心地晃动着触角，盯着告示牌反复打量，慢慢习惯新的感官，用六只脚平稳地踏进昆虫世界，似乎要为自己鼓劲儿。他抬起前足，在自己的触角上又晃又梳，如同维多利亚时代捻着胡子的坏蛋。他打了一个呵欠——蚂蚁确实会打呵欠，还会伸懒腰呢。这时候，他突然察觉到了一件早已存在的事情——脑子里有一个非常清晰的声音。如果不是声音，就是一种复杂的气味，就是从他的触角里传来的无线广播，那种音乐的节奏非常单调，如同跳动的脉搏，歌词有点儿像王宫—洪钟—隆冬—晴空，或是妈咪—妈咪—妈咪—妈咪，或是永远—不远，或是愁—瘦—透。一开始他听着还挺高兴的，尤其是在听到爱恋—双燕—飞上天那一段的时候。可是过了不久，他就发现这音乐在循环播放，播完一遍又一遍。两个小时后，他觉得自己都听恶心了。

在音乐的间歇，他听到自己的脑子里似乎有另外一个声音在发布命令，比如"出生不到两天的全部搬到西边的侧廊"，或"陆军部二一三九七向运汤小队报到，代替从巢里摔出去的陆军部三三三一〇五"。声音很好听，但是不夹杂任何感情，就像马戏团里反复演练的把戏，毫无生气。

等男孩（或者准确地说是这只蚂蚁）准备好之后，就离开了堡垒门口，不安地朝着那片巨石荒漠前行，准备对那里进行探索。他不太情愿去那个发布命令的地方，又不喜欢眼前这个狭隘的视野。他看到，巨石都是被很多小路连接起来的，表面上看起来漫不经心，却又好像别有心思。这些小路不但通往谷物储仓，还通向其他一些不知名的地方。在其中一条小路的尽头，有一个土堆，土堆的下面有一个天然形成的凹洞，给人的感觉也是非常漫不经心。在这个凹洞里，他发现了两只死蚂蚁。看起来它们躺得很整齐，却又不太整齐，好像一个做事很有条理的人把它们搬来之后，又忘记了自己来的目的。它们的尸体蜷缩着，看不出它们到底是想死还是不想死，就只像两把椅子那样躺在那里。

他正在打量这两具尸体的时候，一只蚂蚁背着第三具尸体，走下了小路。

它说："巴巴路斯，致敬！"

小瓦也彬彬有礼地说了一声致敬。

算他走运，梅林把这个蚁穴的气味也给了他。如果他身上带着的是另一边的味道，只怕会立刻被它们杀死。不过，他对自己的这份运气一无所知。如果艾迪丝·卡维尔[1]小姐是只蚂蚁，也许后人会在她的雕像上写下如下几个字：只有气味不够。

新来的蚂蚁把第三具尸体放下，就开始拖拽先前的两具尸体。看起来，它并不知道该怎么摆，或者说虽然它知道要摆成什么样子却无从下手。就像一个人的双手分别拿着茶杯和三明治，又想擦亮火柴点燃香烟。可是，人知道先把手里的茶杯和三明治放下，再把烟和火柴拿起来。可这只蚂蚁却只知道把三明治放下，把火柴拿起来，再把火柴放下，把香烟拿起来，再把香烟放下，把三明治拿起来，再把茶杯放下，把香烟拿起来，最后才能

---

[1] 英国护士，在"一战"的战场上因为协助比利时沦陷区的盟军士兵逃亡而被德军杀害。

把三明治放下，把火柴拿起来。经过一系列的意外之后，它才能实现自己的目的。它有着惊人的耐心，而且做事不经过大脑。它把三只蚂蚁在土堆上摆成一条直线之后，才算完成了自己的责任。

小瓦惊讶地看着眼前的这一幕，很快惊讶就变成了不耐烦，又变成了嫌弃。这是看到别人做事时思维混乱才会有的嫌弃，他忍不住想要问这只蚂蚁，为什么不先思考一下再做。随后，他又想问别的问题，比如"你喜不喜欢当挖墓工？"或者"你是奴隶吗？"或者"你开心吗？"可是奇怪的是，这些问题他问不出口。他需要先用触角把这些问题转化成蚂蚁的语言，才能问出口。直到现在他才发现，他想问的词在这种语言里根本没有，这让他绝望极了。开心，自由，喜欢，都没有，甚至连它们的反义词都没有。他觉得，自己就像一个想要喊"着火了"的傻瓜。和"对"或"错"意思最为接近的，就是"完成"或"未完成"。

那只蚂蚁把尸体摆放好之后，就扭头朝着小路走去。看到小瓦堵在路上，它停下了脚步，挥舞起自己的触角，如同一辆坦克。它那张沉默的头盔脸看起来无比凶狠，全身都是绒毛，前脚的关节上还有些类似于马刺的东西，这些都让它看起来像身穿铠甲、骑着战马的骑士，或者说二者的综合体：全副武装、毛茸茸的半人马。

它又说："巴巴路斯，致敬！"

"致敬！"

"你在这里做什么呢？"

男孩坦诚地说："我什么都没做呀！"

蚂蚁发了几秒钟的呆。如果你听到爱因斯坦对你讲述最新的空间理论，你也会是这个反应。然后，它把十二个天线关节伸长，对着天空说："一〇五九七八回报，在第五区发现一只发疯的蚂蚁。完毕。"

它用了"未完成"这个词来代替发疯。后来小瓦才知道，这里的语言中，用来判定价值的只有"完成"和"未完成"两种标准。如果食物收集小队发现种子是甜的，就说它是"完成"的种子。如果是掺了腐蚀性的氯化汞的种子，就说它是"未完成"的种子。广播里提到的王宫、妈咪、双燕等，统统都用"完成"形容。

广播停止了一会儿后，那个好听的声音说："总部回应一〇五九七八，它的号码是多少？完毕。"

那只蚂蚁问："你的号码是多少？"

"我不知道。"

这条消息被传回总部后，很快又传来了新的消息，问他有没有证明自己身份的办法。蚂蚁就用跟广播里完全一样的字眼和声音问了他一遍。他对此非常生气，又感觉很不爽，他对这两种情绪都很讨厌。

"是啊！"他知道对方无法察觉，所以故意嘲讽地说，"我摔下来的时候，不小心撞到了头，现在什么都想不起来了。"

"一〇五九七八回报。未完成蚂蚁摔下了巢，暂时失忆了。"

"总部回一〇五九七八，未完成蚂蚁归属陆军部，是四二四三六号，早上和嚼碎小队一起工作时，不小心摔出了巢。要是它能够继续执——"在蚂蚁的语言里，能够继续执勤就是"完成"，其他所有情况都属于"未完成"。但是我们在这里先不考虑语言的事。"要是它能够继续执勤，就让它回到嚼碎小队，将替换它的陆军部二一〇〇二一号换回来。完毕。"

对方把这个信息又重复了一遍。

他想破脑袋，也只能想到撞到头这个理由了。因为对蚂蚁来说，摔倒也是很常见的。这种蚂蚁的名字叫原生收割家蚁。

"好。"

说完，挖墓工就扔下他，从小路爬走了，去找别的尸体或者需要清理的东西。

小瓦走向了与它相反的方向，他要去嚼碎小队。他把自己的号码和自己要接替的单位号码都记在了脑子里。

嚼碎小队在堡垒的一间外围房室内围成一圈，就像在膜拜什么一样。小瓦加入这个圆圈，表示二一〇〇二一号可以回到主巢了。然后他就学别的蚂蚁的样子，将甜种子泥吞进肚子。它们是这么做的：将别的蚂蚁收集好的种子进行咀嚼，变成糊状或者液状之后咽到嗉囊里去。一开始，他觉得味道不错，吃得津津有味，但很快他就不满足了。他不知道这么做的目的是什么。他学着别的蚂蚁的样子，不停地咀嚼和吞咽，可是感觉就是在吃一顿味同嚼蜡的大餐，或者观看一场在舞台上进行的晚宴。从某种意义上来说，就像是被噩梦所困，在梦里，你要不停地吞食油灰，根本停不下来。

无数只蚂蚁在种子堆旁边走来走去，一旦把嗉囊装满了，就走回堡垒里，那些从堡垒里走出来、空着肚子的蚂蚁就排着队等在后面，接替它们。这个小队里没有新成员，一直都是那几只蚂蚁在轮流干活，它们一生都在重复着一件事。

小瓦突然明白，除了最开始吃下的那点东西，自己吞下去的东西并没有咽到肚子里，而是进入了嗉囊——蚂蚁的前胃，方便随后把它们吐出来。他也突然意识到，等自己的嗉囊满了，也得去西边把东西吐出来，它们就会变成储存在那里的食物。

嚼碎小队在工作的间隙，还会不时交谈一番。一开始，小瓦觉得这是一个好主意，就竖起耳朵认真地听着。

"哦，听呀！"有一只蚂蚁说，"是妈咪妈咪歌！它可真好听（完成），高水平（完成）！"

另一只说："你说我们敬爱的领导是不是特别厉害？我听说，她在上一次战争中被螫了三百次，还被授予了蚁十字勇气勋章。"

　　"算是咱们运气好，生在甲巢里，要是生在乙巢里，可就倒霉了！"

　　"陆军部三一〇九九才叫倒霉呢，但是咱们敬爱的领导颁发了特别奖励，当时就把它给处死了。"

　　"哦，听呀！又是那首妈咪妈咪歌！要我说……"

　　小瓦把嗉囊装满，就走开了，不想再听它们重复刚才的话。新闻、丑闻，对它们来说都不存在，它们身边也没什么新鲜事。关于行刑的对话都是一个套路，只是罪犯的号码不一样而已。说完妈咪妈咪歌之后，它们就会说敬爱的领导，乙巢的蚂蚁多么不堪，和最新执行的死刑，说完之后再重新来过。它们用"完成"来代替敬爱、厉害和好运，"未完成"来代替倒霉。

　　小瓦来到堡垒大厅，看到育婴室里有无数只蚂蚁，它们正忙着舔舐幼虫、给幼虫喂食，以及将幼虫搬到通道上——那里的温度比较适宜，还将通风道打开或关闭。在大厅中央有一群蚂蚁，它们围在中间的那个就是"领导"。领导一边听着蚂蚁们的谄媚之词，一边得意地下蛋、听广播、下令和命令行刑。（后来他从梅林那里得知，根据蚂蚁种类的不同，这些"领导"的继任方式也有所不同。如果点琉璃蚁想要建立新政权，就会入侵慌琉璃蚁[①]的巢穴，跳到上了年纪的暴君的背上，借着寄主气味的掩护，将暴君的头锯下来，将统治权握在手里。）

　　结果，他肚子里的种子泥根本无处安放。要是有哪只蚂蚁想吃，就会把他拦截下来，让他张开嘴，自己大快朵颐。它们不觉得他是个人，而且它们自己也毫无人情味。他就像一架专门送菜

---

　　①　点琉璃蚁和慌琉璃蚁都是琉璃蚁亚科的类群。

的升降机，给这些蠢笨的食客运送食物，似乎连胃都不属于自己了。

蚂蚁这个话题并不轻松，所以我们就谈到这里吧。总之，小瓦继续跟它们待在一起，按照它们的习惯行事，用心地观察、了解它们，却没有办法向它们提出问题。主要原因有两个，一是人类感兴趣的那些字眼，比如生命、自由和幸福，在它们的语言中都没有；二是发问是十分危险的。它们认为，只有精神错乱的蚂蚁才会发问。它们不会质疑自己的生命，只会无条件重复。他从蚂蚁窝爬出去，来到种子堆旁边，再原路返回，感叹着妈咪妈咪歌有多么悦耳，把嗉囊里的东西吐出来，尽量去弄懂这一切。

那天下午的晚些时候，有一只侦查蚁从梅林让小瓦搭建的草桥上爬了过来。它来自另一个蚁巢，跟这个蚁巢的蚂蚁属于同种。可惜它运气不好，遇到了一只清道夫蚁，被杀死了。

消息传开之后，广播就变了。或者说，当间谍发现另一个蚁巢里居然储存着很多种子的时候，广播就变了。

现在放的不是妈咪妈咪歌了，而是《蚂蚁国，至高无上蚂蚁国》。在一连串命令中，还插播了一些跟战争、爱国和当前的经济情况有关的演讲。那个好听的声音说，现在，有一匹可恶的异巢蚂蚁将它深爱着的祖国团团包围起来了。此时，无线合唱团唱道：

刀上喷涌出他巢的鲜血
一切都是如此完美

广播里还说，高瞻远瞩的"众蚁之父"曾经明示过，别的蚁巢的蚂蚁生生世世都是本巢蚂蚁的奴隶。而且，它们深爱着的祖国现在有且只有一个供食盘，只有改变这一不利的局面，才能保证国族存续下去。第三点声明说的是，现在本巢的国家资产面临着极大的威胁，国界即将被践踏，共有的肚腹将会食不果腹。为了在事后能想起来，小瓦认真听了其中的两则。

第一则是这样的：

> 甲、我们蚁口众多，导致粮食短缺。
>
> 乙、因此我们要鼓励大量生育，让蚁口更多，粮食更加短缺。
>
> 丙、由于我们蚁口众多，粮食短缺，所以我们拥有抢夺别的蚂蚁的种子和粮食的权利。而且，到时候我们会有一支数量庞大的、饥饿的大军。

自从开始推行这样的逻辑，幼虫的数量迅速增加了两倍。实际上，不管是哪一个蚁巢，都可以获得梅林给的食物，不存在粮食短缺的情况。无论如何，就算一个国家在粮食上有所欠缺，在军备上却绝对不会甘居人后。然后是第二则演说。

第二则如下：

> 甲、我们的蚁口多于它们，所以我们拥有抢夺它们的粮食的权利。
>
> 乙、它们的蚁口多于我们，因此它们一定会来抢夺我们的粮食。
>
> 丙、我们的种族非常强大，可以征服弱小的它们。
>
> 丁、它们的种族非常强大，想要征服爱好和平的我们。
>
> 戊、我们是出于自卫才攻打它们。
>
> 己、它们的自卫就等同于攻打我们。
>
> 庚、今天我们不攻打它们，明天它们就会攻打我们。

辛、我们并不是想要攻打它们，而是想给它们带去无穷的福利。

发表完第二则演说之后，就举办了宗教仪式。小瓦后来才发现，这些礼拜有着悠久的历史，几乎难以确定准确的年限。当时蚂蚁还没有实行共产主义，与人类有很多相似之处。其中的一些祷词，深深地印在了小瓦的脑海里。

撇开语言上的差异不谈，用人类的语言来表达，有一段赞美诗的开头是这样的："武力夺取国土，将它们踏平！轰炸机炸得远，炸弹炸翻天。"结尾更是惊人："眼前的大门，轰掉门脸；顽固的门板，轰个稀烂。荣光上主即将迈进这道门槛，谁是荣光上主？就是显灵的上帝！"

奇怪的是，普通的蚂蚁听到这些歌曲之后，并没有变得热血澎湃，对于演说也毫无兴趣，而是觉得这是合情合理的。在它们看来，这些和妈咪妈咪歌，以及"敬爱的领导"的对话一样，不好不坏，也不会让人激动，不值得费心，它们将其划分成"完成"的范畴。

很快就迎来了决战。等到备战完成之后，士兵们都累坏了。在蚁窝的墙上，随处可见大幅的爱国标语，如"不给吃就蜇你"或者"我用气味发誓"。小瓦看着这一切，感到十分绝望——那萦绕在他脑海里挥之不去的声音，那吐出食物让别人吃、听着反复循环的歌曲的没有隐私的生活；那非此即彼的两个价值判断；那比邪恶还要可怕的单调。这一切，让他童年的快乐慢慢消失了。

就在双方的军队剑拔弩张，想要为玻璃盘间的假想国界进行血拼的时候，梅林来了；他把这个已经厌恶了蚂蚁世界的小探险家变回了床上，庆幸自己来得还算及时。

第十四章

　　秋天，所有人都忙碌不堪，准备迎接寒冷的冬天。夜里，他们要帮助长腿飞蚊免受火刑之灾；白天，他们要带着奶牛去吃收割后剩下的残株和杂草。猪群也被赶到森林里，男孩们会击打橡树，把橡实震落下来，供它们享用。每个人都各司其职。谷仓那边充斥着单调的连枷打麦声；带状田地里，笨重的木头耕犁缓慢地一起一落，脖子上挂着箩筐的播种者紧随其后，有条不紊地将黑麦和大麦种子播撒下去。右手撒往左脚边，左手撒往右脚边。出去寻找粮草的队伍也推着装满蕨菜的刺轮车，边走边说：

　　　　夏天过去，勤快做工，
　　　　填满牛棚，从容过冬。

　　其他人为了方便城里生火，带回了大堆的木柴。在树林中刺鼻的空气里，还回响着大槌敲击楔子的声音。

大家都过得非常高兴。从名义上说，撒克逊人是诺曼人的奴隶，但实际上，他们过得并不比每周只拿几个先令薪水的农场工人差。艾克特公爵这样的人，不管是在古代还是现代，都不会让自己的农奴或农场工人吃不饱。如果一个人拥有一大群牲口，那他饿着自己的奶牛其实并无益处，同理，他为什么要让奴隶们吃不饱呢？说到底，农场工人接受着少得可怜的薪水的原因，就是他可以不用出卖灵魂，也不用放弃仅能在乡间获得的精神自由，要是到了城里，状况可就不同了。这件事自古而今都没有改变过。农奴都是劳工，跟家人、鸡群、猪群或者名叫昆波克的母牛住在同一间茅屋里，连隔间都没有，实在是又肮脏又可怕。但是他却自得其乐，不受工厂冒出的浓烟的污染，过得非常健康。而且，他可以把自己的兴趣和技艺结合起来。他们都知道，自己是艾克特爵士的骄傲，地位比牛群还要高。实际上，在艾克特爵士心目中，排名前两位的就是孩子和牛群，那就自然可以想见农奴的地位了。他穿梭在村民之间，一心为他们谋福利，还能分辨出工人是好是坏。实际上，他是一个正经八百的农人。从表面上看，他每个星期都要花大笔钱财来雇用人力，额外支付工资的一半当加班费，让他们免费住农舍，隔三岔五还要送给他们一些牛奶、鸡蛋或者自己酿造的啤酒。

在格美利的其他地方，确实存在着很多残暴的领主，而惩治他们就是亚瑟王的使命。不过，封建体系本身并不邪恶，真正邪恶的是这些肆无忌惮地使用自己的权力的人。

艾克特爵士在农事之间来回穿梭，看起来不太高兴。在他身边的篱笆上，坐着一个负责驱赶乌鸦和鸽子的老妇人，此刻她突然站了起来，把心事重重的艾克特爵士吓了一跳。

"该死！"艾克特爵士愤愤地说。他想了想，又生气地补充道："天啊！"然后他掏出口袋里的信，重新读了一遍。

艾克特爵士这位野森林城堡的大地主身兼很多个角色，除了农夫还是军事将领。他要时刻准备着，带领部队上阵杀敌，保家卫国。空闲时间里，他也会进行长矛比武，因此他还算是一个运动员。此外，他还管理着很多猎狐犬，或者说是猎鹿犬和其他猎犬。他带着自己豢养的猎犬出去打猎，他可不是将克鲁西、汤尼尔、菲比、柯尔、格兰、塔伯特、路雅、路夫拉、亚波伦、奥斯洛、布兰、葛乐特、庞斯、小子、狮子、庞吉、托比、钻石和卡威尔当成宠物的。这些猎犬属于野森林，无须缴纳会费，接受主人的管理，每周出猎两天。

这封信是用拉丁文写成的，翻译过来内容如下：

> 国王致艾克特爵士等等：
> 我将派遣我们的猎师威廉·特威提带领几位同伴和猎野猪犬去你的野森林打野猪。你的任务就是将野猪肉进行腌渍，好好保存；并将兽皮漂白。威廉会跟你讲述上述事情的细节。朕命令你，在他们于你处逗留期间，你要满足他们的所有需求，并将所有的支出记录在册。
> 十一月二十日，伦敦塔，寡人在位的第十二年。
>
> 尤瑟·潘德拉贡

这座森林归国王所有，因此他有派遣猎犬来森林里打猎的权力。而且，他还要养着自己的大臣和军队，因此要将猎到的野猪、公鹿、麀子进行腌渍保存也是合情合理的。

虽然国王确实有这个权力，可是在艾克特爵士看来，这座森林属于他个人所有，他很不希望有皇家猎犬进来，这会显得他自己的猎犬不够格。只要国王一声令下，不管他想要多少野猪，他都毫无怨言。他担心那些王室人马来到自己的领地后，会把这里搞得乌烟瘴气，毕竟谁也说不好这些城里人会怎么做。而且他更担心的是，御用猎师特威提会对他简陋的打猎工具嗤之以鼻，让打猎仆人忐忑不安，对他的猎犬指手画脚。实际上，这就是艾克特在自惭形秽。另外，那些皇家猎犬来了之后，该怎么安排呢？难不成要让他把自己的猎犬赶到大街上，给国王的猎犬腾地方吗？"天啊！"这个不幸的地主重复道。这跟缴税一样让人觉得憋屈。

艾克特爵士把那封倒霉的信放回口袋，拖着沉重的步伐离开了耕地。农奴望着他的背影，笑着说："我们的老爷又开始毛手毛脚了！"

其实，这就是突如其来的暴政的一个缩影。每年这样的事情都会上演，这无法掩盖它暴政的本质。每年他用来安排猎犬住处的方式都是一样的，但是他每年都要为此烦恼一番。他想给皇家猎师留下好印象，就需要派信使穿越丛林，通知格鲁莫爵士来参加正式打猎前举办的集会。而且他还得充当一个好主人的角色，让客人兴尽而归。国王早早地就写信过来，说明皇家猎师会在狩猎季的初期赶来。狩猎季正式开始的日子是十二月二十五日，也许皇家猎师想要拿腔拿调，会将第一次集会的日期定在圣诞节礼日。到时候，他会带着几百个随从到处大喊大叫，驱赶野猪，把刚播种的种子全部踩坏。现在刚十一月，他怎么可能知道最好的野猪在圣诞节礼日那天会在何处？不管野猪的年龄如何，都是一种没有定准的动物。另外，通常猎犬会在圣诞节的时候猎捕野猪，才能在次年夏天猎鹿。对于猎犬来说，这是必须接受的初等教育，先从猎兔子开始，慢慢开始猎真正的猎物。换言之，这次特威提带来的猎狗将会毫无经验，唯一的用处就是给大家添麻烦！"该死！"艾克特爵士骂道，却不小心踩到了烂泥上。

他看着在猎林里追逐落叶的凯伊和小瓦，发了一会儿呆。本来他们出去的目的并不是追逐落叶，而且他们也不相信抓到一片落叶就能给自己来年带来一整月的快乐。可是在西风的吹拂下，金黄色的落叶显得迷人又神秘。他们仰着头，跟在落叶身后跑来跑去，不停地笑闹着，头都晕了。他们奔跑着，想把叶子拦住，而叶子却像活的一样，想从他们身边逃开。现在，这一年快要过完了，而两个男孩却像小鹿一样尽情地嬉闹着。现在，小瓦的肩膀已经恢复如常了。

艾克特爵士想，看来只有让罗宾汉来让御用猎师长长见识了。不过，现在大家好像都流行叫他罗宾森。随便他叫森还是汉吧，反正他一定会知道哪里有最好的野猪。艾克特爵士觉得，即便此时是禁猎期，但是如果自己知道他连续几个月都能吃到野猪肉，也不会表现得太过惊奇。

要是想请罗宾森帮忙打猎，就得邀请他来参加狩猎集会。可是不管怎么说，他是个乱党，万一他真的到场了，御用猎师和邻居们会怎么想？当然，这并不是说罗宾森是坏人，其实他是个好人，作为邻居也非常称职。遇到外来的兵马来犯的时候，他会提前告诉艾克特公爵。他不会给艾克特公爵惹麻烦，也不侵扰农地，只会偶尔猎几头鹿。可是这片森林足有四百平方英里，上面的鹿足够大家吃，就算他猎几头又能怎样？艾克特公爵的座右铭是：闲事莫管。只可惜，其他的邻居跟他想的不一样。

还有一件事需要考虑，就是打猎一定会引起轰动。国王在温莎打猎的时候，御用猎师跟随他奔驰在人工森林里，自然不会有危险，但这里可是野森林。要是陛下的猎犬不管不顾，跑去追逐独角兽怎么办？大家都知道，想要抓住独角兽，唯一的办法就是用年轻姑娘做诱饵（独角兽一看到年轻姑娘就会非常温顺，将雪白的头和珍珠色的角都低下，伏在姑娘的怀里），所以那些小狗一定会在森林里穷追不舍，最后走丢，那艾克特要跟国王怎么解释？除了独角兽，最近大家常说的格拉提桑兽也很让人头痛。这种怪物非常可怕，蛇头豹身，长着鹿角和狮子一样的屁股，叫起来如同六十只猎犬在追逐猎物时发出的嚎叫。想要打败它，只怕要损失不少皇家猎犬。这是它们自作自受。可是万一皇家猎师把寻水兽给杀了，那个派林诺国王该怎么办？还有那些住在石头下面的龙，它们的个头很小，会发出嘶嘶的叫声，跟茶壶的声音差不多。这都是具有很大的杀伤力的猛兽。而且，万一碰到巨龙或者狮鹫呢？

艾克特爵士的大脑飞速运转，总算得出了一个结论：要是皇家猎师带着猎犬们遭遇了寻水兽，被吃得毛都不剩，那就太棒了。

想到这里，他十分开心，就转身朝着家的方向走去。幸运的是，走到篱笆旁边时，他比那个吓乌鸦的老妇人更早地发现了飞过来的一群鸽子，就发出了一阵恐怖的叫声，把她吓了一大跳。艾克特爵士报复了她，心情十分舒畅。老妇人平复了一下心情，才向他行礼。他和蔼地说："晚上好！"

他实在是太高兴了，所以走到半路，他就去找了村里的教区神父，请他和自己一起吃晚饭。然后他走进了城顶那间自己专用的房间，用力地坐在椅子上，趁着晚饭之前的这两三个小时，恭敬地给尤瑟国王写了一封回信。他先是削笔，又不小心用了太多的沙子来吸墨，还得到楼梯上面请教管家怎么拼写某个字，一时疏忽写错了还得重写。于是，这两三个小时就全用来写信了。

艾克特爵士坐在书房里，落日的余晖让他的秃头变成了橘红色。他写了删、删了改，不是奋笔疾书，就是咬着笔尾沉思。房间里的光线逐渐黯淡。位于主堡大厅上方的房间和大厅的面积一样，三楼的南面开着窗户。房间里有两座火炉，太阳落下去之后，燃烧的木柴也从灰色变成了红色。炉边趴着几只受宠的猎犬，有的已经做起了美梦，有的在抓跳蚤，还有的在大吃特吃从厨房里拿回来的羊骨头。在角落的栖木上，戴着头套的游隼一动也不动，似乎在憧憬着自己在空中展翅翱翔的模样。

现在去野森林城堡看一看，你将无法看到任何家具。可是，在那两英尺厚的石窗里，依然有阳光洒落下来，让窗棂仿佛包裹上了彩带，从沙岩中得到温暖——琥珀色的岁月光泽就是这样。附近的古董店里，也许会有房中原来的家具的复制品，做工非常精致。比如黑色橡木箱子和碗橱，上面还带有锃亮的哥特式镶板。上面刻着人或者天使或者恶魔的图案，看起来十分诡异。表面上涂着蜂蜡，蛀眼随处可见。它像棺材一样坚硬，见证了那个幽暗古老的时代。不过，这并不是城顶的房间里的家具的本来面目。当然，恶魔头像和麻布折边的镶板是有的，但是木料非常年轻。因此，在温暖的暮光的照射下，除了窗棂上闪耀着琥珀色的岁月光泽，屋里所有的备用箱子（坚固无比，上面还铺着毯子，能让人坐在上面）都是年轻的橡木，泛着金黄色。恶魔和小天使的脸就像刚刚清洗过，看起来亮闪闪的。

第十五章

　　节礼日狩猎集会的前一天晚上，也就是圣诞夜。在欢乐又有着悠久历史的英格兰——格美利，当时地方上的上层人士都直接用手抓着食物塞进嘴里，菜单中还有整只的开屏孔雀，野猪头上的尖牙被扒下来之后又插了回去。当时并没有人口过剩的问题，所以他们没有失业的困扰。在当时的森林里，有不停地击打着对方的头盔的骑士，有在冬天的夜晚踩着白色蹄子的独角兽，它们在寒气逼人的夜色中呼出高贵的蓝色鼻息。这些景色都让人心旷神怡，不过，英格兰最令人称奇的地方就是天气总是循规蹈矩的。

　　春天，草地上的花儿绽开笑颜，露水晶莹，鸟儿不停地鸣叫着。炎炎夏日，经常会有四个月的天气非常酷热，就算为了促进农作物的生长而下雨，也会尽量在晚上下。秋天，秋风萧瑟，吹得红色的叶子沙沙作响，更增添了几分哀伤的色彩。而冬天，按照法律规定，只有两个月，这时大地被厚达三英尺的白雪牢牢盖住，但是雪水不会化得到处都是。

在这个圣诞夜，野森林城堡被雪覆盖着，城垛上的一层层雪花就像蛋糕上的糖衣；某些地方的雪早已融化，变成了晶莹透彻的冰柱，或者变成了挂在枝头的圆形雪团，比苹果花还要美艳；要是有个有趣的人从这里经过，雪还会调皮地滑下屋顶，落在他头上，引得大家哈哈大笑。男孩们滚了很多雪球，但是不会在里面藏上石头，以免伤到别人。狗被带出来散步的时候，就会一边张大嘴咬着雪，一边不停地在雪上打滚，要是不小心落到积雪里，就会变得又高兴又吃惊。人们用光滑的骨头做冰鞋，大叫着在护城河上溜冰。岸边放着冒着热气的栗子和加了香料的葡萄酒，供每个人品尝。猫头鹰不停地叫着。厨师们拿出很多面包屑，逗弄着小鸟来吃。村民们戴上了红围巾，而艾克特爵士的脸比红围巾还红。要说最红的，还是傍晚时光站在村里的街上看到的从农民家里透出的火光。外面的寒风呼啸着，英格兰的古老狼群也像正常的狼一样，面目狰狞，流着口水，在附近走来走去。有时候，它们甚至会把血红的眼睛凑到钥匙孔上，看着屋内的情景。

在这个圣诞夜，各种应景活动一样也不少。村里的人聚集到城堡大厅，一起享用晚餐，他们可以吃到野猪头、鹿肉、猪肉、牛肉、羊肉和鸡肉，不过，因为当时火鸡还没有被发明出来，所以他们是尝不到野鸡肉的。除了这些，还有梅子布丁，以及让玩家在指尖上沾上蓝色火焰的抢葡萄干游戏，以及大家可以尽情畅饮的蜂蜜酒。大家一起举起酒杯，恭祝艾克特爵士福寿安康。他们会说"祝老爷事事顺心""祝各位老爷夫人万事如意"。哑剧班子进行了精彩的表演，内容是发生在圣乔治、撒拉逊人和一位滑稽博士身上的趣事。唱诗班也一展歌喉，唱了《齐来崇拜》和《少女之歌》。随后，没有吃坏肚子的小孩就玩起了游戏，有人玩捉迷藏，也有人玩别的游戏。酒足饭饱之后，桌子被收了起来，很多未婚男女来到大厅中央，跳起了摩利斯舞。上了年纪的人手拿着玻璃酒杯坐在墙边，庆幸自己早已过了这种瞎胡闹的年纪，不时喝一口杯中的蜂蜜酒。没吃坏肚子的小孩坐在他们身边，很快就靠着他们的肩膀沉沉睡去了。在高台的主桌边，艾克特爵士正和明天即将参加狩猎集会的贵宾们把酒言欢，喝着勃艮第红酒、雪利酒和马得拉甜酒。

很快大家就安静下来，推举格鲁莫爵士高歌一曲。他也不推辞，唱起了从前的校歌。不过，他已经忘记了大部分的歌词，只能哼哼几句，但还是博得了大家的喝彩。然后大家又让派林诺国王唱歌，他羞涩地站起来唱道：

在林肯郡的派林诺一家，我降生了，
有十七年的时间，我都在追逐寻水兽。
直到有一年的打猎季，我遇到了格鲁莫爵士，
我跟随他回家，
从此每天睡在他家里，
那舒适的羽毛床，
真是让我无比快乐！

"反正，"派林诺国王唱完后，大家都拍着他的后背对他进行鼓励，他的面色绯红，坐下来解释道，"自从我和格鲁莫比武之后，他就邀请我去了他家。打那以后，我就不去管那该死的寻水兽了。我倒要看看，它什么时候被人抓住，挂在墙上！"

"非常棒！"大家告诉他，"就要及时享受生活才行！"

然后就轮到了前一天傍晚刚刚抵达的威廉·特威提，他拉长着脸，乜斜着眼睛看着艾克特爵士，唱起了歌：

你是否认识威廉·特威提？

他衣衫褴褛。

你是否认识威廉·特威提？

他不甘落后。

没错，我认识威廉·特威提，

他的嘴巴早就该被堵住，

同时被堵住的，

还有他的狗和号角。

艾克特爵士大叫道："你们听到没有？他说自己的嘴巴早就该被堵住！天啊，我原本还以为他得大肆吹嘘一番。你们说，这些猎师是不是非常了不起？给特威提师傅递一点马得拉酒过去，我要敬他一杯。"

火炉旁边放着一张长凳，孩子们蜷缩在凳子下面，小瓦还把卡威尔搂在怀里。卡威尔觉得这里太热了，又对四周的吵闹和弥漫着的蜂蜜酒气味非常讨厌，很想挣脱他的怀抱。可是小瓦非要抱个东西不可，就不肯松手。它没有办法，只好伸出舌头，气喘吁吁地待在这里。

"轮到劳夫·帕斯路了！""亲爱的劳夫老先生。""劳夫，是谁杀死了母牛？""大家小点声，帕斯路老爷行动不便。"

从大厅最远、最寒酸的那个角落，站起了一个可爱的老头。在过去的五十多年，只要他出现在这种场合，都是这么做的。他看起来得有八十五岁以上，又聋又瞎，还是颤抖着唱了一首歌，好让野森林城堡的居民们开心。他刚开始唱这首歌的时候，艾克特爵士还是一个躺在摇篮里，裹着亚麻布尿布的小娃娃。由于他站在大厅的另一端，所以主桌的人根本听不到他的歌声。不过大家都知道他唱的是什么，也很喜欢他唱的歌。

> 老柯尔王走在街上
> 看到一个漂亮的姑娘，她要穿过水塘
> 她把裙子拎起来
> 要从水塘中央跳过去
> 他一看到她的脚踝
> 就失魂落魄
> 哎，他非这样不可呀！

这首歌一共二十节，歌词里那个可怜的柯尔王看到的不该看的东西越来越多。他唱完一节之后，大家就会为他喝彩。最后，他一边接受着像潮水一样的喝彩，一边笑着回到位子上坐下了，手上的杯子里又被倒满了蜂蜜酒。

接下来，需要由艾克特爵士对本次聚会进行总结。他拿出主人的派头，站起来进行了一番演说：

"到场的各位朋友，各位佃农，各位贵宾，虽然我本人不太习惯在公众面前进行演说……"

听到他的开场白，大家就知道，艾克特爵士即将发表的是二十年来每个节日都会发表的老生常谈。于是大家就像欢迎自己的兄弟一样，发出了很小的欢呼声。

"虽然我本人不太习惯在公众面前进行演说，但是我有义务对大家的到来表示热烈的欢迎，这是一件非常开心的事情。我想，如果我说今年牧场和田里都有很不错的收成，大家应该不会表示反对。众所周知，野森林的昆波克又去参加了卡道尔家畜展，并再次将冠军收入囊中，如果明年它可以三举夺魁，就可以把奖杯永远地留在我们这里了。这表明，咱们野森林还是很有实力的。今晚入座的时候，我发现有几张老面孔不见了，我们的大家庭里又出现了几张新面孔。我们的生死都由无所不能的神掌握着，我们只能对他心怀感激。他把我们创造出来，并由于他的宽容，我们今天才有机会在这里汇聚一堂，度过这个美好的夜晚。我想，大家应该都和我一样，对我们获得的恩赐充满感激。今晚，我们首先要欢迎大名鼎鼎的派林诺国王，他为了替我们除去可怕的寻水兽，在森林里不停地奔波着，他的义举赢得了诗人的称赞，愿上帝保佑他。（下面的人大叫着'好啊！好啊！'）还有运动家格鲁莫·格鲁穆森爵士，但是我要当着他的面指出，在他的猎物倒下之前，他是绝对不会从马背上下来的（'万岁！'）。我们最后要欢迎的这位贵宾，是威廉·特威提先生，他是国王陛下最有名的猎师。他的到访，让我们这里蓬荜生辉。我想，他一定会在明天大展身手，让我们恨不得皇家猎犬可以常驻在我们的森林里。（听众开始吆喝猎犬，还发出了打猎时的号角声）朋友们，感谢你们对这三位贵宾的到访表示如此诚挚的欢迎，他们一定可以体会到你们的热情。最后，我要简单地总结一下我的这番话。今年即将过去，我们应该展望未来，等待新的挑战到来。我想，明年的家畜展就非常合适。在这里，我要祝愿大家圣诞快乐。稍后我们会在赛巴顿神父的带领下进行祷告，并一起高唱国歌，作为今晚的一个终结。"

艾克特爵士讲完之后，呼唤声差点淹没了神父的最后一段拉丁文祷词，没办法，他只好呼吁大家冷静一下。然后，在场的人全体起立，映着火光满怀激情地唱道：

天佑吾王潘德拉贡
愿他永世在位
天佑吾王

将流血征战赐予他
伟大和喧哗
恐怖和老态
天佑吾王！

　　人们渐渐散去，大厅里又恢复了宁静。村民们担心狼群会趁着月色出来袭击人，所以成群结队地回家。在寒风萧瑟的街头，灯笼的火光不停地摇曳着。等到连灯火也消失了，被白雪覆盖的野森林城堡就在这片寂静中沉沉睡去了。

第十六章

　　第二天，小瓦早早就醒了。刚一睁眼，他就果决地掀开身上盖着的厚熊皮毯子，让自己和寒冷的空气来了个亲密接触。他一边哆嗦着，一边胡乱地往身上套衣服，还要跺着脚取暖，还跟给马梳理毛发一样，呵出冻成蓝色的气体。他在水盆里的冰面上凿了一个洞，把脑袋埋进盆里，立刻就像吃了酸东西一样，小脸皱成一团。他漱了漱口，用一块毛巾用力地擦着脸蛋，似乎感觉身上又有了热度，就飞也似的跑向了临时犬舍，看看皇家猎师在出发之前还会做哪些准备。

　　在白天，威廉·特威提师傅居然满脸皱纹，神情忧郁，看起来非常疲惫。他这一辈子都在到处奔波，为王室的餐桌捕获猎物，还要跟一个屠夫一样，把猎物按照部位切好。他需要知道给狗吃的是哪些，交给助手的又是哪些。他在切东西的时候，还得注意让它们好看一些。为了让排骨更好看，他总是会在末端留下两节脊椎。自从他开始记事，他似乎就做了两件事：追逐雄鹿，切割猎物。

对于这些事情，他其实没有什么好感。他觉得，无论是雄鹿、雌鹿、野猪、貂、麋鹿、獾或是狼，无论它们是成群结队还是单枪匹马，都是一样的，都要被剥掉皮，拿回家煮。你可以在他面前对骨头、板油、兽脂、兔子屎、粪媒和野猪屎侃侃而谈，但是他回应给你的，只是礼貌的注视。他知道，你在炫耀自己懂得这些术语，但实际上它们都是他的生活中非常常见的东西。你可以告诉他，自己在去年冬天遇到了一头野猪，差一点儿就被咬伤了。而他对此的态度会非常冷淡，因为他是真真切切地被野猪咬伤过，甚至多达十六次。伤口愈合后的白肉从脚部延伸至肋骨。面对你的吹嘘，他只会神色如常地完成手上的工作。在这个世界上，能够打动他的仅有一样东西。不论严寒酷暑，阴晴雨雪，他都在忙着追逐野猪和雄鹿，区别只在于是步行还是骑马。不过，他的心思早就跑去了别处。如果此时你当着他的面说到"兔子"这两个字，虽然他还会继续追捕猎物，但是他总是会用眼睛瞟来瞟去，希望看到兔子的身影。他只会谈这一件事。他总是接受国王的派遣，去往各地的城堡。到达目的地之后，当地的仆人总会设宴款待他，往他的酒杯里斟酒，问他曾经有过怎样的冒险经历。对于这些问题，他总是随意地给一个答案。但是一旦有人提到兔子，他立刻就会精力十足。他会用力地把杯子拍在桌子上，大谈特谈这种神奇的动物。他说，在捕捉兔子的时候，千万不可以吹响号角，因为不管它是在吃饭还是在拉屎，总会时而变成公的时而变成母的。在这个世界上，兔子是唯一拥有这项本领的动物。

小瓦在一边默默地看了这个伟大的人一会儿，就进了屋子，看看能不能找点早点填饱肚子。没想到，他真的吃到了早点，因为此刻全城的人都紧张而又兴奋，和小瓦一模一样，这也是小瓦这么早就起床的原因。就连梅林，都换上了一件短裤。几个世纪后，这种短裤风靡了米格鲁大学。

跟我们如今的挖洞抓獾、开枪打鸟和猎狐不同，猎野猪充满了趣味性。最接近这种乐趣的，应该是带着雪貂去猎兔子。区别在于，你带的不是貂，而是狗；猎的也不是兔子，而是可以轻易地让你丧命的野猪；用的也不是枪，而是一种专门用于猎野猪的长矛，它可以保你的性命。通常来说，猎野猪是不会骑马的，因为冬天是猎野猪的最佳季节，而在这两个月里，积雪很厚，马儿很有可能会踩空，这让骑马变成了一项非常危险的运动。因此，你必须徒步前往，拿着武器跟敌人面对面。它的体重远超过你，想要把你撕碎也是轻而易举，那样，你的脑袋就成了它的战利品。猎野猪的时候，你需要坚守一个原则，就是要"稳住"。在野猪冲向你的时候，你必须单膝跪地，用矛尖对准它。右手握住矛柄，靠在地上迎接它带来的冲击力，左手要尽量伸直，握紧矛尖，对着野猪。长矛非常锐利，就像剃刀一样。在距离矛尖十八英寸的地方，有一根名为"水平杆"的横杆。有了它，就可以保证长矛刺入野猪体内的部分不超过十八英寸。要是没有它，飞速冲过来的野猪被长矛贯穿之后，还能持续前冲，对猎人发动袭击。有了这根横杆，它冲到距离猎人一根长矛的位置后就再也不能前冲了，而且它的体内还有长达十八英寸的矛尖。在这种情况下，你一定要稳住。

一般来说，野猪的体重为九十公斤到一百八十公斤，它不停地拱啊转啊，只为了离攻击它的人更近一些，将对方撕碎；而猎人也要用腋下死死地夹住长矛，等着旁边的人上去杀死野猪。如果他将矛头插进野猪的身体，自己紧紧地握住矛柄，即便在野猪的带动下被迫跑上一段距离，他也至少和野猪隔开一支长矛的距离。这样就不难想象，为什么节礼日集会这一天，城堡里的猎人都要早早起床，而且早餐时气氛非常沉闷。

"你准时下来吃早餐啦？"格鲁莫爵士一边咬下一口猪肉一边问。

"是的。"小瓦说。

"今天可是打猎的好机会，你把矛磨尖了没有？"格鲁莫爵士问。

"谢谢您的提醒，我已经磨好了。"小瓦走到餐具柜前面，为自己取出了一块肉。

"派林诺！快过来！"艾克特爵士说，"尝尝这鸡肉的味道如何，你今天早上怎么回事？也不吃东西。"

派林诺国王说："我没有胃口，但是还要谢谢你。我只是觉得，今天早上有点奇怪。"

格鲁莫爵士停止咀嚼，尖刻地说："是过于紧张吗？"

"不，"派林诺国王说，"不是这样的，也许是昨晚吃坏肚子的缘故。"

"兄弟，你说什么呢？"艾克特爵士说，"来都来了，吃一点吧，补充点体力。"

他扶着派林诺国王，给他夹了几块鸡肉。国王眉头紧锁，坐在了桌边的凳子上，想要吃几口。

"我可以保证，今晚的打猎结束之后，你会很需要这些食物的。"格鲁莫爵士别有深意地说。

"经验之谈。"格鲁莫爵士一边说，一边对艾克特爵士眨了眨眼。

小瓦发现，艾克特爵士和格鲁莫爵士好像故意装出一副吃得心满意足的样子，而他自己连一块肉都难以下咽，凯伊更是想要离早餐室越远越好。

吃完早餐之后，节礼日的打猎队伍先跟特威提请教了一番，就去集合了。也许在现代的猎犬管理人看来，他们带领的猎犬就是一支杂牌军。这其中有六只猎狼犬，是黑白色的，身体有点儿像灵，脑袋看起来比牛头梗还丑。想要猎野猪，用它们是最称手的。而且由于它们天性凶残，人们就给它们戴上了口络。保险起见，人们还带上了两头锐目猎犬。实际上，这种狗在现在就被称为灵。戴着项圈的大侦查犬被皮带拉着，它们看起来综合了寻血猎犬和红雪达犬的特点。母猎犬有点儿类似米格鲁小猎犬，绕着主人不停地跑来跑去，姿势都和米格鲁差不多，十分惹人喜爱。

村民和猎犬一起出发了。梅林穿的是慢跑裤，酷似长了胡子的贝登堡爵士①。艾克特爵士也很机智，穿了皮衣，因为没有人会在打猎时穿盔甲。他走在特威提身侧，表情忧郁，却又好像明白自己的地位很重要一样。这是古时候的猎犬管理人流传下来的表情。格鲁莫爵士气喘吁吁地跟在他身后，还不忘询问众人有没有事先把矛磨尖。派林诺国王在距离他身后很远的地方，和村民们一起，他觉得人多力量大，安全系数高。可以说，领地上所有的男性都倾巢而出了，不管是鹰匠哈柏还是没了鼻子的老瓦特。他们的武器各种各样，有长矛，有干草叉，也有前端绑着旧镰刀的粗棍子。队伍中还有一些深陷爱河的少女，她们提着装有食物的篮子。在节礼日狩猎集会，这种情景是非常常见的。

走到森林边缘的时候，队伍里多了一个陌生的人。他仪表堂堂，个子很高，一身绿衣，配着一把长度有七英尺的弓。

"早啊，老爷！"他兴奋地和艾克特爵士打了个招呼。

"早啊！"艾克特爵士说，"真早啊，早安！"

他将这个穿着绿衣服的陌生人带到一边，故意用大家都能听清的声音说："老弟呀，上帝保佑，你可得当心点。这一位是国

---

① 童军运动的创始人。

王陛下的御用猎师，那两位分别是派林诺国王和格鲁莫爵士。所以，你说话要注意分寸，好吗？"

"好啊！"男子保证道，"但我觉得你还是帮我们介绍一下比较好。"

艾克特爵士迅速涨红了脸，匆忙说道："格鲁莫，请你过来一下，我要给你介绍一位朋友，他叫森先生，可不是汉先生哦！我跟他相识多年了。还有这位，是派林诺国王。森先生，跟派林诺国王打个招呼吧！"

"致敬！"派林诺国王说，这是他紧张时会犯的老毛病。

格鲁莫爵士说："您好啊，我猜您应该跟那个罗宾汉没什么瓜葛吧？"

"当然没有！"艾克特爵士急忙否认，"是上面一个木，下面一个林是森，是用来做家具的，就是那些家具、长枪之类的，总之就是长枪和家具。"

"您好。"罗宾说。

"致敬！"派林诺国王说。

"呀，你们两个穿的都是绿衣服啊？实在是太有趣了！"格鲁莫爵士说。

"是很有趣！"艾克特爵士急忙说道，"他是为了给从树上掉下来摔死的姨妈服丧才会这么穿的。"

"真是不好意思。"格鲁莫爵士提到别人的伤心事，觉得很难过，就没再说什么。

艾克特爵士平静了一下心情，就说："森先生，我们首先该去哪里呢？"

艾克特爵士提出这个问题之后，大家就把特威提师傅邀请过来进行探讨，小小地开了个会，其间还不时提出"野猪排泄物"等专业术语。然后，大家在冬日的森林里穿行了很长一段距离，一场好戏就上演了。

小瓦在吃早饭的时候还感觉有些害怕，现在早已没有了这种感觉。由于在森林里长时间地穿梭，再加上寒风的吹拂，他此刻有些气喘吁吁。他的双眼湿润明亮，毫不逊色于被阳光照射的白雪。受到打猎的刺激，此刻他血脉偾张，注视着侦查犬管理人和他手中的狗绳拴住的两只寻血猎犬。离野猪的巢穴越近，猎犬挣扎得越厉害。他看到，猎犬们都非常狂躁，不停地低吠，想要冲出去。由于锐目猎犬打猎时靠的不是嗅觉，因此它们的发作是最慢的。他看到，罗宾站住了，从地上捡起一块野猪的粪便递给了特威提师傅。大家都知道此刻已经进入危险地带，就停住了脚步。

猎野猪跟猎幼狐有一个类似之处，就是要将它们团团围住。猎人们只有一个目标，就是用最短的时间将野猪杀死。大家站在野猪的巢穴外面，围成一个圈。小瓦找了一个地方站定之后，单膝跪地，将矛柄贴近地面，做好准备。他看到，大家都沉默了，而特威提向侦查犬管理人挥了挥手，示意他把大侦查猎犬放开。然后，这两只猎犬就悄悄地冲进了被团团包围的野猪巢穴。

之后的五分钟漫长又难熬。围猎的人心如擂鼓，血脉也随着心脏跳动。大家都环顾四周，看看同伴是否还在身边。他们呼出的气体变成蒸气，被风吹走。此刻，他们才知道生命是如此美好。一旦出现任何差错，他们就有可能在短短几秒内命丧野猪的獠牙之下。

野猪并没有发出声音来表达愤怒。巢穴里没有任何动静，更没有狗叫声。可是，有一个黑色的身影突然出现在了空地的边缘，距离小瓦大约一百码。它的速度太快了，所以一开始根本看不出是野猪。在小瓦能够看清它的本来面目之前，它已经冲向了格鲁莫爵士。

那个黑色的身影窜过雪地，激起一片雪花。在雪地的映衬下，格鲁莫爵士的衣服显得很黑。他飞快地翻了个跟斗，又激起了一片雪花。北风里传来了一声闷哼，却没有听到有什么倒地，随后野猪就消失了。野猪在场的时候，小瓦根本顾不上观察，现在他才知道。野猪的背就像剃刀一样，上面有很多竖直的鬃毛，臭气扑鼻；还有在他面前转瞬即逝的、散发着酸味的獠牙，外凸的肋骨，低下的头，以及猪眼中的烈焰。

好在格鲁莫爵士没有受伤，他从地上爬起来，一边抱怨着长矛在关键时刻没有派上用场，一边拍打着身上的雪花。雪白的地面上散落着几滴鲜血。特威提师傅拿出号角用力吹响，整个森林中都流淌着号声。大家把猎狼犬的绳子解开，自己也动了起来。大侦查猎犬在完成了把野猪赶出巢穴的任务后，还要一鼓作气，继续追赶野猪。母猎犬发出好听的叫声，猎狼犬狂吠着飞快地从积雪上跑过。大家都又跑又跳又喊。

有村民叫道："小心啊！大人！"

特威提师傅紧张地说："嘘！请大家给猎犬留一点空间！"

派林诺国王大叫："有人看到它去哪儿了吗？今天简直太刺激了！呀，打猎号角响了，冲啊！"

艾克特爵士说："等一下，派林诺。你要注意猎犬，想要自己盯到它可太难了。"

"太难了！"村民们说。"冲啊！冲啊！"树枝说。"冲啊！冲啊！"积雪说。这阵骚动震惊了树枝，上面的积雪默默地掉到了地上。

小瓦发现，此刻跑在自己身旁的正是特威提师傅。

这场打猎和带着米格鲁猎兔子非常相似，但是地点换到了森林里，这里连移动都很有难度。每个人都要根据猎犬的叫声和猎人号角声来判断自己现在到了哪里，该怎么做。要是没有这两种声音，这场狩猎坚持不了几分钟就得以失败告终。可是，现在虽然这两种声音都齐全，也好像在短短的三分钟内就失败了一半。

小瓦紧紧地靠着特威提，如同黏在他身上的一个带刺的果荚。他的动作非常灵敏，毫不逊色于猎师。虽然猎人们都有着丰富的经验，可是他凭借身形小的优势，以及玛莉安小姐的指点，在穿越障碍时显得更加轻松。他发现，罗宾的速度也很快，但是艾克特爵士和派林诺国王有点儿落后，所以很快就听不到他们的嘀咕声和叫声了。格鲁莫爵士更是早就放弃了，他刚才已经被野猪吓掉了魂，就以长矛钝了为借口，站在后面。为了不让他迷路，凯伊就留在他身边陪着他。村民们因为听不懂号角代表的意思，就到处乱走。梅林的裤子被钩破了，他就停了下来，施展魔法修补裤子。

警卫官大叫着"冲啊！"鼓励猎犬往前冲。他自己都迷失了方向，还在指点别人往哪儿跑。现在，他带领着一堆兴致缺缺的村民，高抬着腿跑向了错误的方向。哈柏跟在小瓦身后。

他气喘吁吁地对着小瓦，好像小瓦是一条猎犬一样："少爷，你走慢一点，他们都走散了！"

他说话的时候，小瓦发现狗群的声音似乎比之前弱了一些，但是吵闹声更大了。

罗宾说："别叫了，否则我们可能要跟它面对面了。"

猎犬都停止了吠叫。

特威提师傅大叫道："哟喝！"然后拉过号角，大声吹响，让猎犬迅速集合。

一只大侦查猎犬吠叫了一声作为回应。

"很好！"猎人大叫。

大侦查猎犬的吠声渐渐变得平稳。它犹豫了一会儿，叫得更加凶猛了。

"很好！我的老朋友！贝蒙叫得可真勇敢！"

母猎犬也紧跟着大侦查猎犬叫了起来，声音非常高亢。猎狼犬的叫声就像打雷一样，将其他狗的叫声都压了下去。狗叫声越来越大，看起来它们已经十分亢奋了。

"抓住它了！"特威提说。然后三个人飞快地往前跑，猎师也吹响号角给他们鼓劲。

野猪被堵到了一团灌木丛中，正在负隅顽抗。它的后半身靠在一棵被吹倒的树上，位置非常优越。此刻它已经做好了防御的准备，上唇扭曲着，不停地嚎叫。它的身上被格鲁莫爵士刺伤了，鲜血从伤口汩汩流出，一直流到腿上。它的嘴里也不停地流着口水，落在地上之后将雪都融化了。野猪向各个方向打量着。狗群却站在那里岿然不动，只是狂吠着。在野猪的脚下，是苦苦挣扎的贝蒙，它的脊背断了。野猪觉得此刻贝蒙已经无法影响到自己了，就不再理睬它。此刻，黑色的野猪浑身是血，怒目而视。

"好家伙！"特威提说。

他握紧长矛，缓步向前。猎犬们看到他的行动，似乎也有了勇气，跟着他向野猪逼近。就在此刻，情势突然发生了变化，如同纸牌屋瞬间倒塌一样。野猪不再负隅顽抗，而是冲向了特威提师傅。猎狼犬见它冲了过来，也飞快地迎了上去，咬住了它的肩膀、喉咙和脚。于是，最后猎师看到的并不是一头野猪，而是一大团动物。为了不伤到猎狗，猎师并没有用长矛。可是，那团动物似乎没有受到猎犬的影响，速度依然很快。特威提想要用矛柄来阻止这团动物的冲撞，就迅速反转长矛，可是他的动作刚完成了一半，那团动物已经扑过来了。他后退了一步，却绊在了树枝上，就这样，在他的身上展开了一场大战。小瓦着急极了，在一旁不停地挥舞长矛，却根本找不到任何可以插入长矛的缝隙。罗宾扔下长矛，将刀拿出来，来到了这一团动物身旁，冷静地拎起了一只猎狼犬的脚。猎狼犬没有松口，却也腾出了一个空隙。于是，罗宾就从这个空隙把刀插了进去。三次之后，那一团动物摇晃了一下，勉强维持了平衡，又摇晃了一下，就轰然倒向了左边。打猎到此结束。

特威提师傅慢慢地把自己的脚从野猪的尸体下面抽出来，站起身来，用右手抱住膝盖，尝试着活动了一下，点了点头，才挺直腰板。他俯身捡起长矛，默默地一瘸一拐地走向了贝蒙。来到贝蒙身边，他就跪在地上，把贝蒙的头放在自己的腿上，不停地抚摸它。"亲爱的贝蒙，我的老朋友，温柔的贝蒙，勇敢的贝蒙。"贝蒙舔了舔他的手，可是它的尾巴却摇不了了。猎师对着身后的罗宾点头示意，又看着贝蒙的眼睛说："亲爱的贝蒙，我的老朋友，你安息吧。"于是罗宾举起猎刀，让贝蒙痛快地离开了这个世界。

之后的一段时间，小瓦都不忍心去看特威提。这个坚韧的男人默默地从地上站起来，跟以往的每次打猎一样，挥舞着鞭子将野猪尸体上的猎犬驱赶开，然后沉稳地吹响了号角，宣告猎物已经死亡。可是，小瓦发现他好像是为了别的原因才吹响号角的，他好像流泪了。

走散的人听到号角声，纷纷聚拢了过来。最先抵达的是哈柏，其次是艾克特爵士。他走在黑莓丛里，一边用长矛把它们分开，一边气喘吁吁地说："特威提，你干得真不赖，这次打猎简直太棒了，我觉得这才是打猎应该有的样子，它有多重？"其他人陆陆续续地回来了，派林诺国王一步一趔趄，大叫着"冲啊！"根本不知道打猎已经结束了。等到从别人那里得知了打猎结束的消息，他才停下了脚步，虚弱地说："冲啊，啥？"就闭嘴了。警卫官带领的纵队稍后也抵达了，他们行进的速度很快，膝盖抬得很高。走到空地的时候，他们才停住。警卫官得意扬扬地说："幸好有我带领，要不他们早就走散了！"梅林也提着慢跑短裤出现了，看来，他的魔法没有奏效。随后是凯伊和他身后的格鲁莫爵士，后者步履蹒跚地赶来，高兴地说虽然自己没有看到打猎的全过程，但是看到的这部分也很精彩。然后，大家就开始切割野猪的尸体了。

在进行这项工作的时候，大家都十分兴奋。今天一天，派林诺国王的精神似乎都不够集中，他居然犯了一个大错误：问什么时候可以奖励猎犬。众所周知，对猎犬的奖励就是将内脏之类的器官放在死去的野兽的皮上，给猎犬吃。而且大家也知道，杀死野猪之后，并没有剥皮这一道工序，而是会直接把它的内脏取出来。没有野猪皮，自然就没有对猎犬的奖励。在这种打猎中，猎犬会得到的是一种掺杂了内脏和面包、用火烤过的东西，我们称之为"点心"。毫无疑问，派林诺国王用词不当。

大家一边起哄，一边将派林诺国王架到了野猪的尸体上方，由艾克特爵士举起剑背，用力地把他打了一顿。国王抱怨道："你们这些下流的家伙！"然后就嘀咕着进了森林。

大家把野猪的内脏清理干净，也给了猎犬奖励。由于地上全是雪，村民们担心坐下会弄湿衣服，只好分成几堆站着闲聊，还不停地取出年轻女子送来的食篮里的食物塞进嘴里。艾克特爵士非常细心，还给大家拿了一小桶葡萄酒，让大家尽兴。大家将野猪的四肢捆在一起，中间穿上一根木棍，由两个人抬着。威廉·特威提后退了几步，吹响了号角，宣布此次狩猎仪式结束。

这时候，派林诺国王回来，大家还未见其形，就听到了他的叫声："天啊，快来看，发生了一件可怕的事。"他好像突然从空地边缘冒出来似的，而他头上的树枝此刻正好不堪雪的重压，轰然坠落，砸在了他的头上。他顾不上管这些，匆忙爬出雪堆，好像压根没这回事似的，只顾着大叫："我说！"

"派林诺，出什么事了?"艾克特爵士问。

"快来!"国王一边大叫，一边迅速转身，钻入森林里不见了。

"快去看看他出什么事了。"艾克特爵士说。

"他就是个急性子。"格鲁莫爵士说。

"我觉得还是过去看一看比较好。"

大家循着刚才派林诺国王留下的足迹追了过去。

出现在他们眼前的情景让他们大吃一惊。只见派林诺国王正坐在干枯的荆豆丛里流泪，他的膝盖上放着一个硕大无比的蛇头，此刻他正用力地拍打着。在蛇头的另一端，是一具带有斑点的黄色身体，非常瘦削，它有着狮子的脚和公鹿的蹄。

国王叫道:"乖乖，我可没有要抛弃你的意思，我只是想暂时睡一睡羽毛床。我跟你说实话，我原打算回来的。哎，你可不能死，不能一点粪媒都不给我留。"

国王一见到艾克特爵士，就恢复了国王的威严，开始发布命令。

他叫道:"艾克特，别在那发愣了，快去把那桶酒搬来!"

大家迅速搬来了酒桶，给寻水兽倒了满满一杯。

派林诺国王气愤地说:"可怜的家伙，因为没有人对它感兴趣，你们看它都成什么样子了! 哎，我居然抛下我的老朋友，去格鲁莫爵士那里住了那么久。你们看它的肋骨，简直和木桶的铁箍一模一样。它孤独地在雪地上，看起来已经失去了生活的乐趣。怪兽，这个对你很有好处，你最好把它喝掉。"

国王一边懊悔，一边盯着格鲁莫爵士:"每天只想着羽毛床，和酒店服务生没什么区别!"

格鲁莫爵士结结巴巴地说:"但你是怎么找到它的?"

"我是无意中发现它的，跟你无关。我刚才像发了疯一样，在这荆豆丛里乱跑乱砍，就发现了它。它被埋在雪里，热泪盈眶，没有任何人关心它。这就是生活不规律的下场。回想以前的日子，我们过得多么舒心，我们每天同时起床，追逐一段时间，夜里十点半按时睡觉。可现在呢，你看看它都快散架了！要是它死了，就得赖你和你的床。"

"可是派林诺……"格鲁莫爵士说。

"闭嘴！"国王叫道，"兄弟，别傻乎乎地站在那里说废话了，你就不能找点事做做吗？去找根木棍，我们把格拉提桑扛回去。艾克特，你不知道思考吗？我们要把它扛回家放在厨房的火炉旁边，你赶紧派人先回去，把面包和牛奶准备好。还有你特威提，我也不管你叫什么，反正你不可以再玩喇叭，快去给我热几张毯子！"

"回家之后，"派林诺国王总结道，"我们首先要给它补补身体。等明天早上它恢复了一点，我就先让它跑几个小时，然后咱们再过之前那种生活，怎么样？你在高处走，我在低处走。过来吧，罗宾汉，我也不管你的化名是什么。你以为我不知道，其实我什么都知道，别挂着弓站在那里，跟个没事人似的。快，将那个一身腱子肉的警卫官叫过来，你们两个一起搬。好了，轻一点，不要摔倒了。什么羽毛床，什么奖励，都是那么幼稚！快点走，整齐一点，我看你们的脑袋里全是羽毛！"

国王说完之后，又补充了一句："还有你格鲁莫，就在你的床上尽情打滚吧，闷死拉倒！"

第十七章

"我觉得该给你再上点课了,"一天下午,梅林从眼镜上方斜视着小瓦说,"时光如流水呀!"

此时寒冷的冬天已经过去,正是早春的一个下午,阳光和煦。冬天离开了,格鲁莫爵士、特威提师傅、派林诺国王和寻水兽也都离开了。有了面包、牛奶和精心的呵护,寻水兽已经恢复如初。它感激地冲进了雪地,过了两个小时,兴奋不已的国王也追着它走了。城垛上的人看到,它跑到猎林的边缘,巧妙地把自己留下的脚印弄得一塌糊涂:它倒着跑了几步,然后横着跳出了二十英尺,挥动尾巴,将留下的脚印擦干净,爬上水平的树枝,看起来自得其乐。在此期间,他们看到派林诺国王闭上眼睛,从一数到一万之后,才匆匆出发。等他赶到寻水兽已经做好掩饰的地方,看到一地凌乱的脚印,根本摸不着头脑。最后,他选了一个错误的方向追了上去,母猎犬在他身后紧紧跟随着。

那天下午阳光明媚,在距离教室很远的森林里,落叶松已经换上了一件新装，看起来绿油油的；泥土在雨水的滋润下，看起来非常饱满，各种鸟儿都飞回家园，向异性求爱，唱着嘹亮的歌。每天傍晚，村民们都会在花园里播种豆子。万象更新（和豆类一起生出来的蛞蝓都生机盎然），好像让所有有生命的东西，比如花蕾、小羊和鸟儿，都露出了脑袋。

"你想过这次要变成什么吗？"梅林问。

小瓦看向窗外，耳边传来了鸫鸟的歌声，非常清亮。

"我曾经有过一次变成鸟的经历，可是那天是晚上，我在鹰棚里，根本没法飞翔。我也知道，不应该把同样的东西学习两次，可是您是否觉得我可以再次变成鸟，学习飞翔呢？"

人们在春天里总是对鸟儿过度热情，甚至会产生替鸟筑巢的想法。现在，小瓦拥有的就是这样的情绪。

"我不反对。"魔法师说，"要不你今晚就来试试吧？"

"可是它们晚上不就都睡了吗？"

"你只有在它们不飞的时候才会观察得清楚啊！今晚你和阿基米德一起去好了，让他为你解说。"

"阿基米德，你愿意和我一起吗？"

"乐意之至。"猫头鹰说，"正好我也想出去逛一逛。"

小瓦想起了鸫鸟，就问："您知不知道鸟儿为什么唱歌，或者它们唱歌的方法？这也算是一种语言吗？"

"当然，虽然从复杂程度上来说，跟人类还差得远。吉尔伯特·怀特①说，不，应该是'将要说'，你明白我的意思就行，'和其他古老的语言一样，鸟类的语言也有悠久的历史，意味深远。'他还说，'在繁殖季节，乌鸦在高兴的时候，也会想要歌唱，虽然唱得很差。'"梅林说。

---

① 英国自然学者、牧师，代表作《塞尔伯恩博物志》。

"我很喜欢乌鸦，觉得它是最讨我喜欢的。"小瓦说。

"为什么?"阿基米德问。

"我觉得它们厚脸皮的样子非常讨人喜欢。"

"乌鸦父母做不到尽职尽责，孩子又讲礼貌，"阿基米德沉思了一会儿，"有一点不得不承认，乌鸦有一种奇怪的幽默感。"

小瓦说："乌鸦很享受飞行，它们跟别的鸟儿不一样，它们是把飞行当成乐趣的，这一点让我很喜欢。每到夜晚，它们就会结伴飞回家，说一些没有礼貌的话，有时候还会厮打到一起，那样子别提多可爱了。有时候它们想要搞怪，就会突然在空中翻个身。有时候它们甚至会忘记自己是在飞行，居然开始抓跳蚤。"

"虽然它们没什么幽默感，但是还是很聪明的。有议会和社会制度的鸟不多，它们就是其中之一，这一点你知道吗?"

"你的意思是，它们有法律?"

"当然，它们会在秋天的时候聚在田野里，开会进行讨论。"

"什么法律?"

"就是保卫鸦群，或者婚姻之类。你不可以跟不属于自己鸦群的乌鸦结婚，要是你硬从别的鸦群带回一只乌鸦，大家就会拆掉你的窝，不管你盖得多快都无济于事。而且，它们还会撵走你。因此，每个鸦群都会有几个窝位于距离主巢几棵树的位置。"

小瓦说："另外，我还很喜欢它们的冲劲。也许它们是小丑和小偷，每天叽叽喳喳，找别的乌鸦的麻烦，可是有敌人来的时候，它们就会群起而攻之。我想，就算是很多乌鸦聚集在一起，也必须有很大的勇气才敢和老鹰作对。而且，它们在对抗老鹰的时候也会搞怪。"

"你说得对，本来它们就是一群乌合之众。"阿基米德不屑地说。

"即便是乌合之众，它们的玩心也很重，所以我很喜欢它们。"小瓦说。

"那你最喜欢什么鸟?"梅林客气地问,想要缓解一下气氛。

阿基米德思考了一会儿才说:"这个问题可不好回答,就像我问你最喜欢的书是哪本。但是,我想我最喜欢的应该是鸽子。"

"因为味道鲜美?"

"本来我是不想讨论这一点的,"猫头鹰礼貌地说,"实际上,凡是体型够大,可以应付的猛禽,就没有不爱吃鸽子的。刚才,我想了想它们的生活习惯。"

"哦?"

阿基米德说:"鸽子是灰色的,和贵格教徒很像。作为孩子,它非常听话;作为情人,它非常忠诚;作为父母,它非常睿智。而且它们就像哲学家一样,知道人类的手永远是它们的敌人。经过几个世纪的学习,它们深谙逃脱之术。鸽子没有任何侵略性,面对别人的侵害也不会还手。但是,要说这个世界上最擅长回避的鸟儿,也非鸽子莫属。要是猎人把它们困在树上,它们就会选择从树的另一头尽可能低地飞走,让树来隐蔽自己。要说计算距离,鸽子可是数一数二的。鸽子柔软的羽毛不仅引不起猎狗的兴趣,还让它们在遇到子弹的时候能够脱身。它们具有很高的警惕性,身上有香味,身体非常脆弱。鸽子会用叫声来表达爱意,会细心地藏好孩子认真抚养,在面对天敌的时候也懂得如何脱身。它们就像逃离残忍的印第安人的篷车大队,对和平充满了向往;它们性情真实,懂得用智慧逃离屠杀势力,存活下去。"

阿基米德又说:"你们知道吗?鸽子夫妇总是背对着背做窝,这样就可以观察到各个方面的动静了。"

"我们养的家鸽就是你说的这样,"小瓦说,"可能是因为鸽子太过贪心,才会引来人们的屠杀吧?林鸽拍动翅膀的声音非常悦耳,到了求爱季节,鸽子会飞到高空,再收起双翼,让自己自由地往下落，看起来和啄木鸟差不多。"

"和啄木鸟有共同之处吗？"梅林说。

"确实不太像。"小瓦承认。

阿基米德觉得，应该让梅林也说几句，就问："那您最喜欢什么鸟？"

梅林学着福尔摩斯的样子并拢食指，回答道："苍头燕雀，我的朋友林奈①称其为独身鸟。在冬天，公鸟和母鸟就会分开，分别聚成一群。这样，冬天的那几个月大家就会互不骚扰。"

阿基米德插话道："本来我们讨论的问题是鸟儿会不会说话。"

梅林马上拿出一副学者的姿态说："我的另一个朋友认为，鸟儿的语言来自模仿。我想你们应该知道，亚里士多德说悲剧也来自模仿。"

阿基米德做出一副了然于胸的模样，叹着气说："那您还是痛快地说出来吧。"

梅林说："是这样的，比如一只茶隼冲向一只老鼠，用像针一样的利爪牢牢地抓住它，老鼠痛得'叽叽'直叫。于是茶隼下一次遇到别的老鼠的时候，也会'叽叽'叫。而别的茶隼，比如它的另一半，听到它的叫声就迅速赶来。过了几百万年，所有的茶隼都学会了叽叽叫。"

"一只鸟可以代表全部吗？"小瓦问。

"应该不可以，可是老鹰的叫声不是跟它们的猎物发出的惨叫声非常相像吗？绿头鸭吃青蛙，就发出像青蛙一样嘶哑的叫声；百舌鸟也吃青蛙，所以叫声像青蛙的哀鸣；黑鸫和歌鸫会发出像它们敲击蜗牛壳的时候发出的那种咔哒咔哒声，雀鸟会发出

---

① 瑞典植物学家。

像咬破种子一样的声音；啄木鸟的声音有点儿类似于敲击树干捉虫的声音。"

"可是任何一种鸟儿都不是只有一种叫声的。"

"当然，鸟儿先通过模仿学会了啼叫，然后不停地重复和改变，所以才有了不同的鸟鸣声。"

"是这样啊！"阿基米德冷漠地说，"那我呢？"

"你对此应该很清楚啊，"梅林说，"你抓获的老鼠会'叽呜'地叫，所以你的年轻族人才得名'奇威'。"

"那老的呢？"阿基米德尖刻地问。

"呼噜！"梅林并不泄气，"这不是显而易见的嘛，我的伙计。经过第一个冬天，它们就喜欢上了钻到树洞里睡觉，那里的风声不就是这样的吗？"

"是这样啊，"阿基米德冷漠地说，"这似乎跟猎物毫无关系啊！"

"得了吧，"梅林说，"还有很多除了吃的东西之外的东西啊，比如，鸟儿也得喝水和洗澡吧？知更鸟的歌声就是在模仿流水声。"

阿基米德说："也就是说，跟吃的、喝的和听到的东西都有关。"

"这样不可以吗？"

猫头鹰失望地说："算了。"

小瓦想给梅林鼓鼓劲，就说："这个想法可真有意思！可是语言又是怎么来源于模仿的呢？"

"首先是重复，"梅林说，"然后稍加改变。可能你不太明白，说话的语气和速度有着很深的寓意。比如我说'天气不错'，你会说'确实不错'。但是如果我是用安慰的语气来说这句话，你会觉得我待人和蔼可亲。而如果我是气喘吁吁地说出这句话，你可能就会环顾四周，看是什么把我吓成了这样。鸟儿就是用这种方法慢慢发展出了语言。”

“既然您的学识这么渊博，”阿基米德说，“您能不能告诉我，通过改变速度和加重语气，鸟儿可以用呼叫声表达多少东西？”

“那可太多了。在恋爱时，你可以温柔地叫‘奇威’；要是想向别人发起挑战，或者气愤不已，就可以生气地叫；如果你找不到伴侣，或者想要通知同伴有陌生人来了，警告它们快点躲开，就可以抬高音量；如果你在冬天飞回老巢，条件反射地想起了以往的好日子，就可以亲切地叫；要是我突然靠近，你可以连叫三声，让同伴提高警惕。”

“连条件反射都出来了！”阿基米德生气地说，“我还是去抓老鼠吧！”

“也可以，但是我敢肯定，等你找到老鼠，就会发出像猫头鹰一样的声音，我们无法在鸟类学的著作中找到这种声音，但是我给它取名为‘呲’或‘嚓’，和人类咂嘴的声音差不多。”

“这是模仿什么的声音？”

“是老鼠的骨头碎裂时的声音啊！”

“主人，您实在是太狡猾了，”阿基米德说，“我不过是一只小小的猫头鹰，就算您这么说，我也不敢怎么着您。可是我可以用发生在我身上的事情证明，事实并非如此。一只小山雀不但可以说自己遇到了危险，还能说明白是怎样的危险。它可以像念字母一样，轻易地说出‘小心那只猫’‘小心那只老鹰’或者‘小心那只灰林鸮’。”

“我不会否认这一点，”梅林说，“我只是告诉你语言来自何处。你倒是说一说，哪种鸟的叫声无法归因于模仿？”

“欧夜鹰。”小瓦说。

"甲虫翅膀的嗡嗡声。"梅林迅速答道。

"夜莺。"阿基米德大叫道。

坐在安乐椅上的梅林靠在了后背上,"是模仿普西芬妮①从冥府苏醒时的灵魂之歌。"

"滴噜。"小瓦小声说。

"匹鸣。"猫头鹰补充道。

"模仿音乐!"梅林根本想不出夜莺的这种叫声到底是在模仿什么,就激动地说。

"嗨!"门开了,凯伊走了进来,"不好意思,我错过了地理课,因为我拿着十字弓去射小鸟了,看,这是我杀死的鸫鸟。"

---

① 宙斯与农业女神狄蜜特的女儿,被冥王掳走后,吃了冥府的三颗石榴,所以每年必须回冥府生活三个月。

第十八章

当晚，小瓦听从安排，乖乖地躺在床上，假装睡着了。等凯伊睡着之后，阿基米德就会带着梅林的魔法前来。小瓦缩在沉重的熊皮毯子下面，望着窗外的点点繁星。这个季节的星星不再冷若冰霜，也失去了金属的色彩，像被洗涤过一样，充满了水分。这是一个晴好的夜晚，星星之间的星空如同一片厚重的黑色天鹅绒，毕宿五和参宿四①正在跟天空的猎犬②赛跑，跑向地平线。猎犬不停地回头望，等着主人出现在世界的尽头。此时，红醋栗、野樱桃、李子树和洋山楂繁花似锦，夜里也能闻到香味。在纵横交错的树枝上，至少有五只夜莺正在啼鸣。

小瓦躺在床上，双手交叉着枕在头下方，盖着一半的熊皮毯。今晚的夜色这么诱人，就这么睡过去显得有些可惜。天气热

① 毕宿五和参宿四分别是金牛座α星和猎户座α星。
② 指天狼星。

了，毯子也盖不住了。他看着星空发呆，想到过不了多久，等夏天一到，他就可以去城垛上睡了，到时候，天上的星星就如同眼前的飞蛾，而银河就如同飞蛾翅膀上的粉。星星们看着触手可及，其实在很遥远的地方。此刻，他的心里充斥着很多关于空间和永恒的念头。他有一种自己正不断升空，掉进群星之间，却无法触及它们的错觉。

阿基米德来的时候，小瓦早已进入了梦乡。

"吃掉它。"阿基米德说着，就把一只死老鼠扔给小瓦。

小瓦有一种非常奇怪的感觉，却什么都没说，也顾不上思考它有多恶心，就把它扔进了嘴里。没想到，味道居然还不错，有一种吃带皮的桃子的感觉，当然带皮的桃子比老鼠的味道还是要差一点。

"出发吧。"猫头鹰说，"你先跳去窗台练一练，我们再起飞。"

小瓦挥动了一下翅膀，就像跳远的人摆动手臂那样，为自己增加助力。它和别的许多猫头鹰一样，落在了窗台上，却没有停住，而是冲出了窗外。他忍不住兴奋地想："只怕这次我的脖子要被摔断了。"不过，此刻他好像没有把生命看得很重。他感觉城墙飞快地跑向后面，地面和护城河在迅速长高。他用力挥了挥翅膀，地面就像一口漏水的井一样，沉到了下面。过了一秒钟，刚才挥动翅膀所产生的效果就消失了，地面又开始长高。他又挥了一次。就这样，他不断地前进着，地面忽高忽低，绒羽没有发出任何声音。

"看在上帝的分上，"飞在他身边的阿基米德气喘吁吁地说，"你能不能不要像啄木鸟那么飞？否则别人会误以为你是纹腹小鹦的！不过，目前这种鸟还没有进口到国内。你要用力挥动翅膀，通过得到的飞行速度往前飞，等到速度减慢，你快要落下去的时候，再用力挥动翅膀，这样你飞起来的轨迹就像一个之字形。像你这么胡乱飞，别人怎么可能跟得上？"

小瓦回答："我不这么飞的话，不就掉到地上了吗？"

"笨蛋！"猫头鹰说，"你就学着我的样子，轻轻挥动翅膀就可以了，不要上蹿下跳。"

小瓦按照他说的做了，结果让他十分惊奇：地面非常平稳，再也不上下乱晃了。他好像已经感觉不到自己在动了。

"这样就好很多。"

"一切看起来都是那么奇怪。"小瓦张望了一阵儿，惊讶地说。

是的，世界看起来截然不同。我们可以这么形容，就像摄影师的负片，此刻他看到的光，比人类能够看到的光谱多出一种。我们人类在黑暗中看不到东西，红外线相机却能在黑暗和白天中照相。猫头鹰也是这样，那些说它们只能在夜里看到东西的说法都是胡说八道。不管是白天还是黑夜，它们都能看得很清楚。所以，猫头鹰非常喜欢在别的动物都进入梦乡、无力抵抗的时候觅食。树木在白天是绿色的，此刻在小瓦看来却是发白的，如同开满了苹果花。在夜里，一切看起来都不一样了，就像在黄昏时飞行，所有的东西都黯淡、朦胧起来。

"你喜欢吗？"猫头鹰问。

"非常喜欢。以前我变成鱼的时候，发现水里的很多地方都是冷热不均的，真没想到，天上也是这样。"

"气温和下面的植被有关，如果下面是森林或者杂草地，上面的温度就会高一点。"阿基米德说。

"怪不得以前的爬虫不当鱼之后，就想变成鸟，确实很有意思。"小瓦说。

"你可算是有了点概念。"阿基米德说，"我们坐下来怎么样？"

"怎么坐？"

"你要失速。意思是你要先向上飞，减速之后，你会感觉自己即将下坠，你就在此刻坐下。你注意过吗，鸟儿总是向上飞进窝里。它们从来不是从上往下，而是先飞得低一点，再拉高一些。飞到最高点的时候，就会失速，就可以坐下了。"

"鸟有时候不是也会落到地面上吗？而且绿头鸭也会落到水面上啊？这样可做不到飞高之后再坐下吧！"

"落在平面上也不是不行，只不过有点难度。大体来说，你需要在失速的状态下滑翔，把翅膀弯起来，加大风的阻力，再把双脚和尾巴放下。仔细观察，你就会发现其实大部分鸟类降落的动作都不优美。乌鸦坐下的时候，会发出'砰'的一声，绿头鸭落下的时候，也会溅起水花。像苍鹭和鹬鸟这种翅膀是汤匙形的，降落的姿势算是最优美的。实际上，咱们猫头鹰飞得也可以。"

"就说雨燕吧，它的翅膀那么长，没法从平地起飞，是不是动作非常难看。"

"雨燕的动作是不太好看，但并不管是不是这个原因造成的。"阿基米德说，"好了，一边飞一边讲太累了。"

"我也是。"

一般来说，猫头鹰飞百十码就得休息一会儿。

小瓦学着阿基米德的样子，跟在他身后飞向了他们选好的树枝。飞到树枝上方的时候，他恰好要失速坠落，在最后的一刹那，他用自己毛茸茸的双脚抓住树枝，身体前后摇晃了两下，成功落在了树枝上。

小瓦一边静静地观看四周的景色，一边听猫头鹰讲了一堂关于鸟类飞行的课。雨燕在飞行方面非常擅长，甚至可以整个晚上都一边睡觉一边飞；虽然小瓦对乌鸦享受飞行的事实赞不绝口，但是在低空飞行（因此不能把雨燕包含在内）方面，鸲才是最厉害的。它解释了鸲有多么痴迷飞行特技，旋转、甩尾和打滚等动作也非常熟练，它们做这一切都是出于兴趣。除了鸲，还有渡鸦也会从高处降落。可以说，渡鸦是最美丽、最熟练的飞行员。小瓦一边努力让自己的眼睛习惯这些奇怪的色调，一边有一搭没一搭地听着阿基米德的话，还用一只眼睛偷偷瞟着他。阿基米德在讲课的同时也在四处张望，看看有没有可以作为晚餐的东西，动作看起来非常奇怪。

那就像一个缓慢减速的陀螺，顶端画出圆圈，陀螺尖却停在原地。不过，陀螺在慢慢倾斜，顶端画出的圆圈越来越大，最后倒在地上。阿基米德仿佛随意就做出了这个动作。他的双脚停留在原地，上半身不停地旋转，如同在电影院看电影时，被前面的一个胖太太挡住，想要从两边去看，又不知道从哪边会清楚一点。而且，它的头几乎可以旋转一周，因此这么精彩的表演是非常值得观看一番的。

"你做什么呢？"小瓦问。

他的话音还没落下，阿基米德就消失了。前一秒还有一只猫头鹰在大谈特谈鸲，后一秒它就消失了。小瓦听到，从距离自己下方很远的地方传来了一阵"砰"声，树叶也沙沙作响，似乎那枚空中鱼雷径直冲进了灌木丛。

不久，猫头鹰叼着一只死麻雀，又坐回了他身边，一边咀嚼一边思考着什么。

"我能试试吗？"小瓦故意做出一副嗜血的模样。

"其实，"阿基米德吃完嘴里的东西才说，"你不能。你已经吃了能让你变成猫头鹰的魔法老鼠，这就够了，而且你今天一天已经吃了足够多的人类食物。猫头鹰可不是为了乐趣才会杀生的，而且你这次是来跟我学习的。好了，我吃完这份点心，我们就可以开始了。"

"你要带我去哪儿?"

阿基米德把麻雀吃得干干净净,然后礼貌地用树枝擦了擦嘴,就直勾勾地看着小瓦。用某位著名作家的话来说,就是它那圆圆的大眼睛上有一层粉光,如同葡萄皮表面那一层粉衣。

"现在你已经学会了飞翔,"他说,"梅林要让你变成野雁。"

他发现,自己现在在一个特别平坦的地方。在人类世界中,平坦的空间并不多,因为这里有树木、房舍和树篱,呈现出锯齿状的景观,草地上也有无数片叶子;就连沙地上都有像你的上颚一样的潮浪痕迹。而这里湿泥地十分平坦,笼罩在夜色下,一眼望不到边,宛如一块黑色的奶冻。

这片平地上有一种自然力量,也就是风。这是一个次元,一种暗黑的力量。风在人类的世界总是来自某处,经过树木、房舍、灌木丛等地方后,又吹向某处。这里的风却不知来自何处,吹过这片无名的平地之后,又不知道吹往了何处。风水平地吹着,只能听到一种特别的轰隆声。这风是有形的,却没有边际,重重地从泥地流淌过去。那巨大的灰线看起来非常牢固,似乎用直尺就可以测量。要是你拿一把雨伞,就可以把它挂住。

小瓦站在风中,感觉自己好像消失了。他觉得自己处于一片虚无,唯一的实体就是脚下那片湿地。而这些湿地又十分混沌,就像有形体的虚无。他感觉自己成了一个点,存在于两点之间的一条线段上;有像平面上一条既有长度又有宽度,却没有任何重量的线。而这阵风就是重量,是潮流,是力量,是炼狱中恒定的世界之流。

这个炼狱的界限就在东面大概一英里的位置,那里有一堵连续的、绵密的水墙。这堵水墙十分坚固,随风波动,似乎想要伸缩。这是一片汪洋,它让人觉得十分畏惧,在默默地等着牺牲者的到来。

西面两英里的位置，有一个由三个光点形成的三角形，那是渔人的屋子里射出的灯光。为了赶上咸水沼泽里的潮汐，渔人早早就起床了。有时候，沼泽里的水流方向会和海水相悖。现在，他的天地里只剩下了海峡和这细微的光源。在这片被夜色笼罩的港湾里，只剩下了黑暗、潮湿和平坦。

借着晨曦，男孩发现自己身边有很多同类。它们有的坐在被愤怒的海水侵袭着的泥地上；有的被海水惊醒，踏浪远去。坐在泥地上的把头埋在翅膀里，活像一把茶壶。游泳的那些时不时会将头插进水里，用力甩一下。从泥地上醒来的就站起来，使劲甩着翅膀。突然，一阵嘎嘎的说话声打破了这片寂静。在这片昏暗中，大概聚集着四百只野生的白额雁，它们是如此美丽，令人过目难忘。

此刻距离日出还有一段时间，但是野雁们已经做好了飞行的准备。去年繁衍的雁子家庭先是小范围地聚集，再由祖父、曾祖父或者某位德高望重的长辈带领，与其他家庭集合。集合之后，雁群似乎兴奋了起来。它们扭了扭头，一眨眼，十四或者四十只野雁已经一飞冲天，在黑暗中挥舞着翅膀，不停地发出胜利的欢呼。它们一起转向，飞向高空，眨眼就不见了。率先出发的雁群没有发出任何声响，在日出之前，它们总是静默不语，就连交谈都很少，只有在遇到危险的时候，才会单音警告。一听到警告声，所有的雁子就都升入高空。

小瓦有些忐忑。他看到身边的雁子陆续飞走，也想跟着它们一起飞。他急于模仿它们的样子，又有些羞涩，还怕雁子家族会排斥他这个不速之客。但是他又耐不住寂寞，想要跟着它们一起去进行晨间飞行。在雁群之间，存在着独特的同伴关系、自由的纪律，以及生命的喜悦。

男孩看到身边的母雁挥舞翅膀，腾空而起，也模仿着它的样子。一开始，他的身边有八只雁子，不时伸缩着喙，于是他就像被传染了一样，也有模有样地学了起来。现在，他和这八只雁子一起飞翔在空中。刚一离开地面，他就感觉不到风了。原先的骚动和戾气现在已经与他一刀两断。他飞在风里，内心无比宁静。

八只野雁从前向后排成一条直线，每两只之间的距离是相同的，小瓦就跟在最后面。他们朝着太阳升起的东方飞去，看到明亮的朝阳冉冉升起。在大地的另一方，厚厚的云团原本是低垂着的，此刻有了一道橘红色的缝隙。在晨曦的照耀下，下方的咸水沼地也渐渐地清晰起来。他看着下面这片连接着大海的沼泽，觉得它实在平淡无奇。这里生长的石南虽然看起来还像石南的样子，却早就和海草杂交了，成了咸水生石南，叶片湿滑。本来应该从沼泽里横穿而过的小河也和海水混杂，底下有一层蓝色的泥。荒地上遍布着很多长网，由长竿撑着，要是有哪只大雁不小心，就会被网住。小瓦看到它们，才知刚才的警告音是从哪里来的。其中的一面网上很有收获，有两三只赤颈凫，在它东边有一个人，看起来如同苍蝇一般大，正顽强地走在泥泞中，想穿过来把猎物袋拿走。

朝阳将亮闪闪的海湾和泥地都染成了红色。在遍布着杂草的沙洲之间，杓鹬飞来飞去，早在天亮之前，它们就开始了哀鸣。睡在水面上的赤颈凫也发出像口哨一样的二连音，听起来类似于圣诞节的彩色拉炮声。绿头鸭逆着风，艰难地从地面上飞起来。红脚鹬就像老鼠一样到处乱窜。一群小滨鹬聚成了一朵乌云，比椋鸟群还要紧密。它们飞在空中，发出火车鸣笛一样的叫声。在沙丘的松树林里，像流氓一样的乌鸦扑棱着翅膀飞出来，发出开心的叫声。在海滨附近生活的鸟类都来到这里活动，让海岸线充满了生机和活力。

男孩看到黎明的美景，旭日东升，以及鸟儿们有序的飞行，忍不住想要唱一首歌，来赞颂美好的生命。这千百只野雁排成一条灰色的线，不停地摆动着。它们飞向朝阳，愉快地唱着歌。它们有的在嬉闹，有的十分得意，有的高兴，有的悲伤，歌声不尽相同。这些翱翔在天空中的信使唱着这样的歌：

> 旋转的世界，流经我们的翅膀，
> 迎接我们的，是初升的太阳。
> 它们的胸膛上有彩色的妆容，
> 它们的声音像号角一样清澈，
> 黑色的兵团四处游走，
> 天国的号声和猎人，猎犬和骏马，像晨曦一样明亮，
> 它们自由美丽，展翅翱翔，
> 白额头雁飞来，歌声嘹亮。

　　他跟着大家飞到了一片荒野，现在天已经亮了。跟他一起飞行的同伴四散开来，吃起了草，用小巧的鸟嘴拉扯着草。它们不像天鹅那样，把颈子弯成优美的弧线，而是弯成一个圆圈。野雁进食的时候，会派一只雁进行守卫，它会像蛇一样，把头伸得笔直。今年冬天，它们完成了交配，别的早在之前的冬天就已经完成了交配。所以，大部分的野雁都是成双成对进食的。在沼泽地的时候，站在它身边的是一只母雁，还不满周岁。它的眼睛非常机灵，不停地看着他。

　　小瓦也小心地看着它，发现它长得非常壮实，脖子上有一组很细的纹路。他用余光瞥了一眼，发现它们产生的原因是羽毛生长方向的不同。凹面的羽毛向各处分开，形成了这种纹路。

　　现在，年轻的母雁正在值班，它轻轻地啄了小瓦一下。

"轮到你了。"它说。小瓦还没来得及说话，它就一边吃着草一边走远了。

小瓦开始值班了，他不知道有哪些注意事项，也没有发现敌人，只看到一片草，和忙着吃东西的伙伴们。不过，他对自己能够获得雁群的信赖，担负值班的责任，感觉非常荣幸。

"你做什么呢？"半小时后，母雁经过他的身旁，问道。

"站哨呀！"

"那你继续站好了，"它笑着说，"你太傻了！"

"为什么？"

"你自己知道。"

"我不知道呀！"他说，"我不懂，是不是我做错了什么？"

"赶紧去啄你隔壁那只雁吧，你站了至少有两倍的时间。"

他按照母雁说的，去啄了隔壁的雁子，让它接替了自己，然后自己走到母雁身边去吃草。他们嘴里咀嚼着，亮闪闪的圆眼睛还在盯着对方。

"你是不是觉得我很笨？"他畏畏缩缩地说，这还是他第一次向动物表明自己的身份，"其实我不是雁子，而是人类，这是我第一次飞行。"

母雁有些惊讶。

"这可有点反常，"它说，"通常来说，人类会变成天鹅，上一次变化的是利尔的孩子①。但是，其实我们都属于雁形目。"

"我知道利尔的孩子。"

"他们并不想变成天鹅，他们是顽固的民族主义者，没有人可以拯救他们。他们的信仰是那么虔诚，每天都在爱尔兰的礼拜

---

① 爱尔兰传说，利尔有四个孩子，都被后母变成了天鹅。直到九百年后，基督教传入爱尔兰，他们才变回人形。

堂附近游荡。甚至可以说，他们根本没有注意到别的雁鸭类。"

"我对它们倒是很有好感。"

"这一点我猜到了。你为什么要变成雁子呢？"

"接受教育。"

他们沉默了，专心吃草。然后他想起了自己刚才说的话，以及很久之前就想问的一个问题。

"是不是因为战争才会派这些哨兵驻守？"

"战争？"它不知道这个词是什么意思。

"我们是不是在打仗？"

"打仗？"它疑惑地说，"有时候公雁之间会为了争夺母雁而爆发冲突，当然不会很严重，只是扭打在一起，看哪一个更优秀。你说的是这个吗？"

"不是，我说的是和敌军打仗，比如别的雁子。"

它好像听到了一个笑话。

"太好笑了！你的意思是很多雁子同时扭打在一起？那个场面一定非常有趣。"

听到母雁说话的口气，小瓦有些疑惑，因为他的心地是非常善良的。

"你是不是觉得雁子们手足相残很有趣？"

"手足相残？你的意思是很多雁子手足相残？"

现在母雁终于明白了他的意思，觉得有些惊讶，流露出一种厌恶的表情。它明白了小瓦的意思之后，就默默地走到了草地的另一边。小瓦跟在它身后，但是它并不理他。他在它身边绕来绕去，想看看它的眼睛，却被它眼中的厌恶吓坏了。他从它的眼神可以看出，它认为自己说了什么大逆不道的话。

他呆头呆脑地说："我是真的不懂这些，很抱歉。"

"不要再说了。"

"对不起。"

片刻之后，他又急躁地说："我觉得我是可以问问题的吧，因为要站哨，自然会问出这样的问题。"

但母雁子真的非常生气。

"别说了，你怎么会有这么可怕的念头呢？你根本没有资格这么说。天上有那么多矛隼和游隼，以及狐狸、白鼬和人类布下的网，要站哨不是再正常不过了吗？它们都是我们的天敌，可是有哪些种族会低贱到自相残杀？"

"蚂蚁就是这样的呀，"他说，"而且我只是好奇。"

它竭力控制住自己的情绪，让自己和蔼一些。它以才女自居，所以想尽量表现自己开明的一面。

"我叫嘹嘹。我觉得你叫戚瓦比较合适，好让大家以为你来自匈牙利。"

"你们是不是都来自不同的地方？"

"每个小队都是不一样的。有些来自西伯利亚，有的是拉普兰，还有从冰岛来的。"

"它们会不会为了草地而爆发冲突？"

"你可真够笨的，"它说，"雁群里可没有疆界一说。"

"什么是疆界？"

"地上假想出的分界线。如果有疆界，你连飞都困难。刚才你说的蚂蚁，还有人类，如果都能飞到天上，自然就不会打仗了。"

"我可喜欢打仗了，"小瓦说，"这是骑士的共性。"

"所以说你不懂事啊。"

第十九章

　　梅林好像给时间和空间都施加了魔法：虽然小瓦的身体在熊皮毯子下面熟睡着，可是他却在那个春夜里和这群灰雁子度过了很多天。

　　慢慢地，他对母雁嘹嘹产生了好感，每天追在它身后，问它一些关于雁子的问题，它也会温和地把自己知道的一切都告诉他。他知道得越多，对它那些聪明、勇敢、高贵的亲戚就越喜欢。嘹嘹说，每只白额雁都非常独立，如果它们不愿意，没有任何法律或者领导者可以约束它们。它们没有像尤瑟一样的国王，也没有诺曼人那种严酷的法律。它们不会把自己的财物和别人分享，如果一只雁子找到了美食，就会将其据为己有，对于任何想偷它们食物的雁子，它们都会毫不留情地啄回去。不过，没有哪只雁子会将一处领地视为自己的私有财产，鸟窝除外。关于迁徙，它也介绍了很多。

　　"当初，第一只从西伯利亚飞到林肯郡的雁子，一定是带着全家一起来的。"它说，"后来冬天来了，它们只好原路返回西伯利亚，因为只有它知道路线。之后的每一年，它都会带领这个日益庞大的家族在两地之间往返，扮演它们的领航员和舰队司令的角色。它去世之后，它的大儿子就成了领航员，因为相比别的成员，它的经验更加丰富一些。那些年幼的子女和雏鸟不认识路线，只管跟着就好。如果有哪个大儿子是个笨蛋，那家族成员是不会放心地让它领航的。

"至于舰队司令的选拔方法，"它说，"也许威威会在秋天来到我们家，可怜巴巴地说：'抱歉，请问你们家有可靠的领航员吗？我家的老祖父在云莓季不幸去世了，嗡叔又不可靠，因此我们打算跟着别人。'我们会对它说：'叔公会很乐意带着你们一起走，但是我们要说好，不管出什么事情，我们都不会负责。'它会说：'非常感谢，我觉得你家的叔公一定非常可靠。我可以去通知哼哼家吗？据说它家的情况跟我家一样。''当然可以。'"

"这就是我家的叔公当上舰队司令的过程。"它解释。

"这个方法不错。"

"你看他的徽章。"它崇敬地说。然后他们一起转头去看那位有些胖嘟嘟的大家长，它的胸前有许多黑色的条纹，看起来很像舰队司令袖子上的金色徽章。

雁群的情绪逐渐高涨起来。年轻的雁子大胆地谈情说爱，或者聚在一起聊自己家的领航员。它们就像在等待舞会开始的小孩一样，也会玩游戏。有一个游戏是所有的雁子围成一圈，年轻的公雁排着队，一边发出嘶嘶声，一边伸长脖子走向中间。走到一半的时候，它们就大步快跑，同时拍打着翅膀，让大家知道自己的勇气，证明自己以后一定可以成为一个出色的舰队司令。而且，起飞前左右摆动鸟嘴的怪习惯又出现了。族里那些深谙飞行途径的长者也觉得很忐忑。它们睁着锐利的双眼，观察云层结构，对风速和风向有一个预估。身负重任的舰队司令在船尾夹板踱步，脚步十分沉重。

"我怎么觉得有些沉不住气呢?"小瓦问，"为什么会有这种感觉?"

"等着瞧吧，"它故弄玄虚地说，"明天或者后天……"

那一天真的来了。这片泥泞的咸水沼泽发生了变化。那个像蚂蚁一样，每天一早就醒来，到长网边检查猎物的人，总是对潮汐的变化烂熟于心，因为稍有差池，他就只有死路一条。这一天，他听到从遥远的天边传来了号角声。他走在草地上的时候，也没有看到野雁的痕迹，以及它们在泥地上的身影。其实他还不算太坏，因为他站立在原地，严肃地摘下了帽子。每年春天野雁从这里离开，和他见到秋天归来的第一群野雁的时候，总会虔诚地向它们表达自己的敬意。

如果乘坐轮船，需要在水中耗上两三天的时间，才能穿越北海。不过雁子不用这么麻烦，它们的时速可以达到七十英里，离地的距离是三英里。它们是航行在天空的水手，是将云朵撕碎的楔形队伍，是在天空中御风而行的歌唱家，是神秘的地理学家。

它们总是一边飞行一边唱歌，唱的内容也很丰富，既有粗俗的曲子，也有英雄传说，还有一些欢快的曲调。小瓦觉得其中的一首歌特别有趣，歌词是这样的:

> 我们鸣叫着，声音穿透苍穹，
> 咚咚地落在草地上，
> 哈哈，嘻嘻，呼呼
> 然后我们交颈而卧，
> 如同流理台下的水管，
> 呼呼，哈哈，嘻嘻

我们用餐时井然有序，
用力拉扯着地上的草，
嘻嘻，呼呼，哈哈

不管嘻还是呼，我们喜欢咚咚降落，
不管呼还是哈，我们喜欢井然有序，
不管哈还是嘻，我们都认为是叮叮，
呼！哈！嘻！

还有一首歌，让人听起来非常伤感：

桀骜不驯，桀骜不驯，
让我的公雁回来跟我团圆。

有一次，雁群飞过了一座被岩石覆盖的岛屿，上面有很多白额黑雁，看它们的样子，活像戴着黑皮手套、灰色无边小圆帽和黑玉珠串的老姑娘。它们讽刺地大声唱道：

黑雁住在烂泥贫民窟里，
黑雁住在烂泥贫民窟里，
黑雁住在烂泥贫民窟里，
我们却高兴地到处溜达。
荣耀，荣耀，我们来寻找你。
荣耀，荣耀，我们来寻找你。
荣耀，荣耀，我们来寻找你。
快活地飞向北极。

还有一首名为《生命的恩赐》的歌，很有斯堪的纳维亚色彩：

> 戚悠答道：健康是生命的恩典，
> 脚有蹼，羽毛直，脖子软，纽扣眼，
> 这就是世间最珍贵的财富。

> 安老爷答道：对我们来说，荣誉就是生命，
> 探路者，挣食者，决策者，聪明的司令官，
> 都背负着很大的责任。

> 亮丽的嘹嘹说道：我渴望爱情，
> 软羽毛，足音小，窝巢暖，相依偎，
> 这才是天长地久。

> 阿能最喜欢吃。它说：啊，美食万岁！
> 鹅吞咽，拔青草，寻短株，饱食谷，
> 真是没有什么能比的。
> 威威冲崇尚手足之情，
> 成直线，梯形阵，排箭头，飞云端，
> 这教会大家永恒。

> 但我小啰却要作词作曲，那欢快的曲调，
> 号角乐，欢笑曲，史诗心，仿大地，
> 我小啰会唱给你听。

有时候，雁群会下落到卷云层，飞入大片积云里，以便找到合适的风向。这里有水汽堆砌成的巍峨的白塔，像星期一刚刚浆

洗过的衣服一样洁白，还像蛋白糖霜一样结实。这些在天空中堆积而成的繁花，巨大的飞马排泄出的白色物体，可能会在距离它们几英里的地方出现。于是雁群就会默默地朝着它飞去，看云朵悄悄地扩张。等它们飞到坚硬的云块旁边，眼看就要撞上去的时候，阳光却变暗了。雾丝就像扭动的蛇一样，将雁群层层缠绕起来，然后慢慢散去。四周充斥着灰色的湿气，太阳就像一枚铜币一样，慢慢地不见了。身边同伴的翅膀也看不见了，所有的雁子都成了孤家寡人。他们就飞行在这片虚无中，没有航线，也没有速度和上下左右。突然，那枚铜币出现了，扭动的蛇消失了，它们的眼前又是一片光明。下面一碧万顷，伊甸园的露水依然滴滴落下，构成了磅礴的天国宫殿。

它们在迁徙的过程中会经过一座海中孤岛，可以说是非常奇特的景致。在旅途中，它们也遇到了很多有趣的事情，比如排成单行纵队的黄嘴天鹅群，航线和雁子们交错，正在赶赴北极阿比斯科。它们的叫声非常独特，就像戴着口罩的狗叫声。它们还追过一只落单的角鹛，有一只小鹩鹩正趴在它温暖的背部，让它带自己一程。但是这当中最有趣的，就数这座孤岛了。

那里聚集着很多鸟儿，如同一座小镇。有的在孵蛋，有的在争吵，但是彼此都很友善。悬崖顶端长着一丛矮草，角嘴海雀就在那里不停地挖洞。下面一点的岩壁上住着刀嘴海雀，它们挤在一起，用脚趾牢牢地抓住岩壁，背对着大海。再下面一点是海鸠，它们的脸很像玩具，有着清晰的轮廓，如同孵蛋时的鹎鸟。鸟每次只产一个卵，这一点和人类似。最下面的贫民窟住着三趾鸥，这里的鸟儿太多了，大家的脖颈都纠缠在一起。由于地方太小，如果有新来的鸟儿硬要落在这里，就会有一只鸟被挤下去。不过鸟儿们的脾气都很温顺，只会高兴地用伦敦腔嘲弄对方。它们就像一群长舌妇，将面积最大的观众席牢牢占据，有的在交头接耳，有的在捧着纸袋吃东西，还有的在捉弄裁判，或者哼着小调，一会儿教训孩子，一会儿抱怨自己的丈夫。"大婶，您往那边移一点好吗？"它们会说，或者说"奶奶，您往前挤一挤！""乖宝宝，把糖放进口袋里，擤一擤鼻子吧。""哎呀，艾伯特叔叔拿来了啤酒！""能腾个地方吗？""哎呀，爱玛阿姨摔下了石头。""我的帽子戴正了没有？""差得远呢！"

通常鸟儿都会和同类聚集在一起，不过它们并不小气。经常会有三趾鸥坐在海鸠附近的突出的岩壁上，想要在这里享受一番。这座岛上鸟儿的数量不下一万只，发出的叫声简直都要把人的耳朵震聋了。

除了这座孤岛之外，还有挪威的峡湾和岛群。伟大的哈德森①就曾经讲过一个和其中一个小岛有关的故事，内容是关于雁子的。从前有一个住在海边的农夫，他有几座小岛，但是总有狐狸来侵犯。于是他就在一座岛上布下陷阱，想把狐狸抓住。第二天他到陷阱一看，发现里面有一只年老的野雁，它非常凶猛，身上还有很多横纹，明显是个舰队司令。他带着雁子回家，把它的翅膀剪掉，用东西拴住它的脚，让它和院里的家禽一起生活。每天晚上，农夫都会把鸡舍锁上，防止狐狸来骚扰。通常他会在傍晚时分，把家禽赶进鸡舍，再把门锁上。一段时间之后，他发现了一个奇怪的现象：以前母鸡总是要等他驱赶，如今却会自己回到鸡舍里等他。他观察了一个下午，才知道是怎么回事，原来是他抓回来的雁子族长替他完成了这项工作。雁子注意到主人每天都会做这件事，就会在每天该锁鸡舍的时候，自己充当领袖，召集起所有的家禽，并想办法将它们分配到合适的地方。而往日追随它的那些雁子，也在它被抓走之后，离开了原本栖息的这

---

① 英国小说家，自然主义者。

个岛。

飞过岛群之后，野雁们准备结束首日的飞行，找个地方降落。此刻它们非常高兴，非常陶醉。它们从空中直坠下来，侧滑、特技飞行，还旋转着冲向地面。对于自己和领航员，它们感到无比自豪，等不及要享受和家人在一起的乐趣了。

飞到最后，它们都弯起了翅膀，用翅膀兜住风，用力地拍打着。然后，它们就"砰"的一声降落了。它们先把翅膀举到头上，再迅速收起它。现在，它们已经飞越了北海。

"小瓦！"凯伊不高兴地说，"你怎么把被子全都抢走了？而且你还不停地乱动，还在自说自话，还打呼噜！"

"我没有打呼噜！"小瓦生气地说。

"你打了。"

"我没有！"

"明明就有，就像雁子在叫一样。"

"不可能！"

"你就是打呼噜了！"

"我没有，你的呼噜声才大呢！"

"我什么时候打呼噜了？"

"明明就有！"

"要是你没有打呼噜，我的声音怎么可能比你的大？"

他们结束争吵的时候，已经没有时间吃早餐了。所以他们迅速换好衣服，跑进了美好的春光里。

第二十章

　　做干草的季节又来了，转眼之间，梅林已经来了一年了。西风吹拂，大雪纷飞，春雨连绵，酷暑难耐。男孩唯一的变化，就是双腿变长了。

　　六年过去了。

　　有时候格鲁莫爵士会前来拜访，有时候他们会看到远处的派林诺国王在追逐寻水兽。要是他俩事先没有协商一致，就变成了寻水兽追他了。库利的羽毛褪去了第一年长出的纵纹，新长出了好看的横纹。它的毛色比之前灰了，性格也更加疯癫、冷酷。他们每年都会把灰背隼放走，下一年再捉一些新的。哈柏早已两鬓斑白。警卫官也长出了大肚子，这让他无比羞愧。但是只要一有机会，他还会大叫"一！二！"但是声音里多了一些沙哑。除了小瓦和凯伊，别人似乎没有发生什么变化。

　　他们的个头越来越高，还和以前一样到处疯玩，如同脱缰的野马。有时候他们还会去找罗宾，去冒险，这里就不赘述了。

当时的成年人也十分幼稚，不觉得变成猫头鹰是一件无聊的事。所以，梅林还像以前一样进行特殊教育，小瓦也变成各种动物。不一样的是，如今凯伊和小瓦在上剑术课的时候，已经和大肚子警卫官势均力敌了，有时候还会把他小时候对自己的修理加倍奉还回去。等他们长到十几岁，就陆续收到别人送的武器，于是他们每人都有了整套铠甲和长约六英尺的长弓，以及能射到一布码之外的箭。按照常理来说，弓的长度不应该超过你的身高，否则会很浪费体力，有点儿用猎象枪射盘羊的意思。总之，谦虚的人总会小心行事，不让弓的长度超过自己的身高，以免让人觉得自己是在炫耀。

凯伊的脾气也在随着年龄增长，变得越发不好相处，他的弓太大，准头也不好。他脾气暴躁，他和别人打架，几乎把所有人都挑衅了个遍。有几次他如愿以偿和别人打架了，结果却是被痛殴一顿。他说话越来越尖刻，说警卫官大腹便便，让警卫官十分伤心。一遇到艾克特爵士不在的场合，他就大谈特谈小瓦是个孤儿这件事。虽然他并不是故意的，而且也很讨厌自己的这种行径，却总是无法控制自己。

小瓦依然呆头呆脑的，对凯伊和鸟类都十分喜欢。梅林越活越年轻了，这也不难理解，因为他是倒着活的。

阿基米德不但在塔顶房间成了家，还生下了很多美丽的孩子。

艾克特爵士不幸患上了坐骨神经痛。有三棵树遭遇了雷击。每个圣诞节，特威提猎师都会前来，雷打不动。帕斯路老先生又多回想起一段柯尔王之歌。

一年又一年，古老的苏格兰雪景还保持着那副模样：有时会有知更鸟，有时会有教堂大钟或亮起的窗户。日子一天天过去，距离凯伊晋升为正式骑士的日子也越来越近，而凯伊和小瓦也越来越疏远，因为凯伊不想再和以前一样，跟小瓦没有地位上的差别。他很快就会成为一个正式的骑士，必须更加威严，无法容忍侍从不尊敬自己。小瓦只是个侍从，所以他只能在征得凯伊的同意之后，跟在凯伊身后。然后，他会沮丧地走开，找点事情打发时间。

他来到了厨房。

"哎，我现在是灰姑娘了。"他自言自语道，"也不知道是什么原因，我在受教育的时候，占了各种好处，过得无比快乐，我见过龙、女巫、鱼、长颈鹿、蚂蚁和野雁。现在却只能成为凯伊手下的一个二流侍从，这就是代价吧！他在井边和别人比武的时候，我却只能拿着他备用的长矛在一边看着。算了，不管怎么说，我也有过一段快乐的时光，而且厨房里的火炉这么大，烤一整头牛都不是问题，看来在这里做灰姑娘也不是什么坏事。"

小瓦难过地在厨房里环视了一圈，火光把这里照得就像地狱一样。

当时，上流社会的绅士教育通常会分成三个阶段：见习、侍从和骑士。不管怎么说，小瓦至少都要通过前两个阶段。就像如今的富商会让儿子从最底层做起，慢慢学习规矩。小瓦在见习时，要学会用一条毯子和三条桌巾铺桌子，也学会从厨房端出一碗肉，单膝跪地，给艾克特爵士或者客人上菜。他的肩膀上挂着干净的毛巾，分发给每位客人，还有一条用来擦菜盆。所有高贵的服侍礼仪，他都烂熟于心。打从他开始记事，他总是能闻到各种香气：薄荷放在水罐里，用于提神；在铺了蔺草的地板上，撒上罗勒、甘菊、茴香、牛膝草和薰衣草；在即将上桌的菜肴上要放上白芷、番红花、大茴香子和龙艾，让香味更加浓烈。因此，他对厨房里所有的事情都非常熟悉，而且他和城堡里的每个人都相处融洽，想什么时候去找他们都可以。

小瓦坐在火炉旁边，兴奋地环顾四周。他看到了烤肉的长铁叉，那是他幼时经常要转动的。以前他烤肉的时候，为了不让自己也被烤熟，总会坐在一具淋湿的老旧稻草箭靶后面。他还看到了有几码长的握柄的勺子和汤匙，在烤肉的时候，他就是用这些工具加酱料的。他看着大家准备好的晚餐，垂涎欲滴：一个嘴里放着柠檬的猪头，它的旁边还有假胡须，是用杏仁片做的。在这个猪头上桌的时候，还要吹响号角。还有加了酸苹果汁和胡椒蛋奶糊的猪肉馅饼，上面会插上鸟腿或者香料叶片，好让人看出里面的馅料是什么；还有牛奶麦粥，一看就非常美味。他叹着气对自己说："其实当个仆人也挺好的。"

梅林突然冒出来说："是不是跟我们去看派林诺国王比武那天一样，又在叹气了？"

"没有啊！"小瓦说，"哎，其实原因是一样的，其实我并不怎么放在心上。我敢断定，凯伊要是做侍从，可没有我这么出色。您看，加在牛奶麦粥里的番红花的颜色，与烟囱里的火腿上映着的火光一样。"

"很好看。"梅林说，"想成为伟人的都是傻子。"

"凯伊说受封骑士的仪式流程非常神圣，所以不愿意告诉我。具体是怎么样的呢？"

"都是些小事。你要帮他把衣服脱掉，服侍着他进入一个围着华丽的帷幔的洗澡盆，然后会来两个有着丰富经验的骑士，我觉得艾克特爵士把老格鲁莫和派林诺国王叫来的可能性比较大。他们会坐在澡盆边，将骑士精神的榜样翔实地告诉他，他们俩就是很好的榜样。讲完之后，他们就要拿一些洗澡水，给凯伊兜头浇下去，并给他画十字。然后他会在你的带领下来到一张干净的床边，擦干身体，穿上隐士服，去礼拜堂。整个晚上，他都不能睡觉，只能在礼拜堂里一边祷告一边守护自己的盔甲。大家都说守夜很吓人，还会很寂寞，但实际情况并非如此。因为同时在场的还有神父、管理蜡烛的人和一名武装守卫，身为侍卫的你应该也要留在那里。第二天早上，他要完成告解和弥撒，奉献一根插了枚钱币的蜡烛，当然要让钱币尽量靠近蜡烛。完成这些之后，你就可以带他去休息了。等到大家都休息好了，你就帮他把最好的衣服换上，等着吃晚餐。你需要带着他进大厅吃晚餐，还要帮他把马刺和佩剑预备好。马刺会由派林诺国王和格鲁莫爵士为他戴在脚上，而宝剑会由艾克特爵士为他别住。然后艾克特爵士会亲吻他，并拍着他的肩膀说：'你要成为一名好骑士。'"

"这就结束了吗？"

"还没有，你们还要返回礼拜堂，凯伊把剑交到神父手里，神父再归还给他。然后，厨师就会站在门口，讨要他的马刺作为奖励，说：'马刺暂时由我保管，如果您做了什么违背骑士精神的事，我就用它煮汤。'"

"这就完了？"

"是的，不过还有晚餐。"

"要是我能成为骑士，"小瓦用迷离的眼神看着火光，"我会像哈柏训练猎鹰一样，一个人狩猎，我还会向神祈祷，让他派我自己去对抗世上所有的邪恶，这样一旦我获胜了，就再也不会有邪恶。万一我被打败了，我也可以承担一切。"

"你这种想法太过自大，"梅林说，"你会被打败，独吞苦果。"

"我不在乎。"

"不在乎？到时候你自然会明白。"

"为什么人长大之后想法就变了？"

"天啊，"梅林说，"我都被你绕晕了，你长大以后就知道了。"

"这也算答案？"小瓦说。他说得对。

梅林不知道该怎么办，不停地绞着双手。

"好了，不然这样，如果他们不同意让你去对抗世上所有的邪恶呢？"

"我可以请求他们。"小瓦说。

"你可以请求他们。"梅林重复道。

他郁闷地看着炉火，把胡子末端塞进嘴里用力大嚼。

第二十一章

　　距离举办骑士册封典礼的日子越来越近了。艾克特爵士已经派人给派林诺国王和格鲁莫爵士送去了邀请函。现在，小瓦能够藏在厨房里的时间更长了。

　　"小瓦，我的小老弟，你不要这样嘛！"艾克特爵士有些悲伤，"我没想到你会这么在意，我觉得你不像会生闷气的人啊！"

　　"我没有生闷气，"小瓦说，"其实我并不在意，而且我也为凯伊要成为骑士感到高兴，别认为我是在生闷气。"

　　"我知道，你是个好孩子。"艾克特爵士说，"我没有认为你在生闷气，你要开心一些。你也知道，凯伊在某些方面还是不错的。"

　　"凯伊是很不错。"小瓦说，"只是我一想到，他以后不会再愿意跟我去猎鹰或者做别的事情，就有些不开心。"

　　"他现在年纪还小，"艾克特爵士说，"以后他就能想明白。"

　　"我也是这么想的，"小瓦说，"但是他现在不让我跟随他，我也只能听他的话。"

"可是，"小瓦补充道，"他让我去的话，我会立刻听从他的命令。我觉得他非常好，我也没有生气。"

"先喝一杯加纳利葡萄酒，"艾克特爵士说，"然后去梅林老先生那里，看看他能否让你受到鼓舞。"

"艾克特爵士让我喝了加纳利葡萄酒，"小瓦说，"还让我来你这里，看看能不能受到鼓舞。"

"艾克特爵士非常睿智。"

"什么？"小瓦说。

"只有学习，才是治愈悲伤的良方。"梅林点起烟斗抽着说，"唯一永远有效的事就是这个。你也许会成为一个风烛残年的老人；也许会在夜里静静地躺在床上听血液流淌的声音；也许会思念今生爱过的唯一的人；也许会眼睁睁地看着恶人摧残这个世界，或者卑鄙的人损毁你的名誉。到时候唯一的良方，就是学习，学习世界运转的原因和方式，只有这件事是无穷无尽，不会让心灵疏离和受到折磨，也不会让心灵害怕或怀疑，担心或后悔。你只需要去学习新东西，需要学习的有：世界上唯一纯粹的理论科学；值得学习一辈子的天文，学习三辈子的博物，学习六辈子的文学。你可以用十亿的生命来学习生物学、医学、理论评论、地理学、历史和经济学，然后你就可以学习用适当的木材自己做车轮，或者用五十年的时间来学习击剑打败对手。之后，你就可以学习数学和犁田了。"

小瓦说："您觉得现在除了这些之外，我适合学些什么？"

"我想一下，"魔法师沉吟着说，"在过去的六年里，我们已经上了一些课，你也曾经变成动物、植物和矿物，我可以说你经历过了风火水土四种元素吧？"

"我不太了解动物和土地。"小瓦说。

"那你应该跟我的老朋友獾见一面。"

"我以前没有见过獾。"

"好吧，"梅林说，"在我所知道的生物中，獾的博学程度仅次于阿基米德，我觉得你肯定会喜欢他的。"

"还有，"魔法师刚念了一半的咒语，又补充道，"我还得告诉你一件事，这将是我最后一次把你变成别的东西。我已经用完了所有的变形魔法，也就是你的教育要宣告终结了。我会在凯伊受封骑士的时候暂停我的工作，你也会作为他的侍从，陪他一起去外面的世界，我也得去忙别的事情。你觉得自己有什么收获吗？"

"有，而且我度过了一段非常快乐的时光。"

"很好，"梅林说，"尽量将你学过的东西铭记在心。"

他继续念咒，举起铁梨木拐杖，指着发着不太明亮的光的小熊座，它的尾巴挂在北极星上。然后，他高兴地说："请尽情地享受这最后一次吧！代我向老獾问好！"

小瓦觉得梅林的声音似乎很远，他仔细一看，原来自己站在了一座像鼹鼠窝一样的土丘旁边。这座土丘看起来历史悠久，旁边还有一个黑洞。

"这就是老獾的住处，"小瓦嘀咕道，"我应该进去和他聊一会儿。但是我不想这么做。本来我永远无法成为骑士就已经够惨的啦，现在亲爱的梅林也要离开我了，以后我再也没有办法上博物学课了。要说起来，这位可爱的家教老师还是我唯一一次探索的成果呢！不管怎么说，在我接受命运的安排之前，我还能放纵一晚。既然我已经变成了野兽，就不用管那么多，像野兽一样随性吧！"

他迅速转过身离开了，在黄昏的积雪上留下了一串脚印。

如果实在别无选择，你也可以变成獾。它是熊、水獭和黄鼠狼的亲戚，也就是说在如今的英格兰，你是和熊最接近的动物，而且你有着异常厚的皮毛，就算被别的动物咬到，你也不会感到痛。而且你的嘴巴有特殊的构造，无论谁被你咬到，都很难挣脱。所以，不管你咬到的东西扭得多么厉害，你都不会松口。能够毫无障碍地把刺猬吃下肚的动物不多，獾就是其中之一，而且它还能吃黄蜂窝、树根和兔子。

小瓦走在路上，首先遇到的就是一只刺猬，此刻它正在睡梦中。

小瓦用近视的眼睛模糊地看着刺猬说："刺猬，我要吃了你！"

本来刺猬是把自己像纽扣一样亮闪闪的眼睛和灵敏的长鼻子藏好，缩成一个小球，并用一堆十分丑陋的叶子盖住自己，爬进位于草丛的窝里，进行冬眠的。他听到小瓦的话，立刻苏醒了，可怜巴巴地叫起来。

"我越是听到你的叫声，就越想磨牙，越激动。"

"獾老爷！"刺猬竖起身上的刺，把身体绷得紧紧的，"我只是一只可怜的刺猬，请您发发善心，放过我好吗？请您不要学暴君的样子啊。我一点儿都不好吃，也不像故事里那些可爱的小家伙。好心的大人，请您发发善心，放过我这个总是被跳蚤咬的可怜人吧！我连左右都经常搞混呢！"

"小刺猬，你别叫了，求饶根本不管用。"小瓦冷酷地说。

"哎，我的可怜的妻儿啊！"

"我敢打赌，你没有妻子，更没有孩子。流浪汉，你快点出来受死吧！"

"獾老爷！"可怜的刺猬哀求道，"请您放过我吧，您是个大好人，獾老爷。听听我这只可怜的刺猬的哀求吧，如果您愿意放过我，我就为您唱几首好听的歌，或者教您在晶莹的露水里吸母牛的奶。"

"你还会唱歌?"小瓦惊讶地问。

"那当然了,"刺猬说着,就唱起了一些安慰人的歌。不过,它的声音听不太真切,因为它的身体紧张得硬邦邦的。

"啊,桂妮薇。"它痛苦地对着肚子唱道。

> 甜美的桂妮薇,
>
> 日子来来回回,
>
> 回忆之光却依然编织着
>
> 很久以前那柔软的梦境。

它又不停歇地唱了《甜蜜家园》和《磨坊边的乡间老桥》。到这里,它的曲目就全部唱完了。于是它颤抖着喘了口气,又唱起了《桂妮薇》,然后是《甜蜜家园》和《磨坊边的乡间老桥》。

"好了,"小瓦说,"别唱了,我不吃你了。"

"大善人,"刺猬低眉顺眼地说,"我会向圣人为您祈福,只要跳蚤还在跳,孩童还在清理烟囱,我都不会忘记。"

说完之后,它又担心自己刚才的文绉绉导致暴君痛下狠心,顾不上喘口气又唱起了《桂妮薇》。

"看在上帝的面上,闭嘴吧!"小瓦说,"我不会伤害你的,放松些吧!笨刺猬,你告诉我,这些歌是从哪里学的?"

"我是放松还是紧张,全凭您一句话,"刺猬哆嗦着说——它现在已经没有任何恐惧感了,"亲爱的老爷,如果您现在看到我的小鼻子,也许会觉得牙痒呢!咱们都知道,在爱情和战争里,没有什么是不公平的。还是让我再为您唱上一曲吧,乡间磨坊怎么样,獾老爷?"

"虽然你唱得不错,但是我不太想听了。你这个笨蛋,快点松开,告诉我这些歌是从哪里学的。"

"我和普通的刺猬不一样，"可怜的刺猬缩成一团，连声音都是颤抖的，"我小时候，被一个绅士从我母亲的胸脯上抓走了。不过他是一个有教养的绅士，并没有咬我，而是在盘子里装上牛奶，把我给养大了。要知道，能用瓷盘喝水的刺猬可不多呢。"

"你在说什么啊？"小瓦说。

"他是个绅士，"刺猬着急地说，"我刚才说了啊，我小时候被他抓走了，他还会给我们东西吃。他是个有教养的绅士，会在客厅里喂我们。享受这种待遇的刺猬以前没有，以后也没有。是的，他用绅士的瓷盘喂我。后来，我就莫名其妙地耍小脾气，从他身边离开了，这可真是要命的一天。"

"他叫什么？"

"他是个绅士，但是我没有记住他的名字，他的名字可不寻常。他可真是个绅士，还用瓷盘喂我。"

"他是不是叫梅林？"小瓦问。

"没错，就是这个名字，多么有教养的名字呀，可是我们肯定不会直呼其名呀。他说自己叫梅林，还像一个有教养的绅士一样，用瓷盘喂我。"

"快点松开，"小瓦叫道，"我知道是谁喂你的，而且我还在他的小屋里看到过你，当时你还是个婴儿，用药棉包着。很抱歉，小刺猬，我吓到你了，我们可是老朋友了。念在过去的情分上，让我看看你那个小小的灰鼻子好吗？"

"会动鼻子和动鼻子给人看可不是一码事，"刺猬说，"大慈大悲的獾老爷，您就放过我，让我好好冬眠吧。您可以多想一想甲虫和蜂蜜，希望天使也会为您歌唱，让您做个美梦。"

"你说什么呢，"小瓦说，"我肯定不会伤害你，我在你还是个婴儿的时候就认识你了。"

"这些獾啊，"可怜的刺猬朝着自己的肚子说，"上帝保佑它们，虽然它们不是怀着坏心思挖洞的，可是它们一抓到机会，还是会趁你不备咬你。上帝啊，退休的人要怎么办？不管怎么说，还是它们的皮厚，从小就你咬我，我咬你的，连妈妈都咬，却毫无感觉，所以它们才会到处咬。梅林老爷也养了几只，把它们从小养到大。每当它们肚子饿了，就追着那位可怜的绅士不停地叫，咬他的脚踝，让他发出凄惨的叫声。我们都知道，这些獾可不好对付。"

"走路的时候还不看路，"不等小瓦辩解，刺猬又说，"整天横冲直撞的。要是你倒霉，不小心挡住了它的去路，就算你毫无恶意，它也会为了自卫杀死你的，咔嚓！"

"想要对付它，只有一个办法，"刺猬又说，"就是揍它的鼻子，这可是撒手锏。只要揍它的鼻子，它就会一命呜呼。这种攻击可是非常公平的。"

"可是，一只不起眼的小刺猬又怎么能打到它的鼻子？既不能朝它丢东西，也不能握住什么。结果它们却找上门来，让你松开身子。"

"那你就别松开了，"小瓦无奈地说，"老兄，对于打扰你冬眠和吓到你，我感觉非常抱歉。你很有趣，遇到你让我很快乐。你去冬眠吧，我也要听从梅林的安排，去找獾先生了。小刺猬，晚安，祝你好运。"

"无所谓晚安不晚安了，"刺猬抱怨道，"一会儿让我松开，一会儿让我卷起来，这个世界真是乱糟糟的。不过，亲爱的女士们，我是信奉晚安这一信条的，无论风吹雨打，我们就继续睡觉吧！"

说完，小刺猬就缩成更紧的一团，叫了几声就沉沉睡去了。它的梦境比人类的更深沉，因为人类只会睡一整晚，它却会睡一个冬天。

小瓦想："它这么快就睡着了，恢复得真快啊！我敢打赌，它刚才并不是在完全清醒的状态。明年春天它结束冬眠之后，它可能会以为这是自己做的一个梦。"

他看了看地上，那个脏兮兮的圆球此刻被枯叶、干草和跳蚤包裹着，在窝里蜷成一团。他哼了一声，就沿着自己来时留下的椭圆足迹，去找獾先生了。

"也就是说，梅林让你到这里来完成教育？"獾说，"我能教你的只有两件事，挖洞和爱自己的家，哲学真正的目的就是如此。"

"我能看看你家吗？"

"乐意之至，"獾说，"不过我家的很多地方都派不上用场，这个老屋子乱糟糟的，对我这个单身汉来说有些大了。有些地方历史悠久，可能得追溯到一千年之前。以前这里曾经住过四个家庭，随便住在哪里都可以，地窖、阁楼都有人住，有时候一连几个月都无法打个照面。也许你们现代人会觉得这里又老又破，非常奇怪吧！不过说到底，这里真的舒服极了。"

它迈着獾独特的步伐踏上走廊，走向洞穴深处。在这昏暗的环境中，它那带有黑条纹的白脸看起来鬼气森森的。

"你可以走那条路去洗手。"他说。

不同于狐狸，獾有专门的垃圾堆来盛放吃剩的骨头和垃圾，厕所和卧室也建得有模有样。为了保持整洁，它们经常会将床褥拿出去整理一番。小瓦兴致勃勃地看着眼前的这一切，对大厅更是喜欢。大厅是土丘的中心，有无数个房间和避难场所从土丘延展出去，所以也无法断言它到底像学院还是城堡。大厅是公共的，没有固定的人家来管理，所以相对杂乱一些，甚至还有蜘蛛网，但是仍不失庄严。獾给这里取了个名字，叫"联谊间"。有一些发光虫被罩上了灯罩，发出亮光，照亮了嵌了镶板的墙上挂着的画像，看起来，这些画像也有些年头了。画中的獾都已经去世了，但是生前都是知名的学者，或者是有名的虔诚的人。大厅里摆放着几张十分豪华的椅子，上面铺着有烫金的獾族纹章的西班牙皮革椅垫，不过皮革已经不结实了。壁炉上有一幅肖像，画的是建造土丘的人。椅子围在壁炉边，摆成一个半圆，还有几把桃花心木扇子，可以让大家挡住脸，避免被火烤伤。还有一种倾斜的板子，酒瓶可以在上面沿着半圆滑动。在外面的过道里，还有几件黑色的礼服，一切看起来都有些年头了。

他们一起回到了獾的房间，墙上贴着花纹壁纸，显得十分舒适。獾抱歉地说："我是个单身汉，屋子里只有一把椅子，你坐在床上好了。等我一会儿，我煮一些潘趣酒。你可以把这里当成你的家，顺便告诉我现在外面的世界是怎么样的。"

"一切如故。梅林身体康健，下周凯伊会受封骑士。"

"那个仪式很有趣。"

小瓦看到獾拿汤匙搅拌饮料，说道："你的手臂真健壮！我的也不差。"说着，他看了看自己弯向外侧的手臂肌肉。他的胸肌非常结实，前臂像大腿一样粗壮。

见多识广的獾说："这是用来挖洞的。我想，你挖洞的速度应该不慢，能跟我或者鼹鼠比试一番。"

"我刚才在外面碰见了一只刺猬。"

"真的吗？据说现在刺猬能传染口蹄疫和猪瘟。"

"我觉得它还不错啊。"

"它们是有一种吸引力，"獾哀伤地说，"但我一般都会直接把它们吞下肚。它们的肉咬起来咔嚓作响，我实在无法抵御这种诱惑。"

他补充道："埃及人对吃刺猬也十分热衷。"不过他其实是在说吉卜赛人。

"我遇到的那只刺猬一直缩成一团不肯松开。"

"你应该拿着它扔进水里，它就会迅速变回原貌。好了，潘趣酒煮好了，坐到火边来，找个舒适的位置。"

"外面刮风下雪，这里如此温暖，这种感觉真不错。"

"当然了。我们祝愿凯伊当上骑士后会行大运。"

"祝他好运。"

"祝他好运。"

獾把手里的杯子放下，叹着气说："梅林到底是怎么想的，怎么会让你到我这来呢？"

"他说跟学习有关。"小瓦说。

"那怪不得，这里可是学习的好地方。不过你会不会觉得无趣？"

小瓦说："有时候会无趣，但也有时候不会。如果是学博物学，我想我更有耐心。"

"目前我正在着手写一部论文，"獾说到这里，羞涩地咳嗽了两声，表明自己一定要继续说下去，"论文的主题是：人类怎么成为万物之灵。你有兴趣听吗？"

"其实这是我的博士论文。"小瓦还来不及张口，獾又抢着说。他几乎没有机会念论文给别人听，这次机会来了，他自然不会让它溜走。

"感谢您。"小瓦说。

"好孩子，你听一听会对你很有好处的，这正好可以作为你的课程的终结。在认识人类之前，先认识飞鸟、鱼儿和动物。你今天来到这里，算你走运。不过，我的稿子被我放在哪里了？"

老绅士伸出大爪子，左翻右翻，好不容易掏出了一沓纸，看起来很脏，有一个角还用来生过火。然后他坐在了皮革扶手椅上，椅子中间深深地凹陷了。他拿出有流苏的天鹅绒吸烟帽，还往鼻子上放了一副大兰多眼镜。

"咳!"獾说。

他的脸蛋红扑扑的,害羞得一动不动,盯着稿子看了半天也张不开口。

"可以开始了。"小瓦说。

"写得不好,"他没有底气地说,"这还是草稿,我会好好修改一番再把它送出去的。"

"我敢打赌一定很有趣。"

"不不不,其实很无趣,我就是闲来无聊写来打发时间的。先不说这个了,我先念一下开头。"獾说,然后他用假得出奇的声音大声说,"人们总会问演化是怎么开始的,是先有鸡还是先有蛋?是先有蛋后孵出的鸡,还是先有鸡才下的蛋?我个人认为是先有蛋。"

"上帝创造了能够孵出鱼、蛇、鸟、哺乳类、鸭嘴兽的蛋之后,就把所有胚胎招来,发现每一个都不错。"

"也许我应该先解释一下,"獾紧张地把手里的论文放低高度,从上方看着小瓦,"每个胚胎都长得一样,不管胚胎以后会发育成蝌蚪、孔雀、长颈鹿还是人类,最开始看起来都非常恶心,是无助的人形。我在后面是这么写的:

"'所有的胚胎都低眉顺眼地站在上帝面前,礼貌地把柔软的双手放在肚子上,听着上帝的训示。'

他说:'现在你们这些外表一样的胚胎齐聚这里,你们可以选择自己要变成什么。随着你们的长大,你们的体型也会变大。现在,我要给你们一个恩赐:将你们身上的一个部位变成你认为将来可以派上用场的东西。比如说,虽然你们现在不能挖洞,但是如果谁想将自己的手变成铲子或者园艺叉子,我都可以满足它的愿望。或者说,虽然你们的嘴巴只能用来进食,但是如果谁想将自己的嘴巴变成武器，可以告诉我，我可以将你们变成鳄鱼或者剑齿虎。现在你们可以走到前面来，选择自己想要的工具。但是要记住一点，选完之后就再也无法改变了。'

所有的胚胎都仔细考虑了一番，走到了永恒的王座前面。每个胚胎都可以选择两三种自己擅长的，有的选择用双臂进行飞行，把嘴巴变成武器、钳子、钻子或匙子；有的把身体变成船，把双手变成桨。我们獾族经过一番深思熟虑，要了三项特长：皮肤变成护甲，嘴巴变成武器，胳膊变成园艺叉子。上帝同意了我们的请求。所有的胚胎都有了特长，有的甚至非常奇怪。比如一种沙漠蜥蜴，决定把自己的身体变成吸墨纸。还有一种分布在澳洲干燥地区的蟾蜍，居然决定将自己的身体变成水瓶。

请求用了一天，应允用了一天，如果我没记错，应该是创世的第五天和第六天。到了第六天的尾声，也就是第七天来临之前，除了人类，所有的胚胎都选择好了。

'人啊，'上帝说，'你是来得最晚的，思考了这么久，是不是已经考虑好了？你有什么要求？'

'尊敬的上帝，'胚胎说，'我觉得，既然您决定将我造成现在的样子，自然有您的道理，我不应该贸然改变。如果不得不选的话，我就选择保持现在的样子，我不会将您赐予我的部位替换为别的工具，我觉得它们肯定不如我现在拥有的。我宁愿一直做一个弱小的胚胎，用木头、铁或者您认为适合的工具来制造适用于我的材料和不起眼的工具。需要船的时候，我就自己用木头造一艘；需要飞的时候，我就自己组装一辆两轮战车。我觉得，虽然贸然拒绝您的恩赐是非常愚蠢的事情，但这是我深思熟虑后的结果，希望您可以眷顾我这个渺小的决定。'

'太好了！'上帝高兴地说，'所有的胚胎，现在带着你们的鸟嘴或者别的什么东西过来，看看这第一个人类，他是唯一解开我的造物之谜的。所以，不管是海里的鱼，还是天上的飞禽、地上的走兽，都要听从他的统治。你们所有的动物要互相友爱，尽力繁殖后代，因为周末即将到来。而你，人类，虽然你不会长成任何工具，但是你可以使用工具。你会一直保持胚胎的样貌，直到你离开这个世界，而其他的动物在你面前就像胚胎一样渺小。虽然你的四肢不太发达，却会展示我们的形象，具有无穷的潜力，甚至可以体会我们的喜怒哀乐。我为你们感到遗憾，又对你们寄予厚望。好了，你可以走了，一定要好好表现。不过在你临走之前，听着……'

'怎么了？'亚当转过身来问。"

'我要说的是，'上帝羞涩地绞着手说，'上帝保佑你。'

"这个故事不错，"小瓦有些难以确定地说，"好过梅林那个拉比的故事，趣味十足。"

獾迷惑地说："不，孩子，没有你说的那么好。这最多只能算一个小寓言，而且我觉得太乐观了。"

"怎么这么说？"

"虽然人类可以统治万物，而且是最有力量的动物，或者说是最可怕的动物。但我最近总是怀疑，上帝真的给人类赐了最多的福吗？"

"我觉得艾克特爵士并不可怕。"

"话是这么说，可是如果他去河边散步，鸟儿会飞走，野兽会逃跑，鱼儿也会游到对岸。可是在动物之间，就不会出现这种情况。"

"人是动物之王。"

"也许吧，是不是说人类是暴君更准确？而且人类确实有很多恶习，这一点是不可否认的。"

"派林诺国王就没有恶习吧。"

"要是尤瑟国王要打仗，就到战场上去。你知道吗，人类几乎是动物中唯一会打仗的。"

"还有蚂蚁。"

"孩子，不要随意说'还有蚂蚁'。世界上的蚂蚁有四千多种，而以我掌握的知识，好战的只有五种。也就是说，只有五种蚂蚁，以及一种白蚁和人类。"

"可是每年冬天都会有狼从野森林里来攻击我们的羊群。"

"朋友，狼和羊不是一个物种。所谓的战争，只能是发生在同一物种之间。世界上的生物有千百万种，好战的只有七种。人类中的因纽特人、吉卜赛人、拉普兰人和一些阿拉伯游牧民族不会发生战争，因为他们没有固定的地域。在大自然中，这是非常罕见的，比食人行为还少，你是否会觉得这非常不幸？"

"就拿我来说吧，"小瓦说，"要是我能有幸成为骑士，我也会想打仗。旗帜和号角，明亮的盔甲，光荣的冲锋，都是我喜欢的。而且，我想立下赫赫战功，还要成为一个勇敢的人，克服自己的恐惧。獾先生，难道你上战场的时候没有勇气、毅力和亲爱的战友吗？"

见识广博的獾看着火焰，久久地沉思着。

后来他似乎想换一个话题。

"蚂蚁和野雁你更喜欢哪一个？"他问。

第二十二章

在那个重要的周末，派林诺国王赶来了，看起来神情十分慌张。

他大叫道："你们知道吗？你们有没有听说？这是个秘密吗？"

"什么是秘密？"大家问他。

"就是国王陛下的事情呀！"

"国王陛下怎么了？"艾克特爵士问，"你可别告诉我他正带着一大堆该死的猎犬奔向这里，想在这里打猎。"

"他死了！"派林诺国王悲伤地说，"这个可怜的家伙死了，以后再也不能打猎了。"

格鲁莫爵士崇敬地站起来，将头上的礼帽摘了下来。

"国王驾崩，新王万岁。"他说。

所有人都认为应该静默致哀，男孩们的奶妈伤心地哭了。

"你看看，"她抽泣着说，"全心全意为国家操持的国王去世了，永远离开了我们，他是个绅士，值得崇敬。插图版弥撒书上有很多他的彩色肖像，我一张不落地剪了下来，贴到了壁炉上。从他是个婴儿开始，到他长成翩翩少年，出访各国的图片，我都保存着呢。每天晚上，我都会在对他的想念中进入梦乡。"

"冷静一下好吗，奶妈。"艾克特爵士说。

"这是一件非常严肃的事情，"派林诺国王说，"征服者尤瑟在一〇六六年出生，一二一六年去世。"

"这个时刻确实非常严肃，"格鲁莫爵士说，"国王驾崩，新王万岁。"

"我们应该放下窗帘，或者把旗帜降到一半。"十分注重礼仪的凯伊说。

"没错，现在谁去通知警卫官？"艾克特爵士说。

小瓦责无旁贷地承担起这件差事，因为在场的所有人中，他的地位是最低的。他兴奋地冲出去找警卫官了。不一会儿，城顶房间里的人就听到了一个声音："大家听着，一、二，现在遇到了特殊情况，一起为国王默哀。听我指挥，等我喊到二的时候，就降下旗帜。"然后，在野森林城堡的积雪塔楼上随风飘扬的军旗、幡帜、枪旗、小燕尾旗、飘带、三角旗、旌旗和个人旗帜都被降了下来。

"您听谁说的？"艾克特爵士问。

"我在森林外追寻水兽的时候，偶遇了一个方济会修士，我就是从他那里听说的，这可是最新消息。"

"老潘德拉贡真是可怜。"

"国王驾崩，新王万岁。"格鲁莫爵士严肃地说。

"亲爱的格鲁莫，你反复重复这句话，那你告诉我们，到底是哪一个新王会成为万岁？"

"当然是他的继承人了。"格鲁莫爵士似乎有些吃惊。

"咱们的国王并没有头发①啊!" 奶妈流着泪说,"任何一个了解王室的人都知道。"

"天啊!" 艾克特爵士说,"那他总该有近亲吧!"

"是啊!" 派林诺国王高兴地说,"有趣之处就在这,他又没有皮肤②,又没有头发,该让谁继承王位?这也是我那位修士朋友苦恼的问题,他还不停地追问谁可以继承。"

"您的意思是,现在格美利没有国王?" 格鲁莫爵士着急地吼道。

"无影无踪!" 派林诺国王神气地喊回去,"还出现了很多预兆和奇迹呢!"

"真是难以忍受的羞辱!" 格鲁莫爵士说,"谁知道我们伟大的祖国会变成什么样!依我看,都是罗拉德派③和共产分子在搞鬼。"

"你说的是什么预兆和奇迹?" 艾克特爵士问。

"据说在一座教堂里,出现了一把石头里的剑。你明白吗,不是在教堂里,也不是在石头里,反正就差不多吧,你听懂没有?"

"不知道我们的教会会变成什么样。" 格鲁莫爵士说。

"在一个铁砧里。" 国王说。

"是教会吗?"

"是那把剑。"

"您刚才说的是剑在石头里啊!"

"不是,教堂外面的石头。" 派林诺国王说。

---

① 头发"hair"的发音和继承人"heir"类似。
② 皮肤"skin"的发音和近亲"kin"类似。
③ 英国宗教改革家威克利夫的信徒,活跃于十四和十五世纪。

"听着，派林诺国王，"艾克特爵士说，"你休息一会儿，把刚才的话再说一遍。放松一下，把这杯蜂蜜酒喝了吧。"

派林诺国王说："有一块石头，石头上有一个铁砧，这把剑就插在里面。剑从铁砧穿过去，插在石头上，将铁砧和石头连起来了。这块石头位于一个教堂的外面。再来点蜂蜜酒好吗？"

"这也能叫奇迹？"格鲁莫爵士说，"他们把国家弄成这个样子，还出现了这种事情，这才是奇迹。不过，这年头煽风点火的撒克逊人到处都是，谁也说不好。"

"兄弟，重点不是石头在哪里，"派林诺国王兴致勃勃地说，"这不是我说的重点，我要说的是上面的内容，以及写在哪里。"

"什么？"

"写在了剑柄上。"

"派林诺，别说了，"艾克特爵士说，"你先对着墙壁安静一会儿，再慢慢说。不用紧张，也不用着急，你先安静一会儿，再慢慢说吧！"

"教堂外面的石头上插着一把写了字的剑！"派林诺国王可怜巴巴地说，"内容是这样的。哎呀，你们两个不要总插话，我都被你们绕晕了。"

"写的是什么？"凯伊问。

"上面的内容是，"派林诺国王说，"反正那个方济会的修士是这么告诉我的。"

"快点说吧。"凯伊催促道。

"说吧，"艾克特爵士说，"教堂外面的石头上插着的写了字的剑，上面写的是什么？"

"我敢打赌是什么文宣。"

派林诺国王闭上眼睛，张开怀抱，装模作样地说："任何一个可以从这块石头和铁砧中拔出宝剑的人，都有资格成为英格兰的合法国王。"

"谁说的？"格鲁莫爵士问。

"我说过了啊，是那把剑说的。"

"这把剑的话可真多！"格鲁莫爵士半信半疑地说。

"真的是写在剑上的！"派林诺国王愤怒地说，"是用金字写的！"

"那你怎么不去拔剑？"格鲁莫爵士问。

"我不是说了吗，我不在现场，这一切都是听那位修士说的。"

"现在这把剑被拔出来了没有？"艾克特爵士问。

"还没有，"派林诺国王戏谑地说，"精彩之处就在于此，很多人都尝试了，却没人能把它拔出来。现在他们在全国各地散布消息，新年那天会举行比武大会。任何一个能把剑拔出来的人，都可以做英格兰国王。"

"父亲！"凯伊激动地说，"任何一个能把石中剑拔出来的人，都可以做英格兰国王，不如我们也去试一试？"

"你想多了。"艾克特爵士说。

"伦敦和此地相距甚远。"格鲁莫爵士摇着头说。

"我的父亲有幸去过一次。"派林诺国王说。

凯伊说："要是放过这次机会，可就太让人惋惜了，本来我受封骑士的时候就要参加比武大会，现在时间正合适。到时候会有很多高手到场，我们就能亲眼看到那些赫赫有名的骑士和君主。我关注的不是这把剑，而是比武大会，也许它是格美利历史上盛况空前的一次，会有很多未曾见过的事物。父亲，如果你爱我的话，就请允许我去参加吧，让我第一次出征就夺得冠军。"

"凯伊，我以前可没有去过伦敦。"艾克特爵士说。

"那就更应该去了，缺席这种盛事，不就相当于承认自己没有贵族血统吗？要是我们不去拔剑，别人会怎么想？他们会认为艾克特爵士家十分低等，明白自己毫无机会。"

"众所周知，本来我们家就没有机会，"艾克特爵士说，"当然，我指的是拔剑。"

"我听说伦敦有很多人。"格鲁莫爵士信口说道。

他深吸一口气，瞪大眼睛看着艾克特爵士。

"还有很多店家。"派林诺国王补充道，呼吸有些沉重。

"不管这么多了！"艾克特爵士把手里的角杯扔向桌子，里面的酒溅了出来，"那咱们就都去伦敦，看看这个新国王。"

大家都站了起来。

"我要效仿我的父亲。"派林诺国王说。

"不管这么多了，怎么说伦敦都是我们的首都。"格鲁莫爵士说。

"好！"凯伊叫道。

"上帝保佑！"奶妈说。

这时候，小瓦和梅林走进了房间。此刻其他人情绪高涨，所以没有发现小瓦的脸色有些不同寻常。如果是在以前，他已经开始流泪了。

"小瓦！"凯伊亲昵地叫道，就像小时候一样，此刻他好像忘了小瓦是自己的侍从，"我们要一起去伦敦，参加在那里举办的新年比武大会，你觉得怎么样？"

"真的吗？"

"当然，你可以替我拿长矛和盾牌，我会打败所有人，成为一个厉害的骑士。"

"我很高兴可以去伦敦，"小瓦说，"因为梅林就要从我们身边离开了。"

"到时候我们不用靠梅林。"

"他就要从我们身边离开了。"小瓦说。

"离开?"艾克特爵士说,"要离开家的明明是我们啊!"

"他要从野森林城堡离开。"

艾克特爵士说:"梅林,我有点不明白,这是怎么回事?"

"艾克特爵士,我是来和您说再见的,"梅林说,"明天我的学生凯伊就会成为骑士,另一个学生小瓦会从下周开始做他的侍从,跟着他离开这里。我该离开了,因为我已经没有留在这里的必要了。"

"您怎么能这么说呢?"艾克特爵士说,"我觉得您的用处很大,可以做很多事情。您可以留下来教我,再不济也可以做图书馆员。孩子们的羽翼都丰满了,即将飞走,您可不能把我老头子一个人留在这里啊!"

"不要难过,我们还有见面的机会。"梅林说。

"不要走。"凯伊说。

"我得走了,"梅林说,"我们曾一起度过了很多快乐的时光,可是时光飞逝,现在我得去其他地方忙别的事情了。来跟大家告别吧,阿基米德。"

"再见。"阿基米德柔声对小瓦说。

"再见。"小瓦低着头说。

"但是您没有在一个月之前跟我说您要离开,现在您不能走。"艾克特爵士说。

"不能吗?"梅林说着,摆出了一个姿势,是炼金术士隐身的标准姿势。他让阿基米德抓住自己的肩膀,自己越转越快,像个陀螺一样,很快就变成了灰影。几秒钟之后,梅林和阿基米德就都消失了。

"小瓦，再见。"窗外飘来了很小的两个声音。

"再见。"小瓦说完这最后一次再见，就匆匆地从房间离开了。

第二十三章

　　现在，出发前的准备和骑士册封仪式同步进行，一切都十分混乱。每个房间里都有人手忙脚乱地忙着打包，凯伊的澡盆无处安放，只好搬进杂物储藏室，和两个毛衣架放在一起。旁边放着一个装满了游戏道具的箱子，其中有一面陈旧的飞镖靶，不过它当时的名字是小钢矛。保姆也没有闲着，她在不停地为即将出门的人缝制新裤子，因为她认为野森林城堡之外的天气都非常恶劣。警卫官更是不停地擦拭盔甲和磨剑，眼看着就要把盔甲擦破，把剑磨成细针了。

　　终于要出发了。

　　如果你不是生活在十二世纪的英格兰，也可能不是十二世纪，总之就是当时，又住在距离边境不远的偏僻城堡里，可能无法想象他们在旅程中那些奇特的见闻。

　　当时的道路，更确切地说是车辙，都在丘陵或高原的山脊上，因此只要他们低下头，就能看到两侧那人迹罕至的沼泽地。

沼泽地中有被白雪覆盖的芦苇，也有破碎的冰块。在这个隆冬季节，一只鸭子正在晚霞中呱呱大叫，这在那一带是非常常见的景观。有的山脊两侧的景色截然不同：一面是荒沼，一面是一望无际的森林，树干都被雪覆盖着，看上去雪白一片。有时候他们也能看到从树林上冒起的袅袅炊烟，或者在远处那几乎无法穿行的芦苇丛里看到几间房屋，它们挨得十分紧密。有那么两次，他们还路过了两个规模不算小的镇子，镇子上还有几座旅店。但是总体来说，那是还没有开蒙的英格兰。路况较好的大路边，都有一片空地，以免劫匪藏在路边截杀路人。

他们几乎可以在任何地方过夜。有时候会借住在愿意留宿他们的农夫的小屋里；有时候会进骑士的城堡过夜；有时候会在破烂的小屋里，小屋的外面有一根绑着灌木的长竿，表明这是古代的旅店，他们就在这小屋的火光和跳蚤中沉沉睡去；还有时候他们就住在野外，彼此靠得近一些取暖，马儿就悠闲地在旁边吃草。不管他们在哪里过夜，都能听到从芦苇中穿过的东风，都能看到雁群伴着星光展翅翱翔。

伦敦城里此刻已是水泄不通。好在艾克特爵士在馅饼街上有一块地，并在上面盖了一间不错的酒店，他们才算是有了落脚的地方。不管怎么说，他是这块地的主人，还用它赚了不少钱。就算他们五个人要挤三张床，他们也觉得够走运了。

到了比武大会那天，凯伊在大会开始前的一个多小时就开始着急地催促，让大家快点出发。他彻夜未眠，一直在想着怎么才能让英格兰最厉害的贵族成为自己的手下败将，早饭也没有心情吃了。此刻，脸色苍白的他正骑着马走在队伍的最前方，小瓦很想让他冷静一些。

那些乡下人从来没有见过正经的比武场，只见过艾克特爵士城堡里的那种比武场，乍一看到眼前的比武场，他们简直欢喜疯了。那是一片足有现在的足球场那么大的绿地，向下凹陷了十英尺，周围的坡地是倾斜的。比武场上的积雪已经被打扫干净了，原本用于保温的稻草也在今天早上被清走了。在四周白雪的映衬下，短短的草坪看起来翠绿翠绿的。竞技场四周五光十色的，让人有些应接不暇。木头看台被漆成了红色和白色，四周遍布各种各样的营帐，既有天蓝色、绿色、橘黄色的，也有方格环纹的，它们属于各位上层人士。旗杆上挂着色彩各异的旗子，既有枪旗，也有矛端燕尾旗，正迎着风飒飒作响。比武场中间被一些像棋盘上的黑白方格一样的栅栏分隔开来。现在大部分的参赛者和家属还未到场，但是很容易就能从到场者身上推测出之后会发生什么：到处都是鲜花和耀眼的铠甲，掌仪官吹响黄铜号角，扇形袖子随风飘荡，号声响彻天际。

"天啊！"凯伊说，"我忘记带剑了！"

"按照规定，必须有剑才能参加比赛。"格鲁莫爵士说。

"时间还来得及，你可以回去拿。"艾克特爵士说。

"让侍从去拿吧！"凯伊说，"我怎么能犯这样的错呢！侍从，你快马加鞭赶回旅店，把我的剑拿来。只要你可以在比赛开始前赶回来，我就给你一先令作为奖励。"

小瓦的脸迅速变得和凯伊一样白，差点就抑制不住要打人了。但他还是说："是，大人。"说完，他就调转马头，逆着人潮冲向他们入住的旅店。

"给我奖励？他骑着高头大马，俯视着我这只比驴子强一点点的小马，叫我'侍从'？梅林，多给我点耐心，让我忍受这个讨厌的家伙，好抑制住我把赏钱扔在他脸上的冲动。"

他回到旅馆的时候，发现大门紧闭，原来包括旅馆老板一家人在内的所有人都去观看比武了。当时的法纪并不健全，出门的时候还是把门锁上比较稳妥。旅馆楼下拴着厚达两英寸的窗板，大门上也有两根门闩。

"这可让我怎么得到奖励呢？"小瓦自言自语道。

他不服气地看着铁将军把门的旅店，笑了。

"这个可怜的家伙，一定是因为自己害怕，才会说赏钱的。"小瓦说，"现在他真的要紧张了。我必须得帮他弄到剑，就算要闯伦敦塔，我也在所不惜。"

"可是我要去哪里弄剑呢？"他想，"去哪能偷到一把吗？我的马这么瘦弱，在路上拦截一个骑士，夺下他的武器，似乎不太现实。这座城市这么大，应该可以找到没关门的铸剑师或者武器师傅的店吧？"

他调转马头，沿着街道一路疾驰。在这条路的尽头，有一个带着广场的教堂。广场的中央有一块放着铁砧的大石头，铁砧上插着一把崭新的宝剑。

小瓦说："我猜这是个战争纪念碑，只能凑合用了。现在凯伊那里事态紧急，我觉得不会有人揪着这件事不放吧。"

他把马拴在教堂入口的一根柱子上，沿着小径走到了宝剑旁边，紧紧握住它。

"宝剑，请你原谅，我现在得带你去做一件有意义的事情。"

"奇怪，"小瓦说，"握着这把剑的感觉好奇怪啊，好像能把四周的东西看得更清楚。教堂和后面的修道院里有那么多好看的石像；教堂侧廊上那些随风飘摇的名人旗帜也蔚为壮观！紫杉树带着红色的果实，正在高贵地礼赞上帝，雪花如此纯洁。似乎还有一股夏白菊和野蔷薇的香味儿。现在响起的是音乐声吗？"

不管那是排笛还是录音机发出的，总归都是音乐声。教堂中庭里的光线非常明亮，但是不扎眼，从二十码之外都可以轻易地分辨出一根别针。

"这里发生什么事了？"小瓦说，"先生们，你们有什么想说的吗?"

无人应答,音乐声却加强了,光线也更加绚丽。

"先生们,我必须把这把剑拿走,"小瓦说,"我是拿去给凯伊用的,并不是我自己用,用完我就还回来。"

回答他的还是一片寂静。小瓦转过身来,正对着铁砧。他看到剑上写了一些金字,但他顾不上去读。在这绚烂的光线里,剑柄末端镶嵌的珠宝发出璀璨的光芒。

"来吧,宝剑。"小瓦说。

他用双手牢牢地抓住剑柄,想把它从石头里拔出来。录音机里传出悠扬的旋律,但现场却安静极了。

剑柄扎进了小瓦的手掌,他才不甘心地放开手,后退了一步,感觉此刻有些头晕目眩。

"它被固定在里面。"他说。

他再次用双手牢牢地抓住剑柄,这回连吃奶的力气都使出来了。音乐更加激昂,教堂的庭院被紫水晶的光芒包裹着,可是他又失败了。

"梅林!"小瓦叫道,"我要拔出这把剑,助我一臂之力吧!"

在一段和弦的伴奏下,庭院里传来了杂乱的声音,很多老朋友出现了。他们就像记忆里的潘趣和茱蒂傀儡戏,齐刷刷地出现在了教堂的围墙上。老獾来了,夜莺来了,乌鸦、兔子、野雁、猎鹰、鱼儿、狗儿、独角兽、独居黄蜂、鳄鱼、刺猬、狮鹫,以及他见过的各种动物都来了。小瓦的这些朋友站在教堂四周,依次发言。他们都喜欢小瓦,也帮助过他。他们有的来自教堂旗帜的纹章,也有的来自天上、地上和水里,都看在过去的情分上,来帮助小瓦,这其中甚至还有鸸鹋的身影。看到它们,小瓦感觉自己充满了力量。

"用你的背部,就跟我上次想要把你吞进肚里时那样。"梭子鱼说，它来自旗子的纹章。"用背部的力量！"

"连接在你的胸膛上的前臂呢？"獾严肃地说，"亲爱的胚胎，用力呀，赶快把你的工具找出来。"

落在紫杉树顶上的灰背隼说："小瓦上尉，你还记得足之第一戒律吗？我记得你说过'绝不放松'，你还记得吗？"

"不要像失速的啄木鸟那么飞，"灰林鸮友善地说，"小鸭鸭，稳定一点，就可以了。"

白额雁说："小瓦，你连飞过无垠的北海都不在话下，协调翅膀的肌肉就更难不住你了。屏气凝神，集中力量，拔出它是很容易的。我们都等着为你欢呼呢！"

小瓦第三次朝着宝剑走去，伸出右手握住剑柄，把它抽了出来，仿佛它不是插在石中，而是插在剑鞘里。

动物们发出了像手摇风琴声一样的欢呼声。很久之后，小瓦才在熙熙攘攘的人群中找到了凯伊，把宝剑交给他。比武会场前面被围得水泄不通，排起了长长的队伍。

"这把剑不是我的。"凯伊说。

"旅店锁门了，我好不容易才找到了这把。"小瓦说。

"看起来真漂亮，你去哪儿找的？"

"它就插在教堂外面的一块石头上。"

凯伊此刻正全神贯注地看着场上的比武，等着轮到自己上场，所以没有在意小瓦的话。

"那里怎么会有剑呢？"

"真的，而且它是插在一块铁砧上的。"

"什么？"凯伊大叫着转过身看着他，"你说它插在石头上？"

"是呀，有点儿像战争纪念碑。"

凯伊目瞪口呆地看着他，嘴巴张开又合上。几秒钟后，他舔了舔嘴唇，冲进了人群，想要去找艾克特爵士。小瓦急忙跟上。

"父亲，您过来一下好吗?"凯伊叫道。

"没问题，乖孩子，"艾克特爵士说，"这些人都是职业级的，确实厉害，打斗十分激烈。凯伊，你的脸色怎么这么白，出什么事了?"

"您记得那把剑吧，说拔出它的人就是英格兰国王。"

"当然记得。"

"这就是那把剑，我拿到了。是我拔出来的，我手上这把就是。"

艾克特爵士没有胡言乱语。他看了看凯伊和小瓦，然后长久地凝视着凯伊，目光里充满了慈爱，"我们回教堂吧。"

他们一起来到了教堂门口，艾克特爵士慈祥地看着凯伊，直视着他的眼睛说："凯伊，这是那块石头，你手里是那把剑。有了它，你就可以成为英格兰国王。儿子，不管你做什么，你都是我的骄傲，现在和将来都是如此。你能不能向我保证，这把剑是你独立拔出来的?"

凯伊看了看父亲，又看了看小瓦，最后看着自己手中的剑。

然后他将剑递给了小瓦，这个过程中他没有说话。

他说："我撒谎了，是小瓦拔出了这把剑。"

然后，艾克特爵士让小瓦把剑插回了原地，自己则和凯伊一起用力地向外拔剑，却根本拔不出来。小瓦轻松地拔了出来，又插了回去。随后发生的事情，刺痛了他的心。

亲爱的艾克特爵士好像一下子苍老了许多，他强忍着痛风，单膝跪在了地上。

"陛下。"艾克特爵士。虽然小瓦是他的孩子，可是此刻他并没有勇气抬头。

"别这样，父亲!"小瓦也跪在了地上，"艾克特爵士，我把您扶起来吧，您这样让我很心痛。"

"不是这样的，陛下，"艾克特爵士流着泪说，"我不是您的父亲，也不是您的近亲，不过我知道，您有着出乎我预料的高贵血统。"

"我听很多人说过您不是我的亲生父亲，"小瓦说，"可我不在意。"

"陛下，您坐上宝座之后，愿意做我的主君吗?"艾克特爵士恭敬地说。

"请您别这样。"小瓦说。

"陛下，"艾克特爵士，"我没有什么奢望，能不能让我的儿子，您的义兄凯伊，做您的总管呢?"

这时候凯伊也跪下来，这让小瓦觉得受不了了。

"请你们不要这样好吗?"小瓦说，"如果我能做国王，就让他做总管。父亲大人，您不要跪着了好吗，这让我十分心痛。艾克特爵士，请您站起来好吗? 天啊，我真后悔拔出这把可恶的剑!"

然后，小瓦泪如雨下。

第二十四章

也许我们应该拿出一章的篇幅，讲述加冕典礼的盛况。虽然各个贵族都对此非常不满，可是他们看着小瓦把石中剑拔出来又插回去，似乎可以永远表演下去，而别人根本无法把石中剑拔出来，也只好让步。也有几个盖尔贵族造反，不过最后都被镇压了。总之，大部分英格兰人们和罗宾那种义军都渴望过安定的生活。对于尤瑟·潘德拉贡统治下的无政府状态，封建军阀、肆意妄为的骑士、种族骑士、崇尚武力的通知方式，他们早就厌倦了。

加冕典礼蔚为壮观，而且每个人都对小瓦可以拔出石中剑赞叹不已，争先恐后地送给他礼物，那种热闹的场面不亚于过生日或圣诞节。有几位伦敦市民甚至请他帮忙打开卡住的瓶塞，拧紧的水龙头，以及别的一些自己无力解决的突发情况。狗童和老瓦特凑钱买了一贴宝贵的带有奎宁的药水，用来治疗犬瘟热。嚓嚓以自己的羽毛为材料，为他做了箭枝。卡威尔虽然两手空空，却将自己的心和灵魂交给了小瓦。野森林城堡的奶妈也送了很多礼物：一贴止咳药水，三百六十块手帕，两套连身内衣，一只双层箱。警卫官把自己的十字军勋章交给了国家。哈柏思考了一夜，给库利配上了新的白皮绳、银制脚环和铃铛，一起送给了小瓦。罗宾和玛莉安离开了六周后，送给小瓦一件礼物，是用松貂皮做成的。小约翰又送了一把长弓，是用紫杉木做成的，足有七英尺长，可惜小瓦拉不动。一只不知道名字的刺猬送来了四五片带有跳蚤的脏树叶。派林诺国王和寻水兽经过一番商量，用绿叶包裹了几个粪媒，放进黄金号角里，再配上红色天鹅斜挂肩带。格鲁莫爵士也送来了礼物：带有他母校的盾形徽饰的十二打长矛。野森林城堡所有的厨师、居民、农奴和仆人都得到了一枚天使金币，并坐着牛拉的大型游览车来观看典礼，费用由艾克特爵士支付。他们还同时带来了一尊母牛的银制雕像，就是那头在家畜展中三度获得冠军的母牛昆波克。在加冕酒会上，劳夫·帕斯路将会一展歌喉。阿基米德让自己的玄孙代替自己，在晚宴时坐在王座的椅背上弄脏地板。伦敦市长和议员经过协商，在伦敦塔里专门开辟了很大一块地方，作为水族馆、鹰棚、动物园。在里面的动物为了保持健康，每个星期都要有一天饿肚子。所以，小瓦所有的动物朋友，不管是天上飞的还是地上跑的，都跑到这里来安享晚年。这里食物新鲜，环境舒适，设备齐全，还有专人照顾。伦敦市民捐出了五千万英镑来维护动物园。英国妇女协会专门为小瓦做了一双黑天鹅绒拖鞋，还在上面绣上了他名字的首字母。凯伊也诚挚地送来了那个狮鹫头。此外，各地的贵族、大主教、亲王、王子、属国国王、地方议会、教皇、苏丹、皇家使节团、准自治市议会、沙皇、省长、圣雄等，也都送来了礼物。不过，小瓦觉得艾克特爵士送来的礼物——一顶笨蛋帽是最棒的。它就像法老蛇①一样，可以在顶端点火。小瓦点火之后，帽子就燃烧起来了，火光熄灭之后，他看到了戴着魔法师帽的梅林。

梅林说："小瓦，你好啊，我们又见面了，还是说我们早就见过了？你戴着皇冠非常帅气。你的父亲本来或者将会是尤瑟·潘德拉贡国王，以前或以后我还得向你保密。当时我假扮成乞丐，带着还是个婴儿的你去了艾克特爵士的城堡，我很清楚你的身世和名字的由来。我知道你以后会经历的喜怒哀乐，也知道从此不会再有人敢叫你小瓦。你将肩负着这个国家，这是你的荣耀，也是你的使命，别人会称呼你高贵的正式封号。所以我要动用这个特权，成为万民之中首个这样称呼你的人，亲爱的亚瑟王。"

"您今后会一直陪着我吗？"懵懂的小瓦问。

"会的，小瓦，"梅林说，"还是应该说（也可能早就说过了），亚瑟王。"

---

① 一种烟火，点燃后有点像蛇，到处喷射。

永恒之王四部曲 ❸

残缺骑士

（英）T.H.怀特◎著　文竹◎译

中国华侨出版社

北　京

图书在版编目（CIP）数据

残缺骑士／（英）T. H. 怀特著；文竹译. —北京：
中国华侨出版社，2019.5
（永恒之王四部曲）
ISBN 978-7-5113-7826-2

Ⅰ.①残⋯ Ⅱ.①T⋯ ②文⋯ Ⅲ.①长篇小说—
英国—现代 Ⅳ.①I561.45

中国版本图书馆 CIP 数据核字（2019）第 058134 号

永恒之王四部曲3：残缺骑士

著 者／（英）T. H. 怀特
译 者／文 竹
策划编辑／周耿茜
责任编辑／王 委
责任校对／王京燕
封面设计／胡椒设计
经 销／新华书店
开 本／880 毫米×1230 毫米 1/32 印张／27 字数／650 千字
印 刷／天津中印联印务有限公司
版 次／2019 年 7 月第 1 版 2019 年 7 月第 1 次印刷
书 号／ISBN 978-7-5113-7826-2
定 价／118.00 元（全 4 册）

中国华侨出版社 北京市朝阳区静安里 26 号通成达大厦 3 层 邮编：100028
法律顾问／陈鹰律师事务所
编辑部：（010）64443056 64443979
发行部：（010）64443051 传真：（010）64439708
网 址：www.oveaschin.com
E-mail：oveaschin@sina.com

"不，"蓝斯洛爵士说，
"蒙受耻辱之后，将再也无法洗清。"

目　录

第一章

　　法国男孩待在班威克城堡里，怔怔地看着磨光的茶壶盖表面的倒影。在阳光的映衬下，盖子反射出幽暗的金属光泽。壶盖类似如今士兵的钢盔，当作镜子用实在是勉为其难了，可是这是他唯一的选择。他把壶盖拿在手里翻来覆去地看，希望可以从中窥探到自己的大体形象。他尝试着去找，可是却又害怕可能会出现的结果。

　　男孩觉得自己不对劲。这仅有的一个不足之处会困扰他一生，似乎有什么东西在心底隐藏着，他觉得很羞愧，却难以理解。尽管以后他会名垂青史，征服全世界。我们也不需要试着去理解。既然他宁愿隐忍，我们也要选择尊重他。

　　男孩在满是武器的兵器库里站着，不停地抛掷一对哑铃——他用"秤砣"称呼它，同时，他还哼着不成曲的音调，这是他在刚刚过去的两个小时里所做的事。刚刚十五岁的他刚从英格兰回到自己的国家，而他的父亲班恩正是给英格兰王平定叛乱提供帮助的班威克国王。你肯定还有印象，亚瑟想把年轻人征召为骑士，让他们早日拥有圆桌信仰。而蓝斯洛早就把他的目光吸引过去了，因为在宴会上，这孩子不管玩什么几乎都是胜利的一方。

蓝斯洛心里惦记着勇猛的亚瑟王，把哑铃高高举起，噪声随之响起。他之所以在这里举哑铃，就是因为崇拜他。他一直记得自己和英雄的那次交谈。

那时他们正准备坐船回法国，亚瑟和班恩王依依惜别，之后亚瑟把蓝斯洛叫到船的一角。而他们交谈的背景就是班恩舰队的纹章船帆、忙于缆索的水手、武装炮塔、弓箭手和铅白色的海鸥。

"蓝斯洛，你可以过来一下吗?"国王说。

"陛下。"

"我看到你在晚宴时和别人玩游戏了。"

"没错，陛下。"

"可以说你包揽了所有的冠军。"

蓝斯洛眼睛眯成一条缝，看着地面。

"等我把全国统一以后，我想招募一些擅长游艺的人来给我提供帮助，完成我的理想。你愿意给我提供帮助吗?"

男孩活动了一下身体，忽然看了对方一眼。

"这事关系到骑士，"亚瑟接着说，"我准备像嘉德勋章①一样成立一个骑士组织，专门反抗肆意使用武力的人。你愿意成为其中的一员吗?"

---

① 由英王爱德华三世于一三四八年左右制订。传说在某次舞会中，索尔斯堡伯爵夫人不小心把马袜带弄掉了，国王灵机一动，把袜带系在了自己膝下，才没让伯爵夫人尴尬。嘉德（袜带的意思）勋章的渊源就是这样的。

"愿意。"

国王认真地看着他，不知道他到底是什么态度，是高兴，还是惊讶，还是单纯只是客套。

"你知道我说的是什么意思吗？"

蓝斯洛有些迷茫。

"在法文中，我们叫作 Fort Mayne①，"他说明道，"家族里拥有最强臂力的那个人就是首领，可以依照他的心愿恣意妄为。因此我们才说是 Fort Mayne。您想要把一群信仰正义而非强权的骑士集中到一起，让'强劲的手臂'为乱的情形不再出现。是的，我非常愿意成为其中的一员。可是得等我先长大。非常感谢您。现在我要和您道别了。"

于是他们坐船从英国离开，男孩定定地站在船上，一直不愿意转过头去，生怕把自己的真实感情泄露出去。事实上，早在宴席那天晚上，他就已经对亚瑟一见倾心。他心中已经深深刻下了那位凯旋的北方君王晚宴时一脸通红、志得意满的烙印，之后他回到了法国。

他昨天晚上做了一个梦，就在那双一心一意寻找壶盖的黑眼睛后面。七百年前——假如根据马洛礼的记录，应该是一千五百年前——那时的人类类似于现代的精神科医师，非常注重梦境。蓝斯洛的梦让他紧张起来，原因并不在于这个梦所隐藏的意义，也不在于他根本不知道这个梦有什么意义，而在于这个梦让他感到失望。他做的是这样的梦：

蓝斯洛和弟弟艾克特·德马利斯都在椅子上坐着，随后，他们站起来骑到马上。蓝斯洛说："走吧，让我们去找寻不属于我

---

① 意思是"强壮的手臂"。

们的东西。"于是他们就出发了。可是蓝斯洛遭到了某个人或某种力量的攻击，被狠狠打了一顿，身上的衣物也被抢走了，还被套上一件满是绳结的衣服，还被迫改骑驴子。然后出现了一口非常漂亮的、清澈的井。于是他从驴子上下来，到井边去喝水，只觉得这是世间最美好的事情了。没想到，他才刚刚弯下腰，井水的水位便开始下降，一直沉到井底，和他的距离也越发遥远，直至根本碰不到。所以他觉得很是悲哀，似乎井水把他抛弃了。

男孩把手中的锡盖翻来覆去地看，忘却了亚瑟、水井、可以让他有资格效劳于亚瑟的哑铃，以及肌肉酸疼的臂膀，只有一个想法在脑海里盘旋。这个想法关系到金属盖上面反映出来的面容，关系到潜藏在他灵魂深处，让他形成这样的长相的不足之处。他从来不会做掩耳盗铃的事，他非常清楚，不管他怎么转动头盔，镜中反映出来的影像就一直是这个样子。等自己长大以后受封骑士，他一定要以一个忧伤的称号自称，这是他一早就想好了的。他是长子，早晚都是要受封骑士的，可是他不想用蓝斯洛爵士称呼自己，而甘愿用 Chevalier Mal Fet 称呼自己，也就是"残缺骑士"。

男孩觉得——想必他一定是出于什么原因——他的脸太丑了，就像皇家动物园里的怪物一样。他长得和非洲猩猩很像。

第二章

　　最后，蓝斯洛成了亚瑟王旗下最了不起的骑士。在战斗中，他处于最领先的位置，就像板球选手布雷德曼一样，位居第二和第三的分别是崔斯坦和拉莫瑞克。

　　可是你必须牢记一条：人只有不断精进，才能擅长板球，而长矛竞技就像板球，是一门艺术。在很多方面，长矛竞技都类似于板球。比赛时，会有个记分员坐在记分帐篷里面做记号，那些记号就如同现在板球记分员记录的每次得分的情况一样。那些身穿质地优良的袍子活动的人，从大看台到茶点帐篷间，肯定也会发现这项竞技类似于板球比赛。它要耗费很长的时间——如果蓝斯洛和一位好骑士对打，他往往一整天都不能离开比赛场地，而且铠甲让人不堪重负，所以所有人的动作都很缓慢。一开始比试时，双方剑士像击球手和投球手一样面对面站在绿地上，只是离得要近一些。可能加文爵士首先会用一个内旋球发动进攻，而蓝斯洛爵士会回以一个漂亮的滑腿打法，把球打到后外野，然后以一个前球——这叫"突刺"，回应加文的防守，而所有在场的人都会齐声欢呼。大帐中的亚瑟王也许会扭过头对桂妮薇说，这个了不起的男人的脚上功夫真是太美了。骑士的头盔后方有帏巾，这是为了防止猛烈的阳光直接照射在铠甲上，就如同现在板球选手有时会在帽子下面放手帕一样。

骑士运动从艺术的层级来说，类似于板球，而蓝斯洛的优雅，可能是他和布雷德曼仅有的一个不同的地方。他不需要伏到球拍上，也不需要跳起来接球。这样说来，他和另一位板球选手伍利①很像，可是，光凭想象是不可能变成伍利的。

班威克城堡中面积最大的房间就是兵器库了，头戴高顶盔的小男孩在这里站着，以后他会变成蓝斯洛爵士。在即将到来的三年时间里，这孩子只要没有睡觉，基本上都要在这个房间里待着。

透过窗户，他可以看到主城堡的房间，基本上都不大，因为修建堡垒时，根本没有多余的钱来过奢侈的生活。有个宽大的牛栏，抑或说是环形要塞位于内堡和里面那些小房间附近，如果有人进攻城堡，这里就会集结城堡的牲畜。城堡四周有一道副塔楼的高墙，墙里面有很多大房间，可以用作商店、谷仓、兵营和马厩，其中就有一间兵器库位于有五十匹马的一间间马厩和牛舍中间。城堡内的一个房间聚集着最好的家族铠甲（那些确实派上用场的铠甲），军队的武器、家族中赋闲的东西，还有操练或体能训练需要的东西都在兵器库里放着。

橡木的屋顶下，放置着各式方旗和三角旗，要么架着，要么

---

① 英格兰板球选手，是位非常杰出的全方位板球手。

悬着，要么靠着，班恩家的盾徽装饰在旗上，如今这种徽纹被叫作"远古法兰西"。竞赛用的长矛在墙边放着，以防扭曲还平放在爪钉上，看上去和体育馆里练习用的横木有点像。一堆已经扭曲，可是还能派上点用场的长矛堆放在一个角落里。步兵要用的东西，像无袖锁子甲、手套、矛、高顶盔和波尔多剑，都在第二面主墙的架子上放着。在班威克住，对于班恩王来说是多么幸福啊，因为这里盛产质地上乘的波尔多剑。还有甲具桶、征战海外用的铠甲和干草包裹——从上次远征以后，有些桶子就被封存了，事实上很多杂七杂八的东西都混到了里面。戴普大叔负责管理兵器库，有一次，他把一个甲具桶打开，对里面的物品进行了清点，可是却失望而归——他在里面找到了十磅椰枣和五包糖。如果那些糖不是十字军带回来的锥状糖块，就一定是某种蜜糖。戴普大叔把列好的清单放在了甲具桶旁边，清单上有如下物品：糖、一顶带金饰的战盔、三双铁手套、一件外袍、一本弥撒书、一块祭坛布、一对锁子甲、一只银便盆、十件献给吾主的衬衣、一件皮短褂和一袋西洋棋。在这些甲具桶堆成的凹陷之处，还有一组用来对受损铠甲进行修复的架子，一大罐橄榄油（现在更偏向于矿物油，可是在蓝斯洛所处的时代，他们没有那么讲究）放在架子上，此外，还有很多盒抛光用的细沙、好几袋锁子甲用的钩钉（每两万枚值十一先令八便士）、铆钉、锁子甲的备用环、用于切断新皮绳和束膝带的皮革，还有一千多种当时非常好，可是如今早就被世人忘到脑后的东西。有和曲棍球守门员穿的保护垫、美式足球员穿的那种填塞式的防护衣有点像的软铠甲。一些用于操练的东西，像刺枪靶被放到了各个地方，就如同在房间中挤了一块空地出来。门口放着戴普大叔的桌子，上面放着鹅毛笔、吸墨沙、用来教训犯糊涂的蓝斯洛用的棍子，以及特别混乱的笔记，笔记上面记录着近段时间以来，被拿去抵押（对于非常值钱的铠甲来说，抵押是一大福利）的有哪几件铠甲、哪一天把哪几顶头盔擦亮了、需要修理谁的臂甲、什么时候把什么东西付给了谁、请他把什么东西擦亮了。大部分账目都是不对的。

对一个男孩来说，连续三年待在一个房间里好像是有点长了，只有睡觉、吃东西以及在田地里操练长矛时才会离开。光是想象一下就已经觉得很难了，除非一开始你就知道蓝斯洛有既不讨好，又不浪漫的天性。这个阴郁、不受人欢迎还长得特别丑的孩子，根本就不被丁尼生和前拉斐尔派的支持者所识，他不会告诉任何人，他之所以能活下来，依靠的其实是梦想和祈祷。也许他们会觉得奇怪，这孩子到底有多大的力量用来和自我的粗鲁力量相对抗？居然让他这么小就对自己的肉体这么不在乎。也许他们还会觉得，这孩子也太古怪了吧？

一开始的几个月，蓝斯洛都手执一柄钝头矛和戴普大叔对抗，那段日子太压抑了。戴普大叔坐在一张凳子上严阵以待，手执钝头矛的蓝斯洛会不间断朝他发起进攻，把铠甲上的最佳着力点找出来。之后他会一个人在户外待很长时间，对各种投掷法进行操练，用弹弓或掷矛来练习掷射、抛接棍棒，直到他被批准使用真正的武器。一年的刻苦练习过后，他开始练习刺靶：立一根木桩在地上，然后用剑和盾对它展开攻击，类似于对假想敌发动攻击，或是沙袋练习。在这项训练中，他所使用的剑和盾都很重，比一般武器重一倍，大家一致认为最好的重量是六十磅。经过如此训练以后，他就可以自如地运用一般武器了，因为那些相比之下要轻多了。不同于板球规则的是，最后阶段是实战演习。在经历了一系列艰辛的磨炼以后，他终于可以进行和真实更加贴近的战斗了，和他的兄弟和堂表兄弟决斗。这些战斗必须遵守严格的规矩，第一步也许是掷射钝头矛，第二步是用弄钝的尖端和刃锋相互攻击七次，"在相应的时间内，扭打、用手抓对方都是不允许的，会被裁判判定受罚"。在这些比赛中，突刺是不被允许的，即，你不能用矛尖用力地戳。最后相互攻击时采用的是剑盾。如今，这个干劲十足的男孩也许会带着他的武器，很轻率地挑战同伴。

在没有出现蛙人和自由潜水前，假如你曾经穿过英国皇家海军的一种老式潜水服，你就会懂得那些潜水兵的动作缓慢的原因所在。他们的腿上分别绑有重达四十磅的铅，前胸和后背还分别有一块五十磅重的铅板，此外还有潜水服和头罩的重量。当他在岸上时，他比一般人重一倍。当他从甲板上的绳索或通风管穿过去时，可真是太难了。假如你在前面给他一击，他就会朝后摔过去，相反也是一样。对于接受过训练的潜水兵来说，这些麻烦根本不是麻烦，他们可以把四十磅重的脚高高举起，轻松自如地穿梭于船梯上。可是对于一个没有接受过长期训练的家伙来说，仅仅是变换位置就足够他们受了。和那些潜水兵一样，蓝斯洛要学习和重力相抗争，而且快速行动。

武装齐全的骑士不仅仅只是在这一点上和潜水兵相同。

他们不仅都有头罩、全身的重负和呼吸不畅以外，还必须请很多认真负责的助手来给自己提供帮助。只有在这些助手的帮助下，他们身上的装备才会看上去恰到好处。这些海军士兵就是掌控潜水兵生命的人，他们就如同见习骑士或骑士的侍从，为了给这些水兵提供保护，专心致志地照顾他们。他们在称呼这些潜水兵时，会叫他们的职称，而不是姓名，譬如说"潜水兵，坐下""潜水兵，现在该左脚了"，抑或"潜水兵二号，你能从对讲机里听到我的声音吗"。

由他人掌控自己的性命，未必就是一件坏事。

在长达三年的时间里，别的男孩子都可以想其他的事，因此他们没什么好担心的，可是这个长相丑陋的男孩就不一样了，他只有这些练习。他必须像那些擅长游艺的人一样不断磨砺自己，哪怕晚上睡觉，脑子里也是和骑士有关的理论。在成百上千个纷争不断的话题中，他必须拥有自己合理的观点，像武器多长合适、盾牌披饰做什么样子的、护肩甲如何接合，此外，是不是像乔叟①认定的那样，制矛时选用雪松木是不是要合适一些？当然，这一切都是为了亚瑟。

他年轻的时候对骑士问题进行思考时，有这样一个小例子：有两位骑士，即洛伊的雷诺和荷兰的约翰相约用长矛进行比试，雷诺有意戴了一顶篷盔（这种硕大的鼓状盔里面全都是稻草，有时候会在原来的头盔上罩着），因此很松散。当荷兰的约翰用矛击中雷诺的篷盔时，它就坠落在地。即，那顶篷盔掉在了地上，可是雷诺还在马上坐着。这一招虽然成效显著，可是却充满了危险。为此，所有骑士展开了激烈的辩论，一直都没有得到一个定论。有些人说这个把戏太无耻了，有些人持有的观点是，尽管这是公平的，可是危险系数太高了，有些人则声称这个方法不错。

蓝斯洛经过三年历练以后，一点都没有高兴起来。在他所处的时代，人的一生看上去只有一个星期而已，可是，他却因为对某人的建议表示认可，而用了三年进行骑士训练。在这期间，他一直用幻想来给自己打气。他梦想变成世界上最优秀的骑士，因

---

① 英国中世纪著名作家，著有《坎特伯雷故事》等书。

为这样就能得到亚瑟的爱。此外，他还有另外一个梦想，也许在他那个年代是能够实现的，他希望借助自己的纯洁和杰出，实现一些司空见惯的奇迹——像让盲人康复之类的。

第三章

　　亚瑟的命运和三个伟大的家族息息相关，而这些家族都具有这样的特点：家中都有一位天赋异禀的人物，所扮演的角色介于老师和好朋友之间，对孩子们的个性会产生很大的影响。而梅林就是艾克特爵士的城堡里这样的人物，他对亚瑟的人生产生了决定性的影响；而圣托狄巴是遥远的洛锡安里这样的人物，他那激进的哲学对加文和他那几位兄弟对氏族的向心力都产生了非常大的影响；而蓝斯洛的叔叔——关波尔，则是班恩王的城堡里这样的人物。实际上，这个人我们前面见过，就是戴普大叔，他的教名是关波尔。那时给孩子取名的方式往往类似于现在我们给猎狐犬和小马取名字的方式。假如你是摩高丝王后，你有四个孩子，那么，你就会放一个字母 G 在所有孩子的名字中间：加文（Gawaine）、阿格凡（Agravaine）、加赫里斯（Gaheris）、加瑞斯（Gareth）。所以，假如你兄弟的名字叫班恩（Ban）和波尔斯

（Bors），那么你就一定叫关波尔（Gwenbors）。这样方便把你的名字记住。

在这个家族中，仅有的一个看重蓝斯洛的人就是戴普大叔，仅有的一个严肃对待戴普大叔的人也就只有蓝斯洛了。因为一无所知的人们喜欢拿这个老家伙开玩笑，觉得他是一个很特别的人，即真正的大师，极易被人忽视。骑士之道是他的一个爱好，因此，戴普大叔不仅有一副在欧洲派上过用场的盔甲，还有一套理论。对于新歌德式风格的棱线、扇形图案以及凹纹，他都很是生气。他觉得穿得像纳尔逊桌上绳饰的盔甲真是太可笑了，因为敌人的攻击很容易落在每道沟纹上。他曾经说过，找不到任何着力点的铠甲才是一副好铠甲，而他一想到日耳曼人所做的那些恐怖纹路就像疯了一样。他非常了解纹章学。假如有人犯了什么显而易见的错误，像把金属材质和颜色弄错了，他整个人就会变得特别激动：白色八字胡尖端会颤动不已，指尖生气地缠绕在一起，不停地舞动双臂，气得直跳脚，眉毛也跟着抖动，差不多都要冒烟了。可是，要想成为大师，就必须有这样激动的情绪。所以，当他们之间有不同意见时，像是否应该在盾牌上切一个开口出来，或者是否应该在盾上加入背带这样的事，他打了蓝斯洛一巴掌，蓝斯洛也几乎不会记恨在心。有时戴普大叔觉得烦，也会打他，可是蓝斯洛都没有发作。他们当时一直都是这样在一起生活的。

对于戴普大叔的火暴脾气，男孩之所以可以一直隐忍下来，其中一个原因就是戴普大叔身上有他想学习的所有东西。戴普大叔是位非常优秀的神职人员和具有威信的人物，而且也是法兰西最为出色的剑士之一。男孩从心底里觉得，学习是这一切的目的所在。在这位天才的教导下去毁坏、去进攻——为了把那把重剑举起来伸向前方，直到把自己毁灭，接住戴普大叔的全力进攻，让他更残酷地拉筋，这就是所有这一切的目的所在。

自他记事以来，那个男人就在他面前跳来跳去，激动地大叫，似乎只有这么做，他才能活下去一样："回圈进攻！双回击！绕剑脱出！一！二！"

在夏季快要结束的一天，这一天风和日丽，蓝斯洛和他叔叔一起在兵器库里坐着。阳光照到这个大房间，很多灰尘在空气中舞动，不停地打着转，磨光的盔甲、成排的矛排列在墙边，头盔和高顶盔则在木钉上挂着。这里有短匕首、甲具和各种上面绣有班恩家盾徽的方旗和三角旗。两人较量了一番，最后蓝斯洛赢了。虽然蓝斯洛才十八岁，可是论剑术，他的老师已经比不上他，尽管戴普大叔并不承认这一点，而他的学生也假装不知道。

当他们还在休息的时候，一名见习骑士进来说王后——也就是蓝斯洛的母亲要见他。

"什么事？"

见习骑士说来了位先生指明说要见他，王后说他很快就来了。

此刻，伊莲王后正在城顶房间坐着织挂毯，旁边坐的是两名客人。康瓦耳姐妹中的那位伊莲并不是她：当年，这个名字太寻常了，《亚瑟之死》里叫这名字的人就很多，在手稿来源不明的情况下，这种情况更加普遍。三名成年人在长桌旁坐着，看上去就如同一排面试官。一位客人是年纪大一点的绅士，胡子都白了，戴着一顶尖顶帽，另一位则是年轻漂亮的女子，眉毛剃了，橄榄色的肌肤。三人都把目光投向蓝斯洛，之后那个老绅士先张口了。

"嗯！"

其他人等着。

"他的名字是加拉罕。"那位老绅士说,"你们用加拉罕称呼他,"他又说,"坚信礼行完以后,如今叫蓝斯洛。"

"您怎么那么清楚?"

"这就实属无奈了,"梅林说,"这种事就是会被人所知,先中止这个话题吧。现在,我想想,我还要告诉你什么事情?"

那位年轻女子用手捂住嘴巴,很是得体地打了个哈欠。

"从现在开始算,三十年以后,他会达成自己的理想,成为全世界最出色的骑士。"

"我有机会等到那一天吗?"伊莲王后问。

梅林挠挠头,又敲了敲,之后给出了肯定的回答。

"这样啊,"王后说,"我必须得说,这一切都太美好了。蓝斯洛,你听到了吗?你会成为全世界最出色的骑士呢!"

男孩问:"你是来自亚瑟王的宫廷吗?"

"没错。"

"王一切都还好吗?"

"很好,他要我代为传达他对你的问候。"

"国王幸福吗?"

"很幸福,桂妮薇也要我代她问候你。"

"桂妮薇是谁?"

"天哪!"魔法师大叫道,"你不知道?不,你肯定不知道。我的脑袋已经乱成一团麻了。"

他边说边看着那位美丽的女士,似乎他现在这样,她要负责一样——实际上,也的确是这样。她就是妮姆,而最后,他还是和她相爱了。

"亚瑟的新王后就是桂妮薇,"妮姆解释道,"他们结婚有段时间了。"

"她父亲是罗德格兰斯王，"梅林接着说，"亚瑟结婚时，作为新婚贺礼，他送了亚瑟一张圆桌和一百名骑士。那张圆桌可以容纳一百五十人。"

蓝斯洛只是简单答应了一声。

"国王想把这件事告诉你，"梅林说，"可能在半道，使者淹死了。也许是天气恶劣所导致的。可是他真的想跟你说一声。"

男孩又简单答应了一声。

梅林发现局面似乎不太乐观，于是加快了语速。仅凭蓝斯洛的表情，他并不知道他现在这个样子究竟是因为难过，还是天生就是如此。

"截止到现在，他只补了二十九个空位上去，"他说，"还有二十个空缺，非常多，上面会用金子刻上所有骑士的名字。"

现场一度鸦雀无声，没有人知道要如何打破这种静谧。之后，蓝斯洛咳嗽了一声。

"我在英格兰时，有个叫加文的男孩，"他说，"他已经是圆桌的一名骑士了吗？"

看上去，梅林有些羞愧，之后做了肯定的答复。

"在亚瑟结婚那天，他受封了。"

"我懂了。"

之后又是长时间的安静。

"她叫妮姆，"梅林指着年轻的女士说，他觉得还是由自己来打破沉默比较好，"我爱她，严格来说，我们现在正在蜜月旅行，只是是魔法式的。现在我们得赶往康瓦耳。很不好意思，我们要出发了。"

"我亲爱的梅林，"王后大声说，"可是今晚您会留下来吧？"

"不了，谢谢，真的太感谢了。我们得立刻启程了。"

"走之前喝点什么呢？"

"不用了，谢谢，您真是太善良了，可是我们真的要走了。我们要去康瓦耳施魔法。"

"真是来也匆匆，去也匆匆啊……"王后感慨道。

梅林起身，拉着妮姆的手，没让王后继续说下去。

"现在，再见了。"他非常果决地说。在旋转了几个回合以后，他们俩就不见了。

尽管他们的身体已经不在这了，可是他们的声音却依然回荡在空气中。

"完了，"他们可以听到他长叹了一声，"现在，我的宝贝，就到康瓦耳去吧。我之前跟你说过的，那里有个魔法洞穴，你觉得怎么样？"

蓝斯洛没精打采地回到兵器库，他站在戴普大叔前面，把嘴唇咬得死死的。

"我要到英格兰去。"他说。

戴普大叔听到他这么说，一脸惊讶，可是什么都没说。

"今天晚上，我就出发。"

"这太意外了，"戴普大叔说，"你母亲一般不会这么快就决定一件事。"

"这件事母亲还不知道。"

"你的意思是，你要离家出走？"

"假如我告诉我的父母，他们只会小题大做，"他说，"我不是要离家出走，我还会回来的。可是我得快点去英格兰。"

"你是要我不要告诉你的母亲吗？"

"没错。"

戴普大叔不停地搓着双手，嚼着他那八字胡的尖端。

"假如他们知道我没有拦着你，"他说，"班恩会要了我的命的。"

"他们不可能知道的。"男孩一脸淡定，之后就开始收拾行李了。

蓝斯洛和戴普大叔坐着一艘非常特殊的小船来到了英吉利海峡中央，当然这是一个星期以后的事了。小船的两端分别有一个和城堡很像的东西，还有一个城堡位于单桅杆中央，看上去和一个鸽子笼很像。船的一头一尾都插有鲜艳的旗子，上面都有个王道十字，桅顶飘扬着一道长旗。有八个桨手在划船，而这两个旅客已晕得不省人事了。

第四章

　　这名对英雄无比敬仰的少年满怀苦涩地奔向卡美洛。年方十八岁的他为了国王，献出了自己的生命，可是最后却被人忘到了九霄云外，这对他的打击太大了。这么长时间以来，他一直在灰尘遍布的兵器库里操练，可是加文爵士却抢了先，在他前面成了骑士。而最让他感到难受的是，他为了帮助国王实现理想，不惜和自己的身体作对，可是最后他却娶妻了，他的爱就这样轻而易举被夺走了。蓝斯洛对桂妮薇很是妒忌，可是他又为自己感到羞愧。

　　戴普大叔骑着马安静地在他后面跟着。他非常确定，他把全欧洲最好的骑士教出来了，可是男孩还太小了，还不明白这一切。戴普大叔一脸兴奋地跟着这位天才，就如同保护着杜鹃鸟的山雀一样激动。他把战斗甲具都背在身上，在他的精心安排下，这些甲具被秩序井然地用皮带绑起来——因为从此刻开始，蓝斯洛就是他的主人。

他们来到一块林间空地，中间有一条小溪，一片浅滩，溪水从那些干净的石头流过时，会发出淙淙的声音。空地沐浴着阳光，旅鸽没精打采地哼着"呜咕——呜——咕咕"的曲调，一个头戴顶盔、一身黑色铠甲的高大骑士就在小溪对岸坐着。他在一匹黑色的战马上正襟危坐，盾牌用帆布套子罩着，把盾徽的图案完全掩盖住了。他因为那副铁甲而变得格外高大、严肃，他的脸也被硕大的头盔掩盖住了，让人不由得想要退避三舍。他在想什么，他接下来要干什么，你都不知道，他是个危险系数很高的人物。

蓝斯洛和戴普大叔都停了下来。那黑骑士骑着马来到浅水滩，在他们面前停了下来。他把长矛高高举起，以示行礼，然后用矛尖指着蓝斯洛身后某个地方，意思是蓝斯洛如果不回家，就要到他那里去，好比试一番。不管是哪个意思，蓝斯洛都用臂铠行了个礼，之后回头朝指定地点走去。他把他的矛从戴普大叔那里拿过来，然后把顶盔拉到前面，原本顶盔用链子拴在后面，还抬高了钢制塔楼，系上绑带。现在，他的表情对方也看不到了。

在这块空地上，这两个骑士上演了一场比武，接下来。尽管他俩都没有说话，可是却一起把长矛托起，鼓动马匹进行比武。戴普大叔则在一棵树后面躲起来，把手指捏得嘎嘎作响，他明显很激动。尽管蓝斯洛自己还蒙在鼓里，可是他却可以预料到那黑骑士必败无疑。

任何事情首次经历都会让人很是激动，比如第一次乘坐飞机就会让人激动异常。蓝斯洛在这以前从来没有进行过真正的较量——尽管他练习过上百个矛刺靶和上千个铁环，可是这是他第一次用生命去搏斗。在这场较量开始时，他想的是："现在我已经不能退缩了，必须独自迎战了。"可是他马上冷静下来，开始用他习惯性应对矛刺靶和铁环的方式来展开攻势。

他的矛一下子刺中了黑骑士肩甲边缘的底部。而他的马在用尽全力往前冲时，黑骑士的小马还在慢慢往前跑，使得黑骑士直接偏向左边，被抛向天空，坠落在地。蓝斯洛飞也似的经过他们身边时，可以看到地上倒着一人一马，马腿间是骑士那支被击碎的长矛，盾牌也坠落在地，罩在马蹄外面的帆布也被扯烂了。人和马紧紧纠缠在一起，生怕对方会给自己造成伤害，所以都尽全力踢对方，想挣脱对方。后来那匹马撑着前腿，抬直了身体，而骑士坐下来以后，把戴着臂铠的手举至头边，似乎要抓抓自己的头。蓝斯洛让马停下来，回到了黑骑士身边。

通常情况下，两位骑士比试过后，输的那位会非常恼火，觉得这一切都要怪马，而且一再要求对方下马，在马下进行比试。他们往往会运用这样的理由："那头母驴的儿子害我摔了一跤，可是我老爹的宝剑可就不一样了。"

可是黑骑士的表现却不同寻常，尽管他一身黑衣，可是个性却非常活泼，坐起来以后，他还吹了一声充满赞叹的口哨。他把头盔取下来，擦了擦额头。马蹄子已经撕烂了盾牌的外罩，纹章图案露了出来，金黄色的底色，一只后腿直立的红龙是上面的图案。

蓝斯洛扔掉了他的矛，纵身从马上跳下来，跪在那骑士身边。爱再次充满了他的心灵。亚瑟的风格就是温和，他还有一个极具代表性的风格就是，即便被人打下马，他也要称赞对方。

"大人。"蓝斯洛边说边把自己的头盔谦逊地取了下来，头垂得低低的，行了一个标准的法兰西式礼。

国王很是激动，想赶紧站起来。

"蓝斯洛！"他失声叫道，"天哪，原来是小男孩蓝斯洛！班恩王是你的父亲吧？当年班恩王来毕德格连作战时，你也在，我还有印象。刚刚那一击太棒了！这么漂亮的进攻我还是头一次见，你是从哪学来的呀？真棒！你要来我的宫廷吗？班恩王最近还好吗？你那位优雅的母亲还好吗？真的，我亲爱的小老弟，刚刚你的表现真是太好了！"

看着眼前上气不接下气，正准备扶他起来的国王，蓝斯洛心中的妒忌一扫而空。

他们抓回马，并肩朝王宫的方向前进，把戴普大叔忘到了九霄云外。一路上两人滔滔不绝，跟对方有讲不完的话。蓝斯洛自己编造了班恩王或是伊莲王后的传话，而亚瑟则跟他说加文把一个女士杀死了。他还告诉蓝斯洛，派林诺国王结婚以后变得英勇多了，在一次比赛中，竟然把奥克尼的洛特王给杀死了。他还告诉他有关圆桌的事，以及他对圆桌未来的畅想。尽管一直都没什么进展，可是蓝斯洛的到来会加速这一切的发展。

他第一天到达卡美洛时就被封为骑士（过去两年他成为骑士的机会一大把，可是对于其他人选的授勋，他都拒绝了，他只希望亚瑟授勋）。当天晚上他就和桂妮薇王后见面了，一开始听说她是一头金色，可是见到她本人并非如此，她是一头黑发，而且那双深邃的蓝眼睛里迸射出大无畏的神色，让人着实惊讶。尽管她吃惊于这个年轻人如此丑陋的面孔，可是却没有露出恐惧的表情。

"好了，"国王说，他拉过他俩的手，放在一起，"这就是我跟你说过的蓝斯洛。他会成为我手下最优秀的骑士，只有他才能把人刺下马，桂妮薇，你可要对他好一点，他的父亲和我是老朋友了。"

蓝斯洛面无表情地吻了王后的手。

在他眼里，她并没有任何特别的地方，因为他的心里全部被他之前所想象的样子填满了，她真正的样子反而挤不进来了。在他看来，她就是个劫匪，把属于他的东西偷走了，再加上劫匪都非常有城府、自私冷酷，他也想当然地觉得她也是这样一个人。

"你好吗？"王后问。

亚瑟说："我们得把他离开以后发生的事跟他说说。事情太多了，我们要从哪里开始呢？"

"先说圆桌吧！"蓝斯洛说。

"噢，我的天哪！"

王后笑了，也笑着看向这位新骑士。

"亚瑟一直对圆桌念念不忘，"她说，"即便做梦都是圆桌。要想把圆桌讲完，估计得一个星期。"

"这事进展得还不错，"国王说，"这种事总会遇到挫折的。我们的想法已经成型，如今也得到了人们的理解，太好了。我相信一切都不是问题。"

"那奥克尼一族的问题要怎么解决呢？"

"不久他们就不会像现在这么想了。"

"你们是说的加文吗？"蓝斯洛问，"奥克尼一族怎么了？"

看上去，国王颇有些不自然，他说："就是他们的母亲摩高丝那里出问题了。如今加文、加赫里斯和阿格凡都在这里，可是错不在于他们。她不仅没有用爱养育他们，也没有带给他们足够的安全感，因此对于那些真诚对待他们的人们，他们觉得难以理解，而且还心存疑虑。对于我要他们去做的事，他们根本无法理解。"

"我们结婚那年，亚瑟第一次欢庆圣灵降临节，"桂妮薇解释，"他把所有人都派出去了，想实践他的理念。可是后来我们才知道，加文杀了一位仕女，而亲爱的老派林诺却连一位陷入不幸的少女都没救出来。亚瑟气得要死。"

"那不怪加文，"国王说，"都怪那个女人，加文是个好人，我很喜欢他。"

"此后情况变好了吗？"

"当然，尽管进度并不快，可是我确信在往好的方向发展。"

"派林诺是不是非常懊悔？"

亚瑟说："没错，他懊悔极了。可是他做过太多疯狂的事，这只是其中一件而已。现在的问题是，他和法兰德斯女王的女儿结婚以后，就变得特别英勇，参加比试也非常认真，获胜的概率也非常高。之前我跟你说过，有一天，他在和洛特王操练时，不小心把对方给杀死了。这件事引发的后果是极其严重的。奥克尼的孩子们都立誓，要一命抵一命，一定要让可怜的老派林诺给自己的父亲偿命。我真的管不了他们。"

"蓝斯洛来了，一切都会好起来的，"王后说，"真的要好好感谢老朋友！"

"是啊，确实是。蓝斯洛，你肯定想先去看看你的房间吧。"

那时卡美洛的业余鹰匠正抓住夏天的尾巴进行最后的训练。假如你足够聪明，你的鹰不久就可以在高空翱翔；假如你不够聪明，就免不了会失误，有时候甚至连猎鹰最后的训练都没办法完成。卡美洛的所有鹰匠都想证明自己足够聪明，因此早早就开始让鹰进行训练。假如你到户外去溜达一圈，时常会见到焦躁不已的鹰主们，他们在拉着放鹰绳的同时，还和助手不停地争辩。放鹰的确会让人情绪高涨，詹姆士说得一点儿都没错，原因在于鹰是一种个性很残暴的动物，所以放鹰的人也难免受到影响。

亚瑟为了让蓝斯洛有个消遣，特意把一件非常珍贵的礼物——一只关在笼中的矛隼送给他，之所以说它珍贵，是因为只有国王才有饲养矛隼的资格。尽管这种说法并不十分可靠，可是最起码朱莉安娜·巴恩斯院长是这么说的：养金鹰是皇帝的特权，饲养矛隼是国王的特权，游隼是伯爵才有资格饲养的动物，灰背隼是贵族仕女才有资格饲养的动物，王室侍从可以饲养苍鹰、牧师可以养雌雀鹰，而圣水执事才能养雄雀鹰。这件礼物让蓝斯洛满心欢喜，而且急切地想和鹰匠一较高下。那些鹰匠不停地对他人的训练方式加以斥责，相互说着一些表里不一的奉承话，但猜疑却是显而易见的。

亚瑟送给蓝斯洛的这只矛隼还没有完全换羽，特别胖，就像哈姆雷特一样。因为要换羽，它有很长一段时间都待在鹰笼里，因此它老是郁郁寡欢，而且动不动就喜欢生气，因此前几天，它必须被蓝斯洛用放鹰绳拉着，直到诱饵能够得到最安全的运用。

所谓放鹰绳，就是为了防止老鹰逃走，而拴在老鹰系脚皮绳上的一条长索。这东西你只有亲自用过，才知道使用的难度有多么大。如今大家都用的是钓鱼的卷线器，收放自如，可是当时大家只能把放鹰绳卷成一颗球。这样一来，就会出现两个棘手的问题，一个问题是所有绳球都避免不了的，它们不会形成一颗有序的绳球，而会紧紧纠缠在一起，另一个问题是如果你放鹰的地点没有经过妥善修理，放鹰绳就会被蓟草和草丛牵绊，让鹰前进受阻，让训练难以正常进行。所以，蓝斯洛和那些情绪高涨的家伙都会离卡美洛远远的，纠结在一起的绳子、敌视的氛围和展翅高飞的鹰群在天空中随处可见。

亚瑟王要求他妻子对这个年轻人好一点。对于自己的丈夫，她是喜欢的，可是她也是敏感的，她发现自己就是横亘在他和他的朋友之间的一道阻碍。她很聪明，没有想过因此对蓝斯洛进行补偿，可是她却开始想要了解他本人了。尽管那张脸很是扭曲，可是她却很喜欢，而且亚瑟也这样叮嘱过她。因为当时有很多人在卡美洛放鹰，可是放鹰的助手却很少，因此桂妮薇就充当蓝斯洛的助手，和他一起放鹰。

对于这个女人，他并没有给予太多的关注。他这样告诉自己，"那女人过来了"或者"那女人离开了"，他整个身心都陷入了放鹰的状态中。对于女性来说，这项活动根本不算什么，相比于女性对鹰的态度，他对她的态度也确实很一般。尽管他长得很难看，可是却是个非常优雅的年轻人，可是他太具有自我意识了，所以不会让自己被这种琐碎的小事所牵绊。出于嫉妒，他选择对这个人无视。他继续放鹰，对于她提供的帮助，他只是客套地表示感谢。

有一天，那些蓟草又出现了很大的问题，对于前一天应给的食物，他再一次计算失误。那只矛隼心情很不好，连带影响了蓝斯洛。放鹰并不是桂妮薇的特长，她也不怎么喜欢鹰，那天他一直拉着一张脸，她被吓坏了，动作也变得不流畅了。尽管她一心想当好他的助手，可是她非常清楚，在放鹰方面，她并不擅长，再加上她心里紧张，因此尽管她小心翼翼地想卷好放鹰绳，依然出了差错。而他几乎是粗鲁地把那颗可怜的绳球从她的手中拿走了。

"你弄错了。"他说，之后眉头紧皱的他开始气急败坏地扯她费了不少心思才卷好的绳球。

那一刹那，连空气都凝固了。那只鹰不再振动翅膀，树上的叶子也安静下来了。桂妮薇满腹委屈地站在那里，一言不发。蓝斯洛觉察出异样，也一动不动地站在那里。

年轻人这时才恍然大悟：他让一个真实的人受伤了，一个年纪和他差不多大的人因为他受到了伤害。从她的眼底，他看到了她一腔怒火，也发现自己的举动让她受到了惊吓。她一直尝试着好好待他，可他对她呢，却始终是冷冰冰的。可是，她是个有感情的人，这一点才是最重要的。她是漂亮的珍妮①，有自己的思想，也有自己的感觉，她既没有城府，也不自私。

---

　　① 桂妮薇的小名。

第五章

　　戴普大叔和亚瑟王是最先感觉到蓝斯洛与桂妮薇相爱的两个人。亚瑟潜意识里因此感到害怕，梅林（拜善变的妮姆所赐，此时他已经在洞穴里待着了）曾提醒过他会发生这件事，但是他一向反感预言，所以并未把梅林的警告放在心上。戴普大叔则是找到自己的徒弟与他好好地长谈了一次，谈论地点就在驯服的矛隼的鹰棚里。

　　戴普大叔情绪激动地连连感叹："上帝啊！"接着质问道："我的好徒弟，你到底是怎么了？你可是全欧洲最棒的骑士，可你看看你都做了什么？你竟然把我教你的东西统统抛到脑后，陷入一位美丽女人的双眸中无法自拔，而且她还是一位有夫之妇。"

　　"我不明白你在说什么。"

　　"你说你不明白？圣母玛利亚啊！"戴普大叔忍不住大声咆哮，"除了桂妮薇还能是谁呢？愿荣耀归于我神直到永远！"

蓝斯洛按住戴普大叔的肩膀让他坐在箱子上，坚定地对他说："叔叔，你冷静下，其实有件事我早就想跟你说了，你是不是该回去了？回班威克去。"

戴普大叔顿感一阵心痛，仿佛被利刃扎中，不禁大声叫道："你让我回去！"

"嗯，你假装我的侍从留在这里并非长久之计，一来你是两位国王的兄弟，二来你年纪太大了，多出我两倍，这都是违反军事规章的，你还是回班威克吧。"

"去他的军事规章，你这个孬种！"德普大叔大声道。

"别这样骂我。"

"你这个忘恩负义的东西！我把所有的一切都教给你了，可我还没有亲眼看见你把这些本事展示出来呢！在没看到你大展身手之前我是不会回去的！你的欢悦剑还没有上阵杀敌过呢！这时候让我回去，我一定会死不瞑目的！我是说真的，一定会的！老天可以做证！"

咆哮完愤怒的老人并未就此住嘴，紧接着又冒出一大串高卢式的咒骂声，征服者威廉说过的"上主荣光"，假借路易十一之名呼喊的"天杀的"①都包含在这咒骂中。接着又以卢卡的圣容、上帝的死、上帝的牙和上帝的头去咒骂红脸威廉、亨利一世、约翰王和亨利三世②，他按照王室的顺序依次骂下来。窗外的矛隼却因此兴奋不已，浑身毛都竖了起来，像极了女仆手中的拖把。

---

① 这个典故来自法国著名作家雨果的作品《巴黎圣母院》，路易十一在第十卷第五章《法王路易的祈祷室》一篇中总以这句为口头禅。

② 这四位英格兰君主的顺序是按着在位年代排列的，威廉二世（一〇八七至一一〇〇年）、亨利一世（一一〇〇至一一三五年）、约翰王（一一九九至一二一六年）、亨利三世（一二一六至一二七二年）。

"好好好，不走也可以，但是，以后请不要再提起这件事了。"蓝斯洛接着说道，"即使我与她之间真的互相喜欢那也是没办法的，再说了，喜欢一个人有错吗？你这么质问我仿佛我和她做了什么龌龊事一样。你肯定是误会我们了，或者就是你不信任我。事实上我和她并没做什么错事，所以此事以后莫要再提。"

老人不再咆哮，翻翻眼睛，挠挠头发，掰掰手指，亲亲指尖，还做了一些其他的动作，以此来表示自己的不信任。但是从这之后他再没提过这件事了。

相比之下亚瑟的态度就没这么简单了。梅林的警告让他感到矛盾，他说他的妻子与他最好的朋友会背着他彼此相爱，可是背叛了自己的朋友还能算是最好的朋友吗？桂妮薇是他的挚爱，如同玫瑰花一般娇艳，充满活力，而他不由自主对蓝斯洛产生的敬意让他非常喜欢蓝斯洛。到底该不该怀疑他们，这让亚瑟很为难。

想来想去，他终于想到一个两全其美的办法，那就是在参加罗马战争的时候带上蓝斯洛，使这个孩子远离桂妮薇。这样一来，不论梅林的预言是真是假，都避免了预言的发生，并且带着这么优秀的子弟兵在身边不失为美事一件。

详细的讲解罗马战争实在是浪费时间，这场战争历时长久且过程曲折。一句话概括，它既是毕德格连之战的最好结局，也是燃起整个欧洲战火的后续导火索。因为赎金而发动战争的封建思想在大不列颠之外依然盛行，罗马的独裁官①（如果细想马洛礼这里用到的独裁官一词有点蹊跷）一个叫路奇乌斯的先生找上了

---

① 罗马历史中以路奇乌斯命名的独裁官有很多：辛辛纳图斯，公元前四五八年和四三九年两度任职独裁官；柯索，公元前三二五年和三〇九年两度任职独裁官；苏拉，公元前八二年任职独裁官，等等。这里说的应该是罗马王政时代最后一位罗马王苏佩布，因为在下文中怀特提到拉尔斯·波希纳这个人。

亚瑟这位刚刚上位不久的国王,这位来自国外的赎金猎人派遣大使向亚瑟收取贡金——这是交战前的说法,交战后,这笔钱就改叫赎金了。亚瑟与议会商议之后拒绝了这个要求。于是独裁官宣战了,他派出麦考莱所说的使者拉尔斯·波希纳前往境内各地去缔结同盟攻打英格兰,仅仅是和他一起从罗马出发的国王就至少有十六位。这些同盟分别来自安巴居、阿蓝奇、亚历山卓港、印度、哈蒙山、幼发拉底河、非洲、大欧罗巴半岛、尔塔因、伊拉米、阿拉伯、埃及、大马士革、达米耶塔港、凯亚、卡帕多其亚、塔斯、土耳其、庞斯、潘波里、叙利亚和加里西亚,另外还有上千人数的西班牙人和来自希腊、塞浦路斯、马其顿、卡拉布里亚、凯特兰、葡萄牙的同盟①。

亚瑟决定带着蓝斯洛去参加这场战役,战役地点定在海峡另一端的法兰西。这时大家公认的圆桌第一骑士是队长加文,还不是蓝斯洛,他现在只是和亚瑟有过一次比试而已,所以他必须跟随队伍出征。

这让蓝斯洛十分恼火,他才刚刚爱上桂妮薇不久,正是热恋期间,他非常不情愿在这个时候离开桂妮薇,他感觉亚瑟在怀疑他。另外他知道马克国在这种情况下都会留下崔斯坦爵士陪着王后,为什么自己就不能效仿崔斯坦,留下来陪着桂妮薇呢?

这场罗马战役旷日持久,我们就不细诉了。和其他的战争一样,战场上每天都有人死亡,有人胜利,有人表现卓越,有人落荒而逃,精彩的战局时不时上演,对战双方不是你死就是我活。这就是个大型的毕德格连之战,虽然它有着与运动或商业行为相同的性质,但亚瑟并不这么认为。谈判时担任使节的红发加文一

---

① 这里提到的所有地名全部引自马洛礼的《亚瑟之死》。

怒之下杀了一人。在敌我兵力悬殊巨大的情况下，蓝斯洛率兵打了场漂亮的以少胜多的战役，并亲手杀死了阿拉库克、赫劳德、赫伦戴①这三个出了名的贵族和黎利王。战役中被杀死的还有三个臭名远扬的巨人，其中有两个都是亚瑟亲手杀死的。叙利亚的苏丹、埃及国王、埃塞俄比亚国王（海尔·塞拉西的先祖），还有十七个来自其他各地的国王和六十个罗马元老也都死在了战场上，这都是后来才发现的。在最后一战中，亚瑟亲手用斩钢剑劈开了路奇乌斯独裁官的头颅直至胸口。战争结束后亚瑟用贵重的棺木收拾了牺牲的国王和元老们的尸体（这个举动并不是为了嘲讽），并当作贡金交给了罗马市长，从此以后亚瑟的共主地位得到了罗马市长和几乎整个欧洲的认同。普利森斯、帕维亚、彼德圣和崔伯港也在这之后向亚瑟投诚。继英格兰之后，收取赎金而发动战役的封建惯例在整个欧洲大陆上被彻底打破，再也不会出现了。

经历了这场征战后，蓝斯洛被大家一致推举为此次战役中最伟大的战士，亚瑟也变得更加喜爱蓝斯洛了，脑海中曾经因为梅林的预言而产生的那点怀疑也在凯旋之后彻底消除了。两人都认为彼此之间的关系不会因为桂妮薇而产生什么变化，起初也确实如此，两人就这么和平友好地相处了几年。

---

① 马洛礼的《亚瑟之死》中出现过阿拉库克、赫劳德、赫伦戴这三个贵族。

第六章

　　如今人们是如何看待蓝斯洛爵士的呢？可能在他们眼里，蓝斯洛就只是一个有着高超武艺的青年而已，而且还长得那么丑，可是这可不是他的全部。他是个骑士，拥有中世纪荣誉观。

　　有句话把蓝斯洛曾经想要表达的理念进行了很好的概括，那就是"某某人信守承诺"。如今在英国乡间，你依然可以听到这句话，爱尔兰农夫在称赞一个人时，依然会用到这句话。

　　蓝斯洛想做一个说到做到的人。在他看来，自己所说的话就是最珍贵的财富，而这种观点也深得那些愚昧的乡民的认可。

　　可是，让人讶异的是，尽管信誉非常重要，不管是在对待自己，还是在对待他人时都是如此，可是他的个性中却有一个不符合圣贤之道的冲突的想法。他所说的话之所以有意义，就是因为他是好人的同时，也是一个坏人。需要利用规范对自己的行为进行约束的只有坏人。举例来说，他喜欢对别人进行攻击。正是因为这个荒诞的缘由，他变成了一个非常冷酷的人，而他也因此放过了所有讨饶的人，也从来没有在事先准备好的情况下对他人进行过虐待。他爱上桂妮薇的其中一个原因就是，伤害她是他对她做的第一件事，正是因为他在她的眼中看到了受伤的神情，才开始觉得对方是一个活生生的人。

几乎都是因为一些荒诞的理由，圣贤才能成为圣贤。假如他不受限于礼仪规范，也许就会和他所敬仰的英雄的妻子双宿双飞了，这样可能就免去了亚瑟的悲剧。人生中一半的时间，蓝斯洛都用来打压自己，想要找出善的定义，以把自己邪恶的倾向驱除掉。这事如果搁到一般人身上，也许很早以前就把根源除掉了，在自我毁灭到来以前。

九月的雾蒙蒙的一天，搭载着从战场上回来的两位好友的船队停靠在三明治港。在收割后新发的草丛中，各色蝴蝶飞来飞去，鹧鸪叫个不停，黑莓越发成熟，还在棉绒摇篮中包裹着的榛果核仁还是索然无味。海滩上站着桂妮薇王后，当他们从船上下来时，她上前亲吻了国王，这一刻，蓝斯洛恍然大悟——归根结底，他们之间都有她的存在。他嗫嚅了一下，似乎整个人都陷入了纠结的状态中。他朝王后施过礼以后，就到附近的一家施舍休息，这一晚上，他都辗转反侧。次日一早，他就向亚瑟辞行。

"可是你根本没怎么在宫廷里待啊，"亚瑟说，"干吗急着离开？"

"到了我离开的时候了。"

"什么时候？"国王说，"你为什么这么说？什么离开的时候？"

蓝斯洛把拳头攥得紧紧的，青筋暴起。"我想去探险，看有没有冒险的机会。"

"可是蓝斯洛……"

"圆桌成立的目的，不就是这个吗？"年轻人声嘶力竭地叫道，"骑士的任务不就是去探险，去和强权作对吗？你有什么理由拦着我这么做？圆桌这个理念的重点也正在于此。"

"噢，好了，"国王说，"你冷静一点儿。假如你有这么强烈的愿望，你当然可以不用顾及我。我只是希望你能多陪我们一段时间。蓝斯洛，不要生气了，我真的不知道到底发生了什么事？"

"早去早回。"王后说。

第七章

　　一开始，那些举世闻名的探险家都是这么干的。他只是为了离桂妮薇远远的，保持自己的名誉，才选择这么做的，并不是一时兴起，也不是为了什么让自己拥有更高的名誉。

　　为了证明他在忘情上用了多大的功夫，那些高尚的情操又是如何形成的。而且，还可以把英格兰当时的情况表现出来，对亚瑟王一意推行他的公理正义的理论有所了解。我们得浓墨重彩描绘下其中一次探险。亚瑟并不是一个高傲的人，可是他的国家格美利一直陷在无政府的状态中难以自拔，所以圆桌这样的理念变得极其重要，以此延续这个地方。尽管已经处罚了像洛特这样好战的人，可是拥地自重的贵族行为却像强盗一样并没有受到应有的惩处，也根本说不上制约。那些土豪不是把犹太人的牙齿拔下来，把他们的财富夺走，就是用火刑惩治站在他们对立面的主教。这些邪恶主人手底下的农奴受到各种严酷的折磨，不是被钉上木桩、挖掉眼睛等死，就是被割断脚筋，只能像动物一样在地上爬行。不停地爆发小范围的纷争，贫困的人的生存空间更加狭窄了。即便在战争中，骑士被拉下马，除非对方武艺高超，否则根本伤害不了全副武装的他。比如说，在有名的布汶之战①中，步兵团团围住了下马的法兰西的腓力·奥古斯都，可是他的盔甲却牢不可破，所以不久他就脱离了险境，而且因为气极之下的他彻底不受控制了，所以越战越勇。可是，蓝斯洛第一次探险的故事，倒是用自己的方式证明了那段冲突不断的强权年代。

同属于克尔特族人的卡拉铎斯爵士和特昆爵士，在威尔士边界上。这两个保守派男爵从来没有视亚瑟为自己的领袖，对于任何形式的政府，他们都持怀疑态度，在他们眼里，只有武力才真正有用。他们旗下都有牢不可破的城堡和无恶不作的家臣。正是基于他们的领导，那些家臣有很多机会为非作歹。他们就如同高高在上的老鹰，可是，这样比喻显然对老鹰不太公平，因为很多老鹰还是很尊贵的，而特昆爵士和尊贵八竿子打不到一起。假如他活到现在，被送到精神病院的可能性很大，而他的朋友也一定会强迫他去做心理咨询的。

蓝斯洛爵士骑马去探险，愈发远离自己真心想去的地方。所以，马儿每走一步，他都觉得难受。一个月的时间匆匆流逝，一天，他遇到一位骑着一匹大马的骑士，身上还穿着铠甲，另一位被绑得严严实实的骑士在前鞍桥上横着。这位骑士全身是血，还有泥渍，已经昏迷了。他的头在牝马肩上挂着，红色的头发格外醒目。骑在马上的那位骑士非常健壮，通过对方的盾徽，他认出

① 一二一四年，英国约翰王和神圣罗马帝国奥托四世达成同盟，想把英国输给法国的领地夺回来，可是法王腓力二世在这次战争中，让联军输得一败涂地，取得了决定性的胜利。

眼前的人就是卡拉铎斯爵士。

"你打败了谁？"

那位高个子骑士把俘虏的盾牌拿出来给他看，盾面的底纹是金黄色的，上面还有红色山形纹，山形纹的上面是两个绿色蓟花纹，下面是一个绿色蓟花纹。

"你把加文爵士如何了？"

"跟你没关系。"卡拉铎斯爵士说。

这时，只听到一个声音响起："蓝斯洛爵士，是你吗？我的好兄弟！"肯定是马儿停下来时，加文苏醒了。

"加文，见到你真是太好了。你现在怎么样？"

"太糟糕了，"加文爵士说，"请求您大发慈悲救救我。如果阁下视若无睹，恐怕就没人救得了我了。"

他说的是正统骑士语，只有高位者才会这么说——在那个年代的两种语言中，撒克逊英语没有诺曼法语的阶位高，就类似于"高低阶日耳曼语"分别指德语和荷兰语。

蓝斯洛用撒克逊方言，对卡拉铎斯爵士说："你放了那个家伙，我们来比试一下。"

"你这家伙真是太自不量力了，"卡拉铎斯爵士说，"你的下场会和他一样的。"

他们把加文绑好放在地上以后就开始较量了。卡拉铎斯爵士的矛有侍从递给他，可是蓝斯洛却只能自己来，因为他不让戴普大叔跟着他一起。

这场较量不同于之前和亚瑟的那一场比试。比如，这两个骑士在实力上更加相当，而且在进行长矛比试时，二人都稳稳地坐在马上，尽管他们手中的桦木矛已经分裂了，两匹马也被吓得动弹不得。到了比剑环节，明显蓝斯洛更高一筹，这场争斗持续了一个多小时以后，卡拉铎斯爵士的头盔被蓝斯洛一剑刺中，头骨都被刺穿了。蓝斯洛在这具尸体从马鞍上倒下来时，手疾眼快地扯住对方的领子，一剑把对方的头砍了下来。他把加文身上的绳子解开，在对方向他表示了真诚的感谢以后，他再次踏上了探险的旅程，卡拉铎斯爵士的事已经被他放到了一边。他和他的表弟莱诺爵士相遇，一起开始了打抱不平的旅程。可是，他不应该把卡拉铎斯爵士给忘了。

某一天中午，他们骑行到了一座森林。蓝斯洛因为纠结于王后的事，再加上酷暑难耐，累得筋疲力尽，而莱诺也疲惫不堪，于是，他们决定把马拴在一棵苹果树上，休息一会儿。不久，蓝斯洛就进入了梦乡，可是莱诺爵士却一直睡不着，因为苍蝇的嗡嗡声实在是太讨厌了。就在这里，他看到一副非常奇特的景象。

一名骑士正在对三名武装齐全的骑士紧追不舍，马蹄声不绝于耳，地面都被马蹄踏得产生震耳欲聋的声音（蓝斯洛竟然还能睡着，真是太奇怪了），接下来，前面三名骑士都被后面的猎手击下马，沦为俘虏。

莱诺野心很大，在他看来，这项荣誉他也可以得到，完全可以取代他那举世闻名的表哥，于是他起身把铠甲穿好，跨到马上坐着，向那位胜利者发出了战书。可是遗憾的是，他很快也被打得落花流水，被严严实实地绑了起来。直到这场表演结束，蓝斯洛都还沉沉地睡着。特昆爵士成为这四场战斗最后的胜利者，而他的兄弟就是前段时间才被蓝斯洛杀死的卡拉铎斯爵士。特昆爵士最喜欢做的一件事情就是把他的俘虏集中在他那恐怖的城堡，把他们的衣服扒得一干二净，然后狠狠地揍他们，直到他心满意足。

当另一场争斗上演时，蓝斯洛依然在沉睡中。这群人中有四名衣着华丽的骑士，她们是手持长矛的四位中年女王，上面罩着一顶绿色的丝质罩篷，骑着白骡的她们看上去很是美丽。她们经过苹果树旁时，蓝斯洛的战马发出一声长啸。

摩根勒菲是这四位巫后中年龄最大的一位女王，她指挥队伍停下来，然后走向蓝斯洛。身穿全副铠甲的他在长草地上躺着，看上去正被危险笼罩。

"那不是蓝斯洛爵士吗？"

俗话说好事不出门，坏里传千里，丑闻正是如此，在那些拥有超凡力量的人之间，丑闻传播得更加迅速，所以，对于他和桂妮薇的恋情，四位女王早已有所耳闻。同时她们也清楚，如今举世公认的最强的骑士就是他。因此，她们对桂妮薇妒忌不已，与此同时，也非常高兴拥有眼前这么好的机会。于是她们之间爆发了一场纷争，谁才能施展魔法，成为他的拥有者。

"我们不需要因为这个争论，"摩根勒菲说，"我会在他身上下一个咒语，这样一来，他会连着睡六个小时。等他平安回到城堡以后，由他自己来决定跟谁。"

她们商量好以后，蓝斯洛和他的盾牌就被带到了战车堡。其实这就是一座再平常不过的碉堡，曾经是粮食堡，可是已经没有了仙灵气息。蓝斯洛依然处于沉睡的状态中，此刻被带到了一个空旷、凄冷的房间里，等着咒语失灵。

等到蓝斯洛恢复意识时，他一片茫然。他身处在一个好像地牢一样的房间里，黑漆漆的，揣摩着接下来会有什么事发生。很快，他的脑海里又出现了桂妮薇王后的身影。

很快倒是有另外一件事情发生了：一位年轻少女给他送来了晚餐和关切的问候。

"蓝斯洛爵士，你没事吧？"

"我现在是迷茫的，美丽的姑娘。我为什么会到这里来，我现在到底有没有事，我全都一无所知。"

"不要担心，"她说，"假如你的确是她们口中那个非常厉害的人物，也许我明早就可以帮助你。"

"非常感谢你。不管你能否给我提供帮助，我都非常感谢你能站在我的角度上考虑。"

之后那位漂亮的少女就翩然离去了。

第二天一早，就有门栓打开的响声和生锈门锁的嘎吱声传来，几个身穿锁子甲的侍卫来到地牢，整齐地排列在门的两边，恭迎四位魔法女王。身穿最华美衣服的女王纷纷向蓝斯洛爵士行礼。他恭敬地站着，严肃地向每位女王鞠躬。摩根勒菲女王把其他三位女王——高尔女王、北加里斯女王以及东土女王介绍给他认识。

"你听好了，"摩根勒菲说，"你的事我们都很清楚，因此你也不要想着在我们面前隐瞒任何事。你是蓝斯洛骑士，是那个和桂妮薇王后有着说不清、道不明的关系的湖上骑士。全世界都认定你是第一骑士，那女人之所以喜欢上你，也是这个原因。可是现在，这一切都过去了。你被我们四人抓住了，我们其中的一个将变成你的主人。当然，这要看你的意思——可是你的选择范围也仅限于我们四人。现在告诉你的答案。"

蓝斯洛说："我应该怎么回答？"

"你必须做出选择。"

"首先，"他说，"你是在诽谤我和大不列颠王后。桂妮薇对国王无比忠诚。为了证明这件事，你可以选择让我获得自由，或者给我一副铠甲，让我和任意一个你指定的武士比试。其次，我不会臣服于你们其中的任何一人。如果有什么失礼的地方，还请谅解。可是，我没有别的说辞。"

"噢！"摩根勒菲说。

"这就是我的回答。"蓝斯洛说。

"完了？"

"完了。"

四位女王严肃而骄傲地行了个礼，然后走出去了。身穿厚重的锁子甲的侍卫发出清脆的声音，快速转过去。门锁上的同时，光线也随之消失了。

那位美丽少女送来下一顿餐点时，好像很想和他说点什么。蓝斯洛发现她是个很有勇气的姑娘，可能愿意率性而为。

"你说也许你可以帮助我？"

女孩听到他这么说，一脸质疑地回答道："但是我有个条件，你就是她们口中那个非常厉害的人，你确实是蓝斯洛爵士？"

"当然。"

"那么，"她说，"我们可以互相帮助。"

说完她就哭得梨花带雨起来。

哭泣的少女给人非常心动的感觉，而且很是坚定。趁此机会，我们还是先对格美利这个地方早年举办比武大会的情况进行一下说明。真正意义上的比武大会不同于长矛竞技，它们最大的不同点在于，在长矛竞技中，骑士不管是进攻还是防御，都是采取单挑的方式，胜利的一方会赢得奖项；而比武大会则和自由战比较像，骑士先分别站在两边，每边各有二十人到三十人，开始混在一起进行自由战。这种混战的重要性在于，假如比武大会的报名费你交了，长矛竞技你也可以参加，但反过来就不行了。参赛者很容易在这些混乱中受伤。假如稍加控制，这些混乱倒也不是没有好处，但问题是，当时根本不存在什么控制。

潘德拉贡时代的快乐英格兰和奥康诺①时代的令人同情的老爱尔兰有点类似，存在各种各样的派系。骑士、住民和家臣，不管是属于哪个国家、哪个地区和哪个贵族的，可能都和周边的派系势不两立，这种对立会一代代传承下去，之后某个地区的国家或领导者就会把挑战书发给另一个地区的国家或领导者，召开比武大会。双方都想让对方一败涂地。在罗马天主教徒和上新教徒对抗、斯图亚特王室和上橙党党员对抗的年代，情况也是一样的，他们都手拿粗木棍相互攻击，都想置对方于死地。

"你哭什么呢？"蓝斯洛问。

"噢，天哪，"那少女哭泣着说，"恐怖的北加里斯王向我父亲发出挑战，定于下周二比试。我很担心我父亲，他肯定赢不了，可能还会受重伤，因为对方找到了三名亚瑟王的骑士作为助手。"

"我明白了，你父亲是谁？"

"他是巴德马格斯王。"

蓝斯洛起身亲吻了一下她的前额。他知道她想让他答应什么条件了。

"好的，"他说，"假如你能帮助我从这个监牢逃出去，下周二，我会助阵巴德马格斯王。"

"哦，那真是太好了，"那少女拧着手帕说，"我现在得走了，否则他们会在楼下找我。"

假如北加里斯本人作战的对象是她的父亲，她当然要想办法把蓝斯洛放出去。

---

① 爱尔兰传统旧教（天主教）的政治意见领袖，不支持合并法，全力促进爱尔兰独立和天主教解放运动。

天刚蒙蒙亮，城堡里的人都还在睡觉，就有人把那扇沉重的大门推开了。在一只柔弱有力的手的带领下，蓝斯洛穿过十二扇魔法门，随后来到兵器库。他的铠甲被擦得亮锃锃的，就在那里放着。一切都准备好后，他整理好自己的行装，朝马厩走去，战马闪耀的蹄铁正在鹅卵石上蹭来蹭去。

"请一定要记住啊。"

"放心吧。"他边说边从吊桥骑了过去。

他们小心翼翼地从战车堡的走廊穿过时，已经想好了要先和巴德马格斯王见一面。蓝斯洛和少女选在附近一座白衣修士会的修道院碰面——当然，她帮助蓝斯洛逃走以后，自己肯定也不能继续在摩根女王那里待着了。他们要在修道院里等着和巴德马格斯王碰头，然后商量比武大会事宜。可惜，战车堡所在的位置是野森林，蓝斯洛找不到方向了。一整天的时间，他和他的马都在里面四处转，始终找不到方向，很快就变得焦躁不安起来。黄昏时分，他们跟跟跄跄地来到一座空无一人的红色绸质帐篷里。

他从马上下来，仔细端详着那顶帐篷。这个森林如此荒凉，怎么会有如此奢侈的帐篷，可是环顾了一圈，却没有发现一个人，这的确是有点怪。

"这顶帐篷也太怪异了。"他在心里这样想道。因为他的脑子被桂妮薇填满了，因此也变得郁郁寡欢起来。"可是，我想今晚在里面住一晚应该不成问题吧。这里有一顶帐篷，要么面临着什么危险，要么主人到其他地方旅游去了。如果这里值得探险，我就不应该退缩；如果是主人暂时不在这里，他们应该会愿意接纳我一晚上。无论如何，我现在找不到方向了，还能做什么呢。"

他卸下马具，把马拴好，又把身上的铠甲脱下来放好，最上面放着盾牌。之后，他觉得有点饿，把女孩给他的面包吃了一点，又到一条小溪旁喝了点水，活动了一下四肢，睡意袭来，他用拳头连叩三次门齿以后，就上床睡觉了。那床也太奢华了，床罩和帐篷的料子是一样的，都是红色绸缎。蓝斯洛爬上床，把丝枕带给他的触感当作桂妮薇的吻，很快便进入了梦乡。

等他一觉醒来，月亮已经升上了天空，他左脚边坐着个裸体的男人，正在剪指甲。

意识到有另一个人的存在，他马上惊醒过来，在床上发出动静。那男人也意识到有动静，也惊讶得一跃而起，把剑拿在手上。蓝斯洛翻身跑到床的另一边，朝外面树上的武器奔去。男人挥舞着剑追过去，想从背后袭击他。蓝斯洛机警地躲了过去，把武器拿在手上以后，就迅速转了过来。月光下的他们看上去实在是太吓人了，而且很是奇怪，因为他们都没有穿衣服，剑器在月光的照耀下熠熠生辉。

"看我的！"男人边叫边朝蓝斯洛的腿部刺过去。可是，他却抱着肚子倒在了地上，剑也随之落地。他被蓝斯洛一剑击伤了，月光把血都染成了黑色，而他胃里的某些东西却把它们的私密生活暴露了。

"不要再打了！"男人求饶道，"停下来，不要再打了，我快要一命呜呼了。"

"很抱歉，"蓝斯洛说，"可是你为什么都不等我拿剑，就率先进攻我。"

男人接着大叫道："求你放过我吧！"

蓝斯洛放下手中的剑，前去查看对方伤得如何了。

"我不会再刺伤你了，"他说，"我来看看你伤得怎么样了？"

"你刺穿了我的肝脏。"男人大声质问道。

"嗯，实在是很对不起。不过，我们为什么会打起来，我到现在还一头雾水呢。你靠在我肩上，我扶你到那张床上去躺着。"

蓝斯洛把男人扶到床上躺着，把灯心草蜡烛点上，然后开始查看他的伤势，发现他只是受了点轻伤。这时，帐篷门口出现一位漂亮的女士，她很快就意识到刚刚发生了什么事，马上叫出了声。她一个箭步冲到男人身边，轻声安慰他，还大骂蓝斯洛是凶手，然后又哭又叫。

"不要再叫了，"男人说，"他没有想要杀我，我们刚刚只是发生了一点误会。"

"我在床上躺着，"蓝斯洛说，"他进来在我的脚边坐着，我们彼此都受到了惊吓，于是就大打出手了。不过让他受伤了我还是感到很抱歉。"

"可是这张床是我们的，"那位女士大叫道，看上去和《金发姑娘与三只熊》①里面的熊特别像，"你为什么跑到我们的床上来了？"

"真的很对不起，"他说，"我进来的时候，帐篷里一个人都没有，而且我找不到方向了，筋疲力尽，因此我想，我在这里借宿一晚上应该不是什么问题。"

"是没有问题，"男人说，"我们很欢迎，再怎么说我也只是受了点轻伤，能告诉我你叫什么吗？"

"蓝斯洛。"

男人很是惊喜："天啊！我说我怎么还没使上劲儿就输了呢，亲爱的你快来看看这是谁啊！也幸亏是你才会这么轻易放过我。"

在他们的热情挽留下，蓝斯洛不得不留宿一晚，次日清晨在

---

① 英格兰童话，故事中金发姑娘到森林里发现了一间房子，里面有三张床，她轮番躺了三张床，最后在小床上睡下了，后来熊一家三口回来发现了她。

他们的正确指路下，蓝斯洛顺利到达了白衣修士的修道院。

在这段故事的主线里这场邂逅就这样结束了，但是值得一提的是，后来这名叫贝勒斯的骑士在伤势痊愈后被蓝斯洛引荐成了圆桌骑士中的一员。亚瑟那时正需要他这样性格温和大方的骑士，蓝斯洛这么做也是为了借此弥补自己的过错，好让心里舒坦一些。

当蓝洛斯的马蹄踏进白衣修士的修道院时，那位美丽年轻的少女立刻欣喜地从高塔上飞奔下来迎接他的到来。在他没来之前，这位少女一直在焦急地等待他的到来，生怕他会失约，现在这份担心终于可以放下了。

她欢快地高声叫道："你能来我真是太高兴了，我真怕你会忘记了呢，我父亲今晚就到。"

她的用词让蓝斯洛的嘴角泛出一丝笑意。在巴德马格斯王到来之前，他先洗了个澡，并换了一身平民的衣服穿上。

为了不再思念远方的王后，他自言自语道："格美利这个地方实在太奇怪了，在这里发生了太多让我来不及反应的事情，我几乎都不知道自己身在何方了。表弟为什么会在苹果树下消失？必须有个合理的解释。还有什么巫后啊、比武大会啊、是谁深夜上了你的床啊、家里一半的人都消失不见啊等麻烦事，想要都能合理地解释清楚实在是太难了！"

然后他简单地整理了一下自己的仪表就下楼去见巴德马格斯王了。

关于那场比武大会，马洛礼已经写得很详细了，这里我就不再细述。陪同蓝斯洛参加比武大会的有三名骑士，这三人都是他从少女推举的人中挑选的，并且他要求这三名骑士连同自己在参加比武时都必须佩戴素面盾——这种白色盾牌是还未成长成熟的骑士专门佩戴的。他之所以这么做是为了不让对方阵营中的三名来自圆桌的兄弟认出他来，避免他们知道对手是他而与他产生隔阂，毕竟他已经答应了少女的请求，理应出战。对方阵营领兵的是北加里斯王，带领了一百六十名骑士，而这边巴德马格斯王只带领了八十名骑士。对战一开始，对方的三名圆桌骑士就都败在蓝斯洛的进攻之下，一位肩膀脱臼，一位头盔深深地插进了泥土，整个人倒挂在马尾巴上，还有一位头盔被重击后留着鼻血骑马跑掉了。最后蓝斯洛打断了北加里斯王的大腿骨，比武大会就此结束，其实在此之前，这场比武大会的胜负大家都一目了然了。

比武大会结束后，少女的父亲获得了胜利的奖赏，少女对蓝斯洛也是感激不尽，于是彼此互相承诺，将来不论对方发生什么事情，只要捎个信来，另一方一定鼎力相助，友谊地久天长。告别少女后，蓝斯洛终于能够专心来追查处理莱诺失踪的事情了——自表弟失踪后他就被一群邪恶女王囚禁，被救后又忙于报答救命恩人。向路过的农夫打听清楚方向后，蓝斯洛骑马来到了当初和表弟走散的森林——一片有苹果树的树林里。他相信只要在表弟失踪的地方全面仔细地搜索，一定可以找到相关线索，天气冷也没关系。

也就是在这片树林里的这颗苹果树下，他遇到了一位女士，这位女士骑着一匹小白马。这一定是棵魔法树吧，不然怎么会有这么多人从这里路过。

蓝斯洛向女士打听道："夫人，您能告诉我这座森林里有多少个可以探险的地方吗？"

"你若有本事每个都去挑战的话，那可真是不少呢。"女士回答道。

"我想我可以尝试一下。"

"看上去你很是健壮，也很有勇气，可是你的耳朵也太恐怖了。"那位女士说，"假如你没有意见，我可以做你的向导，把你带到这个世界上最暴躁的领主那里，可是你肯定不能活着回来了。"

"没事的。"

"你想要我做你的向导，你必须先把你的名字告诉我。假如你不够知名，我这样做就太不仁义了。"

"我叫蓝斯洛。"

"我想也是，"那位女士说，"好吧，你太幸运了。假如你真的像传说中的那么厉害，那么在这个世界上，可以打败他的人可能就只有你了。他就是特昆爵士。"

"非常好。"

"有人说他精神失常了。曾经有六十四名骑士成为他的手下败将，他把他们关起来，使劲抽打他们，假如你也成为他们中的一员，那么你也会有和他们一样的命运。"

"听上去这个对手挺有意思的。"

"那里和集中营有点像。"

"我已经准备就绪了。"蓝斯洛爵士说，"亚瑟打造圆桌武士，就是基于此，他想杜绝此类事情。"

"假如我带你过去，你得答应帮我完成一件事，当然是在你成为胜利的一方以后。"

"什么事情呢？"他非常小心地问道。

"你不用担心，"那位女士说，"只要请你去挑战一下我认识的另一位骑士，几位少女因为他而极为难过。"

"我很愿意。"

"好吧，"那位女士说，"你以后的路怎么走，上帝会告诉你的。不管怎样，我都会为你祈祷。"

他们骑了一会马，来到一处长得和蓝斯洛第一次与亚瑟王比试的那个地方特别像的浅滩。生锈的头盔和悲凄的盾牌挂满了浅滩周围的树，这些盾牌一共有六十四面，有斜带纹、山形纹、直立的梭子鱼、鸫或金鹰的图纹、双腿直立向前的正面狮脸，看上去很是凄凉。盾牌的肩背带已然变色，上面霉迹斑斑。整个地方看上去都和猎场看守人的绞刑架很像。

一只硕大的铜盆挂在空地中央的主树上，斜视着那些破败的铜牌。铜盆底下挂着莱诺的盾牌，就是最新的那个，银白色底面上红色的斜带纹清晰可见，此外，排行标记也特别显眼。

那只铜盆应该怎么处理，蓝斯洛已经想好了，而他也确实这么做了。他把头盔的位置调整好，从低矮的树叶穿过去，用矛尾不停地撞击铜盆，直到把它击落。之后，他们就一直在林中安静地站着。森林也是静悄悄的，许是被刚才的噪声吓怕了吧。

没有人来。

"他的城堡就在这后面。"那位女士说。

他们悄无声息地朝城门走去，到了门前，他把头盔和臂铠都取下来，眉头紧锁，焦躁地走来走去。

就这样半个小时过去了，才看到一个体格健壮的骑士。等看清楚他的长相以后，蓝斯洛着实吃惊不小，因为他长得和之前死于蓝斯洛之手的卡拉铎斯爵士太像了。不仅是体型很像，而且也有一个被捆得严严实实的骑士被放在前鞍桥上。此外，这位骑士的盾牌上面还有三个蓟花纹和一个山形纹，盾牌上方还有个被涂成红色的方块，这就更让人讶异了。其实沦为俘虏的这位骑士正是加文的弟弟——加赫里斯。蓝斯洛目不转睛地盯着他看。

也许我们这样说也是没错的，只要你能把骑士的风格辨认出来，哪怕他换装了，或者拿了素面盾，这位骑士的名字你依然可以猜个八九不离十。就比如说现在，尽管因为离得远远的，我们看不清板球选手长什么样，可是依然可以把他认出来，这一点就和那个年代很像。

以后蓝斯洛有时也必须这么做，要不然他就很难找到对手了，可是通过骑马的方式，亚瑟等人还是可以把他认出来的。

因为蓝斯洛在锻炼上花了不少工夫，所以在判断他人风格方面，他是一把好手。他盯着特昆爵士看了一会儿，很快就发现他有个不足之处。于是他告诉那位女士，假如特昆不及时对坐姿进行调整，他完全有可能把那个俘虏救出来。结果，这项指责很快就变成了一场空，因为在长矛比试时，特昆爵士果然对坐姿进行了调整。可是这件事倒是对长矛竞技的情况进行了间接的解释，因此可能提一下也是有必要的。

骑术是竞技中最为关键的一项技能。假如一个人有勇气全力冲过去，那么他多半会是胜利的一方。蓝斯洛之所以一直获胜，原因也正在于此，戴普大叔最看好他的就是他身上有股"冲劲"。当他变装时，他有时会有意在鞍上随意坐着，看上去很不在意的样子，可是最后会全力冲上去，因此有时他即便没有伸出长矛，观众和他那倒霉的对手都会齐声尖叫："天哪，是蓝斯洛！"而大部分人则会不由自主地往后退，所以冲力还有很大的发挥余地。

"这位好骑士，"他说，"我们两个来比试，你把那个伤者先放下来吧。"

特昆爵士朝他骑过去，一字一顿地对他说："假如你是个圆桌骑士，我真想直接打倒你，再好好揍你一顿。你和那整桌骑士一点差别都没有。"

"话可不是这么说呢。"

之后依照一贯的做法，他们往后退了几步，把长矛举起来，之后全力冲向对方。直到最后一刻，蓝斯洛才发现在判断特昆爵士坐姿有问题上面，他的判断是不准确的，他发现特昆爵士是他遇到过的最优秀的长矛比试对手，对方有着和他同等的冲刺力量，而且没有偏差。

两名骑士回身躲避，同时没忘了攻击，而两匹马因为前后受阻，摔倒在地。两枝矛也一分为二，飞向了高空，像炮弹一样不停旋转，驯马背上的女士被吓坏了，不由得转过头去。等再回过头看时，两匹马的背都已经摔断了，倒地不起，两名骑士也一动不动地躺在了地上。

两人又用剑互相攻击了长达两个小时的时间。

"停手，"特昆说，"我想问你句话。"

蓝斯洛也停了下来。

"你叫什么名字？"特昆爵士问，"我从来没有见过像你这么厉害的骑士。你给我听好了，我把六十四名俘虏关押在我的城堡里，此外，还有好几百人因为我或死或负伤。可是，和你比起来，这些人都不值一提。假如你愿意和我化敌为友，我就把这些俘虏都放了。"

"你真是太善良了。"

"我这么做当然得有一个前提条件，那就是你不是那个人。否则的话，我是不会放过你的。"

"你是指谁？"

"蓝斯洛，"特昆爵士说，"假如你是蓝斯洛，我是不可能向你求饶或者和你化敌为友的。他是杀害我的兄弟卡拉铎斯的凶手。"

"我就是蓝斯洛。"

特昆爵士哼了一声，居然在对方没有准备好时，向对方刺去。

"哦，这样吗?"蓝斯洛说，"我只要乔装一下，说自己并不是蓝斯洛，就可以把那些俘虏救出来，而你竟然想偷袭我。"

特昆继续朝外喷气。

"我感到很抱歉，卡拉铎斯爵士死于我之手。"蓝斯洛说，"可是他是在公平比试中死去的，我没有放他一马，他也没有求和。"

他们又对战了长达两个小时。因为骑士们身穿铠甲，所以，他们的作战武器不只有剑，还有盾缘、剑柄。他们的血喷洒在周围的草地上，就像鳟鱼身上的斑点，带着尾痕的血迹就如同一群小蝌蚪。他们有时会扭打在一起，因为背上的盔甲实在是太重了。沉重的骑士头盔里面全是稻草，只有一个小孔可供呼吸，他们都觉得快要喘不过气来了。他们把盾牌无力地举起来，却根本无法给自己提供防护。

而在一刹那，整个比试却被画上了句号。他们俩都沉默着。蓝斯洛瞅准时机，把剑放下来，把特昆头盔上口鼻部位的开口抓住，两个人都倒在了地上，特昆的头盔掉了下来。他们把短匕首拿出来继续搏斗。特昆的身体往上弹了一下，又痉挛了一下，就悄无声息了。

当蓝斯洛后来被加赫里斯和那位女士扶起来时，他说，"无论他曾经做过什么，他都很强。很可惜，他没有求和。"

"你怎么不想想那些惨遭他毒手的骑士?"

"他是个非常传统的人，"他说，"这样的人横行无忌，的确

是我们要阻止的，可是，不可否认的是，在传统武士中，他依然
称得上是拔尖的。"

"他是个品行恶劣的人。"

"无论他为人如何，他爱他的兄弟倒是真的。啊，加赫里斯，
把你的马借给我行吗？我还想继续走呢，叮是我那可怜的马已经
魂归西天了。如果你没有意见，你可以去城堡里放出莱诺和其他
人。叫莱诺回宫廷，学机灵点儿。我还要和这位女士去其他地
方。可以吗？"

"我和我的马都是被你救下来的，你带走它当然没有问题，"
加赫里斯说，"天哪，你可一直是我们奥克尼人的救星！加文也
是你救的，阿格凡也在这座城堡里。蓝斯洛，你完全可以把我的
马带走，请便。"

第八章

　　蓝斯洛第一次去远方冒险花了一年的时间，在这期间他也经历了不少其他的冒险，然而值得一写的也就只有两件。这两件都是有关于保守道德观的，亚瑟王曾经也因此发动圣战与强权势力对抗。也正是诺曼贵族一直秉持的这种老派的态度，为他提供了这次冒险的机会，毕竟像他们这样因为财产被剥夺而表现得这么仇深似海的贵族实在是少之又少。在亚瑟的命令下，圆桌骑士们出发去收拾这些一直奉行"恃强凌弱"的恶霸领主，这些领主们则在绝望之余奋起反抗。假设像《泰晤士报》这样的报刊存在于这个时代的话，他们肯定会登报投诉的。反应稍微好一点儿的会自我劝说，接受亚瑟的新风新政，把圆桌骑士当作离经叛道的人。恶毒点儿的则把亚瑟贬低得比布尔什维党人还差劲，然后再发挥极致恶毒的想象，在圆桌骑士们身上冠以各种各样根本就不存在的罪行。那些性格暴虐的人也就愿意相信这些虚无的暴行，他们已经完全脱离正常认知的范围了。在蓝斯洛要对付的那些领主中，也有很多人是如此，他们把他看作带有毒气的恶毒的刽子手，这主要是因为他们自己害怕被剥夺权力的心理在作祟。他们带着满腔的恨意厚颜无耻地与蓝斯洛对战，他们坚信自己是在正当地捍卫自己应有的权力，是正义的一方，他们对待蓝斯洛就像对待敌基督一样。一场意识形态的内战正在形成。

这天天气晴朗，夏日高照，蓝斯洛骑着马心思沉重地从一座陌生城堡的林地中经过，他心里正想着桂妮薇，但却不是满怀喜悦地想着，林中草地上杂乱生长的榆树、橡树和山毛榉等高大树木他都没眼去看。他脑海里一直在回想着那位带他找到特昆爵士的女士给他的忠告，在与她即将分别的时候（他已达成了对她的承诺），他们谈论到了婚姻这个话题。女士认为他应该开始一段新的恋情，找个情妇，或者是娶个妻子。蓝斯洛被她的建议激怒了："他们爱怎么说就让他们说去吧，我才不在乎外人怎么看。找个情妇就能对我有所帮助吗？我可不这么认为，在现在这个时候结婚也是不可能的。"为此两人争论不休，不欢而散。虽然在那之后他又经历了几次冒险，但是女士的忠告还在困扰着他，使他闷闷不乐。

这时突然从空中传来一阵铃声，蓝斯洛抬头循声望去。

只见一只拖着一根放鹰绳的漂亮游隼飞过他的头顶，向一棵榆树的树顶落去，一阵阵清脆的铃铛声从它身上发出。它飞上树顶坐了下来，看上去怒气冲冲的，鸟喙喷着粗气，一双愤怒的眼睛向四周张望着。当它看到蓝斯洛正骑马走向她时，立刻扑扇着翅膀要离开，但是它身后的放鹰绳在附近的树枝上缠了三圈，一飞起来就被绳子绊倒了，整个身子被倒吊在树上，翅膀还在不停地扑扇。蓝斯洛生怕它这么折腾会弄断羽毛，心里紧张地一蹦一蹦的。好在它没扑腾多久就不动了，任由绳子倒吊着晃动着，一副愤怒又滑稽的样子，但是它的头仍旧向上抬着，像条蛇一样。

"噢，蓝斯洛爵士，蓝斯洛爵士！"只见一个仕女正骑着马朝他冲过来，而且她明显想要把马缰放开，好和自己握手。"噢，蓝斯洛爵士！你看到我的隼了吗？"

"它在那棵树上！"他说。

"噢，我的天哪，天哪！"仕女连声惊呼，"我只是想叫它回来而已，谁能想到竟然把绳子弄断了。我丈夫非常喜欢放鹰，而且个性特别粗鲁，假如它飞走了，他肯定会要了我的命的。"

"可是他会要了你的命也太夸张了吧？"

"噢，是的，他会这样做的，也许他并不是有意的。可是他太冲动了。"

"也许我可以不让他这么做？"

"噢，不，千万不要！"仕女说，"我担心他会因为你而受伤，我想让他好好的。我觉得你爬上去把鹰抓下来才是最好的办法。"

蓝斯洛看了看仕女和那棵树，然后长叹了一声，这样告诉仕女："这位美丽的女士，既然我的名字您也知道，您也对我提出要求，希望我能爬到那棵树上去把鹰给您抓回来。尽管爬树我并不擅长，而且这树又非常高，我几乎找不到助爬的树枝，可是我依然会竭尽所能。"

整个童年时期，他几乎都在成为战士的道路上前进，无暇去玩一般男孩子会玩的游戏。如果这位仕女是向亚瑟或加文提出这样的要求，其实很容易办到，可是放到他身上就着实有点难度。

蓝斯洛无可奈何地把铠甲脱下来，只剩下衬衫和长裤，在这个过程中，他好几次看向那棵恐怖的树，最后勇敢地朝第一根粗树枝扑过去，这位仕女则滔滔不绝地开始说鹰隼、丈夫和今天天气多么好。

"行了，"他说，他很是生气，整张脸都变形了，"行了，行了。"

此时，那只隼被放鹰绳紧紧地箍在树顶（和往常一样，绳子把它的颈子和翅膀缠住了，而且觉得自己遭到了绳子的攻击），因此蓝斯洛只能让它把自己赤裸的手臂当作栖息点。它愤怒地抓着他的手臂，可是他现在可无暇理会这些，只能专注于解绳子。当鹰抓伤鹰匠时，鹰匠因为太过于专注，几乎不会指责它们。

那只鹰被他成功解救出来以后，他发现仅凭一只手，根本下不去。而此时，树下的仕女看上去很是渺小，蓝斯洛大声对她："你听好了，我要找一根不太重的粗树枝绑在它的系脚皮绳上，再让它慢慢落下去。我得尽量朝外丢，这样才能不被树枝挡住。"

"噢，请千万当心点！"仕女叫道。

把这些事情完成以后，蓝斯洛就开始从树上下来。中途遇到几个障碍，好在都平稳度过了。当还有大概二十英尺才能到达地面时，一个全副武装的骑士正策马朝这里狂奔。

"哈！蓝斯洛爵士！"那骑在马上的胖骑士大声说道，"看看你现在处于一个多么好的位置啊！"

那仕女把隼捡起来，想逃之夭夭。

"女士！"蓝斯洛大叫道。怎么他的名字所有人都知道，他起了疑心。

那胖子大叫道："你这杀手，离她远点，她是我老婆！对，她就是！她只是按照我的指示行事而已。这是个阴谋，哈哈！那副铠甲现在也没在你身上，我要像捏死一只蚂蚁一样杀了你。"

"这也太不符合骑士典范了吧？"蓝斯洛的脸皱到一起，"最起码你要让我把盔甲穿上，这样我们之间才算是公平的战斗！"

"让你把盔甲穿上？你初出茅庐啊？你以为我是什么人啊？那些新玩意儿，我可不信，全部都是胡说八道！但凡有人把小孩烤来吃被我抓住了，我可不会饶了他。"

"可是……"

"你下来，赶紧下来，我等这一刻已经等了很久了，下来去见阎王吧！你如果是真正的男子汉，就不要畏首畏尾的！"

"我可以向你发誓，我从来没有烤过小孩。"

那胖骑士的脸都变色了，大声叫道："骗子！骗子！坏蛋！你赶紧下来！"

蓝斯洛找了一根粗树枝坐下来，晃悠着双腿，还没忘了啃手指甲。

"你是说，"他问，"你就是想在我脱掉铠甲时置我于死地，所以才有意把那只身上带着放鹰绳的隼给放了？"

"你赶紧下来！"

"假如我下去，我一定不会饶了你！"

"你这小丑！"那胖骑士大声叫道。

"是吗？错在你吧！"蓝斯洛说，"这么卑鄙的把戏你也玩，我再给你最后一次机会，像个绅士一样，让我下去把盔甲穿好再和你交战，你觉得怎么样？"

"我不同意！"

蓝斯洛把一根腐烂的树枝扯断，从树上跳下来，刚好落在自己那匹马的另一边，这样两人中间就隔了一匹马。胖骑士骑在马上，全力冲向蓝斯洛，倾身从那匹挡在中间的马横过来，想杀了蓝斯洛。可是蓝斯洛用树枝挡了一下，正好卡住了那骑士的剑，然后他夺过剑主人手中的剑，一剑杀了他。

"离我远点！"看到哭哭啼啼的仕女，蓝斯洛说，"不要再哭了，你丈夫太傻了，而且特别讨厌。我一点都不后悔杀了他。"

事实上，他还是很后悔的。

最后一次冒险也关系到背叛和仕女。当时这年轻人正难过地从当年还是湿地的沼泽地带穿过，可以说这个地区是整个英格兰最荒芜的，处处都是秘密通道，知道路径的只有那些曾经被尤瑟·潘德拉贡征服的撒克逊沼地人。在这片阴郁的天空下，这一整片充满了海水咸味的平原就是一块空旷的茅草地。这里可以听到鹭鸶的悲鸣声，可以看到泽鹞在芦苇丛上飞，还有不计其数的赤颈凫、绿头鸭和泽凫列队飞行，看上去和很多香槟酒瓶在像灵光一样的翅膀的带动下翱翔很像。从斯匹次卑尔根群岛来的鹅群在这块充满盐水味道的沼地上寻找食物，它们的颈子变成了环曲形，而它们后面就跟着拿着网子和工具的沼地人。英格兰其他地方的人都觉得这些沼地人的脚上长着蹼，肚子上有斑点。他们往往会将入侵者杀死。

蓝斯洛在一条直路上骑行，这条直路看上去好像没有尽头。此时，他看到迎面疾驰过来两个人。来者是一位骑士和他的夫人。夫人在前面像疯了一样地骑，骑士在后面紧追不放。他的剑在阴郁的天空下发出闪亮的光芒。

蓝斯洛边大叫"这里，这里！"边朝他们的方向骑过去。

"救命啊！"妇人大叫道，"噢，救救我啊！他想杀了我！"

"滚远点！"那骑士怒吼道，"她是我老婆，竟然和别的男人勾勾搭搭！"

"我没有，"妇人哭诉道，"噢，先生，救救我吧。他太残暴了，他连我喜欢我的日耳曼表兄都不允许。为什么我不能喜欢日耳曼表兄？"

"你这个荒淫的女人！"那骑士大叫道，想要一把把她抓住。

蓝斯洛拦在他们中间，"说实话，你这样对待女性是不行的。无论错在谁身上，你杀女人都是不应该的。"

"从什么时候开始有了这样的规矩了？"

"从亚瑟王做王开始。"

"她是我老婆，"那骑士说，"她和你没有关系，你赶紧滚！无论她怎么辩解，都改变不了她是个淫妇的事实。"

"噢，不，我不是！"妇人说，"你这个浑球，你还喝酒！"

"就是因为你让我心烦，我才喝酒的。更何况，喝酒即便有再大的罪，都比不过通奸的罪大！"

"你们两位都消停一会吧！"蓝斯洛说，"这事不太好解决。我最好先在你们中间拦着，等你们的情绪平复一下再说。先生，我能否请求你原谅这位女士，和我较量一番呢？"

"我才不愿意呢！"那骑士说，"银白底，红色斜带纹，你的盾徽谁不认识，你是蓝斯洛。我才不会自不量力地向你发起挑战呢。更何况是为了这个淫妇。你为什么非要插一脚？"

"你要我走也可以，只要你以你的骑士精神发誓，不会要了这女士的命！"蓝斯洛说。

"这种誓我才不会发呢。"

"你是不会，"那妇人说，"即便你现在答应了，你也会反悔的。"

"我们后面有几个沼地兵，"那骑士说，"你可以看看后边，他们可不是好惹的。"

蓝斯洛让马停下来，看向后面。那骑士就抓住这个机会，从他的近侧转过去把那位妇人的头砍了下来。蓝斯洛回过头，什么也没有看见，可等他转过来时，那名妇人的头已经被砍下来了。

她的身体还在惊悚地抖动着，慢慢倒向左边，坠落在地。他的马匹上处处都是她的鲜血。

蓝斯洛气得脸都白了。

"就凭这个，我就应该一剑把你杀了。"他说。

那骑士迅速从马上跳下来，躺在地上。

"饶命啊，她是个荒淫无道的妇人！"

蓝斯洛也从马上跳下来，随即把剑拔了出来。

"起来！"他说，"起来跟我比试啊，你这个，你这个……"

那骑士躺在地上，把他的大腿紧紧抱住，让自己和这位报仇者的距离更近一些，这样他想控制剑就很难了。"放了我吧！"蓝斯洛从内心深处憎恶这种可耻的行径。

"起来，"他说，"起来和我比试啊，你听着，我只用剑，盔甲我都不穿。"

可是那骑士只是一个劲地说："饶命啊，放了我吧！"。

蓝斯洛的身体止不住颤抖，可是他并不是因为那个骑士颤抖，而是因为他自身太残忍了。他厌恶地把剑举起来，推开了那个骑士。

他问道："看到这血了吗？"

骑士哀求道："求求你，别杀我，我认输。我已经向你投降了，你不能杀我。"

蓝斯洛转身向自己的马走去，手上还举着剑，就如同丢弃了灵魂的木偶。他感受到自己之所以勇敢而且仁慈是因为自己心中既有残酷也有怯懦。

"你起来走吧，我不会杀你的。"蓝斯洛说道。

爬在地上的骑士像只狗样地匍匐着，听了蓝斯洛的话后，他看着他，小心翼翼、畏畏缩缩地站了起来。

蓝洛斯感到心里有些不痛快，转身离开了。

正在远方冒险的圆桌骑士们在圣灵降临节到来的这天都会聚集在卡里昂参加庆典，互相交流自己的冒险经历。如果有必要在事后详细地讲述自己的争斗过程的话，他们就会带着被征服的手下败将来见证他们的故事，亚瑟发现他们似乎很喜欢用这种新的方式来彰显正义。就像是在非洲那边的偏远地区里，有些警察署长类的人物会在圣诞节前派手下的警察局长去丛林中带回已经被教化成功的对象（指的就是那些文明落后的部落酋长）来参加圣诞派对一样。酋长们在见识到宫廷的威严大气后，回去的时候大都洗心革面了。

可是对蓝斯洛来说，他远行冒险后的首个圣灵降临节简直就是场灾难。奥克尼一族俘获了几个衣着破烂的横暴派巨人来庆典投诚。然而蓝斯洛的投诚者却几乎布满了整个庆典会场。当有人问到对方："嗨，你是谁的人"时，不绝于耳的回答声都是一致的"蓝斯洛"，整个圆桌几乎都在吼着这一个名字。当亚瑟问贝勒斯爵士："欢迎你来卡里昂，你能告诉我是哪位骑士让你诚服的吗？"他还没回答，整个圆桌就不约而同地替他大声回答道："蓝斯洛。"这让他感到有点不好意思，脸不由得变得通红，小声地答道："是蓝斯洛，我来向他求和。"

同样是因为蓝斯洛而来投诚的还有贝第维爵士，他带着妻子的头，来到这里坦率地向大家陈述了他砍下这个荡妇的头的经过，有人劝告他带着头去宗教祈祷救赎自己，之后他会变成一个灵魂非常纯洁的人。加文来了之后用苏格兰的语气粗暴地讲述了自己是怎么被蓝斯洛从卡拉铎斯爵士手中救出来的。拿着生锈盾牌的六十四名骑士派加赫里斯代表他们来这里讲述蓝斯洛是如何把他们从特昆爵士手中救出的。巴德马格斯王的女儿也来讲诉了蓝斯洛在比武大会上的出色表现。还有很多人来自我们没有讲过的冒险里，他们大多是在蓝斯洛乔装凯伊爵士时降服的人。不知你是否还记得，在第一部的"石中剑"里，我们讲到的凯伊，他总是乱说话，招致很多仇敌。蓝斯洛在远行冒险时正碰上他被三位骑士追杀不得不出手相救，之后为了让他能够安全顺利地回到宫廷便趁他晚上睡觉的时候与他互换了铠甲。于是原本追杀凯伊的人最后找上的却是蓝斯洛，而认识蓝斯洛铠甲的人都把凯伊误认成了蓝斯洛而绕道而行，不敢招惹。加文、尤文、沙格默、马利斯的艾克特和其他三人都是在这种情况下诚服在蓝斯洛手下的。另外还来了一位在超自然的情况下得救的骑士：来自洛贵斯的梅利奥特爵士。

这些人都是来投诚的，然而他们宣誓效忠的对象却是亚瑟的王后桂妮薇，而非亚瑟本人，这都是蓝斯洛任性的结果。在远离桂妮薇外出冒险的这一年里，蓝斯洛受尽了相思之苦，他实在是太想念她了，多想能回到她的身边，然而他只能忍受这种煎熬，当忍耐达到一定限度的时候他就任性了一下，于是他把这些向他求和的人都送到了桂妮薇的身边，跪拜在她的脚下。于是蓝斯洛的灾难就此来临。

第九章

假如说，一个人同时爱上两个人是不可能的，那么桂妮薇的情况要如何解释呢？可能人去爱两个人时，会采取不一样的方式，爱人的方式是多种多样的。女人可以在爱她的孩子的同时，也爱她的丈夫，而男人则会同时爱两个女人，心里住着一个，身体爱着一个。虽然桂妮薇从某个角度来说，对这个法兰西人有爱意，可是她同样也爱慕着亚瑟。当她和蓝斯洛互生情愫时，两人都还没有发育成熟，而国王却要比他们大八岁。当你处在二十二岁这个年龄时，比你大八岁的人基本上就可以称之为老人了。而她之所以和亚瑟结婚，其实并不是她本人的意愿，而是因为亚瑟和罗德格兰斯王达成了一个合约，即通常所说的"政治联姻"，而这桩婚姻也的确形成了一个联盟，达到了和一般政治联姻相同的目的。虽然她的丈夫年纪很大了，可是在蓝斯洛没有出现前，这个年轻女孩还是对她那英雄般的丈夫充满了仰慕之情。她对亚瑟的情感是多种多样的，有爱情、亲情、感谢、尊敬等，只是少了浪漫的激情。

之后进来了一群俘虏，整座大厅灯火辉煌，年轻的王后一脸通红地在王位上坐着，底下密密麻麻的全是尊贵的骑士，齐刷刷地跪在地上。"你是谁的俘虏呢？""我是王后的俘虏，我是听候蓝斯洛爵士的指令到这里来的，一切听您吩咐。""那你呢？你又是谁的俘虏？""我是王后您的俘虏，我也是听从蓝斯洛爵士的命令到这里来的。"所有人都提到了蓝斯洛爵士这个名字，这个世界上最优秀的骑士，地位甚至比崔斯坦还要高。他不仅绅士，而且善良，虽然长相难看，可是却所向披靡，而这些人都是他送给她的礼物，就好像如故事中所写的那样，他在给她举办生日派对。

桂妮薇端端正正地坐着，眼神清亮，用王室礼回敬她的俘虏们，免除了所有人的罪过。

最后一个到的是蓝斯洛。他的到来先是在门口引起了一阵动乱，随后大厅里就开始回荡一个声音。先前整个大厅还热闹非凡，像是在圣基尔达岛举办海鸟聚会，此时，所有嘈杂声似乎都被打上了静音，所有人都看向门口。只见蓝斯洛身穿尊贵的天鹅绒袍站在那里，上面还带有荷叶边和菱形花纹。这个长得难看可是却无比亲切的黑色人影踟蹰了一会儿，不知道怎么突然之间变得这么安静了，灯光太亮了，让他一时间无所适从。那些脸孔随即又转向了先前的喧嚣，蓝斯洛走上前亲吻了国王的手。

这一幕让一切都尽在无言中，或许胜过任何解释。

"哈，蓝斯洛，"亚瑟兴奋地说，"这场派对真是太热闹了，不是吗？这些俘虏的到来让珍妮都快坐不住了。"

"这些人都是送给她的礼物。"蓝斯洛说。王后和他都互相看着别处，但是两个却像两块吸引力十足的磁铁，咯的一声合二为一，他就在此时越过了那道红线。

"我不由得想，同时他们也是送给我的礼物。"国王说，"结果你送了我一份更加贵重的礼物。"

蓝斯洛觉得现在必须说话了，于是用飞快地语速说，"对于整个欧洲的皇帝来说，这点礼物根本不值一提。"他说，"你这么说，好像从来没让罗马独裁官臣服在你脚下一样。最近，你的领土状况怎么样？"

"蓝斯洛，就像先前你所计划的一样。只有当你和其他人进行了文明传播方面的工作，让独裁官沦为我的手下败将才有意义。假如整个欧洲都处于战乱状态，即便做了欧洲的皇帝也没有意义。"

桂妮薇尽可能发出声音，好给她的英雄鼓劲，这是他们第一次说到合作。

"亲爱的亚瑟，你真是太奇怪了，"她说，"你一直都在征战，让别的国家臣服在自己脚下，可如今你却说战争并不是一件好事。"

"它的确不是件好事，而且是世界上最恶劣的事。噢，上帝啊，这事再解释就显得多余了吧。"

"是的。"

"奥克尼一族现在怎么样？"那年轻人赶紧问道，"你那尽人皆知的教化进展怎样？强权依然是公正的代表吗？要知道，我有一年没在这了。"

国王陷入沉思的状态，忧伤地注视着眼前的桌面。他是个善良、对和平充满向往的人，从小他就受到了严厉的教导。他和导师最后一致得出这样的结论：不管是让别人死在自己剑下，还是做一个残暴的君主，都是不正确的。圆桌概念就是为了防止这样的事件再次出现，这个想法和民主概念、运动精神或道德原则有点像。而如今，在致力于和平建设时，他却发现自己免不了被鲜血浸染。当他高兴时，他并不会觉得多么难受，因为他深知根本无法避免这样的两难。而当他被脆弱的神经击中时，他会备受煎熬。他是北欧人中提倡文明教化的先驱者之一，也是第一个摒弃匈奴王阿提拉①之道的人。有时好像并不值得为了驱除混乱而战斗。他的脑海里时常会冒出这样的想法，哪怕在残暴中生活，那些死去的士兵也宁愿活着。

"奥克尼一族情况很恶劣。"他说，"而教化也只是你取得了那一部分成果。我一直都觉得这个君主有名无实，可是现在不同了，你来了，我就觉得我再怎么说也是三国的皇帝了。"

"奥克尼一族究竟发生了什么事？"

"天哪，你不能晚点再问吗？现在大家都这么高兴，扫了大家的兴好吗？可是我们还是有必要谈一谈。"

"是摩高丝。"王后说。

"她有一部分过错。现在洛特死了，摩高丝变得荒淫无度。我真希望派林诺国王没有杀死洛特，如今她这个样子，严重影响了她的孩子。"

"你为什么这么说？"

国王敲击着桌面说："要是那次你假扮凯伊时，没有让加文沦为你的手下败将就好了，要是你从卡拉铎斯和特昆手中救他们兄弟时失败了就更好了。"

---

① 古代欧亚大陆匈奴人最杰出的领袖和皇帝，史学家用"上帝之鞭"予以称呼，曾几次三番带领大军侵略东罗马帝国和西罗马帝国，造成沉重的打击。

"那是什么原因?"

"这圆桌,"这位年长的男人说,"当这个概念出现在我们的脑海时,它本身是挺好的。对于那些习惯于作战的人来说,我们必须给他们找到一种在不对他人造成伤害时彰显自我的方式。我可以想出来的方式,只能像小孩子那样风靡一时。而为了吸引他们,我们必须像孩子一样先成立一个组织,之后这个组织中的人要先立誓,作战的唯一宗旨只能是组织的理念。你可以用'教化'来称呼,我一开始把这个理念创造出来时,只是想不要恃强凌弱——要保护少女、寡妇,对于没有能力还击的对手,要饶他们一命。人应该具有文明和素质。可是如今,这个理念俨然成了一种运动精神。梅林老是把运动精神是这世界的诅咒挂在嘴边,现在看来确实是这样。我的计划乱套了。如今这些骑士在这方面的兴趣都太浓了,俨然当成了一种比赛。梅林说这是一种如火如荼的比赛状态。所有人都滔滔不绝地散发着此类消息,近段时间谁输了,谁拯救的少女最多,谁是圆桌最佳骑士。我就是为了避免这样的事情发生,才做一张圆桌的,可是却根本避免不了。而其中反应最为激烈的就是奥克尼一族,我想他们肯定是因为对母亲缺乏安全感,才会误以为取得第一名,保证一个安全地带是非常重要的。为了弥补她,他们只能赢。我刚说要是你没有把加文打败就好了,就是这个原因。虽然这个家伙心地仁慈,可是他的心里却会一直记挂这件事,以后就是你的敌人。更不用说在长矛比试的平均分数上,他的自尊已经严重受挫。对于他们来说,这些东西都属于成绩,在我手下的骑士的眼里,这些成绩远比他们的灵魂重要。假如你做事稍有纰漏,奥克尼一族就会要了你的命,就如同他们要杀害可怜的派林诺一样。这种心态非常无耻。他们会为了他们眼中的荣誉而去做根本没有意义的事。要是荣誉、运动精神或文明教化这些事从来没有出现过就好了。"

"真是一场精彩的演说啊!"蓝斯洛说,"不要太伤心了。即便他们想取我的性命,也无法对我造成伤害。而你的计划依然好好的,根本没有乱套。有史以来最好的理念非圆桌莫属。"

亚瑟抬起头,发现他的朋友和妻子正目光相对,眼神中有孩子一样的癫狂,他又迅速低下了头,只是盯着自己的盘子看。

第十章

　　戴普大叔一手转着头盔，一边说："你的披饰坏了，得换新的了。尽管披饰遭到损坏代表着荣誉，可是可以把它换掉时却不换，就变成了一种显摆，和名誉可就没什么关系了。"

　　此刻，他们正待在一个阴暗、潮湿的小房间里，北面有窗，透进来的光线就如同在铁制品上凝固的油脂。

　　"好。"

　　"欢悦剑怎么样？好用吗？平稳感好吗？"

　　欢悦剑的打造者是中世纪最为杰出的铁匠迦蓝。

　　"好。"

　　"又是好！"戴普大叔大叫道，"你还会说点别的吗？蓝斯洛，我已经是快要入土的人了，可是依然要问你，你变成哑巴啦？说吧，究竟怎么了？"

　　蓝斯洛正在将他头盔上的羽饰，原本这羽饰是作为一种记号安在戴普大叔头上那顶头盔上的，想取下来也很容易。在电影和漫画中，你肯定看到过那些身穿铠甲的骑士插着鸵鸟羽毛，连续点头的样子。这里的羽饰可不同于那一种。比如说，凯伊的羽饰的形状就如同一把结实的扁平扇子，伸展开后，可以看到清晰排列的孔雀羽毛上的雀眼纹，就如同在他头上竖了一把结实的孔雀羽扇。既然这样的羽饰不是一丛羽毛，当然就不会点头，和鱼的脂鳍很像，可是要艳丽一些。对于太过于艳丽的东西，蓝斯洛并不太喜欢，所以他只是把几根苍鹭颈羽用几根银钱串起来戴在上面，倒是很配他盾上的银白色。原本他正在摩挲那些羽毛，此刻却忽然扔到一边，起身在窄室里走来走去，一副焦躁不安的样子。

"戴普大叔，"他说，"我曾经跟你说过的话你还记得吧，不要再说那件事了。"

"我当然没有忘记。"

"桂妮薇爱我吗？"

"这个我就不清楚了。"他叔叔严密地回答道。

"我现在应该怎么办？"他大吼道，"我现在应该怎么办？"

对于桂妮薇为什么会同时爱上两个男人，我们无从解释，那么对于蓝斯洛的情况，我们就更加解释不了了。最起码在这个年代是不现实的，因为迷信和偏见不会束缚我们。我们只需要按照自己的心意去做就好了。那我们就觉得费解了，像一个现代人一样直接和桂妮薇发生关系，或者直接带着他仰慕的英雄的妻子远走高飞，为什么蓝斯洛就做不到呢？

他之所以身陷囹圄，其中一个原因就是，他是一个基督徒。对于在现代世界生活的我们，对于古代有一些人是基督徒这个事实，我们往往很容易忽略。而在蓝斯洛所处的年代里，新教徒似乎只有约翰·史考特斯·艾利基纳①。蓝斯洛从小生活在教堂里（不管是谁，想要背叛自己的出身都不是那么容易的），而他所信仰的宗教也是不允许他把朋友的妻子拐走的。而骑士精神，或者亚瑟创造出来的，并得到他深深认同的文明教化是阻碍他恣意妄为的障碍。一个以强权为信仰的恶领主，会无所顾忌地带走桂妮薇，即便教堂审议会在场，因为夺人之妻原本体现的就是强者为大。可是对于蓝斯洛来说，骑士言行和亚瑟王的理论是他童年时期思考的主要内容，因此在他看来，这个世界上存在公理，而他也具有十足的信心，就像那些愚笨的基督徒一样肯定。他天生的障碍是最后一个原因，有一些我们理解不了的东西存在于他那个怪异的脑袋里，在那些他深有感触的伤感中，使得障碍因此形成。连他自己都解释不了，对于我们来说就更加遥远了。他爱亚瑟和桂妮薇，唯独不爱自己，反而对自己恨得要命。尽管他拥有全世界最好的骑士这一只能属于他的荣誉称号，让众人都对他羡慕不已，可是蓝斯洛从来都不敢用好人来标榜自己。他的外表丑陋却高贵，虽然长得和钟楼怪人很像，可是内心深处却有自小就有的耻辱感和厌恶感。现在已经来不及去探寻这样的结果是如何形成的了，我们很容易让一个小孩子相信自己是招人厌恶的。

"我觉得这一切的决定权都在王后手里。"戴普大叔说。

---

① 爱尔兰神学家、哲学家和诗人。

第十一章

　　一连几个星期，蓝斯洛都在宫廷里待着。随着时间的流逝，他发现自己越发不能离开了。他被那些社交活动困住了，而除了那些活动以外，他个人的难题才是他最为关心的事（因为他不同于我们这个时代的人，在他看来，纯洁太重要了。就像丁尼生爵士所写的那个男人一样，他坚信拥有"十人之力"的人必定是纯洁的人），他的力量的确就相当于十人之力，而中世纪把这个词创造出来，也的确是这样解释的。而据这一想法，他得出结论，假如他和王后在一起了，他那十人之力就会消失了。考虑到这一点（和其他方面），他孤绝地不让她靠近。桂妮薇也不好过。

　　戴普大叔有一天对他说："你还是走吧，你看看你自己，你都瘦了快两石①了。无论如何，只要你离开了，凡事都会有个结果。越快离开越好。"

蓝斯洛说："我不能离开。"

亚瑟说："请你不要离开。"

桂妮薇说："你离开这里吧。"

对于蓝斯洛来说，第二次探险对于他的一生来说，具有重大的转折性意义。当时在卡美洛有很多和某个叫佩雷斯国王为主角有关系的谣传，他在闹鬼的柯宾堡里住，是个瘸腿的人。在大家眼里，他有点疯疯癫癫的，因为他笃定他是亚利马太的约瑟的亲戚。他这种人在现代会成为不列颠以色列人，而且测量大金字塔的甬道来对世界末日进行预测将是他一生的功课。可是，佩雷斯国王只是有一点疯，而且他的城堡里也确实有鬼出没，里面有个房间闹鬼，房里有若干门。一到晚上，就会从门外跑进来什么东西，并和你对战。亚瑟觉得可能有必要派蓝斯洛过去看看。

在去柯宾的路上，他有过一次奇特的冒险经历。即便很多年过去，他依然觉得很懊恼。在他看来，这次经历是他失去童贞的最后一场冒险，而且在接下来长达二十年的时间内，他都坚信，他一直是上帝的忠实仆人，可是那件事情发生以后，他就变成了一个不诚信的代言者。

柯宾堡下面有个看上去特别繁华的村子，有鹅卵石街道、石头砌的房子以及历史悠久的桥梁。村中一边的山坡就是城堡所在地，而一座塔位于另一边的山坡上。村民们都在街上聚集，似乎对他翘首以盼，而空气中似乎弥漫着一种幻境，似乎金雨即将来临。蓝斯洛心生疑惑，似乎过多的氧气进入了他的血液，可是所

---

① 英制重量单位，一石相当于十四磅或六点三五公斤。

有墙上的所有石头、这个村子的所有颜色，以及胯下坐骑的愉悦脚步，他都可以感受到。有人在这座村子里施了魔法，弄得他的名字人尽皆知。

"热烈欢迎您的到来，湖上骑士蓝斯洛爵士，骑士中的佼佼者！"他们叫道，"有了您的帮助，我们一定可以远离危险。"

他停下来和他们说话。

"你们为什么要大声叫我呢？"尽管他嘴上在这么问，可是心里想的却是其他事情，"为什么我的名字你们都知道？究竟怎么了？"

他们严肃地齐声答道，声音很是干脆。

"噢，这位好骑士，"他们说，"那座山丘上的塔您看见了吗？有一位非常难过的小姐被关在里面，有人对她施了魔法，让她一连几个冬天都在开水锅里煮。要想把她救出来，只有全世界最优秀的骑士才可以办到。上星期加文爵士已经来试过了，可是他失败了。"

"假如加文爵士都没有办法，"他说，"我当然也束手无策。"

对于这样的竞赛，他一点都不喜欢。当你拥有全世界最杰出的骑士这一头衔时，你就要不停地接受挑战，直到这个头衔被别人夺走为止。

"我想我该离开这里了。"他边说边抖动了一下马缰。

"不，不，"那些人一本正经地说，"您是蓝斯洛爵士，这是我们都知道的。那位小姐您一定可以救出来的。"

"我必须离开了。"

"她正在忍受痛苦。"

蓝斯洛靠在马肩上，右腿从马尾跨过来，然后下了马。"跟我说说，我应该怎么做吧。"他说。

那些人以他为中心排成一个整齐的长队，村长带着他走在最前面，其他人跟在后面，一起走到了山丘上。在这个过程中，大家一直都默不作声，除了村长跟他说明情况以外。

　　"之前，我们领地的小姐是这个国家最漂亮的女孩，"村长说，"因此摩根勒菲女王和北加里斯女王非常嫉妒她，用魔法束缚住了她。那样给她带来的伤害太大了，如今她依然在滚水中煮着，已经五年了。要想救出她，必须全世界最优秀的骑士出面。"

　　当他们来到塔前闸门时，又发生了一件奇怪的事。那门被闩着，而且是用一种非常古老的方式，石头做的大门有明显的裂缝，笨重的横闩可以左右活动，而闩非常笨重，即便攻城锤对它发动攻击，都奈何不了它。可是现在这些横闩主动嵌入墙中，铁锁也自己转开了，门应声而开。

　　"进去吧!"村长说，其他人都在塔外站着，静观其变。

　　有一座火炉在塔内一楼，魔法之水的高温就是用它来维持的，这是蓝斯洛进不了的。二楼有个房间处处弥漫着蒸汽，把他的视线都挡住了。他像个瞎子一样双手交叉，向房里走去，直到耳畔传来一阵尖叫声。蒸汽因为长久未打开的门被打开以后散失了一部分，尖叫的女孩就在那里。这位美丽可爱的小姑娘就一丝不挂地在一个澡盆里坐着，羞赧地看着他，就像马洛礼所记述的一样。

　　"呃。"他说。

　　那女孩的脸都红到了耳后根，最起码在滚水的状态下的确如此。她轻声说："请把您的手伸过来。"她知道怎样才能把这个魔法解开。

　　蓝斯洛把手伸过去，女孩握着他的手走出浴盆，外面爆发出一阵欢呼，似乎很清楚里面发生了什么事。他们把一件连衣裙和合适的内衣拿进来，村里的妇女围成一个圈，让那女孩穿衣服。

"哦，穿上衣服的感觉真的是太棒了。"她说。

"哦，我的小乖乖！"一个体形肥胖，还上了年纪的女人边叫边流出激动的泪水。很显然，这是女孩的奶妈。

"蓝斯洛爵士成功了！"村民大声叫道，"蓝斯洛爵士万岁！蓝斯洛爵士万岁！蓝斯洛爵士万岁！"

欢呼声停下来以后，之前泡在滚水中的女孩向他走过来，把手伸给他。

"非常感谢您！"她说，"我们应该去教堂对上帝和您表示感谢。"

"确实如此。"

于是，他们来到一座小礼拜堂，这是位于村里的一座既干净又整洁的教堂，对神的恩典表示感谢。他们在两道墙之间跪下来，一些看上去非常重要的圣人画像在墙上挂着，踮脚站着，以免因为透视画法而变矮了，头上的光环闪闪发亮。他们的头上被彩色玻璃上明艳的图画所映射，有钴蓝、锰紫、铜黄、红色、铜绿色。整个室内五彩斑斓。完成了一半仪式以后，他才恍然大悟，上帝允许他创造了奇迹，而他梦寐以求的也正是这样的事。

从村子另一头的城堡踉踉跄跄走来的正是佩雷斯国王，他想看看究竟发生了什么事。他看了眼蓝斯洛的盾牌，然后漫不经心地亲吻了被救出来的女孩，他乖巧地侧过身去，让她亲吻了一下自己的脸颊。之后他说："天哪，你是蓝斯洛爵士，感谢你救出了我的女儿。你真是太好了！其实预言很早以前就有了。我是佩雷斯国王，我和亚利马太的约瑟是近亲。可是你呢，无疑是我们主耶稣基督的八等亲。"

"天哪！"

"没错，"佩雷斯国王说，"在史前石柱上，这些早就通过算术的方式写下来了，而且在卡波涅克的城堡里，我有几个圣盘一类的东西，还有一只可以飞往各处的鸽子，嘴上有个黄金香炉。可是我依然要说，你确实太善良了，救出了我的女儿。"

"父亲，"那女孩说，"你是不是应该给我们做一下介绍？"

佩雷斯国王舞动了一下双臂。

"伊莲，"他说。又一个人叫这个名字。"很高兴认识你，这是我女儿伊莲。很高兴认识你，这是湖上骑士蓝斯洛爵士。这些都在石头上写着呢。"

也许是因为初次见面她光溜溜的，所以蓝斯洛会倾向于觉得，她是除了桂妮薇以外最漂亮的女孩。他也有点不好意思起来。

"你一定要在我们这待一段时间。"国王说，"这也在石头上写着了。哪天我给你看圣盘和其他的东西。把算术教给你。今天天气真不错，女儿也解脱了。我想晚餐应该准备就绪了。"

第十二章

　　在柯宾城堡逗留的这几天，蓝斯洛没做什么其他的事，就是按照他一开始想的那样处理了那些闹鬼的房间。他也实在是没有力气再跑去别的地方了，对桂妮薇的爱让他感到绝望痛苦，这份爱折磨得他心绪跌宕起伏，身心疲惫。从爱上桂妮薇的那一刻起，他的心情就没有平静过，他以为只要自己不停地四处远行，让自己因为别的事情忙碌起来就会脱离爱情的苦海。但是现在他失去了力气，无法忙碌，只能眼睁睁地看着自己内心忍受煎熬，他觉得自己在哪里已经无所谓了。除此之外他似乎看轻了一件事：当一位十八岁的少女赤裸着身体被这世上最优秀的骑士从滚烫的热水壶中救出来时，她极有可能会死心塌地爱上这个骑士。

　　一天夜里，蓝斯洛正心烦不已，连晚餐都咽不下去，甚至连好好坐着都成问题了，而佩雷斯正好瞅准这个时机喋喋不休地谈论着宗教族谱，很是讨厌。他在佩雷斯家族做总管有四十年之久了，之前热泪盈眶地迎接伊莲的奶妈就是他的妻子，关于恋爱他也是持赞成的态度。而且他对蓝斯洛这样的年轻人也很了解——要是放在如今这个年代的英格兰，蓝斯洛很可能是个大学生或是喷气机驾驶员，而总管大概会是个杰出的学院总监。

"先生，需要再倒一点葡萄酒吗？"总管问。

"不用了，非常感谢。"

总管彬彬有礼地鞠躬，之后又给蓝斯洛倒了一盅酒，他直接一饮而尽。

"先生，这酒非常好。在酒窖上，王上可没少费工夫。"总管说。

这时佩雷斯国王已经去图书馆了，而郁闷的客人却还在大厅里待着。

"没错。"

一阵窸窸窣窣的走路声从贮酒室外面传来，总管起身去查看，而蓝斯洛正在把另一杯酒灌进肚里。

"先生，这酒可真不错。"总管说，"为了更好地保存这些酒，王上专门修建了储藏室，内人刚拿了一瓶新酒上来。先生，看看吧，看看这些酒垢，我可以担保，这瓶酒一定会得到您的青睐。"

"我不在乎酒的好与坏。"

"您也太谦虚了，"总管边说边给他拿了一个大一点的酒杯。"先生，请恕我冒昧，您那个小玩笑可以随便开，可是对好酒颇有研究的专家，要想把其分辨出来可是易如反掌。"

蓝斯洛想独自忧伤一会儿，可是这总管一直在他耳边絮絮叨叨的，而他也意识到自己根本无法独处。所以他暗自思考，自己有没有无意间冒犯了这位总管。也许这总管只是痴迷于酒而已。

于是，他非常客气地喝掉了酒。

"太好了，"他用激励的语气说，"上品好酒。"

"先生，听到您这么说，我真是太高兴了。"

"你有没有……"蓝斯洛把所有青年人都会问的问题问出了口，并没有意识到这是酒精在作祟。"你有没有恋爱过？"

总管非常小心地笑着，又给他倒了一大杯酒。

天色还早，蓝斯洛和总管的脸都已变得红通通的，面对面坐着，中间放着一瓶香料酒——这种酒是一种混合物，包括红酒、蜂蜜、香料，以及总管妻子加进去的其他材料。

"因此我跟你说，"蓝斯洛把眼睛瞪得大大的，"我不会告诉别人的，可是你不一样，我很高兴和你聊天，可以想说什么就说什么，你可真是个通情达理的好家伙。来，再喝一杯！"

"祝健康。"总管说。

"我应该怎么办？"他大吼道，"我应该怎么办？"

他双手抱着头，痛哭不已。

"大胆一点，不做毋宁死！"

他边拍桌子，边又给蓝斯洛倒了一杯酒，目光一直落在贮酒室的门上面。

"喝吧，"他说，"尽情地喝吧。请允许我开门见山地说，先生，要勇敢一点，好运很快就会降临到你的头上，之后，您就会想把冷酷的短暂时光牢牢抓在手里，就像那些吟游诗人所说的。"

"真是的，"蓝斯洛说，"假如有可能，我真应该这么做。"

"小男孩也非常优秀呢。"

"那是自然，"那年轻人说，之后眯了下眼睛，可是他怕自己看上去和一只野兽太像了。"其实还要更优秀，对吧，总管？"

他开始傻呵呵地笑着。

"噢，"总管说，"我妻子布莱珊到贮酒室来了，她有一封信要给你呢。我可以保证，那一定是写给您的信。上面说什么?"总管问盯着信纸看的男孩。

"没什么。"他把信扔到桌上，踉踉跄跄地往门边走。

总管拿起了那封信。

"上面说桂妮薇王后叫您过去，她一个人在离这不远的凯斯堡。还可以看到几个清晰的唇印。"

"是吗?"

"您没有勇气过去?"总管说。

"谁说我没有。"蓝斯洛大叫道，猖狂地笑着，之后晃晃悠悠地步入茫茫夜色中，还没忘记呼唤他的马。

第二天一早，等他醒来时，他发现自己在一间陌生的房间里。房间里很是昏暗，绣毯悬挂在窗上。他身体素质不错，所以并没有觉得头疼。他从床上跳下去把窗帘拉开。那一刻，他恍然大悟，一切都了然了——那个总管、那些酒、也许在酒里加了的爱情魔药、桂妮薇的信，还有刚在他身边躺着的躯体：结实、灰暗，还有冰冷的激情。他把窗帘拉下来，一脸落寞地在窗框冷硬的石头上靠着。

"珍妮。"他说。尽管只有短短几分钟过去了，可是于他而言，却像漫长的几个小时。

没有得到回应。

他回过头来，之前那个被他所救的女孩——伊莲，正目不转睛地看着他。她在床上躺着，裸露的手臂把身侧的床单紧紧夹着。

我们不需要遮遮掩掩，蓝斯洛一直都是一个牺牲自己感情的人。当伊莲出现在他眼前时，他的脸上写满了生气和难过，那感情是那么真挚，所以当窗外的光线照进来时，他的裸体看上去很是神圣，他的身体止不住开始颤抖。

伊莲像只老鼠一样安安静静地躺着，只是用一双眼睛直勾勾地盯着他。

蓝斯洛走到放剑的箱子旁边。

"我应该把你的头砍下来。"

她一言不发，只是一直看着他。才刚十八岁的她看上去楚楚可怜，而且受到了不小的惊吓。

"你这样做是出于什么目的？"他大叫道，"你做了什么？你为什么背弃我？"

"我别无选择。"

"可是这是出卖！"

对于她的出卖，他表示难以置信。

"这是出卖！你出卖了我！"

"为什么这么说？"

"你拿走了……偷走了……你让我……"

他把剑扔了，在那口箱子上坐下来开始哭，面部都皱成了一团。他是想说，他的力量被伊莲偷走了，她把他的十人之力偷走了。孩子们到如今依然对这种事矢志不渝：只要今天表现不错，在明天的板球赛中就一定可以取得佳绩。

蓝斯洛好不容易止住了眼泪，看着地板，开始说话。

"我在很小的时候就开始恳求上帝，希望它让我创造奇迹。而奇迹只能处子才能创造。我的理想是成为全世界最杰出的骑士。我长得既不好看，又孤单。在你的村人眼里，我是全世界最优秀的骑士，而我也的确创造了奇迹，把你救出了滚水锅。可是我没想到的是，我头一次创造奇迹就成了最后一次。"

伊莲说："噢，蓝斯洛，以后你还会创造出更多奇迹。"

"怎么可能？我的奇迹已经被你偷走了。全世界最优秀的骑士的头衔已经离我远去了。伊莲，你这样做的目的是什么？"

她忍不住开始哭。

他拿了一条毛巾把自己裹起来，然后走向床边。

"不要往心里去，"他说，"是我的错，我不应该喝醉酒。我很伤心，所以才多喝了点。我想也许总管是有意把我灌醉的。假如他是有意这样做的，那就太有失公允了。伊莲，不要再哭了，错不在于你。"

"这都要怪我，这都要怪我。"

"也许你是受你父亲的指使，这样你们的族谱里就会出现一个我主耶稣基督的八等亲。也许幕后指使人就是总管的妻子——女巫布莱珊。不要再自责了，现在好了。来，让我吻吻你。"

"蓝斯洛！"她泣不成声地说，"我之所以这么做，都是因为我爱你。我不是也付出过吗？我是个处女，蓝斯洛，我没有把你的东西偷走。噢，蓝斯洛，你为什么要对我手下留情，这一切错都在于我，你应该杀了我的。可是我真的是因为爱你才这么做的，我控制不了我自己。"

"行了，行了。"

"蓝斯洛，假如我怀孕了怎么办？"

他不再对她柔声抚慰，而是再次走到窗边，感觉脑袋都要炸了。

"我想为你生个孩子。"伊莲说，"连名字我都想好了，就叫加拉罕，和你的首名一样。"

她裸露的手臂依然把身侧的床单紧紧夹着。蓝斯洛回过头来，看她的眼神充满了怒火。

"伊莲，"他说，"假如你怀孕了，那孩子也只属于你。你不能用怜悯来绑架我，这对我不公平。我要离开这里了，希望此生不复再见。"

第十三章

　　此刻的桂妮薇正在一间昏暗的房间里做着自己讨厌的事，那就是女红。这是做给亚瑟的盾牌护套，一只后腿站立的红龙被绣在上面。伊莲才刚刚十八岁，还是一个孩子，所以很容易对她的感觉进行解释，而桂妮薇已经二十二岁了，她的某种个人特质已经发展出来了，当还是孩子的王后纯朴地接受众俘虏对她的朝拜，她曾经纯朴的感受就因为这种特质而变化了。

　　直到我们进入中年，我们才能拥有一种叫作"人生知识"的东西。因为它既没有条理，也不遵守那些恒久的规则，所以你想将它教授给年轻人是不可能的。它跟规则毫无关系。这种调和感的产生，只有把女人带到她生命中期的悠远岁月中。假如你想教宝宝走路，即便你再有条有理地跟她解释走路的情况，都是徒劳无功的，她要想把走路那个姿势学会，必须亲自去感受。一样的道理，一名年轻女性要想得到所谓的人生知识，必须亲身经历，通过训导的方式是实现不了的。之后，当她开始对她那年老的躯体感到厌烦时，她会猛然发现自己明白了。她凭借着一种古怪而不停变幻的调和感继续过着日子，而不是凭借着原则、推理、是非，而且这种调和感通常和原则、推导或是非是相矛盾的。她的生存不再仰仗探求真理这种方式（假如女人的确这样希冀过），此后，她会在第七感的导引下前进。第一次学习走路时，她懂得了第六感，即调和感，如今她有了人生知识这一第七感。

在充满了战争、不忠、害怕、嘲弄和虚伪的人生中，男人和女人都试着把第七感派上用场。要想把第七感开发出来，必须经历一个艰难的过程，即便把第七感开发出来了，也不意味着你就成功了。也许当婴儿有调和感时，他会自豪地大声哭泣。可是第七感不会提醒你，我们只能用那知名的人生知识，用一种固有的习惯来对这波澜壮阔进行掌控。因为我们想不出来其他可以做的事情了，已经到了一个刻板的阶段。

而在这一阶段中，对于我们不具备第七感的过往，我们已经开始忘却。就在我们缓缓地向调和的当口走去时，我们开始把我们的躯体曾经拥有过的辉煌历程给忘记了。将这样的感觉牢记于心并不会让我们得到安慰，因此它死在了我们的意识中。

可是，我们所有人都曾经赤身裸体地和这个世界相对，密切关注眼前的人生。曾经我们非常关心上帝是否真的存在。那些要面对现世的人非常关心来生是否存在，因为她此生要如何生活，会由此来决定。我们热情的躯体曾经非常关心自由恋爱和天主教道德观相互冲突的问题，其重要性相当于用枪直接杀了我们。

我们曾经在更早的时候，用我们的灵魂揣摩世界、爱，以及我们自己的概念。

这些问题和感觉都会因为得到第七感以后慢慢消失，直至不见。进入中年时期的人，可以非常轻松地在信仰上帝和触犯戒律之间取得平衡。实际上，其他感觉会逐渐被第七感杀死。所以根本不用在乎什么最后戒律，我们不可能再看到或听到、感觉到了。自此以后，我们就对曾经爱慕的躯体、仰慕的真理、怀疑的上帝都没有感觉了。如今，在最后一感的庇护下，我们正向不可规避的死亡走去。《感谢上帝赐我年老》这首诗是这样唱的：

> 感谢上帝赐我年老，
> 赐我年岁、病魔和死亡。
> 年老体衰，特别是进入坟墓时，
> 可以任意妄为。

　　年方二十二岁的桂妮薇坐在那里一边想着蓝斯洛，一边做着女红，她的一生还没有走到一半，身体也很健康，因此她只有六感。她心里是怎么想的，我们几乎猜不透。

　　先是身心的纠结，在这一时期，会因为日落和月光的诱惑而痛哭不已，这种信仰和疑惑来自对上帝、真理、爱情和永久的信仰和希冀；这种天性源于沉醉于形体之美中，那颗心会难受、会膨胀；那是阻挡在至高的快乐和恒久的痛苦中的海洋。接下来是将无所顾忌的任性暴露出来，对以上这些诱人的特质——七上八下、焦虑不安，总想要去烦扰中年人进行中和——鲁莽地发表对于抽象话题（比如美）的意见，似乎确实想和中年人在这些方面一争高下；而完全不知道什么时候克制真理，尊敬中年人；只是拥有一种整体上的激动和讨厌，以及和第七感完全不相容的感觉。而二十二岁的桂妮薇拥有的部分特质就是这些，因为这是人所共有的。可是除此以外，她还拥有广泛而不稳定的部分特质，因为这些方面，她才和纯真的伊莲截然不同，也许她没有那么伤感，也更加真实，而蓝斯洛之所以爱她，也正是因为这种力量。

她边缝着盾冠，边吟唱着："噢，蓝斯洛，噢，蓝斯洛，你赶紧回来吧！微笑着以你独有的方式回来吧，当你向我走来时，我就会知道你是疑惑，还是愤怒。回来跟我说，爱情是罪恶也好，不是罪恶也好，都没有关系。回来跟我说，不要管其他人，只要我是珍妮，你是蓝斯就可以了。"

他竟然真的回来了，这真是让人惊讶。蓝斯洛逃离了伊莲，在被她偷走了十人之力后飞奔而来。在谎言中，他已经和桂妮薇共处一室，他已经没有十人之力了。在上帝眼里，如今的他和谎言无异，因为他觉得自己也的确成了一个谎言。全世界最杰出的骑士的头衔已和他无缘了，他不可能再创造奇迹，和魔法对抗了，他的灵魂也不可能再得到慰藉，这个年轻人朝他的爱人飞奔而来，希望得到抚慰。马蹄声发出清脆的响声，正在做女红的王后闻声也站起来去看亚瑟是不是打猎回来了。阶梯上是他的锁子甲发出的清脆的声音，就像马刺撞击在石头上发出的声音。之后，她便背叛了她的丈夫，她一直都明白，这一天终会到来的，尽管现在的她还不知道究竟有什么事情发生了。

第十四章

亚瑟说："蓝斯洛，这里有封信，是你父亲寄给你的，说克劳达斯王正在对他发动进攻。我曾经允诺过，在他和达劳达斯作战时，会助他一臂之力，感谢他帮助我对抗毕德格连。我必须去一趟。"

"我懂了。"

"你怎么想？"

"什么意思？什么我怎么想？"

"意思就是，你是愿意和我一起去，还是留在这里？"

蓝斯洛咳嗽了一声，然后说："我听你的安排。"

"也许这对你来说有点难。"亚瑟说，"我不想对你提出这样的要求，可是假如我要你留在这里，你有意见吗？"

蓝斯洛一时不知道该怎么回答最稳妥，于是干脆默不作声，而国王则误以为他很失望。

"当然，你有资格去看望你父母。"他说，"假如你非常想回去，我是不会勉强你的。也许我们可以改天再议。"

"你把我留在英格兰的目的是什么？"

"那些氏族得有人看着才行，我必须找一个可以应对这些情况的人留在这里才会觉得放心。不久以后，康瓦耳的崔斯坦和马克王之间的问题，以及奥克尼的宿怨就会暴露出来。棘手的地方在哪里，你是知道的。而且，我也会觉得安心一点，如果有人可以照顾桂妮薇的话。"

"也许，"蓝斯洛难受地遣词造句，"你可以换一个人。"

"你在说什么呢。我最相信的人就是你了，你只要出现在狗舍外，就足以吓跑那些小贼了。"

"我这张脸又不好看。"

"你杀人如麻！"国王大声戏谑了一句，用力拍了一下这位朋友的肩膀，然后去对远征的事宜进行部署了。

接下来一整年，他们都过得非常快乐，这个为期十二月的天堂只有鲑鱼才知道，就在像琴酒一样的澄澈的水底下或沙砾河床上躲着。在今后长达二十四年的时间里，他们都是负罪之人，而看上去充满欢声笑语的只有第一年。当他们此后对这一年的过往进行回忆时，已经忘却了阴沉，只剩下玫瑰一样美丽的色彩。

"我不明白，"蓝斯洛说，"你怎么会爱上我呢？你确定？你没有搞错吗？"

"我的蓝斯洛。"

"可是我的脸，"他说，"我看上去那么恐怖。如今我才相信，神是爱所有人的，这是他的本性。"

他们有时会沉浸在害怕中。对于自己的行为，桂妮薇从来没有后悔过，可是从她的爱人身上，她感觉到了这一点。

"我觉得这一切好不真实。不要想，珍妮，吻我。"

"想那么多做什么呢？"

"我怎么可能不想呢？"

"亲爱的蓝斯洛！"

他们有时会因为一点小事起冲突，可是那也只是情人之间的打情骂俏而已，过后只会觉得温馨。

"你的脚趾头看上去和卖到市场上的小猪好像。"

"你太不尊重我了，我希望你以后不要再说了。"

"尊重！"

"是的，尊重。为什么你不尊重一下我呢，再怎么说，我也是王后啊。"

"你是想让我尊重你，这是你的心里话吗？那我想，我是不是应该一直单膝着地，然后吻你的手？"

"为什么不可以？"

"你这样也太自私了吧。我最无法容忍的就是有人觉得我是她的财产。"

"自私！哈！"

之后王后一整天都会闷闷不乐，或者气得直跺脚。可是，当他有些后悔以后，她就不再生气了。

到后来，他们往往会带有一定程度的好奇，把自己最隐秘的感受告诉对方。有一天，蓝斯洛把自己的秘密告诉王后。

"珍妮，我小时候特别厌恶我自己。我也不知道是什么原因。我觉得无地自容。那时我还很纯洁。"

"你现在不纯洁了。"她笑着说，她并不知道他为什么这么说。

"有一天，我哥哥要我把一支箭借给他。我有非常宝贝的两三支直箭，可是他的箭却不太直。我假装把那些很直的箭弄丢了，借不了。"

"你真是个骗子！"

"我知道。后来，我因为自己的谎言感到很愧疚，也觉得愧对上帝，于是跑到护城河边的一丛刺人荨麻旁边，把手伸了进去，我想以此惩罚自己。我也真的这样做了。"

"可怜的蓝斯洛，那时的你真的是太纯洁了。"

"可是珍妮，那些荨麻并没有伤到我。是的，我记得很清楚。"

"你是说这是个奇迹吗？"

"我不明白，也不好肯定地说。那时我太爱幻想了，沉浸在想象的世界里无法自拔。我在那个世界中是亚瑟最为杰出的骑士。也许荨麻的事都只是我的臆想，可是我还是很吃惊，当我记得我没有被伤到时。"

"我相信那就是一个奇迹。"王后非常肯定地说。

"珍妮，我这一生最大的梦想就是创造奇迹。我想做个纯洁的人，因为只有这样，我才能创造奇迹。在我看来，那是一种企图，抑或一种骄傲，又或者是一种没有太大意义的事。我并不只是想让这个世界臣服在自己脚下，我还想让天堂都臣服在自己脚下。我的欲望太大了，我并不想只做最强的骑士，还想做最杰出的骑士。这就是幻想最糟糕的地方。也是我这之所以逃避你的原因。我把一位被魔法束缚的女孩救出来了，她叫伊莲，这是我创造的一个奇迹。在那以后，我的力量就被夺走了。如今我们在一起了，我就不可能再创造奇迹了。"

他并不想把和伊莲有关的事情都告诉她，他觉得她也许会因为她不是他的初次对象而受伤。

"为什么不能？"

"因为我们都是有罪之人。"

"我从来没有创造过奇迹，"王后有些冷冰冰地说，"因此我也没什么好后悔的。"

"可是珍妮，我从来没有后悔过。你就是我的奇迹，我甘愿为了你舍弃一切。我只是想把我小时候的感觉告诉你。"

"这个嘛，我不能说我深有感触。"

"对于一个人想在某件事情上做出一番成绩的想法，你真的无法理解吗？不，我发现你是不需要。你从来都是完美的，你不需要去臆想。只有那些低俗、有缺陷的人才想要做出一番成绩，因此我一直处在幻想的状态中。当我知道我和最杰出的骑士无缘以后，有时会感到恐惧，哪怕现在和你在一起，这种想法也没有消失。"

"那我们就不要再继续了，这样你就可以努力去告慰一下，创造出更多的奇迹。"

"我们怎么可能结束呢？"

"我觉得整件事都是你的幻想，"王后，"我理解不了，这好像很脱离现实，而且非常自私。"

"我知道我很自私，可是我就是控制不了，这是天性，我也没有办法，我也尝试过改变，可是都失败了。噢，对于我说的事，你不能理解吗？小时候我是形单影只的，所以我尽可能磨砺自己。之前我对自己说，我将成为一名伟大的探险家，穿越花剌子模沙漠①，或者成为一名英明的国王，就像亚历山大或圣路易王那样，抑或是杰出的治疗者，我会去寻觅一种可以让伤口愈合

---

① 位于现在中亚西部。

的香膏，之后无偿赠送给大家；也许我会成为圣人，只要经我手触摸过后，伤口就能自愈；也许我会对某种重要的东西，像真十字架或圣杯那样的圣物孜孜以求。珍妮，这些都是我的幻想。我只是跟你说，我曾经做过些什么梦。那是我所谓的奇迹，可是现在我已经没有了。珍妮，我把我的希望当作爱的礼物送给了你。"

第十五章

在亚瑟回到家中时，他们那快乐的一年就结束了，而且差不多是立刻被摧毁，可是并不是国王的原因。他把自己此次经历都详详细细地讲给大家听，还跟大家说了他打败克劳达斯的各种细节，引来一片赞叹声。蓝斯洛的表亲——波尔斯爵士晚餐时分被带到了大厅，之前他在柯宾堡旅游，对闹鬼的事进行侦查。晚餐过后，他把一个消息告诉了蓝斯洛。遗憾的是，他对女人厌恶不已，而他也具备大部分讨厌女性的人所共有的缺点，那就是莽撞，他同时跟他的好友说了这个消息，于是这个消息很快就传遍了整个宫廷。那就是，柯宾的伊莲生了一个活泼可爱的儿子，她给他取名加拉罕——假如你还有印象，你会知道蓝斯洛的首名就是这个。

"因此，"后来，当桂妮薇单独和她的爱人待在一起时，她说，"你失去奇迹的原因原来在这里，对吧？你竟然说我是你的希望，你还要骗我到什么时候？”

"你为什么这么说？"

桂妮薇觉得呼吸都开始变得艰难，她觉得有两根充血的拇指顶在眼球后面，想把她的眼睛顶出去，而她想离他远一点。她尝试着关闭自己的想象，心里惧怕不已。也许她会说出一些特别伤人又颜面尽失的话，可是她控制不住。她无力地挣扎着。"你知道我为什么这么说。" 她看向其他地方，语气里满是痛楚。

"珍妮，我没有想过要骗你，只是这太难解释了。"

"我知道它解释起来有多难。"

"事情和你想象的是不一样的。"

"我想的什么样？" 她尖叫出声，"我是怎么想的，你怎么可能知道？大家怎么想的，我就是怎么想的，你就是一个卑鄙无耻的家伙！你和你的那些奇迹都只是为了骗我，而我竟然那么傻，竟然一点都没有怀疑你。"

她每说出一句控诉，蓝斯洛的头就转一次，似乎想躲避那些话一样。他的头低垂着，眼睛睁得很大，这会让他的表情看上去很是害怕或吃惊。

"对于我来说，伊莲一点意义都没有。" 他说。

"可是她怎么可能没有意义呢，你孩子的母亲就是她啊，你怎么能说她没有意义呢？你还在我的面前对她的事只字不提！不，离我远点！"

"当事情变成这样时，我怎么可能离开！

"假如你碰我，我就去跟国王说。"

"桂妮薇，在柯宾时，我被人灌醉了，他们跟我说你就在凯斯，你在等我，于是趁着夜色，把我带到了伊莲的房间。第二天一早我就走了，来你这里了。"

"这谎话也编得太拙劣了。"

"我说的都是真的。"

"这样的谎话连小孩都骗不到。"

"假如你不想相信，我也不能强迫你相信。等我发现自己被欺骗时，想把伊莲给杀了。"

"我不会让她活着的。"

"错并不在于她。"

王后拉扯着她的衣领，似乎有点透不过气来。"你还在为她开脱。"她说，"你爱上她了，而且还在我面前满口谎言。一直以来，我都是这样觉得的。"

"我发誓我说的句句属实。"

她忽然不再指控他了，而是开始痛哭。"你为什么不早点跟我说?"她问，"你为什么要一直让我蒙在鼓里，你应该早点跟我说啊! 我想你的奇迹，你无比自豪的奇迹应该是她。"

一样狂躁不安的蓝斯洛也哭了，把她抱在怀里。

"我根本不知道我竟然当父亲了，"他说，"我根本不想要什么孩子。我所追求的东西并不是这个。"

"假如你早点把实话告诉我，我会选择相信你的。"

"我是想跟你说，可是我说不出口。我担心你会因此受伤。"

"如今这样，只会更严重地伤害我。"

"我明白。"

王后把眼泪擦干，看着他笑了。很快，他们就热烈亲吻起来，如同大地遭到了雨水的灌溉。他们觉得互相之间的了解更深了，可是同时，猜忌的种子也埋下了。他们的爱越来越强，可是因为爱恨可以共存，所以害怕、猜忌的种子也在苗壮成长，它们会彼此折磨，而他们的爱情也因此被狂风暴雨所裹挟。

第十六章

　　天真的伊莲正准备从柯宾堡出发，她要抢回蓝斯洛，对于这
场远征，所有人都寄予深厚的同情，除了她自己以外。她手里什
么武器都没有，也不懂什么战略战术，她这么做也尊严尽失。蓝
斯洛对她毫无爱意，而她却一厢情愿地爱着他。她只有以自身的
幼稚、低到尘埃的爱情，以及那个白胖婴儿为筹码，来和王后的
成熟相对抗。而且对于他的父亲来说，这个孩子代表着一个阴
谋。这场远征就如同是手无寸铁的军队，要把坚固的要塞攻下
来，而且只能用一只手。伊莲是个非常纯朴的女孩，这都源于她
这一生基本上都在那座魔法大釜中独自居住，与世隔绝。而这样
的她打定主意要在对方的地盘上，与之决斗。她订制了最精致的
衣裳，要去挑战英格兰王后。可是，她只会因为这些衣服而显得
更加幼稚。

　　假如伊莲不是伊莲，可能加拉罕会被她当作撒手锏。像蓝斯

洛这种人，是会败在怜悯和归属上的，他可能会因此受到管束。可是伊莲不够机智，也不知道她的英雄要怎样才能被管束。她之所以把加拉罕带着，有多个方面的原因，首先是她对这个孩子充满了爱，她想一直守护在他的身边，其次是她想在他的父亲面前夸耀一番，还想对比一下他们的长相。她上一次看到她心心念念的男人，已经是一年前了。

就在伊莲准备把蓝斯洛抢回来时，蓝斯洛正和王后一起待在宫廷里，可是现在，他的心境变了，再也没办法像国王在外时那么平和了。当国王离家在外时，他还可以沉湎于曾经的回忆中，可是如今他的背叛似乎时时刻刻都在遭到国王的指责。尽管他对桂妮薇充满热情，可是他对亚瑟的爱也一直都在。这无疑会让蓝斯洛这样的中世纪人物感到异常难受，因为他们有个非常大的不足之处，那就是会敬仰居于高位的人。而蓝斯洛会因此觉得他对桂妮薇的感情是卑微的，这是他最无法容忍的，因为这是他一生中最刻骨铭心的感情——可是如今所有的幽会都让它看上去特别卑微。这对情人因为这位丈夫的出现，而只能快速道别，想出拙劣的阴谋，这一切都让那些若不是因为太过于美好，则根本不应该触及的事物受到了污辱。而他明知亚瑟是个非常正直又善良的人是最让他煎熬的，还有让他备受折磨的就是他一直在重伤亚瑟的边缘徘徊，而他对他是充满爱的。桂妮薇也很难受。他们第一次发生争论时，彼此都把难过的种子种在了对方眼里。他觉得很难受，因为他爱的人是一个多疑又妒忌心很强的人。她一开始质疑他对伊莲这事的解释，可是他依然爱她。最后，他个性中一些反叛因子出现了，即他在圣洁、名誉和性灵上的优越方面拥有怪异的想法。再加上伊莲要带着他的儿子来找他，这让他不由自主地感到害怕。这些不仅让他的快乐消失于无形，而且必须直面现实。他几乎坐不下来，最常见的状态就是紧张地四处走动。他常常是拿起某个东西，又放了下去，根本没有心思看。他还经常在窗边眺望，可是又看不到什么。

而桂妮薇的确发现自己在害怕，当她听说伊莲要来以后。可是，相比男性，女性的这种恐惧要大得多。男人时常这样控诉女人，说他们原本没有想过背叛，可是因为女人无意识的妒忌，他们那部分邪恶的想法才被逼出来了。可是也许本来就有背叛的想法，只是发现者是女人而已。比如说，渥伦斯基就是因为安娜·卡列尼娜强烈的妒忌而被逼到了某种地步——尽管要想把他俩之间存在的问题解决，这是仅有的一个办法，也是必须要走的一条路。相比他看到的将来，她可以看到的要多多了，所以她怀着满腔热情走向未来，而把当下毁了，因为她深知将来一定免不了毁灭的命运。

桂妮薇的情况就是这样的。可能她并没有因为伊莲这个问题而极为不安，也没有真的质疑蓝斯洛，可是，因为她看到的未来更多，所以她已经洞察到爱人没有发现的痛楚。更准确地说，这些事的察觉，她并不是通过逻辑理性来感知的，而是在她深层次的意识中显现的。遗憾的是，语言这种工具太拙劣了，一个母亲"无意识"地察觉到她的宝宝在哭泣，我们就应该说她"发现"了这回事。从这个角度来说，桂妮薇无意识发现的事实带给人的伤痛，是根本弥补不了的，像亚瑟和蓝斯洛的情况、宫廷里会出现的很多不好的局面，还有她自己没有孩子。

她告诉自己，蓝斯洛背弃了她，伊莲的阴谋伤害到了她，而这一定不是她的爱人最后一次背弃她。她反复让自己陷入苦痛中，可是在内心隐秘的角落里，她又有着截然不同的感受。也许她的确存在妒忌之心，可是对象却是那个婴儿，而不是伊莲。也许蓝斯洛对亚瑟的爱让她感到恐惧；又或许对整个局面感到恐惧，因为局势动荡不安，而且早晚会遭到报复。相比男人，女人要清楚得多，上帝的律法终将发挥作用。在这一点上，她们可以找到更多的证据。

无论对桂妮薇的态度进行怎样的解释，都会让她的爱人受伤。她也变得焦躁不安，甚至比他还要冷酷。

在这场宫廷悲剧中，亚瑟的感觉是最后一个步骤。他的成长过程没有任何瑕疵，对于他自身来说，这是一种遗憾。他的老师是这样教导他的，类似于让他在子宫内接受教育，他在那里对人类历史有了深刻的体会。而且，他也一直备受呵护。这样的教育会带来这样的诟病，在成长过程中，他没有学会任何有价值的生活能力——恶意、虚荣、质疑、冷酷，甚至通常的自私他都没有。他觉得嫉妒是一种最臭名昭著的行径。而他不仅没办法对他的朋友充满恨意，也无法让他的妻子备受煎熬，这才是他心痛的地方。他得到的爱和信任太多了，以至在给别人爱和信任方面，他也特别擅长。

亚瑟只是个纯朴，而且有着丰富感情的男人，而不是那些居心叵测值得认真研究的有趣角色，因为梅林坚信爱和单纯的存在都是有意义的。

如今这个发展在他眼前的情况就是个罪恶的棘手的问题（很难理解，所以有"永恒的三角习题"之称，就如同欧几里得的几何习题"驴桥定理"①），因此亚瑟只能离得远远的。而离开的人只能是那些对别人充满信任，又积极向上的人，那些对爱情求而不得又时常忘恩负义的人，会在自我厌世的想法的迫使下，对

①　商高定理，又称勾股定理、毕式定理。

别人发动攻击。亚瑟的健壮和体贴让他心生一份期待：假如他对蓝斯洛和桂妮薇充满信任，那么事情就会往好的方向发展。相比用一些方式——比如说，判这对情侣不忠，然后杀了他们，来强迫他们回到正轨上，这样做好像还要好一些。

对于蓝斯洛和桂妮薇是情侣这件事，亚瑟并不知情，事实上，他也没有发现过他们在一起的罪证。在他那勇敢的个性的驱使下，他希望他们在一起的证据会被自己发现，他从来没有想过布下机关找出证据。他想通过排斥发现此事的方式摆脱麻烦，而不是一个任由事情发展的丈夫。潜意识里，他当然很明白他们已经在一起了，可是他也很清楚，假如他当场向妻子抛出这个问题，她会给出肯定的答案。她最优秀的三大品质就是英勇、大方和诚实，因此他无法向她抛出这个问题。

国王如此对待眼前的形势，并没有让他高兴起来。他变得更加寡言少语了，尽管他不像桂妮薇那么激动，也不像蓝斯洛那么紧张。在自己的宫廷里，他却像一个小偷那样小心谨慎，可是，他的确尝试过把那刺人的荨麻一把抓在手里。

"蓝斯洛，"一天下午，国王找到了他，"最近你怎么了？怎么脸色这么差？"

蓝斯洛把一朵玫瑰折下来，不停地揪着花萼。后来，这种花被叫作远古玫瑰，就像玫瑰纹章一样，五枚花萼都是从花瓣底下伸向外面。

"这，"国王鼓足勇气问道，"是因为那位据说为你生了孩子的女孩吗？"

假如亚瑟的问题到此为止，那么那件事可能就会在沉默中被揭发出来了。可是亚瑟担心在这样的沉默中，有什么不便摆到台面上的事被曝光了，于是他又问了第二个问题，机会就这样消失了。

"是的。"蓝斯洛说。

"我想你肯定不想和她结婚?"

"我不爱她。"

"嗯,你最清楚你自己的事。"

那时的蓝斯洛多么想找个人倾诉啊,这样他心中的苦痛就会少一点,可是眼前这个倾听者又太特殊了,他根本不可能把事实讲出来,于是他开始把伊莲的事长篇大论地讲给他听。他只是把一部分事实讲了出来,像他是怎么遭受羞辱、创造奇迹的能力又是怎么丧失的。而伊莲不得已成为他这次告慰的主要角色,于是他下意识地编了一套国王可以相信的说辞,这样当亚瑟想把事情真相掩盖起来时,可以劝慰自己的说辞。这部分事实对于这个可怜的家伙特别有用,之后的几年间,他已经将这套说辞运用得非常娴熟,那恐怖的真相也由此被掩藏起来了。现代社会的我们在遇到这种情况时,会立刻采取离婚、索要赡养费等一系列举措,对于那些遭到背叛的怯懦丈夫,我们可以用一种合适的鄙视态度来对待他。可是亚瑟只是中世纪的原始人,对于我们的文明制度并不了解,当遭遇妒忌这样的不好的品德时,也只能维持过分宽容的仪态。

后来,桂妮薇也找到了蓝斯洛,她的态度充满了温柔和严谨。

"蓝斯洛,你知道吗?有个使者刚来报告,你觉得头痛的那个女孩带着宝宝正往宫廷赶,今天晚上就会抵达这里了。"

"我知道。"

"当然,我们应该对她好一点。可怜的孩子,我想她也很痛苦。"

"她痛苦和我无关。"

"当然与你无关。可是这世界总会让人痛苦，我们要给那些人提供力所能及的帮助。"

"珍妮，在这件事情上，你如此宽容，我感到很欣慰。"

听到她这样说，他希望的火种又被点燃了，他以为一切都过去了。他转过来，想握她的手，可是珍妮缩了回去。

"不，亲爱的，她在这儿期间，我是不会和你在一起的。我要你成为一个自由人。"她说。

"自由人？"

"你孩子的母亲是她，而她还是个没有结婚的姑娘。我们俩不可能在一起。我希望你可以和她结婚，假如你没有意见的话，因为我们能做的事就只有这一件了。"

"可是，珍妮……"

"不，蓝斯洛，我们不能胡搅蛮缠。你要和我保持距离，当她在这里时，这样你才能确定自己是否爱她。最起码我能为你做这个。"

第十七章

桂妮薇在城门塔楼的入口处冷冷地亲吻了伊莲。"欢迎来到卡美洛，"她说，"非常欢迎。"

"谢谢你！"伊莲说。

尽管她们心中都对对方充满了仇视，可是表面上却都是笑意盈盈的。

"看到你来，蓝斯洛会很高兴的。"

"噢。"

"亲爱的，孩子的事大家都知道了。这没什么不好意思的。我和国王都很想看看，他是不是长得和他爸爸很像。"

"你真是个好人。"伊莲有点不自然地说。

"我可要第一个看到他。他叫加拉罕对吗？他长得健壮吗？他会认东西了吗？"

"他现在有十五磅重，"那女孩一脸自豪地说，"你现在就可以看他，如果你愿意的话。"

桂妮薇尽力压制着自己的情绪，之后开始把玩着伊莲的围巾。

"不了，亲爱的，那样我就太自私了。你那么大老远赶来，肯定累坏了，宝宝也需要休息。等今晚他睡着以后我再来看他。不急于现在。"

可是最后，她依然得去看那个孩子。

当蓝斯洛再次和王后相遇时，她已经没有了之前的温柔和严谨，而是变得非常高傲、无情，说话像演讲一样。

"蓝斯洛，我想你应该去看看你的儿子，伊莲肯定很难过，你这么久都没去看他。"她说。

"你看过了吗？"

"看过了。"

"他长得丑吗？"

"他长得和伊莲很像。"

"感谢上帝，我现在就去。"

王后叫住了他。

"蓝斯洛，"她说，她重重呼吸了一次，"我相信在我的地盘上，你不会和伊莲同床就寝。就算我们俩最终不能在一起，你也不能和她同床就寝，这样才公平。"

"我不想和伊莲同床就寝。"

"你肯定会这样告诉我。我相信你。可是，如果你再次违反承诺，我们之间就彻底玩完了。"

"我可以告诉你的，我都告诉你了。"

"蓝斯洛，你曾经骗过我，我不敢再相信你了。我把伊莲的房间安排在我的房间旁边，你去的话我肯定会知道，我要你在你自己的房间里待着。"

"你说什么就是什么。"

"假如今晚我可以从亚瑟那里离开，我会派人给你送信。我不会把时间告诉你。假如我送信时找不到你，我就会知道你们俩在一起。"

当布莱珊夫人在给小婴儿准备摇篮时，伊莲正忍不住掉眼泪。

"在射箭场，我看到他了，他也看到我了，可是他并没有朝我走过来，而是找了个理由走了。他甚至连孩子都没有来看过一眼。"

"行了，行了，这简直是太糟糕了。"布莱珊夫人说。

"我后悔了，我不应该到这儿来的，来了只会让自己更加难过，他肯定也这么想。"

"那是因为王后在。"

"她很好看，对吗？"

布莱珊夫人一脸阴郁地说，"只有内心仁慈的人才称得上真正的美人。"

伊莲又开始哭了，鼻子红肿一片，就像那些要把权力地位都放弃的人一样，看上去非常排斥。

"我希望他高兴。"

有人敲门，是蓝斯洛——她马上擦干了眼泪，两人略显拘谨地行了礼。

"很高兴你到卡美洛来，你还好吗？"他问。

"我很好。"

"宝宝……他还好吗？"

"这是阁下您的孩子。"布莱珊夫人用强调的语气说。

她把摇篮转向他那边，朝后挪了一点，这样他就可以看到孩子了。

"我的儿子。"

他们站着，久久凝视着这个刚出生的小家伙，看上去他很是无力。如今强大的是他们，孩子很弱小，可是等到将来某一天，他们会变得弱小，而孩子会变得强大，就如同诗人所吟唱的一样。

"加拉罕。"伊莲说，她朝裹毯走了两步，用一些笨拙的手势逗弄着小婴儿，还发出一些无价值的声音，当小婴儿有反应时，母亲都会这样做。加拉罕紧握着自己的小手，打向自己的眼睛，那女人看到他这样，好像很是兴奋。蓝斯洛一脸吃惊地看着他们。"我的儿子，"他在心里暗自想道，"他属于我，可是他长得很美，一点都不难看，要如何才能把他和其他婴儿区别开呢?"他把右手手指放到他那胖乎乎的手掌中，让他握在手里。那只手看上去就如同来自一个心灵手巧的娃娃工匠的装饰，手腕有一圈皱褶。

"噢，蓝斯洛!"伊莲叫道。

她想扑到他怀里去，可是他躲开了。他一脸惊惶地看向布莱珊，之后狂叫着冲了出去。伊莲一下子失去依靠，哭得更凶了。而布莱珊则像先前承载着蓝斯洛爵士目光的样子，呆呆地站着，讳莫如深地看着那扇已经被掩上的大门。

第十八章

次日一早，王后就叫他和伊莲过去。蓝斯洛一脸兴奋地去见她。他脑海里还在回味着昨晚桂妮薇是如何声称自己身体不舒服，从国王的房间离开，而叫他过去的。他们双手交握，小心翼翼地来到指定的床铺，极尽缱绻，纵享快乐，尽管亚瑟的房间就在旁边，他们不能出声。蓝斯洛很久没有这么快乐过了，自伊莲的事发生以后。在他看来，只要他能劝说桂妮薇和国王一刀两断，公开这整件事情，维持名誉还是有可能的。

桂妮薇看上去僵硬而严肃，面无血色——可是她鼻翼两边各有一个红色斑点，看上去和晕船很像。她一个人。

"原来是这样。"王后说。

伊莲目不转睛地盯着那双蓝眼睛，可是蓝斯洛却呆呆地站在原地。

"原来是这样。"

他们就那样定定地站着，想知道桂妮薇接下来是会说话还是就这样离开人世。

"你昨晚去哪了？"

"我……"

"不要再说了，"王后尖叫出声，她把手挪开，她手里的一条手帕已经被她撕扯得七零八落。"背叛者，背叛者！带着你的淫妇从我的城堡滚出去！"

"昨晚……"蓝斯洛说，蓝斯洛的心中升腾起一种绝望，可是两个女人都没有发现。

"你不要再说了，不要再满口谎言。滚！"

伊莲一脸平静地说："昨晚蓝斯洛爵士在我这儿。是我的侍女布莱珊把他带过来的。"

王后用手指着门，做出戳刺的动作。她浑身哆嗦着，头发也不由得下滑，看上去很是恐怖。

"滚！滚哪！你也是！你不是人！在我的城堡里，你怎么敢这么说！你怎么敢这么大言不惭地说出口，带着你的情夫滚！"

蓝斯洛的身体变得僵硬，目不转睛地看着王后，也许他已经没有意识了。

"他以为他要去找的人是你。"伊莲两手握在一起，温顺地注视着王后。

"这谎言还有人信吗？"

"这不是谎言，我必须拥有他，布莱珊给我乔装打扮的。"伊莲说。

王后踉踉跄跄地跑过去，想一巴掌扇过去，可是那女孩依然定定地看着，很渴望挨打。

"骗子！"王后大叫。

此刻的蓝斯洛正抱着头在一口箱子上坐着，眼神里全是迷茫。她朝他跑过去，抓着他的披肩，拼命拽向门边，可是他纹丝不动。

"这些都是你教她说的？你为什么不捏造一个新的谎言？你可以说得更动听一点啊，你觉得那些过时的谎言还会有用吗？"

"珍妮……"他并没有抬头。

王后想朝他吐口水，可是她不会。

"你怎么敢用珍妮称呼我？你浑身都是她的味道。我是王后，英格兰王后，不是你发泄性欲的对象。"

"珍妮……"

"从我的城堡滚出去！"王后声嘶力竭地叫道，"永远消失，不要再让我看到你。"

蓝斯洛忽然大吼了一句："加拉罕！"

之后他放下之前抱着头的手，抬起头，脸上的表情满是吃惊，一只眼睛看向了别处。

他非常平静地对王后说："珍妮。"可是他看上去和一个瞎子无异。

王后还想说什么，可是张了张嘴，却没有发出声音。

"亚瑟。"说完他就尖叫着跳到了窗外——那是一楼的窗户。他冲到灌木丛中，树枝清脆的响声传过来，然后他边从树林和灌木丛经过，边像出猎的猎犬一样大叫。随着他慢慢消失在远处，那纷乱的声音也慢慢听不见了。两个女人顿时都不再说话了。

此刻，伊莲也面无血色了，可是依然站得笔直。"他被你逼疯了。原本他的心就已经不堪一击了。"

桂妮薇不发一言。

"你为什么要逼疯他？"伊莲问，"你已经有了完满的家庭，这片土地上最好的男人就是你的丈夫，你有你的骄傲和快乐，而我什么都没有。你为什么还要从我身边把他夺走？"

王后依然不发一言。

伊莲说："我爱他，我给他生了一个很美丽的宝宝，今后这孩子也会成为全世界最杰出的骑士。"

"伊莲，从我的宫廷离开。"桂妮薇说。

"我马上就会离开。"

桂妮薇突然把她的裙子紧紧抓在手里。

"不要跟任何人说。"她呼吸加重，"刚刚发生的事，你一个字都不准透露出去。假如你不遵守诺言，他就没有以后了。"

伊莲把裙子扯了回去。

"你觉得我会这么做？"

"要不然我们还有什么办法？"王后尖叫着说，"他疯了吗？他会变好吗？之后会有什么事发生？我们应该怎么办？我们要怎么说？"

伊莲径直朝门口走去，可是走到门边又回过头，嘴唇嗫嚅着。

"没错，他是疯了，你赢了，你得到了他，可是他也被你毁了。接下来，你准备怎么办？"

房门关上以后，桂妮薇才颓然地坐下来，那条被撕得七零八落的手帕已经掉在了地上。之后，她开始缓缓地哭，无所顾忌地哭。她用双手捂着脸，懊悔地痉挛着。（那位对王后根本不在乎的波尔斯爵士曾经说：你的眼泪太卑鄙了，只有当事情发生以后，你才会哭泣。）

第十九章

　　两年后一个和暖的冬日早晨，野地里的霜还没落，鸽子自由飞翔着，佩雷斯国王和布利昂爵士在城顶的房间坐着。身穿镶貂皮的绯红色衣裳的布利昂爵士昨晚并没有离开。他的马和侍从都在庭院里，准备把他带回布利昂城堡，可是，在这之前，两人吃了一顿早茶。他们烤着明亮的炉火，喝着热香料酒，吃着酥饼，话题是那个疯子。

　　"我可以肯定地说，他过去是个贵族。"布利昂爵士说，"他做的事，都是贵族才会做的事，而且他特别喜欢纹章。"

　　"如今他在哪？"佩雷斯国王问。

　　"这个就要问上帝了。那天早上，当那些猎犬到布利昂堡时，他就不见了。可是我可以肯定地说，他过去是个贵族。"

　　他们喝着热酒，视线一直没有离开火焰。

　　"假如你问我他是谁，我确定他就是蓝斯洛爵士。"布利昂爵士轻声又说了一句。

"胡扯。"国王说。

"他很高，又很结实。"

"蓝斯洛爵士已经不在人世了。"国王说，"上帝会给他祈福。这件事所有人都知道。"

"又没有证据表明他死了。"

"假如他是蓝斯洛爵士，你就一定不会把他认成别人。他长得太丑了，我实在是找不出来比他更丑的了。"

"我根本不知道他长啥样。"布利昂爵士说。

"有人亲眼见到身穿衬衫长裤的蓝斯洛四处跑，最后被野猪刺伤了，在修道院里死了。"

"那件事发生在什么时候？"

"去年圣诞节。"

"那个疯子跟着狩猎队跑掉时，几乎就是那个时候，那次我们也在抓野猪。"

"至于这个，"佩雷斯国王说，"也许他们就是一个人吧。假如真的是这样的话，事情就太有意思了。你那个人是怎么跑来的？"

"那件事情发生于前年夏季探险时期，我像往常一样，在一片美丽的绿地上搭起了帐篷，看看会有什么事发生。我记得当时我在玩西洋棋，突然，一阵恐怖的喧闹声从外面传来，于是我走出去想看看究竟发生什么事了，一个赤裸着的疯子正在对我的盾牌发动大肆攻击，而我家的矮人正不停地揉着他的脖子（那疯子几乎把他的脖子给拧断了），大声叫着救命。我对那家伙说：'嘿，看这里。你不想和我决斗，对吧。过来，听话，把剑放下来。'我的一把剑在他手里拿着，而且我看得出来，他的确失去神智了。因此我说：'老小子，打架是不对的。我知道你现在需要好好吃一顿，然后去睡觉。'说实话，他那个样子太恐怖了，双眼布满血丝，像一连三晚没有睡觉一样。"

"他是怎么回答你的？"

"他只说：'话说到这个份上了，你可以停下来了，不要靠近我，要不然，别怪我冷酷无情。'"

"这倒是奇怪了。"

"是吧，奇怪吧。我是说，他竟然会说上位语。"

"他做了什么？"

"呃，当时我只穿了一件袍子，而他看上去充满凶险，于是我就回到帐篷里把铠甲穿上了。"

佩雷斯国王又递给他一块酥饼，布利昂爵士欣然接受。

"我把铠甲穿上以后，又把剑拿上了，"他嘴里塞得满满的，接着说，"我没想过对他发动进攻，我只是想让那家伙投降。可是那家伙是个疯子，而且会杀人，我想不到更好的办法把他手里的剑拿过来。于是我朝他走过去，就像对着一条狗说：'可怜的家伙，过来吧，过来。'我把事情想得太简单了。"

"最后呢？"

"他看到我全副武装以后，就径直朝我扑过来。这种攻击法我还是头一次见，我试着把他拦下来，而且我敢说，只要他有什么纰漏露出来，我一定会把他杀了的，当然是为了保护我自己的安全。可是我发现自己坐在地上，鼻子和耳朵都朝外渗着血。他重重地击了我一下，伤了我整个脑袋。"

"真是太不可思议了。"佩雷斯国王说。

"后来他扔掉了剑，直接冲到了帐篷里面。我那可怜的老婆正赤身裸体地躺在里面床上。可是他就径直跳了上去，然后把床单扯过去自己盖上睡着了。”

“他一定结过婚了。”佩雷斯国王说。

“我老婆尖叫一声，跳下床，把罩衫套上就出来找我。那时我还躺在地上了，她以为我已经一命呜呼了。我跟你说，我们还爆发了一阵争吵，真是少见多怪。”

“那他还睡得着?”

“他睡得可沉了。最后我们总算恢复了理智，我老婆把我的一只臂铠放到脖子上面，才把鼻血止住了，然后我们商议了一会儿。我家矮人很聪明，他说他是受到上帝保护的人，我们不能伤害他。实际上，说这个疯子可能是蓝斯洛爵士的也正是这个小矮人。那年对于蓝斯洛之谜有太多传言。”

布利昂爵士吃了一口酥饼又继续说。

“最后，我们将马和其他东西都搬到了马上，把他放到轿子里抬到了布利昂堡。他纹丝不动。害怕他突然醒过来，我们把他弄到那里以后，就绑住了他的手脚。现在说到这个，我感到很愧疚，可是依照当时的情形，我们真是害怕。我们给他准备了一间非常舒适的房间，还给他准备了洁净的衣服，我老婆还给了他很多补充营养的食物，可是我们依然不敢把绳子解开。在之后一年半的时间里，他就一直在那里。”他说。

“后来他怎么跑了?”

“我正准备说呢，这个故事最高潮的部分就在于此。一天下午，我到森林里去晃悠，路上遇到两个骑士的行刺。”

“两个骑士?”国王问。

“是的，两个骑士，而且是从背后，是布鲁斯·索恩斯·匹帖爵士和他的一个朋友。”

佩雷斯国王用力拍了一下膝盖。

"那个人是个混蛋，"他大声说道，"我就不明白了，为什么他一直没有被杀掉。"

"问题是得先把那家伙抓到。可是，我现在和你说的是那个疯子。布鲁斯爵士和另一个家伙占据了上风，你肯定也会这样认为，而我也必须非常遗憾地说，我灰溜溜地逃走了。"

布利昂爵士停下来看了一会火焰，然后又重新振奋起来。

"嗯，可是，"他说，"英雄不是每个人都能做的，对吧？"

"当然。"佩雷斯国王说。

"那时我伤得很厉害，"布利昂爵士说，发现类似的情节好像出现过，"我觉得自己就快要晕过去了。"

"是。"

"那两个人在我后面穷追不舍，在这个过程中，也一直对我发动攻击。直到现在我都不明白我是如何逃脱的。"

"都在石柱上写着呢。"国王说。

"我们拼命往前骑，从城门塔楼的炮眼洞骑过，那疯子看到我们，肯定就是在那里，我跟你说过，我们让他在城门塔楼的那间房间里待着。因此他看到了整件事情的经过。而后我们发现，他没有借助任何工具，就把脚镣给弄断了。要知道，那脚镣可是用铁做的，非常结实。当然，他也受了很重的伤，才把它弄坏。之后他满手是血地从后门冲出来，铁链还在后面挂着。他径直揪下了布鲁斯的同伙，把那人的剑拿在手里，然后一剑打中布鲁斯的鼻子，让他从马上摔了下来。第二个骑士想从背后对那疯子（他什么武器都没有）发动攻击，可是，就在那家伙准备刺他时，我斩断了他的手。之后那两人就拉着他们的马逃走了。他们跑得可快了，这点我可以保证。"

"布鲁斯的结局就是这样。"

"那一年，我兄弟也来了。我跟他说：'我们有什么理由锁着这个好家伙？'看到他的手上全是鲜血，我很是内疚，'他不仅亲切，还是我的救命恩人，我们要解开他的铁链，让他拥有自由，尽可能给他提供帮助。'我说。嗯，佩雷斯，那个疯子我很喜欢。他是个非常亲切的人，还用大人称呼我。当我想到也许他就是那个杰出的湖上骑士，而我们竟然锁着他，还让他用大人称呼我，我就觉得后怕。"

　　"后来呢？"

　　"几个月以后，城堡里来了猎野猪的猎犬，其中一个家伙在一棵树旁边留下了自己的马和长矛，结果被那疯子看到了，就把矛拿在手上，骑马溜了。他好像对上流的狩猎很感兴趣，他那可怜的脑袋好像因为铠甲、作战或打猎这样的事情而深受触动，他非常渴望成为其中的一员。"

　　"真是个令人同情的孩子，"国王说，"他真的太令人同情了，也许他就是蓝斯洛爵士。有人说去年圣诞节他就死了，凶手就是一只野猪。"

　　"这是个什么故事，你能讲给我听吗？"

　　"假如你说的那个人就是蓝斯洛，那么他就在那只野猪的后面，当他们打猎时。那只野猪的名声还很响亮呢，之前它一直都没被猎犬抓到，之所以不能徒步到这处猎场来，也正是这个原因。这场争战只有蓝斯洛一个人赶上了，他的马被那只野猪杀了，他的踝骨也被撕碎了，大腿也受了非常严重的伤，可是后来，他在一座修道院附近把这只野猪给杀了，一招毙命。当时有位隐士从那座修道院里跑了出来，可是蓝斯洛被眼前的局势和自己所受的伤逼疯了，拿起剑就扔给隐士。这也是从一位当时在现场的骑士告诉给我的。他说他非常确定，那个人就是蓝斯洛爵士，因为那个人长得非常丑，而且其他事情也可以做证。他还说，那个人晕过去以后，把他弄到修道院的人就是他和那位隐士。他说，在受了那么严重的伤以后，没有人可以继续活下去。而且不管怎样，他看到那人咽了气。他可以非常肯定地说，那个人就是那个杰出的骑士，因为当那人在死去的野猪边倒下去时，他就在旁边站着，那人还用'兄弟'亲切地叫了一声那个隐士。这样说来，他到最后关头，可能清醒过来了。"

"令人同情的蓝斯洛。"布利昂爵士说。

"愿他受到上帝的庇佑。"佩雷斯国王说。

"阿门。"

"阿门。"布利昂爵士盯着火焰，又说了一遍。之后他起身，耸了耸肩膀。

"我得走了。"他说，"对了，你女儿现在如何？"

佩雷斯国王长叹一声，也起身了。

"她几乎都在女修道会里待着。"他说，"我想明年，她就会正式成为其中的一员了。可是下周六她会回趟家，到时我们就可以和她见面了。"

第二十章

　　佩雷斯国王在布利昂爵士走后，步履沉重地朝楼上走去，开始对圣经家谱学进行研究。为了他的孙子加拉罕，他一直在研究蓝斯洛的事。我们几乎都有过这样的经历，在受到妻子和亲密爱人的逼迫以后，我们会发疯，可是在佩雷斯国王看来，人类天性中有一种倾向可以阻止我们发疯。而他觉得，在蓝斯洛身上，这种倾向出现了异常——最起码，由于情人之间的拌嘴就发疯有点异常。他翻阅着班恩家的家谱，想找到可以为这件事负责的人。假如有，可能也会被加拉罕传承。这样的话，那孩子也许就得到伯利恒医院①去了，即现在的精神病院，否则会带来很多麻烦。

　　"班恩的父亲，"佩雷斯国王沉吟道，他把眼镜又用力擦了

――――――――――

　　① 位于英国伦敦，全世界历史最悠久的精神病院，正式名称叫伯利恒皇家医院。

擦，把覆盖在纹章学、家谱学、招魂问卜术、神秘数学等众多文献上的灰尘给掸掉。"是班威克的蓝斯洛王，他和爱尔兰王之女成亲了。而蓝斯洛王的父亲是乔纳斯，他和高卢曼纽尔的女儿成亲了。好，那乔纳斯的父亲又是谁呢？"

认真思考一番，可能真的可以把蓝斯洛心智中不堪一击的一环找到。倒退十年，当他还是一个小男孩时，当他还在班威克城堡兵器库里把玩壶盏时，我们就已经发现，可能有一个隐秘的黑洞存在于男孩的内心深处。

"纳西安，"佩雷斯国王说，"纳西安这个名字好像有两个人。"他返回从利赛斯、哈里艾勒葛罗斯、隐士纳西安（蓝斯洛也许是从他身上遗传了爱幻想的特点）、纳帕斯，再到第二个纳西安（假如他还在世，会不满于佩雷斯国王称蓝斯洛为我主八等亲的理论）。其实在当时，纳西安几乎是所有隐士的名字。

"真是要命。"国王说，之后他看了一眼窗外，怎么城堡外面这么嘈杂。

曾经欢迎过蓝斯洛的村民正在一个身形消瘦、身上光溜溜的疯子（今天早上疯子好像特别多）后面穷追不舍，一行人上蹿下跳的。那疯子一边急速向前奔跑，还一边把头护得紧紧的。几个围在他身边的小男孩把泥巴朝他身上扔，他有时会停下来，拎起一个男孩就扔向灌木丛。可是他这样做，只是让那些男孩开始把石块朝他身上扔。他高高的颧骨那里有鲜血往下淌，他凹陷的脸颊、惊恐的双眼和肋骨之间的蓝色暗影也清晰可见。佩雷斯国王还发现，这个男人正跑向城堡。

佩雷斯国王艰难地从楼上下来。这时，城堡中庭已经围了一堆人，中间就是那个疯子，大家看着他的目光都带有一种敬仰。他们把铁闸门放下来，让孩子们在外面挡着。他们想好好对待这个逃亡者。

"看他受了多么严重的伤啊，可能他之前是个江湖骑士呢！因此我们要对他好一点儿。"一个侍从说。

当女士们哄笑不已，见习骑士在一旁议论纷纷时，那疯子的头垂得低低的，任凭自己被人群包围着，等着看会有什么事情发生。

"可能他是蓝斯洛爵士。"

人群爆发一阵哄笑。

"不，我不是开玩笑，蓝斯洛死了不是一直都没有得到验证吗？"

佩雷斯国王朝那疯子走去，直到走到他跟前，才看得清楚他的脸，他仔细地端详着。"你是蓝斯洛爵士吗？"他问。

那张极其瘦弱的脸胡子拉碴的，而且很脏，连眼睛都一动不动。

"你是不是？"国王再次问道。

这哑巴依然不作声。

"他不仅听不见说话，还是个哑巴，我们就把他留下来吧，做个弄臣也行，他那张脸真的太有意思了，我不得不承认。谁给他找件搞笑的衣服来，再弄点干净的稻草来，就让他在鸽舍里睡。"

那个哑巴忽然把双手举得高高的，大叫一声，吓坏了在场的所有人。国王的眼镜都掉在了地上。之后他又乖乖地站着，于是大家又都笑了。

"最好把他锁起来。"国王英明地说，"一定要保证安全。给他拿食物就直接扔给他，千万不要用手拿，万事当心才好。"

于是蓝斯洛爵士就成了佩雷斯国王的弄臣，在鸽舍里住。他被锁了起来，食物都是扔过来的，干净的稻草就是他的床。

下周六，佩雷斯国王的侄子（一个叫卡斯特的男孩）要受封为骑士，城堡里一派喜庆。这场典礼伊莲也会到场。国王一直对各种庆典仪式非常痴迷，这次庆祝的方式采取的是王室的方式，他给领地里所有的男人赏赐了一件新袍子。只是对于布莱珊夫人的丈夫所管理的酒窖，他使用得有点过分了，这是让人觉得很可惜的地方。

"祝健康！"国王喊。

"为健康举杯！"卡斯特爵士回应，他可是尽全力做到最好了。

"所有人都得到新袍子了吗？"国王大叫。

"是的，陛下，谢谢您！"与会的人答道。

"肯定吗？"

"没错，陛下。"

"那就好，袍子万岁！"

国王兴奋地把自己的袍子披上，在这样的情境下，他就像变了一个人一样。

"我们都非常感谢陛下给我们送了礼物。"

"太客气了。"

"为佩雷斯国王三呼万岁！"

"万岁！万岁！万岁！"

"那个傻子呢？他拿到袍子了吗？他现在在哪？"国王忽然问道。

底下一片安静，因为没有人记得给蓝斯洛爵士拿一件袍子。

"没袍子？没拿袍子？"国王大叫，"让他过来。"

于是蓝斯洛爵士被带了过来，以供王室消遣。他站得直直的，还有稻草粘在胡子上面，穿的衣服也是弄臣的衣服，都是胡乱拼接的，看上去可怜极了。

"令人同情的傻子，可怜的傻子，过来吧，来把我的袍子穿上。"佩雷斯国王一脸忧伤地说。

底下一片反对声，佩雷斯国王都选择了无视，把那个尊贵的长袍盖在蓝斯洛头上。

国王叫道："让他今天也一起高兴高兴，总不能让他一个人待着吧。"

身穿那件尊贵的衣服的蓝斯洛站得直直的，给人一种很奇特的严肃感。假如他能把胡子好好收拾一下（把胡子剃得光溜溜的现代人，已经不记得胡子在收拾前后会有什么不一样了）。假如在那场野猪追猎以后，他没有一直在那可怜隐士的小房子里挨饿；假如没有传言说他死了——哪怕是这样，大厅里依然有一种庄严的氛围。只是国王没有发现。而整间屋子的乡巴佬儿在蓝斯洛爵士一步一踱地从大厅离开时，都主动给他让出了一条路。

第二十一章

伊莲做事依然和从前一样，和优雅丝毫不沾边。假如换一个地方居住，她只会越来越丰润，而桂妮薇则会越发没有血色，惹人注意。身穿见习修女的白衣裳的伊莲，一只手牵着三岁的加拉罕，和几名女伴一起朝城堡花园走去，走路的姿势还不太灵活。

伊莲并不是因为觉得无望而选择成为修女的。在今后的岁月里，她也不会做一个修女。一个女人可以在两年的时间里把很多爱情都抛到脑后，最起码会把它收藏起来，而且适应这样的改变。对于这份爱的记忆，她也深刻不到哪儿去，相比一个生意人记得自己因为运气不佳，而损失了某项可以让他腰缠万贯的投资。

伊莲之所以嫁给耶稣，是因为她觉得她没有别的路可走了。这件事不仅没有戏谑的成分，也不都是因为恭敬。她只是很清楚，她不可能再像爱那死去的骑士那样，再爱上其他人了。因此她不愿意再努力，她没办法违背趋势。

对于蓝斯洛，她已经不再痛彻心扉，甚至连想起他的次数都少得可怜。他就如同一个持续钻磨着岩石的贝壳，磨坏了她心中那个他所占据的地方。尽管这个过程于她来说是极其难受的，可是现在贝壳已经在岩石里安稳地睡着了，不会对岩石造成损耗了。如今的伊莲想着卡斯特受封为骑士的庆典、宴会上的蛋糕够吃吗？还有加拉罕的袜子要补了，和几个女孩子一起在花园里走着。

伊莲身边的一个女孩子正在玩一种球戏（就是当尤西斯和瑙西卡相遇时，她正在玩的那种球戏），好暖和暖和自己的身体。在那颗球的引领下，她来到了井边灌木丛，不过很快她又跑了回来。

她悄悄对伊莲说，"有个男人，"似乎她不是在说一个人，而是在说一条响尾蛇，"有个男人在井边睡着。"

伊莲也开始感到好奇——当然不是因为那是个男人，也不是因为那女孩受到了惊吓，而是因为这么冷的天，竟然有人在户外睡，确实有点奇怪。

"小声点，"伊莲说，"我们去看看。"

这位丰润的白衣见习修女悄悄地朝蓝斯洛靠近——这名普通的女孩平静地朝他走去，圆润的脸蛋从来没有出现过尊贵的表情。她还在想着要给加拉罕补袜子，根本没有发现到人性的渴求和不堪一击。她想着其他的事情，一脸纯真地走过常走的小路，向他走去。之后。脖子上的绳圈却忽然变紧了。

伊莲的心只是跳了两下，便一眼认定，此人就是蓝斯洛。她的心跳先是一下子攀到顶峰，然后再次攀顶。之后便同时坠落下来。

身穿一件骑士的袍子的蓝斯洛正舒展着身体。布利昂爵士说得没错，他的脑袋深受那些上流人士的活动的影响。在那件长袍以及脑中奇幻记忆的驱使下，这可怜的疯子独自一人来到了井边。他在黑暗中清洗着自己的脸颊，用消瘦的指节认真洗着眼窝，并尝试着整理杂乱的头发。

伊莲让身边的女伴都先离开了，把加拉罕交给她们其中的一个，加拉罕也没有拒绝，而是跟着那个女孩离开了。他很神秘。

伊莲就在蓝斯洛爵士的身边跪着，没有哭泣，也没有触碰他，只是安静地看着他。她轻轻地抚摸着他那只瘦削的手，想到之前没有受伤时是什么样子的。过了好一会儿，她才开始哭，可是她不是因为蓝斯洛哭，而是哭他睡眠中松弛下来的倦怠双眼，哭他手上的白色伤疤。

"父亲，"伊莲说，"假如您不给我提供帮助，我就找不到可以帮助我的人了。"

"发生什么事了，亲爱的？"国王问，"我有点头疼。"

可是他说什么，伊莲根本没有放在心上。

"父亲，我找到蓝斯洛爵士了。"

"谁？"

"蓝斯洛爵士。"

"胡说八道，"国王说，"蓝斯洛早就死了。"

"他在花园里睡着了。"

国王忽然站了起来。"我一直都很清楚，"他说，"只是我太傻了，因此没有觉察到。那个疯子就是他，没错的。"

他头有点晕，轻抚着自己的头。

"交给我来解决，"国王说，"我来解决，你放心吧。总管！布莱珊！人都去哪了？啊！你在这里。好，总管，叫你的妻子布莱珊夫人过来，再找两个非常可靠的人。让我想想，就找赫伯特和葛斯吧。你刚说他在哪儿？"

"就在井边睡着。"伊莲快速答道。

"是的，因此，我们先要把玫瑰花园封锁起来。总管，你听到了吗？所有人都不允许靠近，就说国王要来了。找条结实的床单来，我们可以把他放在上面抬起来。把塔楼的房间准备好，叫布莱珊晾干床单，弄张羽毛床来就再好不过了。把火生上，然后把医生找来，跟他说要看巴托罗谬·安格李克斯书里关系到疯病的内容。噢，你去做点果冻一类的东西吧。我们再帮他换件干净衣服，趁他现在睡得正香。"

等他醒过来时，他们发现他虽然目光并不混浊，可是心智状况堪忧，必须找人医治。

他醒过来时说的第一句话就是："天哪，为什么我会在这里啊？"

他们只是说要他好好休息，有什么事情都等他身体恢复了以后再说。医生示意皇家交响乐团开始演奏《耶稣基督那温柔的母亲》——因为在巴托罗谬博士书中的建议下，疯子对音乐会情有独钟。每个人都对音乐抱有很大的希望，可是蓝斯洛只是把国王的手紧紧抓在手里，难受地叫道："看在上帝的分上，大人，请跟我说说，我为什么会在这里？"

伊莲轻抚着他的额头，让他躺下来。

"你像一个疯子一样，到这里来的时候，"她说，"没有人把你认出来。先前，你整个人都不正常。"

蓝斯洛疑惑地看着她，不安地笑了。

"我让自己和一个傻瓜无异。"他说。

"我像个疯子一样，有很多人看见吗？"他又问了一句。

第二十二章

当蓝斯洛的心智慢慢恢复以后，他的身体开始出现严重的问题。在一间舒适的房间里，他一连两个星期都躺在里面，全身上下都疼痛无比，而伊莲一天只来一次，而且没有指责他任何事。她负责他的所有，而且不眠不休地照顾他，可是，他因为她心里某种东西而觉得欣慰——无论那种东西是礼仪、自豪、谦逊，还是一种想护他周全的决心。

又是再平常不过的一天，他在她准备走时把她叫住了。他端端正正地坐着，双手在大腿上放着。

"伊莲，"他说，"我想我得有所安排了。"

她等着他的宣判。

"我一直待在这里肯定是不行的。"他说。

"这个由你定，随便你，你是知道的。"

"我不能回宫廷。"

伊莲略显犹豫地说："假如你没有意见，我父亲可以把一座城堡赐予你，我们……可以生活在一起。"

他的目光在她身上停留了一会儿，又转向了其他地方。

"你也可以选择只要那座城堡。"

蓝斯洛把她的手握在手里："伊莲，我都不知道说什么好了。我表达不清楚。"

"我知道你爱的人并不是我。"

"那你觉得这样，我们双方会幸福吗？"

"我只知道，我不幸福的时候是什么时候。"

"我希望你能幸福，可是不幸福分很多种。假如我们真的生活在一起，你今后会幸福吗？"

"全世界最幸福的女人就会是我。"

"伊莲，听好了，我们只有坦诚相对，才有希望，即便实话伤人也只能这样。你知道我爱的是王后，不是你。之前纯属意外，也弥补不了了，就让它过去吧。我上了你两次当。就是因为你，我现在才没办法待在宫廷里。你觉得像目前这种局势，我们还会幸福地生活在一起吗？"

"你先是成了我的人，然后才是王后的人。"伊莲无比自豪地说。

他用一只手把眼睛挡住。

"你希望你丈夫和你保持这样的关系吗？"

"还有加拉罕。"伊莲说。

他们并排坐在一起，注视着火焰。她没有流泪，也没有要求同情。他也很清楚，假如她这样做了，只会让他无地自容。

尽管开口要鼓足很大的勇气，可是他还是开口了："伊莲，假如你希望我和你生活在一起，我会同意的。可是我不明白的是，你为什么想这么做。我对你是喜欢的，而且是很喜欢。即便那些事发生了，我依然喜欢你，我不知道这是为什么。我希望你能好好的。可是伊莲，我不能和你结婚。"

"我无所谓。"

"原因是……婚姻是一种契约，而我……我一直引以为傲的是，自己非常诚信，假如我违背了自己的承诺……假如我并不爱你……真的的，是你骗我在先，我没有义务和你结婚。"

"是的，你没有这个义务。"

"义务！"蓝斯洛大叫，面部都变得狰狞了。他愤怒地喊出这个词，似乎在心里积压太久。"我一定要百分百肯定你足够明白，我没有骗你。我是因为不爱你才不娶你的。之所以会形成现在这个局面，错并不在于我，我不能把我的自由给你。我也不能承诺，我会一直和你在一起，直到永远。伊莲，这些条件太苛刻了，我希望你拒绝。我也是出于无奈，假如我不这样说，那我就是在欺骗你，那样事情只会往更糟糕的方向发展……"

他停了下来，双手抱着头。

"我不明白，"他说，"我一直努力做好所有事情。"

伊莲说："无论如何，在我眼里，你都是最好的主人。"

佩雷斯国王赐予了一座城堡给他们，而且这座城堡蓝斯洛爵士曾经去过。先前这座城堡被布利昂爵士承租了，现在为了给他们腾位置，布利昂爵士必须搬出去。假如布利昂爵士知道他之所以要搬，是为了感谢曾经的救命恩人，他会更加心甘情愿。

"他是蓝斯洛爵士吗？"布利昂问。

"不是，"佩雷斯国王说，"他是以'残缺骑士'自称的法国骑士。我跟你说过，蓝斯洛爵士已经不在人世了，这是千真万确的。"

自此以后，蓝斯洛就开始了隐姓埋名的生活，因为假如让别人知道了他的真实身份，而且还在布利昂堡住，宫廷里必定会引起不小的动荡。

　　事实上，布利昂堡是一座岛，因为它有条护城河。只有从陆地那边的城门塔楼搭船才能到城里来。城堡周围有一道魔法栅栏，是用铁制的，也许是为了不让马一类的东西跑到外面去。服侍蓝斯洛的有十名骑士，服侍伊莲的有二十名女士。

　　她高兴坏了。

　　"我们就叫它欢乐岛吧，"她说，"我们会快乐地生活在这里。还有，蓝斯……"听到她叫自己的小名，他颤抖了一下。"我希望你能按照你自己的心意生活。我们要举办比武大会、放鹰，以及很多其他的事情。你一定要请朋友来做客，这样我们就不会觉得孤单了。蓝斯，我可以向你保证，我不会妒忌，不会要你负担我的开销。只要我们谨慎一点，我们当然会过得很快乐，对吗？欢乐岛这个名字很好听，对不对？"

　　蓝斯洛咳嗽了一声："的确很好听。"

　　"你喜欢什么样的盾徽，你得做一面新的盾徽，这样就可以在比武大会上出现了，而且还不会有人认出你。"

　　"我都无所谓，"蓝斯洛说，"以后再说吧。"

　　"残缺骑士，这个名字真的太好听了，有什么特殊的意思吗？"

　　"有好几层含义。有'难看的骑士'或'犯错的骑士'的意思。"

　　还有一层意思是"不幸的骑士"，即"遭到诅咒的骑士"，可是他没有跟她说。

　　"我觉得你并不难看，而且也没犯什么错。"

　　蓝斯洛再次受到鼓舞。他很清楚，假如他整天一副闷闷不乐的样子，或者完全不问世事，那么他留下来和伊莲待在一起就太不公平了。可是话说回来，假装太无聊了。

"那是因为大家都很喜欢你。"他说完快速亲了她一下，动作很是愚钝，以把他话语中的玩笑意味掩盖住。可是伊莲还是发现了。

"加拉罕你可以自己教育，"她说，"你要教给他你所有的本领，这样他以后才会长成世界上最杰出的骑士。"

他又吻了她一次。她说过，"只要我们谨慎一点"，而她也试着在这样做。对于她的努力，他很是同情，而对于她崇高的心，他也很是感谢。一件重要的事，一件不重要的事，他都在做，而他觉得对于那件不重要的事，他有义务去做。可是，有人爱总会让人觉得窘迫，而考虑到自身的条件，对于伊莲的谦逊，他想要拒绝。

那天早上，当他们到布利昂去时，卡斯特爵士——最近受封为骑士的那位十七岁少年，在大厅里把蓝斯洛拦了下来。

"我知道你以残缺骑士自称，"卡斯特爵士说，"可是我觉得你就是蓝斯洛爵士，对不对？"

蓝斯洛把男孩的手臂紧紧抓住。

"卡斯特爵士，"他说，"你觉得这个问题富有骑士精神吗？如果我就是蓝斯洛爵士，可是现在却以残缺骑士自称，你难道不觉得我这么做，一定是有自己的原因吗？尊贵的骑士是不是应该对这些原因表示尊重？"

卡斯特爵士的脸红通通的，单膝跪了下来。

"我会保守这个秘密的。"他说，而他也的确没有跟任何人说。

第二十三章

　　当春姑娘姗姗来迟时，新家也布置好了。伊莲以一名漂亮的女仆和一只矛隼为奖赏，给她的骑士准备了一场比武大会。

　　这场比武大会吸引了全国各地的五百名骑士，可是全都在残缺骑士漫不经心的残暴面前败下阵来，成了一件挺挫败的事。离开的骑士不仅满心疑惑，而且惊讶无比，因为所有人的性命都得以保全——他击败了他们以后，就让对方离开了，而且自始至终，这位异乡骑士都沉默着。那些落败的骑士都灰溜溜地回了家，比武大会之夜往往会举办晚宴，他们也没有参加，他们在议论着那位惜字如金的冠军是何许人的同时，也以迷信的口气探讨着这些事。伊莲一直保持着笑容，直到最后一位骑士离开，她才躲到房间放声痛哭。哭过以后，又去找她的主人。比武大会结束以后，他便无影无踪了，因为他现在有了一个习惯，那就是每天傍晚都会一个人离开，没有人知道他去哪里了，包括伊莲在内。

在城垛上，伊莲找到了他。在夕阳的照耀下，两人席地而坐，他们的影子和他们脚下那座高塔的影子，以及所有红彤彤的树木底下昏暗的幽影，形成一片宽阔的靛蓝色的区域。他望向卡美洛，目光里满是绝望。他身前是那面新盾牌，上面有个盾徽，用来遮掩他的身份，上面是一个银色女子，身处于黑色原野，脚边跪着一名骑士。

伊莲是个很天真纯朴的人，因此，对于这盾牌所表现来的敬意，她很是喜欢。可是直到现在她才发现，那个银色的女子头上戴有王冠。她呆呆地站在那里，不知道自己还能干什么，可是她什么也做不了。她的武器是极钝又没有任何硬度的金属。她只有耐心和自制这一武器，可是，假如你的对手是发自内心的深爱，这两样武器都只是摆设而已，而古人为了爱，是愿意付出自己的生命的。

一天早上，他们正在湖边绿地上席地而坐，伊莲在刺绣，蓝斯洛看着加拉罕玩耍。他的儿子正玩着他的那个大圣人破布娃娃，他是个既严肃又寡言少语的小男孩，一直对娃娃情有独钟，而其他男孩子早就开始玩玩具兵了。蓝斯洛给他做了两个披着铠甲的、拿着矛的骑士，下面是带有轮子的马匹，可以自由拆装。两匹马是面对面的，把系在它们脚下两个平台上的线一拉，就可以让这两位骑士进行长矛比试，双方都会从马鞍上跌下来。可是加拉罕看都不看它们一眼。

"关妮丝会把那只雀鹰毁了的。"蓝斯洛说。

他们看到一位城中仕女带着一只雀鹰，正朝他们跑过来。因为她跑得太快了，对那只雀鹰造成了很大的影响，它不停地扑扇着翅膀，可是关妮丝根本不理会它，只是偶尔把它摇一下。

"关妮丝，发生什么事了？"

"夫人，对岸来了两个骑士，他们说要挑战异乡骑士。"

"让他们离开，就说我出去了。"蓝斯洛说。

"可是大人，门房已经跟他们说要如何坐船过来了，现在他们中的一个已经坐上船了。他们说他们会分开过来，假如第一位被你打败了，第二位才会过来。"

他起身拍拍身上的灰尘。

"我二十分钟以后过去，让他先在比试场等我。"

所谓的比试场就是一块长方形的空地，上面铺了沙子，两边各有一道墙，两端各有一座高塔。墙上有看台，可以从上往下看，和壁球的球场很像，只不过不是室内的。伊莲和仆人们坐在看台上观看，这场比试持续了很长时间。在这场竞技中，两人实力相当，都落过一次马，而比剑比试已经进行了两个小时了，丝毫没有结束的意思。终于，那位陌生的骑士大吼一声："停！"

蓝斯洛把剑插到地上，像一个获准中途休息的农民一样，马上停了下来。一直以来，他都保持着农家雇工的沉默耐性，从来没想过要伤害对方。

"你叫什么名字？"那陌生人问，"你是我见过的最优秀的骑士。"

蓝斯洛忽然高举起两只臂铠，像是想用双手挡住已经隐藏起来的脸，无比难过地说：

"我是湖上的蓝斯洛爵士。"

"天哪！"

"我是蓝斯洛啊，德加里斯。"

德加里斯啪的一声扔了他的剑，迅速跑向护城河旁的高塔，铁鞋在比试场上发出急促的声响。他边跑边把头盔取下来扔到一边。当他跑到门房铁闸边时，他的双手呈 O 字形放到嘴边，用尽全力大叫："艾克特，艾克特！真的是蓝斯洛，赶紧过来！"

他又快速朝他的朋友跑去。

"蓝斯洛，真的是你吗？我一猜就是你。"

他径直取下了自己的臂铠，并扔向墙边。他迫不及待要看蓝斯洛爵士的脸，于是摸索着去把蓝斯洛的头盔取掉。蓝斯洛就像个疲惫的孩子一样站在那里，任由大人帮他把衣服脱掉。

"可是，你最近都在忙什么？为什么你会在这里？你不知道大家有多担心你吗？"

头盔也被取了下来，也被扔到了墙边。

"蓝斯洛。"

"你说你是和艾克特一起来的吗？"

"是的，就是你的兄弟艾克特。整整两年，我们一直在找你。噢，蓝斯洛，见到你真是太高兴了。"

"你们务必要进来休息一会儿。"他说。

"可是，这么长时间，你都在哪里？在做什么？一开始，王后派了三位骑士找你，后来聚集了二十三个人。她至少为此支付了两万英镑。"

"我一直都居无定所。"

"奥克尼一族也加入了找你的队伍。加文爵士也在。"

就在这时，艾克特爵士也过来了（这位是艾克特·德马瑞斯爵士，不是亚瑟王的监护人），闸门升起了，他过来了，径直跑向异乡骑士的方向。

"兄弟！"

伊莲下了看台，等候在比试场一端。她很清楚，这些人的到来将会让她的心土崩瓦解。可是她没有上前打扰，只是静静地注视着他们，就如同一个不允许加入游戏的小孩一样。她用尽全身力气在那里站着，这时她把她所有的力量都汇聚在一起，集中在她心中的那座要塞。

"她叫伊莲。"

他们面对着她行礼。

"欢迎来到布利昂堡。"

第二十四章

"我不能把伊莲一个人留在这里。"他说。

艾克特·德马瑞斯说："为什么，你又不爱她，你对她有什么义务可言、你继续留在这里，只会让自己向更深的深渊滑去。"

"我对她是有义务的。我解释不清楚，可是的确有。"

"王后很是难过，"德加里斯说，"她不惜斥巨资找你。"

"这个我也没办法。"

"你没必要懊恼，"艾克特说，"我觉得你很懊恼，无论王后做了什么，既然她后悔了，你就应该原谅她。"

"我需要原谅什么呢？"

"我是想说，你自己好好想想。你应该回到宫廷，你还有很多事要做。先把其他的放到一边，你答应过亚瑟，你是要尽忠于他的，如今，他非常需要你的帮助。"

"需要我？"

"还是奥克尼的事。"

"奥克尼怎么了？噢，德加里斯，你知道吗？当我听到这些熟悉的名字时，我内心的兴奋无以言表。把所有的事情都跟我说说吧。最近凯伊依然像个傻子一样吗？迪纳丹还是那么幽默吗？崔斯坦和马克王最近有消息吗？"

"假如这些事你都想知道，你就应该回去。"

"我跟你说过了，我不能回去。"

"蓝斯洛，你应该现实一点。你不会真的以为你隐姓埋名和一个乡下姑娘在这里隐居，还可以做你自己吧？你不会真的认为你在比武大会上轻松完胜五百名骑士，别人还不知道你是谁吧？"

"当那场比武大会一传到我们耳朵时，我们就赶过来了。"艾克特说，"德加里斯说，'他一定是蓝斯洛，要不然我就是个荷兰人。'"

"这就代表着，"德里加斯说，"假如你想要在这里留下来，你就不能再战斗。如果你再比试一次，全国上下都会知道你的事。其实我想已经尽人皆知了。"

"如果你坚持和伊莲在一起，你就要放弃一切，即你要彻底归隐——长矛竞技、比武大会、荣誉、爱情，都将和你无缘，也许还必须一辈子都在屋里待着。你要知道，你的长相可不容易让人忘记。"

"无论如何，伊莲都是个善良的好女人。艾克特，假如有人既相信你又依赖你，你怎么忍心让她受到伤害？即便是这样对一只狗，也太残忍了。"

"可是人能和狗结婚吗？"

"我是说，那女孩爱我啊。"

"王后也爱你啊。"

蓝斯洛转着帽子，说道："我最后一次见到王后时，她叫我离她远一点，一辈子都不要再靠近她。"

"可是她不惜斥巨资找你。"

他有半晌没有作声，之后低沉地问道："她好吗？"

"很不好。"

艾克特说："她知道错在于她，整天哭，波尔斯说她太傻了，她也接受了。亚瑟也好不到哪去，因为圆桌现在一团乱。"

蓝斯洛扔掉帽子站了起来。

"我跟伊莲说过，我不能向她承诺，我会永远和她在一起，"他说，"因此我只能留下来。"

"你爱她吗？"德加里斯依然不死心。

"是的，一直以来，她都对我非常好，我很喜欢她。"

当他们探询似的目光望向他时，他改说"我爱她"，似乎是为了给自己辩护。

两位骑士在这里住了一个星期，蓝斯洛不停地向他们打探有关圆桌的事，却越来越没精打采。晚餐时，伊莲在她的主人旁边坐着，席间，他们谈论着她从未听说过的人名，以及她根本不明白的事。她只能再把一份餐点端上来。艾克特把餐点接过去，依然口若悬河地说着某件趣事，根本没有停下来的意思。她被他们夹在中间，只能不停地笑。每天傍晚，蓝斯洛依然会去他的塔楼，根本没有意识到她早就发现了这个地方，因为当她第一次找到他时，并没有打扰他，而是蹑手蹑脚地离开了。

"蓝斯洛，"一天早上，她说，"护城河另一边，有人在等你，还带着马和铠甲。"

"是骑士吗？"

"不，看上去更像侍从。"

"让门房带他过来，我倒想见见这次是何许人也。"

"门房说那人不愿意过来，只说要在那里等蓝斯洛爵士。"

"我去看看。"

当她准备下楼坐船时，伊莲把他叫住了。

"蓝斯洛，"她说，"假如你要走，你希望加拉罕被我教育成什么样？"

"走？我没说要走啊。"

"我知道，我只是想知道而已。"

"我不明白你在说什么。"

"我想让你告诉我，加拉罕应该如何教育。"

"这个，一般的方式就行吧。我希望他也做一个好骑士。可是这个问题完全没有根据啊。"

"我想知道的就是这个。"

之后，她又一次叫住了他。

"蓝斯洛，你能再跟我说说，假如你走了，假如你必须走……你会回来吗？"

"我跟你说过，我没有准备走。"

她边说着，边想着怎么更准确地把自己的意思表达出来，就如同一个正在从沼地穿过去的人，边走边摸索着。

"这会关系到我以后教育加拉罕……关系到我如何活下去……假如我知道我将来会等到什么……假如我知道终有一天……假如我知道你会回来……"

"伊莲，你知不知道你在说些什么，你让我一头雾水。"

"我没有想要阻拦你的意思，蓝斯。也许对于你来说，最好的选择就是离开这里，也许这是早晚的事。只是，我想要知道，这辈子我还能不能和你见面……因为这对我太重要了。"

他把她的手抓在手里。

"假如我真的走了，"他说，"我一定会回来的。"

是戴普大叔等在护城河的另一边，旁边是蓝斯洛那匹两年未见的战马，蓝斯洛常用的铠甲被整整齐齐地放在马鞍上，似乎在等着检阅。所有东西都整齐地放在合适的战斗位置上，用皮带扣得紧紧的。无袖短铠被卷了起来，头盔、护肩甲和臂甲都被打磨得闪闪发光，一定花费了好长时间，呈现出只有从店里买回来的才有的光泽。马鞍皂①的气味在空气中弥漫开来，带着一种专属于铠甲的独特味道，就如同你走到高尔夫球场专卖店时所闻到的那种独特的味道，而这股味道会让骑士激动无比。

蓝斯洛整个身心都沉浸在身穿那副铠甲的回忆中，自他从卡美洛离开以后，这还是他第一次见到。他的食指想到那把剑的握柄是运作的中心；他的拇指想到要用几盎司力道，才能在这个中心的近侧发挥力量；手掌内侧的肌肉想要把剑柄牢牢握在手里；而他的整只手臂还对欢悦剑的平衡感记忆犹新，想挥剑起舞。

戴普大叔变老了，只是把缰绳拉在手里，把马具排出来，安静地等着骑士上马，自始至终没说一句话。他的眼神像苍鹰一样犀利，一直忠于职守于自己的岗位，默不作声地把一顶巨大的头盔拿出来，上面有个他再熟悉不过的羽饰，是鹭鸟的颈羽和银线。

蓝斯洛恭敬地把头盔接过来，拿在手上转着。对于这头盔的重量，他的手可以精准地掂量出来，正好二十二磅半。头盔打磨得非常好，衬里都是崭新的，后面的披饰也是新做的。披饰是天青色的薄绸，很多小小的远古法兰西百合用金线手工绣在上面。

---

① 把中性肥皂和牛趾油混在一起，专门用来对皮革产品进行保养的清洁配方。

他一看就知道，这出自谁的手。他凑近那顶头盔，深吸了一口气。

转瞬间，她就出现了——这个桂妮薇不是他每天在城垛上苦苦想念的，而是真真切切的珍妮，以不同姿态出现的珍妮。对于她的一切，他都再熟悉不过了，包括每一根睫毛、每一个毛孔和每一种语调。

蓝斯洛义无反顾地从布利昂堡离开了，伊莲就在城门塔楼上站着，没有挥手，安静地看着他离去的背影，她还有几秒钟可以保存和蓝斯洛有关的信息，这样她以后的岁月才有了念想。她现在所拥有的就是这些记忆、他们的儿子和一大笔钱。他分文都没有带走，她这一生每年都会获得一千英镑——在当时，这笔钱可不少。

第二十五章

　　和伊莲分别十五年以后的蓝斯洛依然在宫廷待着。他们三人——国王、桂妮薇和他之间的关系也一如从前，只是都不年轻了。蓝斯洛二十六岁时，第一次在神智失常以后归来，那时头发变成了獾灰色，如今已经很白了。亚瑟也是少年白，可是嘴唇依然红润。只有桂妮薇的头发依然想办法保持着黑色，四十岁的她依然体态婀娜。

　　新世代进入了宫廷也是一个不同于以往的地方。圆桌的这几位主要角色依然热情满满，可是如今他们已经不再是拥有平凡肉体的人了，而成了一种象征，一种代表。周围的年轻食客觉得亚瑟是过去的一个统治者，而不是将来的十字军战士。而蓝斯洛则是所向披靡的英雄，桂妮薇则是举世无双的美人。这些年轻人如果在葱翠的林地中看到亚瑟狩猎的身影，就会觉得看到了王者气度。他们看到的是英格兰，而不是人。而当蓝斯洛和王后一起骑马经过，因为某个笑话而大笑不止时，这些人就会觉得特别惊讶。"看，"他们会告诉对方，"他在笑唉！和我们这些平民似乎也没什么分别呢！蓝斯洛爵士笑了，这真是太亲民了，就如同他是个平凡人一样。也许他还会吃东西喝水，晚上也会和我们一样睡觉呢。"可是，这些新世代人们非常肯定，这种事杰出的湖上骑士是不会做的。

二十一年间，卡美洛的自豪受到了河水的洗涤，建筑物的年岁也不小了。起初，投石器和攻城射石机关会穿梭于辙痕遍地的大道上，在数不尽的围城战事中，城堡石墙被打倒。可是活动于木轮上的木制高塔，在那些懦弱的要塞之间笨拙地穿梭，这样上面的弓箭手才能把箭矢射出去，让那些叛徒的堡垒瓦解。技师匠人扛着鹤嘴锄和铲子，在夏日的飞沫上大部队前进，在那些已经背叛的望台下挖掘，让巨石坠落。当亚瑟采取正面进攻的方式，没办法把一座坚固的城堡攻下来时，他就会在墙上指定的地方开始挖通道，在梁柱的支持下，这些通道会在时机合适时，把梁木烧掉，让通道坍塌，使得被粗砾石填满的外墙也随之坍塌。

早些年一直都是战火纷飞，那些诉诸武力的人也因为武力消亡了。整座塔的战士那些年间都纷纷生火烤食物，似乎有很多盖伊·福克斯①来了一样，处处是火光，在他们眼里，这座塔根本不是什么重要的关口，而是一根特别好的烟囱。那些年间，战斧在防斧门板上落下去时，会发出清脆的声音，防斧门的第一层木板是平行钉上的，而第二层却是成九十度角的，因此不用担心会

---

① 一六〇五年十一月五日，盖伊·福克斯密谋把伦敦西敏宫（今国会大厦）摧毁，杀害英王詹姆士一世和英格兰上下议院的议员，可计划还没有实行就被捕了，并被处决了。今天在十一月五日伦敦依然会燃放烟火庆祝，称为"盖伊·福克斯日"。

顺着纹路裂开。诺曼巨人走路总是踉踉跄跄的，因此解决他们简直是太容易了，只需要把他们的腿砍断，就可以打中他们的头了。长剑从头盔绕过去，撞击着肘甲，假如到达高潮，还会有火花进现，那些处在激战中的骑士也会因此特别显眼。

刚开始那些年，在路的尽头，总会有一些东西映入你的眼帘：也许是佣兵在前进、抢劫或者苏格兰和英格兰边境上的木桩；也许是某个新秩序的骑士为了反抗对方屠杀农奴，而和某个保守派贵族打得不可开交；也许是人们正在用绳子救援某个正处在高高的要塞里的金发少女；也许是布鲁斯·索恩斯·匹帖爵士正全力前进，后面是蓝斯洛爵士；也许是军医正在医治某个倒霉的战士，还让他把洋葱和大蒜吃下去，以此来确认他的肠子是不是好的。他们在对伤口进行检查时，会把一件带有羊脂的毛衣给患者穿上，那件毛衣的制作材料是羊只乳房附近的生羊毛。加文爵士在对手胸膛上坐着，他用一把名叫"上帝恩典"的匕首结束了对方的性命。在战争中，有几个骑士是因为自己的头盔窒息而亡的，这种活动太过于剧烈了，而通气孔又明显不足，所以这样的悲惨事件是时有发生的。战场这一边，老派贵族设置了宽大又华美的绞刑台，类似于隼丘架设的一座，光石柱就有十六根，可同时吊六十具尸体，和土褐色的倒吊金钟很像。绞架是比较寒酸的，上面装了横木，和电线杆踏脚的地方很像，方便刽子手攀爬，目的就是要把亚瑟王的骑士和相信他们的撒克逊平民都吊死。战场另一边的灌木丛里处处是陷阱，周围用树篱围了起来，方圆一英里内都没人敢靠近。某个傻瓜骑士也许会不幸坠落至抓鹿的陷阱里面，随即会有一根粗大的树枝弹起来，他整个人都会呈倒挂状态，在树枝末端挂着，非常可怜地晃荡在天地间。也许后方，一场如火如荼的比武大会或派系战争正在进行中，准备冲锋陷阵的骑士团都听到传令官的吼声："后退，后退！"就类似于我们如今在英国大马赛①中还可以听到的"别追了"。

原本在一千年时，世界末日就到了的，可是在得到缓刑以后，残暴的行为就出现了，在长达几百年的时间里摧残着欧洲。而被圆桌视为仇人的强权教条就是此事的罪魁祸首。在原始的林地里，我们可以看到那些强权派的好斗领主打猎的身影（任何事情都是有特殊的，野森林城堡的艾克特爵士就不属于他们之中的一员），导致索尔兹伯里的约翰必须对他的读者说：假如这些杰出而冷酷的猎人马上就要从你的住所经过，你就应该赶紧把家里的食物都带上，或者你可以马上向邻居采购或借用的食物，迅速离开这里，要不然你就会遭殃了，甚至还会给你安上一个叛国罪。从迪律伊②那里，我们得知，人们会把孩童的大腿绑着吊在树上。而在当时，你还可以看到这样一个比较常见的现象，你也许会看到一个脸部通红的、武装齐全的人，看上去和一团黏糊糊的燕麦粥特别像，因为在战争期间，有人把一桶温度非常高的谷糠皮浇到了他的头上。从乔叟那里，我们还得知了更加有趣的场景：人们脸上笑意盈盈的，可是斗篷底下却藏着一把匕首；树丛里有一具死尸，而喉咙又被人割了一刀；冰冷的尸体嘴巴张得大大的，仰面躺倒在地。不管在什么地方，刀剑上都有明显的血迹，黑烟在天空弥漫，所有权力都是肆无忌惮的。而在这段处处狼藉的时代中，加文最后把我们亲爱的老友派林诺国王给杀了，也算是给他父亲洛特王报仇了。

亚瑟所继承的英格兰就是这样一副场景，在他追寻文明教化

---

① 从一八三九年起，英国就在三四月时在利物浦举行全国性的马赛。
② 法国历史学者和政治家。

时，这也是很让人抓狂的一个时期。经过了二十一年不懈的努力以后，如今这个岛已经焕然一新了。

那些黑骑士曾经怒气冲冲地在某个浅滩边等着，那些冲动走向那条路的人要向他们交过路费，可是现在不管是谁，都可以在整个国境里自如往来，根本不用担心安全问题，哪怕身上戴着金银首饰。而那些麻风病人（当时他们叫麻疹）之前在林间游荡时，会把白色的蒙头斗篷穿在身上，假如他们让他人小心，就会把伤心的响板敲响；假如他们不愿意提醒你，就直接冲过来把你抓住，根本不敲门。可是现在医院建好了，由宗教骑士团负责管理，可以给这些从"十字军"东征回来得了麻风病的人很好的照顾。所有残暴的巨人都不在了，而所有让人生畏的飞龙（之前它们会发出混浊的声响，像游隼一样扑向下面）都已经失去了伤人的武器。三五成群的强盗之前会举着三角旗活动在干道沿边，而如今，一群群快乐的朝圣者在往坎特伯雷去的道路上讲述庸俗的故事。那些严肃的神职人员唱着《哈利路亚喜乐颂》，去沃辛汉的圣母那里短暂旅游；稍微活跃一点的神职人员会即兴唱响《我想死在客栈里》这样的中世纪饮酒歌。绅士的修道院长戴着毛皮做成的兜帽（这可和他们教团的戒律不符），焦躁地在缓缓前行的驯马上前行；时尚的侍从的拳头上停着鹰；为了新斗篷的事，健壮的农夫正在和老婆激烈争吵。还有一群兴致高昂的家伙连铠甲一类的装备都没穿，就直接出去打猎了。有些人骑马到热闹的市集去了，那里和特鲁瓦一样广大；有些人则到了可以和巴黎相媲美的大学，那里学者众多，七名教宗就出自那里。修道院里的僧侣们都在发挥无尽的想象力，对手稿上的起首字母进行描绘，因为太过于精细，以至这些手稿的首页都变得非常难认。而那些现在没有把基督标记"XP"画在手稿开头的人，正在对图尔的格列高利主教所写的《法兰克人史》《黄金传奇》《西洋棋戏》，或是某本放鹰专论进行认真抄写——当然有个条件，那就是神奇的路尔地本《伟大艺术》或最奇妙的那位魔术师所写的《巨鉴》① 没有让他们流连忘返。几个知名的大厨正在厨房里准备美味佳肴，其中一轮菜就有：牛睾丸汤、甜酒汤、八目鳗冻、牡蛎炖洋葱、酱烧鳗鱼、烤鳟鱼、腌猪肉配芥末、雄鹿内脏、填料烤猪、熏鸡、酒酱鹅肉、野鹿麦粥、清炖母鸡、烤松鼠、香羊肚、阉鸡脖子布丁、内脏、牛胃、杏仕凝乳白肉、甘蓝菜、牛油煮蔬菜、苹果慕斯、姜糖面包、水果塔、牛奶冻、蜜饯、斯第尔顿乳酪等。宴席上，那些因为过度饮酒而使得味觉受损的年长绅士们，正在品尝中世纪的珍奇食物——味道特别浓烈的鲸肉和海豚肉。漂亮女士们把玫瑰和紫罗兰放在盘子里，面包牛油布丁在烤过的金盏花的衬托下显得更加有滋味，而那些侍从则对羊奶乳酪情有独钟。育儿室的小男孩正在尽力劝说他们的母亲，把硬梨子和蜂蜜糖浆、醋放在一起煮，再和发泡的奶油一起食用。餐桌礼仪也比我们的文明程度高得多。如今，他们用的是有盖的盘子、加了香料的洗手钵、华美的桌布和过多的餐巾，而将面包做的盘子弃之一旁。用餐者身着得体的服饰，戴着花环，侍者上菜的动作则是非常标准的芭蕾动作。桌上放着葡萄酒瓶，桌子下面则放着不太优雅的麦酒。音乐家聚集在一起，组成了一个神奇的乐团，演奏着铃、大号角、竖琴、维奥尔琴、齐特琴② 和风琴，增添用餐的情趣。亚瑟王还没有把他的骑士之道建立起来时，塔

① 非常大的镜子，作者是博韦的樊尚，是一部百科全书，共包括八十本，共有九千八百八十五章，是十八世纪欧洲最宏伟的百科全书。
② 一种和古琴、古筝很像的乐器，上面有几十条弦。也是这类扁平型拨弦乐器的总称。

中骑士兰德里担心暗处会出什么问题，一定会这样告诫他的女儿，到了晚上，就不允许一个人到自家餐室去。可是现在餐厅里灯光通明，还有音乐。而处处是烟雾的拱形大厅内，原本只有不讲究的贵族用沾满鲜血的手在那里粗鲁地吃着东西，如今人们进食时，都会用带着药草香味的盥洗皂把手指洗得干干净净的。总管在修道院的地窖里，把新酿和陈酿麦酒、蜂蜜酒、波特酒、波尔多红酒、干雪莉酒、莱茵白酒、啤酒、加了香料的蜂蜜酒、洋梨酒、香料甜酒和上乘的白威士忌从桶子里取出来。在法院里，法官采用的是国王的新法令，而不是强权恶法。农家的好老婆正在烘烤铁盘面包，让人垂涎欲滴，他们用上乘的泥炭烧水，二十个家族二十年的生计依靠平常畜养的肥鹅就可以维持。亚瑟做国王时，撒克逊人和诺曼人也开始认可自己是英格兰人。

毫无疑问，在这宏伟的宫廷里，聚集着欧洲所有志向远大的年轻骑士们，这也就不奇怪，亚瑟被他们看作是王，而蓝斯洛被他们看作是征服者。

在这期间，有这样两个年轻人也到宫廷来，他们分别叫加瑞斯和莫桀。

第二十六章

一天下午，蓝斯洛在弓箭靶场说："现在箭在人心脏里抖动已经很少见了。"

"抖动！"亚瑟大声重复了一遍，"用这个词来对箭射中以后所产生的振动进行形容，真是妙不可言。"

蓝斯洛说："这个词来自我听过的一首歌。"

他们从靶场离开，来到了凉亭里，年轻人正在那里练习射靶。

"这倒也没错，"国王一脸沉郁地说，"现在如此衰败，我们所熟悉的战争是少了很多。"

"衰败！"他的最高司令官不满地说，"你为什么这么郁郁寡欢呢？你追求的不就是这样的日子吗？"

亚瑟撇开了这个话题。

"我很看好加瑞斯，"他打量着那个男孩说，"这倒是很有意思，他比你小不了多少吧，可是我却老是觉得他还小。"

"加瑞斯是个不错的人。"

国王伸出手，亲昵地搭在蓝斯洛的膝盖上。

"说到加瑞斯，你在大家心目中才是那个非常不错的人。"他说，"这事已经变得颇具有传奇色彩了。一个男孩隐姓埋名地来到宫廷的厨房工作，连自己的兄弟都没有把他认出来。有次，凯伊有意搞恶作剧，还用'大小姐'这个绰号叫他。你是仅有的一个对他很温和的人，在他成为骑士以前。"

"这个嘛，"蓝斯洛说，"这也不是加文的错，毕竟他十五年都没有见过他弟弟了。"

"我没有说这是谁的错，我只是说，你会对一个厨房的见习骑士投以关注的目光，并一直给他提供帮助，最后还把骑士勋位授予他，非常好。可是，你一直都是个好人。"

"我只是觉得奇怪，他们会一直到这里来。"他朋友说，"我想那是因为他们无法说服自己不来。任何一个孩子，只要心中有抱负，就会觉得非到亚瑟的宫廷去不可，即便只是在厨房里工作。因为新世界的中心在这里。而加瑞斯之所以离开他母亲，也是这个原因。而她母亲知道以后是不会同意他来的，所以他只能隐姓埋名。"

"怎么能这么说呢。只能说摩高丝是个非常狠毒的老女人。她之所以不同意他到宫廷来，只是因为她对你恨之入骨，可是不管怎样，他终究还是来了。"

"摩高丝是我的异父姐妹，而我曾经愧对于她。她每个儿子都离她而去，而来给她记恨的人提供帮助。对于女人来说，这肯定不好受。就包括她最小的儿子莫桀也来了。"

看上去，蓝斯洛有些窘迫，他的第六感告诉他，对于莫桀他并没有好感，可是心里有这样的芥蒂又是他不喜欢的。对于亚瑟就是莫桀的父亲这回事，他根本不知情，因为很久以前，这个故事就被隐藏起来了，就像过去亚瑟出生的秘密被隐藏起来一样。可是他真切地觉得这个年轻人和国王之间存在什么。他对莫桀就是不喜欢，也不知道是什么原因，就像狗天生对猫没有好感一样，可是他很惭愧于自己的偏见，因为这和他帮助年轻骑士的原则是相违背的。

"莫桀到这里来，一定会给她造成最大的伤害。"国王接着说，"女人总是对最小的儿子极尽疼爱。"

"据我了解，对于这么多儿子，她并不偏爱其中的一个。假如他们到宫廷来会让她难过，也只是因为她对你恨之入骨。话说，她恨你的理由是什么？"

"那个故事太糟心了，我不想再提起了。"

说完国王又说了一句："摩高丝是个……特别有自己主张的女人。"

蓝斯洛不怀好意地笑了。

"这一点从她的办事风格可以看出来，"他说，"我听说她尽管已经是祖母了，依然不放过派林诺的儿子拉莫瑞克。"

"这话谁跟你说的？"

"整个宫廷都传得沸沸扬扬的。"

亚瑟站起来，焦躁地走了几步。

"上帝啊，拉莫瑞克的父亲是杀害她丈夫的罪魁祸首啊！她的儿子又是杀害拉莫瑞克的父亲的凶手！拉莫瑞克才多大啊？"

他坐下来看着蓝斯洛，似乎很担心他接着会说什么。

"都一样，她就是这样做了。"

国王的情绪突然变得很高涨，问道："加文去哪了？阿格凡呢？莫桀呢？"

"他们应该出去探险了吧。"

"不会……不会去北方了吧?"

"这个我就不清楚了。"

"那拉莫瑞克呢?"

"我想他应该还在奥克尼。"

"蓝斯洛,假如你和我姐姐认识……假如你真的对奥克尼一族比较了解就好了。他们非常迷恋家族。假如加文……假如拉莫瑞克……噢,上天啊,请可怜我的罪过吧。请同情他人的过错,请同情这乱糟糟的世界吧。"

蓝斯洛一脸惊讶地看着他。

"你在担心什么?"

亚瑟再次站起来,语速都变快了不少。

"我忧心我的圆桌,我忧心紧接着会有什么事情发生,我还忧心圆桌完全都不对。"

"你纯粹是胡扯。"

"我成立圆桌的目的是让社会秩序恢复正常。暴力因此有了途径宣泄,平常喜欢诉诸武力的人在用武力解决问题时可以通过一种有益的方式。可是整件事都偏离了正确的航向。不,不要打断我,我还要说。它错就错在它是以武力为基础的。正义建立的基础必须是正义,而不能是强权。而我一直想做的事就是这样的。如今,报复来了,蓝斯洛,也许报复已经来了。"

"你在说什么,我完全听不懂。"

"加瑞斯来了,"国王的语气突然恢复了平静,似乎一切都画上了句号,"我想你很快就会知道我在说什么了。"

一个裹着皮绑腿的信差在他们说话的当口来到了靶场,国王瞟见那信差拿着一封信,正火急火燎地寻找加瑞斯爵士。那男孩拿到信以后，反复读了几遍，之后疑惑地跟来人说着什么。之后，加瑞斯下意识地朝那信差鞠了一躬，然后缓缓走了过来。

"加瑞斯。"国王说。

这年轻人跪下，像抓救命稻草一样握住国王的手。他一脸呆滞地看着亚瑟，一滴眼泪都没有掉下来。

"我母亲死了。"加瑞斯说。

"谁是杀人凶手？"国王问，似乎这个问题再正常不过。

"我哥哥阿格凡。"

"什么！"

蓝斯洛尖叫出声。

"因为我哥哥发现我母亲和一个男人同床就寝，所以他把我母亲杀了。"

"蓝斯洛，请你小声一点。"国王说，然后对加瑞斯说，"那么拉莫瑞克爵士，他们准备怎么处理？"

可是故事的前半段，加瑞斯都还没有说完。

"阿格凡把她的头砍了下来，"他说，"就如同那只独角兽一样。"

"独角兽？"

"蓝斯洛，请你安静一点。"

"他把自己的亲生母亲杀了。"

"我觉得很可惜。"

"我早就知道他会这么做。"加瑞斯说。

"这消息可靠吗？"

"非常可靠，就是阿格凡把独角兽杀了。"

"拉莫瑞克就是独角兽吗？"国王亲切地询问道。他不清楚外甥说的是什么意思，可是他迫切想提供帮助。"拉莫瑞克还活着吗?"

"噢,叔叔,他们说阿格凡看到她赤身裸体地和拉莫瑞克睡在一起,于是他把她的头砍了下来。之后他们把拉莫瑞克也抓住了。"

对于曾经的悲剧,蓝斯洛并不是十分了解,因此他的耐性也没有国王那么好。

"他们指的是谁?"他问。

"莫桀、阿格凡,还有加文。"

"因此事情经过就是这样,"蓝斯洛爵士说,"因为派林诺国王在一场比武大会中无意间把你们的父亲杀死了,所以你那三个兄弟把他给杀了,之后你们又把你们的亲生母亲杀了,最后又因为你们的母亲引诱派林诺的小儿子拉莫瑞克,所以你们把他也杀了。我猜测,他们是合起手来和他一个人对抗吧?"

加瑞斯更用力地抓紧国王的手,头也埋得低低的。

"他们把他包围起来,"他面无表情地说,"莫桀从背后杀死了他。"

第二十七章

　　在原住民地区抢掠以后，加文和莫桀回到了卡美洛，可是同行的却没有阿格凡。拉莫瑞克才刚没了呼吸，或者，他们才刚把事情原委弄清楚，就爆发了激烈的争吵。摩高丝王后完全是意外死亡，用阿格凡自己的话说，他是一时受到了太大的刺激，没有控制住自己的怒火才会失手杀了她。可是他们潜意识里也清楚得很，他们其实是因为妒忌。因此他们给他安插了一个惯有的罪名，说他只是一个肥嘟嘟的恶霸，而把无辜的男人或女人杀掉就是他最高尚的工作。经历了那场怒火攻心的意外以后，他们就都伤心地从他身边离开了。对于那位与众不同的母亲，加文现在回忆起他的留恋之情，也是那位巫后希望她的儿子可以对她寄予的感情。他懊悔地朝国王的宫廷驶去，他心里再清楚不过，亚瑟会因为他们如此杀死小拉莫瑞克而勃然大怒，因为在所有圆桌骑士中，那孩子位列第三位，可是，对于把他杀了这件事，他一点都不后悔。他觉得拉莫瑞克死有余辜，他就像犯了很大的罪过一样该死，因为他和他父亲都对奥克尼一族造成了很大的伤害。他知道，因为他把亲生母亲杀了，整个宫廷的人都会对他厌恶不已，而且还会有人提到他年轻时所犯下的错事——一时怒火攻心，把一名女人给杀死了。可是他懊恼的并不是这些事，而是他亲爱的奥克尼族母亲已经死了（直到现在，他才开始把这件事的原委弄清楚），是他又对亚瑟的理念造成了很大的打击，而事实上，他是一个非常善良的人。他希望国王把他吊死，把他驱逐出去，或者对他施以严厉的处罚。他一脸惭愧地走进王室会客厅。

莫桀像什么事都没发生一样，在加文的后面走着，他有着瘦削的身材，浅金色的头发让他看上去和一个白化病者很像，蓝色的眼睛特别明亮，这种蓝是色彩尽失的浅蓝，以至你看不到他的眼底深处，他的胡子也收拾得很是整洁。他整个人都让人觉得难以掌控，头发也好，眼睛也好，胡子也好，全都没了颜色，让人猜不透。粉红色的消瘦脸庞上，鱼尾纹只出现在蓝眼睛周围——假如你乐意，你可以假设他明亮的双眼中不失诙谐或讥讽，或只是着重突出天蓝色的瞳孔，以便让其更幽深。他笔直地走进来，可是肩膀却不是一般高的，带着反叛和讨好的气息。因为接生婆技术太糟糕了，他像理查三世一样，天生就带点驼背。

亚瑟已经在等他们了，国王两边分别站着桂妮薇和蓝斯洛。

健壮的加文拙劣地单膝跪下，眼睛直视着地板，没有看向国王。

"请求赦免。"

"请求赦免。"跪在同母异父的兄弟身边的莫桀也说了一遍，可是他却是直勾勾地盯着国王的。他的声音高深、美好，可是话里话外的意思似乎截然不同。

"你们被赦免了，"亚瑟说，"去吧。"

"去？"加文问。他不知道国王是不是下了驱逐令。

"对，去吧。我们现在先不要见了，晚餐以后可以考虑见面。"

加文鲁莽地说："那件事有一半的原因要归结在运气上面。"

"滚！"这次亚瑟的声音不仅一点倦怠之意也没有，也没有伤心难过之意。

他指着门，急促地跺着脚，似乎要把他们扔向门外。他的眼睛像一道突如其来的灰绿色火焰，闪烁着明亮的光芒，所以哪怕是莫枻，也快速起身。加文明显吃惊不小，一脸疑惑地从门口走了出去，而在离开之前，那个驼背的家伙就已经镇定如常了。他施了一个演员式的礼：腰弯得低低的，看上去很是谦逊，之后站起来，看了一眼国王，便微笑着离开了。

亚瑟坐了下来，全身抖个不停，蓝斯洛和桂妮薇交换了一个眼色。他们想知道他为什么赦免了自己的外甥；他们也想提出质疑，因为对杀害亲生母亲之罪予以赦免，必须会对圆桌带来危害。可是如此生气的亚瑟他们还是第一次见，也许其中有什么不可告人的秘密，所以他们都忍住了好奇心。

不一会儿，国王便说："蓝斯，在没有发生这件事前，我曾经想把一些事告诉你。"

"是的。"

"你们一直都在听我说圆桌的事，我希望你们清楚。"

"我们会竭尽全力。"

"这事已经过去很久了，那时梅林还在我身边，因为他知道他最后一定会走的，所以他曾经告诉我怎么思考，并让我必须这么做。蓝斯，千万不要让人告诉你怎么思考，思考是这世界的诅咒。"

国王目不转睛地盯着自己的手指，曾经的想法一个个划过他的脑海，而他们只能安静地等着。

　　"对于圆桌的理念，梅林是认可的，"他说，"它在当时明显也是个不错的想法。它一定是个转折时期。如今我们得计划一下，接下来应该怎么办。"

　　桂妮薇说："圆桌有问题吗？我怎么看不出来，难道就因为奥克尼一族弒亲吗？"

　　"我跟蓝斯说过。圆桌的理念在于：公理才是最重要的，而不是强权。可是很可惜，我们建立公理的基础却是强权，这是错误的。"

　　"我不懂哪里错了。"

　　"为了让强权得到有效的宣泄，我想给它找到一条合适的渠道。这样一来，就应该让那些习惯于诉诸武力的人只为了正义而战，我原本希望这样可以把问题解决，可是现在却落空了。"

　　"为什么这么说？"

　　"就是因为正义我们已经得到了，我们抗战的目标已经实现了，可是那些战士依然存在。发生什么事了，你不明白吗？因为抗战的目标我们已经消耗完了，因此圆桌所有的战士都会走向堕落的境地。比如加文和他那些兄弟，还有之前的巨人、飞龙和邪恶骑士，我们不会让他们无所事事，可以让他们在规则范围内活动。可是如今这条路已经走不通了，他们的力量无处施展，因此他们在派林诺、拉莫瑞克和我姐姐身上发泄——愿上帝可怜可怜他们。我们的骑士精神变得只痴迷于竞赛，就是只关心在长矛比试中，谁的平均分数最高，这是最先彰显出堕落的兆头。而堕落的第二个兆头就是再次开始屠杀。我之所以说假如亲爱的梅林如今还在这里的话，他一定会要我另想他辙的原因所在。"

"原因是我们过惯了美好的生活，现在变得胆小了，松掉的弦当然会弹出变调的音。"

"不，不，你说错了。这一切的原因都在于我把强权藏在后面，以供随时之需。尽管把强权彻底摒除的方法我还没有想到，可是我应该这么做，而不是尝试着和它相适应。现在强权被保留了，可是却找不到合适的发泄渠道，于是慢慢演变成一条罪恶的管道。"

"这件事你应该严办的。"蓝斯洛说，"之前贝第维爵士把妻子杀了，你就让他把她的头带上，一起去找教宗，这次你也应该这么做。"

国王把双手展开，首次抬起了头。

他说："不只是他，你们所有人我都将送到教宗那里。"

"啊！"

"并不是说真的这样做。我是想说，现在的问题是我们的强权只有心灵目标，而没有俗世目标了。我因为这个问题一晚上没睡，假如我的斗士已经消耗完了所有可以比试的俗世事物，那么我就必须让他们开始对抗心灵，以避免它们走向堕落的境地。"

蓝斯洛一脸热诚地看着亚瑟，而桂妮薇则默不作声，先是快速偷瞄了一眼她的爱人，然后以焕然一新的姿势面对自己的丈夫。

"假如我们放任事态的发展，整个圆桌就会死无葬身之地。"国王接着说，"不但会缔结更深的仇恨，人也开始肆无忌惮地杀人，还会传播一些肆无忌惮的无耻话。看看崔斯坦和马克王后吧，大家好像都是崔斯坦的支持者。道德的评判标准是很难界定的，可是事实就是这样，我们先把一种道德感制造出来，可是我们却眼睁睁地看着这股道德感正走向堕落的境地。如果道德感堕落了，还不如从来没有过。在我看来，所有努力如果只是以世俗的目标为目标，那么就带有腐化的因子，就和我那知名的文明教化差不多。"

"这和把我们送到教宗那里有关吗？"

"我只是打个比方。我是说，我的圆桌理念这种理想只是暂时的。我们只有将这种理想转化成精神上的，才能不让它堕落。我把上帝给忘记了。"

"蓝斯洛他，"王后的声音听上去很怪异，"可一直都记得。"

可是她的爱人只是沉浸在这个话题中，并没有发现她的语调有什么异常。

"你有什么想法？"他问。

"假如你听懂了我想要表达的意思，我想我们先尝试着做一些有益于灵性的事。实质的目标，即和平和昌盛，我们已经达到了，现在变得无聊了。假如再重新找一个实质目标，一个像扩大领土一类的暂时目标，一旦实现了，我们就又会回到这个问题上来，也许情况还会更加恶劣。可是，我们可以尝试着把圆桌的力量运用到灵性的层面，重新聚集能量。我说的灵性是什么情况，你是知道的，对吧？假如我们的强权已经把一条通道打开了，让力量不是服务于人的权利，而是上帝，那么不让堕落的情况发生就可以实现了，而且非常有必要尝试一下，对吧？"

"十字军！"蓝斯洛惊叫出声，"你是要让我们去拯救圣墓①！"

"为什么不试试呢？"国王说，"这的确是我第一次这样想，可是也许这个选择不错。"

"也许我们可以去找寻圣徒遗物，"司令官现在整个人都处于勃发的状态，"假如所有骑士都以搜寻真十字架的碎片为目标，

---

① 耶稣基督的陵墓，又指在基督受难和埋葬原址建的教堂。

也许他们都不需要和别人对抗。我的意思是，假如我们发动"十字军"东征，武力当然还是少不了的，在对抗异教徒时，我们要使用强权。可是，假如我们真的把整个圆桌的力量聚集到一起，去对某个上帝的所有物进行搜寻，啊，这样尝试一下非常好。还有，既然到时候我们都忙得不可开交，那么，也许根本都不需要和别人对抗。如果真的是这样，可能我们可以把要找的东西设定为多种。试想一下，我们的骑士一共有一百五十名，都是像侦探一样的探险专家。假如我们所有的骑士都去搜寻上帝的东西了，也许会找到很多珍贵的物品。也许圆桌的诞生就是基于此，就是以此为目标。我们甚至有可能把新的福音书找到，我们的行为也许会有益于整个基督教世界。试想一下，真的现在去做也不晚，我们有一百五十名经过严格训练的人。三二六年，我们发现了真十字架，可是直到一三六〇年，我们才在雷内找到圣尸衣①。也许我们可以把那支刺杀我主的长矛找到。"

"我正在想。"

"圣经手稿一定是我们要专门寻找的。"

"没错。"

"我们要到各个地方去，到圣地去！就如同高贵的德·儒安维尔一样到所有地方去！"

"没错。"

"我觉得这个想法太伟大了！"蓝斯洛爵士说。

"这也许不太容易实现。"这次，语调有异样的是国王，"夜半时分，我在思考这个想法的计划是不是太宏大了。你知道的，

---

① 耶稣受难以后，用来对他的尸体进行包裹的裹尸布，上面有一个人形印，现在在意大利都灵保存着。

人如果实现了十全十美，就不会再存在了。那样圆桌可能就不复存在了。假如有人想找的是上帝呢？"

可是对于这种形而上的理论，蓝斯洛并不是很清楚。对于亚瑟语调的改变，他并没有察觉，而开始哼唱十字军的圣歌：

> 木十字的碎片啊，
> 代表着领袖，
> 人民将紧紧跟随……

"我们去寻找圣杯如何？"他像发现新大陆一样兴奋地大叫。

佩雷斯国王的信使就在这时到了。他说，有人对蓝斯洛爵士提出要求，到修道院把骑士勋位授给一个年轻人。他长得很英俊，而且很绅士，成长于一座女修道院。而那位信使说他叫加拉罕。

闻听此言，桂妮薇王后腾地一下站了起来，然后又坐了下去，原本松开的手掌又紧紧相握。她再清楚不过了，蓝斯洛很快就要去他儿子那里了——可是她无所谓。

第二十八章

　　马洛礼给我们描述了圆桌骑士寻找圣杯的整个过程；加拉罕抵达的惊讶场景，桂妮薇在妒忌、害怕、猎奇等多种心态的驱使下，竟半开玩笑地引诱他；宫廷最后的晚餐，那时有日光、器皿和被美好的气息充斥的整座大厅。那种说故事的方式不能多次使用。关键是，圣灵降临节以后，圆桌骑士就以大部队的形式出发了，他们第一个要寻找的东西就是圣杯。

　　两年以后，蓝斯洛才再次回到宫廷。这两年对于留守的人来说无疑是孤单的。幸存的骑士慢慢往回赶，他们疲惫不堪，带来的消息或是不幸，或是成功。有的拄着拐杖一瘸一拐地前行，或者把再也带不了人的倦马牵着前行。假如战争让他们失去了一只手，他们就用另一只手把断肢拿在手里。所有人的脸上都写满了倦怠和疑惑，不停地诉说着一些梦幻的场景，他们带了自动航行的船、奇异弥撒中的银桌、飞过空中的矛、公牛和带刺树木的幻象、古老墓穴中的魔鬼、有四百年寿命的国王和隐士回来，宫中流言的主题也变成了这些。贝第维爵士曾经统计过，失踪的骑士达到半数，也许已经不在人世了。而蓝斯洛爵士始终没有现身。

加文是首位提出可信报告的证人，他是缠着绷带，一脸倦怠地回到宫廷的。在奥克尼一族中，他是仅有的一个排斥正确学习英语的人，所以他说话带有北方口音。可是因为他的思考语言依然是盖尔语，所以那口音差不多是假扮的。对于南方的英格兰人，加文一直有所防备，而且他很自豪于自己的种族。

加文说："这场远行探险真的是太冲动了，也太暗无天日了。我觉得这是我所出过的最愚昧的任务。"

"到底怎么了？"

亚瑟和桂妮薇像两个好奇心很重的孩子，端端正正地听他说，想尽快把事情真相找出来。

"你问我到底怎么了是吧？这次探险花掉了我十八个月的时间，一直像个无头苍蝇一样乱撞，最后只剩下半条命，带了这个你说是'脑震荡'的东西回来。不管怎样，希望在这场圣杯探险中，上帝会保护我。"

"把故事原原本本地告诉我们吧。"

"原原本本？"

他很惊讶，他叔叔怎么对这件事这么感兴趣。

"啧，总有什么值得说的吧。"

"也就是那些事。"

"给加文爵士拿点喝的来。"王后说，"大人，坐下来讲吧，我们都热烈欢迎你回来。不要太紧张，假如你不是特别累的话，请把故事一五一十地讲给我们听吧。"

"我不累，就是有点头疼。我可以把这个故事讲给你们听。

夫人，非常感谢你，我要威士忌。让我想想看，那一堆乌七八糟的事要从哪开始说呢？"

奥克尼的族长坐下来，陷入了回忆中。

"当我们从瓦庚堡离开时……这个你们知道吧？头一天，我们一群人一起到了瓦庚，可是次日早上分散以后就再也没有见过面了。当我们分散以后，我开始朝西北方走。至于往哪个方向走，倒也无关紧要。第一天晚上，蓝斯洛说老佩雷斯国王曾经告诉过他，有一个圣盘就在他其中一座大城堡里。他倒是没有着重说明它有多么重要，只是跟大家说它有什么价值。我们中间最优秀的一半都去了那个方向，可是我没有。我去了西北方。"

他把一大口酒咽了下去。

"我先是遇到了加拉罕。"他说，"那是个傲慢的蛮子，我可喜欢他了。"

加文爵士又把一大口酒咽了下去，身子也变得暖和了，接着说道："那个小鬼，毫无疑问，他一定是个娈童，我也太不幸了，闻到他这个世界的恶臭。"

"他把你打败了吗？"

"没，我后面会讲。我一开始就和他遇到了。"

"他在修女院里面长大，身边全是一群母鸡。"他很懊恼地说，"很多和他对战过的人都说他是个怯懦之人，有一颗冷硬的心……可是他是英格兰人，他是不敢跑到苏格兰去的，要不然就会丢了性命。"

"除非在那以前，他就已经丢了性命。"他总结似的说，明显被这个想法吓坏了。

"加拉罕爵士做了什么错事？"

"没什么，那家伙酒也不喝，肉也不吃，还一直觉得自己是个处子。可是我遇到了梅里亚斯爵士，遗憾的是，梅里亚斯爵士成了个残疾人。他跟我说了加拉罕都做过些什么事。因为某些原因，他来到那男孩面前，恳求和他一起走。他这么做让我很费解，因为尤文是第一个去找加拉罕的人，可是遭到了加拉罕爵士的拒绝。尤文爵士待他很一般，那就这样吧，可是他谦卑地同意了梅里亚斯的恳求，而且还把骑士的称号授予他。让恶魔收留我的灵魂吧！骑士的称号竟然是一个年仅十八岁的傻瓜授予的。他在授予梅里亚斯骑士称号时，这样说道：'现在把骑士称号授予你这位好先生，这位国王和王后的后代，你应该成为所有骑士的楷模！'你说说看这意味着什么？嗬，这个英格兰的势利小人！后来，他们两人一起去探险，当他们途经一个十字路口时，梅里亚斯说他想去左边。可是加拉罕说：'你还是不要走那条路为好，因为我觉得更应该走那条路的人是我。'看，美丽的加拉罕可一点都不客套。对吧？反正最后梅里亚斯还是去了左边，之后他遇到了一个神秘骑士，直接被打成了重伤，加拉罕的预言成真了。当他快要咽气时，他的旁边是那根被折断的棍子。当伟大的加拉罕看到他身受重伤时，只是说了这样一句：'我就说吧，应该走另一条路的。'这美丽的孩子对一个快要死的人，竟然说'我早就跟你说过了'这样的话，也不给他提供一点帮助！"

"后来，梅里亚斯爵士如何了？"

"他对加拉罕说：'爵士，假如死亡能够让他高兴，那就死吧。'他举起了那根棍子。梅里亚斯是个非常优秀的骑士，很幸运他没有死。"

亚瑟说："再怎么说，加拉罕都还是个孩子！也许他也是受了不少磨难才长大的。我觉得不能揪着这些细微的错误不放，而无情地对他进行批判。"

"你知道吗？他竟然对他的父亲发动攻击，让他落马！他竟然让自己的父亲在他的面前跪下来，请求他赐福！当有人恳求在加拉罕怀里死去时，他竟然还同意了？"

"这个嘛，也许真的是发了善心。"

"恶魔啊！"加文大叫一声，把头埋得低低的。

"你还没说，你有些什么经历？"

"我的第一个冒险经历，嗯，严格来说，应该不能只用冒险来定义，那就是闯到了少女堡。这事当着王后的面说不合适吧。"

亚瑟说话都有点冷冰冰了。"加文爵士，我的妻子已经是成年人了，而且也不傻。那座城堡的习俗所有人都知道。"

桂妮薇非常客气地说："在法文里，这是'领主权'的意思。"

"好吧，我们三人——我、尤文和加瑞斯爵士一起来到了少女堡。这座城的七名骑士都沿袭着这个风俗。这七名全副武装的战士被我们找到以后，我们就来了一场殊死搏斗，最后他们全部被我们杀死了。等到我们把一切都准备好以后，却发现加拉罕早就捷足先登了。那些骑士就是被他赶出去的，只是他没有取他们的性命，其实他早就在城堡里了，而我们还在忙着和他们争斗，我们只是担当了刽子手的角色而已，所完成的工作的成绩也不是我们自己的。"

"你们的运气可真不好。"

"加拉罕不发一言地骑马走了，也就是说，他是受到上帝祝福的人，而我们是遭到诅咒的人。那我就不管以后情况如何了。"

"你依然和尤文、加瑞斯同行吗？"

"没有，离开少女堡以后，我们就各走各的路了。我漫无目的地走着，最后来到了一座修道院，遇到了当地的宗教人士。那种人你是知道的，就是救世军①那样的。我问他可否让我借住一晚，他说我得先达到他的第一个条件：'我要弄清楚，我和上帝之间为什么有隔阂？'嗯，他具有主人和教士双重身份，因此他要求我一定要告解，我也不能直接说不行。就那七个骑士的事，他絮絮叨叨说了好久。他说，这是七件死罪。之后他又非常平静地说，我只是一个残害他人生命的人。"

"他有跟你说吗？"看上去，国王兴致很高，"不管是因为什么，杀人终究都是不对的，更何况你当时正在找寻圣杯？"

"他一定把我的灵魂卖给恶魔了！他不停地说教，说加拉罕只是把那七个骑士赶走了，并没有累及他们的性命，还说，圣杯怎么能和流血事件扯上关系呢？"

"他还说啥了？"

"我忘记了。这家伙讲了很多好话，还劝我应该潜心苦修，以让上帝宽恕我的罪过。他说一个人只有好好告解，做到完全真诚，要不然即便找到圣杯也毫无意义。那孩子太傻了，一个四处为家的骑士是不需要苦修的，就像那些劳动人民一样，四旬斋不斋戒——我就是再好不过的例子。我没有对那人说真话，而是继续往前走，之后就和阿格洛法和葛里菲特相遇了……之后，我们在一起待了四天，之后，我们就又各走各的路了。假如不是那些冒险，米迦勒节前的日子，我还真的一直处于黑暗的状态中，什么都做不了。"

"其实，"加文又补充了一句，"这几年，英格兰已经无险可探了，这地方已经不行了。"

---

① 指基督教救世军成员。救世军于一八六五年成立，总部在伦敦，现在是国际慈善组织。

"再给加文爵士拿杯酒来。"

"我和艾克特·德马瑞斯于米迦勒节后相遇了，他和我一样，运气也好不到哪儿去。我们一起来到了一座小礼拜堂，当晚我们就住在那里，还做了一模一样的梦。我们都在梦里看到一只和膀子相连、穿着织金缎子的手，还拿着一副马缰绳和一根蜡烛。我们听到一个声音，这两样东西是我们需要的。之后我又和第二个教士相遇了，他说马缰是克己的象征，蜡烛则是信仰的象征，看来这两样是我和艾克特共同缺少的。你看吧，梦境把人歪曲成什么样了。之后我们遇到了一件非常倒霉的事，就如同一直在我身边出现的那种。我们和我的表亲尤文相遇了，因为他给自己的盾罩上了罩子，我们也没有把他认出来。于是，我和尤文比试了一场，要知道，他可是我的表亲，我的族人啊。我的矛从他的胸口华丽丽地穿过了，他那件锁子甲上的不足之处就是那里。"

"尤文被你杀死了吗？"

"是的，那老家伙一命呜呼了。我觉得这太恐怖了。"

亚瑟咳嗽了一声。

"我觉得更倒霉的应该是尤文。"他说，"希望上帝让他安息，假如一开始那位教士对你说的话你听进去了的话，也许这么悲惨的事就可以避免了。"

"我从来没有想过把他杀死！他是奥克尼一族的表亲！试想一下，之前，那个从南方来的、举着盾牌的道学先生，还不愿意和尤文一起走。"

"你是说加拉罕？他是用的素面盾？"

"没错，就是加拉罕。他不是用的素面盾，在有些情况下，他都拿着一面据说是亚利马太的约瑟的盾牌。徽纹是银底，上面有个红色的 T 形十字。银底是处子纯洁的象征，而红色十字则是圣杯的象征……当然，我们也是后来才知道这个，我跑题了。"

"你刚刚说到把尤文杀死了。"亚瑟耐性很好地说。

"我和艾克特继续骑向另一座修道院，我们把梦里出现的马缰绳跟那里的修士说了。我跟你说，那修士太没用了！他把一个非常激动人心的老故事讲给我们听，意思是我们要悔过自新。我们不久就找了些理由走了。"

"他有没有跟你们说，你们运气不好的原因在于你们只是在寻求屠杀的道路上？"

"他跟我们说了。他说，和我们相比，蓝斯洛不知道有多么仁慈，因为他基本上不会取他的敌人的性命，尤其是这次探险他根本没有加入。他还说，还有很多其他骑士的运气也和我们一样差，因为他们都是有罪之人，仅艾克特自己就遇到了二十个。他说，杀人是不符合这次远行探险的宗旨的。我们只是简单和他交谈了一下，之后他还在讲我们就走了。"

"之后呢？"

"我和艾克特一起来到一座城堡，前方正在举办一场妙不可言的比赛。我们成为进攻方的一员，这场仗打得很精彩。就在我们情绪高涨，强制性进攻时，不知道为什么，加拉罕那小子竟然出现了，恐怕只有上帝知道这个问题的答案。对于把这些当作娱乐的骑士，他好像并不认可。因为他成了防守派的一员，之后把我们赶出城堡，还把这个给我了。"

他指了指自己身上的绷带。

"艾克特和他是亲戚，所以没有和他交手，"加文说，"我对这些浑然不在意，可是，即便在意也毫无意义，他一拳就把我的头盔给打碎了，我铁制的防护帽也碎裂了，之后用长矛把我的马给杀死了。我以基督的名义宣誓，我就这样一个多月卧床不起。"

"之后你就回来了？"

"是的，我就回来了。"

"你的运气好像确实很糟糕。"王后说。

"简直就是糟糕透顶！"

加文长时间把玩着手中的空杯，之后又出现了兴奋的表情。

"我把巴德马格斯王杀死了。"他说，"那件事你们还不知道吧，刚刚我忘了说了。"

亚瑟一直听得很认真，而且有着自己的思考。现在，他开始失去耐心。

"加文，去睡吧，你肯定累了，好好休息去，认真想想。"他说。

第二十九章

    莱诺爵士是第二个回来的，他是蓝斯洛的表弟。蓝斯洛有个叫艾克特的兄弟，还有两个分别叫莱诺和波尔斯的表兄弟。莱诺和加文有点像，脾气不太好，可是他并不是对加拉罕很生气，而是对自己的哥哥波尔斯很生气。

    "道德这回事真是太可笑了，"莱诺说，"要是这里有个对正确的事一直坚持的人，我就可以跟你说，连天使都会身陷囹圄的麻烦是什么样。"

    像之前一样，国王和王后肩并肩坐着，认真地倾听。他们已经形成一套固定的模式，会把吃的东西带到大厅，然后聆听那些归来的骑士给他们讲最新消息。阳光从高高的彩绘玻璃照过来，映照在他们之间的桌面上，因此那些餐具被挪动时会像红宝石、翡翠或一团团的火焰。他们像在一个宝石的魔法世界里待着，在这座森林里，树上的树叶都是宝石。

"波尔斯在道德上有很高的兴致？"

"一直以来他都是这样，"莱诺说，"看来我们家族有道德的遗传因子呢，一开始是蓝斯洛，这已经开了一个很不好的头了，可是波尔斯像是要逼疯自己一样，你们知道吗？波尔斯只有过一次性行为。"

"是噢。"

"是的，没错。而且，说起这次探险经历，他好像一直致力于某种天主教义的进阶课程的学习。"

"你是说他在读经吗？"

莱诺的态度变软了一些。对于他哥哥，他是发自内心地喜欢，可是他也经历了一次大危机，而这次大危机严重影响了他们之间的兄弟情。现在他可以把这件事说出来了，也有时间来思考了，他从另一个角度审视这场纷争。

"不，我的话你们听听就好，不要放在心上。"他说，"波尔斯是个了不起的人，假如我们家族要出一个圣人，那么不可能是别人，只能是他。尽管他不是特别聪明，也有点虚伪，可是有时候他会有非常好的想法。我相信这次探险只是上帝对他的试验，而我也不知道，他能否成功，之前我有过把他杀了的想法。"

"你还是从头开始说你的故事比较好，"亚瑟说，"否则我们都不知道事情的来龙去脉。"

"我的故事没什么好讲的。我就像加文那样四处晃悠，而且还有几个修士认为我是杀人凶手。我要把波尔斯的故事跟你们说说，因为我也是其中的一员。"

莱诺说："我觉得上帝正在对波尔斯进行试验，就如同他马上要出任神职，因此他们要对他进行考验，看他是不是一个遵守规矩的人。你们知道吗？我觉得就是因为一开始我们没去告解，所以我、加文、艾克特和其他所有人的方向都走偏了。第一天波尔斯就去了，而且还潜心钻研了。他立誓除了面包和水，其他什么都不吃，只穿衬衣在地上睡。当然，也不会去招惹女士们——可是他只做过一次罢了。他的问题就在这里。嗯，当他让自己的生活如此循规蹈矩以后，他先是看到了幻象，他看到用血喂养幼鸟的鹈鹕，还有天鹅、波鸦、腐木和一些花。这些东西都关系到他的神学，他还跟我说过，可是我都忘记了。后来，有个女士向他发出请求，请他把一名名叫普里丹爵士的骑士给杀了，想把那位女士救出来实在是太容易了，他也完全有可能把普里丹爵士给杀了。要提醒你们注意的是，直到我们交完战后，他把这个故事告诉我，他一再声称，那是他的第一项考验。他说他自己像是在参加栅栏一次高过一次的障碍马赛。他害怕哪一次没有顺利通过，就会被送回马厩。如果他把普里丹爵士杀了就完了，他会像加文和我们其他人一样，再次被扔到外面的草地上。他说这些事他提前并不知道，可是他就突然看到了这些栅栏，似乎一直都有人在监视他，可是那个人既不会给他提供帮助，也不会给他任何提醒，只是在一旁观赏而已。因此，他没有取普里丹的性命，只是用剑身打他的脸，直到他求饶。他就这样顺利地从这次栅栏迈过去了。国王啊，在你看来，是不是有东西在阻拦我们在这场探险中杀人？你知道的，就是某种超越世俗的东西。有吗？"

"莱诺，哪怕你之前有过把你哥哥杀了的想法，我依然觉得你是个聪明人。"国王说，"接着讲吧。"

"这个嘛，接下来的考验直接关系到我，即我为什么有过想杀了他的想法。现在我为这个想法感到惭愧，我刚刚才觉得很对不起。可是我当时真的不清楚。"

"你接下来面临着什么样的考验？"

"你知道，我和波尔斯的感情向来都非常好。这次吵架太不值一提了，我们在表达喜爱之情时，往往是通过自己的方式。当时，波尔斯正从森林穿过，同时遇到了两件棘手的事。我就是其中之一，那时我被人脱得光溜溜的在马上绑着，骑在马上的两位骑士都用力抽打着我。而少女是另一件事，一个骑士在她后面狂追，想占有她的第一次。这两件事发生在两个截然不同的方向，可波尔斯却只有一个人。"

"试想一下，"莱诺爵士伤心地说，"有人抽打我，简直不能再糟糕了。之前特昆爵士也打过我。"

"波尔斯是怎么做的呢？"

"波尔斯选择先把那个少女救了。之后，我们俩交战时，问他为什么那么做，竟然对自己的兄弟不管不顾。他说，尽管他对我很是喜欢，可是那时我太脏了，而少女再怎么说是少女。因此他觉得，他的任务是先对比较好的那一方进行施救。我想杀了他也是因为这个。"

"可是现在，我明白他是什么意思了。"莱诺接着说，"我知道这是他的第二项考验，他必须做出一个艰难的抉择。"

"可怜的波尔斯，希望他在这件事情上还算真诚吧。"

"他表现得很谦卑，当时这老家伙总是会突然面临这些考验，而他会胡乱猜一气，往往对最后的结果并不抱什么希望——当他最后从迷宫中走出来时，却发现自己猜测得没错。一直以来，他都如履薄冰，尽可能做好所有事情。"

"紧接着又有什么考验？"

"这些考验越往后越发糟糕。第三项考验中，有个打扮得像神父一样的人过来找他，要他去解救一位少女，而解救这位少女的唯一途径就是他和她发生关系。这个和神父一样的家伙直接说，波尔斯之前先去救了那个少女，把自家兄弟先搁在一边，就已经是不明智的选择了。所以，他现在只有和这位少女违背戒律，才不会羞愧至死。我先说一下啊，那两个骑士把我扔了，任由我自生自灭，后来波尔斯发现我好像已经没救了，就把我的尸体带到修道院去埋葬。当然，后来我恢复了健康。

就像那个像神父一样的人所说，城堡里有一位少女，没错，而这个故事也得到了她的印证。她说，我哥哥必须对她好，她才不会因为爱而死去。波尔斯意识到，他现在只有两个选择，不是触犯道德上的戒律，解救这位少女，就是不违背道德上的罪行，不管她的死活。后来他告诉我，他想到了天主教义问答入门的相关内容，还有之前在卡美洛执行任务时所听到的布道，因此他觉得他能够负责的只有自己的行为，而少女的行为，他是不能负责的。于是他没有答应这位少女的要求。"

听到这里，桂妮薇忍不住笑了起来。

"这事到这里还没有结束。那位少女长得非常美，十二位温婉可人的少女在她的带领下，一起来到了城堡最高的塔楼，她声称假如波尔斯不和她做爱，她们就一起坠落。她说她会强迫她们往下跳，还说他别的什么都不需要做，只需要和她待一晚上就可以。因此，为什么不答应她？这样既可以享受又可以救下所有仕女。那十二位仕女齐声哭叫着，希望他怜悯自己。"

"我可以肯定地说，我哥哥不知如何是好。那些可怜的人太恐惧了，也太漂亮了，而他只需要改变一下自己的观念，就可以让她们免除死刑。"

"他最后是怎么选择的呢？"

"他没有答应她们的要求。"

"这真是太无耻了！"王后大叫。

"噢，当然啦，她们只是一群魔物而已。那座塔整体反转，很快就没了踪影，这一切都表明他们只是魔物，包括神父在内。"

"我想这件事是想告诉我们，"亚瑟说，"道德上的罪行是绝对不能违反的，即便因此搭上十二条人命也无可商量。从教义的角度来说，我相信这是说得过去的。"

"至于什么是教义，反正我是不懂。我只看到我哥哥的头发差不多都变灰了。"

"这是好事。接下来又出现了什么样的考验？"

"最后一项考验是有关于我的。他把我带到修道院去埋葬，可是我苏醒了。等我的身体恢复以后，我马上就去找他了。对于这件事，我要说一声对不起——顺便说一下，我之前做了一些事，也希望能得到原谅。可是，你们站在我的角度想一想，如果自家兄弟对你见死不救，好像也说不过去吧。那时有一部分原因是我把某人的食物从壁炉上拿走了，一部分原因是我不知道波尔斯究竟有些什么经历，还有一部分原因是在我昏迷以前，刚好发现他把我丢下不管，任由我自生自灭——我必须说一下，我很难受。其实我想把他杀了。

在森林里的一座礼拜堂，我找到了波尔斯，而且跟他说明，我来的目的就是杀他。我说：'我觉得你是个十恶不赦的人，因为在我高贵的骑士家族中，没有人比你更虚伪了。'面对我发起的挑战，波尔斯并不接受，于是我告诉他：'假如你不动手，即便你站着我也要把你给杀了。'波尔斯说他可以跟任何人对战，可是自家兄弟除外。又说，在这次探险生涯中，他已经放过了很多人，当然不会杀自家兄弟。我说：'你能不能杀人我管不着，假如你要抵抗，我就向你发动进攻；假如你不抵抗，我也会杀了你。'当时我生气极了。而波尔斯只是跪着求我原谅。"

"如今我才意识到，波尔斯的选择是多么对，"他接着说，"他以圣杯为目标，对屠杀持反对意见，他还非常英勇。而作为他兄弟的我当时对这些事一无所知，只是觉得他太执拗了，因此在他跪下来请求我宽恕时，我依然对他拳打脚踢，还准备用剑杀了他。"

有一分钟的沉默，莱诺看着眼前的盘子，那里落下了彩色玻璃的一团耀眼的红色，和一颗蛋的形状很像。

"要知道，"他说，"假如只有你自己一心沉醉于道德和教义中，自然是很好的，可是，如果有其他人的闯入，该如何是好呢？我想这一点从波尔斯跪下来任由我杀中，就再清楚不过了吧。可是，后来从礼拜堂冲出来一个隐士，把我哥哥的身体挡在后面。他说他会尽可能保护我的哥哥，不让他被我杀掉。于是，我把那个隐士杀了。"

"一个没有携带任何武器的人被你杀了？"

"是的，国王，我现在也很后悔。可是别忘了我当时有多么生气，而这家伙竟然不让我把波尔斯杀了。在我的能力范围以外，我也只是个再普通不过的人而已。他们运用某种道德武器来不让我这么做，我就搬出了我的武器。在我看来，波尔斯并没有放弃对抗，只不过采取的是一种不公正的方式，而这隐士是支持他的。我觉得我们是用各自的意志在对决，他只需要不那么执拗，站起来和我对抗，就可以把那个隐士救下来。我所说的意思，我不知道你们听明白了没有。总之我觉得，应该为那个隐士负责的是他，而不是我。"

"当时我也许只是一时冲动，"好一会儿以后，莱诺才说，"一个人最终会明白自己的行为。我想打，而且我也会这样去做。我的意思是，假如我不把那隐士杀了，我就会把波尔斯杀了，而我也的确准备这样做。你们知道吗，这种情况就叫怒发冲冠。"

大厅里有一阵沉默，让人内心忐忑。

"我最好继续说下去！"他有点难堪地说。

"接着说吧。"

"这个嘛，就是因为波尔斯，我把那个隐士杀了。他只是躺在地上请求我发发善心。我更加生气了，其中有愧疚的因素。我正准备把我兄弟杀了，高尔的卡格凡斯爵士来了。他隔开了我们，朝我吐口水，说我怎么能把自己的亲兄弟杀了呢。这时隐士的血已经流得遍地都是，他的话让我再也忍不住了，于是我向卡格凡斯爵士发起了挑战，来回几下，我就把他给杀了。"

"波尔斯在干吗呢？"

"可怜的波尔斯，我不想去想他当时是什么感觉。他重新困围在自己的天地里，你看，他是多么执拗，另一个人因此而送了命。明显因为太执拗了，那隐士才会因此丢了性命，而现在我要把卡格凡斯——那个想给他提供帮助的人杀了。卡格凡斯也一直哭着请求他：'起来啊，让我成为你的替死鬼，你看得过去吗？'"

"这是消极抵抗，"亚瑟看上去兴致很高，"这是一种我从来没有见过的武器。可是使用起来好像有很大的难度，请接着说吧。"

"这个嘛，经过一场公正的决斗，我把卡格凡斯杀了。如今我很后悔，可是当时我的确这样做了。之后我回头去找波尔斯，想继续完成这件事。他用盾把自己的头挡住了，可是并没有反抗。"

"怎么了？"

"上帝来了，"男孩一脸严肃地说，"他来到我们之间，我们都大吃一惊，而且我们的盾牌也着火了。"

之后又是长久的沉默。虽然对于某些事，亚瑟一直满心期待，可同时又很害怕，如今他正在对这些事物带来的第一波浪涛进行回味。

"波尔斯祈祷了，你们知道吗?"莱诺说。

"之后上帝就来了?"

"至于到底发生了什么事，我一头雾水，可是出现了异象，我们的盾牌着火了。我们忽然就不争吵了，转而大笑起来。我看着波尔斯，觉得他和一个傻瓜无异，他亲了一下我，然后我们就握手言和了。之后他跟我说了他的故事，就如同我刚刚跟你们说的一样，之后，一艘上面盖着白色绸缎的魔法船就把他带走了。假如有人可以把圣杯找到，必定是波尔斯无疑。我的故事到这里就结束了。"

他们坐在那里，一言不发，发现的确不太好谈论属灵的事实，最终，莱诺爵士又说了一段话。

"这一切对于波尔斯来说再好不过了，"他抱怨道，"可是那隐士呢? 卡格凡斯爵士呢? 为什么上帝对他们视而不见呢?"

"神的旨意我们是猜不透的。"亚瑟说。

桂妮薇说:"曾经在他们身上发生过什么事，我们并不知道。这些屠杀不会对他们的灵魂有所伤害，也许这样死去会有益于他们的灵魂。也许上帝给予他们这样的死法，是因为这是他们最好的选择。"

第三十章

阿格洛法爵士是回来的人中的第三位关键性人物。等到宝石红的彩光已经爬到墙上时，他才来到宫廷，这时已经是傍晚了。他长得很俊美，也很尊贵，还很诙谐，还不到二十岁。他盾牌的纹章中有一条黑色饰带，用来表明他依然在悼念他的父亲派林诺国王。最起码他们是这样想的。可是，其实是他们上次分道扬镳以后，他母亲也去世了。此外，他还说他的一名姐妹也去世了，真是太不幸了，整个派林诺家族的运气都一直很糟糕。

"加文在吗？"阿格洛法问，"莫桀和阿格凡去哪儿了？"

他环顾了一下周围，似乎这样就可以发现他们的踪影。地上一块小而质朴的绣毯上被他头顶上方的彩色光束照耀着，几位身穿锁子甲的骑士画在上面，他们头上都戴着上漆头盔，正在一只熊后面穷追不舍。

亚瑟说："阿格洛法，他们在这里是对的，你主宰着我的快乐。"

"我知道。"

"你要把他们都杀了吗？"

"我要先把加文杀了。听上去好像有点怪，是吧，在寻找圣杯以后这样做。"

"阿格洛法，你完全可以报复奥克尼一族，我不会有任何反对意见，我只是希望你明白一点，你要对你自己的行为非常了解。你父亲把他们的父亲杀了，而你弟弟和他们的母亲同床就寝——不，你先别打断我，让我来跟你说说这一系列事实。之后，奥克尼一族把你父亲和你弟弟杀了，如今你要来对奥克尼一族进行报复，因此以后加文的儿子又会和你的儿子是死对头，这样循环下去。这是北方的律法。

可是，阿格洛法，新不列颠律法正在我的脑海里构思，以阻止这种继续屠杀。你有没有想过，对于我来说，这项工程太过于艰难了？俗话说得好，'以血还血，于事无补'。这句话我非常喜欢。你不要包揽这件事，交给我来处理。我可以以奥克尼一族杀害你弟弟的罪名来取他们的性命，你有这样的要求吗？"

"有的。"

"也许我是应该这么做。"

亚瑟的目光放在他的手上，这是他遇到棘手的事的惯常行为。

之后他说："可是你从来不知道奥克尼一族在家里是什么样子的，他们的家庭很痛苦，远没有你的家庭生活那么幸福。"

阿格洛法说："你觉得我的家庭生活很幸福吗？几个月以前我母亲去世了，你知道吗？以前父亲都用小猪称呼她。"

"很对不起，阿格洛法，这件事我们还不知道。"

"国王，大家总是拿我父亲开玩笑。我知道他算不上优秀，可是他绝对是个特别好的丈夫，没错吧？要不然我母亲也不会因为他的骤然离世而如此伤心，这么快就离开了人世。其实我母亲是个特别开朗的人，可是当我父亲和拉莫瑞克被奥克尼一族杀了以后，她整个人就变得了无生趣了，最终也进了坟墓。"

"阿格洛法，你要做的事必须是正确的。我知道你是个正宗的派林诺汉子，你一定不会迟疑。对于我的观点，我不会强求你的认可，可是我提三件事，可以吗？首先，尽管我没有对加文进行惩处，可是我从内心敬仰的第一位骑士就是你父亲；其次，奥克尼一族对他们的母亲充满了敬仰，他们对她充满了爱，可是她爱的人却只有她自己。最后，噢，阿格洛法，请听我说，国王只能尽最大努力把手边最杰出的人才派上用场。"

"对于你所说的最后一件事，我可能不太懂。"

"你觉得世仇很好吗？"亚瑟问，"你们两家都会因此而幸福吗？"

"不一定。"

"假如我想阻止世仇这种规则继续发展下去，你觉得行得通吗？其他人会提出质疑吗？"

"我明白了。"

"假如我处死了奥克尼全族的人，又可以得到什么呢？阿格洛法，最起码我们会失去三个同伴，而他们一直都生活在痛苦中。因此，你明白了吗？你承载着我的全部希望。"

"我得好好想想。"

"你是得好好想想，不管什么事，都要经过深思熟虑。你可以先不用顾及我，只要你觉得是对的，你就去做。你属于派林诺家族，因此我明白，最后的结局一定是好的。现在，跟我说说你的圣杯探险故事吧，今天晚上我们就先不说奥克尼一族的事。"

阿格洛法长长地叹息了一声："到现在为止，我知道其实根本不存在什么圣杯冒险。可是我已经少了一个妹妹，也许还有一个弟弟也不在了。"

"你妹妹不在了吗？我可怜的孩子，我一直以为她还在修女院里待着呢。"

"他们在某艘船上发现了她的尸体。"

"在船上发现的?"

"是，是一艘魔法船。她把一封长信攥在手里，里面都是讲的都是和圣杯探险有关的事，还有我弟弟帕西。"

"假如我们问你问题，会不会让你特别难受?"

"不会的，我正好说说这件事。我还有多拿尔。而且，帕西好像一直都闻名遐迩。"

"帕西法爵士有什么事可以讲呢?"

"也许我应该按照事情发生的先后顺序来说，先把那封信的事跟你们讲讲。"

"你们都知道，"阿格洛法爵士说，"在我们家族中，和老爸最像的就是帕西了。他的性格特别温和，而且有时还不太清醒，还很腼腆。信上说，他在那艘船上和波尔斯相遇时，还非常紧张。你知道的，和加拉罕一样，他也是个处子骑士①。之前看到他和老爸在一起的画面，我总是忍不住想，这真不愧是一对好父子啊。举例来说，对于动物，他们都有着非常强烈的兴趣，也明白如何和它们相处。父亲曾经有寻水兽，而在帕西离家以后，好像朋友主要是狮子。帕西也是个特别纯朴的人，圣船上的三个人

---

① 无罪的骑士，有可能找到圣杯的骑士必须是这样的。

曾经试着把一把神剑拔出鞘。第一个上去试的就是帕西。当然，这样的事情往往都是留给加拉罕的，所以他失败了。可是，即便他没有成功，也只是骄傲地环顾了一下四周，说：'实事求是地说，我失败了！'当然这留待以后再说。

信上所说的是帕西从瓦庚离开以后的首次冒险，他和蓝斯洛爵士一起，最后又和加拉罕爵士相遇了。他们进行了对战，两人都被加拉罕打败了。后来帕西和蓝斯洛分道扬镳，来到一个隐士的住所，请求告解。隐士给帕西的意见是，和加拉罕一起到古斯或卡波涅克，而且万万不可和他交战。其实那时帕西特别敬仰加拉罕，便欣然同意了。他骑马赶到卡波涅克，在那里从森林里穿过时，耳边传来修道院的钟声，还遇到了四百多岁的艾弗列王。艾弗列的事我还是不要说了，因为我了解得并不多。我想，这个老人一直要等到有人找到圣杯之后才会死。可是信里还提到了佩雷斯国王，让人很是疑惑。总的来说，帕西在卡波涅克遭到了八个骑士和二十个全副武装的男人的围攻，千钧一发之时，加拉罕伸出了援手，可是他的马却一命呜呼了，但天色还早，加拉罕就又离开了。"

"你知道，"莱诺扭扭捏捏地说，"圣洁又战无不胜也许确实很好，我并不是对加拉罕当个处子骑士提出质疑，可是你们有没有觉得，这个家伙太冷酷了？我不想用多么难听的话说他，可是他的确让我毛骨悚然。为什么他就不能跟人打个招呼什么的，非得这么做，把人救了，然后再悄无声息地离开，还摆出一副高高在上的样子。"

亚瑟一言不发，那个年轻人接着往下讲。

"帕西想听从隐士的建议，和加拉罕为伍。可是加拉罕已经悄无声息地离开了，他只好在后面一边追一边叫：'喂！'他想借一匹马，可是却一直没有借到，直到最后才找农夫借了一匹马，全力朝加拉罕离开的方向追去。可是突然跑出来一个骑士对他发动进攻，让他落马了，于是帕西只好走路了，因此想要追上加拉罕是根本不可能的。说到这，我必须说一句，我们家族还真的和英雄二字不沾边呢。这时候出现一位女士，后来他们发现她是个恶精灵。她非常热情地问他要做什么事情，帕西回答说：'我并不是要去做好事，可是也不是去做坏事。如何？'于是那位女士借给了他一匹黑马，可是后来发现它是个魔物。帕西在那晚很幸运地对自己画了个十字，结果那匹马就不见了。当时他在沙漠里救了一只狮子，并和它成了朋友。我前面说过，一直以来，帕西都很喜欢和这些不会讲话的动物交朋友。

后来，出现了一位非常漂亮的仕女，还带着全套野餐用具，她邀请帕西一起吃晚饭。因为当时是在沙漠，他又累又饿，更何况他在喝酒方面又不太擅长，所以他很享受那场晚宴，也许还有点兴奋。最后他激动过头，还要求那位女士——呃，你们懂的。那位女士也没有拒绝。可是，接下来事情就出现了转机，因为帕西对着放在地上的剑柄末端的十字架重新对自己画了个十字，结果整个帐篷都翻转了，那位女士身后也起火了，她尖叫着逃走了。

帕西很惭愧自己昨晚的行为，而且第二天早上头痛无比，因此他剑插进大腿中，以示处罚。之后就出现了那艘上面载有波尔斯的圣船，他们携手同行，任由船带着他们前行。"

桂妮薇说："假如这艘船的目的是寻找圣杯，那我就很清楚，为什么船上会有波尔斯了，因为他通过了一些非常恐怖的测试。可是帕西法爵士为什么也可以呢？阿格洛法爵士，请原谅我的冒昧，你弟弟好像并没有什么功绩啊？"

"他拥有童贞，"亚瑟说，"他的纯真可以和波尔斯相媲美，也许比波尔斯还要纯真。上帝说过，遭受苦难的孩子是会和他同行的。"

"可是他有点迷糊。"

亚瑟有些懊恼。

"某些人要想去天堂，就必须走比较坎坷的天堂之路，可是某些人只需要爬上去就可以了。"他驳斥道，"假如他是善良的神，我觉得这也没什么不可以。阿格洛法爵士，接着说吧。"

"我妹妹就在此刻出现了。你知道的，她是个修女，而她第一次剃度时，就出现了一个幻象，告诉那些给她剃度的人，把她的头发放到一个盒子里。我妹妹曾经受过教育，她与生俱来的职责就是在宗教方面进行研究。新的幻象又出现了，当帕西和波尔斯登上魔法船时，她要去完成几件事。首当其冲的就是去寻找加拉罕爵士。

当我妹妹找到加拉罕时，他刚让加文爵士沦为他的手下败将，住在卡波涅克周边的一个隐士住所。她替他把铠甲穿上，一起赶往可利比海，他们在城堡的另一边发现一艘神奇的船，船上载有波尔斯和帕西。他们所有人结伴而行，共同来到一个凹坑，就位于两座巍峨岩石中，那里等着另一艘船。上面还有一份卷轴，要想登上那艘船，必须拥有纯正的信仰。于是加拉罕凭着一股狂妄的自信，轻轻松松就登上去了。其他人也跟着登了上去，他们看到船上有一张非常奢华的床，还有一顶丝制的王冠和一把抽出一半的剑。那把剑是大卫王①的。当然，这把剑是留给加拉罕的，剑柄上面有两只怪兽的肋骨，是蛇妖卡利东和鱼怪尔塔纳，末端的圆球的制作材料是漂亮的石头，剑鞘的制作材料是蛇

---

① 圣经中曾打败巨人歌利亚的以色列王。

皮，剑的一面是通红通红的，可是剑带的麻料却很普通。此外，那里还有三个魔法纺锤，是用伊甸园的树做的，还有两把差一点的剑是给帕西和波尔斯准备的。

按照指示，我妹妹把装在盒子里的头发带来找加拉罕，这时她借助那些纺锤将那些头发织成一条新的剑带。从书里她了解到那把剑是怎么来的，这时也告诉了他们，还说那些纺锤的制作材料为什么是各种颜色多样的木头。最后，加拉罕就成了那把剑的主人。她是个处女，而纺锤是她用处子之木做成的，剑带是她用自己的头发织成的，于是才有了这把剑。之后他们重新登上第一艘船，朝卡利西驶去。

在去卡利西的半道上，他们看到一位老人被几个恶徒困在自家城堡里，于是他们向那些恶徒发起了挑战，让不少恶徒因此殒命。波尔斯和帕西觉得很不满，可是加拉罕说，那些人没有受洗，是可以杀的，后来也的确验证了加拉罕的这一说法。于是城堡的老人希望能在加拉罕的怀里死去，而加拉罕也同意了。

他们在卡利西又看到一座城堡，一位患有麻风病的女士是这里的主人。医生告诉她，她要想彻底治好她的病，必须找到一位具有王室血统的纯洁处女，把她的血放在大碗里，让这位女士在里面洗澡。但凡从这条路经过的人，都被要求这样做了。而这些条件我妹妹全都达到了。他们三个骑士连续奋战，想护她周全，可是当有人告诉他们为什么要这么做时，我妹妹说：'那就牺牲我一人吧，总比两个人都牺牲要好一些。'她同意放血消除战争，于是第二天就按照她说的做了。她先为医师祷告，并计划着要人将她的遗体放在圣船上，把这封信攥在手里向外漂流，然后在手术过程中，她就牺牲了。"

在接受了几句常见的安慰和感慨后，阿格洛法爵士就走向楼上的寝室。那时大厅一片昏暗，已经没有夺目的光芒了。当他走到国王身边时，他有些羞赧地说："唉，明天，你能否邀请奥克尼一族和我一起吃晚饭？"

亚瑟在昏暗中仔细打量着他，然后喜笑颜开地说："现在我又有一个亲爱的派林诺了。"他热烈地亲吻了他，眼泪不由自主地流到了嘴角。

第三十一章

　　依然没有一丁点和杰出的湖上骑士有关的消息。对于所有人来说，无论他在哪，他的名字都会温暖他们的心灵，特别是女性。就像之前他觉得戴普大叔特别伟大一样，他现在也成为一位非常杰出的人物。假如你曾经学习过飞行，或者曾经拜杰出的音乐家或剑客为师，只要你脑海中浮现那位老师的身影，就会懂得蓝斯洛在卡洛美人的心中是什么样的地位。即便为他去死，他们也是乐意的，因为他确实取得了非常伟大的成就。而如今，他却杳无踪迹了。

　　那些幸存的人接二连三地回来了——帕洛米德，如今受了洗，整天被寻水兽弄得焦躁不安，他和崔斯坦爵士为了获得伊索德的芳心，开始了一场历时良久的竞争，也因此一天天老去；格鲁莫·格鲁穆森爵士现在已经快八十岁了，头已经秃得不成样子，深受痛风的折磨，可是依然鼓足勇气出去探险；凯伊，拥有热情的目光，喜欢对别人冷嘲热讽；迪纳丹爵士，尽管疲惫不堪，却依然戏谑着自己一败涂地的事情；还有住在野森林城堡的老艾克特爵士，已经八十五岁了，走路都跟跟跄跄的。

和他们一起回来的有断掉的武器，还有谣言。有人说，加拉罕、波尔斯、另一个艾克特和一名修女出现在一场奇特的弥撒中，一只羔羊是主祭物，一个人、一头狮子、一只鹰和一头牛是助祭物。弥撒完成以后，那只主祭物羔羊从教堂一面窗户上的彩色玻璃羔羊穿过，可是玻璃却完好无损，代表着无玷受胎。还有人说，加拉罕对一只墓穴中的魔物是多么残忍，是怎么让欲念之井温度降低的，最后又是怎么让患有麻风病的女士的城堡臣服在自己脚下的。

这些甲胄生锈、盾牌上处处是伤的人都曾经看到过蓝斯洛。他们说他们在路旁的十字架旁看到一个长相奇丑、武装齐全的人正在做祷告，他们说有张疲惫不堪的脸在月光下进入了梦乡。他们还说了一些很不可思议的事，说蓝斯洛被人打败了，下马以后还跪在地上。

亚瑟向回来的骑士打听了一下，然后派了使者出去寻找，还一直虔诚地为他的司令官做祷告。桂妮薇的心思此刻极其危险，开始徘徊在言语的边缘，随时随地可能说出或者做出一些让她自己和她的爱人置身于危险境地的话或者一些事。最先从圣杯探险中返回来的人是莫桀和阿格凡，他们睁大眼睛安静地等着，就像待在伊丽莎白女王议会里的伯利爵士，又像狡猾的猫咪正在鼠洞旁专心致志地看着。

有传言说蓝斯洛已经不在人世了。说他在一个浅滩被一位黑骑士杀死了；说他和自己儿子比武，最后脖子被拧断了；说他败在自己儿子手下以后，又精神失常了，骑着马到处跑；说一个神秘骑士把他的铠甲偷走了，野兽把他当作美食吃了；说他和两百五十个骑士比试，最后成了俘虏，被吊了起来。大部分人都觉得并且隐晦地表示奥克尼一族趁他睡着以后杀了他，就在一堆树叶下面埋着。

骑士团最后节节败退，先是回来两三个，之后就是一个一个地回来，最后是中间隔了好长时间，才又回来一个。之前在贝第维爵士的死亡和失踪名单上出现的人，也慢慢被确定为死了。因为失踪的人不是满身疲惫地回来，就是有可靠消息说已经死了。在对蓝斯洛的议论中也慢慢有了死亡的阴影。因为他几乎深受所有人的爱戴，所以那些说话的人也只敢小声地议论，害怕音量一旦提高了，预言就变成真的了。可是，他们还小声说到了他那仁慈和独特的长相，说到他之前是如何和他人比试的，还提到了他的滑腿打法。几个地位低下的见习骑士和厨房女仆对他的微笑或他在圣诞节赏的小费还记忆犹新，尽管他们很清楚，这位杰出的司令官也许连他们的名字都忘记了，却依然哭着进入梦乡。凯伊抽噎地说一直以来，自己都是个僵化的混蛋，之后边擦鼻涕边从房间里走了出去，把大家都吓坏了。整个宫廷里顿时弥漫着一股山雨欲来风满楼的感觉。

在一场暴雨中，蓝斯洛牵着一匹白色母马回来了，淋得像落汤鸡一样，显得很是瘦小，那马也一把年纪了，折腾不了了，疲得都脱了形，肋骨显眼的洁白和其间的靛蓝暗影形成强烈的对比。那时某种魔法、某种读心术或第六感一定派上了用场，因为宫殿中所有的城堡和塔楼，还有正门的吊桥上，在他出现前就人满为患，他们翘首以盼，小声议论着什么。只见一个小小的身影从猎场遥远的树林步履蹒跚地穿过，他们便开始议论了。蓝斯洛就站在白马旁边。他好好的，一点事都没有。而他的冒险经历大家都知道了，不需要他说了。亚瑟快速奔跑着，让所有人都进去，让出城垛，好给那男人腾出说话的地方。所以其他所有人都离开了，当他抵达以前，等在那里的只有敞开的大门和已经垂垂老矣的戴普大叔，他等着给他牵马。几百个人都躲在窗帘后面，看着那个累到极点的男人松了缰绳，低着头走进自己的房间，在塔楼阶梯的黑暗中不见了人影。

　　在戴普大叔的服侍下，蓝斯洛睡下了。之后，戴普大叔来到国王的寝室，这已经是两个小时以后的事了。他说，他里面穿着一件恐怖的发织衬衫，然后是一件洁白的衬衣，最后就是那件绯红色长袍。蓝斯洛爵士请戴普大叔转告国王，说他太累了，请原谅他今天不能去找国王了，明天他一定会去的。可是，他还请戴普大叔把一个重要的消息转告给国王，说他们已经找到了圣杯，是加拉罕、波尔斯和帕西法找到的。他们把圣杯和帕西法妹妹的遗体带上，已经去巴比伦的萨拉斯①了。圣杯不能被带至卡美洛。最后，波尔斯会回来，可是其他人就一去不复返了。

---

　　①　传说中的城市，其旧时边界和埃及离得很近，统治者是圣本历史中的艾法拉王。传说中圣杯在这里最后由加拉罕和帕西法交还给上帝。

第三十二章

　　桂妮薇精心收拾了一下，化了非常丑陋的浓妆，才出现在这个场合。要知道，她已经四十二岁了。

　　当她在亚瑟身旁站着，在桌边对他翘首以盼时，蓝斯洛只觉得全身的血液都只往上涌，心脏豁然裂开一个口子。这种爱对于他而言再熟悉不过了，那是他对二十岁少女的爱，当时她在王座旁傲然屹立，下面全都是蓝斯洛献给她的俘虏。可是，尽管眼前的女孩还是那个女孩，可是妆容却完全不一样，化得一塌糊涂，衣服也穿得太艳了，很显然，她想要通过这样的方式和人类与生俱来的命运相对抗。他觉得她是个洋溢着热情的灵魂，天真而烂漫，被捉弄青春的诡计所进攻——身体背叛，变成累累白骨。在他看来，她那身愚昧的锦衣华服并非恶俗，反倒让他觉得很温暖。他觉得他的目光依然追随着那个女孩。她大无畏地告诉世界：我依然好好地站在这里！在拙劣的媚态和不太郑重的服装下面，有个人类正在大声疾呼。那双充满疑惑的眼睛分明在说：是我，我被困在这里面，他们把我怎么了？我是不会投降的。她一部分灵魂非常清楚地告诉她，因为这股力量，她只能困守在原地，她无比憎恨，她想要用眼神拥她的爱人入怀。她的眼睛分明在说：不要再看这些东西了，看我，看我，我没有走，我还在这双眼睛里。把目光放在身陷囹圄的我的身上吧，快来拯救我。而她的另一部分灵魂却在说：我还年轻着呢，这都是幻象。你看，我的妆容这么美，我举手投足都和年轻人很像，我会让岁月臣服在我的脚下。

而在蓝斯洛眼里，只有一个灵魂出现，那就是个被判处有罪的清白的孩子，在染发剂和橙色绸衣这么没有攻击力的武器的作用下，来让自己那微弱的地位得到保证，她用这些东西来讨好他，而她又是多么害怕啊。他看到：

> 那充满活力的小手
>
> 伸向云端，不愿臣服，
>
> 那样的自豪，将让注定的主角
>
> 和幽灵巨人抗争。

亚瑟说："你休息好了吗？现在感觉如何？"

桂妮薇说："你回来真是太好了，我们都很高兴看到你。"

他们看到的是个非常镇静的人——吉卜龄①在对吉姆进行刻画时也是如此。他们看到的是一个焕然一新的蓝斯洛，安静而有一双睿智的眼睛。他正离开灵魂的高处，走到他们身边。

---

① 英国小说家，一九〇一年出版了长篇小说《吉姆》。

蓝斯洛说："我休息好了，非常感谢你的关心。我觉得你们肯定想知道圣杯的事。"

国王说："也许我是有点自私，把大家都赶出去了。我们会把故事记录下来，然后放到索尔兹伯里的教堂圣油柜中。可是蓝斯，我们想要先安安静静地听你说。"

"你确定你的身体没问题吗？"

蓝斯洛笑着把他们的手握在手里。

他说，"这个其实没什么好说的，因为并不是我找到圣杯的。"

"先坐下来吃点东西吧，不要再斋戒了，身体要紧。"

"需要来点酒水吗？香料甜酒还是洋梨酒？"

"我现在不喝酒，谢谢你。"他说。

国王和王后分别在他两边坐着看着他吃，当他都还没有意识到自己需要盐时（当他正准备去拿盐时），他们就已经给他递过来了。他笑话他们是不是太严肃了，让他觉得很拘谨，还假装用杯子里的水向亚瑟洒圣水，以博得他们一笑。

"你们想不想要圣徒的遗物？"他问，"如果你们很感兴趣，可以拿我的靴子去。已经快穿不成了。"

"蓝斯洛，严肃点，我相信你肯定亲眼看到过圣杯。"

"即便我看过，你们也不需要给我递盐啊。"

可是他们依然目不转睛地盯着他。

蓝斯洛说："你们一定要知道，找到圣杯的人是加拉罕和其他人。我不具备那样的资格。因此，你们不应该这么吃惊，而且我觉得这很让人难过。回来几个骑士了？"

"回来了二分之一，"亚瑟说，"他们的故事我们已经听说了。"

"我想相比于我所知道的，你们知道的还要多一些。"

"我们所知道的只有那些屠杀别人的人和不愿意告解的人回来了。你说加拉罕、波尔斯和帕西法才有资格。有人跟我说，加拉罕和帕西法都是处子骑士，而帕西法拥有纯真，所以他有资格，而波尔斯是顶级的神学家，所以他因为他的教义而拥有资格。而我听说所有人都不喜欢加拉罕，而其他有关加拉罕的，我就一无所知了。"

"不喜欢他？"

"他们埋怨他太冷酷了。"

蓝斯洛的目光集中在杯子上面，陷入了思考。

"他是很冷酷，可是，他为什么要那么有情有义呢？难道天使有情有义吗？"他说。

"我不太明白你所说的。"

"假如大天使米迦勒现在在这里出现，你认为他会说：'今天真是个好天气，需要喝一杯吗'这样的话吗？"

"我觉得不会。"

"亚瑟，我把这些话讲出来，你可不要觉得我冒犯了你。我想要告诉你的是，之前，我去过怪异又偏僻的地方，有时候非常孤独，有时候在一艘船上坐着，和我同在的只有大海和上帝。你知道吗？当我返回，身边围绕着其他人时，我觉得我的神智快要失常了，这都是人的原因，和大海无关。这些人围在我身边，让我慢慢把我已经得到的所有东西都给忘记了。包括你和珍妮所说的话在内，我都觉得很聒噪、虚无，好像根本没有必要说。你明白我的意思吗？'你好吗？''请一定要坐下来。''天气真好。'这重要吗？人说的话太多了。我之前去的加拉罕所待的地方，'礼貌'这种行为是对时间的浪费。礼貌只存在于人际交往中，因为在它的作用下，枯燥无味的工作才能井然有序地运作。你知道'礼貌可以形成人品'，却没办法让人离神更近。我这样说，你应该明白了吧，那些在加拉罕耳边喋喋不休的人为什么觉得他好像很冷酷，而且又没有礼貌这一类。他的灵魂已经去了很远的地方，在孤岛上和安静、永恒待在一起。"

"我明白了。"

"我只是想对一种感觉进行说明，请不要觉得我这样说是对你的冒犯。假如你们去过圣派翠克的炼狱①，就会知道我说的是什么意思了。等你从那里出来，你也会觉得人太可笑了。"

"我现在的确知道加拉罕是个什么样的人了。"

"他确实非常可爱。我和他一起在船上待了很久，因此我知道他是个什么样的人。可是，这并不代表着我们始终要让对方享有船上最好的座位。"

"所有骑士最讨厌他也正是因为这一点。我明白了。可是，蓝斯洛，我们想要听的是你自己的故事，而不是加拉罕的。"

"是啊，蓝斯洛，跟我们说说在你身上都发生了些什么事，将那些天使先放到一边吧。"

蓝斯洛爵士一脸笑容地说："既然我没有资格遇到天使，我就只能给你们讲故事听了。"

"接着说吧。"

"我从瓦庚离开时，"这位首席司令官说，"有个特别奸诈的念头，就是假如要找圣杯的话，从佩雷斯国王的城堡开始是最好的……"

看到桂妮薇忽然动了一下，他停顿了一下。

"我并没有去那座城堡，"他温和地说，"因为在我身上发生了

---

① 位于爱尔兰红湖中的一座小岛，在古代是非常受到热捧的一个朝圣地点。

一场意外，并不是在我的计划之中，之后，我就去了别的地方。"

"什么意外？"

"事实上，那也称不上是什么意外。这只是在我身上所发生的第一次训诫，对此，我深怀感恩。你知道吗？我应该经常说到上帝，而对于不敬神的人来说，说出这个词语就太无礼了，就如同'天杀的'一类的词语会冒犯敬神一类的人一样。那我应该如何抉择呢？"

"你就把我们都假设成敬神的人，"国王说，"接着把那件意外讲给我们听吧。"

"我和帕西法爵士一起骑着马往前走，然后和我的儿子相遇了。他只做了一个动作，就把我打下来了，这是我儿子干的。"

亚瑟快速说道："那是趁人不备的袭击。"

"不，那场比试很公平。"

"你当然不会想把你的儿子打败。"

"我的确想打败他。"

桂妮薇说："每个人都会有倒霉的时候。"

"我朝加拉罕骑过去时，把我平生所学的技巧都派上用场了，而我却在他的一举进攻下落下了马，这是我平生最伟大的一次落马。"

蓝斯洛的嘴角泛起了笑容，接着说道："其实我可以说，他是少数几个可以把我打下马的人之一。我到如今都还有印象，当我落到地上时，首当其冲的感觉就是惊讶。直到后来，才出现其他感觉。"

"怎么了？"

"我落马以后，加拉罕骑着马，就在我旁边安静地站着。我们对战时，出来一个女隐士，她就住在那片荒地上，她行了一个标准的宫廷礼，然后说：'全世界最优秀的骑士，上帝和你在一起。'"

蓝斯洛看着桌子，做了个准备敲打桌巾的动作，之后咳嗽了几声，接着说道："我抬起头，想知道是谁在跟我讲话。"

国王和王后都等着他继续讲下去。

蓝斯洛再次咳嗽了几声，"假如我所说的意思你听懂了，我是想说我的灵魂，而不是想说我的冒险。因此在这件事上，我不能太客气。我知道我并不是个好人，可是我一直都很擅长战斗。对我的恶德来说，我心里一直觉得我是全世界最优秀的骑士，有时是为了宽慰自己。"

"之后呢？"

"这个嘛，那位女士说话的对象并不是我。"

他们安静地对整件事的意义进行了梳理，而且看着他右嘴角开始抽动。

"加拉罕？"

"没错，"蓝斯洛爵士说，"这位女士并不是对着我说的，而是直接看向我的儿子加拉罕。她的话音刚落，加拉罕就缓缓离开了。这位女士也跟着离开了。"

"她说的这是什么话！"国王很是气愤，"这也太无耻了，完全就是一场精心策划的羞辱！为什么不狠狠揍她一顿！"

"她说得没错。"

"可是她是有意当着你的面说的！"桂妮薇大叫，"再说了，你不就是落了一次马吗……"

"相比之前，我现在更敬神了，"蓝斯洛忏悔地说，"可是当时这样的事是我无法容忍的，我觉得我没有支柱了。我心里很清楚，她只是对事实进行陈述，可是在我看来，却是整个打碎了我的心。因此我无比痛心地离开了帕西法。帕西法说要做点什么，我只是敷衍着说：'你随意。'我像无头苍蝇一样想找个地方疗伤，把心彻底撕裂开。最后我来到一间礼拜堂，我感觉自己也许又要精神失常了。亚瑟，你看，我脑子里问题重重，为了一个虚无的头衔，这样的代价也许是一个知名骑士必须付出的，而当这样的头衔烟消云散时，我觉得自己好像失去了一切。"

"你依然是全世界最优秀的战士，你并没有失去什么。"

"有意思的是，不知道是不是因为我是戴罪之身，还是因为当时我太伤心了，抑或是因为那礼堂本身就没有门，总之我进不去。我就在外面以盾牌为枕头睡下了，我梦到有个骑士把我的头盔、剑和马偷走了。我尝试着醒过来，可是却怎么也醒不来。所有可以代表我是骑士的东西都不见了，可是我却因为太难过了，一直在梦中无法醒来。我听到一个声音说你不能再做礼拜了，可是我只想着抗争那个声音而没有顾及其他，因此，等我醒过来时，身边什么都没有了。

亚瑟，我只有把那晚发生的事原原本本告诉你，你才能对其他事情有所了解。孩童时期，我原本可以去嬉戏，可是我却把时间都用来学习，想要成为你手下最优秀的骑士。后来我没有之前好了，可是有一样东西却常驻我心。之前当众人都捧着我时，我发自内心地感到自豪。我知道这样的感觉很无耻，可是这是我唯一可以引以为傲的事情。一开始，我没有了承诺和奇迹，可是现在，我却连这种感觉都没有了，就在我所说的这天晚上。我醒来时没看到任何武器，于是我开始难过地徘徊。说起来，这事并不光荣，可是我的眼泪就是止不住地流。也就是在这时，我没有了这些疑惑。"

"我可怜的蓝斯洛。"

"最好的事莫过于如此。你们知道吗？当鸟儿的欢叫声传入我的耳畔时，我觉得心里舒服了不少。一群鸟给我带来了慰藉，说起来也的确很可笑。小时候，我一直都没空去偷鸟巢，因此那是什么鸟，我也叫不出来，它体形很小，和马刺上的齿轮差不多大，尾巴翘得高高的，一直盯着我看。亚瑟，你应该会知道。"

"可能是鹪鹩。"

"是吗？估计是的。你明天可以帮我找一只吗？我想看看。这些鸟让我明白了我一个人处在黑暗中无法明白的事。那就是：我的天性是我受到处罚的原因所在。这些鸟无论做出什么样的行为，都和它们的天性息息相关。它们使我明白，你的美丽会让这个世界都跟着美丽，有舍才有得，而且你要大胆地付出，不计回报地付出。因此加拉罕让我沦为他的手下败将，我接受了；有人把我的铠甲拿走了，我也接受，而且我在这个神圣的时刻找到一个人，请求他的告解，所以，我的邪恶被驱除出去了。"

亚瑟说："所有骑士去找寻圣杯时，都觉得告解是第一步。"

"在那以前我从来没有正儿八经地去告解。这一生，我差不多都被道德之罪所包围，可是这一回，我将所有事情都告解了。"

"所有事？"王后问道。

"是的，所有事。亚瑟，你知道吗？我的良知一直都有罪，我一直觉得这个罪我要压在心底，因为……"

"假如你会因此受伤，那就不要再说了，"王后说，"再怎么说，你只需要向神父忏悔就行了，而不是我们。"

"不要再打扰她了，"国王也表示认可，"不管怎样，她都给你生了一个好像能把圣杯找回来的好儿子。"

他指的是伊莲。

蓝斯洛忽然一脸哀伤地看着他们，眼波流转，之后把拳头握得紧紧的。三人都屏气凝神。

最后，还是他先沉痛地开口了，"我告解了，"他们才重新开始呼吸，"接下来，我就开始苦修赎罪。"他有些迟疑地停了下来，似乎发现现在正是他人生的转折点。他们都知道，只有现在最适合把这件事说出来，他应该让国王和作为他朋友的他知道这件事——可是桂妮薇却在一个劲儿地阻拦他这么做，因为那也是她的秘密。

最后他屈服了，接着往下说："这项苦修要把一件衬衫穿在身上，而这件衬衫是用某位已故道者的头发制成的，我们都认识那位修道者。我不吃肉、不喝酒，每天望弥撒。三天以后，我从神父的房子离开了，骑马回到了我装备尽失的地方，到了周边的一个十字架旁边。那神父借了一点钱给我，好让我持续往前走。总而言之，当晚，我就睡在十字架附近，又做了一个梦——次日一早，那个把我铠甲偷走的骑士回来了。我们比试了一场，我把铠甲拿了回来，是不是听上去特别离谱？"

"我觉得那是因为你现在好好告解了，神赐福于你，所以你可以对自己的能力充满自信。"

"当时我也是像你这样想的，可是很快你就知道了。那时我想，现在我心中已经没有罪恶了，再次成为世界上最杰出的骑士应该是可以的。我一脸兴奋地骑马走了，想放松一会儿，之后来到一处开阔的、漂亮的平原，上面什么都有，城堡、帐篷，等等。那里正在举办一场比武大会，对战的有五名骑士，分为白队和黑队。我看到黑队骑士处于下风，于是就想，我既然得到了谅解，应该帮助弱小，加入黑队，成就一番事业。"他停了下来，闭了一会眼，再睁开时他说，"可是不久，我就被白队的骑士打败了。"

"你的意思说，你又一次成了失败者？"

"是的，我不仅被打败了，而且还遭到了侮辱。我觉得相比以前，我罪加一等了。他们把我放出来时，我骑在马上不停地埋怨着。等到天黑时，我躺在一棵苹果树下哭着进入了梦乡。"

"可是这不符合教义啊。"王后大声说道，她就是大部分女人中的一员，是个非常杰出的神学家，"假如你的确告解了，而且又苦修赎罪，获得了宽恕……"

"我苦修赎罪只是因为其中一项罪行，我其实还有一项罪行，只是我忘记了。"蓝斯洛说，"那天晚上，我又做了一个梦，我听到一个老人告诉我：'噢，信仰不够坚定的蓝斯洛啊，在你的死罪面前，你的意志却很坚定呢。'珍妮，我还有另一项罪行，也是最恶劣的一项罪行。因为骄傲，我想成为世界上最杰出的骑士，也是因为骄傲，我想显摆自己，于是站到了更加弱势的一方。没错，你可以说那是因为虚荣心。我的告解只是为了……为了那个女人的事，而不会让我变成一个好人。"

"因此你沦为了别人的手下败将。"

"没错，我被打败了。次日一早，我就找到了另一个隐士，请求再次告解。这次，我彻底完成了所有我分内的事。可是他跟我说，在寻求圣杯的探险经历中，只是禁欲、不杀人是远远不足的，我得忘掉这世上所有的炫耀和自豪，因为这是上帝所不愿意看到的。我必须把所有俗世的荣耀都抛弃，而我要想得到原谅，必须真的放弃。"

"后来呢？"

"后来我骑马来到了莫托斯①之水，和一个黑骑士在这里进

---

① 马洛礼《亚瑟之死》中的地名，蓝斯洛登船就是在这里，他在这里和他的儿子加拉罕相遇。

行了比试，我又被他打败了。”

“这是第三次了！”

桂妮薇尖叫道：“可是，你这次不是得到原谅了吗？”

蓝斯洛轻轻握住她的手，脸上露出了微笑。

他说：“假如父母因为一个男孩偷拿糖果而处罚他，那么这个男孩也许会觉得很愧疚，自此以后变成一个好孩子。他不会因此去偷更多的糖果，对吧？可是这也并不意味着父母就应该把糖果给他。上帝让黑骑士打败我，并不是在对我进行处罚，而只是想把那份成功的大礼放到最后，而最后他要不要给我，则取决于他的意志。”

“可是我可怜的蓝斯洛，你付出了那么多代价，却没有获得应有的回报啊！当你是个罪人时，你所向披靡，可是为什么，当你离天国越来越近时，却一直处于劣势呢？为什么你所爱的事物要反复伤害你呢？那你后来怎么样了？”

“我跪在莫托斯之水中，珍妮，就是黑骑士把我打败的地方——因为这场冒险，我对上帝感激不已。”

第三十三章

亚瑟表示无法再听下去了。

他气愤地说道："我听不下去了，这也欺人太甚了！一个善良又温柔的人为什么要遭受这样的不公？即便只是听的，我都觉得羞愧不已。究竟……"

"小声点！"蓝斯洛说，"虽然我是出于无奈，才把爱情和荣誉都舍弃了的，可是我还是很高兴。上帝并没有把这样的痛苦加诸加文或莱诺身上，对不？"

"呕！"亚瑟王说，加文之前在他面前就用过这种语调。

蓝斯洛的脸上露出了笑容。

"好，如此听来是没有了，"他说，"可是这个故事最后怎么样了，可能你应该听一下。"

"那晚，我躺在莫托斯之水的岸边，梦见有人要我到一艘船上去。等我醒过来时，船已经在那里等我了。船上有美味的食物、香甜的味道，还有……嗯，凡是你想得到的，那上面都有。我那时脑袋里充斥着我所想要的东西。我知道那艘船的事，我现在跟你们解释不清楚。因为它在我回归人群以后就缓缓离开了。可是，船上不单单只有熏香或宝贵的布匹。这些东西的确是有，可是，这艘船并不是因为这个才让人觉得欢喜。你们可以想象一下焦油的味道和海的颜色。有时候海像厚玻璃一样，特别绿，直视底部都不成问题。有时候是个开阔的斜坡，在坡顶处飞翔的小鸟会慢慢在凹谷中消失不见。激浪的巨牙会在暴风雨中和岩岛唇齿相依，等到退潮时又露出锋利的牙齿。夜幕降临以后，四下里一片安静，潮湿的沙滩上会星光熠熠，其中有两颗星星离得特别近。起伏的沙地就如同口腔顶部的结构。还有海草的味道和孤单的风刮过的声音。有几个岛上停着鸟，遥看过去，就如同兔子，而它们的鼻子就是彩虹。到了冬天，岛上的鹅会排成好几队，在清晨的微光中放声歌唱，所以冬天是最精彩的季节。

亚瑟，上帝回馈给了我更多的东西，所以不要懊恼于上帝一开始让我所承受的东西。我说：公正亲爱的我主耶稣基督，我现在所处的喜乐，我并不知道是哪一种，因为它远高于我曾经所经历过的。

那艘船还有一个特别奇怪的地方，竟然有一位已经没有呼吸的女士，手里还攥着一封信，就是因为那封信，我才知道其他人是怎么来的。更让人讶异的是，虽然她已经不在人世了，可是我一点都不感到恐惧，我也不知道这股勇气来自哪里。她有着一张非常平和的脸，似乎一直陪着我，无论是在船上，还是在海里，我们之间都有某种联结。

加拉罕在我到了船上一个月以后来了。他给我赐福，让我亲吻他的剑。"

亚瑟的脸通红，就像一只公火鸡一样。

"他给你赐福？这是你要求的?"他责问蓝斯洛。

"是啊。"

"好吧。"亚瑟说。

"一连六个月，我们都在圣船上待着，这期间，我慢慢对我的儿子有所了解，而他好像也对我很关心。他对我说话时常都很客气。我们有时在外岛探险，基本上都关系到动物：海鼬动听地叫着，加拉罕还把沿着水面飞翔的鹤指给我看，它们的影子也飞在下面，可是是倒过来的。他跟我说，鸬鹚被渔夫叫作老黑巫，还有，渡鸦的寿命很长，就像人类一样。高空中会有它们欢叫的身影，它们的乐趣就在于失速坠落。我有一天看到一对红嘴山鸦，可真美啊！还有海豹！它们一路追随着海上的音乐，像人一样讲话。

在某个星期一，我们来到一处林地，在这里，我们遇到一个白骑士，他要加拉罕下船。我知道他被选中去找圣杯了，因此我感到很伤心我没有被选中。你还有印象吗？当你还是个孩子时，为了游戏会选择站在哪边，而你也许会落选？我当时基本上就是那样的感觉，可是还要更难受。我要加拉罕为我祈祷，我要他请求上帝管制我，让我做他的仆人。然后我们就亲吻道别了。"

桂妮薇埋怨："我不明白，假如你已经得到了原谅，为什么没有被选中？"

蓝斯洛说："这问题的答案很复杂。"

他把双手摊开，从指缝中看着桌子。

最后他才说："也许我的心很邪恶，也许在我心灵深处，也可以说在我的潜意识里，我想要改变的初衷并不是因为一个合理的目的……"

王后听到这句话，脸上的表情很是微妙。

"胡说。"她小声地说，可是表达的却是截然不同的意思。她亲昵地把他的手压住，可是蓝斯洛却抽开了。

"我请求上帝对我进行管束，也许是因为……"他说。

"我觉得你被不必要的温情良知所绑架了。"亚瑟说。

"也许是吧，可是不管怎样，我落选了。"

他就在那里坐着，听着岛上的塘鹅在悬崖边拙劣地叫着，看着在他双手间现身的海洋。

"在一阵疾风的带动下，我又被那艘船带出了海，"最后他说，"我睡觉的时间很少，可是时常做祷告。我祷告的内容是，尽管我落选了，可还是希望可以得知一些和圣杯有关的消息。"

当下三人心思各不同，一时间非常安静。亚瑟的脑海里出现一幅凄惨的画面——他们中最仁慈的人，这个俗世的罪人踉踉跄跄地走在三个超越世俗的处子骑士后面，这是他天生的、英勇却无济于事的苦工。

"有意思的是，"蓝斯洛说，"不管祈祷的人说祈祷如何如何会得到回馈，不祈祷的人依然觉得不可能收到回馈。半夜，我被那艘船带到了卡波涅克城堡后面。这也是个非常奇特的地方，因为我一开始要去的地方就是那里。

当船靠岸时，我就意识到我可以完成一部分心愿了。当然，我无法窥见整体，因为我既不是加拉罕，也不是波尔斯。可是他们非常友善地待我已经算是破了规矩了。

"城堡后面黑漆漆的，我把铠甲穿上走了上去。阶梯入口处有两只狮子，成为我的拦路虎。我把剑拿出去和它们比试，其中一只前脚打在了我的手臂上。当然，我实在是太笨了，我为什么不选择相信上帝呢，却选择把我的剑拔出来。于是我画了个十字，然后往里面走，两只狮子这次放行了。一路上，所有的门都是开的，只有最后一扇门是关着的，我跪在那里开始祈祷，然后那扇门也开了。

亚瑟，这些听上去是不是很不可思议。我不清楚要怎么把它转化成语言。推开最后一扇门，里面有个礼拜堂，正在举行弥撒。

噢，珍妮，那个漂亮的礼拜堂充斥着光和所有。也许你会说：'那是鲜花和蜡烛。'可是不是的，也许那里空无一物。

那是，噢，欢呼——欢呼荣誉和力量。它把我所有的感官都吸引了过去，牢牢攥住了我。

可是我进不去。亚瑟，珍妮……一把剑把我拦住了。里面有加拉罕、波尔斯、帕西法，还有九名分别来自法兰西、丹麦和爱尔兰的骑士。还有船上的那位女士。亚瑟，那里的一张银桌上就放着圣杯，还有其他的圣物。可是即便我再想进去，都进不去。我不知道是哪个神父在主持弥撒，也许是亚利马太的约瑟，也许是……噢，算了。他带着一样看上去特别沉的东西，于是我把剑丢了，想走进去给他提供帮助。上帝见证，亚瑟，我真的只是想助他一臂之力。可是，就在最后一扇门旁，一股气息朝我迎面扑来，就像一阵狂热的风，然后我就倒地了。"

第三十四章

在伸手不见五指的房间里，穿梭着仕女们的身影，楼梯上回荡着水罐和水桶的声音，蒸汽弥漫。她们从地上的水滩踩过去，发出清脆的脚步声，隔壁房间里则有低语声传来，还有丝绸摩挲所发出的神秘声音。

王后从通往澡盆的六阶木梯台爬上去，在澡盆的木板上坐下来，只把一颗头露在外面。她的头上裹着白色头巾，全身不着寸缕，脖子上有一串珍珠项链。这个澡盆很大，就像一个大啤酒桶一样。角落里放着一面镜子（这在当时价值不菲），还有一个角落里放着一张小桌子，上面摆着香水和香油。没有粉扑，只有白垩粉，里面加了十字军带回来的玫瑰油，变得更香了。用来擦拭的亚麻巾随意地落在地板上的水滩间，此外，还有从其他房间拿过来的珠宝盒、织锦、衬衣、袜带、衬裙，以供她选择。有些主人不想再用的头巾被放在一边，被叠成一些怪异的形状，像是熄烛盖、蛋白霜或两只牛角。带有珍珠的发网把它们系在一起，手帕则是用东方的丝绸做的。一名侍女拿着一块刺绣披饰给王后检查。刺绣的图案是一个钉合纹章①，包括她丈夫与她父亲的纹章：两边分别是后腿站得直直的红龙和六只身体前倾、头看向后面的漂亮狮子，分别是英格兰和罗德格兰斯王的象征，而后者名字的字首就是"Leo"，是狮子的象征。这块她戴在胸前的披饰上还有沉重的像窗帘绳一样的丝质流苏。银蓝两色的逆松鼠纹是丝质盾徽边缘的装饰。

桂妮薇已经把差劲的浓妆洗掉了，穿上了精心挑选的简单衣服。这一年多以来，那些侍女一直忍受着她们的王后的糟糕脾气，如今她们都喜笑颜开，她们没有再受到王后的苛责，不管她们做什么，王后都很高兴。她们都非常肯定地说蓝斯洛依然会和她发展成情侣关系。可是事实却并不是她们想象的这样。

桂妮薇注视着那六只身体前倾、头看向后面的狮子，它们把红色的舌头吐出来，把脚爪伸出去，行军的过程中，在骄傲地朝后面眨眼的同时，也摇摆着尾巴尖端的火焰。她略带疲惫地点点头后，就看着那名侍女往更衣室走去，她是要把披饰带过去。

你可以这样评价桂妮薇，说她是一只会吃人的狮子，抑或那种特别自私的女性，不管在哪里都要拥有掌控权。事实上她好像就是这样的人，只要你略微考察一下。她身上具有所有食人动物的本性：漂亮、嗜血如命、脾气糟糕、居高临下、贪婪。可是，这些简单的解释都是有前提条件的，那就是她这个人并不随便。她的人生只有蓝斯洛和亚瑟，别无其他。她并没有让其他人沦为

---

① 一种代表婚姻或同盟关系的纹章形式，把纹章分成两部分，把双方（像父亲和丈夫家族的）都放上去的完整纹章图案。

她口中的食物。哪怕是这样，她也并没有真的把他们吃掉。真的沦为狮子口中美餐的人往往和一个游魂无异，离开狮子，他们就无法生存。可是，她吃进去的那两个人，亚瑟也好，蓝斯洛也好，都活得很好，而且都有自己的一番成绩。

不管是否真实，有人对桂妮薇进行了这样的解读：她这样的人在以前被叫作"真实人物"。人们不能简单地用"忠诚""不忠诚""牺牲"或"嫉妒"等词来形容她。有时候，她是个忠诚的人，可是有时候，她又是个不忠诚的人。她的一言一行都和她自己很像。当然，一定存在什么在这个自我中，那就是纯真的心，要不然亚瑟和蓝斯洛这样两个男人不会都围在她身边。他们说，人以群分，而有一点他们最起码是可以肯定的，那就是她的两个男人都是非常大度的人，所以，她自然也不会小气。事实上，很难对一个真实人物进行描绘。

她是生活在战乱时期的人，当时年轻人都活不长。年长的伦理学家此刻也愿意稍微放松一点道德准则，以便得到保护。那些遭受大规模征讨的飞行员对也许会快速消失的生命和爱情充满了向往，年轻女性的心开始骚动，某种装腔作势的回应也许会被激发出来。桂妮薇之所以会选择蓝斯洛和亚瑟，也许可以用大度、勇气、诚信、同情、直面生命起伏的力量（明显这是指友谊和温和）这些特质来诠释。其中最重要的就是勇气，当时机成熟时，必须有真诚的勇气。这样的勇气也总是得到诗人的激励。她在适宜的时候，把她的玫瑰花苞收集起来，而让人讶异的是，她只把其中最为杰出的两朵拿了过来，然后一直霸占着。

没有孩子是桂妮薇一生最大的痛。亚瑟有两个私生子，蓝斯洛有一个儿子，可是桂妮薇（在他们三人中，最应该有孩子，最能尽到父母职责的人就是她了，而且上帝之所以把她造出来，就是为了孕育可爱的孩子）却一个都没有，是一片茫茫无际的海岸。当她到海水快要枯竭的年龄时，她因为这件事心痛不已，有一阵子，她甚至变得癫狂，当然这是后话。也许这件事可以解释她为什么有两份爱情了，对于亚瑟，她也许是像爱父亲那样爱着他，而蓝斯洛则是她不可能拥有的儿子。

人很容易痴迷于圆桌和那些累累战果。你看到蓝斯洛取得了一些丰硕成果，而当他回到他情妇身边时，你就会对她心生厌恶，因为这些成果遭到了她的破坏。可是，桂妮薇不能去寻找圣杯，不能去丛林里探险，待在家里才是她的本分，哪怕她的热情再高，哪怕她有一颗多么真诚又温柔的心。她所能从事的休闲活动只能是那些和现代女性桥牌聚会类似的娱乐活动。在她所处的那个年代，成年女性的休闲方式只有带着雌灰背隼去放鹰，玩蒙眼捉迷藏①或掐玛莉。可是大型鹰隼、猎犬、纹章学、比武大学都不属于她，只属于蓝斯洛。她所能做的事除了纺织、刺绣以外，就只有蓝斯洛了。

因此，王后在我们脑海里，应该是一个最重要特质被掠夺的女人。她慢慢老去，言谈举止也开始变得荒诞。甚至有人曾经质疑她是不是毒死了一位骑手。人们也慢慢对她失去好感。可是，当我们说一个人不再得到他人的拥护时，往往是夸赞这个人，而桂妮薇所做的事都是有价值的，尽管她的生活动荡不安，过世时也满心抱怨（她不同于蓝斯洛，天生和宗教不搭调）。她以王室风范做女性分内的事，而且基本上都还做得不错。而此刻的她正在做这样的事，当她把绣有狮子图案的披饰拿在手上时。

不管一个男人还有多少人性，只要他看到过上帝，你希望他

---

① 游戏名，当鬼的要把眼睛蒙上去抓别人，并把对方的身份辨别出来。

马上变成你的情人都是不太可能的。假如这个男人是蓝斯洛，是一个无时无刻不痴迷于上帝的人，那么，这样的期待不但乐观，而且无情。可是在这方面，女人是很无情的。不管什么理由，她们都不会接受。

当蓝斯洛请求上帝"管束"他时，桂妮薇就知道，蓝斯洛会继续做她的情人。她因此欢呼不已，就如同一朵干涸的花突遇甘霖一样。他刚回来时，他同情她的胭脂和艳俗的丝绸，现在她把它们统统扔了。如今，她已经挣脱了焦躁，变得平和。

蓝斯洛没有想到，他会再次背叛他所热爱的上帝，当然这一切都是因为王后，所以，尽管他对她的态度感到吃惊，却依然很兴奋。一直以来，他都害怕会出现一些恐怖的妒忌和控诉。该如何向那孩子，向那个忍受煎熬的孩子说明，他不能在她身边出现的原因。尽管她痛苦不堪，可是他有了更加美好的职责。他害怕她会对他进行攻击，会向他施展拙劣的阴谋，而这阴谋的悲哀之处，就在于它太拙劣了。对于这样的悲哀，他真的不知道要如何应对。

桂妮薇并没有采取他所害怕的行为，她没有对他发动攻击，也没有控诉什么，反之，她把胭脂擦掉了，整个人神采奕奕、笑容满面。他英明地告诉自己，女人总是善变的。他甚至还可以公开和她就这些事展开讨论，而对于他所说的话，她也表示认可。

坐在澡盆里的桂妮薇，漫不经心地看着那些狮子。当她脑海里出现他们的对话时，她脸上的表情是梦呓一样的，隐秘的快乐根本都藏不住。那张动人的难看脸庞，一本正经地在她面前探讨他所渴望的事物。对于那些渴望，对于这位已上了年纪的士兵，她都充满着热爱。他一心一意地热爱着上帝，可是他的尝试是不可能取得成功的，这一点她再清楚不过。

蓝斯洛非常真诚地对她说对不起，并恳求她不要觉得她遭到了他的羞辱。他小心翼翼地说明了这样几点：首先，他们不能在圣杯找到以后还像从前一样；其次，假如他们之间没有这份有罪的爱，他可能有资格靠近圣杯；再次，他们在一起会有很多危险，他们已经成为奥克尼一族，特别是阿格凡和莫桀的眼中钉；最后，不管是对于他们，还是对于亚瑟，这都是一桩莫大的羞辱。

　　他尝试着用条理不清的长篇大论在其他时间向她说明他是如何定义上帝的。他觉得道德上的问题是可以解决的，只要他可以让桂妮薇信奉上帝。假如他们可以一起朝上帝走去，他就可以让他自己的快乐和爱人的快乐都得到圆满。

　　王后笑得很真诚。他真的是个特别体贴的人。对于他所说的话，她都表示认可，这难道还不是一种信奉吗？

　　她把一只洁白的手臂举起来，把澡刷的象牙长柄拿在手里。

第三十五章

　　他一开始回来时，可谓是皆大欢喜。也许王后这样的女人眼界还是挺开阔的，一般男人看不到的事，她可以看到，可是依然是有限的。假如蓝斯洛只是短时间对神忠诚，她还可以容忍，可是当这个期限长达一年时，她就受不了了。可能最终他们依然会复合，可是女人的耐性总是有限的，她担心等到胜利终于到来时，她已经无缘享受了。时光飞逝，如果快乐唾手可得，而你却抓不住，那不是太傻了吗？

　　桂妮薇变了，尽管她没有变得颓废，可是却被气愤攫住了心胸。连续好几个月的神圣关系让她开始抓狂。她朝自己吼道，什么神圣？我看就是自私。把另一个人的灵魂舍弃，救赎自己的灵魂，这不是自私是什么？当她听说波尔斯为了遵守道德，对十二个假仕女的性命不管不顾，任由她们跳下城堡塔时，她感到极为震惊。如今，同样的事情也发生在蓝斯洛身上。对于他来说，这样做当然非常好，因为他可以置这段爱情于不顾，而拥有他的骑士精神、神秘主义，以及在男性世界可以得到的弥补。可是，置一段爱情于不顾并不是一个人的事，就好像调情或吵架必须两个人才能完成一样。她是有感觉的人，不是任由他拿捏的物品。你放弃的不是酒，而是一个人的心。你完全可以不喝酒，可是你不能随意支配你爱人的灵魂，你是有责任的。

　　蓝斯洛也好，桂妮薇也好，都非常清楚这些事，可是，他也很难在他们的关系急转直下时，一直保持初心。如今他的处境就像当初有个隐士在波尔斯面前挡着时一样艰难。就像当时波尔斯臣服于莱诺面前一样，他也完全可以一直臣服在自己所热爱的上帝面前。可是现在，桂妮薇就如同那个隐士一样，挡在他的面前，他可以像波尔斯一样，选择牺牲隐士，也就是牺牲曾经的爱情吗？波尔斯处理问题的方法深深震撼到了王后，当然也震撼到了蓝斯洛。他们都是非常慷慨的人，对于教条始终不能很好地适应，而第八个死罪就是慷慨。

　　某天早上，他们之间终于爆发了。当时他们在城顶房间里唱歌，就他们两个人，还有一张桌子，一种非常厚重的、名叫簧管小风琴①的乐器就放在他们之间的桌子上。桂妮薇唱的是法兰西玛丽的歌，而当蓝斯洛艰难地唱着另一首阿拉斯驼子的歌时，王后忽然一手按住手中所有的音符，另一只手压在那个厚重的乐器上，簧管小风琴发出一个恐怖的声音，之后便安静下来。

　　"你为什么要这么做？"

　　"你还是离开这里吧，"她说，"你去探险吧。你没有发现

---

　　①　一种能够挪动的小型管风琴，两口风袋轮番上下鼓风，时常被打造成圣经的样子。

吗？我已经快被你折磨得不成人形了。"

蓝斯洛叹息了一声，然后说："没错，我发现了，每天都是这样。"

"所以你留下来干什么呢？我没有胡思乱想，我不想和你吵架，也不想让你改变你的初衷，可是，假如你是为我好，你就离开这里吧。"

"听上去好像我有意要折磨你一样。"

"不，这与你无关。可是，蓝斯，我希望你离开这里，我们暂时分开一段时间，让我好好休息休息。为了这件事争吵我觉得不值得。"

"假如你想让我离开，我不会再留在这里。"

"是的，我让你离开。"

"可能那样对你我都好。"

"蓝斯，我希望你能明白，我只是觉得我们暂时分开一段时间比较好，我没有想要强迫你，也没有想过欺骗你。"

"我知道的，我都明白，珍妮。我觉得我自己现在也是一团乱麻。我一直都很想让你知道在我身上都发生了些什么。假如你和我一起在那艘船上，可能你就会深有体会，事情就变得简单了。可是因为你无法身临其境，所以我现在也不知道要怎么办才好。我觉得我好像把你牺牲了，或者你可以说，是把我们牺牲了，而成全了另一种爱情。而且，"他回过头来说，"看上去，好像曾经的爱情我自己也不要了，可是我根本没有这样想过。"

说完，他呆呆地注视着窗外，双手垂直地放在身体两边，有一会儿没有作声。不知道过了多久，他背对着桂妮薇，艰难地说出了这样几个字："假如你要，我们可以从头再来。"

等他回过头时，屋内已经没有人了。吃过晚饭以后，他要求晋见王后，可是王后却只给了他一句口信，希望他按照她的要求去做。尽管他并不知道究竟发生了什么事，可是他觉得自己好像逃离了险境，整理了一些东西，和已经老得走不动的侍从道了别，就于第二天一早离开了卡美洛。

第三十六章

看上去，王后又从头开始了这段恋情，那些侍女可兴奋了，可是宫廷中其他人却并不这样觉得。也许你也可以说那些人很兴奋，只是这种兴奋是一种幸灾乐祸。不得不说，宫廷中的风向又变了，这已经是第四次了。

一开始是在伟大的"十字军"东征中，亚瑟使年轻同袍情谊开始出现；之后，在这全欧洲最杰出的宫廷中，骑士之间的竞争越发堕落，最后几乎只剩下虚无和宿怨；自此以后，这种不良的气氛被圣杯的热情焚毁，出现了昙花一现的美景。如今到了最成熟也最难过的时期，所有的热情都烟消云散，只余下著名的第七感。如今这个宫廷也"硕果累累"：光辉事迹、文明教化、生活礼仪、流行风尚、流言蜚语、抱怨憎恶，还有宽容丑闻的态度。

一半的骑士都被杀了，而且是最好的一半。在圣杯探险一开始时，亚瑟所忧虑的只要达到完美，你就会死去的事情已经出现了。所以，加拉罕只对上帝提出了一个死亡的要求。最好的骑士都追求完美，而糟糕的那一半则继续追名逐利。没错，这次探险活动保留了一些仁爱的影响力——蓝斯洛、加瑞斯、阿格洛法，还有几十个像格鲁莫爵士、帕洛米德爵士一样老态龙钟的老人，可是，风向已经不同往日了。如今的风气是加文的乖张气愤、莫桀的伪善、阿格凡的幸灾乐祸。康瓦耳的崔斯坦也是一样，听说那里有件只有忠诚的妻子才能穿的魔法斗篷，也有人说那是个装满酒的魔法角杯，同样地，只有忠诚的妻子才能喝。他们在隐名盾①上偷笑，把线索隐藏在盾徽中，告诉人们盾牌主人的妻子背叛了他。骑士已经不把忠诚看作一种品德，服装也变得荒诞不经。阿格凡穿着短统便鞋，膝下的袜带上固定着长长的鞋尖；莫桀呢，则在环腰的带子上固定着鞋尖的链子。背心罩衣原本是穿在铠甲外面的，现在也变得前缘高、后摆长。因为时刻要小心袖子的羁绊，所以你会连走路都成问题。追赶时尚的女士都纷纷把刘海剪掉，把头发都藏起来，因为袖子太长了，她们必须先把袖子挽起来。男士把他们的腿表现出来的程度也非常让人惊讶。他们的衣服是五颜六色的，有时两条腿的颜色都不一样。锯齿状的披饰已经被他们抛弃了，尽管夸张的衣服会带给人强烈的视觉效果，可是和优雅却完全不沾边。莫桀鄙视地把那些荒诞的鞋子穿在脚上，就像是在嘲讽自己。宫廷也变得非常时尚。

　　所以，桂妮薇已经被几个人盯着了——那些人的眼神既不是怀着强大的质疑，也不是温柔地放纵，而是充满了阴谋和上流社会的厌弃。鼠洞前蹲着狡猾的猫咪，纹丝不动。

　　当你觉得这个世界上根本不存在什么礼仪时，那么你就会觉

---

　　① 盾面绘上有持有人之名的图案，用来喻示谁是它的主人。

得所有讲究礼仪的人很虚伪。在莫桀和阿格凡眼里，他们就是这样看待亚瑟的。在他们眼里，桂妮薇的品位也非常糟糕。

他们拿她和美人伊索德对比，马克王遭到了后者的背叛，可是是以一种文明的方式。伊索德把这件事公开出来，一点都没有藏着掖着，很是时尚，也相当具有品位。马克王也因为这件事遭到所有人的戏谑，并成了别人快乐的源泉。在服装上，伊索德的品位也非常好，她把一顶可爱的帽子戴在头上，活脱脱一只喝醉了的小母牛。她还用孔雀舌头做晚餐，为此耗费了马克王大几百万。

而桂妮薇呢，一副吉卜赛人打扮，像个公寓管理人一样招待客人，情人也被藏了起来。而她让人讨厌才是最让人无法忍受的。她根本没有什么风格，也丝毫不顾及什么形象，像个渔妇一样大喊大叫，让人避之不及。据说她和蓝斯洛吵得很凶，她说他爱上了别人并赶走他。她的叫嚷方式都被大家臆想出来："我无时无刻不觉得，你已经开始不爱我了。"莫桀用节奏感十足又模糊不清的语调说，他对渔妇非常了解，可是对于渔贵妇，他就不敢说了。可以说，几乎每个人都知道这句嘲讽的话。

当这股新氛围慢慢远离他，亚瑟也开始变得没精打采，但尽量保持着体面。相比之下，王后就积极多了：就像他们当年第一次见面一样，她高昂着头，一头黑发，再加上火红的嘴唇，给人非常大胆的感觉。面对此情此景，她挺身而出，并试着好好招待客人，假装自己还很时尚，希望把问题化解。之前蓝斯洛回来时，她曾经浓妆艳抹过，如今她又开始这样打扮自己，而且言谈举止都几近癫狂。综观曾经风光无限的王朝，假如人们不再追捧在位者，这种白费力气的补救行为就会出现。

麻烦在蓝斯洛离开以后忽然降临。王后举办了一场晚宴，而正是这场晚宴，让一直以来高悬的危机感落到了实处。

加文好像对水果非常热衷，特别是苹果和梨子，而可怜的王后急切地想要践行时尚女主人的新方法，所以，当她邀请加文出席她为二十四位骑士举行的晚宴时，专门把美味的苹果准备好了。她很清楚，她丈夫一直都对康瓦耳和奥克尼家族提心吊胆，而加文又是这个氏族的族长。她希望晚宴可以取得圆满的成功，借此帮助新的局势，同时，她也希望这场晚宴是别致的、典雅的。她想效仿美人伊索德，做个绅士般的女主人，让她少受到一些指责。

可是，加文喜欢吃苹果这件事并不只有她一个人知道，而且派林诺国王之死所存在的罅隙依然存在。没错，因为亚瑟，阿格洛法爵士没有打算再复仇，两家好像又回到了其乐融融的局面。可是，派林诺家族的一个远亲，一个叫皮内爵士的骑士却觉得一定要复仇。于是，他把毒药放进了苹果里。

毒药这种武器用起来真的会出问题，在这个案例中也不例外：原本要给加文吃的苹果，却被一个叫派翠克的爱尔兰骑士给吃了。

当时的情景，你完全可以想象到：烛光中，面无血色的骑士吓得一跃而起，想帮忙却根本使不上劲，质疑的目光从每个人的脸上扫过。加文的弱点尽人皆知。如今已经遭到人们厌弃的王后对他们家族一向都没有好感，这顿晚餐的准备者又是她，而皮内爵士也没有站出来给个说法。那房间里有人要置加文于死地，却不小心把派翠克爵士杀死了，真正的杀人凶手找到以前，他们就都是嫌疑犯。最后，波特的马铎爵士（相比其他人，这家伙更加居心叵测、傲慢无礼）把大家的心里话说了出来，他认定王后就是杀人凶手。

现代社会，如果遇到事情不清、正义被埋没的情况，双方会请律师来辩论，最终得出结论，而在当时，上流阶级在解决这类问题时，会雇用战士进行比武——两种方式最后会取得相同的结果。马铎爵士决定自己出战，而不雇用战士，而他要求桂妮薇雇用一名战士来迎战。亚瑟的王室哲学是摒弃强权、匡扶正义，因此他根本无力为妻子做些什么。假如马铎要求召开荣誉审判庭，他也会照做。在和他妻子有关的争论上，亚瑟也不能挺身而出，就如同今天如果夫妻一方出事，另外一方不能出庭做证一样。

情势非常严峻。争论差不多还在酝酿阶段，就已经处处是猜测、反驳和谣言。派林诺家族一直以来的仇怨、潘德拉贡和康瓦耳一直以来的恩怨、王后和蓝斯洛之间的情感、一个跟这件事毫无关联的人忽然死去……王后被这一团乱麻紧紧包围着。假如她没有赶走蓝斯洛，他一定会挺身而出，可是现在他不在，也没有人知道他现在在哪，有人猜测他已经回到了法兰西父母亲身边。假如有人知道他就在离这不远的地方，可能马铎爵士就不会发出这样的指控了。

对于审判之前的那段时间，我们还是一笔带过比较好。对于那个癫狂的女人在波尔斯爵士面前跪下来的样子，也不要过度刻画。从很早的时候开始，他对她就没有好感，现在他刚刚完成圣杯探险，依然对她没有好感。她恳求他为她出战，假如蓝斯洛找不回来的话。可怜的东西，她必须求着他出战，因为当时宫中的气氛几易变幻，她的委托已经没有人接受了。身为英格兰王后的她，竟然都找不到一位可以委托的战士。

对战前夕的日子是最糟糕的。那天晚上，她和亚瑟都一晚上没有睡觉。虽然他相信她是清白的，可是他不能动用自己的力量。她很清楚，到了明天晚上，也许她就要丧生于火刑台了，所以，尽管她之所以被卷进这个麻烦中，是因为别的事情，可是她依然一脸无助地强调自己是清白的。他们知道，在无耻的谣言中，圆桌的王后变成了一个消灭好骑士的人。他们将一起见证圆桌的悲剧和羞耻，因为当他们身陷囹圄时，竟然找不到一个帮手。亚瑟太痛苦了，以至忽然大叫道："你究竟怎么了，为什么要把蓝斯洛爵士赶走？"就这样一直挨到天亮。

第三十七章

对女人丝毫没有好感的波尔斯爵士最终无奈地答应替王后出战，假如确实找不到其他人的话。他再三说明，这样做于规矩不符，因为那场晚宴他也到场了。可是，亚瑟看到了王后跪在他面前的样子，所以他才腼腆地答应了。之后的一两天，就找不到他的人影了，因为两周以后才审判。

西敏斯特的草地俨然已经变成了战场，一切都已准备充分。他们立起了一道类似于畜栏、中间没有栅栏的屏障。普通的长矛比试都会设栅栏，可是这一次为什么没有设栅栏呢？原因就是这一次的搏斗是以命相搏的，也就是说双方最后也许会跳下马比剑。场子的两端分别设了一个帐篷，一个是给国王准备的，另一个是给王室侍卫长准备的。这些防御工事和帐篷两边分别有一个门，是用布幕做的，看上去就和马戏团团员要进场时必须通过的浮夸门洞很像。而在这个和马厩类似的场地的某个角落，树立着一根屹立不倒的铁桩，周围是一大捧柴薪，很是显眼。如果王后得不到法律的支持，她就会被迫使用这些东西。在亚瑟开始成就他的事业时，如果有谁指控王后犯罪，就会立刻被处死，可是现在因为他自己的事业所取得的成绩，他却必须把自己的妻子烧死。

国王心中开始出现一个新的想法，既然尽力打通强权的做法已经行不通，哪怕转到心灵层面也扭转不了如今的局面，那么就到了废除它的时候。他打定主意不再被强权所折服，彻底废除强权，成立一套新的标准。这时的他，正一步步向公理和正义走去，把公理作为一项公平的标准，把正义看作一项摆脱强权的抽象理念。几年以后，民法典出炉。

决战时间到了，那天温度很低，风也很大，防御工事和帐篷架上的布绷得紧紧的，三角旗迎风飘扬。刽子手不停地哈着气，在火盆边缘烤他的大刀。因为风实在是太大了，王室侍卫长的帐篷中的传礼官①在吹喇叭以前，还先湿润了一下嘴唇。王室侍卫长负责看守桂妮薇，安排她在几名侍卫中间坐着，她恳求了半天，对方才给了她一条披肩。她瘦了，面无血色的面孔和士兵们健壮的脸混在一起，脸上写满了坚韧和专心。

当然，蓝斯洛最后救了她。波尔斯利用失踪的那一两天时间，把他找到了，当时他正在一家修道院，现在他及时赶回来为王后出战。所有认识他的人都觉得，他一定会这样做，不管当初他是怎么被赶走的。不过大家都以为他已经去了其他国家，所以他现在赶回来还是让人大跌眼镜的。

在竞技场南面尽头的凹处，我们看到了马铎爵士，他的传礼

---

① 英国纹章院的职官，职级低于纹章王官。

官把喇叭吹响时，再次说出了他的指控。从北边洞口走出来的是波尔斯爵士，他和国王以及王室侍卫长展开了长久的、模糊的会谈，因为风太大了，周边的人根本听不见他们在交谈什么。观众都开始议论，为什么对战被延迟了，为什么没有照章进行战斗。波尔斯多次往返于国王和王室侍卫长的帐篷，最后回到了自己的洞里。之后就沉默下来，这样的沉默让人心里打鼓，一只小黑狗在这个空当溜到了竞技场，欢呼着、跳跃着，却被一位纹章王官抓住并绑了起来，观众席中一阵嘻嘘。之后场中又恢复了安静，只有小贩的叫卖声此起彼伏。

蓝斯洛骑着马、拿着波尔斯的纹章盾牌，出现在北边出口。尽管他改变了装束，可是人们依然一眼就把他认出来了，安静得就如同所有人都忽然平心静气一样。

他不是因为可怜王后才来的。说他"把她牺牲掉"以救赎自己的灵魂也好，说他是因为大度才回来的也好，都不符合事实。真相远比这要复杂。

从孩童时代开始（他从来没有彻底摆脱这一时期），这位骑士的困惑就没有消除过：他觉得上帝并不是什么虚幻人物，不是当你做了坏事时对你进行处罚，或者当你做了好事时对你进行褒奖的抽象物，而是真实的存在，和桂妮薇、亚瑟与其他人并没有什么分别。只是在他看来，与桂妮薇或亚瑟相比，上帝都要好得多，最重要的一条是，他有人性。他的模样、他的感觉，蓝斯洛统统知道，而从某种意义上来说，他爱着这个"人"。

残缺骑士无法摆脱的囹圄，是"恒久不变的四角习题"，而不是"恒久不变的三角习题"。这个"恒久不变的四角习题"不仅是"恒久不变的"，也是个"四角习题"。他没有把他的爱人牺牲掉，因为他担心某种神灵会降罪于他。可是今天，他要同时面对两个爱人。分别是亚瑟的王后和在卡波涅克举行弥撒的那个无语存在。遗憾的是，这两个对象并不是站在同一条战线上的，这和一般的恋爱情形很像。这就如同他要进行一个两难的抉择，假如他选择和其中一方——珍娜在一起，只是因为他觉得她才是自己最爱的人，并不是因为他担心假如和珍在一起，珍娜会处罚自己。他甚至会有这样的想法，相比于桂妮薇，上帝对他的需求更大。问题的症结就在这里，这个问题属于情感范畴，而不属于道德范畴。他之所以隐居在修道院，就是为了把这个问题弄清楚。

另外，也不能说他此次回来完全无关于他自身的大度。他在这方面堪称大师，是个胸怀广大的男人。哪怕平时上帝比初恋情人更需要他，可是此刻更需要他的是后者。也许这个男人此刻也是怀着一定的柔情，在珍更需要他离开珍娜的怀抱，回到珍的身边，也许你可以把这份柔情定义为怜悯或大度（尽管现代已经不流行这些情感，甚至可以说让人作呕。可是，不管怎样，蓝斯洛一直在对桂妮薇和上帝的爱中摇摆。可是，当他知道她身陷图围时，他立刻就赶了回来。他看到那张期待他归来的脸庞顿时变得神采奕奕，他那颗被包裹的心也开始被某种犀利的感情所触动），爱情也好，怜悯也罢，都取决于你的想法。

波特的马铎爵士此刻也没有那么坚定了，可是现在已经来不及回头了。头盔下的脸变得绯红，只是没人看见罢了。他感觉到头下面的稻草头下面有一股温热感袭来。之后他回到自己的位置，用马刺踢着马。

当断裂的长矛从天际划过时，带给人一种心醉神迷的感觉。长矛下的地面依然忙个不停，而长矛在缓缓上升的同时还做着旋转的慢动作，它似乎将外界的影响都抛到了一边，兀自移动着。

而矛下的世界却是变幻莫测，只见马铎爵士身体倒向后面，倒立着落了马，姿态优雅地跌落到了其他地方。某个弹道迷说马铎爵士的长矛着地的部位是矛尖，就跌落在那位把小黑狗抓在手里的纹章王官后面，着实吓坏了那位王官。

蓝斯洛爵士也从马上下来，两人在地上展开了公平的决斗。马铎爵士站起来，狂乱地舞动着剑，朝敌人发动攻击。他的情绪达到了一个顶点值。

直到蓝斯洛爵士两次把他击倒，他才举手投降。当他第一次被击倒时，蓝斯洛走到他面前，准备接受他的求饶，可是他一时间手足无措，直接一剑刺了过去。这一剑是不符合规矩的，因为他朝对方的鼠蹊部，也就是铠甲最薄弱的一个地方刺了一剑。大家都明显看到蓝斯洛的腿甲和胫甲都在流血。可是，蓝斯洛并没有发作，只是朝后退了一步，让他站起来，接受他的进一步对战，这样的举动让人觉得胆战心惊。

第二次，王后的战士对马铎爵士发动了更加残酷的进攻，马铎爵士把自己的头盔扯了下来。

"好吧，我认输了，求求你饶了我。"马铎爵士说。

蓝斯洛发了一次善心。大部分骑士只满足于王后胜诉，对于他们而言，事情到这里就圆满结束了。可是蓝斯洛是个有着缜密思维的人，他会非常关注其他人此刻的想法和以后的想法。

"我可以放过你，"他说，"可是你必须承诺，在派翠克爵士坟上，不能出现与这件事有关的任何言语，只要是与王后有关的都不可以。"

"我承诺。"马铎说。

之后，这位败军之将被几名医生带走，蓝斯洛则来到王室帐篷前。王后马上被放了出来，正和亚瑟在一起。

亚瑟说："陌生人，把你的头盔取下来吧。"

当他把头盔取下来时，他们都满心欢喜。特别是当他们看到他的伤口血流不止时，他们对他更是怜惜。

亚瑟牵着桂妮薇的手，来到竞技场，朝蓝斯洛爵士鞠了躬，并让桂妮薇行了一个宫廷礼，做完这些以后，他用古老的语言大声说道："爵士，感谢你为我和我的王后的付出，我等赐福予你。"就在亚瑟如此深情款款的背后，桂妮薇正伤心地哭泣着，她的心似乎碎成了两半。

第三十八章

妮姆在派翠克案真相大白的第二天，带着她的预示来到宫廷。梅林在被她锁起来以前，将不列颠的事全权委托给她，并强迫她答应（他也很无奈），既然她知道如何使用他的魔法，那么她就要亲自照顾亚瑟。之后他乖乖进了大牢，仍然一脸宠溺地看着她。尽管妮姆是个不太守时的人，生性爱自由，可是从某个角度来说却是个好女孩。她到达宫廷时已经晚了一天，把苹果被人下毒的事情经过原原本本说了一遍以后，就去忙自己的事情了。那天早上，皮内爵士就逃之夭夭了，还留下了一封书面告解，以对这个说法进行证实。大家也普遍持有这样的观点，幸亏蓝斯洛爵士就在这附近。

尽管王后毫发无损，可是却没有那么幸运了，因为发生了一件让人不可思议的事情：蓝斯洛依然对他的圣杯忠心耿耿，而对那些泪水、他们之间再次燃烧的炽烈情感都视而不见。

"对于他而言，这是再好不过的了。"她大声说，让他自己在新的快乐中沉醉，这当然很好。可是很多人亲眼看到她越来越疯狂，这太让人难受了。毫无疑问，他自我感觉非常不错，他活力十足、神志清醒、神采奕奕，还得到了回报。可能从他那位知名的上帝那里，他的确得到了一些从她那里无法获得的东西。也许他和上帝待在一起，感觉要好得多，可是他不久就会开始到处去创造奇迹了。可是他从来没有想过，从上帝那里，她获得了什么。她对他极尽谩骂，说这样就相当于他因为其他女人从她身边离开。他拿走了她最好的东西，如今她不再年轻，用不上了，他就去其他地方了。他的行为和一个自私的男人无异，先拿走一个地方所有有价值的东西，然后再到其他地方去拿。他是个无耻的小偷，竟然还觉得她会对他矢志不渝。如今她不会再爱他了，她不会再让他靠近自己，即便他跪求自己。其实早在圣杯探险以前，她就开始鄙视他——没错，是鄙视，而且已经想好不再理他了。他要是还觉得是他先抛弃了她，那可就大错特错了，事实刚好相反，是她对他弃如敝屣。她准备实话告诉他了，不想再继续隐瞒了——早在圣杯探险之前，她就有个年轻骑士爱人！相比蓝斯洛，这年轻人要好得多，假如有个那么美好的男孩对她顶礼膜拜（对，对于她所走过的土地，他都会膜拜），那她为什么还要跟一个这么自负、幼稚、狂傲、卑鄙的人在一起呢？更何况他还有那毫无价值的上帝、那些假道学的谎言。他还是回到伊莲身边比较好，回到那个好儿子的母亲身边。两个老古董待在一起，也许可以一晚上都祈祷。他们可以就他们的孩子展开讨论，也就是加拉罕——把那个可恨圣杯找到的人。之后，要是他们乐意，还可以对她极尽嘲笑，她欣然接受这样的嘲笑，笑她连一个儿子都没有。

之后桂妮薇就哈哈笑个不停，一部分的她一直看向窗外，对自己发出来的噪声厌恶至极。笑着笑着，她就开始流泪，而且哭得很伤心。

为了庆祝王后被无罪释放，亚瑟准备举办一场比武大会。让人不禁心生疑窦的是，他把比武定点定在了温彻斯特或布莱克利，即后来四个英格兰比矛比试场地遗迹中的一个，而这两个地方都位于柯宾附近。可是，现在问题的关键不在于到底定在哪里，关键在于伊莲的孩子死去以后，她就是在柯宾堡度过她的中年时光的。

"你是不是会去参加比武大会？"王后一脸生气地对蓝斯洛说，"我想，你会到你那个妓女附近去对不对？"

蓝斯洛说："珍妮，为什么你依然这么恨她？现在她可能又丑又凄惨，一直以来，她就没有什么可以依靠的。"

"看我们的蓝斯洛多么大度啊！"

"假如你不想让我去，我就听你的，不去。"他说，"你知道的，我只爱你。"

"你只爱亚瑟，只爱伊莲，只爱上帝，除非还有什么人是我不知道的！"她大叫道。

蓝斯洛无奈地耸了耸肩膀——假如对方不肯善罢甘休，这种回应方式是最傻的。

"你去不去？"他问。

"我去？去看你和那颗芜菁嬉笑吗？我肯定是不会去的，我也不允许你去。"

"好的，"他说，"我会跟亚瑟说我生病了，或者我的伤还没有复原。"

他去找了国王。

等到桂妮薇不这样想时，整个宫廷都没有人了，大家都已经去比武现场了。可能她是想留下蓝斯洛，和他单独待在一起，可是发现一点意义都没有，于是改变了想法——可是究竟是因为什么，我们是不知道的。

"你还是去参加比武大会吧，"她说，"假如我强行把你留在这里，你会觉得我是因为妒忌，还会以此苛责我。还有，假如你和我单独待在一起，肯定会有风言风言传出去的。而且我不想要看到你，你现在就走！快！"

"珍妮，"他非常清醒地说，"我现在怎么能走呢？我已经说我的伤还没有复原呢，如果我现在赶过去，风言风语会更多的。他们会觉得我们闹了别扭。"

"随便他们怎么想。在我发疯以前，我只跟你说一句话，你非去不可。"

"珍妮。"他说。

他觉得自己的心都碎了，之前他被她逼疯过一次，那现在似乎又要重蹈覆辙了。可能她也发现了。不管怎样，她忽然不那么强硬了，还深情地吻了他，以给他送行。

"我向你保证，我会回来的。"他说过这样的话，而他现在会说到做到。他去参加比武大会，当然会去看看伊莲。他不只向她保证过，他会回到她身边，而且他们独子的遗言也还在他手上。他们的独子已经不在人世了（或者最起码可以说去天堂了）。哪怕是最无情的人，也必须告诉她这个消息。

他会在柯宾住下来，和她说说加拉罕，而且变换一下装束去参加比武大会。他会跟亚瑟说，他之前是假装伤还没有复原，其实是想给他一个惊喜，乔装打扮一下才来，因为这是最新流行的做法。而事实也会对这种说法予以支持，因为他没有在比武大会的地点住，而是在柯宾城堡住。如此一来，他和王后最后发生争吵的风言风语就不会传出去。

当他在通往护城河的道路上骑马前行时，在那些铁蒺藜后面，他竟然看到了伊莲的身影，她正站在城垛上对他翘首以盼，就像二十年前他离开时一样。在大门处，她对他的到来表示欢迎。

"我一直在等你。"

如今的她又矮又胖，和维多利亚女王有点像。她对他的到来表示最热诚的欢迎。他说过他会回来的，而如今他就在这里站着。她觉得这一生已经知足了。

她紧接着说了一句话，正是这句话让他的心口刺痛。

"从现在开始，你就不会再离开这里了。"她非常肯定地说。多年前，当他们分道扬镳时，对于他给她的答案，她就是这样理解的。

第三十九章

　　你只要看看马洛礼的书，就会知道比武大会的整个过程了。对于比武大会，他比谁都热衷，就如同今天那些时常去劳德板球场①的老先生一样，也许他可以凭借什么关系看到某种历史悠久的《威斯顿板球圣经》一类的东西，甚至是计分簿。这场比武大会，他完完整整地记录下来了，内容极尽详细，像每个骑士的得分情况等。可是，这些陈旧的板球比赛记录对于不玩板球的人来说，未免太枯燥了，因此我们就不展开说了。在马洛礼的书中，记录了这些具体的得分情况（对于那些知道很多小牌骑士曾经成绩的人来说，其实也没有那么无聊），而且还一连写了两到三次，可能是仅有的一种会让人觉得无聊的东西。在这里，我们

------

　　①　位于伦敦，是板球运动中最重要的团体——玛莉勒本板球俱乐部所有，其创办人是汤马斯·劳德，也是以他的名字命名的。

只提两件事：蓝斯洛所向无敌，把敌队打得落花流水（在圣杯探险以后，他的技术就回到了从前），遗憾的是，他上次所受的伤又裂开了，要不然在比武高峰以后，他还会带剑上阵。如果说他在这场会战中应该有非常出彩的表现，那就太奇怪了，因为为了桂妮薇、上帝和伊莲的事，他依然焦躁不安，可是，即便处在类似的情况下，有的人依然可以表现得非常好。尽管他身上有旧伤，可他依然让三四十人臣服在他的脚下（顺带说一下，他还把莫桀和阿格凡打败了），曾经有三个骑士一起对他发动攻击，其中一人的长矛把他的盔甲都戳穿了，之后他体内就有了一个断掉的矛。

趁自己还能在马上坐着时，蓝斯洛迅速离场，想找一个安静的地方独自疗伤。这是他一直以来的习惯，只要他身受重伤，他就特别想找个地方单独待着。他觉得死亡这件事很隐秘，因此，假如他不久就要离开人世，他希望独立解决。他后面跟着一名骑士（他现在的身体太羸弱了，根本无力赶走对方），这名骑士拔出了他肋骨中的矛头，而且在他陷入昏迷，快要消逝时让他不那么痛苦。把他放到床上，并将癫狂的伊莲带过来的人也是他。

温彻斯特比武大会并不因为某个特殊的战果而显得重要，也不因为蓝斯洛身负重伤而显得重要，因为最后他还是好了。在之后的篇幅中，我会再仔细说明这件事和我们这四位朋友的人生有什么关联。可怜的伊莲忽然蛮横地说出了自己的观点（说蓝斯洛不会再离开她了），他一直在犹豫，要不要把事实真相告诉她。也许自始至终，他都是一个不够果敢的男人。正是因为不够果敢，他才无法从最好的朋友身边抢走自己的爱人，才想用上帝来代替他的爱人，而他给伊莲提供了一次帮助，许诺他会回来则是他最软弱之处。如今，这位女士向他提出如此简单的渴求，他根本没有勇气让她的幻想一举破灭。

要想把伊莲的问题解决，麻烦事还挺多，首先是她的单纯，或者说是愚昧，其次是她天生感觉敏锐。事实上，她比桂妮薇的感觉还要灵敏，只是豪放的王后所具有的力量，她没有。她有敏锐的感觉，所以当他离家这么久以后回来时，她没有热烈欢迎他，也没有指责他。一直以来，她都觉得自己没有理由苛责他，而且她也没有通过自怨自艾的方式，让他觉得无法呼吸。在柯宾等待比武大会开始时，她只是压抑着自己的内心，把一直以来对主人的渴求和儿子死后的落寞都埋在心里。她克制了什么，蓝斯洛再清楚不过。他本身就是个感觉敏锐的人，因此他们的特殊关系是如何开始的，他已经不记得了。看到伊莲这么难过，他开始埋怨自己，觉得这一切都要怪他。

所以，他没有流泪，也没有欢迎，对于她提出的那个再简单不过的要求，他只能尽可能满足。尽管最后他依然得跟她说，她那坚定的希望是虚无缥缈的，可是他一直压抑着。他觉得自己就好像是一个明天就必须举起屠刀的刽子手，而今天，他要让对方感觉好一点，再好一点。

"蓝斯，"比武大会开始前，她略显幼稚，但是又非常谦恭地恳求道，"现在我们在一起了，一会对战时，你可以把我的信物戴上吗？"

现在我们在一起了！他从她的语调中想象出一幅画面，一个被抛弃长达二十年的妇女赫然出现在画面中，他第一次发现，她在这期间一直以他的骑士大业为追逐的目标，就如同小学生对板球打击手霍布斯敬仰不已一样。这只令人同情的鸟儿的脑海里一直是那些对战的影像——而且几乎都想歪了：她这颗干涸的心一直被那些二手消息所浸润，想象着今天坐在荣誉宝座的会是谁的信物。也许这多么年以来，她一直对自己说，终将有一天，她伟大的战士会戴着她的信物去战斗——那可怜的灵魂一直都被践踏着，只能以此慰藉自己。

可是他的一瓢冷水浇下来，"我没有戴信物的习惯"，虽然冰冷可也是事实。

她没有提出质疑，也没有怨声载道，而是尽可能把自己的失望藏起来。

可他转身又说："我会把你的信物戴上，我会感到很幸运，而且这样也会有益于我变装。因为大家都知道我没有戴信物的习惯，所以这信物会很好地把我的身份隐藏起来。你真是够机灵，竟然可以想到这种办法。我会因此取得更优秀的战绩的。能给我看看它长什么样吗？"

那是一枚红色衣袖，上面还有大颗大颗的珍珠。在长久的锤炼下，出色的绣工是完全可以打造出来的。

温彻斯特比武大会结束以后的两周，伊莲的英雄依然在康复身体中，桂妮薇和波尔斯爵士之间爆发了激烈的争吵。波尔斯对女人一向没有好感，所以和女人待在一起时，他总是喜欢给她们说教。他们各说各的想法，互相都对对方说的不以为然。

"啊，波尔斯爵士，"王后说，那只红袖子的事刚传到她的耳朵里，她就匆忙叫来了波尔斯，因为他是蓝斯洛最亲的亲戚之一，"啊，波尔斯爵士，你听说了吗？蓝斯洛爵士是怎么背叛我的？"

波尔斯爵士发现王后的脸变得通红，差不多都要失去理智了，所以以十二分的耐心说："我只能说蓝斯洛自己遭到了背叛，他被三名骑士夹击，伤得很重！"

"听到这件事我真是太兴奋了！"王后大叫道，"如果他死了，我会欢呼雀跃！如此背信弃义的骑士！"

波尔斯无奈地耸耸肩，没有再面对王后，而是朝门口走去，代表着他不愿意继续下去了，他的背影已经充分彰显出他是如何看待女人的。王后一个箭步追上去，想让他留下来，她不会让自己这么轻易就上当受骗。

"在温彻斯特的比武大会中，他把那只红袖子戴在了头上，为什么我不可以说他背信弃义？"王后大叫道。

波尔斯生怕王后会连带自己一起攻击，赶紧说："我也表示很遗憾，当我听到那只袖子的事时。可是假如他不这样伪装的话，那些人可能就不会一起对他发动攻击了。"

"他卑鄙！"王后大叫道，"虽然他如此高傲，不是依然败下阵来了吗？他是在公平决战中被打败的。"

"不，不是这样的。他们三个人一起对他一个人发动进攻，而且他的旧伤又复发了。"

"他卑鄙！"王后又高声说了一遍，"加文爵士当着国王的面说，蓝斯洛很爱伊莲。"

"他说什么是他的事，我管不了。"波尔斯直接怼了回去，语气里充满了绝望、伤心、气愤，还有一些惊讶。然后他不顾礼节，直接冲了出去。

而这时，伊莲和蓝斯洛正双手交握，他无力地笑着，小声对她说："伊莲，你太可怜了，好像只有在我遭遇不幸时、只剩下半条命时，我才能属于你。"

她的精神很振奋，高兴地说："现在你永远属于我了。"

"伊莲，我们得好好谈谈。"他说。

第四十章

　　残缺骑士回到卡美洛时，桂妮薇的气性还没消。她笃定他再度和伊莲在一起了，至于什么原因，她也不太清楚，也许是因为这是最好的伤害她的爱人的方式吧。她说，他会时不时去找伊莲，这样看来，他只是披着宗教情感的外衣而已。她说，他脑子里一直都有这个想法。他是个彻头彻尾的骗子，是个懦弱无能的骗子。当他们共处时，她时而会癫狂，时而又柔情似水。当她想到自己这一辈子的爱人是一个骗子时，她的情绪就几近崩溃，幸亏还有间或出现的柔情来加以平衡。争吵过后的她看上去状态好多了，甚至再度变美了。可是眉间的皱纹却多了起来，晶亮的双眼有时会出现担心害怕的神色。而蓝斯洛则越发执拗了。他们之间的差距已经越来越大了。

　　对于蓝斯洛的解释，伊莲听进去了，可是现在，她却无意间打出了一生中最强大的一拳——她自杀了。

因为在当时那个年代，河流是最主要的交通要道，因此死亡之船就一路漂到首都，在宫殿的城墙下面停了下来。里面就躺着她——这只一直以来软弱的胖鹧鸪。也许软弱才是自杀的导火索，而不是刚强。为了对命运的航向进行引领，她也努力过，先是诱拐她的心上人，然后是安静的体贴——在生命的独裁中，这些都太微不足道了，不可能得到肯定。她现在一无所有，失去了儿子，也失去了爱人。哪怕是那项承诺，也在她无谓的努力中灰飞烟灭了。之前她还可以依靠一个不太华美，却可以让她傲然屹立的扶手活下去。原本她也许会走上成功的道路。一直以来，她都是一个大度、宽容的女孩，在这趟远行上，原本可以收获一点什么的。可是现在，连那最小的收获也消失了。

那艘船吸引了所有人的目光，映入他们眼帘的不是那位阿斯托莱的天真少女，而是一位中年妇人，戴着手套的她把一串珠子紧紧地抓在手里。因为死亡，她看上去更老了，而且和先前区别很大。很显然，船中那张有着刚毅神情的灰色脸孔并不是伊莲——她要么到别的地方去了，要么烟消云散了。

这件事让蓝斯洛手足无措，哪怕他是个懦弱的男人、痴迷于比武的人，或者说是个不停地想让自己举止得体的恼人生物。他几乎保持不了生命的平衡，哪怕他并没有遭到这么多重大的打击，因为他不仅有着强烈的遗传倾向和奇怪的相貌，而且他的忠诚和道德标准时常混淆在一起。假如他能得到一颗冷酷的心的保护，那么他就可以撑住，即便遭遇再多、再严重的打击。可是，一直以来，他的心和伊莲的心只能抗衡，因此那副强迫她躺下的重担，他根本承担不了。现在他的脑子一团乱，里面夹杂着他本可以为那可怜的人做，却已经没有机会再做的事，还有应该为这起惨剧负责的卑鄙问题。

"为什么你不能对她好一点？"王后哭叫道，"你多少应该给她留点东西啊，要不然她怎么活下去？你为什么不对她大方一点、温和一点？"

桂妮薇还没有意识到，他们之间再次横亘了一个伊莲，而且这次所产生的影响比以往都要强烈。她是自然而然地把这些话说出来的，而且非常真诚。看到对手的死，她很是悲痛，而且这股悲痛攫住了她整个心灵。

第四十一章

卡美洛的新式生活并没有因为自杀案的出现而中断。尽管这种生活方式并没有得到人们的肯定，可是人们依然如此生活下去。这种生活的情节也基本上是一件小事接一件小事，是一系列的偶然事件，没有紧密关联到一起。有件大概在这时发生的一桩意外倒是可以提一下，并不是说这件事的地位有多么重要，而只是因为这件事很像蓝斯洛的行事风格。

一天，他正在树林里躺着伤春悲秋，偶遇一位正在打猎的女射手。很难界定她是个长着髭、戴领结的男装丽人，还是从电影里出来的一个弱智角色，只是看中了弓箭的可爱，才拿过来把玩。总的来说，她误将蓝斯洛当成了一只兔子。可是她应该是个男装丽人，因为她出现这样的失误太不合适了，可是电影明星能把目标击中也很不一般。一根六英寸长的箭就这样射进了蓝斯洛的屁股上，导致他根本爬不起来，他和柏忌上校①有点像，必须在高尔夫球赛中继续来一杆。"你是一位女士也好，一位小姑娘也罢，在这不幸的时候，你把弓带在身上，却在恶魔的驱使下成了一名弓箭手！"他懊恼地说。

即便有伤在身，下一场比武大会，蓝斯洛还是没有缺席。因为在这次比赛的过程中还发生了好几件事，所以这次比赛非常重要。蓝斯洛这人太天真了，完全没有意识到有什么不妥，可是其他人都看得很清楚。在西敏斯特长矛比试以后，宫廷中真正让人不安的大事就清晰地呈现出来了。在他们那段不幸的三角关系中，亚瑟不想再坐以待毙。他是这样做的：这可怜的家伙忽然在这场大战中成为蓝斯洛敌方阵营中的一员。他对他的好友发动大肆攻击，还非常生气地想加害于他。他所做的事都是符合骑士规范的，而且到了最紧要的时候，他还是放过了蓝斯洛。可是，虽然是这样，他还是忽然改变了对蓝斯洛的态度。不管是事前还是事后，他们依然是朋友，可是就在特别生气的那一瞬间，亚瑟是遭到背叛的丈夫，而蓝斯洛则是插足者。这种解释只是浅显的，从潜意识的角度，他们都默认了这种关系，可是还有另一种想法埋藏在下面。这时的亚瑟已经不复当初的快乐，他的家庭和王国都开始衰退。也许他已经对挣扎感到厌烦，奥克尼结党营私的老问题、那些怪异的时尚、爱情和现代正义的两难，都让他厌烦不已。他选择对抗蓝斯洛，可能是想在对方手里死去——其实，那不仅是希望，而且有相当明显的倾向。这个大度、仁慈的男人可能会无意识产生这样的想法：对于他和他所爱的人来说，只有他的死亡才是仅有的一个解决途径——这样，蓝斯洛就可以把王后

---

① 高尔夫术语，即把球打进洞的杆数比标准杆高一杆。

娶过去，也不需要再和上帝对抗。因此，很有可能，他是想给蓝斯洛创造一个机会，利用公平决斗的机会把他杀了，因为他已经疲惫不堪。这可能才是事情真相。可是不管怎样，最终一切都好好的。他因为一时的冲动而怒发冲冠，过后他们又和好了。

那场比武大会还有一个重点，那就是天真而愚笨的蓝斯洛和奥克尼一族彻底划清了界限。他把他们悉数打下马，他还两次把莫桀和阿格凡打下马，除了加瑞斯以外。在多罗洛斯塔①等地，只有圣人才能傻乎乎地一次次救他们，可是这时，他却是出于本能的保护，才会一次次把他们打倒的。其实对于谋杀蓝斯洛的阴谋，加文恭敬地拒绝了，而加赫里斯只是个傻瓜。可是，自此以后，这位最高司令官的人身安全就时刻受到威胁了，因为莫桀和阿格凡的时尚同党正在筹备着杀他的计划。

加瑞斯在西敏斯特成为蓝斯洛阵营的一员，是这股风潮里的第三根稻草。这极其不同寻常的对调所蕴含的意义立刻把所有人的目标都吸引了过来——国王和他的左膀右臂相抗衡、加瑞斯则和自己的兄弟相抗衡。很显然，这样的暗流预示着暴风雨就要来了。它是出其不意地来的，而且出现在一个不会有人怀疑的地方。

有位叫梅里亚格兰斯爵士的骑士出生于伦敦东区，在宫中，他一直郁郁寡欢。假如他早几年出生，也许他还会在那个人性化的时代生活得如鱼得水。可是，他出生的世代比较晚了，即莫桀的世代，因为在评判他时，大家都是采用的新标准。梅里亚格兰斯爵士并不是上品出身，这是尽人皆知的事实，他自己也很清楚（上品这个名词来源于莫桀的创造），可是他并没有因为这项认

---

① 蓝斯洛就是在这里把卡拉斯爵士杀死的。

知而感到高兴。梅里亚格兰斯爵士之所以伤心，还有另一个特殊的缘由，那就是他对桂妮薇充满了孤单而绝望的爱，而这个理由对他和其他人的关系产生了不好的影响。

亚瑟和蓝斯洛是在九瓶球的球道边得知这一消息的，他们形成了一个习惯，每天都会到这个已经被淘汰的地方说说心事、扯扯闲篇。

亚瑟正在说："不，不，蓝斯洛，对于可怜的崔斯坦，你根本都不了解。"

"他活着时是个非常无耻的人。"蓝斯洛再一次重复自己的论调。

因为崔斯坦最后为美人伊索德弹奏竖琴时，被气愤的马克王杀死了，所以他们采用的是过去时态。

"哪怕他不在人世了也是如此。"这位骑士又补充了一句。

可是国王摇摇头，表示否认。

"他并不是无耻之徒，"他说，"他是个小丑，最可笑的角色之一。他总是让自己身处在非常奇怪的状态中。"

"小丑？"

"漫不经心的小丑，"国王说，"那种痛苦很可笑。看看他的爱情经历吧。"

"你是指素手伊索德①吗？"

"我始终相信，这两个女孩被崔斯坦搞混了。美人伊索德让他如醉如痴，之后他就彻底把她给忘了。有一天，当他和另一个伊索德同床就寝时，因为某个动作，一些事情浮现在他的脑海里，他这时才醒悟过来，原来有两个伊索德。他为此非常生气。

---

① 布列塔尼人，是崔斯坦的妻子。

当然，他会很生气。他说，我和素手伊索德同床就寝，可是我爱的却是美人伊索德！后来，他差点就让爱尔兰王后死在了他的手上。这年轻人身上有股寓意深刻的幽默色彩，他并不是从主观上想要无耻的，你不要如此苛责他。”

"我……"蓝斯洛正准备说什么，一个信使匆匆赶来。

那男孩个子小小的，上气不接下气，右腋下方的铠甲罩袍还被箭射穿了，被他用手指捏着，快速说着话。

王后被人劫持了。五月一日那天早上，她早早出发去参加五月节的活动，想把还带着露水的樱草、紫罗兰、山楂花和刚长出新芽的树枝赶在十点前带回来，因为这些东西很适合在五月的早晨收集。她只带了十名打扮得像平民一样的骑士，没有带护卫（王后的骑士为了辨别，都带着素面盾）。为了欢庆这个春天的节日，这些骑士都穿着绿颜色的衣服。其中也有阿格凡——后来，他一直在桂妮薇身边，好打听她的隐私，而蓝斯洛则被有意支开了。

总的来说，当他们一行人正带着收集来的东西开心地聊天，骑马回家时，埋伏在半道上的梅里亚格兰斯爵士跳了出来。他一直被是否出身上品这件事所折磨，因此最后他打定主意，假如所有人都鄙夷他的出身，那他就干脆去做不绅士的事好了。他很清楚王后的人马都是轻装上阵，而且蓝斯洛也没有同行。于是他带了一队武装人员，准备把王后劫持过来。

他们之间爆发了一场激烈的战斗。王后的骑士竭尽全力护其周全，最后都负伤了，还有六个受了重伤。桂妮薇为了保住他们的性命，选择了投降。无奈之下，她只好和梅里亚格兰斯爵士谈判（他还没有成为一个彻头彻尾的混蛋），假如她叫她的卫士放下武器，他就必须答应她，把这些负伤的骑士也一并带走，而且必须在她房外的会客室里睡。梅里亚格兰斯对桂妮薇还心存爱意，一时的邪恶也消失了，他很清楚他不能要求他所爱的人改变自己的心意，于是他点头应允。这可怜的家伙自始至终都没有变成一个真正的恶人。

混乱中，伤员依次挂在马上，可是王后依然不失镇定。她把一个见习骑士叫过来，偷偷取下自己手上的戒指交给他，要他赶紧骑上他那匹快马去给蓝斯洛送信，并要求那年幼的见习骑士一定要找机会逃出去——尽管有几名弓箭手一直跟在他后面，可是他还是照做了。现在他带来了那枚戒指。

故事还没有讲完，蓝斯洛就开始怒吼，叫人赶紧去把他的铠甲取过来。等到故事结束时，亚瑟已经跪在他的脚边帮他系胫甲了。

第四十二章

　　梅里亚格兰斯爵士马上就意识到接下来会有什么事情发生了，当那些弓箭手沮丧地回来，汇报说他们没有把那个男孩击倒时。他很是苦恼，这其中有两个方面的原因，首先是他非常清楚自己做了件傻事，也做了件坏事，其次是他对王后的爱是发自内心的。可是他还在踟蹰，虽然他知道自己已经无法回头了。接到王后送去的消息以后，蓝斯洛必然会赶过来，因此他必须抓紧时间布置好城堡，为接下来的对战做好准备，再加上王后在城堡里，他们就有了和围城的人谈判的筹码。因此，在做好应战准备以前，他们必须阻止蓝斯洛爵士前来。他的预测是正确的，蓝斯洛一收到消息就迫不及待赶过来营救王后了。如果他要到这里来，必须经过一块狭窄的空地，即便弓箭手不能把他的铠甲射穿，也可以把他的马杀死。要是他们可以在那里设下陷阱，就可以阻止他前来。在那动荡不安的年代过去以后，道路两边的灌木都被清出了一定的距离，可是这块空地却维持了原貌。梅里亚格兰斯爵士再清楚不过，在相应射程内，一枚刚劲有力的箭可以把最好的铠甲都射穿。

于是，他们迅速设置好了埋伏，可是城堡内却乱糟糟的。牧人想把牲畜赶到要塞，可是所有的牲畜都不听话，不是严重影响彼此，就是不愿意到门的另一边。那些打水的男孩激动地往大桶里面倒水——这是一座历史悠久的城堡，好像可以追溯到爱尔兰时期，城堡外庭没有水井。女仆都快要支撑不住了，不停地穿梭着。而梅里亚格兰斯爵士就像那些出身卑微的人一样，打算用一种还算客气的方式来招待他的俘虏王后。他们给她准备了一间闺房，还给她搬来了绣毯，把银器擦得亮亮的，还把邻居的金盘子都借了过来。而她本人此刻则在小等候室中待着。她依然坚持要把绷带、热水和担架给那些受伤的骑士们准备好，情况因此更加乱了。梅里亚格兰斯爵士不停地上下楼梯，嘴里说道，"好的，夫人，我这就去办。"或"玛莉安，玛莉安，蜡烛呢？蜡烛放哪了？"或"莫多克，把那些羊带出去，不要再待在城顶房间了。"他会找机会在冰冷的石头上靠一会儿，以平复狂乱的心，大骂自己的蠢笨，并因此弄乱了原本就已经一团糟的计划。

王后最早让身边的情况变得井井有条。因为她只是要求给伤员准备好绷带，所以当然最先得到了满足。她和几名侍女在城堡的一扇窗户前坐着（这里是暴风雨安静的核心位置），就在这时，一个女孩忍不住大叫，说路的那端来了个什么。

"那是辆载货马车，"王后说，"上面应该装载的是城堡储粮等东西。"

"马车上还有个身穿铠甲的骑士，我猜他是要赶赴刑场。"那女孩说。

当时，乘坐载货马车是不光彩的行为。

后来，她们看到一匹马全力追在那辆马车后面，尘土中，马缰胡乱飞舞着。可是等再靠近一点，她们无比惊讶地发现，那马身上插满了箭，根本变成了一只豪猪，所有的内脏都掉了出来，而它的表情却是麻木的，似乎受到了太大的惊吓。那是蓝斯洛的马，而那辆载货马车上站着的骑士，用剑鞘打着拉车的马的人就是蓝斯洛。就像梅里亚格兰斯爵士所预料的那样，他中了圈套，和那些袭击者对战了一会儿，可是对方却从树丛、沟渠跳过，从那个沉重的落马铁人身边逃开了。于是，剩下的路程他就必须步行走完，哪怕身上还穿着铠甲。梅里亚格兰斯想到了这一点，一个人不可能身穿和他身体一样重的铠甲走完这段路。可是，他却忽略了那辆被蓝斯洛据为己有的马车。当得知王后被人劫持以后，这个伟大的男人是多么焦躁不安呢？有人说，他一开始骑着马从泰晤士河游过，又从西敏斯特桥游到兰贝斯，这种说法是不太合理的，假如真的是这样，只要哪里稍微出点纰漏，他就会溺水而亡。

"你竟然敢说他是要赶赴刑场？"王后尖叫道，"你这个小贱人，竟然敢把蓝斯洛爵士比作重罪犯？"

那可怜的女孩立马噤声了。这时，他们看到蓝斯洛一把扔掉马缰，直接上了吊桥，同时大声吼叫着。

当蓝斯洛在城门口硬闯时，梅里亚格兰斯爵士就已经知道他来了。惊慌不已的门房手忙脚乱地抓着门，想赶紧把门关上，可是却被蓝斯洛的一记铁拳给揍晕了。大门就这样敞开了。

也许是因为看到他的马遭受了那样的摧残，所以蓝斯洛当时才会发这么大的火。

原本梅里亚格兰斯爵士正在对几个武装的人进行监督，当他们到中庭的木造小屋（这是用来和希腊之火①对抗的举措）躲起来时，他已经六神无主了。他朝后阶梯跑去，跪在王后的面前祈求，而此时蓝斯洛正在门房小屋附近咆哮。

看到那个既特别又粗鲁的男人跪在自己面前，桂妮薇问："现在又发生了什么事?"她并不是十分厌恶，而是充满好奇。再怎么说，因为爱情而被劫持其实是一种褒奖，特别是还有一个美好的结局时。

"我投降! 我投降了!"梅里亚格兰斯爵士大叫，"噢，亲爱的王后，我投降了，请你向蓝斯洛爵士说说情，饶我一命!"

也许是受五月节的影响，也许是受这个出生于伦敦东区的骑士对她的褒奖的影响，也许是受到某种女性对快乐的预示的影响。总之，此刻的桂妮薇看上去非常美丽、神采奕奕，也很高兴，根本不憎恨这个劫持她的人。

"很好，"她高兴地说道，"我会试着劝说蓝斯洛爵士，只要尽量不让此事传播出去，我就越能保住自己的名誉。"

听到这，梅里亚格兰斯爵士明显放松了不少。

"是啊，"他说，"那是只年老的公麻雀——哈哈，哈哈! 我真诚地对您表示歉意。善良的王后，能否请您把蓝斯洛爵士安抚好以后，今晚就住在梅里亚格兰斯城堡呢? 您那些受伤骑士现在状况有点糟糕。"

"这个我不清楚。"王后说。

"明天一早，你们就可以走了。"梅里亚格兰斯爵士继续说道，"这件事我们就此打住，谁也不要再提。您可以说，您是到这里来做客的。"

---

① 六六八年，叙利亚人卡里尼科斯发明的易燃火药武器。

"很好。"王后说。然后她就下楼去找蓝斯洛了，而此时梅里亚格兰斯爵士正轻抚着自己的额头。

他站在内庭不停地叫他的敌人出来。桂妮薇和他四目相对，他们沉默着，任由眼波流转。似乎伊莲和整个圣杯探险都是虚无。据我们所知，她接受了自己的失败。他也一定发现他已经让她折服了。即，她已经做好了让他去做他自己（去爱他的上帝，去做他自己感兴趣的事）的准备，只要他依然是蓝斯洛就可以了。她又放弃了癫狂，恢复了理智，变得平和，而且不管他做什么，她都乐意看到他好好地活着。他们是两个很早以前就在卡美洛一见钟情的年轻人，可是他们已经快忘记了当时那一刻的感觉。桂妮薇真心屈服了，却成了这场战争的胜利者。

"怎么了？这么小题大做的干吗？"王后问。

他们轻松地交谈着，他们重新相爱了。

"问得好。"

可是他的脸却红了，用愠怒的口气说："他把我的马射死了。"

"谢谢你过来！"王后温柔地说，他印象中她一开始就是这样说话的。"谢谢你这么英勇地赶过来。可是他已经求饶了，我们必须宽恕他。"

"他把我的马杀死了，真是太卑鄙了。"

"我们已经达成了和解。"

"假如我知道你要和解，"蓝斯洛的语气带有明显的嫉妒，"就不会置自己的生命于不顾，赶到这里来了。"

王后把他的手拉过来，他没有戴铁手套。

"你觉得很委屈，"她问，"是因为你表现得非常优秀吗？"

他沉默着。

“对于他，我一点都不在意，”王后边说边红了脸，“我只是在想，不要再出现什么丑闻了。”

“我更不愿意看到什么丑闻。”

“你想做什么，你就去做吧，假如你想和他对战，你就去吧。这是你的权利。”王后说。

蓝斯洛盯着她看。

“夫人，”他说，“只要您高兴，我怎么样都行。”

当他深受触动时，总是会冒出严肃的骑士语。

第四十三章

　　桂妮薇在有一扇窗户的内室里睡觉，可是这扇窗户没有玻璃，装的是铁条。负伤的骑士则在外面房间的担架上躺着。

　　蓝斯洛在花园里发现了一架梯子，正好可以达到他攀爬窗子的目的，他知道王后在等他，尽管他们并没有提前约定好。当那张皱在一起的脸出现在她的眼前时，她一点都不觉得恶心，更何况他的鼻子还疑惑地对着天空。站在窗前的她那一瞬间心跳加快，血液奔涌，之后平静地朝窗户走去，这种平静是共同的。

　　他们到底对对方说了些什么，我们无从知晓。马洛礼说："他们不停地向对方抱怨。"也许他们承认，他们不能在爱着亚瑟的同时又欺骗他。也许最后蓝斯洛总算让她对他的上帝有所了解，而桂妮薇也终于让他知道她一直被没有孩子的痛苦所折磨。也可能，他们最后终于对他们之间的罪恶之爱完全接纳了。

　　后来，蓝斯洛爵士小心翼翼地说："我可以进来吗?"

“当然。”

“夫人，你真的希望我陪在你身边吗？”

“真的。”

他把最后一根铁条弄断时，不小心让自己的手受伤了，伤口非常深，都伤到骨头了。

两人的窃窃私语变得时断时续，最后归于沉静。

次日早上，桂妮薇起得很晚。梅里亚格兰斯爵士在会客室里一惊一乍的，希望她快点走，以早点让这件事平息下来。对于他来说，虽然自己心中的爱人被囚禁在这里，可是却不能完全占有，无疑是一件很痛苦的事，而他想尽快结束这种痛苦。

他在催促她起床的同时，在一种强烈的好奇心的驱使下，他来到了她的房间，在晨间会客的日子里，是有可能出现这样的行为的。

“请您原谅，”梅里亚格兰斯爵士说，“夫人，您是生病了吗？为什么这么晚才起床？”

眼见着不能据为己有的美人在床上坐着，他假装看向别处。之前蓝斯洛的手受伤了，整张床单都被血染红了。

“叛徒！”梅里亚格兰斯爵士忽然狂喊道，“叛徒！你背弃了亚瑟王！”

他相信自己上当受骗了，气愤和妒忌填满了他的心胸，他一时失去了理智。因为他的冒险精神误入了歧途，因此在他心目中，王后就是纯洁的代表，而他这个对她有想法的人是不对的。而现在他发现自己一直都被她骗了，她谎称圣洁而无法爱他，可是眼下却和那些受伤的骑士有染。他已经得出结论，那些血就是某位受伤的骑士的血，要不然她一直坚持要他们睡在会客室是什么意思呢？因为太生气了，也太嫉妒了，窗上的铁条被人动过，他都没有发现，这也不怪他，因为有人已经非常小心翼翼地重新放好了它们。

"叛徒，叛徒，我要举报你背弃了整个国家！"

受伤的骑士听到梅里亚格兰斯爵士的叫喊声，都一瘸一拐地朝门边走去，没多久，整个城堡的人都围过来了，侍女、服侍的女仆、见习骑士、马童和几个马夫都凑过来看热闹。

"这整个就是一个阴谋。"梅里亚格兰斯爵士大叫，"不管怎么说，这都是一个阴谋。这里来过一个受伤的骑士！"

桂妮薇说："不是的，你可以问问他们。"

那些骑士大叫："一派胡言！你在我们中间找一个，我们要和你决战！"

"不，不可能是你们！"梅里亚格兰斯爵士大叫道，"那些漂亮话谁不会说，有个受伤的骑士睡在了王后陛下的床上。"

很显然，最好的证据就是那些血迹。他一直没有放过那些血迹，在那些侍卫们快要被他催眠时，戴着一只手套的蓝斯洛现身了。

"发生什么事了？"蓝斯洛问。

梅里亚格兰斯爵士像个因为过度伤心而癫狂的男人，狂吼着把事情经过跟他说了，还配合着手势和一股找到新倾诉人的兴奋。

蓝斯洛不带任何温度地对他说："请允许我提醒你一句，你都对王后干了什么？"

"你在说什么，我怎么听不懂，我也管不了那么多了。我只知道，昨天有个骑士在这个房间里。"

"你可要考虑好了再说。"

蓝斯洛一脸严肃地看着他，在想警示他的同时，也想让他清醒过来。他们都很清楚，这项指控最后的收场方式就是决斗，而蓝斯洛现在想让他知道的是，他要和谁展开决斗。最后，梅里亚格兰斯爵士的确反应过来了，他忽然板起脸看着蓝斯洛。

"你也要当心啊，蓝斯洛爵士，"他不带任何语调地说，"我知道在全世界所有骑士中，你是最优秀的，可是，假如你非要为了一场错误的纷争出头，你可就要小心了。蓝斯洛爵士，你要知道，上帝也许会站在正义这一边。"

王后真正的爱人咬了咬牙。

他说："还是交给上帝来决定吧。"

接下来他不无狠毒地说："据我了解，这些受伤的骑士都没有到过王后的房间。假如你一定要因此决战，我会奉陪到底。"

为了拯救王后，蓝斯洛一共三次出战。第一次和马铎爵士的决斗是出于公平正义，第二次和梅里亚格兰斯爵士决斗则是出于让人质疑的观点，而第三次则是因为一次不合理的争论。可是每一次出战，都向他们更靠近毁灭。

梅里亚格兰斯爵士反复强调他没有说谎话，固执得就像一个加入激烈竞争中的人一样，而且怎么都不肯屈服。他扔掉了他的手套，蓝斯洛只好接过去了——他还能有其他的办法吗？所有人都开始为决斗做准备，就像在挑战信物上用印章盖上标记一样，而且把日期也定了下来。梅里亚格兰斯爵士这时才恢复了平静，有时间静下心来思考了，可是和往常一样，他又想偏了，深陷裁判的体制里，他真的是太矛盾了。

"蓝斯洛爵士，现在我们已经商量好要决战了，你不会背后对我使阴谋诡计吧？"他说。

"我不是那样的人。"

蓝斯洛听到他说这样的话，吃惊不小。和亚瑟一样，对于这个世界的黑暗面，他们总是过低估计了，以至总是身陷囹圄——

比如说，在西敏斯特，他打败了奥克尼一族。

"我们一直都是朋友，对吧，直到展开决战以前？"

一股一直以来在他身边盘旋的痛苦，可耻的痛苦向这个老战士袭来。为了一句真话，他竟然要和这个男人决斗。

"没错。"他热情地说，"是朋友。"

他愧疚地来到梅里亚格兰斯面前。

"那现在我们可以保持和谐了！"梅里亚格兰斯高兴地说，"所有事都可以公正、公开地说。你想参观一下我的城堡吗？"

"当然。"

在梅里亚格兰斯的带领下，他在城堡里参观了很多房间，最后来到一个有活动门的房间。转动板子以后，门应声开了，他随即掉进了一个很深的地窖，地下是一堆干草。之后在梅里亚格兰斯的命令下，一匹马被藏了起来，又对王后说，她的战士已经离开了这里。蓝斯洛有无缘无故消失的习惯，所以梅里亚格兰斯编造的这个故事也有几分可信度。对梅里亚格兰斯爵士来说，这好像是一种让上帝在这场纷争中保持公平、正义的方式，因为他自身的是非观也变得一团糟了。

第四十四章

和马铎那一场战斗审判一样，这一次也一样让人毛骨悚然。一直到最后一刻，蓝斯洛才赶到，和上一次相比，这一次他来得更晚。他们对他已经不抱希望了，并劝说拉文爵士上场。正当拉文爵士整装待发时，那个骑着白马的伟大男人（那马是梅里亚格兰斯的）疾速冲了过来。直到今天早上，他才被那个给他送饭的女孩救了，之前一直在地窖里关着，而他因此付出了一个吻的代价。因为一些复杂原因，他一直很犹豫，要不要给那个女孩一个吻，可最后他还是答应了。

梅里亚格兰斯首次和他对战时便坐到了地上，不再起来。

"我投降，"他说，"我完了。"

"起来，起来，都还没开始打。"

"我不打。"梅里亚格兰斯爵士说。

蓝斯洛一脸疑惑地看着他。他很想好好揍这个男人一顿，为他的马报仇，也为自己被关在地窖里一事报仇。可是他也很清楚，这个男人的指控并不是子虚乌有的，他并没有杀了他的想法。

"饶了我吧！"梅里亚格兰斯爵士说。

蓝斯洛朝王后的帐篷看去。她被王室侍卫官监视着坐在那里。因为他被一顶硕大的头盔罩着，所以他咨询的眼神并没有被人发现。

可是桂妮薇看到了，或者说她感应到了。她伸了一只手出去，并把大拇指朝下用力往下戳了好几下。她觉得梅里亚格兰斯这个人极其危险，必须杀了。

竞技场中一时鸦雀无声，所有人的身体都探向前方，安静地看着场上的那两个战士，看看究竟会发生什么。每个人都像罗马竞技场或西班牙斗牛场里的人一样，在等那"善良的最后一击"，而且所有人都觉得蓝斯洛不可能采取其他的做法。他们觉得与马铎的指控相比，梅里亚格兰斯的指控要更加严重，而他们也觉得他该死。那个年代的爱情所受到的约束不同于现在：具有骑士精神、成熟、远期、有宗教性，而且差不多都是精神上的，因此任意指控是不被允许的。现代人的爱情有时持续的时间前后不过一个星期而已，可是在那个年代却不是这样。

蓝斯洛迟疑着，而且还在头盔里和对方商量着什么。

"假如你起来，和我来个公平的决斗，我会让你几步。"他说，"我会把头盔取掉，把我身体左边的武装卸掉，盾牌我也不拿，左手也不能用。这样可以了吗？假如我做到了以上这些，你起来吗？"

梅里亚格兰斯爵士尖叫着朝国王的帐篷爬去，还做出了非常亢奋的手势。

"他的话所有人都听到了，可一定要记得啊，我答应他提出的条件，不要让他言而无信！卸掉左边的铠甲、盾牌，左手也不能用，头盔也要取下来。所有人都听到了，所有人都听到了！"

国王大喊一声："等一下！等等！"梅里亚格兰斯闻言不再说话了，传礼官和纹章王官也到了竞技场中。梅里亚格兰斯的所作所为，让所有人都觉得羞耻。这一阵的安静让人忐忑，他小声埋怨着，还一直要求有人专门去看看蓝斯洛有没有做到他刚刚答应的条件。这时有几个人正万般不愿地卸掉他的武装，绑上他的左手。他们都因为这些让步而义愤填膺，他们觉得自己就是帮凶。当他们绑好他并递给他剑时，用力在他肩上拍了几下，然后把他推到了竞技场，然后就看向一边了。

只有半边武装的蓝斯洛像鲑鱼一样从河中的障碍物一跃而过，在竞技场上划出一道闪电。之前是梅里亚格兰斯发动进攻，现在进攻的人则换成了蓝斯洛，场景也跟着变换了，就像万花筒内影像变换时所发出的清脆的声音。

当其被马拖到场外时，梅里亚格兰斯爵士的头和头盔都已经一分为二了。

第四十五章

　　烦冗的故事到这里就结束了，从这个故事中我们知道，那个从班威克来的外国人是怎么让王后对他一见倾心，又是如何为了上帝离开他，最后又把禁忌抛到一边，回到了她身边。这个爱情故事是古代的，不是现代的，那时候成人之间依然存在真诚的爱情，没有青少年对电影中的腐化爱情乐此不疲。走过二十五年以后，这些人才了解到，他们现在来到了人生中的小阳春时节。蓝斯洛把他的上帝献给了桂妮薇，而她则回报了他自由。而伊莲在这一团乱麻中只是扮演了一个微不足道的角色。现在，她也回归了宁静。而站在个人的角度来说，亚瑟是这个三角关系中最倒霉的一个，可是他的一生也是有幸运可言的。他没有在梅林的教导下成为一个贪恋私欲的人，而成了一个享受王室之乐的人，他贪恋的是一个国家的繁荣富强。当他们垂垂老矣时，蓝斯洛取得了两项举世瞩目的胜利，国家再次繁盛起来。他再次开始实行他那伟大的计划，而隐藏了那些风尚、现代作风和圆桌中心的腐化。他发明了法律这一权威。亚瑟并没有挟私报复，而是离桂妮薇和蓝斯洛的痛苦远远的，无意识相信他们会把这件事很好地隐藏起来。他并不是出于害怕，也不是出于放纵才这么做，而只是因为至上的高贵。国王是个手握实权的人，作为一个丈夫，他完全可以通过武力的方式把这个恒久的三角习题给解决掉。他可以完全掌控他的妻子的情敌，而他之所以决定继续装傻，理由就在于此，而不是因为懦弱。

他们控制着这段小阳春时期，止住了谣言和无耻的行径。奥克尼一族只能窃窃私语着，差不多只敢在私底下埋怨了。修道院写字间和贵族城堡中的抄写员，在弥撒书和骑士专论上挥洒自如，绘图员则在对字首字母进行描绘，并谨慎地把纹章盾徽画出来。金匠和银匠把金箔锤出来，折弯金线，把特别复杂的纵横交错的图案刻画在主教的权杖上。美丽的女士则把知更鸟或雀鸟当宠物来养，万分耐心地教喜鹊说话。主妇们未雨绸缪，把蜂蜜储存起来，用于治疗家人因恶气所生的疾病。她们还会把一种自制药膏和麝香丸子保存起来，分别用于治疗风湿和用来嗅闻。他们把椰枣、绿姜杏仁茶和四先令六便士的鲱鱼买过来，装在马上托运，以给四旬斋做准备。各家鹰匠不停地指责对方的鹰隼，直到他们觉得心满意足。因为如今也不是强权年代，所以在新的法庭上，律师们格外忙碌，提出各种令状，有褫夺公权、大法官法庭、合同协定、侵占、扣押、查封、收买陪审团、紧急事故、财物扣押、赡养义务、具保领回、过路权、听讼法庭、清偿债款、遗产占有、是非之辩、赞成反对、初夜权，而且找出合适的法条。因为当时法律处于修订的过程中，还比较乱，所以小偷可能只是偷盗了一先令的物品却被吊死（这是千真万确的）。可是，一先令可以买到的东西却是非常可观的，像两只鹅、四加仑葡萄酒或四十八条面包，小偷会觉得很难处理。这条法律也许没有那么差劲，当我们想到这一点时。只有出身卑微的情侣，才会沐浴着夕阳相互依偎着在乡间小道上前行，看他们的背影就像个X字。

亚瑟的格美利宁静和谐，而在蓝斯洛和桂妮薇眼里，这宁静的快乐蔓延开了。可是，这张拼图还有第四个角。

上帝是蓝斯洛的图腾。在他们的战争中，他充当的是另一个人的角色，如今他终于选择从那条小路跨过去。那个盯着壶盏看的小男孩，那个总是梦到井水溜走的男孩，有个伟大的理想，想创造一个普通的奇迹。当他是全世界最杰出的骑士时，他把伊莲从澡盆里救了出来，就已经创造了一次奇迹了。而在那个恐怖的夜晚中，因为被伊莲算计了，他才让自己的禁忌被打破了。在很长一段时间里，那个令人痛心的晚上都在他的脑海里徘徊，在整个寻找圣杯的探险中，他也无时无刻不被这份痛苦所环绕。以那件事为界，他从一个上帝的臣民变成一个骗局。如今总算到了他快要面对他的不幸的时间。

在七年前的一场比武大会中，有个从匈牙利来的名叫乌利爵士的骑士受伤了。当时和他对战的人是阿法格斯爵士，尽管他把对方杀了，可是自己也受了不少伤：头上有三道伤口、身体和左手各有四道伤口。已经去世的阿法格斯的母亲是个西班牙女巫，她诅咒匈牙利的乌利爵士身上的那些伤口没办法复原，会一直流血，除非得到全世界最杰出的骑士的照拂，才能让伤口复原。

自此以后，人们就背着乌利爵士到很多国家（也许他得的是某种血友病）去寻找最杰出的骑士，希望可以让他的伤口愈合。最后，他从海峡穿过，来到不熟悉的北方国家。所有人都跟他说，他只有找到蓝斯洛，才有可能获救。于是，他来找蓝斯洛。

对于每个人身上最好的特质，亚瑟总是可以精准地感觉到，他相信蓝斯一定可以完成这件事，只是他也觉得应该给圆桌所有骑士一个公平的机会。也许会冒出一个隐藏的高手也说不定，因为这样的事曾经也出现过。

因为刚好是圣灵降临节，当时宫廷所有人都在卡利西，出席镇上的草地聚会。人们用担架把躺在枕垫上的乌利骑士抬到那里，以方便诊疗。一百一十名骑士（还有四十名在外探险）把他们最好的衣服穿在身上，以他为中心按照顺序围成一圈，地上铺有地毯，还专门给贵妇人设了帐篷。亚瑟给蓝斯洛安排了华美的装饰，以迎接马上就要到来的至高成就，由此可见他是多么看重他。

这是蓝斯洛爵士之书的最后一章了，他马上就会最后一次出现在本书里。他在城堡的马具室里躲着，这里有不少皮制缰绳，在马鞭和晶亮的马嚼之间整整齐齐地挂着，他发现那些皮绳很坚韧，完全可以撑起他的重量。他偷偷看向外面，希望有人（可能是加瑞斯）能创造这个奇迹，即便没有，也不要让他们想起他，他希望他的缺席不会引起别人的注意。

在你看来，做全世界最杰出的骑士非常好吗？好好想想，之后你还要想怎么去保卫这个头衔。想想那些挑战，那些一再重复、残酷、会出现流言蜚语的挑战，会让你一刻都不能停歇，直到你被打败，那时也就到了你的死期。再想一下，你想要隐瞒自己失败的原因，这二十五年来，你一直痛苦地不想被别人知道的事。不妨这样想一下，现在你就要走出去，当着众人的面，把你的罪行告诉大家，而这些人还是现在为数众多、地位最为高贵的一群。他们希望你能获得成功，可是你会以失败告终：你要把自己说了这么久的一个谎言告诉大家，而他们马上就会知道是什么原因——你一直想隐藏这个卑鄙的理由，连自己都不知情。可是，这些事当你独自一人待着时就会冒出来，让你摇晃着像是要扔掉它。你从很早开始就有创造奇迹的想法，可是要想做到这一点，必须心地纯洁。因为之前你让外面那些人相信你是个心地纯洁的人，所以他们正等着你去创造这个奇迹。可是现在，你的心被背弃、通奸和谋杀所吞噬，你要到阳光下去检测你的荣誉。

站在马具室里的蓝斯洛面无血色。他知道外面的桂妮薇肯定也和他一样。他不停地摆弄着手指，看着结实的缰绳，不停地祷告着。

这时只听传礼官叫道："瑟佛斯·勒布乌斯爵士！"之后生性腼腆的瑟佛斯爵士就向前迈了一步。在那张竞争名单上，他的排名是非常靠后的，他只对自然史感兴趣，从来没有与人交战过。他朝那个只要别人一碰就会极其难受的乌利爵士面前走了过去，跪下来尽自己最大的努力。

"欧兹纳·勒寇尔·哈迪爵士！"

这张名单上的一百一十人就这样一个接一个上前，马洛礼把这些华美的名字通过合适的顺序统统记了下来，因此他们沉重的钢片甲衣上的美丽切割、盾徽的色调，以及每个羽饰的缤纷色彩，你差不多都可以看到。他们的头被羽毛装饰过后，看上去和印第安勇士更像了。他们走路时，足甲的金属片会发出铿锵有力的声音，和马刺撞击后发出令人激动的声音。他们跪下来，乌利爵士退缩了一下，失败了。

蓝斯洛并没有寻短见。他的禁忌已经被他打破了，他骗了他的朋友，重新回到桂妮薇身边，并且因为一场错误的纷争，把梅里亚格兰斯爵士杀死了。如今他已经做好了接受处罚的准备，他从那条长长的、两边都站满了骑士的大道走过去。他本来想低调点，结果却成了最引人注目的那一个。在那些充满好奇心的显要中，这个快要崩溃的老兵朝下面走去，依然丑陋、害羞、迟疑。莫桀和阿格凡也朝前移动着。

当蓝斯洛在乌利身前跪下来时，他对亚瑟王说："当所有人都失败以后，我还需要来做吗？"

"当然，你不能拒绝，这是我的命令。"

"既然你命令我这样做，我当然得做。可是，当所有人都失败以后我才来，会不会显得太高傲了。我可以拒绝吗？"

"你怎么能这样想呢？"国王说，"你来做这个试验怎么能说高傲呢？假如你都做不到，那还有谁可以做到呢？"

现在乌利爵士的状态已经非常糟糕了，他强撑着坐了起来。

"请帮帮我，"他说，"我到这里来，就是要请你给我帮忙。"

蓝斯洛也忍不住流泪。

"噢，乌利爵士，"他说，"假如我可以的话，我自然很乐意帮你。可是你不知道，你不知道。"

"看在上帝的分上。"乌利爵士说。

蓝斯洛朝他所想的上帝所在的方向看过去，在脑中这样说道："我不想要什么荣誉，可是能不能请你让我们拥有正直？看在这位骑士的分上，假如你愿意把他治好，就请你发发善心吧。"接下来，他要乌利骑士把头上的伤给他看看。

桂妮薇像只老鹰一样，在她的帐篷中看着那两个男人拙劣的动作。之后她看到附近的人开始移动，然后开始窃窃私语，最后欢呼起来。男士开始把帽子扔掉，大喊大叫。亚瑟则把粗鲁的加文的手肘紧紧抓在手里，在他耳边不停地说着某些相同的词语。"伤口愈合了！伤口愈合了！"几个年纪稍大一点的骑士开始跳起了圆圈舞，盾牌被弄得啪啪直响，似乎在玩一种"豌豆布丁烫"①的游戏，相互戳着对方。很多侍从都笑得忘乎所以，用力拍着对方的背。波尔斯爵士和爱尔兰的安贵斯国王相互亲吻着。而加拉哈特爵士，那个恣意的王子，在自己的剑鞘上翻滚着。很久前的一个晚上，在一顶丝色丝质帐篷旁，尽管蓝斯洛把贝勒斯爵士的肝脏切开了，可是后者并没有怀恨在心，用两只拇指把一根草叶的边缘抓在手里，发出恐怖的声音。贝第维爵士自和教宗见过以后，便洗心革面，反复述说着他朝圣回来的纪念品，上面有"来自罗马的礼物"这几个歪歪扭扭的字——那几根圣骨的事。在布利昂爵士印象中，他依然是那个温柔的野人，他把卡斯特爵士抱在怀里，直到现在，后者依然记得那位异乡骑士的指责颇具骑士风范。温良的阿格洛法选择了对派林诺家宿怨予以原谅，他和帅气的加瑞斯击掌庆祝。莫桀和阿格凡则眉头紧锁。马铎爵士的脸涨得通红，和隐姓埋名回来的毒杀者皮内爵士握手言和。佩雷斯国王则四处跟人许诺，要把一件新斗篷送给蓝斯洛。一头白发的戴普大叔已经老得不成样子了，正准备从他自己的手杖跳过去。人们放下了帐篷的布幕，旗子迎风飘扬，而欢呼声依然此起彼伏，听上去就像激烈的炮火或雷声，在卡利西的塔楼转来转去。看上去，广场周围和其中所有人，还有城堡中所有的高塔，都像是在雨中翻飞的湖面。

众人没有发现她的爱人一个人跪了下来，那落寞的身影知道

---

① 英国童谣。

一个无人知晓的秘密。上帝允许他创造了一个奇迹，这才是真正的奇迹。马洛礼说："之后，蓝斯洛爵士泪流满面，似乎是个被指责的孩子。"

永恒之王四部曲②

空暗女王

(英) T.H.怀特◎著　文竹◎译

中国华侨出版社

北京

图书在版编目（CIP）数据

空暗女王／（英）T. H. 怀特著；文竹译. —北京：中国华侨出版社，2019.5

（永恒之王四部曲）

ISBN 978-7-5113-7826-2

Ⅰ.①空… Ⅱ.①T… ②文… Ⅲ.①长篇小说—英国—现代 Ⅳ.①I561.45

中国版本图书馆 CIP 数据核字（2019）第 058133 号

永恒之王四部曲2：空暗女王

著　　者／	（英）T. H. 怀特
译　　者／	文　竹
策划编辑／	周耿茜
责任编辑／	王　委
责任校对／	王京燕
封面设计／	胡椒设计
经　　销／	新华书店
开　　本／	880 毫米 ×1230 毫米　1/32　印张/27　字数/650 千字
印　　刷／	天津中印联印务有限公司
版　　次／	2019 年 7 月第 1 版　2019 年 7 月第 1 次印刷
书　　号／	ISBN 978-7-5113-7826-2
定　　价／	118.00 元（全 4 册）

中国华侨出版社　北京市朝阳区静安里 26 号通成达大厦 3 层　邮编：100028

法律顾问：陈鹰律师事务所

编辑部：（010）64443056　64443979

发行部：（010）64443051　传真：（010）64439708

网　址：www.oveaschin.com

E-mail：oveaschin@sina.com

我什么时候才能离开这个世界，
并且与父亲的罪恶做个了结？
我还要多久才能用灵车和铲子
让母亲的诅咒沉睡不醒？

目 录

第一章

　　有个像乌鸦一样的风信鸡，衔着一支箭，站在圆塔顶部测定风向。

　　圆塔上的那间圆形小屋并不适合居住。第一，那间小屋是个通风口。东边那个橱柜下有一个洞，恰好能看到圆塔外边的那两扇门。如果有人围攻，也能从这个洞口朝外扔石头砸对方。可是，风经常从这个洞口蹿进屋里来，然后再从那缺少玻璃的阳台窗子或者烟囱里跑出去。偶尔也会颠倒方向，就像一个通风洞，从上朝下吹过。第二，屋里充满了泥炭燃烧后的浓烟，这让人非常苦恼。这些浓烟不是屋里的火炉燃烧出来的，是从楼下的房间里飘上来的。烟囱里的烟雾也被这个烦琐的通风系统吹到了屋内。要是天气潮湿，那么石墙也会朝外渗水。家具也开始难过起来：全是石头——为了方便向洞里扔；几把锈迹斑斑的热那亚的十字弓以及箭，还有从来没使用的泥炭。四个男孩并排躺在地上，没有床。如果屋子形状是方形的，也许可以放上一张橱柜床；可是因为屋子是圆形的，所以他们只能躺在地上睡了，能盖的也只有少许的干草以及格纹的长披肩。

四个孩子把长披肩随意搭成了一座帐篷，都躺在里面，紧挨在一起说故事。楼下的房间里，母亲正在拨动火堆，添加泥炭，所以他们刻意压低声音，以防被母亲听到。实际上，他们并不害怕母亲听见后，到楼上来惩罚他们，也没有人要求他们上床之后不能出声。与其说他们对母亲死心塌地地崇拜，是因为母亲要比他们强，还不如说，在她教育孩子的时候，教给他们的是有缺憾的是非观念。或者是不在意，或者是懒散，又或者是由于一种残忍的控制欲，让他们好像总是无法判断自己的做法是正确的还是错误的。

他们悄声说着盖尔语，也许我们应该称，那是由盖尔语与古代骑士语混为一体的怪异结合。长大之后，他们就会说骑士语，因此从小就得学。他们的交流很少用到英语。后来，他们成了远近闻名的骑士，保卫伟大的国王，那时候说的就是一口流利的英语。只有族长加文说话时故意留着苏格兰的腔调，以此表明自己的立场，他并不觉得自己的身份有多低下。

讲故事的是年龄最大的加文。他们就像一群藏着的奇特青蛙一样躺在一起，尽管非常瘦削，但是发育还是比较完善的，只要能够得到充足的营养，就能长得魁梧健壮。他们的头发都是亮色的，其中最大的加文已经十四岁，他的头发是亮红色；而最小的是十岁的加瑞斯，他的头发是淡黄色。加赫里斯比较愚笨；排行老二的阿格凡要比加文小一些，是其中最霸道的一个，满肚子坏水，可是怕痛又爱哭，这主要是由他的想象力过于丰富，用脑过度导致的。

"可爱的弟弟们，很久以前，"加文讲，"那时候，我们还没有出生，根本还没有我们的时候，美丽的伊格莲，就是我们的外婆。"

"她就是我们的康瓦耳伯爵夫人。"阿格凡抢着说。

"没错，康瓦耳伯爵夫人就是我们的外婆。"加文接着说，"但是讨厌的英格兰国王却喜欢上了她。"

"就是可恶的尤瑟·潘德拉贡。"阿格凡补充道。

"谁才是说故事的人？"加瑞斯生气地说，"你不要说话！"

加文接着讲："国王尤瑟·潘德拉贡传召伯爵夫妻……"

"就是我们的外公、外婆！"加赫里斯说。

"……后来，国王要他们夫妻二人在他的住所——伦敦塔住下。他们留在那里时，国王要我们的外婆离开外公，和他在一起。但是美丽忠贞的康瓦耳伯爵夫人……"

"是外婆。"加赫里斯更正道。

"讨厌鬼，你别捣乱！"加瑞斯大吼着，接着便听见他们在被子里面的吵架声，偶尔还会传出几声吼叫、抱怨以及打架的声音。

加文继续说："美丽忠贞的康瓦耳伯爵夫人毫不犹豫地拒绝了国王的请求，而且还让外公也知道了这件事情。她说：'这次国王召见我们，可能是想要得到我。亲爱的，听我说，现在我们就连夜离开这里，回我们城堡。'就这样，他们趁着夜色逃出了国王的宫殿……"

"是半夜。"加瑞斯忍不住纠正说。

"……那时，市民们还在睡梦中，借着暗淡的灯笼发出的亮光，他们准备好了马匹，接着马不停蹄地奔向康瓦耳。"

"那场逃亡多么惊险啊！"加赫里斯接着说。

"马都被累死了。"阿格凡说。

"不会的。"加瑞斯说，"我们的外公外婆不可能忍心累死马的！"

"马死了没有？"加赫里斯疑惑地问。

"没有，马没有死。"加文思索了一下，回答，"但是也已经累趴下了。"

他接着往下讲。

"第二天一早，国王尤瑟·潘德拉贡就察觉到他们逃走了，于是他非常生气。"

"恼火。"加瑞斯再次纠正说。

"生气。"加文反驳道，"国王尤瑟·潘德拉贡非常生气，说：'我发誓，一定要把康瓦耳伯爵的头砍下来当下酒菜！'于是，他给我们的外公下了一道命令，让他把脑袋里装满食物，添好食料。声称不管他的堡垒多么牢固，一定会在四十天内逮到他！"

"我们的外公名下有两座城堡。"阿格凡自豪地说，"庭塔阁与台拉城。"

"康瓦耳伯爵就把我们的外婆安排在了庭塔阁里，自己却在台拉城留守。紧接着国王尤瑟·潘德拉贡就带兵来进攻了。"

"后来呢！"加瑞斯不由得大喊起来，"在那里，国王搭建了帐篷阵营，双方大打出手，死了很多人！"

"差不多一千人吧？"加赫里斯猜想。

"差不多有两千人。"阿格凡说，"只要我们盖尔人出手，必定得杀两千多人才会收手。也许足足杀了一百万人。"

"我们的外公外婆逐渐控制了局面，眼瞅着国王的军队就要溃败了，可是不知从哪里跑出来一个名叫梅林的歹毒魔法师……"

"那是一个巫师。"加瑞斯抢着说。

"后来，可能说了你们根本不会相信，这个巫师用妖法，让奸诈的国王尤瑟·潘德拉贡进入了外婆待的庭塔阁。我们的外公急忙带兵赶往庭塔阁，但是他在战斗中战死了……"

"是被害死的。"

"而不幸的伊格莲……"

"美丽忠贞的康瓦耳伯爵夫人……"

"敬爱的外婆……"

"……被阴险狡诈，没有诚信的英格兰龙王①抓起来了，成了他的俘虏。不但这样，尽管她早就有了三个可爱的女儿……"

"康瓦耳的三个漂亮女儿。"

"伊莲姨妈。"

"摩根姨妈。"

"还有我们的母亲。"

"尽管她已经生育了三个美丽的女儿，但是仍旧被迫和那个杀害她丈夫的人——英格兰国王结婚了！"

他们听到故事最后竟然是这样的结尾，都非常惊讶，没有一个人说话，都在静静地思量这个恐怖的英格兰国王的罪恶行径。有时听母亲讲故事，也经常会听到母亲讲这段，对于故事内容他们早就了如指掌了。最后那句盖尔的谚语，也是阿格凡模仿母亲说的。

"不要相信洛锡安②人的四种东西：马蹄、牛角、狗叫以及

---

① 潘德拉贡家族的旗帜上有龙的图案。
② 苏格兰地区的行政区。

英格兰人的微笑。"他低声说。

他们躺在干草上翻来转去，仔细凝听着楼下母亲的房间传来的细小声音。

这群孩子的身体下面，就是那间仅有一根蜡烛与燃烧泥炭发出的橙黄火焰照亮的房间。如果是王后卧房的话，实在是过于简陋，但是起码有一张四柱大床，白天也被当作王座。火上放着一个巨大的三脚铁锅，里面的水已经煮沸了。一块已经被打磨发亮的黄铜镜，就立在蜡烛后面，房间里有两个有呼吸的生命：摩高丝王后与一只猫。王后和那只猫有着共同的地方，都有着黑毛发以及蓝眼睛。

黑猫就像死了一样，侧身躺在火光下。因为它的脚全都被绑起来了，活脱脱就像是一只才被逮到、等候带回去的狍子。黑猫已经不再挣扎了，这时安静地眯着眼注视着火光，身子随着呼吸一起一伏的，一副听天由命的模样。可能是它已经没有力气了，很多动物都明白自己什么时候会死。大部分动物死之前都有种人类没有的尊严。黑猫斜视着那正在跳动的小火苗，此时它可能正用它们独特的从容，绝望地回想曾经的八条命，它已经毫无畏惧了。

王后提起黑猫，打算用一个大家都熟知的黑魔法自娱自乐。男人们都出城打仗去了，她这么做，起码能消磨时间。这是一个隐身咒语。她根本就不是一个用心的女巫，她的脑子里什么都没有，就连黑魔法这样高深的法术，她也不用心学，和她的妹妹摩根勒菲实在差太多了。因为她和本族的女人没什么两样，血管里流淌的是有魔法力的鲜血，所以她才会这么做的。

黑猫在滚烫的水里，经历了一阵可怕的抽搐之后，发出一声恐怖的惨叫。它想用绑住的脚跳起或者游动起来，浑身湿淋淋的，蒸汽中是它不断抖动的绒毛，如同鲸鱼被捕鲸叉刺中一样闪亮。它咧开恐怖的嘴巴，尖利的牙齿和粉红的咽喉全都露了出来。黑猫只发出一声惨叫，就再也发不出声了，没一会儿，它就气绝身亡了。

摩高丝王后控制着洛锡安地区和奥克尼群岛①，这时她在大锅旁边静静地坐着，有时会用木勺搅动黑猫的尸体。猫毛煮沸后发出的臭气逐渐充斥了整个房间。假如今晚有人在的话，他会觉得此时的王后在泥炭的火光下变得更加妖艳：深邃明亮的大眼睛，闪亮的黑头发，丰盈的身体，还有她仔细倾听楼上低语时露出的警惕神情。

加文激动地说："我们要替外公外婆讨回公道！"

"他们从没有反对过英格兰国王。"

"他们只是想过远离尘世的安静日子。"

一想到自己的外婆被国王霸占了，无辜善良的百姓遭受暴君的迫害，加瑞斯就感到自己被这些有失公正的情景深深伤害了。从前高卢人实施的暴政就和他们对自己的伤害一样，奥克尼岛上的所有农民全都感同身受。加瑞斯心地善良，生平最反感为非作歹。他只要想到这样的事情，就会怒火中烧。加文生气是因为这是一件与家族荣辱相关的事。他认为，顺从自己的意愿行使强权没错，但是倘若是针对自己族人的话，那就另当别论了。他比较愚笨也缺乏灵敏性，但是绝对忠心耿耿——甚至有时到了顽固不化的境地。步入晚年之后，他的这股忠贞给人增添了不少烦恼，以至变成了一种愚蠢的行径。在他看来，只有一个准则，现在是以后仍旧是，那便是"不管是对还是

---

① 位于不列颠岛以北。

错，总要以奥克尼为准则"。而阿格凡激动的原因是，这件事情和自己的母亲有关系。母亲在他心中占有特别的地位，但是他从来不会告诉任何人。相反，加赫里斯一向就是个没有主心骨的人。

由于长时间的蒸炖，那只黑猫已经四分五裂，肌肉剥离骨头，锅里最后剩下的只是一些油脂、猫毛以及肉块浮渣。浮渣下就是不停打转的白骨。大骨头已经静止不动了，只有轻巧的薄膜还在不停地舞蹈，就像秋风吹落的叶子。满锅的猫肉汤散发出刺鼻的臭气，王后忍不住皱起了鼻子，用另一口锅接住过滤后的汤汁。法兰绒的过滤网上留下了黑猫残渣：一堆湿淋淋、乱蓬蓬的猫毛、肉块以及细小的猫骨。她一口气吹向残渣，并且用勺子把手翻弄着，使热气尽快散去，接着拨开残渣。

王后很清楚，每一只纯种黑猫的身体里都会有那么一根特殊的骨头。必须要把活猫煮死，然后含住那块特殊的骨头，才能隐身。不过，那个时候的人根本不清楚到底哪根骨头可以让人隐身。正是因为这样，这种法术不得不在镜子前才能施展，不断练习，从而找出那块能让人隐身的猫骨。

摩高丝王后并不一定非要学会这种隐身术。她有着出众的容貌，可能她并不稀罕什么隐身术。但是男人全都在外打仗，她可以利用这点小手段打发时间。这种手段没什么难度，几乎人人都会。而且，这也成为她总要照镜子的借口。

黑猫的残渣被王后分为两部分，一堆是梳理好，仍有一丝余温尚存的骨头；另一堆是剩下的碎块，也还留着余温。她挑出其中的一根骨头，翘着小拇指，拿起骨头放到唇边。她咬住骨头站到那面黄铜镜前，轻笑着凝视自己。她把骨头顺手扔到火堆里，重新选出一根。

幸好没有人在。她反复从骨堆中挑出新骨头含进嘴里，然后走到镜子前，接着看自己是不是消失了，随后再把骨头丢进火堆。她的动作灵活，就像跳舞一样，好像身边真的有观众在欣赏。也或者说，她眼里只有自己，这就满足了。

　　还没有试完全部的骨头，她的耐心就已经耗尽了。她心情糟糕透了，于是她丢掉最后几根骨头，拿起整堆东西扔到窗子外边去了，也不在意会掉到哪里去。她把火熄灭后，躺倒在大床上，怪异地摆动四肢，四周漆黑一片，她的身体贪婪地翻来覆去，很长时间都没有睡着。

　　"亲爱的弟弟，这便是奥克尼人和我们康瓦耳人一直与英格兰国王作对的原因，特别是麦克潘德拉贡家族①。"加文总结说。

　　"这也是我们父亲出城和亚瑟王战斗的原因。母亲曾经讲过，亚瑟是潘德拉贡家族一员。"

　　"因为我们的母亲就是康瓦耳族人，而伊格莲夫人就是我们外婆。"阿格凡说，"所以我们一辈子都要记住这是我们永世的仇恨。"

　　"我们一定要替家人讨回公道。"

　　"在这个伟大、广阔、耸立、不停运转的世界里，我们的母亲是最迷人的。"

　　"还有就是我们都爱她。"

　　他们确实都爱她。可能我们都这样，不求任何回报地献出最珍贵的感情，但是那些人却一点儿都不把我们放在眼里。

---

　　① "麦克"在盖尔语中是儿子的意思，放在名字前表示某人的儿子。

第二章

　　第二次盖尔战役爆发之前，在祥和的某一天里，卡美洛的城垛上站着英格兰年轻的国王和他的导师，他们并肩远眺黄昏的晚霞。温柔的夕阳散发的柔光铺在广阔的土地上，逶迤的河水徐徐流过古修道院，流过肃穆的城堡。夕阳下的河水如同燃烧的火焰，映出城楼、堡垒以及在静谧的空气中纹丝不动的燕尾旗帜。

　　站在城墙上的两个人俯视着整个城市，大千世界就像玩具一样在脚下伸展开来。城堡外围的草地就在脚下，从高处俯视，感觉那里特别恐怖。远处有个人肩上挑着扁担，扁担两边分别挂着一个桶，正从外庭穿过，向动物的圈养园行去。再远点的城楼门上，是守夜的士兵正在和打算出城的军官交涉，因为不在两个人的正面，所以看上去没有那么恐怖。他们行礼，长矛上举，互换通关暗号，听上去就和教堂举办婚礼时的钟声似的，让人心情愉悦。但是对城墙上的那两个人来说，的确离得有些太远，因此所有的一切都是在无声中发生的。两个随从好像全副武装的玩具兵一样，在羊群啃食过的草坪上行走，没有一点声音。胸墙里面，远处的嘈杂声就钻进了耳朵：村妇正在买卖东西，孩子们大喊大叫，底层军官正喝得酣畅淋漓，其中还掺杂着几只山羊咩咩叫的声音，两三个头戴白兜帽的麻风病人手里摇响了铃铛，一直朝前走着；善良的济贫修女分成两人一组，身上的长袍发出沙沙的响声；另外就是几个绅士为了马而打成一团。顺着墙根流着的河水，有个男人正在对面耕种，马背上绑着的犁发出嘎吱声。男人旁边还有个人正坐在河岸上，用虫作饵钓鲑鱼，那个时候的河水还是很清澈的。再远些，有头驴正在演唱着迎接夜晚的歌曲。所有的嘈杂声传来的时候，仅仅剩下了非常细微的动静了，就像在扩音器后面听到的一样。

年轻的亚瑟才开始感受到生命的意义。他有一张木讷的脸，一头金色的头发，算不上聪明能干。那张脸显现出的是坦诚，慈眉善目的，露出值得信赖的神情，他就像一个学习用功的人，热爱生命，不信世上会有罪恶。他从来没有遭到过别人的为难，因此他对别人也是充满了善意。

亚瑟国王身穿父亲尤瑟"征服者"的天鹅绒质地的长袍，长袍周边是用以前战胜了的十四个国王的胡子装点上的。可惜的是，国王们的胡子有各种颜色，红的、黑的、红白相间的都有，长度也参差不齐，所以看上去镶边就像羽毛质地的围巾。上唇的胡须是粘在纽扣四周的。

梅林的胡须很长，都已经长至腰际了，鼻梁上架着一副玳瑁框的眼镜，头上戴着圆锥形的帽子。他如此装扮，是在向本国的撒克逊农奴表达敬意。他们国家的人民头上戴着的要么是那种潜水帽，要么是一种弗里吉亚帽①，又或者是这种圆锥形的帽子。

两个人倾听着夜晚传来的各种声响，有时也会聊上几句。

"嗯，我觉得当国王的确挺好。这是场伟大的战斗。"亚瑟说。

"你真觉得是这样？"

"是的。您看神剑一被我拔出来，奥克尼洛特王就落荒而逃了。"

"不过是他先打倒了你。"

"那有什么关系。这是因为我当时没用上神剑。我拔出神剑的时候，他们就像兔子似的逃跑了。"

"他们会再来的。"魔法师说，"奥克尼的国王、加洛斯的国王、高尔的国王、苏格兰的国王、塔楼的国王以及百骑王，他们六国已经联合起来，结成盖尔联盟。你要记住，你是通过特殊手段得到国王宝座的。"

"让他们放马过来好了！"国王说，"我不会怕的。这一次我一定要给他们点颜色看看，到那时他们就清楚谁是真正的老大！"

老人把胡子一把塞到嘴巴里，用力咀嚼着，这是他心情烦躁时的惯常举动。一根胡子被他咬断了，正巧夹在了牙缝里。他想用舌头剔出牙缝里的胡须，最后还是靠手抠出来的。他索性把胡须揉作一团。

"我觉得有一天你一定会明白的。"他说，"但是这个任务实在太艰巨了，太让人伤心了。"

---

① 自由之帽，象征着法国大革命时的共和政体。

"是吗?"

"是的!"梅林恼怒地大叫道,"'是吗?是吗?是吗?'你就会问这个!'是吗?是吗?是吗?'就和一个小孩子似的!"

"要是您再这么漫不经心地说话,我就把您的脑袋砍下来。"

"砍吧!砍掉反而更好,起码我就可以不当家教了!"

亚瑟挪了挪搭在城墙上的手臂,瞧着他这个上了年纪的朋友。

"梅林,你这是怎么了?"他疑惑地说,"我做错了什么吗?如果我真有什么做得不妥的话,我很抱歉。"

魔法师拿开胡子,擤了一下鼻涕。

"不是因为你做的什么。"他说,"而是你想问题的方法。无知,让我非常反感。我经常说,无知就是忤逆圣灵的最大罪恶。"

"我明白呀。"

"这回你又要嘲笑我了。"

国王扳着他的肩,让他转身面对自己:"听我说,你到底怎么了?心情太差啦?假如我做错了,您就直接对我说,何必要生气呢。"

听了他的话,年迈的魔法师更生气了。

"我要说的是!"他吼叫道,"如果哪天没有人对你说应该怎么做了,那你是不是都不打算自己想呢?我想知道的是,如果哪一天我被埋进了那可恶的坟墓里之后,你会怎么做?"

"哪个坟墓?我从来没听你提起过。"

"哼,该死的坟墓!哪来的坟墓!该死,我到底想说什么?"

"无知。"亚瑟说,"刚才我们一直在探讨无知的问题。"

"没错。"

"嗯，就只有'没错'，那没什么用处，您原本不就是要讲什么的吗？"

"我忘了。你总是说些有的没的，无关痛痒的话，只会惹人生气，谁又能记得两分钟之前说的是什么？我们开始说的是什么？"

"说的是这场战斗。"

"我没忘记。"梅林说，"确实是从那开始说的。"

"我的意思是这次胜利非常了不起。"

"我也记得。"

"没错，这场战役非常了不起。"亚瑟以防范的语气又说了一遍，"实在太精彩了，这是我自己赢得的胜利，非常过瘾。"

魔法师陷入沉思中，两眼仿佛兀鹰那般被蒙上了一层翳。有几分钟，城墙上一片寂静，附近的田野上正好有两只受训的游隼从他们上空飞过，嬉笑着发出叽叽声，挂在身上的铃铛也响个不停。梅林再次睁开了眼睛。

他轻轻地说："你非常聪明，因此才能打赢这场战役。"

亚瑟可没忘记老师曾经教育过他，要学会谦虚，并且他太纯真了，没发现兀鹰就是要攻击他们的。

"唉，没什么大不了的，只是运气好而已。"

"特别聪明。"梅林重复了一遍，"你损失了多少兵力？"

"我忘了。"

"忘了？"

"凯伊告诉我……"

国王没说完就闭口不言了，只是盯着梅林看。

"我承认，战争没什么意思，我考虑得不够周到。"

"有七百多步兵牺牲。没有骑士伤损，仅有一个人摔下了马，把腿摔断了。"

魔法师见亚瑟不回复，就严肃地接着说。

"我还没说呢，你自己也受了不少外伤。"

亚瑟盯着自己的手指甲。"我最不喜欢你这副自命不凡的模样。"

梅林笑了起来。

"就是这副德行！"他边说边拉起国王的手，微笑着说，"这才对。要敢于替自己辩解，这才是关键所在。最不应该的是问别人的想法。况且用不了多长时间，就不再需要我给你拿主意了。"

"您总是说那些你会离开这里，还有坟墓什么的话，这到底是为什么呀？"

"这个不重要。过不了多久，我就会与一个姑娘坠入爱河，她叫妮姆。她将学会我的魔法，然后把我关到某个山洞里数个世纪。这便是我的命运。"

"但是，梅林，那可是太倒霉了！要像癞蛤蟆似的在山洞里关上几个世纪，我们得认真策划一下。"

"别乱说。"魔法师说，"我们刚才说到哪里了？"

"您说有一位姑娘……"

"我是说的提议，我觉得你不需要按别人说的去做。唉，我现在有几个看法想说给你听听。我认为你应该多考虑考虑怎么去战斗，为你的祖国格美利考虑考虑，还有就是作为国王你要做哪些事情。你觉得怎么样？"

"可以的，我肯定能行。但是你提到的那个偷偷学习您魔法的姑娘……"

"听着，这不仅关系到国王宝座的问题，更是人民生死攸关的事情。你称这是一场伟大的战役，你与你父亲有着一样的看法。我希望你能自己动脑筋想一想，这样才不枉费我这些年的良苦用心。将来我成为一个只能待在山洞里的孤苦伶仃的老头时……"

"梅林！"

"算了算了！我就是希望能得到些同情而已，不用放在心上，这不过是为了烘托气氛罢了。说实话，能休息几百年说不定是件好事。对妮姆，我也经常'后知后觉'地关注她。错了，错了，最主要的是'自己决定'以及'战役'这两件事。比如说，从前你有没有全心全意考虑过国家当前的情况？或者说你想和尤瑟·潘德拉贡那样过一辈子？说到底，你可是国王啊。"

"我没有认真考虑过。"

"好，那就让我替你考虑一下吧。就以你的那个来自盖尔族的好友，那个布鲁斯·索恩斯·匹帖爵士为例好了。"

"那个人？"

"没错。你的语气怎么这样呢？"

"他就是一头猪，四处祸害女人；当骑士过去救人的时候，他却疯狂地逃跑了。他早就圈养了一些好马，就是为了让别人追不上自己，他还能趁机偷袭别人。他就是一个强盗，如果他落到我手里，我一定要杀掉他！"

梅林说："嗯，我觉得他和别人一样。那什么才是真正的骑士精神呢？就只是赚够了钱，买下一座城堡以及一整套盔甲吗？接着呢？就是按着自己的想法，随意使唤撒克逊人。只有遇到另一个骑士，才算是遇上点危险，受些皮外伤而已。你还记得吗？在你孩提时，派林诺与格鲁莫曾经比斗过，重点是盔甲。贵族想要取老百姓的命是很容易的，但是想要伤到对方也得用上一天时间，后果便是国家支离破碎。实力就是正义，这便是他们的至理名言。布鲁斯·索恩斯·匹帖仅仅是一个普通的例子。你瞧瞧洛特、南特斯①、尤里安以及盖尔族的其他人，他们反抗就是为了夺得国王宝座。我承认，拔出石头里的剑并非是证实自己身份的好方式，但是那些国王并非因为这件事才和你打仗的。你成了封建君主，统治他们。在他们眼里，你的王位还没有得到巩固，所以起兵和你对抗。我们经常说，英格兰的危险便是爱尔兰的希望。这可是他们为种族复仇的最佳时机，还能凭借这次战役大杀四方，然后靠换取赎金发财。他们引发的暴动并没有影响到他们自己，因为他们全都身穿盔甲，你是不是感到很有意思？但是你瞧这个国家，瞧瞧那已经化为灰烬的粮仓，池塘里浮出的死人尸体，肚子肿胀得就像倒在路旁的死马；磨坊坍塌了，所有的钱财也被埋了起来，没有人敢揣着金银上街或者在服装上挂上饰品。当前的骑士精神就是如此。如今的局面，全是那个尤瑟·潘德拉贡酿成的恶果，现在你却说战争很有趣！"

"我只考虑到了自己。"

"我明白。"

"我必须要替那些平民百姓考虑。"

"是的。"

"如今的权势并非正义的，是不是，梅林？"

"哈哈！"魔法师高兴地说，"亚瑟，你是一个聪明人，但是别想糊弄我。你只是想让我对此产生兴趣罢了，要让我去想，

---

① 加洛斯国王，伊莲的丈夫。

我可没那么容易上当。我可是一个上了年纪的老狐狸！其他的你要自己考虑。权势算不算正义？假如不算，又是什么？找出理由，制定方案。除了这些，你还想有什么方法呢？"

"什么……"国王想说什么，但是他看见老师的眉头已经拧成了疙瘩。

"好吧，我会认真考虑的。"他说。

于是，他静心沉思起来，手一直揉搓着上唇上已经出现的胡茬。

他们走下城墙以前，还发生了一点小事。起初那个挑着担子到动物庭园的人，此时又返回来，桶已经是空的了。他正好从两个人待的城墙下穿过，走向厨房，远远看去很小。亚瑟正在拨弄矮墙上那块松动的石头，他有些累了，就抽出石头，朝前靠去。

"看上去柯斯连很小。"

"确实特别小。"

"我想，假如我把石头砸中他的脑袋，会是什么样？"

梅林先估算了一下他们的距离。

"要是每秒钟速度达到三十二英尺[①]的话，"他说，"我觉得能砸死他。四百克的重量就已经足够砸碎他的头盖骨了。"

"我以前没这么杀过人。"亚瑟带着询问的语气。

梅林注视着他。

"你可是一个国王。"梅林说。然后补充道，"假如你这么做了，其他人也不会说出去。"

亚瑟仍旧没有改变姿势，手里拿着石头朝前靠着。身体没

---

① 一英尺约为30厘米。

有移动，只是用眼睛瞟向旁边的梅林，正好和老师的目光相撞。

石头正好把梅林戴的帽子打飞了，魔法师挥动着铁梨木质地的拐杖，灵活地向跑下楼梯的亚瑟追去。

亚瑟非常高兴。他如同那些被赶出伊甸园以前的人一样，沉浸在那份单纯与幸运中。现在他不再是不幸的侍从了，而是一个国王。他也并非是孤苦伶仃的孤儿，而是受尽世人的爱戴，同样他也爱着除了盖尔族之外的所有人。

在他看来，迄今为止，这个晶莹剔透的世界，所有的一切都是自由的，美好的，没有一丝的悲哀。

第三章

　　关于奥克尼王后的很多事情传到了凯伊的耳朵里，他想知
道的更多些。

　　"谁是摩高丝王后？"一天他问道，"听说她非常好看。我
们和原住民开战，目的是什么呢？她是洛特王的王后，但是这
个洛特王到底是怎样的人呢？他有什么正规的称号呢？有的人
称呼他为'外岛国王'，但是也有的人称呼他为'洛锡安和奥
克尼的国王'。洛锡安在什么位置？距海巴西岛有多远？我不
明白这次兵变有什么目的，大家都很清楚他们是英格兰国王的
臣民。传说她生育了四个男孩。还听说她与自己的丈夫感情不
是很好，这消息确切吗？"

　　一天，在回家的路上，他们带着游隼到山上狩猎。梅林也
想跟着去活动活动筋骨，因此也去了。最近他改吃素食，表明
自己对流血事件的反对态度。说得简单点，即便他年幼时不明

事理，这种活动也是全都参加过的。就算是现在，私下里他还经常欣赏游隼的英姿：它们等待出击时那出色的回转，就像浮在空中的小点，另外它们捕捉松鸡时，会在瞬间要了猎物的小命，然后使其滚到石南丛里。他抵御着诱惑，只是因为他明白这都是罪恶。他劝慰自己道，松鸡就是食物。因为他只吃素，所以这只是苍白的借口！

骑着马的亚瑟时刻警惕着，显现出英明年少的君主应该具备的素质。他之前观察着周围的荆豆丛，因为在那还没有法规的时代，这样的地方很容易藏人。他移开目光，瞟了一眼导师，不仅想听到魔法师是怎样答复凯伊提出的问题的，还想观察周围是不是有危险。他明白驯鹰师已经落下很远了——他扛着一个方正的框架，上面站着戴头套的游隼，两边分别由一个士兵陪同着。他也很清楚对面随时会有威廉二世①放过来的暗箭。

梅林没有回答第一个问题，而是选择了第二个。

"所有的战争不可能只是一个理由，"他说，"其中肯定有许多原因，一团糟。叛军也是如此。"

"但是肯定会有一个主要原因吧？"凯伊说。

"也不一定。"

亚瑟也有自己的看法："我们是不是可以跑一段，让我们的马活动活动？这里与荆豆丛相距两英里，然后我们再返回来与其他人相会。"

这时候，风吹走了梅林头上的帽子，他们不得不停止前进，去捡帽子。然后他们列成一纵队，牵着马漫步走。

"有一个原因，"魔法师说，"盖尔族和高卢族有着难以解

---

① 征服诺曼后的第二任英格兰国王，他的父亲是威廉一世。

开的仇恨。盖尔联盟代表着一支被许多异族赶出英格兰的原住民族，而你就是这些异族的代表。因此，自然而然的，他们就不会对你有好感了。"

"我无法改变历史。"凯伊说，"目前也没有人能分清谁是哪一族的？反正全是奴隶。"

老魔法师兴趣十足地注视着他。

"诺曼人有一点特别让人惊讶，"他说，"只清楚自己，别的没有一样懂的。可是你，凯伊，作为诺曼的权贵，已经把这个特长发挥到了极点。我感觉你根本连盖尔族人长什么样都不知道。有的人也把他们叫作塞尔特。"

"有种战斧叫塞尔特。"亚瑟说道。魔法师非常诧异，亚瑟怎么会知道这些事的。他已经很久没这么吃惊过了。亚瑟说得对，塞尔特就是一种战斧，不过按理说亚瑟应该不会知道这些的。

"不是你说的那种，我指的是塞尔特族。我们一律称作盖尔族吧，我说的是在不列塔尼、爱尔兰、威尔士以及苏格兰地区居住的人，就和匹克特族一样。"

"匹克特族？"凯伊疑惑地说，"好像在哪听过，浑身涂满了蓝色的族类。"

"我努力了这些年，就教会了你这些？"

国王恍恍惚惚地说："梅林，能不能请你多讲一些关于民族的事情？我觉得，如果真要再次开战的话，需要多了解一下。"

这次换成凯伊大吃一惊了。

"要开战了吗？"他问道，"我第一次听说。我还觉得去年就已经平定叛乱了。"

"他们回去后，找到其他五个国王，如今联盟是由十一个国王组建的。新增加的成员也全是纯正的原住民，其中有北亨伯兰地区的克莱伦斯、康瓦耳地区的伊德列斯、北威尔士地区的克雷德马斯、史川格地区的布兰迪格里斯、爱尔兰地区的安格西。就怕这是一场大规模的战役。"

"可就只是因为种族的原因。"亚瑟的结义兄长恼怒地说，"也可能比较有意思吧。"

国王没有理他。

"请接着讲，我希望能听您分析分析。"国王说。

"不过别讲得太详细了。"魔法师还没张嘴，国王又补充了一句。

梅林反复两次张嘴闭嘴，这才跟上了这个节奏。

"大约三千年以前，"他说，"刚才我们骑马穿过的这片领地原本是一个盖尔族的，他们用的斧头都是铜制的。两千年以前，另外一个手拿青铜剑的盖尔族把他们赶到了西方。一千年以前，装备铁制军械的条顿族人侵入这里，由于罗马人卷进来了，所以条顿人并没有侵占匹克特群岛的所有岛屿。八百年以前，罗马人撤出了这里，然后另一群条顿人侵占了这里——便是我们称为撒克逊的族人，把本就倒霉的原住民赶向西边。就在撒克逊人打算在此定居的时候，你的父亲'征服者'又率领他的大部分诺曼人跑到了这里，因此我们便有了今天。罗宾森是撒克逊族的一名游击队成员。"

"我们这里不是称作不列颠群岛吗？"

"没错，那全是因为人们把 P 当成了 B。条顿人经常把辅音弄错。曾经还有爱尔兰人说过一个佛美族，事实上，那是波美拉尼亚族……"

关键时刻，亚瑟打断了他的话。

"事情是不是这样的：我们诺曼族成了撒克逊族人的主人，而他们之前有自己的奴隶，就是被人称作盖尔族的原住民？就算这样，我实在想不通盖尔联盟为什么要和我们诺曼帝国过不去，把他们赶走的明明是那群撒克逊族人。况且，事情已经过去数百年了。"

"孩子，你是小瞧了盖尔族人的记忆。他们和你们都一样。诺曼族便是条顿族中的一个分支，被你父亲打败的撒克逊族同样也是其中一支。因此在盖尔族人眼中，就是你们把他们驱逐到西边和北边的外侵种族，只不过不是同一支而已。"

凯伊坚定地说："我不想再听过去的事情了。我们早就长大成人了。要这么下去，我们索性来此听写吧。"

亚瑟哈哈一笑，就当作唱那首他们熟知的儿歌"巴拉拉、达力、赛拉伦、普利欧利斯、费立欧克……"然后凯伊继续往下唱那四句。

梅林说："这可全是你们要我讲的。"

"我们不想听了！"

"说到底，这场战役的爆发主要是条顿族人，也许是高卢族人，过去曾经找过盖尔人的麻烦。"

"肯定不是！"魔法师大喊道，"我从没听说过这些事！"

他们张着嘴愣在了那里。

"我的意思是战争发生的原因有很多，不只是这一个。爆发战争的另一个因素是，摩高丝王后身穿长裤，也许说苏格兰格子呢的紧身裤更贴切。"

亚瑟突然脑子停止了思考，"我还没搞明白。刚才你提到洛特与他的那些联盟骑兵的原因是：他们全都是盖尔族人，而我们却是高卢族。但是现在您却说，原因是奥克尼王后穿长裤。能不能请您说得再明白一些？"

"我们刚才说的是盖尔人与高卢人的仇怨，但是还有别的恩怨。你还记得你没出生时，你的父亲就把康瓦耳伯爵杀了的事情吧？康瓦耳伯爵便是摩高丝王后的父亲。"

"漂亮的康瓦耳三姐妹。"凯伊说。

"没错。你们早就见到过当中的一个了——摩根勒菲女王。那个时候你作为罗宾森的好友，发现她就在猪油床上。另外一个便是伊莲。可以说，她们都是女巫，但是只有摩根用心修炼过魔法。"

"既然我的父亲杀死了她的父亲，"国王说，"我觉得她有充分的理由让她的丈夫找我报仇。"

"这仅仅是私人恩怨。私人恩怨不能成为开战的借口。"

"除了这些，"国王继续说，"既然盖尔族曾经被我们族人驱赶过，那奥克尼王后的人要找我们报仇也能说得过去。"

梅林手握着缰绳并挠了挠胡须下的下巴，沉思起来。

片刻之后，他说："你那已经去世了的父亲——尤瑟就是一个入侵者，而之前的撒克逊人也是入侵者，赶走了原住民。如果我们再想一想更久以前的事情，这种事情根本就没有结束的那一天。'原住民'原本就是入侵者，赶跑了手持铜斧的侵略者。那些手持铜斧的人也是入侵者，他们攻打的是以贝壳做交易的早期因纽特人。你能不停地推算到该隐与亚伯时期。主要的是，撒克逊是成功的征服者，同样诺曼人战胜了撒克逊人。虽然你父亲的措施很残暴，但到底是他征服了撒克逊人。过了这些年，人们早就适应了现在的生活。另外我也能提出一点，诺曼人做的就是把小股力量集合成大股力量的事情，可是现在盖尔联盟起兵却在做分裂的事情，他们打算让我们或者称作'联合国'的国家分解掉，再变为很多没有影响的独立的小国家。也就是这个原因，我认为他们不应当开战。"

他又揪了揪下巴，一股怒火油然而生。

"我无法忍受这群打着民族主义旗号的人！"他大声喊道，"人类应该团结起来，不应该选择分裂的命运。假如不停地分裂，最终也会成为一些独自称王的猴子，就会彼此扔坚果。"

"话是这么说，到底还是很多人被惹火了。可能我不该还手？"国王说。

"你打算认输吗？"凯伊有点吃惊，但是并不慌张。

"我愿意退位。"

他们一起看着梅林，他却不愿意看向他们。他骑着马朝前行去，直直地看向前方，嘴里不停地嚼动胡须。

"我应该认输吗？"

"你是一国之君。"老人执着地说，"谁也无法阻止你。"

过了一会儿，他的语气才缓和下来。

"你们可知道，"他小声嘀咕着，"我也是一个原住民。所有人都称我的父亲是一个十恶不赦的魔鬼，不过我的母亲却是一个盖尔人。因此，我的身体里流着原住民的鲜血，但是如今我却要斥责他们那所谓的民族主义，他们的大臣可能会责骂我是一个叛徒。乱给别人安加罪名，他们就能把自己的所作所为合法化。另外，亚瑟，你可明白，生命本来就是悲哀的，根本无须什么土地占有权、战役和权贵恩怨。"

第四章

　　干草早就收拾干净，再有一周，庄稼就该收割了。他们在麦田周边的树荫下坐着，望着那些被太阳晒成棕色皮肤的人们露出洁白的牙齿，在烈日下忙着收割，再次拿出大镰刀，磨出小镰刀的刀锋，就要结束一年的忙碌了。农田就在城堡附近，田野一片寂静，也不用担心会飞来暗箭。他们边看农民忙碌着，边剥开已经结成穗的麦子，挑着里面饱满的成粒吃，享受麦子那柔软的乳汁般的味道，那不够丰满的燕麦带着壳也没能逃过他们的手掌。那时候，大麦还没有传到格美利，因此他们非常熟悉那如同珍珠一样的美味。

　　梅林仍旧在说着。

　　"我年轻时，人们都反对战争。当时许多人都表态，不管怎么样都不参加战争。"他说。

　　"可能他们说得对。"

"不，倘若是对方先挑衅，那我们就有理由开战了。你瞧，战争原本就是件糟糕的事情，可能是这个歹毒的种族做出的最令人发指的事情，最好终身禁止。一旦能够确定是对方先挑起战事的，你就必须要阻止他。"

"但是双方一向都会说是对手先开战的。"

"肯定都会那么说。换句话说那也是件好事情，最起码双方都清楚战争最残忍的就是挑起事端。"

"什么原因呢？"亚瑟反驳说，"如果一方致使另一方的食物短缺，并且对方采用的还是和平攻略，例如经济策略，并非动武，那缺少粮草的一方肯定得想法突围，你明白我要表达的是什么吗？"

"我明白你的想法。"魔法师说，"不过你错了。任何原因都不能成为战争的借口，不管你的国家或者我的国家犯了怎样的错误，除非是故意挑起战争。如果我们国家先开战，目的不是想化解矛盾，那么我们就是犯错的一方。就像杀人犯不可以因为要害的人是富人而欺诈他作为他犯罪的理由，同样地，国家也不可以。矛盾最好不要通过武器，而要通过理性的方式解决。"

凯伊说："如果奥克尼洛特王率领部下在北边的边界摆开阵营，那我国的国王也只能像他们那样，领兵与他们对峙，难道说还有别的办法吗？假如洛特王的部下每个都拔剑相对，我们不应该也要拔剑反击吗？也许局面更难控制。我觉得侵略是很难分清孰是孰非的。"

梅林非常生气。

"那是你想看到的而已。"他说，"如果洛特王动用武力，那他就可以说是侵略者，这是显而易见的。假如你的内心是公平公正的，就能判断出谁是罪恶之人。假如毫无判断依据，那么谁先出手谁就是侵略者。"

凯伊仍旧坚持自己的想法。

"如果并非两支部队，只是两个人而已。"凯伊说，"他们彼此相对站着，都拔出了剑。接着他们不停地周旋着，想方设法寻找对方的漏洞，甚至假装发起进攻，其实并没有弄伤对方。那你能说，那个先伤到对方的人就是侵略者吗？"

"是的，假如没有其他的证据用来辨别。可是你前面举的事例中，很显然错的一方便是那个首先率领部队抵达对方国界的人。"

"谁先伤到对方作为判断的依据根本没有任何影响！如果他们是同时伤到对方的呢？有可能是现场人数太多，根本分不清是谁先动的手呢？"

"可是不管怎么样，总得有个判断的依据吧！"老人嚷起来，"你好好想想。就比方说目前出现的盖尔暴动。我国的国王为什么要出兵？他早就是统治天下的君王了。假如他仍旧要带兵攻打其他国家，那不是有些违背常理吗？又有谁会打自己呢？"

"我确实不认为这是我挑起的战争。"亚瑟说，"说实话，我在开战之前，还没弄明白即将会发生什么事情。我觉得可能因为我是在农村长大的缘故吧。"

"只要是有逻辑性、想事情有条理的人，"导师并不在意他刚才说的话，接着说，"都能找出一百场战役中的九十场，谁才是战争的肇事者。第一，他能看得出谁会在战争中占有优势，这便值得大家怀疑了。第二，他能发现哪一方是通过武力恐吓或者领兵准备开战的。第三，由此他也能判断出哪一方先进攻的。"

"但是，"凯伊说，"如果一方先挑衅，而另一方却先发起了进攻呢？"

"哦，你应该把脑袋插进水桶里清醒清醒！我觉得并非全部的战争都能分清楚孰对孰错，我一直坚持自己的想法：在很多战争中，往往能很容易地看出哪方是侵略者；而起码这些战场上，坏人应当受到正义的制裁。你需要公平公正地做出判断，如果这样还是不能判断谁才是正义的一方，那就去做一个和平人士吧。我没有忘记曾经自己也是一个热衷于和平的人，那时正巧是布尔战争①，我的国家便是侵略的一方。解救梅富根城的那一夜，还有一个年轻姑娘向我吹哨子。"

"说一些解救梅富根城那天夜里发生的事情吧，"凯伊说，"总争论这些对错问题，太招人烦了。"

"那天晚上……"魔法师正想把自己知道的一切全都讲出来，国王却打断了他。

"给我讲讲洛特王的事情吧。"他说，"假如我必须要和他开战，我希望能多了解一下他。我越来越想弄明白如何分清对错了。"

"那洛特王……"梅林以一样的语气重新说起，但是却被凯伊打断了。

"不要，"凯伊急忙说，"还是说一说王后的事情吧，好像她更有意思一些。"

"摩高丝王后……"

亚瑟平生第一次动用了反对权。梅林看到他扬起了眉角，

---

① 发生于一八九九年，作战双方是英国和荷兰后裔布尔人。

居然听话地说起关于奥克尼的洛特王的事情。

他说道："洛特王只是你管辖的权贵之一，并且他也就是一个拥有领地的皇室。这个人影响不大，你不用在他的身上花费心思。"

"为什么？"

"我们青年时期称他这样的人为'出色权贵'。他的部下以及妻子全是盖尔族人，他自己却是地地道道的挪威人。他也是一个高卢人，和你相同，都是占领英伦各岛的统治者。也可以说，他和你父亲对这次战役持有相同的看法。他根本看不起盖尔族或者高卢族，在他看来，战争如同我的维多利亚朋友去打猎，又或者靠绑架赚取赎金。并且这些还都是他的妻子逼迫他干的。"

"有时，"国王说，"我还是觉得您最好能像其他人那样过正常的生活。一会到了维多利亚，一会儿又去解救梅富根城……"

梅林发怒了。

"诺曼人打仗与维多利亚狩猎活动相比较，实在太相似了！先不管你的父亲与洛特王，换成文学的角度看。你瞧那些诺曼神话中的传奇人物，比方说安如皇朝的各代君王。从开拓者威廉一直到亨利三世，都有着季节性的规律，沉浸在战斗中不能自拔。一旦到了战争时节，他们便都身披豪华的铠甲聚集起来。只要穿上战甲，就可以降低受伤的概率，这和打猎没有什么区别。就看发生在布兰纳维尔①的那一场关键性的战争吧，有九百多个骑士参与了战斗，却仅仅牺牲了三个人。再说说亨利二世，他借斯蒂芬的钱武装自己的军队，就是为和斯蒂芬开战做

---

① 英国和法国于一一一九年进行的一场战争。

准备。再瞧人们眼中的打猎礼仪，按照这种礼仪的要求，原来围攻别人领地的亨利，只要对手路易参与防守，就应该选择撤退，因为他是路易的臣子。咱们再来说说圣米歇尔山的战役，由于城堡被围困，守卫缺少饮用水而战败，因此被称作没有运动精神的战斗。再瞧瞧曼兹伯里战役，竟然因为天气太差而宣布取消了战斗。亚瑟，这便是你父亲留给你的遗产。由于种族原因，这个国家的好事者互相敌对，战争成了贵族们的娱乐项目。不管是热衷于种族争斗的人或者君王，都没有为普通将士们想过——这些人才是会遭到伤害的人啊！你统治的就是这么一个国家。如果你可以把这个世界管理得比今天更好的话，就不会发生这些没有意义的战争了；而那些开战的借口也不是为了复仇，而是因为打猎的兴趣，丧生的总归是那些穷苦之人。这就是我希望你能好好考虑的原因，这也是我……"

"我觉得，"凯伊说，"迪纳丹向我们挥手，是到晚饭时间了！"

第五章

　　外岛上有一栋像巨型狗舍般大小的房子，房内非常舒适，有很多有意思的东西，它属于茉兰大娘。两扇门上分别钉着马蹄铁；从朝圣者那里买过来的五座雕塑，陈旧的珠串缠在上面——假如你经常祈祷，也许会磨坏念珠的。房顶上有几捆亚麻，几件僧袍套在拨火棍上。二十瓶自己酿制的威士忌，如今只剩下一瓶了；七十年以前的圣棕树节①时，留下了已经干枯了的一蒲式耳②的棕榈叶；很多母牛临盆时在尾巴上绑过的羊毛线。另外有把老妇人以防小偷光顾的大镰刀，但是没有人笨到自己跳进圈套。有些白杨木质地的横梯挂在烟囱里，是她的丈夫去世以前打算用来做连枷的。很多马皮革和鳗鱼皮倒挂在上面。

---

　　①　基督教节日，是复活节前的星期天。
　　②　容量单位，一蒲式耳约为 36 升。

有大罐的圣水放在鳗鱼皮的下面；有个爱尔兰的圣人坐在泥炭火前。他住的蜂巢似的小房子在更远的岛上，手中握着神圣的生命之水①。他是堕落的伯拉纠派②，一个另类的圣人，他觉得灵魂能够靠自己救赎。他使用生命圣水救赎自己以及茉兰大娘的灵魂。

"希望上帝与玛利亚庇佑您，茉兰大娘。"加文说，"我们来是想听您讲故事的，夫人。听关于神灵的故事。"

"希望上帝、玛利亚与圣安德鲁庇佑你们！"老夫人喊道，"牧师就在这里，你们却让我给你们讲故事？"

"晚安，圣托狄巴，屋内太暗了，因此我们没有发现您。"

"上帝庇佑你们！"

"也庇佑您。"

"要讲关于杀人的故事哟！"阿格凡说，"杀人的，接着是乌鸦啄掉眼睛！"

"不行，不行！"加瑞斯说道，"我最想听的是那个盗走巨人魔法马的男人，和一个神秘姑娘结婚的故事！"

"上帝啊，"圣托狄巴说，"你们要听的故事实在是太奇怪了。"

"好吧，圣托狄巴，讲一个听吧。"

"讲讲爱尔兰！"

"讲一讲想得到公牛的那个梅芙女王的故事吧！"

"要不然跳一段捷格舞也行，我们也喜欢看！"

"我这可恶的脑袋，让圣人跳一段捷格舞，那怎么可以！"

---

① 威士忌。

② 四世纪时的一个教派，创始人为修士伯拉纠，主张人要靠自由意志而非神的恩典得救。

屋子里仅有两把凳子，这四个贵族男孩盘腿坐在地上，安静地瞧着圣人，等待他开口说话。

"你们要不要听道德方面的故事？"

"不要，别讲道德方面的。我们想听那些打仗的故事。好不好，圣托狄巴，就讲您那一次把主教的脑袋打破的事情吧！"

圣人喝了一大口白威士忌，一口喷向火炉。

"很久以前，有位国王。"他说道。那四个男孩子摆正身子，坐好。

"很久以前，有位国王。"圣托狄巴说，"告诉你们，这个国王就是康纳·麦克尼沙。他的身材魁梧得就像鲸鱼一样，他带着自己的族人一起住在塔拉。没过多久，这个国王就领兵与杀人如麻的欧哈拉族开战了。在战斗中，有颗魔法子弹打中了他。你们应该知道，那些古英雄通常会用敌人的头做成子弹。起先，他们用手揉搓成小的块状，然后放在阳光下晒干。最后我认为就是做成弹球或者箭之类的东西，由火枪打出去。总而言之，就这样一下子打进了老国王头上的太阳穴，留在头颅的骨头上或者某个要害。'我还活着。'国王说，并唤来了几个医生，想听一听他们打算怎么把子弹取出来。第一个医生说：'子弹已经打进您的脑叶，康纳国王，现在您和死人没有区别。'另外几个医生也是一样的想法，看上去有失礼仪，而且也缺乏医德。'唉，那你们想怎么做？'爱尔兰的国王叫起来，'只是一场小战役，就把命丢了，这样的运气实在太差了吧？'听到这些，医生说：'少啰唆，眼下只有一个办法，从现在开始你不能有任何不同寻常的激动情绪。''也就是说'，另外几个人说，'就算是正常的激动也不行，否则子弹就会引起血管爆裂，然后转变成大出血，再而就是发炎，还可能造成身体内的重要器官停止运作。康纳国王，这也是仅有的一个办法，否则到时您就只能躺在那里任由虫子啃噬，那时候后悔也没有用啦！'现在你们明白了吧，你们能够想象到当时的情形吧。倒霉的康纳只能在城堡中待着，不可以笑、不可以上战场，就算是喝水也不可以放上点酒，也不可以盯着那些皮肤白皙的美丽姑娘瞧了，否则脑袋就会爆裂。子弹就这样留在了他的脑袋里，外边还露出了一半。从那时开始，他剩下的时间就得过悲惨的日子了。"

"那群医生都是干什么的？"茉兰大娘问，"哼，他们愚蠢极了。"

"他后来怎么样了？"加文又问，"难道就一直在暗室里待着吗？"

"后来呢？我正打算说。有一天，外边雷雨阵阵，城墙晃动得如同大幕布一样，城墙大部分的外壁在他们身旁倒下。那里已经很久没有下过如此猛烈的暴雨了。康纳国王跑进暴雨里寻找帮助，他看到那里站着一个医生，于是问他怎么了。这是一位博学多才的医生。他告诉康纳国王，那时我们的救世主在犹太地区的某棵树上吊死了，于是这场暴雨从天而降。他还带来了上帝对康纳国王的祝福。后来呢，你们猜到了吗？爱尔兰国王却跑回了皇宫，一门心思地想找到宝剑，然后钻进了暴雨中，想去守护他的救世主——接着就这样死掉了。"

"他死了？"

"没错。"

"哦！"

"这倒是一种不错的死法。"加瑞斯说道，"尽管对他没什么好处，但是也很壮烈！"

阿格凡说："假如医生叮嘱我要小心，那不管怎么样，我也不会激动。我会认真考虑好的。"

"不过这非常有骑士风度吧？"

加文忐忑不安地搓动两脚。

"太愚蠢了。"最终他说，"这么做没有任何用处。"

"他打算做些有意义的事情。"

"他又不是为家人考虑。"加文说，"我不明白他有什么好激动的。"

"肯定是因为他的家人。这也是因为上帝，他是大家的家人。康纳国王战斗是为了伸张正义，最终丢掉了性命。"

阿格凡坐在松软的锈红炭灰上，已经失去了耐心，屁股不停地扭来扭去，他认为加瑞斯就是一个笨蛋。

于是，他换了一个话题："告诉我们猪是怎么出现的吧。"

"要不就说一说名人科南的事情，"加文说，"就是那个遭到魔咒之后，粘到椅子上下不来的人。不知道什么原因，他就是被粘在上面了，没有人能把他扯下来。因此他们用力拉开他，而且还要给他找一块皮补屁股，但是找到的只是一张羊皮。从此以后，费安纳族脚上的袜子便是从科南身上薅下来的羊毛做成的！"

"不要说了，别再讲了。"加瑞斯说，"不要说故事了，亲爱的哥哥们，我们就坐在这里，说些有意义的事吧。我们就聊一聊远离家乡去战斗的父亲吧。"

圣托狄巴喝了一大口威士忌，吐向火堆。

"战争啊，可是一件好事。"他满脸追忆过去的样子，"我封圣之前，也经常远行打仗，但是不久就开始讨厌这种事情了。"

加文说："怎么可能？就算让我一辈子打仗，也不会感到无聊的。况且是绅士就应该这么做，我是说，如同打猎呀、驯鹰呀之类的事情。"

"假如参战的人很少，那战争就没有什么意思了。"圣托狄巴说，"可是如果很多人打成一团，你知道自己为了什么战斗？古爱尔兰曾经发生过很多精彩的战争，尽管只是因为一头牛等这样的问题，但是每一个人都投入了全部精力。"

"您怎么会认为战争无聊呢？"

"因为总是要杀死那么多人。谁又愿意为自己根本不明白的原因，或者没有原因而杀人啊？因此以后我都是找人单独决斗。"

"那肯定过去很长时间了。"

"当然，"圣人有些遗憾地说，"比如我刚刚提到的那些子弹，决斗都是需要用脑子的。"

"我同意圣托狄巴的观点。"加瑞斯说，"说实话，杀一群只知道服从命令的步兵太无趣了。如果是骑士与骑士对战，让那些打算和别人厮杀的人打个天翻地覆。"

"但是那样的话，就不需要打仗了。"加赫里斯喊道。

"你说的是什么话呀，"加文说，"打仗肯定需要人，越多越有意思。"

"那谁会被你杀死？"阿格凡说道。

圣人再一次倒满了威士忌，哼着"祝你好运，亲爱的威士忌"，接着便瞟了一眼茉兰大娘。他有个另类的想法，可能是喝的酒有点多，也因为他还是一个独身的神职人员。他已经存在的另类行为有：剃出的发型、复活节认定的日子，当然少不了他信奉的伯拉纠派——但是这种新思想，却令他越来越感到孩子们不应该在这里待着了。

"战争?"他反感道,"你们这群小家伙知道些什么?你们可以说一说啊?也不考虑考虑自己还没个小母鸡大!赶快走吧,要不然我会教训你们的!"

每个盖尔族人都清楚最好别去招惹圣人,因此孩子们赶紧起身离开了。

"哎呀,"他们说,"圣人阁下,我们并不是有意冒犯您的!我们只是想和您交换一下意见。"

"交换什么意见?"他大吼道,就要去拿旁边的火钳,把他们吓得赶紧冲出了那扇矮门,跑到了沙地街道,夕阳西下,圣人仍旧在阴森的墙角里,不停地嘟囔咒骂。

有两头年老的毛驴在大街上,找寻墙缝中长出来的杂草。它们无法挪动,因为它们的蹄子都被捆绑住了;蹄子长得就像羊角那么奇怪,又有点像冰刀卷曲了。男孩子们看到毛驴,突然有了想法,那就是要占有这两头毛驴。他们不再说故事,也不再谈论打仗的事情了,却拉着两头毛驴朝沙丘对面的港口行去。那些坐小船出海的人们回来的时候,只要有鱼货,就可以用毛驴驮运。

那头胖驴成了加文和加瑞斯的坐骑,两个人轮流骑,一个骑,另外那个就抽打驴的屁股。有时老驴还会跳上两下,不过就是不愿意加快步伐。阿格凡和加赫里斯一起骑着那头瘦驴,阿格凡倒坐在驴背上,正巧就是毛驴的屁股前面。他用一根很粗的草根疯狂地打在驴屁股上,还故意朝驴肛门旁边打,让这头可怜的驴子更吃痛一些。

在海边,他们却成为一片奇异的风景。四个瘦削的男孩子,鼻尖上挂着鼻涕,枯瘦的手腕伸出衣服。毛驴乱蹦乱跳地绕圈,有时海草鞭还会打到它的后脚跟，接着就会跳起来。这场面怪就怪在，他们的举动只能在一定范围里实现，因为任何一个人都只能朝着固定的方向。他们形成了就像太阳系一样的空间，太空里没有任何东西，空留他们围着沙丘与河口不住地打转，可能这些行星也弄不明白自己在干什么。

男孩子们满脑子想的都是如何教训毛驴，没有人告诉他们这样做是多么残忍的事情。但是同样，也没有人告诉过毛驴。就在这个世界边缘，残忍的事情随时都会发生，甚至自己做出这种事情也不会感到惊讶。因此便形成了这样一个马戏团，毛驴不肯挪动，男孩子就想尽办法让它们动，毫无由来的疼痛让双方有了联系。这种疼痛本身因为自身的强烈反应，却不再是重点，就好像被擦掉了一般。看上去动物并没有多少痛苦，男孩们也并没有以虐待动物而感到快乐。唯一不同的是男孩子们不停地动着，老驴却竭尽全力保持原地不动。

就在这种伊甸园似的情境中，发生在茉兰大娘屋子里的事情，在他们的脑海中清晰可见，对岸驶过来一艘魔法船。船上吊挂着白锦缎，看上去非常奇特；沿着龙骨在浪花中穿行，发出动听的音律。三个骑士带着一条猎狗坐在船上，那条狗好像晕船。相对来说，可能再也找不出和盖尔族的传统不协调的东西了。

船离岸还有很长一段距离时，其中一个骑士说："我认为那里可能是一座城堡吧？你们瞧，实在太好看了！"

"不要晃了，兄弟，"另一个说，"要不然你会把我们都晃进海里的。"

听到别人的责备，派林诺国王立刻没有了兴致。孩子们惊讶地发现，他竟然哭了。他们能够听到他的抽泣声，掺杂着浪花拍打岸边的声音以及船发出的声音，越来越近了。

"啊，大海！"他说，"我多么希望能够掉进你的怀里。希望我能入水五浔①！啊，哦，啊，啊，哦！"

"兄弟，不要吱哇乱叫，那没有用处。这条船会在恰当的时候叫的，因为这是一条魔法船。"

"我没吱哇乱叫，"国王辩解说，"我是在喊'哦'。"

"那……啊！"

听到魔法船发出一声"啊"后，船只就在经常停靠的地方停下了。三个骑士走出船，有一位是撒拉逊人，有着黑色的皮肤，他是个知识渊博的异教徒，叫作帕洛米德。

"上天庇佑，终于顺利上岸了！"帕洛米德爵士说。

人们悄无声息地、自觉地围了过去。他们走近这三个骑士后，脚步放慢了，略远的人们也跑了过来。所有的人都急忙穿过海滨的沙丘，有的是从城堡方向的悬崖处过来，当他们走近的时候，便放慢了脚步，他们都在离这三个骑士有二十码的位置停下了。人们围聚成一个圈，安静地看着这三个陌生人，就好像在欣赏乌菲兹美术馆②内的名画一样。他们仔细打量着，并不着急离开朝下一幅画走去，实际上也没有下一幅画；从他们来到这个世界上，周围便是熟知的洛锡安的风景。人们眼中没有恶意，但是也并不欢迎。画作就仅仅是让人欣赏的。那眼神从脚下开始，仔细端详着这几位穿着奇特，全身披挂骑士战甲的异族人，甚至就连足甲质量、建造方法、接口以及价格都弄得一清二楚，接着便是胫甲和腿甲，慢慢朝上移动，最终到

---

① 这个典故出自莎士比亚的《暴风雨》中的角色唱的歌。

② 位于意大利佛罗伦萨，收藏了文艺复兴时期的很多绘画作品。

了面部——也许是两刻钟之后的事情了。

盖尔族人吃惊地站在这几个高卢人的周围。远处是村里的孩子们大喊大叫的声音，他们在散播着这儿发生的事情，茉兰大娘也闻声赶来。此时她正提着裙摆小步跑向岸边，出海还未归来的人们也都疯狂地划动船桨，打算尽快返回。四个年轻的洛锡安王子好像入了神一样，从毛驴身上爬下来，来到这群人中间。这群人围成的圈子越来越小，慢慢地、静静地移动着，就像钟面上没有了分针一样。只有晚来的人们发出一些声音，但是他们只要走进这个范围，也都马上沉默起来。围成的圈子仍旧在不停地缩小，他们要摸到这几位骑士——当然不会是现在，起码要三十分钟后，必须要在检查完之后；也许会永不停止，可是最终还是希望能摸到他们。首先是想确定他们是不是真的存在，其次就是对他们身着打扮的估价。与此同时，还有三件事情发生：茉兰大娘与别的老妇人诵起了玫瑰经；青年女子相互打闹，笑得直不起腰来；原本男人在听到祈祷时才会脱帽致敬，但是如今也在说着这样的盖尔话"快看，那黑人！上帝千万要保佑我们啊！"或"他们是不是睡觉不脱衣服？怎样才能脱掉身上的这些铁锅铁罐呢？"除了这些，这里的人，不管是男是女还是家境如何，大脑里掀起了巨大、无法思量、好像能够看到样子的坏想法，这就是盖尔族人的特点。

这三个人就是撒克逊的骑士！岛民们暗自打量他们的盔甲，并且从中判断出了他们是哪儿的人。国王曾经两次领兵反叛，而对手就是这群骑士的国王亚瑟王。这次他们来，是因为他们撒克逊人比较狡猾，想要从后方暗算洛特王？或者他们是封建共主的代表，打算估算一下兵役免税的额度？他们属于第五纵队①的成员吗？或者事情没这么简单，撒克逊族人不可能蠢到穿着自己国家的服装出现在对手的领地上。可能他们不是亚瑟王的部下。这些人也可能是故意装扮成这个模样，那他们的聪明太出乎人们的意料了。究竟是不是圈套？肯定是圈套。

有的岛民朝前聚拢来。他们更加吃惊了，弯着腰，一副稻草人与麻布袋的模样；从一双眼睛里透露出了难以捉摸的犀利，左顾右盼着；脸上显现出一种固执的呆滞，看上去面孔更加空无一物。

骑士们紧紧地依偎在一起，寻找安全感。实际上，他们根本就不知道此时的英格兰和奥克尼正打得不可开交。他们这次旅行充满了危险，不知道最新战况，而奥克尼岛上的人更不可能说给他们听。

"你们快看，"派林诺国王喊道，"这里有好多人啊，他们看上去好像不怎么友好？"

---

① 这里指奸细，间谍。

第六章

卡利昂城正在为第二次战斗做准备，因此城内一片慌乱的景象。实际上，梅林已经想到了阻挡敌人的好办法，并且已经告诉了国王，只是关系到埋伏以及异国的神秘帮手，所以不能泄密。洛特王的部队进攻势头凶猛，势力又远远超出国王军队，他们只得要些手段。世上仅有四个人清楚，如何打赢这场战役。

尽管人们根本不知道领袖们的打算，但是仍旧忙成一团。步兵手里的长矛需要打磨才能变得锋利，所以从白天到黑夜，镇子上不断传来打磨兵器的声音；不计其数的箭需要人们装上箭羽，所以就算夜深人静了，造箭师的房子里仍旧处于紧张的工作中。快乐的民众整天追赶着成群的鹅四处跑，就是想拔些羽毛做箭羽。就连皇家孔雀也没逃脱掉，被人们拔光了羽毛，光秃秃的模样就像一把破扫把。箭法精湛的人大都喜欢这种特别的"孔雀羽箭"，这样看上去比较有身份。另外，糨糊煮沸后，气味浓郁直达云霄。盔甲师加班加点地工作，铁锤整日响个不停，都是在为骑士们制造装备。铁匠把蹄铁装在马蹄上；修女不停地做着手工活，忙着给士兵们缝制绷带以及围巾。洛特王已经提出要在毕德格连与对方决一死战。

英格兰国王历尽艰险，爬过了两百零八个台阶，终于到了梅林住的那间高塔房，敲了敲门便进去了。魔法师正在拼命寻找负一的平方根，但是却不记得要从何算起了。阿基米德在椅背上靠着。

"我希望能和你聊一聊，梅林。"国王大口喘着粗气。

"砰——"梅林合上了书，跳了起来，拿着铁梨木质地的手杖扑向亚瑟，就好像在驱赶迷路的鸡一样。

"快走！"他大声喊道，"你做什么呢？你想干什么？你是英格兰国王呀，赶快离开，接着传召我！快走快走！从来没有发生过这种事情！立刻回去，然后命人传唤我！"

"但是我已经来了。"

"不可以！"老人立即回绝道，说完就把国王从房间里推了出去，并当面猛地关上了门。

"什么呀！"可怜的亚瑟又一步一步地走下两百零八个台阶。

一个小时之后，国王便派侍卫给梅林送来了传召命令，要梅林到国王的房间见他。

"这才像话。"他说着轻松地坐到那个铺着毛毯的一个箱子上。

"站起来，"亚瑟说道，然后拍手唤来了用人，搬走了座位。

梅林起身，他已经怒到全身颤抖，两只手紧紧地握成拳头，指关节已经发白了。

“上一次，我们提到过骑士的精神……”国王轻松地说。

“我怎么忘了有这么一回事了。”

“不记得了？”

“这是我一辈子遭受的最大羞辱！”

“不过，我可是一个国王，”亚瑟说，“你不可以坐在国王跟前。”

“瞎说！”

亚瑟已经笑得直不起腰来了，他的结义兄弟凯伊以及老监管人艾克特爵士本来是藏在王座后面的，这个时候也全出来了。凯伊把梅林头上的帽子摘了下来，戴到艾克特爵士的脑袋上。爵士说：“唉，上天庇佑，我终于成为黑法师啦！天灵灵，地灵灵！”每一个人都被他给逗笑了，就连梅林也扑哧一声大笑起来。大家坐到用人准备的椅子上，桌子上还准备了几瓶酒，以备开会时有人想喝。

“看，这次会议是我召开的。”亚瑟自豪地说。

他说完，停顿了一会儿，尽力让自己平复下来，这可是他第一次发表演讲。

“嗯，这都是因为骑士精神，我希望咱们可以聊聊这个话题。”国王说。

梅林敏锐的目光紧盯着国王，长袍子上的星星与各种神奇符号之间是他颤抖的手指，不过演讲者从他那里得不到任何帮助。可以说这便是他事业的重要时期——他已经倒着活了好几个世纪，就是为了这一刻，好判断自己有没有白活。

“我心里一直装着两件事：武力与正义。”亚瑟说，“我觉得做事情，应该是你必须这么做，并非你有没有能力的问题。简言之，一个铜钱就是一个铜钱，不管两边遭到怎样的武力敲打，仍旧无法改变事实。这么说能明白吗?"

没有人回答。

"好吧，那一天，我与梅林在城墙上聊天，他提起我们之前的那场战役里一共牺牲了七百个士兵，根本不是我想的那样有意思。当然，只要认真思考，就会发现战斗的确很有意思。我是想说，人不该同室操戈，总归活着才好。

"最可笑的是，梅林助我取得了胜利。就算到了现在也没有变，这次在毕德格连发起的战争，我们也想取胜。"

"我们会胜利的。"艾克特爵士说。他非常清楚取胜的秘诀。

"我觉得，这有些互相矛盾。如果战争不是好事，那么梅林又为什么要帮助我战斗呢?"

仍然没有人回应，于是国王便以充分的热情接着说。

"我只想得到，"他说着，脸上出现了红晕，"我只想听他告诉我，便是……便是我们……便是他也想让我在这场战役中取胜，不过这后面还有另外一个目的。"

他停住了，注视着梅林，但是魔法师故意躲开他的视线，扭过头去。

"目的就是，是目的吧? 目的便是，如果这两次战役我都能取胜，成为统治王国的人，然后我就能让它们停下来，并改变统治方式。我是不是猜对了? 这就是准确的答案吧?"

魔法师仍旧扭着脑袋，两只手安静地放在膝盖上。

"我猜得没错!"亚瑟激动地高声喊道。

于是，他差点使自己的大脑没跟上自己的嘴。

"你们清楚了吧?"他说，"武力肯定不是正义，但是世上有很多人依靠武力横行霸道，我们总归要想个好办法解决才行。

这就和人心一样，一部分是好的，另一部分是恶的，也许恶的部分会更多一些。如果没有人约束，他们就会飞扬跋扈地做事。因此我们经常看见像布鲁斯·索恩斯·匹帖爵士一样的名门望族，整天全身披挂铠甲，到处乱冲乱撞，作威作福，还凭此解闷！这便是我们这些诺曼人的标志，觉得贵族就能胡作非为，独自占领所有的权势。这么做，人性恶的一面就会控制本性，然后就是作奸犯科，无恶不作。"

"不过，你们瞧，梅林会协助我取得这两场战役的胜利，以利于我阻挠一切的发生。他要我做惩恶扬善的事情。

"洛特、安格西与尤里安等，这些人不属于新世界，他们自动组成了一个旧式组织，只是按自己的意思想做什么就做什么。他们动不动就要用武力解决问题，又经常挑衅我，我也只能以眼还眼，以牙还牙。从这以后，就要开始真正的工作了，你们明白吗？毕德格连战役只是一个开始。梅林希望我考虑的是战斗胜利以后的事情。"

亚瑟又停了下来，希望别人能说说自己的想法或者说些鼓励的话，但是魔法师仍旧没转过头来，而唯一能看到他面部表情的只有坐在旁边的艾克特爵士。

"我已经想好了，"亚瑟说，"我觉得：我们应该控制住武力，使其能做正义的事情。我明白这听上去有些异想天开，但是我却无法不承认'武力'是存在的。人心恶的一面便是以武力为表现方式，不管怎么样不能忽略掉。虽然我们不能删掉这一面，却能尝试着将之引上正义的道路，使其变成有利的一面。你们明白我说的是什么了吗？"

这一次，听众们被他的话吸引了，除了梅林以外，全都靠过来认真听。

"我觉得，如果我们能取得现在这场战役的胜利，并且国内的情况很稳定的话，我打算要组织一个发扬骑士精神的队伍。我不会做惩戒坏骑士的事情，也不会做绞死洛特的事情，但是我会尝试着说服他们参加这个队伍。我们要使这件事情成为使人感到万分荣幸的事情，然后再进一步成为一种时尚，让所有人都认为只有来这里才是最有价值的。然后我还要给这个队伍准备誓约，规定使用武力时，要遵循正义。到此为止明白吗？我这个队伍的骑士会全身披挂，身佩宝剑踏遍河山。这么做是为了发泄他们想拼杀的愿望，也可以说和梅林提到的猎狐精神一样。但是他们一定要遵循正道才能使用武力，保护女人不受布鲁斯爵士的侵犯，改正从前的各种错，帮那些被欺压的人等这些事情。你们明白这是一个什么想法吗？就是使用武力，不要和对方抗衡，把本来的坏事情变成好事情。行啦，梅林，我能想到的就这些啦。我已经挖空心思，好像又说错了，但是我是仔细考虑过了的，只不过想不到更好的方法了。请您也谈谈吧！"

魔法师起身，身子如同一根石柱子一样站直，舒展两只胳膊，瞧了瞧天花板，接着吟诵了西面颂①的前面几句。

---

① 《圣经》中的老人西面吟诵的一首诗。

第七章

　　如今，洛锡安城的问题很棘手。但凡和派林诺国王相关的，即使是简单的事情也变得复杂了，包括北方这片荒凉地。第一，他找到了自己的爱情——这便是他之前坐在船里抽泣的缘故。他一看见摩高丝王后，就告诉她说自己已经得了相思病了，并不是晕船。

　　事情发生在几个月之前，国王在格美利的南岸追赶寻水兽，但是它忽然钻进海里逃走了。它的脑袋在水面上不停浮动，就好像一条草蛇正在游泳。有一艘看上去像是打算参与十字军圣战的船途经这里，国王便随意拦住了这艘船，正巧格鲁莫爵士与帕洛米德爵士就乘坐这艘船，于是两个人就调转船头，和国王一起朝怪兽追去。三个人就在法兰德斯①登陆，寻水兽逃进

------

①　位于今法国北部一小部分和比利时西北两省。

了那里的树林里。他们在那里的城堡中借宿，受到人们的热情款待。派林诺遇到了法兰德斯女王的女儿，并且爱上了她。原本这是一件多么美妙的事情啊，他喜欢的人是一个勤劳节俭、英勇果敢的中年女子，会做饭、会乘马走直线，而且整理床铺也有一套。随着魔法船的到来，大家的希望也破灭了，因为骑士总归要去探险的，三个骑士登上了魔法船，打算瞧一瞧有什么事情发生。可是这艘船竟然毫无征兆地开走了，只有法兰德斯女王的女儿留在岸上，慌忙挥动手帕。小岛渐渐在眼前消失了，树林里的寻水兽伸出脑袋来。从远处看，它要比公主更吃惊。从那以后，三个骑士就开始了航行，一直到达外海的几处岛屿。船越行越远，国王对爱人的思念也越来越强烈，这让身边的人实在难以忍受。他整天都在写一些无法寄出的情诗与情书，有时还对他的那两个同伴念起公主经——家族里都称她为"小猪"。

如果这种事情在英格兰发生，可能不算什么问题，那里不乏像派林诺的人，别人也能够接受。但是在洛锡安与奥克尼的眼里，英格兰人是暴徒，这也是令人难以置信，甚至超脱自然的事情。没有谁知道派林诺国王的真假，还有他到底想要干什么，所以岛民们都觉得最好不要把抵抗亚瑟的战斗告诉他，这是如今最恰当的行为。只要在发现这三个到访的骑士自漏阵脚的时候，再说也不迟。

还有另外一个问题困扰着这四个少年。摩高丝王后却装作闺女向这几个来访者示好。

"母亲大人为什么要和那几个骑士跑到山上去？"有一天早晨，他们在去找圣托狄巴的时候，加文不解地问。

沉默了好长时间，加赫里斯才不情愿地说："他们想去捉独角兽。"

"怎么才能捉到?"

"肯定要找一个闺女做饵。"

阿格凡同样清楚这件事情的始末,于是说:"母亲就是去假扮闺女,帮他们捉独角兽的。"

他用怪异的声音说出这件事情。

加瑞斯反驳说:"怎么我从来没有听说过她想捉独角兽的事情,从来没有听她提起过!"

阿格凡瞟了他一眼,清了清嗓子,引用了名人话语:"明白人应该一叶知秋。"

"怎么你会知道这些?"加文疑惑道。

"我听别人说的。"

这群孩子有时会被母亲赶走,于是他们就会藏身于螺旋梯上,悄悄地偷听母亲房间里发出的声音。

加赫里斯一向不爱说话,但是这时却喋喋不休地说:"她告诉格鲁莫爵士,假如能再次激起国王从前的兴致,就能解除国王的相思病。他们经常说起国王的一个习惯,那就是他的一只怪兽不见了,他要捉回来,因此母亲才告诉他们不如去捉独角兽,她正好能够冒充闺女。我猜他们一定非常吃惊吧。"

他们一言不发地走着,一直到加文提出疑问:"我还听说国王喜欢的是一个法兰德斯女人,可是格鲁莫爵士早就有妻子了?还有那个有着黑色皮肤的撒拉逊人?"

没有人回答。

"那次狩猎时间非常长,"加瑞斯说,"听说,他们没有抓到任何东西。"

"母亲和那几个骑士玩得很高兴吗?"

加赫里斯虽然不善言谈，但是却懂得察言观色。他又一次对其他人说。

　　"我觉得他们根本啥都不明白。"

　　孩子们迈着沉重的步子朝前走着，每个人心里都有着自己的小算盘。

　　圣托狄巴的那个小房子如同一个旧式蜂巢形的稻草房子，只不过稍微大一些，并且是由石头修砌的。小房子仅有一扇门，没有窗子，想进去还只能用爬的。

　　"圣人先生！"他们到了之后，用脚踢着被泥灰粘在一起的石头，叫起来，"圣人先生！给我们讲讲故事吧！"

　　在他们看来，圣人能够滋养他们的心灵。他如同一个精神上的导师，他们的关系就像梅林与亚瑟一样，起码能让他们学到一些礼貌。每一次，母亲把孩子们赶出来，他们就会求助于圣人，就像饥饿的小狗一样狼吞虎咽。圣人还教他们读书识字。

　　"哦，是你们呢！"圣人把脑袋伸出门外，说道，"愿上帝保佑你们。"

　　"上帝也会保佑您的。"

　　"你们有什么最新消息吗？"

　　"没。"加文没有提起独角兽的事情。

　　圣托狄巴也深吸一口气，轻轻叹出来。

　　"我也没遇上什么有趣的事情。"他说道。

　　"您能讲故事给我们听吗？"

　　"听故事没什么好处。我自己都不相信这些，怎么可以讲给你们听呢？我有四十年没有上过战场了，也没有遇到过肤色白皙的姑娘——你们瞧，我根本没有什么好故事讲给你们听。"

　　"那您就给我们讲一个既和姑娘无关，也和战争无关的故事吧。"

"唉，那就没意思了。"他大声喊道，并且生气地朝阳光下跑去。

"假如你参加了一场规模庞大的战役，可能会好点吧？"加文故意没有提姑娘。

"我太可怜了！"圣托狄巴大喊着，"我为什么要做一个圣人？真弄不明白！如果我可以用这棵粗棍子敲一下谁……"这时，他伸手从长袍下面掏出一件恐怖的东西。"……这可要比爱尔兰所有的圣人要强得多！"

"那就给我们讲一讲关于这根棍子的事情吧。"

因此，他们就认真查看起那根棍子来，圣人先生就讲起是怎样制造这种出色的武器的。他说必须要用树根，一般的树枝不够结实，特别是苹果树枝；还要把猪油涂在棍子上，裹好拉直，并且还要埋到一堆肥料中，最后一步就是把黑铅与油脂涂上。他让孩子瞧灌铅的位置，顶部的钉子以及把手上留下的记录功绩的痕迹。接着他便带着崇拜之情亲吻手杖，深深地叹息一声，然后放回长袍里。他就是在装模作样，而且还可以弄出口音。

"给我们讲讲那个伸出烟囱的黑色胳膊的事情吧。"

"唉，可是现在我没有兴致。"圣人说，"没有一点兴致，我好像被魔鬼附身了！"

"我也感到我们被魔鬼附身了。"加瑞斯说，"好像每一件事都很别扭。"

"有个故事，"圣托狄巴开口说，"故事的主人公是一个女人，她和自己的丈夫以及他们的女儿在马兰威格住。一天，男人到沼泽地里砍柴。晚饭的时候，女人让女儿给他送吃的。就在那个父亲准备坐下吃饭时，他的女儿忽然喊起来：'父亲，快看，那边地平线下是不是有一艘大船啊？我可以让它靠上岸。'父亲说：'怎么可能，就算是我这样的成年人都不可能做到。''哼，那你看我的好啦！'小姑娘说完，就来到附近的一口井边，搅动井水，然后就看到船真的靠上岸了。"

"她肯定是一个女巫。"加赫里斯说。

"不，真正的女巫是她的母亲。"圣人解释说，接着往下讲。

"'我还可以让那艘船撞到岸边的岩石上！'她再次说道。'怎么可能。'父亲摇着头说。'哼，那你等着瞧吧！'小姑娘说完就跳到了井里，船竟然真的撞到了岸上的岩石，而且撞得粉碎。'你是跟谁学的？'父亲疑惑地问。'母亲教我的呀，你在外边干活的时候，她就在家里教我把澡盆变来变去。'"

"她干吗跳到井里去？"阿格凡提出了问题，"她浑身都湿透了吧？"

"小声点。"

"那个男人回到家以后，把刈草刀放好，坐在妻子身旁说：'你都教女儿一些什么啊？我不想房间里有妖法，更不希望和你住在一起了。'因此他离开了家，母女二人从此再也没有见到他。我也不清楚她们后来生活得怎么样。"

"有一个做女巫的母亲肯定非常恐怖。"加瑞斯听圣人说完之后，发表了自己的看法。

"和这样的妻子结婚肯定也是可怕的吧。"加文说。

"可是没有妻子更惨。"圣人说完这句话，忽然退回那间貌似蜂窝的房间里，就像那个瑞士的天气钟内的小人，天气晴朗的时候就会躲到里面去。

男孩子们都已经习以为常了，就围成一个圈，一起坐在门口，等待着其他事情的发生，脑海里浮现的全都是水井、巫女、独角兽以及母亲的举动。

"我有个想法，"加瑞斯突然说，"各位好汉，我们也去捉独角兽吧！"

另外几个人都看向他。

"这总要比干坐着强吧。我们差不多有一周没见过母亲了。"

"她已经忘掉我们了。"

"不可能，你不能这么说我们的母亲！"

"没错，就算是晚饭时，母亲也没让我们去端菜。"

"不要这样说，因为她必须要招待那些骑士。"

"胡说八道。"

"否则还会是什么原因呢？"

"我不会说的。"

"她现在需要的是独角兽，"加瑞斯说道，"假如我们可以抓一只带给她的话，晚饭的时候，她可能就会允许我们端菜了？"

他们认真思考着这个想法，渐渐有了眉目。

他们一齐喊道："圣托狄巴！请再出来一下！我们要去捉独角兽！"

圣人再次伸出脑袋，疑惑地注视着他们。

"独角兽？什么样子？怎样才能捉到？"

他郑重其事地点了点头，再一次缩了回去。过了一段时间，他手脚齐用，带着本专业书籍又爬了出来。这便是他仅有的一部俗世创作。就像大部分圣人一样，他都是依靠抄写手稿过日子的，并且为这些手稿画些插图。

"你必须要有个闺女做诱饵。"他们对圣人说。

"我们的女佣①很多啊！"加瑞斯说，"随意找一个就行啊，或者找那个厨师！"

"她们肯定不愿意。"

"那就去厨房找那个女侍，强迫她做就可以了。"

"往后呢，我们就带着独角兽，胜利回家，交给母亲！今后每一天晚饭前，我们都能帮忙上菜了！"

"她一定会特别开心的。"

"吃完晚饭后，假如会有别的活动，我们也许还能端菜。"

"我们一定会被格鲁莫爵士封为骑士的。他肯定会这样说：'我敢保证，这是有史以来最英勇的功绩！'"

那本宝贵的书籍被圣托狄巴放到洞口外的草皮上。沙尘铺满草地，到处散落的是空蜗牛壳，淡黄色的小蜗牛壳上是紫色的螺旋纹。书籍被他打开了，那是本动物寓言故事，封面上有"动物的习性"的字样，每页也都有插图。

孩子们要他赶紧找一找独角兽的资料，他便翻动起那印有漂亮的德国字体的书本，翻过那吸引人的狮鹫、鳄鱼、野牛、蝎尾狮、肉桂鸟、白鸟、赛伦女妖、龙、鲸鱼、印度甜树。羚羊找了棵柽柳树磨动自己的弯角，可是竟然被树枝缠住了，成了猛兽口中的食物——他们对此不感兴趣。野牛群通过排气使追赶自己的野兽失去目标——同样没有引起他们的兴致。鸽子为了躲避龙的袭击，悄悄躲在印度甜树上——孩子们却视而不见。豹子为了吸引猎物呼出香气——可惜无法吸引他们。另外，

---

① 英语中的"maid"既代表闺女，又代表女佣。

假如要蒙蔽老虎，就在它脚下扔一颗玻璃球，那样它就会错认为是自己的孩子。遇到狮子的时候，只要贴地趴着，就能躲过去。这样的野兽就怕白公鸡，遇到后就用尾巴卷起叶片把自己的痕迹抹去。高地山羊能够凭借自己两只弯曲的角从山上跳下时，保证毫发无损。长牙羚羊能够像摆动耳朵似的摆动犄角。母熊常常背着幼崽，就像它是一个没有生命的东西那样，然后用舌头把它舔成各种自己喜欢的样子。如果白鸟站在床栏杆上对着你的话，说明你就要死了。刺猬都会收藏葡萄留给子女食用，它向来是在一堆葡萄上滚一滚，然后浑身的刺扎满葡萄带回家。那头鲸鱼长着七片鳍、表情也是羞怯的模样，如果你不小心的话，就会把它看成一个小岛，划船上岸。不过很遗憾这些仍旧无法引起男孩子们的兴趣。终于，圣人把被希腊人叫作犀牛的独角兽找了出来。

按照书中的记载，独角兽是一种胆小但是行动敏捷的动物，如同羚羊一般，唯一能抓到它的方法是：一定要找一个闺女做诱饵；如果独角兽发现她独自出现，就会马上过去枕着她的膝盖。书里的插图上那个闺女好像不怎么靠谱，她一只手握着那个独角兽的角，另一只招呼那些拿着长矛的猎手；虚伪的样子和独角兽那蠢笨的信赖神情形成了鲜明的对比。

等他们看完说明，也把插图的内容记下来了，加文就立刻起身赶去厨房找侍女。

"听我说，"他说，"你必须和我们一起到山上捉独角兽。"

"哦，加文少爷！"那个被加文逮到的侍女梅格大喊着。

"是的，你必须跟我走一趟。只能靠你做饵，然后引它把脑袋枕在你的膝盖上。"

梅格吓哭了。

"行了，别吵了。"

"哦，我是一个乖巧的姑娘，加文少爷，我向来很听话，可是我不需要什么独角兽啊！我还要去洗很多衣服，如果被女主人知道我偷跑出去的话，她会用棍子打我的。加文少爷，我肯定会挨打的！"

加文不管她说什么，仍旧揪着她的辫子拖着走。

四个男孩在山顶上吹着清冷的风，商议捕猎的事情。梅格的头发被人揪住，不可能逃走了，因此她不停地哭泣。假如抓住她的人想用两只手比画解说，就会有另一个人接替揪住梅格，就这么轮换人手。

"可以了，我的年龄最大。"加文说，"因此我就是队长。"

"但是这个主意是我提出来的。"加瑞斯说。

"目前的问题是，诱饵要独自留下，这是书里说的。"

"那样她肯定会逃跑。"

"梅格，你想逃跑吗？"

"加文少爷，你让我离开吧。"

"你瞧。"

"我们把她绑起来吧。"

"哦，不要，加赫里斯少爷，不要绑住我。"

"你就是个女孩子，闭嘴。"

"没有可以用来绑的东西呀。"

"各位好汉，我现在以队长的身份下令，加瑞斯现在就跑回去拿绳子。"

"我不要。"

"如果你不去，事情就没法完成了！"

"那为什么非得我去啊？这原本是我想出来的办法。"

"那就让阿格凡去吧。"

"我不要。"

"加赫里斯，你回去拿。"

"不去。"

"你这个坏姑娘，梅格，你不能逃跑，听明白了吗？"

"好的，加文少爷。但是，哦，加文少爷……"

"假如我们可以发现结实的石南根的话，"阿格凡说，"我们可以用石南根捆住她的头发。"

"好主意。"

"哦！哦！"

男孩子绑好了梅格，围着坐在她的四周，商量着下面要做的事情。他们偷偷从兵器库拿来了几支专门捕获野猪用的长矛，可以说装备齐全。

"梅格就要做昨天母亲做的那件事情，我要充当格鲁莫爵士。"阿格凡说。

"那我就是派林诺。"

"阿格凡想做格鲁莫爵士也行，但是必须要把诱饵单独留在这里，书上就是这样说的。"

"哦，加文少爷！不要，阿格凡少爷！"

"别喊了，这样会把独角兽吓跑的。"

"现在我们必须跑到一个地方藏好。昨天就是由于那几位骑士没有离开，所以母亲没有抓到独角兽。"

"我要做芬·麦库尔①。"

"那我是帕洛米德爵士。"

---

① 一位英雄。

"啊，不要让我独自一个人留在这里，加文少爷!"

"别吵。"加文说，"你真是个笨蛋，能做诱饵，你应该感到自豪才是。昨天我们的母亲就是这么做的。"

加瑞斯说："梅格，不用担心，别哭了。我们会保护你的。"

"它一定会杀掉你的!"阿格凡凶狠地说。

听到这些话，那个倒霉的姑娘哭得更伤心了。

"你为什么说这些?"加文气愤地说，"你总喜欢吓唬人，这下好了，她哭的声音更大了。"

"行啦，"加瑞斯说，"梅格，行啦，梅格听话，别再哭了。我们回去之后，我就拿弹弓给你玩。"

"不要，加瑞斯少爷!"

"嘿，你赶紧过来，不要管她了。"

"行啦! 行啦!"

"哦! 哦!"

"梅格。"加文吓唬她说，"假如你不立即停止哭泣，那我就会这么瞪着你!"

她马上止住了哭声。

"很好，"加文说，"只要独角兽过来了，我们就会冲过来杀死它，大家明白吗?"

"刺死它吗?"

"没错，必须要刺死。"

"明白了。"

"希望长矛刺到它的时候，不会太痛。"加瑞斯说。

"你竟然有这样愚蠢的想法。"阿格凡说。

"我不明白为什么要杀掉它。"

"只有这么做，我们才可以把独角兽带给母亲呀，你这个蠢货!"

"我们可以抓到它呀，"加瑞斯说，"再把它牵回去给母亲，你们认为呢？我是说，假如它听话的话，梅格就可以牵着它走了。"

加文以及加赫里斯都认为这是个好主意。

"假如它听话呢，"他们说，"最好是带着活的回家，这也是狩猎中最棒的结果。"

"我们可以强迫它走啊，"阿格凡说，"只要我们用树枝一路上抽打它的屁股就行。"

"就连梅格也可以一起打！"他又加了一句。

商量好后，男孩子们全都藏了起来，不再出声了。现在只能听到微风吹来的声音、石南树丛内蜜蜂发出的嗡嗡声、天空中云雀的歌唱声，还有远方时不时传来的梅格的抽泣声。

男孩们见到独角兽的一刹那，异常震撼。不说别的，它就是一种高贵的动物，带有那种天然的美。不管是谁看到它，都会马上被迷住的。

独角兽洁白一身，银色的蹄子发着亮光，亮白的犄角非常雅致。它轻松地跨越石南树丛，脚步就像毫无任何重量一样的轻盈；柔滑的鬃毛长长的，就像刚整理过一样，这时微风吹过来，鬃毛竟然像水波一样荡漾开来。独角兽浑身最闪亮的地方便是眼睛，在它鼻子的两旁分别是一条淡蓝的褶皱，直达眼窝，在两只眼睛周围形成了一抹忧郁的暗影。这丝忧伤而优雅的暗影环绕着它的双眼，流露出无限的哀怨、寂寞，还有那柔和高雅的悲伤氛围，足够让看到它的人失去自我，只会对它产生爱怜。

独角兽朝厨房侍女梅格走去，在她身前垂下脑袋，拱起脖颈，伸出亮白雅致的犄角抵着她身旁的土地，还用银蹄子触碰石南树丛以示对她的好感。梅格已经不再哭了，行了一个皇家礼仪，把手伸向独角兽。

"独角兽，过来吧，"她说，"假如你愿意，请枕在我的膝盖上吧。"

独角兽一声嘶叫，伸出蹄脚扒开地面，接着特别小心地单膝跪到地上，另一只腿也随后跪下，弓起身子靠在梅格旁边。它用亮晶晶的大眼睛看着梅格，然后就躺在了梅格的膝盖上。它那白皙平坦的脸颊轻轻摩挲着梅格身上的柔软衣服，带着祈求的神情望着她。独角兽朝上翻动着眼白，悄悄地把两只后脚收起来，安静地躺在梅格膝盖上，抬着头仰望上空。它的眼里充满信任的神情，抬起前蹄在空中挥动着，做出各种动作，好像是在说："看看我吧，爱上我吧！请抚摩我的鬃毛，可以吗？"

躲在附近的阿格凡吼了一声，忽然冲向独角兽，手里拿着专门捉野猪用的锋利长矛。另外几个孩子也都站了出来，瞧着阿格凡朝前冲。

阿格凡走近独角兽，拿起长矛就朝它的后腿、细弱的肚子以及肋骨疯狂刺去，同时发出大声的喊叫声。独角兽望着梅格流露出悲伤的神情，突然一跃而起，带着责怪的神情望着她。梅格握着它的角，好像已经神志不清了。虽然她只是轻轻地抓住，但是独角兽好像根本逃脱不掉。阿格凡猛戳长矛，独角兽溅起的鲜血把它青白的毛皮染红了。

加瑞斯跑向他们，紧跟其后的是加文。最后到的是加赫里斯，呆愣着不知道该怎么办了。

"停下！"加瑞嘶吼起来，"不要这么戳它！住手！快住手！"

加文也赶了过来，阿格凡这时举起的长矛刺进了独角兽最后一根肋骨下。它浑身颤抖了一阵，接着后脚便蹬直了。它那直挺挺的后脚好像要努力跳出去一般，接着又是一阵抖动，这便是它临死前最痛苦的挣扎。独角兽自始至终和梅格两两相对，梅格也低着头没有离开过它的视线。

"你做了什么？"加文愤怒地发出吼叫，"不要再刺了！别伤害它！"

"哦，独角兽。"梅格小声喊道。

独角兽终于停止抖动，四脚伸平，脑袋搭在梅格的膝盖上。最后它的脚踢了一下，就僵直了，乌青的眼睑耷拉下来，一动不动了。

"看你都干了什么！"加瑞斯大吼道，"它多好看啊，你竟然杀死了它！"

阿格凡反驳道："这个女孩子是我们的母亲，它竟然枕着她的膝盖，它就必须要死！"

"可是之前我们已经说好，要捉活的。"加文喊道，"明明已经商量好了，我们要把它带回家去，那样就能上菜了。"

"独角兽多可怜啊！"梅格说。

"你们瞧，可能它已经没有呼吸了。"加赫里斯说。

加瑞斯走近阿格凡，面对这个比他大三岁，随时就能打倒他的哥哥，他训斥道："为什么要刺它？你这个刽子手！它就是一只漂亮的独角兽，为什么你要杀掉它？"

"它躺在母亲的膝盖上。"

"它没有伤害别人！它还有银色的蹄子。"

"独角兽原本就应该杀死。我觉得梅格也应该一起杀死。"

"你是个叛徒！"加文说，"原本我们能够牵着它回家，然后可以端菜的。"

"可是它已经死了。"加赫里斯说。

梅格垂着脑袋盯着独角兽额头上洁白的毛，再一次抽泣起来。

加瑞斯轻抚着独角兽的脑袋，转过满是泪水的脸。他抚摩独角兽的时候，发现它的毛皮很柔顺。他眼睁睁地看着独角兽迅速消失的生命光彩，他从头到尾感受到了这件事情的悲哀。

"唉，已经死了。"加赫里斯已经第三次说起了，"咱们带它回家去吧。"

"我们竟然抓住了独角兽。"加文说，他才反应过来，他们完成了任务。

"就是一只畜生！"阿格凡说。

"我们靠自己的能力抓到了！"

"就算是格鲁莫爵士也抓不到。"

"我们却做到了。"

加文早就把刚才的伤心抛到了脑后，现在他正围着独角兽的尸体跳舞，举着长矛发出惊悚的吼叫声。

"咱们要解剖它。"加赫里斯说，"照老规矩办，先掏干净内脏，然后用马驮着，就和那些真正的猎手一样把它带回家去。"

"母亲一定会高兴的！"

"她一定会欢呼：'苍天保佑，我的儿子真英勇！'"

"就和格鲁莫爵士、派林诺国王那样，我们从此以后就会顺顺利利啦！"

"那要怎么做呢？"

"咱们先挖出它的内脏。"阿格凡说。

加瑞斯起身，来到石南树丛。他说："我不会干的。你呢，梅格？"

梅格一句话都没有说，因为她很难过。加瑞斯刚放开她，她便跑开了，因为她只想尽快离开这里，赶紧回到城堡。加瑞斯紧跟在她的身后。

"梅格，你等等我！"他喊道，"梅格！不要跑啦！"

但是梅格仍旧继续跑着，奔跑的速度就像羚羊赤脚一样，她轻松地跳跃着，加瑞斯不得不放弃了。他趴在石南树丛中，大声哭了起来，但是他自己也不清楚为什么会哭。

另外三个小猎手剖开独角兽的时候遇到了困难。他们把独角兽的肚子割开，但是不知道怎么做才是对的，最后刺破了肠子，原本漂亮的独角兽被他们弄得血淋淋的，非常恐怖，而且让人感到恶心。三个人都有着自己爱独角兽的方式，阿格凡的爱最变态。破坏了这可爱的东西他们都有责任，由起初的罪恶感竟然变成了憎恨。最厌恶这具尸体的是加文，厌恶它成了一具死尸，厌恶它原本那么美丽，如今却让他感到自己像禽兽一样。在这之前，他还非常喜欢独角兽的，而且他也参与了捕捉，如今他却只能对着这具尸体发泄自己的愧疚和厌恶。乱砍乱划一气之后，他自己也差点哭起来。

"咱们做不好的。"他们喘着粗气，"假如内脏全都掏出来了，我们怎样才能搬到山下去呢？"

"但是我们必须那么做，"加赫里斯说，"必须搬！如果不搬的话，就没有任何意义了。必须把这些都搬回去！"

"我们做不到。"

"我们没有马。"

"平时解剖之后，不就是用马驮走的吗？"

"要不就砍掉脑袋吧！"阿格凡说，"咱们想办法砍掉脑袋，把脑袋带回去不就行了。只要有头就行吧，大家都来扛。”

虽然他们内心十分反感这种可怕的事情，但是还是动手砍下了独角兽的头。

加瑞斯在石南树丛里止住了哭声，仰面看向天空，一动不动。他看到一朵朵威严的白云穿过毫无边际的穹空，感到一阵眩晕，他心想：那朵云和这里有多远的距离？一英里①？再往上那朵呢？两英里吧？接着便是一英里一英里的计算，遥远而又缥缈的蓝天，假如这时天地旋转，可能我会掉下去，也许会飞向遥远的地方。穿越云层时，我可以试一试抓到它们，不过我不会停下来的，我到底该去哪里呢？

加瑞斯想到这儿，有些反胃，再加上刚才他没有一起去解剖尸体，从而感到惭愧，这让他觉得浑身不自在。这种情况下，只有一个法子，那便是离开这使他难受的地方，他想忘掉这些。因此他站起来走向另外几个孩子。

“嗨！”加文说，“你逮到她了？”

“没有，她已经回城堡去了。”

“我想她应该不会告诉别人的。”加赫里斯说，“我们要准备的是一个惊喜，否则就没有意思了。”

三个男孩忙活了一阵，已经浑身是血，满头大汗了，那样子看上去很可怜。阿格凡吐过两次。但是他们仍旧没有停下来，加瑞斯也加入解剖尸体的行列中。

“这个时候可不能停下来。”加文说，“你们想想，如果我们把它带回去给母亲，那会发生什么事情？”

“假如我们带回去的东西正好是她需要的，也许她会在晚

---

① 一英里约为 1.609 公里。

上和我们说晚安呐！"

"她肯定会笑着称赞我们是出色的猎手。"

他们费尽力气割断了可怕的脊椎骨，却注意到独角兽的脑袋实在太沉了，凭他们几个是绝对扛不走的。他们尝试着一起抬，但是最后弄得自己全身是血。然后加文建议使用绳子把它拖回去，可是又没有绳子。

"不如我们抓住它的角拖着走。"加瑞斯说，"正好走的是下坡路，只要推拉就可以。"

由于每次只需要一个人抓着，于是他们轮流拖动。如果独角兽的脑袋卡在石南树根上，或者在山沟里卡住了，另外几个人就会帮忙推。就算是这样，在他们看来仍旧很沉，因此走上二十码就不得不站住交换位置。

"等我们回去之后，"加文大口喘着气说，"就把它的脑袋放到花园的座椅上。母亲散步时就会路过那里，吃饭前就会看到。我们就挡在她面前，等她走近的时候，再忽然分开站，母亲就能看到独角兽啦！"

"她肯定会大吃一惊的。"加赫里斯说。

他们费尽力气走下山的时候，独角兽的脑袋又被卡住了。他们发觉已经不能继续拖着走了，因为在平地上无法抓住角。

现在已经到了吃晚饭的时候了，情况非常紧急，加瑞斯想先跑回去把绳子拿来。他们用绳子绑住满是血渍的脑袋，这个骨肉差不多散掉、眼睛烂掉、伤痕累累而且还绑着石南根的独角兽的脑袋被他们拖到了草药园的椅子上。加瑞斯还想要撑起那个东西，想摆放得更好看一些。

魔法王后真的像他们说的那样到这里散步了，她是和格鲁莫爵士一起来的，他们聊着天，身旁是观赏狗特雷、甜心和布兰齐。椅子前站着的四个男孩并没有引起她的注意。他们毕恭毕敬地排成一列，身上全都沾满污渍，脸上是希望和兴奋的神情。

"好!"加文发号施令，于是他们一起分开。

摩高丝王后没有发现独角兽。因为她正在想事情，格鲁莫爵士陪着她经过这里。

"母亲大人!"加瑞斯的喊叫声有点奇怪，他跑过去，拉了拉王后身上的裙子。

"哦，宝贝，有事吗?"

"哦，母亲，您看我们抓到了独角兽要送给您。"

"哦，格鲁莫爵士快瞧，他们太可爱了。"她说，"哦，亲爱的，你们快去厨房喝牛奶吧!"

"但是，母亲……"

"行了行了，"她小声说，"回头再说。"

于是，王后淡定自若地走了，而摸不着头脑的几个男孩跟随其后。她没有发现孩子们身上的衣服已经破烂不堪了，而且她也没有责怪他们。可是到了晚上，她才注意到独角兽，于是她用鞭子把四个儿子都打了一顿，原因是她与英格兰骑士用了一天的时间都没有抓到，而这几个孩子做到了。

第八章

　　在毕德格连平原驻扎了许多五颜六色的帐篷，看上去就和旧式的一座座浴棚一样。有的真和浴棚似的带着斑纹，不过大部分都是黄色、绿色等没花纹的。一般帐篷上钉上了或者印上了标志图，比如庞大的两头黑鹰、长枪、橡树、飞龙，或者是和主人名字发音相似的东西。例如凯伊住的帐篷上的图标是把黑色的钥匙，而敌人乌尔巴爵士的图标却是一只穿飘垂袖的手臂。其实这类袖子真名叫"曼奇袖"。帐篷上空飘扬着燕尾旗，捆绑好的长矛一捆一捆地靠在帐篷上。喜欢运动的贵族们总要把盾牌或者大铜盆挂在门外，只要你用枪托敲击这些东西，回声会持续很长时间，帐篷里的那些贵族就会生气地跑出来，打算和你决斗。脾气好的狄纳丹爵士通常会把一个夜壶挂在门外。营地里有帐篷，就会有人。帐篷周围都是人，厨师会和偷嘴的狗们争吵；小侍从会趁人不备的时候，把脏话写在别人后背上；

另外歌手弹起鲁特琴发出优雅的曲调，情真意切地唱着和《绿袖子》差不多的歌曲；也有貌似天真的随从们，竟然把得了跗节肉肿起来的马卖给其他人；乐师想赚点外快，于是弹奏六弦琴；吉卜赛人能占卜战争的胜败；骑士身体壮硕、头上胡乱裹着头巾，正在以西洋棋解闷，他们的腿上坐着随军女商贩。另外，还有小丑、咏诵的诗人、杂技演员、竖琴师、歌手、魔术师、弄臣，并且有人跳起了鸡蛋舞、芭蕾、熊舞以及梯子舞；走江湖的郎中、吞火表演与走钢丝的杂技演员轮流表演节目。从一方面来讲，这就仿佛是德比赛马日到了。掩映在谢伍德树林里的帐篷阵营朝远处四散延伸，一直到看不见的地方。林子里到处都是野猪、强壮的公鹿、非法者、火龙以及紫蛱蝶，还有一支埋伏在附近的部队，但是没有人知道这件事情。

亚瑟王并不过问马上就要爆发的战斗。熙熙攘攘的营篷中心就是他的地盘，他躲在帐幕里，整天和艾克特爵士、梅林又或者凯伊大谈特谈。外边的军官看到主帅营篷内通宵掌灯，还误认为国王已经连续几天都在进行开战前的会议，一定做好了万全的制敌方案，因此都信心百倍。实际上，国王谈论的事情和即将发生的战争没有任何关系。

"肯定有人彼此之间暗中较量！"凯伊说，"那时你领导的这些骑士都会勇争第一，每一个人都希望坐上主位。"

"干脆我们用圆桌，那样就没有什么主次之分了。"

"但是，亚瑟，应该没有能容得下一百五十位骑士的圆桌吧？我想想……"

最近，梅林甚少出现在讨论中，他一向把两手叠放在肚子上，微笑着坐在旁边。这时候，他要帮助凯伊解决问题。

"起码这个圆桌的直径得有四十五公尺。"他说，"二乘以

半径再乘以 π，就能算出周长了。"

"嗯，没错，如果直径按四十五公尺，那么桌子要有多大啊？那就和海洋差不多，四周只有很少的人。菜都不用摆上桌了，因为没有人能够得到。"

"不如我们把桌子改成环形的，"亚瑟说，"圆的不合适。我也说不上那是怎样的环形，我想就和车轮的框架那样，轮辐间是空的，用人可以走来走去。就称他们为'圆桌武士'吧。"

"名字真好听！"

"关键是……"国王思考得越多，就越能发现他英明的一面。他接着说："最关键的是，他们从年轻时就应该开始。如今我们的对手都是上了年纪的老骑士，想学会新东西比较困难。如果想让他们加入我们，教会他们用恰当的方法战斗也是能做到的，但是就怕陋习难去，比如布鲁斯爵士。格鲁莫爵士与派林诺国王——不过想拉这些人入伙，一时半会也找不到他们。这两个人肯定容易说服，原本他们就很好说话。不过要是洛特王的部下，就怕比较困难了。因此我才觉得应该从年轻时就开始。为了我们的将来，一定要栽培新的骑士，上次和那个谁来着，蓝斯洛便是一个非常好的骑士，我们必须要寻找这样的孩子才行。圆桌是需要他们支撑的。"

"提到'圆桌'，"梅林说，"我也不怕告诉你们，罗德格兰斯国王恰巧就有一张合适的。只要你和他的女儿结婚，可能他会答应送你那张圆桌做贺礼。"

"我要和他的女儿结婚？"

"对呀，她的名字是桂妮薇。"

"额，梅林，我对将来的事情不想那么早知道，我也不一定会相信……"

"有的事，"梅林说，"不管你信还是不信，我都要对你说。问题是，我好像有什么事情没告诉你。一定要提醒我，下一次有机会我再告诉你一些关于桂妮薇的事情。"

"大家被你说得晕头转向的！"亚瑟不满地说，"我也不记得自己想要知道什么了，例如谁是我的……"

"那时，你一定得大摆宴席，"凯伊没等他说完就抢着说，"就像过五旬节时那样，所有的骑士都要请来一起用餐，说说他们的故事。假如可以告诉别人自己做过的伟大事情的话，他们肯定希望按照你的意思去战斗。梅林能在每个座位上，用魔法印上每位的名字，然后在椅背上刻上徽章，那肯定非常有气势。"

听到这个让人激动的想法，国王已经忘记了之前的问题，两个青年人马上坐到了一起，画出自己的徽章让梅林瞧，担心到时候他会把颜色搞错了。才画了一半，凯伊就扬起脑袋，吐吐舌头，说："您还记得上次我们讨论的'侵略'问题吗？嗯，我想到了一个开战的好借口。"

梅林听到这话，身体整个僵住了。

"说说看。"

"需要开战的最好借口，只是找个好由头就行了！例如，假如一位国王有了全新的生活模式，而且对谁都没有坏处，可能还会成为解救人类的唯一方法。但是一旦人类坏到一定程度或者蠢到一定地步，根本不会听他的劝阻呢？他可能会为了大家的利益，动用武力解决问题。"

魔法师双手握紧，用力绞动身上的长袍子，全身不住地颤抖。

"真有趣，"他的声音有些发抖，"实在太有趣了。我年轻那会儿，记得确实有这样的人。那是一个奥地利人，他有一套不同于他人的生活模式，他自以为可行，因此他就想通过武力逼迫大家改变，反而使这个文明社会深陷悲哀和动乱之中。但是，朋友们，那个人忘了一件事，那便是还有位名为耶稣基督的改革老前辈。不如我们就把耶稣与那个奥地利人当作一样的，都明白要如何解救人类。有意思的是，耶稣并没有训练门徒，让他们变成突击队员，也没干过烧掉耶路撒冷的宫殿或者拿彼拉多顶罪。他反而让人们非常清楚地认识到，哲学家有责任给世上的人们'提供'新观念，而非强逼他们认同这些观点。"

凯伊的脸变得苍白，但是仍旧有点不服。

他问："如果亚瑟现在开战的话，就是打算强逼洛特王认同自己的观点吗？"

第九章

　　王后提出捕捉独角兽的建议，却得到了意外的收获。派林诺国王的思念之情越来越强烈，大家都认为需要替他想想办法。帕洛米德爵士突然有了个好主意。

　　"要替陛下分忧，"他说，"看来只能指望寻水兽了。大君阁下的这种习惯一生都在坚持着，我个人觉得不应该一直要刻意着重放在这一点上。"

　　"我认为，寻水兽可能不在世上了！否则肯定也是逃到远处的法兰德斯了。"格鲁莫爵士说。

　　"那我们肯定要装扮一下才行，"帕洛米德爵士说，"装成寻水兽，然后自己跑来让人抓住。"

　　"好像有些太勉强了。"

　　不过撒拉逊人整个脑袋都被这个想法占据了。

　　"不会吧?"他疑惑道，"天啊，这怎么可能? 穿上动物的服装，假扮成小鹿、羊呀这些东西的小丑，再加上铃铛与小鼓发出的音律跳舞转圈？"

"不过，我们可不是什么小丑，帕洛米德！"

"学一学他们不可以吗？"

"学小丑！"

小丑是一种杂技演员，属于地位卑微的游方诗人，而格鲁莫爵士非常讨厌这个建议。

"不过我们要装成寻水兽，应该怎么办？"他没精打采地说，"这种东西很难做！"

"请讲一讲吧。"

"唉，该死！它长着蛇头，而身体是豹子的，屁股是狮子的，脚是雄鹿的，并且，老兄，光是它的肚子发出的声音，咱们也学不了啊？听上去如同六十只狗在狂叫！"

"那在下做肚子，"帕洛米德爵士说，"我这样叫。"

他用约德尔调唱起来。

"嘘！"格鲁莫爵士吃惊地喊道，"你想要吵醒城堡中的所有人吗？"

"就这么决定了？"

"决定什么！这一辈子就没听说过这么荒谬的事情！它的叫法可不是那样的，而是这样。"

然后格鲁莫爵士发出跑调的男高音，就像几千只瓦士湾①内的野雁一起叫的情景。

"嘘！快停下来！"帕洛米德爵士吼道。

"我不要停！刚刚你也学了猪叫！"

---

① 北海水湾，位于英格兰东部。

接着这两个博物学家就面对面学起了猫头鹰的咕咕声、猪的呼噜声、海鸥的嘎嘎声、婴儿的呜呜声、公鸡的喔喔声、牛的哞哞声、狗的汪汪声、鸭子的呱呱声、猫的喵喵声，他们叫得满脸通红。

"脑袋吧，"格鲁莫爵士忽然停住说，"必须要使用厚纸板。"

"帆布行吗？"帕洛米德爵士说，"四周的渔民肯定有很多。"

"不如用皮靴做蹄子。"

"把身上涂成豹纹。"

"身体中间最好用纽扣连在一起……"

"……咱们两个人可以这样连在一起。"

"你，"帕洛米德爵士大方地说，"就做后半身吧，你来学狗叫。这样就让人觉得声音是从肚子里发出来的。"

格鲁莫爵士高兴得脸都红了，沙哑着嗓子用诺曼腔调说："唉，太感谢你啦，帕洛米德。我必须要告诉你，您就是大好人！"

"客气客气。"

从这以后的一整周里，这两个人都很少出现在派林诺国王的面前。"你就专心写情诗，派林诺。"他们对国王说，"要不就去悬崖边上叹息吧，乖乖地去吧！"于是，他无所事事地到处溜达，有时突然来了灵感，就大喊"法兰德斯——懒惰的家伙"或者"女儿——施行"。这时，忧郁的王后就会在他附近出现。

与此同时，帕洛米德爵士锁紧房门，两个人藏在里面缝缝补补，一会儿涂漆一会儿争论，从来没有这么热闹的时候。

"亲爱的朋友，我不是告诉过你了吗？豹子的纹路是黑的。"

"是深棕色。"帕洛米德爵士坚持自己的想法。

"什么深棕色？可是我们也没这种颜色啊！"

两个人彼此怒目相望，就像在保卫自己的作品一样。

"头可以了，戴上试试看。"

"看你都弄破了，你怎么那么笨。"

"做得本来就不结实。"

"这下好了，得重新做一个了。"

重新弄好之后，这个异教徒的骑士朝后退了一步欣赏起他们的创作来。

"你不要碰豹纹，帕洛米德！哎，又让你给骗了。"

"实在太抱歉了！"

"能不能看着点路！"

"哼，不知谁把它的脚伸进肋骨里啦！"

第二天的时候，做好的怪兽后半部分也出问题了。

"屁股太窄了。"

"不弯腰就好了。"

"我扮后半部分，就得弯腰啊。"

"不会破掉的。"

"肯定会。"

"我说不会，肯定就不会。"

"瞧，还真破开了。"

第三天的时候，"小心我的尾巴，你踩到了。"格鲁莫爵士说。

"格鲁莫，你抓得太紧了，我扭到脖子了。"

"你看不见吗？"

"没错，我看不见，我扭到脖子了。"

"你又踩我尾巴上了。"他们一会儿平心静气地解决问题。

"好了，这回小心一点，我们步伐要统一。"

"您喊口号。"

"左！右！左！右！"

"我感觉屁股就要下来了。"

"要是您不抓牢在下的腰的话，可能咱们就要分离了。"

"唉，我必须抓紧屁股，不得不放开。"

"纽扣开了。"

"该死的纽扣。"

"在下已经说过了。"

于是，第四天的时候，他们把纽扣缝好，又开始练习了。

"我能开始练习狗叫了吗？"

"当然，请开始吧！"

"你认为我的声音从里面发出来，听上去怎么样？"

"太棒了，格鲁莫，太棒了。只是这声音从我身后传来的，有点怪，您明白我说的意思吗？"

"我感觉声音不清楚。"

"好像有点。"

"可能在外边听的话，会好一些。"

第五天的时候，他们有了突破性的进展。

"我们该训练一下奔跑的速度。不能一直都用走的，那时要是他追过来可怎么办？"

"对，说得没错。"

"我一喊跑，我们就一起跑起来。准备好，预备，跑！"

"小心，格鲁莫，你撞上我了！"

"撞上你了？"

"注意床。"

"刚刚您说了什么？"

"哎哟，天啊！"

"烧了这床吧！我的脚都快断了！"

"您又扯开了纽扣。"

"该死的纽扣，我的脚趾撞到啦。"

"呼，在下的脑袋也掉下来了。"

"我们最好还是用走的。"

第六天的时候，"要是能配上点音乐，可能跑起来会更轻松点。你明白我的意思吗？就是那种听上去像马蹄迅速奔跑发出的响声。"格鲁莫爵士说。

"遗憾的是，我们没有可以匹配的音乐。"

"是没有。"

"听我说，帕洛米德，我学狗叫的时候，可不可以请你同时唱着'嗒嗒'？"

"在下可以试一试。"

"太棒了，那我们这就开始吧！"

"嗒嗒……嗒嗒……嗒嗒！"

"该死！"

"我们又要重新开始了。"周末的时候，格鲁莫爵士说，"还好，蹄子没坏。"

"我觉得今后到了外面，肯定摔跤也不会感到有多痛了。您明白我的意思吗？就像在青苔上跌倒一样。"

"可能帆布也扯得不会太严重。"

"如果我们做成两层的，那就更结实了。"

"好主意。"

"真幸运，至少蹄子还没坏。"

"帕洛米德，你听我说，看上去这个东西真的和一只凶残的怪物差不多！"

"这次做得肯定很好。"

"遗憾的是不能让它做喷火等事情。"

"要是点着了就麻烦了。"

"帕洛米德，我们再跑一圈？"

"好啊。"

"把床先推到墙边。"

"小心纽扣。"

"假如你发觉我们快要撞到什么东西上的话，就赶紧停，明白吗？"

"明白。"

"帕洛米德，外表添点亮光！"

"好的，格鲁莫！"

"可以了吗？"

"好了。"

"咱们启程吧！"

"刚刚真的算是一路狂奔啊，帕洛米德！"来自原始森林的骑士大喊道。

"跑得实在太精彩了。"

"您注意到我自始至终都在学狗叫了吗？"

"格鲁莫爵士，我当然注意到了。"

"哦哦，我已经很长时间没有这么高兴了。"

他们身上穿着怪兽的服饰，欢天喜地地喘着粗气。

"听我说，帕洛米德，看我甩动的尾巴！"

"你太牛了，格鲁莫爵士，我也可以眨眼睛的。"

"不，不，帕洛米德，你快瞧我的尾巴，要不然就可惜了。"

"唉，我瞧您甩动尾巴，您也应该瞧一瞧我眨动眼睛啊，这才公平！"

"但是我在里面，根本看不见啊！"

"格鲁莫爵士，这个啊，在下也没办法转身瞧向你的屁股啊。"

"算了，我们最后再跑一圈。这次我不仅要痛痛快快地叫，还要甩动尾巴。那样一定非常恐怖。"

"那我就会保持眨动眼睛的动作。"

"帕洛米德，我们跑起来的时候，可以偶尔跳上两下，你说好不好？明白我说的是什么吧，就是用后脚跳起来。"

"要用后脚跳起来，那最好后半身独自做出来更好。"

"你的意思是我能自己做？"

"没错。"

"唉，帕洛米德，你实在太好了，竟然允许我独自跳起来！"

"在下觉得您应该在跳跃的时候略加小心，以免撞到前半身吧？"

"帕洛米德，就按你说的做！"

"穿上靴子，带上鞍子，格鲁莫爵士。"

"呦吼，帕洛米德爵士。"

"嗒嗒……嗒嗒……我们这就启程去寻找！"

王后没有否认这件无法实现的事情。就算她的内心被盖尔族的仇恨所蒙蔽，也还知道驴是不可能和蟒蛇成为一伙的。在那些荒唐的骑士面前，不管她怎么展示自己的才华和美貌，或是以爱情迷惑他们，都不可能成功。他们只是撒克逊的一群笨蛋，而她是不折不扣的圣人。可是情况有了转机，王后意识到自己心里只有孩子们。在他们眼里，她便是世上最崇高的母亲！她在意的是她的儿子们，内心充满了母爱。因此，当慌张的加瑞斯拿着一束白石南走进她的房间，为之前挨鞭子赎罪时，她搂住加瑞斯吻个不停，同时眼睛还瞥向镜子。

加瑞斯挣脱母亲的怀抱，擦掉眼泪，一是感到难受，二是欣喜若狂。他拿来的那束石南被母亲打理好后，插在了一个没有水的杯子中。母亲是一个重视家庭的人！他能够轻松自由地离开了。因此，加瑞斯把母亲原谅他们的消息带了出去，一蹦一跳出了母亲的卧房，如同陀螺一样，走下螺旋梯。

这和亚瑟王小时候玩的地方很不一样。如果不是那座形如椭圆的长塔屋的话，诺曼人可能不会认为那是一座城堡。因为它在诺曼人知道的那些东西的一千年以前就存在了。

加瑞斯跑着穿过城堡，想告诉兄长们，母亲已经原谅他们了。这座城堡在远古时期就已经存在了，原本是座海角堡垒，这是本地人奇特的地标。残酷的历史像火山洪水一样把他们驱赶到了海边，在天涯海角垂死挣扎。他们在状似舌头的悬崖峭壁上建起了高墙，身后就是大海。高墙横跨舌根，本来是代表着灭亡的汪洋大海，反而成了四周天然的防护。就是在这样的海峡上，浑身涂满蓝色的吃人族拿石头砌成了高墙，高和宽都有十四英尺，里面设计的排屋是利于人可以把燧石抛掷出去的。高墙外，他们插上了成千上万的尖石，形成了一面防范外敌的铁蒺藜，就像受惊了的刺猬。晚上，在高墙的掩护下，他们和牲畜共同待在木头建造的小房子里。装饰高墙的是长竿上悬挂着的敌人脑袋，地底下是国王修建的藏宝屋，同时也可以当作地下逃生通道。通道横在高墙下面，就算是堡垒坍塌，他也能悄悄跑到敌人的后方去。通道一次只能通过一个人，另外还有特制的扭索，如果有追兵追来，就可以趁他们排除障碍的时候袭击他们的脑袋。为了保守这个秘密，挖完通道之后，祭祀王就会处死他们。

这是一千年之前的事情。

随着本地人实施的保育策略，洛锡安城不停地扩大建筑。因为斯堪的纳维亚的入侵，这里出现了一座长形的木屋；那里最早的石墙也被推倒了，建造了僧侣居住的圆塔。最后修建了那座椭圆状的塔屋，包括牛棚以及两间卧室。

加瑞斯就是在这片杂乱的历史遗迹里跑去找哥哥们；就在重建的建筑与单坡顶层之间，原本镌刻的是欧延文字，是用来纪念去世很久的某人儿子的石碑，到了后来被上下翻转夹入了棱堡里面；就在大西洋气流洗涤后，变得峻峭的迎风而站的悬崖上。小渔村背靠大海，就在山下的沙丘中间；就是那视野开阔，放眼能够看到十英里之外的海浪以及一百多英里的天边云积的位置。爱尔兰圣人和学者傍海而居，总是以某种神秘又可怕的模样躲在圆顶的石屋子里。他们躲在蜂巢小窝内吟诵着五十篇诗作，在开阔的野外吟诵着五十篇诗作，跳到寒水刺骨的海里吟诵着五十篇诗作，以此表明自己对世间的厌恶程度。圣托狄巴算不上当中的代表。

加瑞斯发现他的三个哥哥在储藏室内。

这里很多气味交织在一起，有燕麦、火腿、洋葱、熏鲑鱼、干鳕鱼、鲨鱼油、一桶桶腌好的鲱鱼、玉米、鸡毛、帆布、牛奶，这都是每个星期四要做奶油用的东西；另外还有晾干了的松木、草药、鱼胶、苹果、制箭师使用的亮光漆、鹿肉、外国香料、海草、死在捕鼠器上的老鼠、木头的刨花、几只小猫、辛辣焦油和仍没卖出去的绵羊毛。

阿格凡、加赫里斯和加文正坐在羊毛上，边吃苹果边不停地争论着什么。

"这不关我们的事。"加文倔强地说。

阿格凡带着哀伤说："本来就是我们的问题呀！我们和这件事密切相关，并且我们还是犯错的一方。"

"你居然说母亲不对？"

"她就是不对。"

"她是对的。"

"那你有什么证据吗……"

"撒拉逊人会认为，他们没有错。"加文说，"昨天晚上，格鲁莫爵士给我试了试他的头盔。"

"那和这件事没有任何关系。"

加文说："我不想再提了。说这些话太丢人了。"

"加文你真不一般啊！"

加瑞斯走进来的时候，正好看见加文脸红耳赤，正愤怒地看着阿格凡。很显然他又要发火了，可是阿格凡却又是一个可怜的文化人，就算遭到了武力威胁，但是因为自尊心作祟而不愿意妥协。他属于争论到一半的时候，就被别人打翻在地，但是仍旧躺着嘲笑对方的那种人。"过来啊，有本事就再打几拳，我看看你到底多有本事！"

加文怒视着他。

"闭嘴！"

"我就不！"

"那我来让你闭上嘴。"

"无论你要做什么，都无法改变事实。"

加瑞斯说："阿格凡，快住手。加文，你别理他。阿格凡，如果你不闭上嘴，可能他会杀掉你。"

"我才不管这些呢，我只知道我说得对。"

"别吵了。"

"我就要说。我认为我们最好给父亲写一封信，告诉他关于那几个骑士的事情。我们得把母亲的事情报告给他，我们……"

他还没有说完，加文就再次扑了上来。

"你这个坏家伙，良心交给魔鬼了吧！"他气愤地吼道，"你个叛徒！啊！你的胆子可真大呀！"

阿格凡是他们当中比较弱的一个，而且怕痛，所以他被打倒后，就抽出了匕首对付哥哥。他从来没有因为他们发生矛盾而做过这种事情。

"小心他的手里！"加瑞斯大喊道。

阿格凡和加文两个人在羊毛堆中滚来滚去，打在了一起。

"加赫里斯，快抓住他的手！快放手，加文！丢掉你的刀子，阿格凡！要是你再不丢了刀子，他会杀了你的，阿格凡。啊，你这个歹毒的人！"

男孩的面色铁青，匕首也不知道丢到哪里去了。加文两只手掐在阿格凡的脖子上，正死命地揪住阿格凡的脑袋朝地板上撞。加瑞斯揪住了加文的衣领，用力扭着他的衣领分散他的精力。躲在远处的加赫里斯正到处寻找匕首。

"松开，"加文喘着粗气，"松开我！"他哑着嗓子咳出了两声，就像幼小的狮子学习怎么发出怒吼声一样。

阿格凡的喉咙被加文弄伤了，这时他已经全身放松，紧闭双眼倒在地上打着嗝，看上去好像奄奄一息了。他们拉开加文，把加文按倒在地，不过他仍旧在挣脱，要接着做没有做完的事情。

令人惊讶的是，每次只要他发狂的时候，就好像失去了人性。很多年之后，每每他再次被迫陷入这种情况的时候，甚至还会杀害女人——尽管事后，他会后悔不已。

装扮的寻水兽做好后，两个骑士带它出了城堡，藏到了悬崖下处于高潮线位置的某个洞中。然后两个人开了瓶威士忌祝贺，直到傍晚，他们才去拜见国王。

两个人在国王的卧房里找到了他，国王正握着鹅毛笔在一张羊皮纸上写着什么。不过不是什么诗歌，只是画了张草图，画的是叠放在一起的两颗心，心上分别写上了 P 字样①，由一支箭穿过。恰巧这时国王擤了擤鼻涕。

"打搅了，派林诺。"格鲁莫爵士说，"我们在悬崖上发现了一个奇怪的东西！"

"有什么不好的东西吗？"

"唉，也不一定……"

"我倒是希望我猜得没错。"

格鲁莫爵士认真想了想，于是拉过撒拉逊人。两个人商量好要采用间接方式。

"哦，派林诺，"格鲁莫爵士冷漠地说，"你画的什么？"

"你认为像什么？"

"看上去是一幅画。"

"没错。"国王说，"不过我希望你们能离我远些。我说的是，假如你们识相的话。"

"假如你在那里画上一条线，可能更好一些。"格鲁莫爵士接着说。

----

① 英文中派林诺和小猪都以 P 打头。

"你说的哪里？"

"就在这里，有猪的那个位置。"

"嘿，我根本听不明白你说的意思。"

"非常抱歉，派林诺，我还以为你是眯着眼画的猪呢。"

帕洛米德爵士感到自己应该在这时候接住话才行。

他犹犹豫豫地说："上天庇佑，格鲁莫爵士可是看到了一件奇怪的事情！"

"什么怪事？"

"有个东西。"格鲁莫爵士说。

"怎样的东西？"国王疑惑道。

"你肯定会喜欢的。"

"有四只脚。"撒拉逊人接着说。

"是动物？"国王问，"或者植物？还是宝物？"

"是动物。"

"一头猪？"国王再次问道，大约能猜出来两个人的意思了。

"不是，不是，派林诺，不是一头猪。快不要再想猪了。这种东西的叫声有点像猎狗！"

"就和六十只猎狗的叫声差不多！"帕洛米德爵士补充道。

"那一定是鲸鱼！"国王大喊道。

"不是，派林诺，鲸鱼怎么会有脚呢？"

"但是声音就是那样的！"

"鲸鱼会发出这样的声音？"

"我怎么可能知道？说明白点。"

"好的，但是要如何说呢，这就和猜动物的游戏一样。"

"不是的，派林诺，这可是我们看见的一种能学狗叫的东西。"

"哦，我觉得！"他悲哀地吼道，"你们快点闭嘴！要不就快走！一会儿鲸鱼一会儿猪的，这次又是狗叫，我怎么会知道那是什么？你们就发发善心，别来烦我了，让我安静地画些东西，要不然我就自杀，就这样吧。我的意思是，这种要求还是符合常理的吧，什么，你们没听明白吗？"

"派林诺，你不能颓废了啊！我们看到的就是寻水兽啊！"

"什么原因？"

"什么原因？"

"没错，什么原因？"

"你干吗要问什么原因？"

"我是说，"格鲁莫爵士说，"你可以问'在哪儿？'或者是'什么时间？'但是你干吗要问'什么原因'？"

"怎么不可以吗？"

"派林诺，你糊涂了吗？听我说，我们在外边的悬崖上发现了寻水兽，非常近！"

"是'它'，并非'什么东西'。"

"老朋友，不管它算不算东西，但是我们发现啦！"

"那你们应该把它抓起来啊！"

"派林诺，要抓住它的人应该是你才对！不管怎么说，这可是你一生的事业，没错吧？"

"它既蠢又笨。"国王说。

"它是不是蠢笨不重要，"格鲁莫有点失望，"重要的是，它是你的杰作！你经常说：能抓到它的，只会是派林诺家的成员！"

"抓住它又有什么用？"国王问，"什么？而且它躲在悬崖上肯定很开心。真不明白你们为什么这么少见多怪。"

可是，他语气一改常态："着实让人无法接受的是，有的人想结为夫妻却无法办到。我的意思是，那只寻水兽对我有什么好处？我可没要和它结婚，因此我为什么要整天追着它不放手？这不符合规律！"

"派林诺，你只要参加一场精彩的捕猎活动，精神重新振作就好了。"

他们拿开笔，把威士忌倒满了几个大杯子，也没忘了犒劳犒劳自己。

"没办法，也只能这样做了！"忽然，他说，"不管怎么样，能抓到它的只能是派林诺家成员。"

"这就是勇气！"

他们想阻止他已经来不及了，于是他说："不过我的脑海里偶尔会出现法兰德斯女王之女的身影，还是会伤心的。格鲁莫，她虽然不好看，但是她能明白我的心。我们有共同语言，你明白我的意思吗？我的脑袋可能不很灵光，独自一个人时又经常遇上困难，但是我与小猪一起时，她一定会明白如何做，也算做一个伴吧。年纪越来越大，总归要有一个伴才好，特别是我追捕寻水兽大半辈子后，什么？不是说在森林里有多少寂寞，也并非寻水兽不适合做我的伴，它也还能算得上吧。但是你不可能与它说话啊，小猪就不同了。并且它也不会做菜。其实我不应该和你们说起这些没有意义的事情，但是说实话，偶尔我也会认为自己可能撑不住了。小猪是很稳重的，你明白吗？我真心地喜欢她，格鲁莫，这是事实，假如她能回复我的话，那该多好啊。"

"老派林诺太可怜了！"他们说。

"帕洛米德，今天我看到了七只喜鹊，如同厨房内的一排油炸锅那样掠过去了。"

"一只是哀伤，"国王解释说，"两只是愉快，三只是结婚，四只是生男孩，因此七只便是四个男孩子，是不是，什么?"

"肯定没错。"格鲁莫爵士说。

"它们分别被称为阿格洛法、拉莫瑞克、帕西法，另外一个名字非常可笑，但是我此时无法想起来了。也就这样。但是我还非常希望能有个叫多拿尔的儿子。"

"派林诺，你听我说，已经发生的事情，我们就让它过去吧，你要放开点，否则那只会折磨你自己。比方说，为什么不勇敢地追捕寻水兽呢?"

"看来我必须得去追了?"

"当然，就不要想别的事情。"

"我有八十年不追了，"国王郁郁寡欢地说，"换个事情做，不也很好吗。但是那只猎狗跑到哪里去了?"

"啊，派林诺! 你已经想到了!"

"尊敬的陛下，倒不如你现在就出发!"

"你说什么? 帕洛米德，今天晚上就去? 趁夜去吗?"

帕洛米德爵士悄悄用胳膊肘捅了一下格鲁莫爵士。"俗语说是金子总是会发光的。"他低声说。

"我明白你说的是什么意思了。"

"我也觉得那不重要，"国王说，"如今什么都不重要了。"

格鲁莫爵士再次控制了局面，于是他大喊："那实在是太好了! 我们就这么决定了：今晚，老派林诺在悬崖旁埋伏，我们两个就把寻水兽一路赶过去。下午才发现它的，应该没跑远。"

没多久，他们两个人趁着夜色穿上怪物装时，格鲁莫爵士疑惑地说："我刚才说我们去把寻水兽赶过来，你是不是发现我找了一个很聪明的借口？"

"点睛之笔。"帕洛米德爵士说，"我的脑袋正不正？"

"好兄弟，我啥也看不见。"

听上去，撒拉逊人有点慌张。

"实在太暗了！"他说。

"不用担心，"格鲁莫爵士说，"这也正好遮住了我们服饰的小缺陷。也许过段时间，月亮就会出来的。"

"苍天庇佑，他的剑一向不够锋利。"

"唉，行啦，行啦，帕洛米德，不要临阵脱逃。锋利不锋利我是不知道，但是我却精神抖擞。也许因为喝了酒。我给你说，今天晚上我要痛痛快快地学狗叫，痛快地跳个够！"

"格鲁莫爵士，您和我扣在一起，有几个纽扣扣得不对。"

"抱歉，帕洛米德。"

"您只是甩一甩尾巴，不用再跳了吧？如果跳的话，前半部分就会感到很难受。"

"我不仅要甩尾巴，还要跳！"格鲁莫爵士的语气异常坚定。

"就按你说的做。"

"帕洛米德，你又踩在我的尾巴上了，请拿开你的蹄子。"

"刚开始的时候，你能不能提着你的尾巴？"

"那好像太假了。"

"也是。"

"糟糕了，"帕洛米德爵士无奈地说，"竟然下起雨了。不过这里整天下雨。"

他把手伸出蛇口，雨打落在他的手背上，就像冰雹打到帆布上一样。

格鲁莫爵士好像喝多了，异常兴奋地说："亲爱的老兄，这可是你想的办法。高兴点，前脚老兄，那里还有派林诺等我们呢，估计他现在的情况更糟糕！他还在那里淋着雨呢！"

"可能一会儿雨就停了。"

"肯定会停！就这么说好了，亲爱的异教徒兄弟。好吧，准备完了吗？"

"可以了。"

"你喊口令。"

"左！右！"

"还要发出嗒嗒的，那种马蹄子的声音。"

"左！嗒嗒！右！嗒嗒！您说的是什么？"

"我只不过在学狗叫。"

"嗒嗒……嗒嗒……"

"我要用力跳啦！"

"哎呀，格鲁莫爵士！"

"对不起啊，帕洛米德。"

"在下好像坐不下了。"

派林诺国王冒着雨在悬崖下站着，远处的景象越来越模糊了。他带的猎狗拖着的长绳子已经绕了他好几圈。他全身披挂的铠甲已经有些生锈了，雨从五个位置流了进来，左边和右边的外胫骨处、前臂的四个地方，不过最糟糕的却是面甲。听说难看的头盔能够吓跑敌人，因此他戴着猪鼻子一样的面甲。派林诺国王戴的头盔看上去如同一只乱插手别人事情的猪，猪鼻子里灌进了雨水，浇在胸口上有些发痒。此时的国王正在思考。

他想：嗯，这样就能有所交代了。在大雨里站着实在太难受了，不过那两个好事的家伙好像是自作多情了。不过可能再也找不到和老格鲁莫一样和蔼的人了。虽然帕洛米德是一个异教徒，但是他看上去也非常和善。既然他们这么有兴趣，那我也应该陪着他们一起玩玩。而且还能够让猎狗出来逛一逛。遗憾的是它总是缠着自己，不过本性难改。可能明天要花费一整天的时间清理盔甲了。

起码这样可以分散注意力，国王悲哀地安慰自己，这要比整天无所事事地闲逛，一颗心总是沉浸在悲哀地侵蚀里更好一些。因此他再次想到了小猪。

公主最大的优点，便是从不笑话派林诺。你追捕寻水兽那么久，却又总是捉不到时，会有许多人嘲讽你，但是小猪却不会。她好像立刻就能知道这件事很有意义，还能给出几个好的捉寻水兽的提议。一个人并不是装聪明或者做了什么，但是没人讽刺他就算是好事了。那个人已经尽力了。

接着就到了那恐怖的一天，那一艘令人讨厌的船靠上岸。他们一定要上船，因为作为骑士一定要敢于探险。让人意外的是船马上启航了。他们向小猪拼命招手，就连林子里的寻水兽也带着一副不知所措的模样，伸出脑袋来，追着他们游到海上。但是船已经驶出去很远了，岸上的人看上去成了一个点，再往后，基本上连小猪挥动的手帕也看不见了，然后船上的猎狗就开始晕船了。

每到一个港湾，派林诺就会给她写一封信，然后把信交到当地的旅馆老板手里，他们全都承诺肯定会把信给送去的。但是她却没有回复只言片语。

国王最后作出判断，肯定是自己和她不相配。他的头脑糊涂，而且还蠢笨，又整天弄错事情。一个法兰德斯正儿八经的公主又怎么会给这种人写信呢？特别是在他没留下只言片语就乘坐魔法船走掉的前提下？这相当于是抛弃了她，因此她生气也是理所当然的。雨一直没停，派林诺国王全身都湿了，就连猎狗这会儿也开始打起喷嚏来。铠甲肯定会生锈的。这时他头盔后旋螺丝的位置被一阵风吹到了。周围黑漆漆的，太可怕了。好像悬崖上掉下来什么黏糊糊的东西。

"抱歉，格鲁莫爵士，我的耳朵旁是您在闻过来嗅过去的吗？"

"不是啊，我只是在尽力叫而已。老兄，咱们出发吧，出发！"

"我说的不是您的叫声，格鲁莫爵士，那种喘息声很沙哑的。"

"好啦，你问我，我也回答不上来啊。我在这里只是听到如同风箱那样，吱嘎吱嘎的响声！"

"在下以为是雨马上就会停了，您是不是也希望我们停下来？"

"唉，帕洛米德，你想停下来就停下来吧。但是我们如果不立刻搞定这件事情的话，恐怕我又得重新做一次了。为什么要停下来？"

"我只是想天色能亮一些。"

"我们不可以因为天色太暗就不接着做了啊！"

"是不可以。假如能就好了。"

"那就出发吧，老兄！左！右！这就对啦！"

"格鲁莫爵士，听我说，"没一会儿，帕洛米德爵士接着说，"那个东西又过来了。"

"哪一个？"

"呼吸声啊，格鲁莫爵士。"

"你敢肯定不是我发出的响声？"格鲁莫爵士疑惑道。

"特别确定。这种呼吸声带着胁迫或者热情，和虎鲸有些相似，我真诚地希望天色能再亮一些！"

"啊，什么，不是所有的事情都和你想的那样。赶紧出发吧，帕洛米德，这才对啊！"

又过了一段时间，格鲁莫爵士不高兴地说："老朋友，你不要总撞上我可以吗？"

"但是我没有撞到您啊，格鲁莫爵士！"

"哼，要不会是谁呢？"

"我没觉得有什么碰撞啊。"

"是不是您的尾巴弄的？"

"不，我已经用手提着它了。"

"不管怎么样，前脚在前半身，绝对不会在后面撞上您的。"

"又一次！"

"什么？"

"又撞上我了！这全都是恶性攻击。我们好像被什么攻击了，帕洛米德！"

"不对，格鲁莫爵士，你千万别瞎想。"

"帕洛米德，我们必须转身。"

"为什么，格鲁莫爵士？"

"看一看撞到我的到底是什么。"

"在下看不见任何东西呀，格鲁莫爵士，天色太暗了。"

"你把手伸出嘴巴，摸一摸是什么。"

"摸上去像一个圆东西。"

"帕洛米德爵士，那是我。你摸到的是我。"

"实在太抱歉啦，格鲁莫爵士！"

"不要紧，好兄弟，不要紧的。你又摸到了什么？"

这个善良的撒拉逊人磕磕巴巴地说："这个东西凉凉的……滑滑的。"

"这个东西能动吗，帕洛米德？"

"当然，而且……到处又闻又嗅的！"

"又闻又嗅？"

"又闻又嗅啊！"

这时候，正巧月亮出来了。

"上天保佑！"帕洛米德爵士通过兽口看向外边，立马惊声大喊，"快跑，格鲁莫，快逃！左！右！跑步走！一齐！赶紧啊、赶紧啊！要对齐脚步！哎呀，我倒霉的后脚跟啊！哎呀，我的天呢！哎呀，我头上的帽子掉啦！"

国王觉得再继续等也没有什么结果。可能是他们迷路了，也可能不知道他们跑到哪里去开心了。洛锡安这里的天气就是这样，总是湿答答的。他已经尽力配合了，这时候他们自己却不知道躲到哪里去了，剩下他自己和倒霉的猎狗在这儿发呆，实在太不像话了。实在太倒霉了！

他已经决定了，于是背着猎狗，走着回家睡觉。

假的寻水兽在一座崎岖的山崖裂口中，与自己的肚子吵了起来。

"但是，敬爱的骑士先生，在下怎么会想到可能发生这样的悲剧呢？"

"这都是你想到的方法，"肚子气愤地说，"都是你让我们装扮成这个模样的，全是你干的好事。"

真正的寻水兽正在山崖下，以一种心神不定的浪漫模样，在洒落的月光下等候着自己的"爱人",背后便是闪着银光的大海。另外,十几个变态的原住民,正躲在岩石、贝冢、沙丘以及圆顶的石屋处,认真察看着面前的情形,想要知道英格兰人要的什么手段,不过只是白费功夫罢了。

第十章

    毕德格连战役最后决战前，在双方阵营里都有几位主教，给将士们祈福，听别人祈祷，并举行弥撒礼。亚瑟的手下态度毕恭毕敬的，洛特王的部下却没有，可能战败的部队都是这样的。战争双方的主教都担保自己这一方肯定会获胜的，因为他们有上帝庇佑，不过亚瑟王的军队明白自己的兵力只有对方的三分之一，因此最好能先获得赦免。洛特王的部下也很清楚双方的兵力悬殊之大，因此他们整晚跳舞、喝酒、赌博，说着黄色故事。起码历史学家都是这样认为的。

    英格兰国王的营帐内，最终的作战会议也闭幕了，梅林一副提心吊胆的样子，特意没有走。

    "梅林，你有什么可担心的？我们最后会失败吗？"

    "不会的，这场战役你肯定会获胜的。说实话，你一定会全力以赴的，而且会在恰当的时间向应该呼救的人求救。你生来就是会打胜仗的，因此告诉你也不要紧。不过，现在我害怕的是其他事情，有的事情必须要对你说。"

"与什么有关系？"

"看在上苍的面上！假如我能记得与什么有关系，就不会担心了。"

"与那个女孩子妮姆有关系吗？"

"不是，不是，这不是一回事。是……是我忘记的一件事情。"

没一会儿，梅林拿出嘴里的胡子，掰着手指头数着。

"我告诉过你关于桂妮薇的事情了，是不是？"

"我才不信呢。"

"不要紧。我曾经告诉过你，她与蓝斯洛的事情。"

"不管你说的事是不是真的，"国王说，"但是这种控诉也并不高尚。"

"那以前我也提到神剑的事情了，告诉你要注意剑鞘啦？"

"没错。"

"我告诉过你关于你父亲的事情，因此不会是这个原因，我也和你说起过某个人的事了。"

"我最头痛的是，"魔法师喊道，一边大肆薅拔自己的头发，"但是我忘记了这件事发生在从前还是以后了。"

"那就不用费脑子了。"亚瑟说，"反正未来怎么样，我也没兴趣知道。我仍旧希望您别总是想这些烦心事，我知道了会很担心您的。"

"不过这是一件很严重的事情，我一定要说出来。"

"不要想这些了，"国王提议说，"可能到时候就会想起来了。您需要休息一段时间；您已经为最近的告诫和战役的事情费了很多脑子了。"

梅林喊道："我会的，只要这场战役结束了，我就会徒步到北亨伯兰旅行。我有个师傅叫布莱斯，他就在北亨伯兰住，可能他可以告诉我，我到底忘记了什么。接着我们还能到野地里赏鸟，他非常熟悉那些野生鸟类。"

"好吧，"亚瑟说，"你需要休息一段时间。您回来以后，我们再考虑怎么提防妮姆。"

老人不再拨弄自己的手指了，用犀利的眼神盯着国王。

"你实在是一个单纯的人，亚瑟。"他说，"说实话，这也算是好事情。"

"什么原因？"

"你记不记得童年时用的魔法？"

"忘了，那时的我真的会什么魔法？我只记得自己很喜欢那些不同的鸟兽，因此一直在伦敦塔里保留着那个动物园。但是我想不起来自己会魔法的事了。"

"人是善忘的动物。"梅林说，"我想你肯定也忘了我曾经讲过的寓言故事了？我经常用寓言说明一些事情。"

"当然，我不会忘记的。有一次是和那个拉比或者谁的，就是那次我要和凯伊去的那一次，您讲给我听的。我一直不明白那只母牛怎么会死掉。"

"嗯，不过现在，我要告诉你另外一个寓言。"

"好啊！"

"可能是在东方——雅卡南拉比的家乡，有一个人，他在大马士革集市上碰到了死神，他看到死神可怕的面孔上显现出惊讶的神情。这个人吓得跑到一个智者那里，询问他要怎么做。智者说这次死神到大马士革来，也许就是想在第二天一早抓走他。这个倒霉的人已经吓得魂飞魄散了，于是他问道怎样才能躲开死神的追捕。最终，他们想到了一个方法，那便是立刻骑马逃向阿勒坡，凭借这点，他就能逃过骷髅死神的魔掌。

"因此，他真的骑着马跑到阿勒坡去了，那可是一场恐怖的出逃，没人会在一夜跑出那么远的路，从来没有过。跑到那里以后，他来到集市，心中暗自高兴终于逃过一劫。

"但是这时候，死神突然走过来，拍着他的肩说：'对不起，我是来带你走的。''什么？'那个人恐惧地大喊，'我昨天不是刚在大马士革集市遇见过你？''没错，'死神说，'因此那时候我非常吃惊，因为我今天要做的事情是到阿勒坡抓你。'"

亚瑟认真思考这个让人不寒而栗的古老传说，过了很长时间，他才说："因此根本无法躲开妮姆啦？"

梅林说："即使我可以躲避，最后也是枉费心机。时间以及空间都各有自己存在的理由，今后会由一个哲学家发现，他叫作爱因斯坦，有的人称这是'命运'。"

"可是我真不明白，您为什么会像一只蟾蜍那样待在山洞里呢。"

"哦，这个呀，"梅林说，"有的人为爱情可以做出出人意料的事情。况且这只关在洞里的蟾蜍也不一定不快乐，也许要比睡觉时更开心一些。我只要想一些事，等他们把我放出去。"

"因此他们可能放您出去吗？"

"让我给你讲些事情吧，陛下，也许你听到后会非常吃惊。我们两个也都会返回来，尽管是在几百年之后发生的。你会知道后来自己的墓碑上写了什么呢？'Hic jacet Arthurus Rex quon-

dam R exque futurus'① 你记不记得这些拉丁文？这一句是说
'永恒之王'。"

"我会像您一样，将来一定会返回来？"

"这些话都是亚瓦隆山谷里的人说的。"

国王思考了很长时间。外边天色已晚，明亮的帐篷里已经
寂静无声了。士兵在草地上巡逻的脚步声，也听不到。

他最后说："将来不知道会不会有人想起我们的圆桌？"

梅林没有回应。他垂着脑袋，花白的胡子也这样向下垂着，
两只手夹在膝盖之间，紧紧地握在一起。

"他们可能是哪种人，梅林？"年幼的国王垂头丧气地大喊
起来。

———————————

① 意思是"永恒之王亚瑟在此长眠"。

第十一章

　　洛锡安王后躲在卧室里，没和任何一个客人联系，派林诺便独自吃早饭。之后他便到海边走了走，欣赏头顶上飞过去的海鸥；它们如同白羽毛笔，脑袋轻点墨水。岩石上是老鸬鹚就像一个一个的十字架，在晾晒着自己的翅膀。派林诺就和以前一样伤心，还有些烦躁，因为他看上去就像缺了点什么似的。实际上，他可能不记得了，帕洛米德与格鲁莫不在身边。

　　这个时候，传来一阵喊叫声，于是他走过去看个究竟。

　　"派林诺，在这里！嘿，我们在这里！"

　　"嗨，格鲁莫，"他兴致勃勃地问，"你们在山崖上要干什么？"

　　"快看那个怪兽，老兄，快看那个怪兽！"

　　"哦，嗨，你们发现格拉提桑了！"

"老兄，就看在上天的分上，想想办法吧，我们已经困在这里一个晚上了。"

"但是格鲁莫，你为什么装扮成那个样子？身上还有那么多斑点，帕洛米德你戴的是什么？"

"老兄，别只站在那里说话行不行？"

"但是格鲁莫，你身后是一根尾巴吗？我看到在你身后摇来晃去的。"

"当然我是有尾巴的！不过请你别提了，做些别的事吧。我们已经困在这里一个晚上了，现在累得已经无法站起来啦。派林诺，赶紧啊，动手杀了那只寻水兽！"

"唉，我为什么要杀掉它？"

"天啊，十八年以来，你不是一直都想杀掉它吗？赶紧的啊，派林诺，求求你帮帮我们吧。如果你不赶快想个办法，可能我们会掉下去的。"

"我有点不明白，"国王伤心地说，"你们为什么到悬崖上去，并且还穿成那个样子？瞧你们的装扮，感觉你们打扮得有点像寻水兽一样。再说，哪里有什么寻水兽啊？什么？我的意思是这件事情太突然啦。"

"我最后问你一次，派林诺，你要不要过来杀掉怪兽？"

"为什么？"

"因为我们被它逼到了悬崖上啦！"

"这好像有点不可思议。"国王说，"一般它不会对人感兴趣的。"

格鲁莫爵士撕心裂肺地叫道："帕洛米德觉得它喜欢上我们俩啦！"

"喜欢上你们啦？"

"对啊，你看，我们现在不是装扮成了寻水兽吗？"

"这就是志同道合吧。"帕洛米德爵士无精打采地说。

派林诺国王笑起来，这是他到洛锡安之后第一次露出笑容来。

"哎哟！"他说，"老天庇佑，这是从来没有听说过的！帕洛米德怎么会觉得它会喜欢上他呢？"

格鲁莫郑重其事地说："寻水兽围着悬崖一整晚都是来来回回地走着，偶尔磨磨蹭蹭，偶尔咕咕噜噜叫起来，有时还会在石头上缠住自己的脑袋，用那样的神情瞧着我们。"

"什么样的神情，格鲁莫？"

"老兄，你看现在它的样子。"

主人来了，寻水兽一点儿也不理会，相反它深情款款地盯着帕洛米德爵士。它把下巴紧紧贴在山壁底，热情而真诚，有时还会摇一摇尾巴。它在小圆石的地面上用尾巴扫动着，而尾巴上如同纹章似的草束与叶饰发出一阵阵的沙沙声，偶尔还会低声发出悲鸣，紧抓崖壁。然后它又感到自己实在太冒失了，便绅士般地抬起细长脖颈，脑袋掩在肚子下，悄悄向崖上边偷瞄。

"唉，格鲁莫，你希望我做什么？"

"我们只是希望能下来。"格鲁莫爵士说。

"我能明白，"国王说，"这好像是一个好办法。听我说，我现在不知道这件事情该怎么做，但是我很明白你们希望能赶快下来，非常明白。"

"那赶快过来杀掉它，派林诺，杀掉这个该死的东西。"

"唉，说实话，"国王说，"我不能肯定！终究它没有妨碍到谁，不是吗？恋爱可是好事情，这倒霉的怪兽只是发情而已，我不明白为什么要杀掉它。我的意思是，我本人也处于恋爱中，对不对，什么？起码心理上有些相同。"

帕洛米德爵士坚决地说："派林诺国王，如果您再不快点行动的话，在下马上就要牺牲，成为孤魂野鬼啦！"

"但是，尊敬的帕洛米德爵士，难道你不明白吗，就算我想杀掉它，也办不到啦，我的剑已经生锈了。"

"那就赶紧打昏它吧，派林诺。往它的脑袋上猛敲一下，老兄，可能它会出现脑震荡！"

"格鲁莫老兄，你说得倒简单，要是我没把它敲晕怎么办？还有可能会惹恼它，格鲁莫，接着我要怎么做？在我看来，实在不理解你为什么要收拾这个东西。再者说，它只是爱上你了，是不是，什么？"

"无论它的目的是什么，问题是我们现在在山崖上下不去！"

"你们走下来不就行了？"

"老兄，我们只要一动就会遭到它的攻击！"

"那只不过是一种爱的表达方式，"国王安慰他们说，"如同献殷勤，我觉得它肯定不会攻击你们的。只要你们在它前面走，一直走到城堡就可以啦，什么？实际上，你们也可以鼓励一下它，因为每个人都想付出感情的同时能得到回报！"

"你是说，"格鲁莫爵士冷淡地问，"让我们与这只怪兽卿卿我我吗？"

"这么做，事情会简单一些，我的意思是，走回城堡的路上。"

"你先告诉我们应该做什么。"

"唉，帕洛米德可以与它缠一缠脖子，对吧，你也能甩动尾巴！甚至可以舔一舔它的鼻子。"

"在下，"帕洛米德爵士最后满脸厌恶、无精打采地说，"既不可能缠脖子，也不可能舔鼻子。另外，我就要掉下去了。回见！"

话刚说完，可怜的异教徒便放开了双手，摔下了悬崖，眼瞅着就要掉进怪兽的嘴巴里了，幸好格鲁莫爵士伸手抓到了他，剩余的纽扣也拉住了他。

"瞧，"格鲁莫爵士说，"看你做的好事。"

"但是，老兄……"

"谁是你老兄！分明是你袖手旁观！"

"哦，这是什么意思？"

"是的，是你，绝情绝意。"

国王挠了挠脑袋。

"我觉得，"他有点疑惑地说，"我能抓到它的尾巴，让你们有机会逃脱。"

"那就赶紧的，如果你再不立即行动的话，帕洛米德掉下去了，我们便会分成两部分。"

"我仍旧不明白，"国王悲伤地说，"起初，你们为什么要装扮成这个模样。我非常不理解！"

"但是！"他抓到寻水兽尾巴的同时，又补充道，"过来，老姑娘，起来，我们只能按自己的想法做了。行了，你们俩赶紧逃吧。赶紧啊，格鲁莫，我觉得寻水兽好像不怎么高兴啦。哦，你是个坏东西，松开！快逃，格鲁莫！坏东西，呼！不听话了啊！松开！赶紧啊，你们，赶紧逃！过来！不要碰！它就要挣脱啦！小乖乖，听我说，过来，蹲下！到我身后去！哦，你这个坏东西！赶紧逃，格鲁莫！坐下！躺倒吧，怪兽！你大胆！老兄，小心点，它追过来了！哦，你动真格的吗？瞧啊！

它咬我!"

两个人提前一步逃过了吊桥,然后吊桥便在两个人的背后拉起来了。

"呼!"格鲁莫爵士把后半部分的纽扣解开,起身擦了擦额头。

"哦!"几个到城里来送鸡蛋的老妇人说。城堡里有几个人,算上圣托狄巴与茉兰阿姨,都可以讲上几句英文。

"毛泽光亮的小家伙,胆小如鼠的坏家伙!"守桥的人说,"哦,吓坏我啦!"

"滚开!"其他的人说。

"尊敬的帕洛米德爵士,他要了刀下来动手!"几个知情的古民并没有提起他们整夜被困在悬崖上的事情。他们担心会上当,所以他们已经养成了习惯。

大家回身审视着异教徒,发现这句话没错。帕洛米德爵士正躺在一个骑马的踏脚石上,急促地呼吸着,就连头上戴着的怪兽脑袋都无力取下来了。大家过去替他取了下来,又把一桶水朝他的脸上泼去,然后用围裙扇风,使他尽快平静下来。

"哦,这倒霉的人!"他们面带同情地说,"这个撒克逊人!这个野蛮的黑皮肤的人!这样他会不会好一点啦?再弄一桶水来,啊,再给他泼一次!"

终于,帕洛米德爵士清醒过来,从鼻子里吹出了水泡。

"在下这是在哪里?"他问道。

"亲爱的老弟,我们都在这里,我们平安回来了,怪兽被关在了外边。"

闸门外传来了一声痛苦的哀号,好像有六十只猎狗对着月亮长嚎，证明了格鲁莫爵士的话。帕洛米德爵士忍不住颤抖起来。

"我们得到外边去看一看，看一看派林诺国王有没有回来。"

"对，格鲁莫爵士，请让我先恢复一下，一秒钟就好！"

"也许寻水兽已经攻击他了。"

"倒霉的家伙！"

"你感觉怎么样了？"

"一点小问题罢了，立刻就过去。"

"那就不要浪费时间了，也许怪兽这会儿正在啃他呢！"

"请前面带路！"异教徒撑着站起来说，"向城墙进发！"

于是，大家启程爬到那个椭圆形的塔屋狭窄的台阶上。

站在高处朝下看，山谷中的寻水兽好像头脚颠倒变得非常小了。山谷和城堡相接的地方有块大圆石，它就坐在那里，尾巴搭进小溪里，斜着脑袋盯着吊桥，舌头朝外伸着。并没见派林诺。

"很明显怪兽现在没在吃他。"格鲁莫爵士说。

"难道它已经吃掉了派林诺？"

"时间这么短，老兄，我觉得它应该做不到。"

"起码那样会剩下骨头或者铠甲什么的。"

"说得是。"

"您认为我们应该怎么做？"

"真的很难办。"

"您觉得我们要不要冒险出动？"

"帕洛米德，你不认为我们现在应该先观察观察情况吗？"

"我们要考虑周全。"帕洛米德爵士也赞同道。

他们查看了将近三十分钟，现场的古民由于缺少刺激，全都没有了兴致，嗒嗒嗒地跑下楼去，在城墙内向外边的寻水兽扔石头。两个骑士就在瞭望台上留守。

"目前情况非常复杂。"

"没错。"

"我是说，你认真思考一下就知道了。"

"非常对。"

"一边是奥克尼王后正在发火——我觉得她非常讨厌那只寻水兽，另一边是派林诺黯然伤神。而你不应该是要喜欢上美女伊索德吗？这次寻水兽竟然爱上了我们两个。"

"局面非常混乱啊。"

"认真思考思考，"格鲁莫爵士担心地说，"爱情真可谓一种浓烈的感情啊。"

这个时候，有紧紧地靠在一起的两个人从山崖边的小道上慢慢走过来，好像是在为格鲁莫爵士的话做证似的。

"天啊，"格鲁莫爵士喊道，"这到底出什么事了？"

两个人越来越近了，身影也越来越清晰了。有一个就是派林诺国王，他搂着的那个中年女人比较胖，身穿横鞍裙，那张脸长得就像马脸，脸颊红扑扑的，手里握着打猎用的短鞭，头发梳成了一个发髻。

"那肯定是法兰德斯女王之女！"

"嘿，你们俩，听我说！"派林诺国王正好发现了他们，于是大声喊道，"快瞧这里啊，你们看谁来啦，能猜出来吗？谁会想到呢，什么？你们能猜出来我发现的是谁吗？"

"哼！"那个胖女人声音响亮，用那根短鞭调皮地拍着他的脸说，"是谁找的谁呀？"

"没错，没错，我明白！不是我发现的她，是她发现了我啊！你们觉得呢？"

"而且，你们可能不知道。"国王接着激动地说，"我之前写过的信没有一封答复的，都怪我没有写回信的地址！我们也没有什么地址可写！我就觉得哪里出了问题。你们不知道，就因为这样，小猪就骑马跋山涉水地寻我来啦！这次多亏了寻水兽——因为它长了一个灵敏的鼻子，而你们肯定更想不到，我们的那艘魔法船应该有点聪明劲，发现我特别伤心，就返回去把她们接来啦！多么体贴啊！也不知道她们在哪个小海湾发现了我们的船，然后就跑到这里来啦！"

"但是我们为什么要站在这里？"国王喊道。他太兴奋了，别人根本插不上话。"我的意思是，我们为什么要这样大声喊话呢？你们不认为这样很失礼吗？你们两个不该下来把我们放进去吗？为什么这吊桥关上啦？"

"寻水兽，派林诺，是寻水兽！它就在山谷里！"

"寻水兽又干了什么？"

"它已经把城堡困住啦！"

"是的，没错。"国王说，"我记起来了，它还咬了我一下。"

他抬起包扎过的手，挥了挥，"你们看，小猪立刻给我绑好啦。她是用的那啥给我包扎的，唉，对，就是这个"。

"裙子内衬！"法兰德斯女王之女大声说。

"是，就是裙子内衬！"

国王笑得全身颤抖。

"好事啊，派林诺，全是好事，但是你想对寻水兽做什么？"

国王手舞足蹈地大喊："嗨，寻水兽！这没什么，看我怎么收拾它！"

"行啦！"他跨步来到山谷边，抽出剑大喊，"行啦！你快离开！走吧！走吧！"

寻水兽漫不经心地瞧了他一眼，晃了晃尾巴说明认识，接着又望向城墙上。有的古民有时扔过来石头，它都能灵活地接到，然后一下子吃掉，如同你非要赶走一群鸡，但它们非要留下一样。

"放下吊桥！"国王命令道，"我来收拾它！走啊，赶紧走啊！"

城内的人踌躇了一会儿，仍旧遵从命令放下了吊桥，寻水兽马上向前靠去，一副充满希望的神情。

"没关系，"国王喊道，"你先跑过去，我随后就到。"

吊桥还没有放到地面上，小猪就一下子跑了过去。派林诺国王可能身手没有那么灵活，也可能是寻水兽的含情脉脉影响了他，谁知和她在通道上撞在了一起。寻水兽便从他们身后冲了过去，撞翻了国王。

"小心！小心啊！"城堡里聚到一起的用人、渔妇、铁匠、鹰匠、制箭师与别的热心人都一起大喊。

法兰德斯女王的女儿回转身，就像母老虎保护自己的孩子一样急切。

"滚开，无耻的野丫头！"她喊起来，抽出短鞭就打向怪兽的鼻子。寻水兽眼含泪水退到了一旁，这时，铁闸门也轰隆隆地降了下来，隔开了双方。

那天夜里，又出现了新问题。很显然格拉提桑寻水兽决定了，要围住城堡一直到伴侣出现才罢手。遇到这种情况，如果没有人护送，到集市来卖鸡蛋的原住民也别想出城去。后来，那三个南方的骑士不得不带剑护送他们到山下。

村子的街道上，圣托狄巴就候在那里等待护卫团的到来，就像一个被四个男孩子簇拥着的森林邋遢神。他肯定喝了不少威士忌，因为他满嘴酒气，心情不错，舞动着自己手里的棍棒。

"怎么不讲故事了！"他喊道，"过一阵子，我就要与茉兰大娘成婚啦。现在还与邓肯打过架，再也当不了圣人啦！"

"恭喜恭喜！"四个孩子已经是无数次对他这么说啦。

"我们现在过得也不错，"加瑞斯接着说，"每天的晚餐，我们都可以端菜。"

"荣誉属于上帝！每天都可以吗？"

"对，并且母亲还会带着我们一起散步。"

"唉，你瞧瞧，赞扬青春，于是青春就有啦！"

圣人看到护卫队来了，马上狂喊起来，就像一个伊洛克族的人。

"叛徒，我来清理门户！"

"不用害怕，"他们说，"不用害怕，圣人先生。他们拔剑可不是要打架。"

"不是吗？"他愤怒地说，接着他上前吻了吻派林诺国王，满嘴的酒气吹到了国王脸上。

国王说："我的意思是，你真的就要结婚啦？我和你一样！你高兴吧？"

圣人没有出声，但是他用动作回答了国王，他紧紧地揽住了国王的脖子，强拉着国王到了茉兰大娘的酒店。实际上，派林诺并不愿意，因为此刻他只想赶紧回小猪身旁，不过很显然他们必须要举行一个告别单身的派对。盖尔族人的仇视就像雾气一样消失了，不管是爱情的影响，又或者是威士忌的作用，又可能原本雾气就很容易散去；本地人总算放开种族间的仇恨，打开他们北方人那特有的温暖胸怀，像对待上宾那样招待三位来自南方的骑士。

第十二章

　　毕德格连战役在谢伍德森林附近的索赫特城爆发，恰巧是圣灵降临节期间。这场战役具有决定性，从一些方面来说，和以后的"总体战"比较接近。

　　十一个叛军国王想利用诺曼人的方法和决裁者决一死战，这种方法便是亨利二世与他的儿子们坚持的猎狐政策：虽然他们是因为消遣与猎物，但是并不想让对方死。这些国王领导着如同坦克车一样的贵族骑士，打算冒着裘洛克斯①认为的那种危险，也就是冒着起义的风险。这场叛乱以洛特王为首，行为可以说和猎狐一模一样，但是他却没有感到这是错的，并且这仅仅只有四分之一的风险。

　　但是这十一个叛王还是需要有战斗功绩的。虽然骑士并不

-----

　　① 一个漫画人物，很喜欢猎狐狸。

想大范围地互相残杀，但是没必要对农奴网开一面。按他们的估计，如果一天没有可用来炫耀的猎物袋，那便毫无意义了。

于是，按照叛军诸侯的想法，这是一场双重战争，也可以说是战中战。六万士兵与警备护卫队保护着十一个王联军，他们接到命令就赶来了，装备准备不足，胸口是由于盖尔族的悲剧而燃起的愤怒，打算与亚瑟领导的两万名英格兰士兵决一死战。双方有着刻骨的种族仇恨，可是这种敌对关系都是那些并不打算拼命的"上流贵族"所统治的。因此，整支队伍就像一群猎狗一样，他们的厮杀都由猎狗的主人领导，而主人却把这样的战役当作一场令人兴奋的赌局。例如，如果这群猎狗临阵脱逃，洛特和他们的共党会非常乐意与亚瑟手下的骑士共进退，平灭暴乱，在他们眼里，这样就是真正的暴乱。

按照习惯，这群手握统治权的贵族之间的关系要比与自己的手下更亲密。在他们看来，带领大部队出征，一是希望自己的猎物袋更好一些，二是想显摆一下自己的实力。在他们眼里，要想取得一场战役的胜利，一定要"战场上到处飞的是脑袋、手臂和肩膀，森林与河边充斥着喊杀声"才有气势。飞的肯定是那些农奴的脑袋、手臂、肩膀；喊杀声是双方身披铠甲的贵族交战时发出来的，只有声音罢了，但是不存在什么断肢残臂。洛特领导下的战斗大部分是这样。看着农奴死得差不多的时候，英格兰的骑士也已经被打击到一定程度了，亚瑟就明白再继续战斗已经没有什么好处了，然后就会服输请和。到时候，双方达成一致停战议和，赢家能够从众多赎金里得到大笔财富，接着一切便会恢复往日的模样。只不过封建共主的迷信思想会被击碎，原本这就是个迷信思想，所以根本无所谓了。

不用多说，这种战争肯定要遵循规定，就像猎狐一般。天气只要允许，战争就会在商量好的地方爆发，一切都会按照惯例进行下去。

亚瑟却有着另外的打算。毕竟他认为，这点也算不上"消遣"：命令八万农奴彼此残杀，但是小部分在坦克车一样的外部保护下，为了得到赎金而进行演练。亚瑟逐渐觉得那些飞来飞去的脑袋、手臂、肩膀全都有了价值，也就是它们主人的价值，就算他们仅仅是农奴。在梅林的引导下，他已经开始怀疑狮心王查理传说中的做法到底有没有价值：任由敌人对乡村进行抢夺，毁坏农民的庄稼，屠杀士兵，接着自己再给他们一些少得可怜的赎金，这些正好与逻辑相悖。

因此，英格兰国王命令，他的战争里是不会有什么赎金的。他的骑士要攻击的是盖尔族的骑士，而非对方的步兵。既然双方本来就有矛盾，那就让步兵和步兵相对，用尽力气厮杀。不过他这方的贵族要迎战对方的贵族，把他们当成一般士兵一样对待，绝不屈服，也不管那些芭蕾舞者的什么规则；要让敌人的首领知道战争到底是什么，一直到他们领悟到事实真相，直到以后他们只要提起战争就会害怕为止。

这时候，他才清楚战争结束以后，他一生的任务就是和所有凭借武力而歪曲事实的恶劣行为战斗到底。

因此，我们应该相信，国王领导的士兵在最后战斗开始之前就已经诚挚地悔过了。手下的将领以及士兵心里都已经接受了国王的心愿：苦难中必将诞生圆桌武士最新的愿望，他们一定要冒险解决困境，做出一些让人不满的事情来，只是为了维护良善——他们非常明白这场战役只有流血和牺牲，并没有任何回报。只有在内心害怕的情形下为所欲为，所以感觉心安理得，他们终将两手空空。邪恶的人常常过于感情用事，把这些行为称作一种荣耀，这样便贬低了它的价值，可是并不改变它光荣的意义。所有士兵全都在主教面前接受上帝之爱，以上这些想法已经根植内心了。他们清楚敌人的兵力是自己的三倍，到太阳落山的时候，自己温热的身躯可能已经冰凉。

亚瑟凭借暴乱挑起战争，从此之后暴乱不断。第一，他没有按照规定的战斗时间。按照常理，他势必要士兵们吃完早餐，再率兵和洛特周旋，到中午时间，战线已经安排妥当，再下令开战。一旦发出战斗信号之后，他应该命令骑士冲向洛特手下的步兵，同时洛特手下的骑士就会冲向他的步兵，这样便开始了一场激烈的厮杀。

相反，亚瑟摸黑出动，运用的是一种悲惨而失礼的战斗方案，趁着夜色发出印第安式的一声呼叫，热血沸腾，手握宝剑，勇敢地与三个人作战，杀入叛军的阵营。敌方骑士的数量远远超过了亚瑟这方，仅是叛军的首领"百骑王"率领的骑士，就有这群圆桌武士今后鼎盛时的三分之二之多。另外，亚瑟并没有挑起事端，只是在国内和边界距离几百英里的地方反抗入侵，而且侵略行为也并非是他引起的。

帐篷坍塌，火把燃起，刀光剑影，四面都是喊杀声，其中还夹杂着惶恐的悲叹。那喧闹声，光火照映着那些杀人的或者被杀的恶魔的漆黑身影——当初谢伍德森林的厮杀战场，现在已经生长着茂盛的橡树了！

这是一个精彩的开端，随后成功了。十一个叛王以及手下的贵族们都已经身披铠甲——那时的贵族要披上战甲非常浪费时间，经常要一个晚上才能穿好。如果不是这样，对方可能不损一兵一卒就能取胜。相反，只要他们夺取了主动权，就会自始至终享有战斗优势。原住民的骑士一起突围，杀出战乱的营地，勉为其难地组成了一队装甲兵，但是人数仍旧要比国王的骑士多出好几倍，但是没有了平日里那些步兵的保护。时间实在仓促，所以没能及时组织步兵，跟随在贵族身旁的那群士兵要么士气消沉，要么没人带领。亚瑟命令梅林指挥步兵，去攻击对方围护自己阵营的士兵，自己便率领骑兵追赶那几位叛王。既然他们已经逃跑，那他就一定要紧追不舍。敌人既吃惊又恼火，觉得这种没有骑士风度的行为是一种侮辱；更是无法理解这种直接杀人的行为。按照国王的做法，是不是要像乱杀撒克逊士兵那样杀死贵族？

国王的第二项残暴行为，便是他根本没把步兵考虑在内。战争里，只要关系到种族恩怨、有的确实存在的邪恶部分由两个种族之间内部解决——因而可以说是由营区内的步兵和梅林率领的步兵相互拼杀，骑兵却急速前冲。虽然在帐篷里是每个高卢人与三个盖尔族人对打，可是人多的那方遭到突然袭击，反而处于劣势。亚瑟并不特别讨厌这些步兵，他把怒火撒在了哄骗他们的那些头领身上，但是也明白必须要他们打一场才能解决问题。只要他的部下能赢就行。与此同时，他主要是针对敌方的将领。夜色褪去，东方泛起鱼白，亚瑟战斗的残虐越来越显现出来。

原来是十一个国王强行组建了一群步兵抵御，而他们躲在屏障后，静等亚瑟冲过来。按常理，他肯定会冲到这群毫无准备的步兵营里，然后挥动宝剑大杀特杀，但是他却连看都没有看这群步兵，骑马飞奔冲了过去，好像他们并不是自己的敌人，就连出击的动作都不存在，径直向敌军阵营中心那身穿铠甲的将领冲去。那群步兵感恩戴德地接受了他的仁慈，好像并不认为替洛锡安卖命算得上一件光荣的事情。战役结束之后，叛军的将领提到，这并不是匹克特族的规定。

天已经大亮，同时他们发起了冲锋。

可能你曾经在军队操练演出或者一个露天的古装展览剧场见过骑兵冲刺，假如见到过，你就会明白骑兵冲刺不能用"瞧"的，而要用耳朵听。听那雷鸣般的马蹄声、摇晃的大地、疯狂的炮弹、颜色鲜艳而踩不坏的凉鞋！没错，这还仅限于一般骑兵的演习，而并不是中古时期的骑士冲刺。可以想象到，比夜晚古装演出的马匹重上两倍的坐骑，而骑马的人也会由于自己的武器、披挂和盾，重量翻了一倍。再有铠甲碰撞发出的钹音以及马缰绳发出的叮当声。阳光下制服变成了明亮的镜子，长枪也成了钢质的长矛。此时，压低长矛，眼见他们就要冲到眼前了。万马奔腾震动了大地，背后尘土飞扬，地面上都是深深的马蹄印。不过最恐怖的并非骑马的人，也不是他们握着的长矛或者刀剑，而是奔腾的马蹄，是横行战场、无路可逃、气势磅礴的钢铁阵营的冲撞势头。那劲头好像可以把人踩成肉酱，践踏着大地，声势超过了擂鼓声。

盖尔族的骑士全力以赴，稳住阵脚，给予敌人有力的反击。不过他们这是第一次遇到根本不管阶级差别的对手，又遭到了疯狂袭击，另外他们还觉得自己这方的兵力高出对方的四倍之多，因此自以为是，根本没有料到会被这么薄弱的对手冲击再冲击，最终打击了全军的士气。在持续的冲锋下，他们连连退让，虽然阵形没有乱，不过逐渐后退，沿着谢伍德森林的某片空地前移，都是因为遭到驱赶的原因。那片草地非常宽阔，就像一个入海口长满了青草，两边是林立的树木。

这期间的战斗中，很多人表现得非常勇敢。洛特王挑战了梅里奥·德·拉·胡赫爵士，接着挑战了克莱伦斯爵士。然后他被凯伊刺到，掉下马来，接着他又爬到马背上，亚瑟再次砍伤了他的肩膀——精神抖擞、心情激动的年轻亚瑟无孔不入。

作为将领，洛特好像是一个训练有素的军人，不过有些胆小。虽然他比较传统，但是仍旧算得上是一个头脑聪明的战略家。中午时分，他好像认识到自己遇上了一种新战斗形式，必须重新布置防守策略。按照现在的情况来说，亚瑟手下的那群如同恶魔一样的骑兵们根本不在乎什么赎金，而且他们是想拼尽全力杀掉敌方阵营的骑兵建构的牢不可破的防守，直到最后攻陷。他决心实施消耗战。因此他在后方营地紧急召开了一次应战会议，叛军的首领命令，洛特保护四个国王以及差不多一半的守备兵沿着空地朝后退去，做好应战准备。剩下的六个国王足够防御英格兰的部队了，凭借这种方法，他们为洛特的队伍争取休养生息的时间。一旦阵地准备停当，作为前锋的六个国王会向后退出阵地，把前沿阵地交给洛特那帮人防守，他们再休息整顿。

叛军按照命令分散开来。

亚瑟发现对方的兵力分成两部分，知道盼望已久的机会终于来了，于是马上派遣侍卫骑马冲入树林。原来他早就已经与班恩、勃尔斯两个法国的国王协商一致，这两位带领一万左右的兵力从法国赶来助战。法国军队以预备队的形式在空地两旁的树林中埋伏。国王的战略便是把敌人赶到那片空地。侍卫骑马狂奔，茂盛的橡树丛里不断反射出铠甲的亮光，洛特恍然大悟，这才知道自己上当了。可是他只看到了空地那边的勃尔斯王，并没发现另一边的班恩王，此时勃尔斯王领兵对他的侧翼发起猛攻。

现在到了这步田地，洛特有点害怕了。他的肩膀已经受了伤,刚和那位自认为应该诛杀的最重要的敌人交战过,如今又惨遭埋伏。"哦,保护我们,让我逃离危险和死亡",传说他那时就是这样说的,"我们已经身陷绝境了。"

卡拉铎斯国王领命率领一队精锐对付勃尔斯国王,但是洛特发现对面的班恩王被另一个侍卫引出来了。虽然他的兵力仍旧比对方多,但是已经没有了战斗的士气。"嘿!"他吼向坎伯涅公爵,"这场战斗失败了!"听说因为"后悔和悲痛"他还痛哭流涕。

卡拉铎斯国王被敌人打落马下,他手下的精锐们也被勃尔斯王打得四处逃窜。亚瑟持续冲锋,使六个国王组成的先锋部队连连溃败。洛特率领摩根诺王的军队,回身迎战班恩王,希望能保护侧翼。

如果天色再迟一些变暗,可能当天就能平定叛乱。可是太阳西落,正好那晚又不见月亮,这才使原住民保住了性命。亚瑟命令撤退,做出了准确的判断,敌人已经士气消沉,于是他让手下安心地睡了一个晚上,严阵以待,只命令小部分卫兵保持警戒。

昨晚,疲惫不堪的敌人还在通宵赌博,如今却辗转反侧无法入眠。他们不是全身披挂,便是集合召开应战会议。好像那些曾经进军格美利要塞的部队,现在已经心存芥蒂。他们觉得敌人一定会再次偷袭,因为今天的战斗已经让他们闻风丧胆。他们没有统一的意见,有的人想投降,有的人却认为应该抗战到底。直到早上晨光初现,洛特王才说服其他人。

他下令,驱赶那些剩余的步兵就像赶牲畜一样,四散奔逃。而骑士们团结一致,组成了方阵抵御敌人的冲锋,另外不管是谁只要临阵退缩,就会以苟且之罪而就地射杀。

第二天清晨，他们还没摆好阵形，亚瑟的部下就已经攻打过来了。他还是之前的那种战术，先是命令四十个骑兵组成小队攻击。这支队伍可都是精挑细选的，每个都是精锐。他们像昨天下午一样发动猛烈攻击，全速进攻，一举攻破或者穿过敌人阵营，接着再重新整队，发动强攻。坚持抵抗的敌军遭到攻击，接连败退，满肚子的怨气，士气低落，毫无斗志。

到了正午时分，三国盟军全部出击，打算一举打败敌人。刹那间喊杀声震破天宇，四处纷飞着折断的长枪长矛，扬起的马前蹄扒挠一阵之后沉重地倒向地面，喊叫声撼动天地。战斗结束了，无休止的践踏、翻起的草皮，草地上散落各处的武器零件，如今都静了下来。有的人仍旧骑在马上，漫无边际地走来走去，盖尔骑士们的踪迹消失了。

国王骑着马从索赫特城向自己的城堡走去，梅林正在城堡前面迎接他。魔法师一脸的疲倦，不过依然没骑马，只是像步兵那样穿着无袖的锁子甲，是他自己要求以这样的装扮参加战斗的。他把盖尔族步兵投降的事情报告给了国王。

第十三章

几周之后，派林诺国王与未婚妻在月光下的悬崖上坐着，注视着海面。他们就要到英格兰举办婚礼了。国王双手环住她的腰际，耳朵贴着她的发丝，完全沉迷于两个人的世界之中。

"多拿尔真是一个有意思的名字。"国王说，"不知道你是如何想到的。"

"但是，派林诺，这是你想到的啊！"

"是我？"

"没错，帕西法、拉莫瑞克、阿格洛法以及多拿尔。"

"他们肯定就和普智天使那样，"国王激动地说，"和普智天使那样！但是普智天使是什么？"

他们身后是耸立的古城堡，映衬着夜空中的星星。一阵争吵声从圆塔顶部隐隐约约传来，是格鲁莫与帕洛米德正在因为寻水兽吵个不停。它依然深情地爱着假寻水兽，也没有离开城堡外——只不过洛特战败回来的那一天暂时离开了几个时辰。英格兰的骑士早就知道自己和奥克尼的战斗，因为战败了，所以觉得很吃惊。不过这已经无法挽回了，况且战争已经结束了。现在所有的人都待在城堡里，吊桥一直没有放下过。格拉提桑怪兽在塔底趴着，脑袋在月光下闪烁着银光。派林诺国王打算饶它一命。

梅林向北一直到了这里。他肩膀上斜挎着背袋，脚上是一双庞大的长靴子，着装时尚，全身雪白，满脸红光，就像马上要去藻海①成婚的鳗鱼，因为妮姆就要出现了。但是他仍旧漫不经心，仍旧想不起要对徒弟说的是一件什么事情，因此他不想再听他们两个说自己的困难。

骑士们在城墙上站着，对外边的魔法师大声喊道："非常抱歉！全是寻水兽的原因，洛锡安和奥克尼王后非常恼火！"

"你们肯定这件事和寻水兽有关系？"

"是的，老兄。你瞧，它还在这里困着我们！"

"尊敬的先生，"帕洛米德带着哭腔喊道，"都是因为我们假扮寻水兽，在进城的时候，正巧被它发现了。于是，它就对我们产生了热情的好感。可是，现在这只怪兽不离开啦，它认定自己的伴侣就在这里。如果放下吊桥，那会很危险！"

"最好你们能给它解释明白。就在城墙上说清楚这件事情吧。"

"您觉得它能听明白吗？"

"怎么说，"魔法师说，"怎么说它也是一只魔兽，可能会听明白。"

---

① 位于西印度群岛东北海域，布满了马尾藻。

遗憾的是，解释并没有起到作用，寻水兽盯着他们，好像觉得他们说的是假话。

"嘿，梅林！别走啊！"

"我必须得走了。"他心不在焉地说，"我要去做一件事情，但是记不起来要干什么、到哪里去。而且我还要徒步旅行，我打算到北亨伯兰去见我的师父布莱斯，让他把这次战役记录下来，接着我们再一起去欣赏野雁，再然后……唉，我也忘了！"

"但是，梅林，我们说的话好像并没有得到寻水兽的信任！"

"不要担心。"他语气中除了暧昧还有担忧，"我不能再耽搁了，非常抱歉。请两位把我的歉意带给摩高丝王后，并把我的问候也一起带给她可以吗？"

于是，他把脚尖踮起旋转起来，打算消失离开。他并不打算用走的去旅行。

"梅林！唉，梅林！等等！"

他只好再次现身，有点生气地说："还有什么事？"

"寻水兽还是不信我们的话，要怎么做才行？"

他皱起了眉头。

"给它分析一下吧！"他最后说，又打算旋转消失。

"但是，梅林，再等一下！我们具体应该怎么做？"

"就和平时一样。"

"那是什么方法？"他们感到没有希望啦。

梅林最终还是消失了，只在原地留下了余音。

"把它做过的梦找出来，像这样的。说明现实的情况，但是不要把弗洛伊德说太多。"

从那以后，为了给派林诺国王留出准备婚事的空间——实际上他也不想为了这种小事情操心，格鲁莫与帕洛米德只能自寻方法了。

"唉，我说，"格鲁莫爵士大声说，"鸡生蛋，蛋生鸡……"

帕洛米德爵士没让他继续说下去，于是讲述起花粉与雄蕊之间的关系来。

城堡皇室的圆塔卧房内，洛特王夫妻二人躺倒在床。国王已经睡着了，他已经在记录战争回忆录上耗尽了精力，于是没有理由再保持清醒了。摩高丝王后却无法入眠。

明天，她就要去卡里昂，参加派林诺国王的婚礼。她告诉自己的丈夫，这次她要带上孩子们以使臣的身份去，希望他能同意。

洛特王因此非常恼火，原本是想阻止她的，但是她有办法说服洛特王。

王后下床，悄悄来到柜子前。战争失败之后，她就听说了关于亚瑟的很多事迹，听说他不但身强力壮而且很多魅力，单纯而又心胸宽广。就算被他打败的人心里充满猜忌和妒忌，仍旧不能掩盖他的飒爽英姿。另外，亚瑟还与萨南伯爵之女莱安诺尔有段风流佳话的谣传。王后趁夜拉开柜子，取出了如同一条布条似的东西，她在月光下的窗前站着。

虽然这布条没有黑猫魔法残暴，但是让人感到寒气更胜。这叫作绊马索——专门用来绑牲畜的，原住民把好几条这种东西放在柜子里。说不上是多么厉害的魔法，顶多就是一个符咒而已。这是摩高丝王后在丈夫从外岛带回的一个士兵尸首上得来的。

那是从死尸侧脸上割下来的一片人皮：用刀子沿着右肩膀，小心地划出两条切口，这样就可以划出条形，接着从右手臂的外侧朝下，绕开每一根手指，如同顺着手套的接口一样，再朝上划到腋窝处。然后向身体以外划去，自胯至脚，最终再返回刚开始的肩膀处，绕着尸体外廓一圈。这么弄下来的人皮就成了细条形的东西了。

绊马索怎么用？这就要等你爱的人睡着之后，你在不吵醒他的情况下，把绳索抛到他的脑袋上，接着把绊马索打成一个蝴蝶结。如果在此期间你惊醒了他，他就会在一年内死掉。假如你没有吵醒他，而且能完成整个过程，那么从此以后，他就会爱上你的。

月光下，摩高丝王后静静地站在那里，不停地在手指间缠绕绊马索。

四个男孩子没在自己的房间里，这时他们也醒了。他们晚餐的时候就藏在楼梯上，偷偷听到母亲第二天会带着他们到英格兰去。

这时，他们就在一个小教堂内，尽管这里只有二十平方英尺，但是早在基督教来到这个岛上的时候，它就存在了。教堂和城墙一样都是石头砌成的，但是没有用泥灰涂抹。没有玻璃的窗子透进来缕缕月光，落到祭坛上的那盆圣水里。而水盆是石台挖砌成的，与之匹配的盖子却是剥离的石片切成的。

奥克尼家族的四个男孩子正跪在先辈们居住过的地方祈祷，他们表示永不背叛自己的母亲，不辜负她的良苦用心，永不忘记康瓦耳的世仇，而且永远记住父亲治理下的雾都洛锡安。

弯弯的细月在窗外的夜空中直挺挺地站立着，就像魔法指甲碎片挂在浓黑的夜空里。状似乌鸦的风信鸡映衬着夜空，嘴里衔着箭，指向遥远的南方。

第十四章

　　帕洛米德爵士与格鲁莫爵士比较幸运，当车马队要动身启程的关键时刻，寻水兽终于清醒了，要不然他们就不得不在奥克尼再停留几日，从而错过国王的结婚典礼。尽管这样，他们仍旧整晚辗转难以入眠。

　　关键是寻水兽又爱上了另一个人，帕洛米德爵士分析它的心理获得了成功，同时迷住了寻水兽，心理的分析经常出现这样的问题，而且寻水兽对原来的主人没有一丝兴趣。派林诺国王忍不住叹息道，美好的时光已经逝去，并下令让撒拉逊人掌管寻水兽的所有权。尽管马洛里清楚地对我们说过，只有派林诺家族的人才能抓到它，但是《亚瑟之死》的后部分，都是说的帕洛米德爵士在追赶它，这也算是其中一个原因。其实，谁能抓到它并不重要，因为谁也不曾抓到过寻水兽。

　　去往位于南方的卡里昂的路途很遥远，轿子一路上不停地摇晃，骑马的护卫队在飞扬的燕尾旗下缓缓前行，每一个人的脸上都是激动的神情。轿子就是由一般的双轮马车组成的，两侧都有一根长棍就像旗杆一样，两根棍子中间是吊床，如果躺在上面，基本上感受不到摇晃，也是轿子本身有趣的地方。两个骑士跟随在皇室队伍之后，一想起终于能够逃到城外，去参加结婚典礼，就感到非常兴奋。圣托狄巴和茉兰大娘也一起来了，这样就变成了双喜临门。寻水兽在最后，两眼直直地盯着帕洛米德，它担心会再次遭到背叛。

所有的圣人涌出蜂巢屋前来送行，佛伯格人、佛美人与达努的臣子、原住民，在山崖、小船、山顶、沼泽与贝冢上招手和他们告别。所有的赤鹿与独角兽都并排站在山上目送他们。尾巴开叉的燕鸥从海口处飞过来，发出好像发电报时的吱吱声。白色尾巴的麦鹟与田鹨在队伍两侧飞行，在荆豆林中轻巧地停驻；老鹰、乌鸦、山鸦和游隼盘旋在高空中。点燃的泥炭发出的浓烟不紧不慢地跟随着，好像要在他们的鼻尖上最后盘旋一次。烈日下，地下密道、欧延碑文与海角堡垒全都展现出前朝时期的建筑风格。海鳟与鲑鱼把脑袋伸出来，在阳光下闪着银色的光芒。这里就是世界上最美的地方，而它的山谷、峰峦、满是石南的山壁也同时产生共鸣，盖尔族的灵魂朝男孩子们呼出仙灵一样的喊声："不要忘了我们!"

假如男孩子们对旅行感到兴奋，那他们对卡里昂的繁荣景象感到的就是吃惊。国王城堡四周的街道相互交错，不单是一条街道；还包括附近的贵族城堡、修道院、教堂、礼拜堂、大圣堂、集市与商店。大街上都是人，全都身穿红、蓝、绿等颜色鲜艳的服装，手挎购物篮，或者赶着一群嘎嘎乱叫的鹅群，或者身穿谁家的老爷服饰，跑向别的地方办事。铃声大作，钟塔传来悠扬的报时声，旗帜飞扬——就算是空气好像也都活了一样。这里有狗、驴、披着华丽装饰的马匹，还有牧师与乡村的马车，车轮嘎吱声不断，好像审判日就要来临了。这里有卖金箔包着的姜饼的商人，或者排列着最时尚的盔甲装，有卖丝绸的商贩、卖香料的商贩以及卖珠宝的商贩。颜色光艳的招牌挂在店铺上，仿佛当代宾馆的招牌一样。用人在酒店外边畅饮喧闹，老妇人正在为了鸡蛋讲价钱；流浪汉提着一笼一笼的猎鹰兜售，身材胖胖的议员脖子上挂着代表官衔的金链子；黑色皮肤的农民浑身只有绑腿，别的什么都没有；奇怪的东方人求售鹦鹉、皮绳捆绑成群的灵缇；好看的仕女假装小碎步做作的模样走路，一个个头上都戴着顶端垂着面纱的笨蛋高帽。假如仕女打算去教堂，可能还会有拿着祈祷书的用人在前面引路。

卡里昂城四周有城墙围护，所以在这人来人往的四周，是看上去没有尽头的长城墙。城墙上，每两座塔楼都有两百码的距离，另外大门就有四座。如果你穿过平原过来，就能看到城堡的主楼与教堂顶端如同开花的盆栽那样，从城墙上纷纷冒出。

亚瑟王和老朋友再次相遇，听到派林诺举行婚礼的事情，感到非常高兴。第一次见到派林诺时，他还年少，在野森林里和他初次相遇，就开始崇拜起骑士了，所以他打算以后要举办一场空前绝后的婚礼。整个卡里昂大教堂都被他们包下了，婚礼准备非常铺张浪费，期望能达到最好效果。众多的主教、枢机主教以及教廷使节一起主持主教弥撒，紫红颜色充满了整个广阔的教堂，香烟缭绕。银铃在小童手里摇动着，偶尔他们还会冲向打盹的主教，用铃声叫醒他们。偶尔主教身上会被教廷使节洒满香气。那就和百花大战一样，豪华的祭坛前燃烧着几千根蜡烛。不管朝向哪边，都能看见圣职人员正在急着铺平桌布、拿出圣经、彼此祝福、互相洒着圣水，或者诚挚地向对方划着十字。乐曲声如同天籁之音，不但有格里高利圣乐，还有圣·安布罗斯圣歌。教堂里已经人满为患了，有着各种僧人、修道士以及方丈，他们脚上穿的是凉鞋，和骑士们一起站着，烛光映在骑士披挂的铠甲上。甚至这里还有位穿着黑衣，戴着红帽的方济会主教。主教身上的长袍与头上的法冠大都是金缕做的，周边镶嵌的是钻石，而很多人一会儿穿一会儿脱，衣服摩擦发出的沙沙声充斥着整个教堂。他们的语速很快，根本听不清他们嘴里的拉丁文是什么意思，只听到回荡在房顶椽间的声音。难得的是，在圣职人员无数次地劝诫、训励以及祝福下，在场的会众并没有马上到天堂去。教宗也有着与现场的人一样的想法，希望这场婚礼能顺利结束，所以他们主动把赎罪券分到每个希望拿到的人的手中。

　　婚礼后接着就是婚宴。婚礼举行的时候，派林诺国王夫妻二人始终牵着彼此的手，他们与后面的圣托狄巴和茉兰大娘，在烛光、圣水、焚香中感到有点眩晕。大家簇拥着他们走上了光荣的主位，亚瑟亲自降下身份给他们上菜，一眼就能看出茉兰大娘特别高兴。食品有孔雀派饼、德文郡奶油、鳗鱼冻、冰水果色拉、咖喱海豚肉，还有其他的两千种小菜。其间有人发表演讲，有人表演，还有人说祝酒词等干杯敬酒。有一个北亨伯兰的特使风风火火地赶来，把一封电报递给了新郎。他读了出来："梅林祝福你们。王座下有送给你们的礼物。向阿格洛法、拉莫瑞克、帕西法、多拿尔问候。"电报引发的激动情景平静下来，也找到了结婚礼物之后，大家给年轻的成员准备了几个玩纸牌的游戏。一个叫蓝斯洛的皇室小随从牌技很精湛，他的父亲便是班威克的班恩王——毕德格连战役中亚瑟的盟友。

还有跷跷板、推移板、衔苹果和那种称作"麦克和牧羊人"的木偶戏，把大家逗得捧腹大笑。圣托狄巴与一个胖主教因劳德比利特敕书①争吵起来，他一棍子打晕了主教，于是场面变得异常难堪。

婚宴的尾声，众人带着感情吟唱了《忆往日》，慢慢消散在黑夜中。派林诺国王身体有些不舒服，新王后把他扶到床上，说他只不过太激动了。

梅林在遥远的北亨伯兰，此时他跳下床。从早到晚，他们都在欣赏归来的大雁，原本已经疲惫不堪准备入睡的他，但是睡梦中忽然想到——一件最简单的事情！他已经记起来了要告诉亚瑟的，就是亚瑟的母亲是谁！他一直滔滔不绝地说着尤瑟·潘德拉贡、圆桌原理与战场分析、剑鞘和桂妮薇、曾经和未来的，不过他却不记得那最为紧要的事情。

亚瑟母亲叫作伊格莲，便是这本书最早说起的，圆塔上奥克尼的那群孩子说起的那个，在庭塔阁抓到的伊格莲。尤瑟·潘德拉贡占领城堡的那天晚上，亚瑟便已成形。按传统习惯，伊格莲给伯爵守完丧之后，才能嫁给尤瑟，所以亚瑟出生得比较早，由艾克特爵士养大。世上除了梅林与尤瑟，再也没有人知道他被送到了哪里，就连伊格莲也被蒙在鼓里。现在尤瑟已经死了。

梅林光着脚站在冷冰冰的地板上，身子在床边摇晃。假如他马上返回卡里昂，可能还赶得上！但是他已经疲惫不堪了，又因为"后知后觉"而泛起了迷糊，况且他还没有完全清醒。

---

① 一一五六年由教宗亚德里安颁布的敕书，爱尔兰的统治权由此落到英王亨利二世手上。

他想明天一早再做打算，他也忘记了自己如今是在从前还是将来了。他在夜色中用布满皱纹的手摸索睡衣，妮姆的音容笑貌早就印在他迷迷糊糊的脑海里了。梅林倒向床上，把胡须塞到棉被里，鼻子垫在枕头上，就这样进入了梦乡。

亚瑟王在空旷的城堡大厅里，朝后靠去。刚刚他还和几个贵族亲信喝过酒，如今只有他独自在那里。这一整天实在太累了，但是他还年轻，刚好是精力最旺盛的时期。这时，他的脑袋靠在王座上，回想着整个婚礼的过程。石中剑被他拔出来之后，战争就没有停止过；也正是这些磨炼让现在的他更加有度量，有责任感。现在总算能够安安静静地过日子了，他想象着将来会是一片祥和的幸福日子，想象着自己有一天也会举行婚礼，就像梅林预言的那样，可能还会有个家。然后他又想起了妮姆和那些漂亮的女人。他也慢慢进入了梦乡。

忽然，他一下子惊醒了，看到眼前站着一个黑发蓝眼睛、戴着皇冠的漂亮女人。还有四个来自北方的男孩跟在他们母亲的身后，看上去很害羞却又很自豪，而那个女人手上卷着一条皮带。

摩高丝王后起初故意躲开婚宴，算好时间出现在亚瑟面前。这是亚瑟第一次遇见她，而她很清楚自己的容貌有多么出众。

这件事情到底是怎么发生的，可能永远也没有人能说清楚。可能是绊马索真的有魔力。可能是王后的年龄比亚瑟大上一倍，也有着比他一倍多的经验和磨炼。可能只是因为他原本就有一颗纯真的心，常常对人做出很轻易的判断。可能是因为他从来没有见过自己的母亲，所以摩高丝和她的孩子们在他面前出现时，那四处飘散的母爱吸引了他。

无论怎么说，这个空暗女王在九个月之后，诞下了一个男孩，取名为莫桀。这个男孩的生父就是女王同母异父的兄弟亚瑟。下面就是梅林后来绘成的族谱。

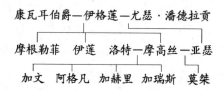

可能你要以家谱为一种特殊的历史教材，多读上几遍。这些内容是亚瑟王悲剧中最重要的部分，托马斯·马洛礼爵士就是因为这个原因，才把那部长篇著作命名为《亚瑟之死》。尽管书里大部分内容都在述说着骑士决斗，找寻圣杯的事情，但是总体上来说，还是以这个年轻人死亡的原因为讨论关键。这本身就是悲剧，一部各方面都具备亚里士多德形式的悲剧，述说的是永不消逝的罪责。因此我们一定要特别注意亚瑟的儿子——莫桀出生，以后，更不可以忘记国王曾经和自己的姐姐同床共寝的事情。亚瑟并不知道这件事，可能这应该是她的错，可是在这场悲剧里，并不能因为单纯，就可以逃脱罪责。

永恒之王四部曲④

风中之烛

（英）T.H.怀特◎著 文竹◎译

中国华侨出版社
北京

图书在版编目（CIP）数据

风中之烛／（英）T. H. 怀特著；文竹译. —北京：中国华侨出版社，2019. 5

（永恒之王四部曲）

ISBN 978-7-5113-7826-2

Ⅰ.①风… Ⅱ.①T… ②文… Ⅲ.①长篇小说—英国—现代 Ⅳ.①I561. 45

中国版本图书馆 CIP 数据核字（2019）第 058137 号

永恒之王四部曲4：风中之烛

著　　者／（英）T. H. 怀特

译　　者／文　竹

策划编辑／周耿茜

责任编辑／王　委

责任校对／王京燕

封面设计／胡椒设计

经　　销／新华书店

开　　本／880 毫米×1230 毫米　1/32　印张/27　字数/650 千字

印　　刷／天津中印联印务有限公司

版　　次／2019 年 7 月第 1 版　2019 年 7 月第 1 次印刷

书　　号／ISBN 978-7-5113-7826-2

定　　价／118. 00 元（全 4 册）

中国华侨出版社　北京市朝阳区静安里 26 号通成达大厦 3 层　邮编：100028

法律顾问：陈鹰律师事务所

编辑部：（010）64443056　64443979

发行部：（010）64443051　传真：（010）64439708

网　　址：www. oveaschin. com

E - mail：oveaschin@ sina. com

"他略作思考，就说：据我观察，
动物园对我的很多病人的疗效不错。我觉得，
给庞提非先生开一个大型哺乳类动物的处方很有必要，
以免让他觉得自己是在吃药……"

目 录

第一章

对年岁增长的阿格凡来说，岁月十分残酷。他现在五十五岁，而十五年前他就已经是这副年老的样子了。他一直都是浑浑噩噩的。

莫桀干瘦，人总是冷冰冰的，但他看起来还是那么年轻。谁也猜不透他究竟多少岁，他的年龄就像他那对深邃的蓝眼睛和抑扬顿挫的声音一样。

现在这两个人正站在卡美洛奥克尼宫里的方庭回廊，他们正看着庭院中的鹰鸟，阳光灿烂，它们栖息在绿意盎然的横木上。这座方庭回廊的拱门是火焰形的，十分新潮，在这优雅的框架中，你一眼就能看到高贵骄傲的鹰鸟——这里有一只矛隼、一只苍鹰、一只雌游隼和一只雄隼以及四只小灰背隼。这四只小灰背隼熬了一个冬天，终于存活下来。横木很干净，如果喜欢户外运动的人想要参与这种残酷的运动，就必须慎重，藏好兽性的痕迹。鸟儿都用迷人的绯色西班牙皮革和金工装饰，鹰鸟的皮带的材料是白马皮，而那只矛隼的皮带和系脚皮绳的材料则是独角兽皮。这是对她的赞美，她从遥远的冰岛而来，这是他们能为她做的唯一一件事。

莫桀开心地说："感谢上帝，我们离开这里吧，这个地方恶臭难闻。"

他说话的时候，那些鹰鸟轻轻动了一下，一阵悦耳的声音传来，声音来自它们身上挂着的铃铛。这些铃铛好不容易才从东印度带回来，而矛隼身上的那对铃铛还是银做成的。回廊阴影的栖木上站着一只庞大的雕鸮，它被铃声吵醒了，睁开了眼睛。它闭着眼睛的时候，你觉得它不过是只猫头鹰，或是一团糟糕的羽毛，当它的眼睛忽然睁开的时候，它似乎成了爱伦坡描写的动物，你一点儿也不想看到它。它双眼通红，凶悍可怕，满目发亮，就像火光闪烁的红宝石。它叫大公爵。

"我没有闻到任何味道。"阿格凡说。他疑心很重，四处闻着，总想闻出些味道。可是，他的上颚已经一无是处，它负责嗅觉和味觉，加上他的头痛得厉害。

"臭味是从'运动'中发出来的，"莫桀加了个引号，"还有'适宜行事'和'好人'发出来的臭味。我们走去花园吧。"

阿格凡十分执着，一定要重回原先的话题。

"没必要为了这件事而烦恼，"他说，"我们辨是非，但其他人不懂。没有人会把我们的话放在心里。"

"但他们必定要知道。"莫桀的眼睛发出蓝绿色的焰光，十分明亮，就像猫头鹰的眼睛。过去的他肩膀曲斜、衣着华丽，是一个浮夸的男子，现在的他已经改变，成了所有事情的肇因。在这个问题上，他和亚瑟无法达成共识，可以说观点和那个英格兰人完全不一样。他成为英勇无敌的盖尔人，他的种族已经灭绝，那是比亚瑟一族更加历史悠久、更加神秘的种族。现在，他对这所有的肇因感到愤怒，亚瑟的新法显得十分愚昧；和匹克特人野蛮而古老的智慧相比，不过是一种自我安慰，愚昧不堪。他嫌弃亚瑟的时候，他的母系忽然而至，在他的脸上显示出来。和莫桀一样，那些祖先的文明也从母系家族而来，他们骑无鞍马、乘坐双轮战车，在战场上运筹帷幄，并用敌人的头颅装饰他们恐怖的堡垒。他们留着长头发，凶狠残暴，有位古代的作家曾经这样描述他们作战时的场景："手中拿着剑，和奔腾的河水或暴风雨中汹涌的海洋抵抗。"现在，在爱尔兰共和军身上，而不是苏格兰民族主义分子身上，能看到他们的民族性，他们不停地杀害地主，却又怨恨那些杀害地主的人。这个民族中，林查洪这种人却是国家英雄，原因是他咬掉了戈尔家族的一个女人的鼻子。历史的火山把这个民族驱赶到一个遥远的地方，他们在那里既自卑又满腹牢骚，直到现在，他们还公然表露他们的自大。他们是天主教徒，可是，如果有教宗或圣徒的政策不符合他们的心意，他们会直接走开，即便他们身边都是圣徒；这些破碎遗产的守护者十分暴躁、愤怒。很久之前，以亚瑟为首的外来者想征服这支蛮不讲理、狡诈又神勇的民族。而这就是横亘在这位父亲和他儿子之间的障碍。

阿格凡说："莫桀，我必须和你聊一聊。似乎没有方便坐下的地方，你坐在那里吧，我坐在这。谁也无法听到我们的谈话。"

"我也不在意他们能否听到。他们最好能听到。这件事就应该广而告之，而不是私下聊。"

"到最后，大家还是会知道我们的聊天内容。"

"不，不会的。他们会保守秘密的。他不想知道，所以，即便我们私下聊，他也能装着无法听见。如果你成为英格兰王这么多年，你一定知道应该如何伪装自己。"

阿格凡觉得有些不自在。他憎恨国王，但这恨意没有莫桀的恨真实。实际上，他只反对蓝斯洛一个人。他的恶意很随意。

"在我看来，埋怨过去的事情一点好处也没有，"他阴郁地说，"如果所有事情都如此复杂，历史又如此悠久，我们根本没办法让其他人也和我们统一战线。"

"或许这件事已经历史悠久，可亚瑟是我的父亲，这是事实，他把尚是婴童的我放在船中随水漂走，这也是事实，这些都无法改变。"

"对你而言，这或许无法改变，"阿格凡说，"可对于其他人而言，又另当别论了。没有人会在意这件混乱的事情，你对普通人不要有期待，他们根本记不住祖父或同母异父的姐姐这种事情。不管怎么说，现在大家不可能为了私仇而作战，你要的只是一种民族怨恨，它和政治息息相关，并且是蓄势待发的那种，这是你可以用到的工具，你要利用好它们。举个例子，如约翰·鲍尔①，他的拥护者有一千多个，他们都有自己的目的，但每个人都支持他发起暴动。或是撒克逊人，我们可以对外说我们支持民族主义运动，这是我们加入他们的借口。总而言之，这个目的要大家都支持，所有人都有共鸣才可以。我们反抗的人一定要有很多支持者，如犹太人、诺曼人或撒克逊人，这样才能引起公愤。我们能做原住民的领袖，向撒克逊人讨要公正；或是做撒克逊人的领导，抵抗诺曼人；或是成为农民的领导，抵抗上流社会。我

① 一八三一年的大规模农民叛乱的三名领导者之一，叛乱被镇压后，约翰·鲍尔被绞死。

们要准备一面旗帜，还要有一枚徽章。你能用希腊十字，或是其他和民族主义相关的也可以。无论你的做法是什么，你都要准备半个小时来解释状况，即便你站到屋顶上大叫也可以。"

"我可以这样说，我的母亲和他是姐弟，而他因此想要溺死我。"

"随便你。"阿格凡说。

那只雕鸮沉睡的时候，他们一直在讨论他们家族曾经遭受过的厄运——他们的外祖母伊格莲被亚瑟的父亲强暴；还有盖尔族和高卢族历史悠久的恩怨，这是那只母兽在古老的洛锡安告诉他们的。阿格凡觉得这些不公时间太久远了，无法成为对抗国王的武器。现在，他们说到不久前的一件耻辱——亚瑟和他同母异父的姐姐所做的孽，最后竟然想杀掉他们的私生子。当然，这个武器威力十足，可是，莫桀就是那个私生子。这个兄长是个狡猾的狐狸，而莫桀很害怕，他清楚自己无法以私生子的身份去对抗自己的父亲。除此之外，亚瑟很久之前就让人不再重提这件事，现在莫桀再次旧事重提，这并非一个好方法。

他们相对无言，就这样坐着，看着地板。阿格凡的身体不好，两个眼袋很大。莫桀很瘦，身材纤细，是时尚的体型，他穿的衣服把他的歪斜肩膀遮住，是不错的伪装。

他说："我觉得脸上无光。"

看着同母异父的哥哥，他十分痛苦，像在说："我是个驼背，我没有任何原因觉得自己的出生是件光彩的事情。"

阿格凡有些不耐烦，站了起来。

"我要喝一杯。"他边说边拍手唤来见习骑士，接着把发抖的手指放在眼皮上，神情疲惫，站在那里，看着那只猫头鹰，脸上的厌恶不言而喻。酒被送上来的时候，莫桀看着他，目光满是轻视。

"如果你去挖那堆老粪，"阿格凡说，酒精令他精神倍增，"你会弄得一身臭。你不要忘记，我们所处的地方是亚瑟的英格兰，而非洛锡安，在英格兰，人们都敬爱他。他们不会相信你的话，又或是他们相信你，但责备的对象却是你，因为首先挑事的是你，而非他。可以肯定的是，没有人会追随这次的谋反。"

莫桀看着他。现在，他憎恨阿格凡，打心眼里瞧不起他的懦弱，就像那只鸮一样。他不能容忍有人阻碍他的复仇，所以他在脑海里怨恨阿格凡，并告诉自己，这个异父哥哥不过是家族里一个喝醉的叛徒。

阿格凡看出这点，笑了笑，为了安慰自己，他已经喝了半瓶酒。他拍了拍莫桀那个健康的肩膀，示意他倒满酒。

"接着喝。"他笑了笑说。莫桀继续喝酒，就像一只被下药的小猫。

"你是否听说过，"阿格凡搞笑地问，"有个很牛的圣人叫蓝斯洛？"

他眨了下眼睛，由下而上，慈祥地看着莫桀的鼻子。

"接着说。"

"你应该听说过那位勇敢的骑士。"

"当然，我知道蓝斯洛爵士。"

"这个真正的绅士让我们从马上跌落过一两次，对吧？"

"第一次，蓝斯洛让我从马上跌落，"莫桀说，"已经年代久远了，我甚至都忘了具体的时间。不过那没有任何意义。有人能用棍子把你退下马，并不意味着他比你出色。"

奇怪的是，说到蓝斯洛，莫桀的情绪由激动变得平稳，而阿格凡却越说越顺。

"对，"他说，"而我们这位骑士一直都是英格兰王后的情人。"

"很早之前，在大洪水以前，大家都知道桂妮薇和蓝斯洛相爱，可又能怎样？国王也知情。据我了解，有人曾把这件事告诉过他三次。我找不到任何办法。"

阿格凡把手指放在鼻尖，就像一个喝醉的风笛手，接着摇了一下他弟弟的手指。

"是有人告诉过他，"他说，"但话语都很委婉。他们在给他提示，就像在盾上画双重含义的图案，或是只有忠贞的妻子才可以用的角杯。但是，在宫廷里，没有人直言不讳地告诉他。梅里亚格兰斯在战斗审判中做出了概括性的指控。如果我们直接揭发蓝斯洛，会发生怎样的事情？这会逼得国王进行调查。"

莫桀眼前一亮，就像鸮一样。

"哦？"

"我看到了分裂。蓝斯洛是司令官和军队的统领，亚瑟还要依靠他。亚瑟的权力正是来源于此，大家都知道，凶残的力量太强大。可是，如果我们能挑起亚瑟和蓝斯洛的误会，他们的力量就会分裂。接下来我们可以要些小手段，接着让罗拉德派①、民族主义分子和所有不满之士登场，最后，你就能报复他了。"

"我们能促进他们的分裂，因为他们自身已经不团结了。"

"不过这个意义重大，远没有那么简单。"

"这代表着，我们康瓦耳人会为外祖父报仇，而我会替母亲报仇……"

"……并且不需要直接使用武力，而是用大脑。"

"换言之，我可以报复那个男人，因为他想淹死还是婴童的我……"

① 一个基督教派。

"……我们要先揭露那个恶霸所犯下的罪行,并且见机行事。"

"暗地里整一下那个著名的蓝斯洛……"

"……暗地里整蓝斯洛!"

事情的经过是这样的(或许这是最后一次详细讲解了):亚瑟的父亲杀掉了康瓦耳伯爵,而他的目的是强占他的妻子。伯爵被杀掉的那个晚上,可怜的伯爵夫人怀上了亚瑟。他的匆忙出生,让很多婚丧喜庆的习俗无法举行,所以他被送到野森林城堡,由艾克特爵士抚养,而这件事没有人知道。他长成一个十几岁的年轻小伙子时,依旧不知道自己的亲生父母是何人。那时他遇上摩高丝,却不知她是自己同母异父的姐姐,她的父母是伯爵夫人和那个被杀死的伯爵。他这位同母异父的姐姐已经有了加文、阿格凡、加赫里斯与加瑞斯四个孩子,她比这位年轻的国王大两倍,而她成功地引诱了他。他们生下了莫桀,他在遥远的荒岛,在母亲身边长大。他独自在摩高丝身边长大,因为他年纪最小,其他人早就前往国王的宫廷——他们野心勃勃,一心向往那个最伟大的宫廷,也想远离他们的母亲。莫桀留了下来,任她支配,终日和她对国王的恨相依相生,她的恨自古有之,也掺杂了私人感情。因为,虽然她引诱了青年时期的亚瑟,但他还是离开她,最终和桂妮薇结了婚。而摩高丝带着那个孩子,在北方打着自己的算盘,她把所有的母爱都强加于那个驼背的孩子身上。她有时爱他,有时又冷淡他,她十分贪婪,就像个肉食动物,狗、孩子和情人的爱就是她的食物。最后,她其中一个儿子在嫉恨中砍下了她的头,因为他发现七十岁的她和一个叫拉莫瑞克爵士的年轻男人睡在床上。莫桀也参与了对她的刺杀,置身家庭的爱与恨之中,茫然失措。现在,在宫廷中,他的父亲想方设法要隐瞒他的身份。这个可怜的儿子发现，他被当成是加文、阿格凡、加赫里斯和加瑞斯的兄弟，也发现母亲要他怨恨国王，却和他和睦相处；他发现，对于一个简单粗暴、无法接受任何智慧的评判的文化而言，他是个残缺不全、聪明的批判人；最后他发现，他骨子里学习的是北方文化，和南方迟钝的道德文化格格不入。

第二章

　　帮阿格凡爵士呈酒上来的见习骑士穿过回廊门。他用浮夸的宫廷礼鞠了两个躬（这是见习骑士成为候补骑士之前必须行的礼），接着大声说："加文爵士、加赫里斯爵士、加瑞斯爵士来了。"

　　那三兄弟紧随其后，七嘴八舌地谈起户外运动和各自的状况。所以现在整个家族的人都到了。只有莫桀打着光棍，其他人的妻子被安置在某个地方，谁也没见过，而这群兄弟已是久不见面。有时，他们会在一起做一些淘气的事情，这些事挺有趣的，不会引起人的反感。或许在亚瑟的故事中，所有战士都很淘气。

　　加文是家族的首领，他的拳头上站着一只羽毛稚嫩的隼。现在，这个强壮的家伙已经满头白发，耳朵上的毛发有点黄，就像雪貂一样的颜色，很快也会变白。加赫里斯和他很像，或者说在四兄弟中，他们两个的相似度最高，不过他相对温柔，头发没有那么红、身体没有那么强壮、性格也没有那么执拗。实际上，他傻乎乎的。纯正奥克尼血统的全部兄弟中，加瑞斯最小，还是个年轻的小伙子。他走路一跳一跳的，似乎在享受生命的快乐。

"喷!"加文粗犷的声音传来，"开始喝酒了吗?"他拒绝说地道的英文，口音还带着外岛音，但是不再使用盖尔语考虑问题了。虽然他很不乐意，但他的英文说得越来越流利了。他的年纪越来越大了。

"加文，对啊。"

阿格凡明白有人不喜欢他午睡前喝酒，于是礼貌地问:"你今天过得怎么样?"

"还好。"

"今天很好，"加瑞斯说，"我们带它去和蓝斯洛的候隼一起做高空狩猎，它很聪明，真的想不到，它能独立完成整个狩猎，甚至不需要袋狐①的帮助。加文把它教得很优秀，它毫不迟疑地朝下扑，就像它一直以来的对手就是那只苍鹭一样。它首先绕着白堡边堆的干草飞了一圈，接着在朝圣路的加尼斯侧飞到他的上空。它……"

莫桀故意打起哈欠，加文看到了说:"你省口气吧。"

"真是一次奇妙的飞行。"他建议道，"它有本事抓到猎物，我们应该给它取个名字。"

"你平时怎么叫它?"他们问。

"它来自蓝迪，它的名字也应该和蓝斯洛相关。蓝斯洛妲不错。它肯定是一只出色的游隼。"

阿格凡眯眼看着加瑞斯，慢慢地说:"你叫它桂妮最好。"

---

① 一种狐狸，被装在袋子中，带到猎场中让狗追逐。

加文从中庭来到他们跟前，他的隼在它的栖木上。

"什么都别说了。"他说。

"如果我说谎，我道歉。"

"那是否是真的，我一点儿也不感兴趣。我想说的是，你闭嘴。"

"加文不愧是一个'勇敢的骑士'，"莫桀说，"说坏话的人会招惹麻烦的。你看，他真健壮——而且，他在向蓝斯洛爵士学习。"

那个红发男子严肃地转向他。

"我身体不是特别健壮，兄弟，我一点儿也不想利用这个优点。我唯一的心愿是人民都是好人。"

"当然，"阿格凡说，"睡国王的妻子的人是正人君子，此外，即使国王的家族打败我们的家族，令我们的母亲怀孕，又想淹死他，这也是正人君子所为。"

加赫里斯并不赞同，他说："亚瑟对我们一直很友善。请不要再诸多抱怨了。"

"那是因为他对我们怀着畏惧之心。"

"亚瑟为何要怕我们，"加瑞斯说，"蓝斯洛和他是一队的，我们也清楚他是这个世界上最优秀的骑士，能打败所有人。是吗，加文？"

"我一点儿也不想谈这件事。"

加文一脸高傲，莫桀十分生气。

"好，可我想谈。我或许不擅长长矛比赛，但我有勇气去维护家族利益。我不虚伪。在王宫里，所有人都知道王后和最高司令官是情侣。我们应当做纯粹的骑士，保护贵妇人，但所有人都不愿意谈其他事情，除了那个圣杯。阿格凡和我即刻就去找亚瑟，我们要亲自问王后和蓝斯洛的事情。"

"莫桀，"氏族首领大声说，"不，不行！你不能这样做，你这是犯罪！"

"他会去，"阿格凡说，"我还会和他一起去。"

加瑞斯依旧震惊，他觉得痛苦万分。"他们不是开玩笑的。"他忽然说出这句话。

一阵惊诧过后，加文首先开口。

"阿格凡，我是这个家族的首领，我不允许你这样做。"

"你不允许我这样做。"

"对，我不允许你这样做。因为你一旦这样做了，你就会成为一个可笑的傻瓜。"

"诚实的加文觉得，"莫桀说，"你是个可笑的傻瓜。"

这次，那个强壮的家伙就像受到惊吓的马一样，跳起来，面对他。

"我不是这个意思！"他高声说，"虽然你是个驼子，但我一样会揍你，谁让你耻笑我。你再耻笑我试试，我一定打你，疯子。"

莫桀也能听到自己的声音，生冷而冷漠，似乎从他耳后飘过来。

"加文，你真是吓到我了。你竟然能说出睿智的话。"

那个巨人走向他，同样的声音传过来："来啊，打我。这样你才算得上一个真正的男子汉。"

"噢，闭嘴，莫桀，"加瑞斯恳请道，"很快就好，你能管住自己的嘴巴吗？"

"如果你们不是蛮不讲理，"阿格凡说，"莫桀并不是和你们说的那样爱找麻烦。"

加文怒不可遏，他转过身，就像一头愤怒的公牛，对他们高声吼道：

"我的灵魂肯定在魔鬼那里。你们就不可以安静地待在我身边吗？我们这个家族非要弄得鸡飞狗跳吗？上帝啊，别再弄那么多阴谋了，忘了有关蓝斯洛爵士这些愚不可及的闲话吧。"

"这一点儿也不愚蠢，"莫桀说，"我们也无法忘记。"

他站起来。

"那么，阿格凡，"他问，"我们一起去国王那吧，还有谁想加入？"

加文马上站出来阻止他们。

"莫桀，你不可以去。"

"有人要阻止我吗？"

"我。"

"真是条汉子。"冰冷的声音响起，就像从空中传来一样。接着，这个驼子想冲过去。

加文伸出红色大手，推了他一把，同时，阿格凡也伸出胖嘟嘟的白色手掌，握住剑柄。

"别轻举妄动，加文。我身上有剑。"

"你有剑，"加瑞斯高声说，"你是个魔鬼！"

这个小弟突然发现自己的生命进入了另一种模式。他们被杀害的母亲、那只独角兽、跟前这个正在拔剑的男人和在储藏室里让短剑发出亮光的孩子，这些事情交织到一起，他忍不住失声痛哭。

"闭嘴，加瑞斯，"阿格凡高声说，他的脸色十分苍白，"我明白你的想法，我马上拔剑。"

情况十分糟糕，他们动作迟缓，就像木偶一样，似乎这些事情曾经发生过——的确发生过。加文一看到剑，就勃然大怒，背对着莫桀，嘴里不停地念叨，拔出他随身带着的猎刀，同时逼向阿格凡。兄长来势汹汹，那个胖子不得不采取防备，他后退一步，握住身前的剑柄，手在不停地颤抖。

"喂，小屠夫，"加文高声说，"他的意见是什么，你心里应该很清楚。我们要同室操戈，因为你一直都狠心对待那些虚弱的人。我诅咒你！拿起你的剑，兄弟！来！你是什么意思？杀害自己的母亲还不够？该死，你只有两条路，放下剑或鼓起勇气来迎战！阿格凡……"

莫桀拿起自己的匕首，神不知鬼不觉地溜到加文身后。瞬间，刀光闪闪，那只鸦的眼睛亮闪闪；同时，加瑞斯跳了起来，想要制止眼前的混乱。他抓住莫桀的手腕，高声说："够了！加赫里斯！看好其他人。"

"阿格凡，收起剑！加文，不要理他了！"

"走开！我要给这只狗点颜色瞧瞧！"

"阿格凡，放下剑，否则他会杀死你的。快点，兄弟，别做傻事。加文，不要理他。他说笑的。加文！阿格凡！"

阿格凡给了这个一族之长一剑，那一剑软绵绵的，加文轻松地避开了。这个满头白发的老人奔向前，紧紧抱住阿格凡。阿格凡向后仰倒，压在摆着香料甜酒的桌子上，他的剑也掉落地上，加文压住他。他恶狠狠地举起刀子，加赫里斯紧紧地握住刀。现场陷入一阵沉默，全部人都静止不动。加瑞斯抓住莫桀。阿格凡用手遮住眼睛，想避开那把刀。加赫里斯则握住那只充满仇恨的手。

这时，回廊的门再次打开，那个文质彬彬的骑士就像之前一样，冷冰冰地说："国王陛下到！"

每个人都松了一口气。他们放下手中抓住的东西，开始活动。阿格凡大口喘着粗气，坐在地上，加文背对着他，用一只手挡住脸。

"天啊！"他轻声说，"希望我不再像刚才那样生气！"

国王已经走到门口。

他走进门，那么长时间以来，这个老人都力图做好所有事，他看起来比实际年龄还要老很多。他目不转睛地盯着眼前的一切，接着跨过回廊，温柔地亲了亲莫桀，并笑着面向所有人。

第三章

　　此时，蓝斯洛和桂妮薇在日光室里，他们靠窗坐着。如果现代人看丁尼生之辈的作品，从中了解亚瑟王传奇，他们会觉得很讶异，这对人尽皆知的情侣已经走到了生命的顶峰。而我们获知爱情的途径是通过罗密欧和朱丽叶这种浪漫的爱情故事，如果我们可以穿越回中世纪，一定会觉得很奇怪。那个年代，歌咏骑士的诗人描述顶天立地的男子的诗句是："在天唯上帝，在地唯女神。"那时的人几乎不会和青少年坠入情网，因为他们经验十足，了解自我。那个年代，人们的爱情和生命紧紧相连，根本没有离婚法和精神科医生的存在。在天堂，他们有上帝；在人间，他们有心爱的女神。除此之外，献身于女神的人一定要谨遵神祠的规则，所以他们的选择并不是来源于短暂的肉体诱惑，更不会因肉体的受苦就放弃自己的选择。

　　蓝斯洛和桂妮薇在高塔里，靠近窗边，夕阳西下，他们的眼前就能看到亚瑟的英格兰。

格美利正处于中世纪，即大家口中的黑暗时代，它的创立者就是亚瑟。这位老国王上位之际，英格兰还处于一片混乱中，四处都是武装的贵族、饥饿和战争。这个国家是一个复杂的矛盾体，既有使用红热铁具的神裁审判①，也有英格兰的法律，还有《红色沼泽》这种无言歌。那时，异国船会把所到的海岸的动物和果树全都掠夺带走。征服者尤瑟暴怒无常，最终，仅剩下的一些撒克逊人在沼泽和茂密的森林中站起来对抗他，而"诺曼人"与"贵族"的意思和此刻印度语中的"大人"一样。随后，勒威林·艾葛里菲戴着象牙王冠，被钉在伦敦塔的长钉上，慢慢化为灰烬。这时，你有时还能在路上遇到乞丐，以及身边跟着腿脚不方便的林犬（它们无法在领主的林地中狩猎）的残疾人。亚瑟刚来到的时候，这里的农民每天晚上都会把自己封闭在房间里，并习惯于在漆黑中祈求上帝，他们会反反复复诵读海上有暴风雨即将来临时所用的祈祷语，并在最后说一句"上帝保佑，上帝赐福"等祝福语，在场的其他人都会说一句"阿门"。亚瑟刚开始当国王的时候，贵族的城堡里经常发生暴力事件，有人在里面被剜去肠子，贵族的面前就放着未死透的肠子；有人被生生解剖，只为了看他们的肚子里是否有贵族的金子；有人被铁马嚼子钳住嘴巴；有人被倒挂起来，头下顶着浓烟；还有人被扔进坑里，里面都是蛇；还有人头缠皮制止血带，或被装进满是石头的箱子里，直到骨头弄断。想要了解那片土地，只需看看那个年代

---

① 生活在中世纪的欧洲人认为，无辜的人会得到神的庇护，因此受审者要把手放进沸水，或者做一些与此类似的行为，如果不会受伤，或者伤口很快痊愈，才能证明自己是无辜的。

的文学作品，那里记载着金雀花家族①与卡佩王族②之类的贵族故事。传说中的国王或像约翰，喜欢在晚餐之前吊死二十八名人质；或像菲利普，有一支军队护身，这支军队的武器是锤矛，它的使命是保护主人；或像路易，他在刑台砍下敌人的头，并强迫对方的孩子站在鲜血淋漓的刑台下面。我们听了很多这样的故事，它们都是考伊兰的伊格夫③（后来我们才知道他是假冒的）告诉我们的。后来，有一群大主教来了，他们又被人称为"剥皮恶棍"，他们把教堂当作据点，在堆满尸骨的墓园中挖出战壕；技术纯熟的杀手开出价钱，被教堂拒绝的人横尸街头，农民饿得去吃草根、树皮，甚至吃人充饥（有一个人吃了四十八个人）。他们一边烧死异教徒（他们曾一天内将四十五名圣殿骑士④活活烧死），另一边用武器把俘虏的头扔进陷入困局的城堡。有个农民首领被铁链捆绑着，他不断挣扎，头上戴着火红的三脚架。还有教宗喋喋不休，因为有人抓住他索取赎金，那里还有另一个中毒的教宗扭曲着身体。财宝被弄成金条，用水泥埋进城堡的墙壁里，竣工后再弄死建筑师。在巴黎街道上，孩子们的玩具是治安官的尸体，其他人则在困住的小镇墙外饿着肚子。胡斯⑤和杰罗姆⑥戴着属于叛徒的礼冠，受着火刑，身体被烈火吞没。朱密日腿脚有毛病的白痴在塞纳河中，顺流而下。吉尔斯·德·莱斯⑦

---

① 王族名称，曾于一一五四年至一三九九年间统治英格兰和法国的部分领土。

② 王族名称，曾于九八七年至一三二八年间统治法国。

③ 林肯郡考伊兰修道院院长，著有《考伊兰僧院史》。

④ 十二世纪初负责保护耶路撒冷的朝圣者和圣墓的宗教性军团。

⑤ 波西米亚的天主教神学士，任教于布拉格大学，因为反对教宗出售赎罪券而被判处火刑。

⑥ 胡斯的追随者。

⑦ 法国贵族，曾经是民族英雄，后来杀害了三百多名孩童用于炼金术。

的城堡中，成吨的孩子尸骨被发现，他们已经变成灰烬；在此之前，他连续九年都要杀害孩子，每年杀死两百四十名孩子。在一场战争中，贝里公爵①牺牲了八百名步兵，他也因此失去威信，丢了王位。年轻的圣普罗伯爵②的学习方法是这样的：用二十四名囚犯来练习各种夺命的方法。还有一位虚拟的国王路易十一，把那些令人厌恶的主教关在贵重的笼子中。罗伯特公爵③手下的贵族称他为"伟人"，在教区居民的眼中，他则是名副其实的恶魔。亚瑟来这里之前，老百姓生活在水深火热中：有乡镇在一周内就丢了十四个人的性命，他们都是被狼群吃掉的；有三分之一的人由于罹患黑死病而丧命；人的尸体就和培根一样，装在袋子里埋掉；晚上，有些人只能躲在森林、沼泽和洞穴中；有的人活了七十年，遇上的饥荒却有四十八次；人们的生活由那些自称为"天地之主"的封建贵族主宰，躯体受着那些不能杀生的主教的狠揍。他们高声哭泣，觉得基督和他的圣徒都沉睡了。

"为什么"，这些痛苦的人伤心地唱着：

> 为什么我们要遭受如此大的苦难？
> 我们生而为人啊。

这是一个令人震惊的现代文明，亚瑟接手过来的就是这番景象。可是，它并非这对情侣要面对的文明。现在，他们眼中看到的是夕阳西下的和平景象，他们眼中就是中世纪传说中的幸福英格兰，并没有那么黑暗。蓝斯洛和桂妮薇眼中的时代，是一个重

---

① 法王约翰二世的儿子。
② 法国的修二世年轻时的封号。
③ 征服者威廉的父亲。

视人权的时代。

　　骑士的时代多么吸引人啊！每个人都遵从自己的内心，为了脑中的新奇主意而奋斗。他们所看到的景色由各式各样的人和事组成，有种特别的风味，你无法找到准确的语言来描绘。

　　昏暗无光的中世纪啊！十九世纪早就贴上不要脸的标签，而在亚瑟的格美利，阳光在僧院和修女院的彩色玻璃窗上燃烧，在教堂和城堡的塔尖上跳跃，这些建筑物都是建造者的杰作。在那个黑暗的时代，建筑能给人带来热情和光明，所以男人们会给他们的要塞取个名字。在那个时代，人们会把投石器的名字称为"迷人""快乐"和"马洛伊辛"（指的是凶恶的邻居），蓝斯洛的"欢乐堡"并非鲜见的事物。在那个年代，颇受疮折磨的虚构傻瓜狮心王查理把他的城堡命名为"活泼"和"我可爱的一岁女儿"。连那个恶贯满盈的征服者威廉也有另一个名字：大建筑师。那些五颜六色的玻璃，它们比现在的还要粗糙、厚实，尺寸也更小。他们喜欢彩绘玻璃，就像喜欢城堡一样。维拉尔·德·奥内库尔[①]在旅行的时候，被某个美丽的样本吸引，所以停下来画画。他这样说："在旅行的时候，我听到某种呼唤，踏进匈牙利的土地，画下这扇窗，因为这是我最喜欢的一扇窗。"不妨想一想那些传统的教堂，里面五光十色，并非我们平时所看到的灰色，墙上画着踮脚站着的人们，随风摇曳的绣毯或巴格达织锦画。想一下从桂妮薇的窗户可以看到城堡的里面，这些城堡已经不像亚瑟刚登上王位时那样阴森恐怖，里面摆着的家具都出自细工木匠之手，十分精妙；在没有门的墙上，阿拉斯美丽柔软的挂毯轻轻摇动，这些绣有圣丹尼斯长矛竞技图案的绣毯，能覆盖

---

　　① 十三世纪法国建筑师。

四百多平方码的地方，织成的时间却不到三年，创作的热情高涨。直到现在，如果仔细端详这些弃置的城堡，有时还能找到一些悬挂那些美丽毯子的挂钩。各位一定没有忘记，洛林的金匠把圣祠做成小教堂的样子，侧廊、雕塑、耳堂①应有尽有，就和娃娃屋一样；此外，里摩日的发廊工匠和内填珐琅工艺、德国的象牙雕刻家和爱尔兰金属石榴石头镶嵌工艺。最后，想一想那些匠人制作工艺对这段黑暗时代的触动，你肯定会改变观念，放弃书写文化是随着君士坦丁堡沦陷才传入欧洲的说法。那个时代，每个国家的每个教堂管事人都是文化人，这是他们的职责。一个中世纪修道院院长说，"每个字母都将在恶魔身上留下烙印"。在九世纪的时候，圣皮库耶②的图书馆里的藏书有二百五十六卷，其中有维吉尔③、西塞罗④、泰伦斯⑤和马可比斯⑥的作品。查理五世的藏书有九百一十卷还有余，他的藏书简直算得上现如今的"万人文库"⑦。

那扇窗外还有一样东西，那就是人类——这是一个奇怪的集合体，散发着万道光芒，自认为肉魂合一，并用震惊的方式让二者都能感到满意。有个魔法师当上了教宗的统领者，他是西尔维斯特二世⑧，这个人名声很差，因为他发明了一样东西，那就是时钟。有个传说的法国国王罗伯特，被逐出教会，结果处理家事

① 十字形教堂中短轴两边的小厅，也译为"袖厅"。
② 加洛林王朝时的教堂。
③ 古罗马伟大诗人。
④ 古罗马政治家，雄辩家。
⑤ 古罗马剧作家。
⑥ 拉丁文学者，哲学家。
⑦ 英国和美国出版的一系列平价经典书籍，于一九〇六年发行。
⑧ 科学家热贝尔，有诸多发明。

的时候惹出麻烦，他说服两个仆人帮他煮饭，还劝服他们烧掉炖锅。一个坎特伯雷大主教暴跳如雷，把圣保罗大教堂里的执事赶出教会，还奔进圣巴托罗缪修道院，把正在进行礼拜的修道院的副院长敲晕，弄得现场很混乱，他的长袍在现场被扯掉，露出铠甲，他最终只能乘船逃到兰贝斯。在弥撒最后的捐献时刻，安茹伯爵夫人总喜欢消失在窗外。朵蒂·德·莎兰诺夫人的耳朵的用途和手帕一样，眉毛还能垂到耳后。在虚拟的爱德华一世时代，一位巴斯主教没有通过考评，被判为不适合继续做大主教，因为他的私生子太多；不过这位主教的孩子数量远比不上亨内伯格伯爵夫人，她一次就生了三百六十五个孩子。

那个年代物阜民丰，人们尽心尽力做好每一件事。或许是亚瑟把这个想法在基督教国家推广，因为他的老师是梅林，学到的知识是富足。

这位国王是骑士道的守护者（至少马洛礼是如此形容他的）。他并非五世纪时身穿盔甲或涂着蓝色战彩的大不列颠人，也并非那些给年迈的马洛礼带来麻烦的波兰新贵成员。亚瑟是骑士的精神核心，骑士道的精神早就遍地开花，两百年前，作者开始工作之前，它就已经存在。在中世纪，他是全部美好事物的象征，而他亲自创造了这一切。

就像马洛礼所描述的那样，在这段充满误会的历史中，英格兰的亚瑟是文明的战士。在那个时代，骑士的农奴并非完全坠入黑暗中，这些奴隶还有希望，他们有三个合法晋升的机会，其中最为人称颂的就是天主教会。在亚瑟的帮助下，这个教会（它现如今依旧是全世界免费开放给知识分子的最大团体）就像为奴隶开放提供的一条高速公路。教宗亚德里安四世原本是来自撒克逊的农民，教宗格里高利七世①的父亲则是一个木匠。在中世纪，只要你愿意努力学习，就能成为世界上最受人尊敬的人。如果你觉得亚瑟的文明教化比我们优秀的科学社会逊色，那就是你的不对了。那个时代的科学家被当成魔法师，但他们发明的东西和我们发明的东西一样，都值得令人敬佩，只是我们现在已经习惯于他们的发明。那些魔法师十分伟大，像大阿尔伯特②、培根修士③和雷蒙·卢尔④，他们懂得一些早已消失的秘密。他们在偶然间发现的一样东西成了文明的日用品，它十分重要，就是火药。由于知识渊博，他们获得了荣誉，大阿尔伯特更是因此当上主教。有个人的名字是施洗者波塔⑤，还发明了电影——可是他十分睿智，决定放弃开展这项技术。

十世纪的时候，艾森默⑥修士就曾做过有关飞行器的实验，在调试尾部的时候出现了错误，否则就成功了。他的失败，马姆斯伯里的威廉⑦说，原因是"他忘记调整后面的尾巴"。

即便是现在，我们和黑暗时代的距离也并不远。至少他们为吞到肚子里的浓烈鸡尾酒取了名字："爆帽""疯狗""妓女生的神父""天使的食物""龙奶""关门大吉""踢步"，以及"抬脚"。

窗外的景色很迷人，但有时也很奇怪。我们会用树篱把田野和风景区围起来，他们却是作为村庄、蛮荒之地、沼泽和成片森

---

① 在位时间是一〇七三年至一〇八五年，曾与亨利四世进行权力争斗。
② 德国人，罗马天主教教会圣师之一。
③ 英国炼金术士，哲学家。
④ 出现在《残缺骑士》中的"神奇的卢尔"。
⑤ 意大利科学家，在物理学、博物学和写作方面都有一定成就。
⑥ 坎特伯雷大主教。
⑦ 英国历史学家。

林。谢伍德森林从诺丁汉一直延伸到约克中部，一共有几百英里。一直以来，这座岛都十分忙碌，忙着养蜂，忙着驱逐秃鼻鸦，还要忙着赶牛犁田，说到这里，建议你去看看《鲁特瑞尔诗歌》[①]，里面有和这些场景相关的图画。在那个时代，如果你喜欢新奇的东西，或许能幸运地看到武装起来的骑士从窗边骑马经过，你会看到他的头。耳上一圈和后面的头发都剃掉了，顶部的头发则竖了起来，就像日本玩偶一样，整个头看起来就和农家面包一样。在这样的头上戴上头盔，简直能成为一个出色的避震器。下一个从窗边经过的人或是教堂执事，还有可能看到他们骑着马，慢吞吞地走过，他们的发型和前面的骑士完全不一样——他们的头顶是全秃的，因为教堂有剃发仪式。如果你想成为教堂执事，第一时间就要被主教剃掉头发。接着，如果你还想看到一些奇怪的人骑马经过，你或许会看到一群扬言要解放上帝之墓的红十字军。你或许认为他们的衣服上会有十字架，你可能会忽略一点，这件事让他们十分开心，所以他们身上的装饰都是符号。他们很开心，就像刚当上童子军一样，他们的纹章盾牌、外衣、头盔、马鞍，甚至勒马绳上都是十字架。接下来从窗边走过的或是熙笃会[②]的庶务修士之辈，从外表看来，他们像是搞学问的人，实际上，他们对文字相关的东西一窍不通。他们的职责是在教宗的诏书上黏上封铅，为了保守宗教的秘密，他们必须是文盲。下一个或是撒克逊人，留着胡子，头戴着和佛里几亚帽很像的帽子，这是挑衅的信号；接着是一个骑士，他从北方苏格兰与英格兰交界处而来，夜袭是他们的生计，所以他们深蓝色的外套

---

① 十四世纪的一份手稿，内容涉及圣经故事和田园生活。
② 天主教修会。

上点缀着月亮和星星。在这些场景中，你或许偶尔能看到一些烟雾从炼金师的风箱里飘出来，炼金师是最聪慧的人，他们力图把铅变成金子——虽然我们现在拥有原子融合，接近这个目标，但人们至今也无法完成这项任务。在远处的僧院，你或许会看到一群生气的僧人，打着赤脚，围着僧院打转——可是，因为他们和院长吵架了，所以一边破口大骂，一边顶着烈日走路。如果你看向那边，就能发现一座用骨头围起来的葡萄园，在亚瑟统治之初，很多人喜欢用骨头建造葡萄园、墓园或是堡垒的篱笆。此外，你看向另一边，就能看到一座城堡的门，那里有一座绞刑架，上面钉满动物的头，有狼、熊、雄鹿等。远方的左边，你能看到竞技会战，这是按照杰弗瑞·德·普利制定的规则建立起来的，纹章王官会检查一遍那些战士，以防他们把自己黏在马鞍上，这是他们的任务，就像拳击赛前裁判的工作一样。在设想的爱德华三世统治期间，在一位索斯伯里伯爵和一位索斯伯里主教的一场决斗中，一位裁判发现主教的战士铠甲下绣满了祷文和咒语，这十分糟糕，就像拳击手在手套里放了马蹄铁一样。窗台下，有一对教廷大使骑着马，他们长期备受便秘的折磨，脸色阴沉，赶回罗马，他们身带诏书，要把巴纳巴斯·维斯康提从教会赶出去，但巴纳巴强迫他们吃下诏书——羊皮纸、丝带封铅都吞下去。他们身后或是一位专业朝圣者，他撑着一根顶端有金属的手杖，和登山拐杖很像，拐杖上压着几块纪念章、圣徒遗物、贝壳、汗巾等。他说自己是个游方僧；如果他云游四方，那他的圣徒遗物可能会有：天使加百列的羽毛、几块烧烤圣劳伦斯的煤炭、圣灵"完整"的手指、"一小瓶圣米迦勒与魔鬼战斗时掉下的汗水""一小撮上帝和摩西对话时所在的灌木丛"、圣彼得的背心，或是某个保留在瓦辛汉①的处女乳汁。在这位游僧背后的人或许并不是好人，就是那个"白天沉睡晚上活动，好吃懒做却没有任何长处"的人。他或许是个强盗，他们这样形容他：

> 对强盗而言，失风被抓，这就是法律；
> 即将被吊死，心中没有遗憾，随遇而安。

但在他最后一次随遇而安之前，他都自由自在。他身边紧随着他的伴侣，也有人出钱买她的性命。她剪掉头发，成为森林里的逃犯。她时不时回头看，躲避着要抓住他们的喊声。

走过来的或是一名贵族，他谨慎地把一块热馅饼放在身前，每年他都要送上一块这样的馅饼给亚瑟王，让他闻一闻，这是他的义务。那边有一个贵族正在努力追赶一条飞龙，他或许会从马上跌落，他的马会独自离开。可是，如果他真的遭逢此劫难，他的某个仆人会马上把他扶起来，安排他到自己的马上去（我们今天也是如此对待狩猎专家），因为这是法规。在遥远的北方，天色逐渐昏暗，或许会有个女巫忽然点亮小屋中的灯光，她为她厌恶的人制造蜡像，在她用钉子钉蜡像之前，她会帮这些蜡像受洗，这样才有效果。她有担任圣职的朋友，其中有一个人（随便说一下，这个人曾去找过那个小主人②）愿意帮助你为想解决掉的人举行安魂弥撒——当他口中说"我的主人，但愿他安息"的时候，虽然那个人尚在人间，但他执行力很强。同样，遥远的西方，黄昏时分，你或许会看到在鹭丘搭建起庞大绞刑台的恩格

① 城市名，位于英格兰东部，著名朝圣地。
② 恶魔。

兰·德·马里尼，这时他正在受罚，罪名是使用黑魔术，在那座绞刑台上变为灰烬，发出喀啦喀啦的声音。贝里公爵和不列塔尼公爵是两个有头有脸的年轻人，身穿仿铁甲的绸缎甲衣跑过来。这两个人不想以铠甲之便占别人的便宜，并且发现穿绸缎舒服，所以他们下定决心做一个普通人。蓝斯洛或许也做过这样的事情。在他们上边的山丘旁（他们看不到的地方），欢快的瓦特或许就坐在那里，身边摆着焦油盒子。在格美利，他是最具代表性的人物，那些焦油的作用是消毒，能预防羊群受到感染。如果你和他说"焦油不值钱，没必要为了它去劫船"，他会赞成你的说法——因为这句话出自他的口，只是我们用船替代了羊。

在更加遥远的地方，有个破产的人正在莫斯科市场撒泼——并非讨厌自己，而是他希望这样的举动能唤来亲朋好友的同情，从而帮他还清债务。从南边到地中海内湾，你或许能看到有个渔夫正在受罚，他因为赌博受到狮心王查理①的惩罚：三次从主桅被抛进水中，如果看到他腹部入水，他的同伴就会高声呼叫。第三种令人惊叹的惩罚方式或许存在于你身后的市场中。如果酒贩卖假酒，人们会把他架上颈手枷，灌他喝下大量他自制的酒，最后，余下的酒全倒在他的头上。他第二天一定会头痛欲裂。朝这边看，你会看到那个美丽可爱的姑娘爱丽森，她得到一个独特的亲吻，在"嘻嘻"笑。如果你恰好看到一个敞开胸膛的人，你或许会被逗得哈哈大笑。朝那边看，你或许会看到故事中的生气的磨坊主人和他的妻女，他们很奇怪，不知道为何昨晚的摇篮会移动位置。有个年轻人很幸运，他用新制的一门大炮，射死了索斯伯里伯爵；在那所僧院学校的运动场上，他或许会因此成为同

---

① 金雀花王朝的第二位君主。

学们口中的偶像。运动场边，月光下，梅树（这是后来才引进的，就和梅林的桑葚一样）花朵正在凋零。而一个小男孩（他只有四岁，是苏格兰国王）可能正在伤心地签署一份王家委任书给奶妈，让她拥有揍他的权利，而免受国家的惩罚。有一支恶贯满盈的军队，他们曾是精湛战队，现在或许正在挨家挨户讨要面包（对军队而言，这个下场真是太好了）；而一个躲在东边教堂里的人，只要踏出教堂半步，就会失去自己的腿。在同一间教堂中，还有一群制造假币的人、小偷、杀人犯和逃债的人，他们有的在筹划着逃跑计划，有的在磨刀子，打算晚上离开；在这座与世隔绝的教堂里，他们不会被抓住。一旦他们离开教堂，最糟糕的情况就是被放逐。这样，他们不得不走路去多佛，手中要拿着十字架（只要放开就要挨打），走在路中间；抵达多佛，他们必须想方设法弄来一条船，否则就要每天走到海里，让水没过脖子，以此来证明他们尝试过海。

　　你或许不知道，桂妮薇窗外所看到的黑暗时代，有诸多礼仪规范，所以天主教会命令所有人停止战斗——这被称为"休战运动"，从周三一直到周一，降临节①和四旬斋期间都不能挑起战争。你是否觉得，他们面对的是战争、饥荒、黑色病和农奴制度，而我们面对的是大战、封锁线、流行性感冒和征兵制，所以我们比他们更聪明？即便他们十分愚蠢，认为地球是宇宙中心，可我们不也相信人类是万物之灵吗？如果需要一百万年，鱼类才会成为爬虫类，那我们人类能否在几百年间改变想法呢？

---

　　①　开始于圣诞节前四个星期的星期日，止于圣诞节。

第四章

　　蓝斯洛和桂妮薇站在高塔上，透过窗户看着古老的夕阳，残阳衬着他们的黑色剪影，轮廓分明。蓝斯洛是一个丑陋的老头，他那酷似滴水嘴石兽的影子，就像现在巴黎圣母院屋檐上思索的怪物。可是，随着年龄的增长，丑陋的外貌要比从前更显高贵。丑陋的线条逐渐消失，成为力量的曲线。蓝斯洛和牛头犬这种名不副实的狗一样，也长了一张值得信赖的脸。

　　令人触动的是，这两个人正在唱歌。他们的歌声早已不再年轻，但也没有跑调。他们的声音很轻，但纯粹，两个人互相依靠。

　　　"五月来了，"蓝斯洛唱道：
　　　"白天阳光照耀
　　　光芒万丈

我不再畏惧战争。"

"当每天遵循轨道,"桂妮薇唱,
"奔跑的阳光
坠入黑暗
我不再畏惧黑夜。"

两人合唱:
"可是,噢,可是,噢,无论白天黑夜
我心欣喜
最终耗尽全部力气
全部力量,最终回归。"

他们停止高歌,那架可携式风琴发出一个优雅音符,让人十分惊喜。蓝斯洛说:"你的声音很好听,可我的声音日渐沙哑。"

"你应该禁烈酒。"

"你这样说对我太不公平了!圣杯探险之后,我几乎滴酒不沾。"

"我是不希望你再喝酒。"

"那我连水都不喝了。我会渴死在你身边,让亚瑟为我举办一场隆重的葬礼,并且他会因此恨你一辈子。"

"对啊,我也因此要到尼姑庵去赎罪,从此过上幸福的生活。我们现在唱什么呢?"

蓝斯洛说:"我不想继续唱了。来,珍妮,靠近一点。"

"你在苦恼什么事情吗?"

"没有,这是我这辈子最开心的时刻。并且我敢保证,我以后也不会这么幸福了。"

"你现在为什么那么开心呢?"

"我也说不准。因为春天最终到来了,我们跟前就是绚丽的夏天。你的手又会晒成棕色,手臂顶部会发红,手肘会晒成玫瑰色。我想,我会喜欢手臂弯曲起来的地方,就像手肘内侧。"

桂妮薇从这些称赞中回到现实。

"不知亚瑟此刻在做什么呢?"

"亚瑟去了加文那里,我此刻正说到你的手肘。"

"嗯。"

"珍妮,我开心的原因是你会命令我去做每样事情。你劝我少喝酒。我喜欢被你照顾,告诉我我应该怎样做。"

"你需要的就是照顾。"

"是,"他说,接着冒昧地说了一句吓坏了两个人的话:"我今晚可以过来吗?"

"不可以。"

"为什么不可以?"

"不要问,蓝斯洛。你知道亚瑟也在,太危险了。"

"亚瑟并不介意。"

"如果亚瑟抓住我们,"她说,"他不得不处死我们。"

他不赞成她的看法。

"亚瑟早就知道了我们的事情。梅林曾经告诉过他,摩根勒菲也给过他两次暗示,后来还有梅里亚格兰斯爵士。可他都把事情压了下去。他不可能抓住我们的,除非被逼无奈。"

"蓝斯洛,"她有些生气,"你把亚瑟说成拉皮条的,这太过分了。"

"我的意思并非如此。他是我第一个朋友,我敬重他。"

"那你的意思是我总是在犯错误。"

"你现在的确如此。"

"好，如果这就是你想说的话，你还是先走吧。"

"我离开，你好和他上床，是吗？"

"蓝斯洛！"

"噢，珍妮！"他跳了起来，就像过去一样灵敏地抓住她，"不要生气。我说话太难听了，请原谅。"

"走开！不要烦我。"

他没有走开，而是继续抱着她，就像在驯服一只伺机逃走的野生动物。

"不要生气。我很抱歉，你知道我是无心的。"

"你是野兽。"

"不，我和你都不是野兽。珍妮，我想一直抱着你，直到你不再生气。我刚才太伤心了，才会说出那样的话。"

她的声音很低沉，哀伤地说："你刚才还说你开心。"

"嗯，我不开心。我很不开心并且心情低落。"

"你觉得只有你的心情如此吗？"

"不，我的想法不是这样的。我为我说了那样的话向你道歉，那些话也让我很难过。请原谅，不要让我一直伤心，好吗？"

她怜惜他。这些年，他们年轻时的脾气早就消失了。

"那我原谅你吧。"

她的微笑和温柔再一次触动了他。

"珍妮，和我一起离开吧？"

"拜托，别这样。"

"我没法控制自己，"他绝望地说，"我不知该如何是好。上帝啊，我们这辈子都做着同样的事情，可是今年春天情况似乎越来越糟了。你为何不愿意跟我去欢乐堡，让大家都知道这件事呢？"

"蓝斯洛，清醒点，放开我吧。来，坐，我们再唱一首歌。"

"可我一点儿也不想唱歌。"

"我也不想忍受这些啊。"

"你和我一起前往欢乐堡就能解决所有的事情了，不管怎么说，我们能一起幸福地度过余生，不需要每天小心翼翼，谎话连篇，可以安详地死去。"

"你说亚瑟已经知道了，"她说，"那我们算不上欺骗他。"

"是，但不一样。我爱他，每当看到他看着我，并且知道他了解真相的时候，我就很难过。你看，亚瑟也爱我们。"

"可是蓝斯洛，你爱亚瑟，为什么要和他的妻子逃走？"

"我想要公开这件事，"他坚持道，"至少最后大家都知道了。"

"可是，我不想看到这样的结局。"

"实际上，"他又开始发脾气了，"女人就是太贪心了，同时想拥有两个丈夫。"

她耐心地想缓和气氛。

"我不想要两个丈夫，我和你一样，不喜欢这种感觉。可是，公开这件事情就好了吗？现在的我们虽十分可恨，但至少亚瑟心里很明白，并且我们彼此深爱，也十分安全。如果我和你一起离开，所有的事情就都无法挽回了。亚瑟不得不向你发起战争，还会派兵围住欢乐堡。最后，即便你们没有一起死，你们其中一个也会没了性命，还有好几百人要因此丢掉性命，这个结局一点儿也不好。而且我不想离开亚瑟。和他结婚的时候，我曾允诺要一直陪着他，他对我很好，我对他也很是喜欢。虽然我爱你，但我依旧要给他一个家，给他帮助。我不知道为什么要公开我们的事情，这会令亚瑟受到耻辱。"

在一片昏暗中，他们都没有发现，国王已经来了。他们的身影倒映在窗上，无法看到身后的房间，但他已经在房间里站了一会儿了。他原本是在思索远方、思考奥克尼一族和其他国事，此刻他收回思绪，停在门帘边，用苍白的手拉起绣毯，手上的王戒发出耀眼的光芒——他没有偷听，放下绣毯后，他走出房间，去找一个见习骑士，通知这两个人他的到来。

"我认为唯一正确的做法，"蓝斯洛边说，边在膝盖之间扭动着手，"就是我从这里离开，再也不回来。我尝试过，但我的脑子不听使唤。"

"可怜的蓝斯洛，如果我们刚才继续唱歌就好了！现在你又要难过了，你的病又发作了。我们为何不能随遇而安，让伟大的上帝来决定呢？我们不要尝试去思索或想事情的对错。我不知道何为对错。但我们为什么不相信自己，随遇而安，并心怀希冀呢？"

"你是他妻子，而我是他好友。"

"那谁令我们爱上了对方呢？"她说。

"珍妮，我有些不知所措。"

"那就什么都别做。过来，吻我一下，上帝会照顾我们的。"

"亲爱的！"

这时，见习骑士发出咔咔声，带着灯走上楼来。亚瑟命令点亮蜡烛。

烛光照亮了房中的情侣，他们早就迅速地放开了对方。那个男孩点亮蜡烛之后，房中的挂毯露出迷人的色彩。阿拉斯绚烂的草地和鸟儿纷飞的森林显露出来，在墙上轻轻起伏。有人拉起门边的帘幕，国王进来了。

他看起来比他们年纪都要大，有些苍老。可是，他身上高贵威严的神态，现在的一些六十岁以上的男人依然保留着：他们挺直腰板，一头乌发，他们的气质就是如此。现在你能清楚地看到蓝斯洛了，他性格正直，很高贵，热衷于人类的责任。桂妮薇看起来很优雅，如果那些在她年轻冲动的时候就认识她的人，看到现在的她，或许会大吃一惊，现在的她成了一个楚楚可怜的人。可是在三个人当中，亚瑟的魅力最大。他身穿朴素的衣服，性格温和，对身上简单的东西充满了包容。当王后身处大厅，在火炬下接待那些名门望族的时候，蓝斯洛经常看到他独自坐在一个小房间里，手里拿着袜子进行缝补。此刻，他穿着蓝色的家居袍子（那个年代，蓝色十分珍贵，是国王或绘画中的圣人和天使专用的），面带微笑地站在烛光摇曳的房间门口。

"啊，蓝斯洛。啊，桂妮。"

桂妮薇还有些紧张，气喘吁吁地回应道："啊，亚瑟。你吓到我们了。"

"请原谅，我刚到。"

"加文他们过得如何？"蓝斯洛问。他无法让自己镇定下来，语气一点儿也不自然。

"我到的时候，他们刚好在打架。"

"他们就爱做这事。"他们大声说，"你如何做？他们的争吵内容是什么？"他们让这件事听起来很严重。他们心怀鬼胎，结果把气氛弄僵了。

国王一脸平静。

"我没有问。"

"肯定是家族的事，"王后说，"肯定是。"

"肯定是的。"

"有人受伤吗?"

"没有。"

"好,"她高声说,并忽然意识到自己瞬间放松的语气显得很滑稽,"太好了。"

"是啊,很好。"

他们看到他双目炯炯有神,并且还发现他们的尴尬十分滑稽。气氛恢复正常。

"我们要接着聊加文他们的事情吗?我的妻子不亲我一下?"国王问。

"亲爱的。"

她拉过他的头,亲了一下。她觉得他是个老实的人——是她善良的熊。

蓝斯洛站起来:"我应该离开了。"

"不要走,蓝斯洛。你陪我们一起坐坐。来,坐在火旁,唱首歌给我听吧。我们很快就不需要火了。"

"对啊,"桂妮薇说,"夏天快到了。"

"可是坐在火边很舒适——特别是在家中。"

"你在自己家肯定好。"蓝斯洛意味深长地说。

"怎么?"

"我没有家。"

"不用担心,蓝斯洛,你肯定会有的。等你像我这么老的时候,再来苦恼这个吧。"

"话是这样说,"王后说,"你遇上的所有女人都跟在你身后跑好几英里呢。"

"她们手中还握着斧头。"亚瑟说。

"这些女人中有一半想和我结婚。"

"那你还在埋怨。"

蓝斯洛开始哈哈大笑，瞬间放松下来。

"你会跟一个手中拿着斧头的女人结婚吗？"他问。

国王考虑了一会，才给出了答案。

"我不会，"他说，"因为我已经结婚了。"

"和桂妮结婚了。"蓝斯洛说。

气氛很微妙。他们的话开始含有其他意思，就像蚂蚁用触角在传递信息一样。

"和桂妮薇王后结了婚。"国王说。

"或许可以这样说，和珍妮结了婚。"王后说。

"对的。"他沉默了很久，才表示赞同，"也可以这样说，和珍妮结了婚。"

之后，大家都相对无话，最后蓝斯洛再次站起来。

"好了，我要离开了。"

亚瑟按住他的手臂。

"不，蓝斯洛，再坐一会。我今晚要和桂妮薇说一些事，我希望你也在。我们在一起很长时间了，很久之前，发生了一件事，我要告诉你们，因为你也是这个家庭的一员。"

蓝斯洛接着坐下来。

"非常好。你们都各自把一只手给我吧，我要坐在你们中间。现在，我的王后和我的蓝斯洛，听了我接下来说的话，你们都别怪我。"

蓝斯洛露出一个苦涩的笑容，说："国王，我们没有理由责怪任何人。"

"没有？嗯，我不知道你想说什么，可是我要和你们讲一个故事，那件事发生在我年轻的时候。这件事早于我和桂妮薇结婚，也早于你成为骑士。你们介意我继续说下去吗？"

"当然，我们不会介意。"

"可是我们觉得你不会犯错。"

"在我出生之前，我的父亲恋上了康瓦耳伯爵夫人。为了和她在一起，他杀死了伯爵。后来她生下了我，这个故事你们都知道。"

"知道。"

"或许你们一点儿也不了解，我出生的时间十分微妙，我父母成婚后，我母亲很快就生下了我，所以他们谁都没有说，把嗷嗷待哺的我送给艾克特爵士抚养。带我走的人就是梅林。"

"后来，"蓝斯洛愉悦地说，"你父亲去世后，你被带回王宫，拔出了石中剑，这证明你就是英格兰的下一任国王，自此过得十分快乐。这个故事很美满啊。"

"可惜故事到这里还没有结束。"

"为什么这样说？"

"亲爱的，我刚出生就离开母亲，她根本不知道我被带向何处，我对自己的母亲也一无所知。知道我们关系的只有尤瑟·潘德拉贡和梅林。很多年之后，我当上了国王，遇上我母亲家族中的人，却依旧不知道他们和我的关系。尤瑟已经死去，而梅林也很糊涂，忘了把这件事告诉我，所以我们遇上的时候并不清楚对方的身份。而我觉得其中有个人很迷人又聪明。"

"康瓦耳三姐妹，闻名遐迩。"王后冷冰冰地说。

"对，亲爱的，就是很出名的康瓦耳三姐妹。当然，对于她们是我同母异父的姐姐这件事情，我毫不知情。伯爵一共有三个女儿，她们的名字是摩根勒菲、依莲和摩高丝，在不列颠，大家都觉得她们是最迷人的女人。"

他们静静地听着，他接着说下去，毫不犹豫。

"我深深恋上摩高丝，"那个声音继续说，"还跟她生了一个孩子。"

他们之中有人觉得奇怪、生气、怜惜或嫉恨，却很好地掩饰了自己的情绪。他们唯一觉得震惊的是，他们竟然到现在才知道这个秘密。不过能听出来，他为了此事寝食难安，而且他打算一口气说完这件事，不希望被打扰。

他们盯着火焰，谁都没有说话。过了一会，亚瑟耸了耸肩。

"所以，你们知道吧，"他说，"莫桀是我儿子。加文他们是我的外甥，他的确是我的儿子。"

蓝斯洛似乎想说话。"我并不会因此觉得你做了不道德的事情。你对她是你同母异父的姐姐这件事一点儿也不知情，当时你还不认识桂妮。而且，不管怎么说，看看摩高丝后来所做的一切，这个错误就是她造成的。那个女人是魔鬼。"

"她是我姐姐，还为我生了一个儿子。"

桂妮薇轻轻地抚摸着他的手。

"我很抱歉。"

"而且她长得十分迷人。"他说。

"摩高丝……"蓝斯洛没有接着说。

"摩高丝已经得到了惩罚，她被砍掉了头，就让她安息吧。"

"是她的孩子杀了她，"蓝斯洛说，"因为他看到她和拉莫瑞克爵士躺在一张床上……"

"不要继续说了，蓝斯洛。"

"对不起。"

"亚瑟，我依旧觉得错不在你。毕竟你一点儿也不知道你们是姐弟关系。"

国王深深吸了一口气，接着说："还有一件事我没有说，这是我做过的最糟糕的事情。"

"什么?"

"你们不妨想想，我那时候才十九岁，后来梅林告诉我有关我母亲的一切，可事情已经无法挽回。每个人都告诉我，这个罪行太可怕了，又说要为这件事付出惨痛的代价。他们还说了很多和莫桀有关的事情，说如果他生下来，会成为怎样的人。他们的话把我吓到了，于是我做了一件令我痛苦至今的事情。母亲知道这件事后，就藏起了摩高丝。"

"你呢?"

"我让他们出了一份告示，宣布要把所有特定时间出生的孩子都放在一艘船上，在海上漂荡。因为我想杀死莫桀，却不知道他在何处。"

"他们这样做了吗?"

"是，船漂到海上，莫桀也在那里，那艘船最后在一个岛上触礁，那些孩子很多都淹死了——可是上帝救了莫桀，后来还把他送了回来。摩高丝把他带到身边，某天忽然带着他来找我。可是她对这件事保密，都说他和加文等兄弟一样，是洛特的婚生子。她当然不会把这件事告诉其他人，莫桀的其他兄弟也不知情。"

"好吧，"桂妮薇说，"既然这件事的知情人只有奥克尼一族和我们自己，而且莫桀一点事也没有……"

"我无法忘掉其他孩子，"他伤心地说，"我做梦也会梦到他们。"

"你从前为何不告诉我们?"

"我心里很惭愧。"

蓝斯洛瞬间发怒了。

"亚瑟，"他大声说，"你不需要内疚。你那时候还年轻，什么事也不懂。虽然你做了错事，但别人也是这样对待你的啊。要是让我抓住那些喜欢用罪行来恐吓孩子的畜生，我肯定要拧断他们的脖子。你遭受的那些苦难没有得到任何补偿！这有何好处？那些可怜的孩子。"

"他们全死了。"

他们坐下来盯着火焰发呆，最后桂妮薇面对她的丈夫。

"亚瑟，"她问，"你今天为何要把这个故事告诉我？"

他思考了一会儿，没有立刻回答。

"因为我担心莫桀怨恨我，他太可怜，他有资格恨我。"

"叛国？"最高司令官问。

"这个倒不见得是叛国，蓝斯洛，不过我想他心里肯定放不下。"

"砍掉他的头，杀死他。"

"不，我从来都没有这样想过！你不要忘记我们是父子，我喜欢他。我做了很多对不起这个孩子的事，在某种程度上，我的家族也在伤害康瓦耳家族，我不可以加重自己的罪孽。加上，我们是父子，他的身上有我的影子。"

"像的地方很少。"

"的确有像的地方。莫桀有野心，把荣誉看得很重，我也是如此。只是他身体不好，所以他的运动能力并不好，这也令他难受，我幸运一点，否则也会一样不好受。从某个方面来说，他很坚强，并且他对自己的人民很忠诚。试想一下，他的母亲要他反抗我，这一点儿也不奇怪，而我在他心目中的地位也很差。我敢肯定，他最后一定会杀死我。"

"你真的觉得这是不杀他的理由吗？"

忽然，国王显得有些惊奇，或者说震惊。他显得很疲乏又很不开心，所以他一直坐在他们中间，而此刻，他打起精神，看着他的司令官。

"不要忘记，我是英格兰国王。如果你是国王，就不可以凭借个人的喜好来处决人民。国王是人民的统领，必须成为人民的榜样，按照他们的意思行事。"

他假装看不到蓝斯洛脸上的惊奇，握了握他的手。

"你会发现，"他说道，"如果国王崇尚武力，他的人民也会崇尚武力。如果我不遵从法律，我的人民也不会尊重法律。当然，我肯定希望我的人民遵守法律，这样，他们会更强大，我也会更成功。"

他们看着他，想弄明白他到底想说些什么。他的眼神和他们交汇，尝试用眼神和他们交流。

"所以，蓝斯洛，我不得不保持公正。我的良心无法忍受婴儿被淹死的事情再次发生，还有一个途径能令我远离武力，那就是新法。一个真正的国王不可以只愿意处决敌人，也要有处决朋友的决心。"

"包括他的妻子？"桂妮薇问。

"包括他的妻子。"他一脸严肃。

蓝斯洛十分不自在，他移动了一下身体，想开个玩笑："我希望你不会很快就杀掉王后。"

国王依旧握住他的手，看着他。

"如果有人证明你们中的一个犯下罪行，那我不得不砍掉你们的头。"

"上帝啊，"她大声说，"我不希望有人这样做。"

"我也是这样想的。"

"莫桀呢？"蓝斯洛问。

"莫桀是个阴沉的年轻人，我觉得他会想方设法来推翻我。举个例子，如果他能找到某种方法通过你，亲爱的，或是桂妮薇来推翻我，我肯定他会这样做。你明白吗？"

"我明白。"

"所以，如果将来，你们其中一个人可能，嗯，可能中了他的圈套……为了我，你们会小心的，对吗？我把自己交给你们了，亲爱的。"

"但这说不通啊……"

"自从他来到这里，"蓝斯洛说，"你对他很好。为何他会想推翻……"

国王把手放在膝盖上，似乎在盯着火焰。

"不要忘记，"他轻轻地说，"我和桂妮薇没有属于我俩的儿子。我死后，莫桀或许会成为英格兰国王。"

"如果他有叛国的打算，"蓝斯洛边说，边握紧拳头，"我一定会杀了他。"

一只充满蓝色血管的手放在他的手臂上。

"蓝斯洛，你一定不能这样做。不管莫桀怎么做，即便他想杀死我，你也要答应我，要记得他算是这个血统的继承者。我一直以来都罪孽深重……"

"亚瑟，"王后大声说，"别说了。太荒唐了，你让我觉得很惭愧。"

"你不认为我有罪吗？"他惊奇地问。

"当然不这么认为。"

"可是我觉得，在了解那些孩子的事情后……"

"谁也不会这样想。"蓝斯洛显得十分激动，大喊起来。

在火光中，国王站起来，看起来很迷惘又很欣慰。他觉得自己罪孽深重，但他很感激他们对他的爱。

"好吧，"他说，"不管怎么说，我不会再说自己是罪人这样的话了。努力去阻止战争才是国王应该做的事，而不是去挑起战争。"

他又看了他们一眼。

"现在，亲爱的，"他下了决定，轻松地说，"我自己到法庭去认罪，去著名的司法那处理一些事。你留在这里吧，陪陪桂妮薇。蓝斯洛，听完这个悲哀的故事后，她需要安慰，这才是我的好拍档。"

第五章

　　其实亚瑟没有想要去开庭的想法，他只是想要去安排一些和闻名遐迩的司法有关的事情。中世纪时，确实有国王亲自去过法庭；晚近时期，本应端坐在王座与宝库中的亨利四世国王也这么做过。但是，夜色已经很深了，实在不适合再做立法工作，更何况，亚瑟是个负责的人，他有提前读一遍明天的请愿书的习惯。如今，再没有什么比法律更让他感兴趣的东西了，这是他为与强权做斗争而做的最后的努力。

　　尤瑟·潘德拉贡时代是没有法律的，那时候，只有一些约定俗成的、不全面的、只对上层阶级的利益进行保护的规定。即便是如今，国王为了束缚强权势力，不断对司法进行鼓吹，法律领域却仍三足鼎立。他尝试着把罗马法、教会法和习惯法压缩成一部单一的、以民法为名的法典。在这项工作的召唤下，他每天晚上都会待在司法室里默默地努力工作，就像他习惯了每晚都要将明天的请愿书读一遍一样。

此时，位于宫殿另一头的司法室里，却并不像平时那样空荡。

虽然室内有五个正在等待国王莅临的人，但来自现代的我们最先关注的却仍是房间本身。首先，房间四周，那些把整个房间都围成了正方形的挂毯就很让人惊异；此时，天已经黑了，房间的门窗也都紧闭着，所以，你会有一种待在盒子里的感觉：这个空间是对称的，还非常封闭，待在里面，你会觉得很奇怪；这种感觉，被毒死在密封瓶中的蝴蝶肯定十分清楚。或许你很纳闷，这五个人到底是怎么来到这个好像中国式迷宫的地方的。四壁之上从天花板一直垂到地板的挂毯每一条颜色都很鲜艳，它们两两并列挂在那里，正述说着拔示巴和大卫①、苏珊娜和两位长老的故事②。这些颜色明媚的、把司法室变成一只彩绘盒子的挂毯和我们如今见到的那些颜色黯淡的东西没有任何关联。

在烛火的照耀下，这五个人的身影都微微有些摇曳。你的注意力不可能被房间中那些简单的陈设转移——一张国王的靠背椅，一张放着需要国王亲阅的羊皮纸卷的长桌，一套为了方便阅读而做了加高处理的桌椅，就是这里的全部。房中所有的色彩都集中到了墙面和五个身着丝质铠甲衬衣、佩着蓟花盾徽和山形盾徽的人身上。但为了区分彼此，五兄弟按照排行佩戴了不同的身份标记，因此他们瞧上去倒是和摊开的五张扑克牌很相似。和以

---

① 圣经人物，拔示巴是乌利亚的妻子，和大卫王私通，大卫王就派乌利亚上前线，在前线阵亡，自己迎娶了拔示巴。

② 圣经故事，苏珊娜长得美丽，非常虔诚，她在自家的花园沐浴的时候，有两位长老前来偷窥，还图谋不轨，但是苏珊娜强烈反抗。于是两位长老就诬陷她和别人私通，将她判处了死刑。先知但以理得到了神的启示，还她清白，处死了说谎的长老。

前一样，加文族的这几个人又吵了起来。

加文对阿格凡道："我最后再说一遍，你别再和我说那些混账话了。我不想掺和这件事，也不想帮忙。"

"我也是。"加瑞斯附和。

"我也不愿意。"加赫里斯道。

"如果你们仍固执己见，整个氏族都会被毁掉。我说得已经很清楚了。你们能倚靠的只有自己，我不可能给予你们任何帮助。"

莫桀始终都以一种略带不屑的态度等候着，极有耐心。

"我支持阿格凡，"他说，"我们每一个人都应该把我舅母和蓝斯洛当成耻辱。如果谁都不愿意承担这个责任，那就让我和阿格凡来吧。"

加瑞斯突然转身向他看去。

"这种有失颜面的事情，由你来做，还真挺适合的。"

"谢谢。"

加文想要用柔和一些的方法，可是他本就不擅长交际，因此他的意图就像地震一般显而易见。

他说："莫桀，你讲点道理好不好，拜托，做个英勇朴实的人，等会儿再说这件事？我年纪比你大，我能对这么做的后果有所预料。"

"无论以后如何，我都必须要和国王见一面。"

"阿格凡，你们要是这么做了的话，就代表着宣战了。你没看出来？如此一来，蓝斯洛和亚瑟必然对立，凭蓝斯洛的名声，不列颠各国有一半的国王会选择依附他，如此下去会演变成内战的。"

这位氏族的领袖迈着沉重的脚步走向阿格凡，像只正在表演杂技的纯良动物一样，伸出大手拍了拍他。

"嘿，老弟，忘了早上那点不愉快吧。所有男人心中都存在一股冲动，可不管怎么说，我们都是手足啊。我不明白，你为什么要和蓝斯洛爵士对着干呢？你明明很清楚他为我们付出了多少。你忘了吗？你和莫桀都是他从特昆爵士手里救出来的。总而言之，无论是你还是莫桀，你们都欠他一条性命。老弟，我落到来自多罗瑞斯塔的卡拉多斯爵士手中的时候，拯救我的也是他。"

"他是为了他的荣誉才做这些事的。"

加瑞斯朝莫桀看去。

"蓝斯洛和桂妮薇的事情，你想怎么和我们说都可以，因为非常不幸，那做不得假。但是，你不能对他冷嘲热讽。我刚进宫的时候，只是个厨房见习骑士，唯一一个对我表露友善的人就是他。他根本就不知道我是什么人，却始终都在鼓励我、教导我，还为了我和凯伊对立，是他给了我骑士的封号。所有人都知道，他这辈子一件卑鄙下流的事都没做过。"

"我曾经被卷入过一场极富争议的战争，"加文道，"上帝宽恕我，那时候我仅仅是个骑士，而且年轻气盛，愤怒蒙蔽了我——是的，我杀掉了一个向我恳求宽恕的人，还杀了一个女孩。蓝斯洛却没给任何一个比他弱小的人带去过痛苦。"

加赫里斯也说："我不明白是什么原因让你们如此不喜欢他。年轻的骑士都很得他的喜欢，他会帮他们在长矛比赛中获得胜利。"

莫桀耸耸肩，把外套的袖子也抖了抖，看上去像是要打哈欠。

"提起蓝斯洛，"他说，"是阿格凡要找他。那位喜气洋洋的君主才是我的敌人。"

"蓝斯洛是个徒有虚名的人。"阿格凡说。

"不，据我所知，他是世界上最伟大的人。"加瑞斯反驳。

"我可不像校园里的男孩子一样那么崇拜他……"

吱嘎吱嘎，挂毯另一侧传来了门铰链被拉开的声音，以及刺耳的门把转动声。

"不要再提了，阿格凡，"加文劝道，语气很柔和，"不要再提那些事了。"

"我拒绝。"

帘幕被亚瑟用手撩起。

加瑞斯放低声音："莫桀，拜托。"

国王步入室内。

"一切都是为了公平，"莫桀把声音提高到了大家肯定都能听到的分贝，"即便是我们的圆桌，也不能拒绝司法的存在。"

阿格凡也佯装不知道有人过来，高声回应："现在，该有人把真相袒露了。"

"莫桀，小点声儿！"

"并且，除了真相，什么都不要说！"那个驼子用一副胜利的口吻下了定论。

啪嗒啪嗒，亚瑟从石头砌成的宫廷走廊上走过，他把所有的心思都倾注到了眼前的工作上，他伫立在门前，等待着，毫不吃惊。两个佩戴着山形盾徽的男人和三个佩戴着蓟花盾徽的男人全都看向他，看向这位享受着最后荣耀的老国王。他们默默地伫立着，几秒后，加瑞斯悲哀地发现，自己看透了这位国王的本质。他不是一位英雄，他不浪漫，他只是一个凡人，只想把所有的事情都尽量做到最好；他不是骑士们的精神领袖，他只是一个想要对他那位十分奇怪的魔法导师献上忠诚的、从未停止过思考的孩子；他不是大不列颠的亚瑟王，而是一个在命运的齿轮下，戴着王冠过了大半辈子的孤独老者。

加瑞斯跪倒在地。

"此事与我们毫无关联。"

加文缓缓屈起沉重的膝盖，在加瑞斯身边跪倒。

"大人，我想要劝阻我弟弟，所以才来了这里，可是，他们不愿意听从我的劝说。无论他们要说些什么，我都无意倾听。"

加赫里斯是最后一个跪倒的。

"我们不想听他们说话，想要提前离开。"

亚瑟步入室内，轻轻地扶起加文。

"亲爱的，要是你们不想留下，当然没问题，"他说，"希望你们的家族不会因我而感到困扰。"

加文转身，对着另一边的人，脸色阴沉。

"这个困扰，"他说，他又像是披斗篷一样把古老的骑士语捡了起来，"会伤害我们高贵的友谊，会毁掉世界骑士道的精神核心。这两位一脸郁闷的骑士，就是罪魁祸首。"

加文迈着大步，一脸不屑地离开了，加赫里斯被他推着往前走，加瑞斯则无奈地尾随在他们身后。同一时刻，国王一言不发地走向王座，并在台阶上放了两个坐垫。

"好了，来吧，我亲爱的外甥们，坐下来，和我说说，你们究竟想干什么。"他温和地说。

"我们站着就行了。"

"随便你们，只要你们开心就好。"

在阿格凡的计划中，事情的开头本不该是这样，他很坚决地说："哦，莫桀，不要这样！我们不是为了和国王吵架才来这里的，事实上，我们根本就没有吵架的想法。"

"我不想坐下。"

阿格凡在一个坐垫上坐了下来，态度很谦恭。

"你需不需要再来个坐垫？"

"不，不要了，大人，非常感谢。"

老者很有耐心地注视着他们，就仿佛一个已经向刽子手投降或者马上就要被吊死，却不愿意让别人帮忙把套索套上的人。他注视着他们，眼神中带着几许倦然的讥讽，他需要他们来完成这项工作。

"不要说任何事情，"阿格凡开口了，似乎非常的不情愿，他的伪装做得太好了，"也许，这样的做法才比较明智。"

"也许是这样。"

莫桀全力以赴。

"这实在是太荒唐了，应该有人把这件事告诉舅舅，比如我们。"

"这件事并不令人愉快。"

"既然如此，亲爱的孩子们，如果你们不反对的话，我们就不要再聊这件事了。这样美好的春日夜晚，不应该被任何的不愉快所打扰。因此，你们两个为什么不离开这里去和加文和解呢？他的那只答鹰很聪明，你们可以找他借过来，明天好使用。王后刚才告诉我，她希望晚餐能吃到一只美味的小兔子。"

他正在抗争，也许是为了她，也许是为了他们每一个人。

莫桀目光灼灼地看着他父亲，在所有人都猝不及防的时候宣告："我们要对您说的这件事，宫里没有谁不知道。您的王后桂妮薇恋上了爵士蓝斯洛。"

老人俯身，弄平披风，突然用它盖住了自己的双脚，之后，他直起身，注视着他们的面庞。

"你们已经做好了为这项指控提供证据的准备了吗？"

"没错。"

"你们知不知道，过去也有人用同样的理由指控过他们?"老人的语调十分温和。

"要是没有才令人诧异呢。"

"以前也有不少人造过谣，最后那一个，就是指控王后叛国的梅里亚格兰斯爵士。但他拿不出任何证据来证明这件事，所以，最后这件事是通过决斗来解决的，格兰斯爵士愿意为他的控诉而战。幸运的是，心地善良的蓝斯洛爵士选择了支持王后。结果怎么样，你们没忘吧?"

"我们一点儿都没忘。"

"在进行最后的战斗裁决时，梅里亚格兰斯爵士选择了认输，他对此很坚持，没有人能扶起躺倒在地的他，最后，蓝斯洛允诺绑住一只手、脱下左半身的铠甲、取下头盔，梅里亚格兰斯爵士才愿意继续战斗，但最终，他还是倒下了。"

"我们很清楚这些，"两兄弟中年纪最小的那个用很不耐烦的语气大声道，"个人之间的决斗毫无意义，不管从哪个方面说，这都不能算是司法公正，那些暴徒最后必然会取得胜利。"

亚瑟双手交叠，暗暗叹了口气，他的语气一直都很平和，很沉稳，现在也是一样。

"莫桀，你年纪还太小。你要弄懂一件事，那就是，司法在行使过程中所用的方法，从来就没有哪一种是公平的。如果除了决斗，你还能想到其他解决争端的办法，我很愿意做尝试。"

"蓝斯洛爵士一直都是王后的坚定支持者，而他又比其他人厉害，就能证明王后从来不犯错吗?"

"我坚信王后肯定也有犯错的时候。但是，你得想想，只要被卷进了争端，我们就得拿出一个解决它的办法。如果没有证据证明某件事的真假，就必须用其他的方式来解决，而这些解决方法没有一种是对双方都公平的。莫桀，你没有必要与王后的战士亲自对决，你只要说自己身体不好，就能找一个强壮的战士替你出战，王后自然也能这样做。如果你雇用了你认为最好的律师来为自己辩护，王后也一样，情况还是类似。一般情况下，最后获胜的肯定是钱多的那一方，因为他可以雇到要价最高的战士与律师，因此，我们也无须违心地说这只是单纯的暴力。"

"阿格凡，别，先别阻止我，"阿格凡想说什么，却被阻止了，"我要把对战审判这件事讲明白。我很清楚，这关乎金钱，关乎金钱与运道，当然，还应有主的令谕。如果双方实力相当，想要赢就得靠运气，就像抛硬币一样。好了，现在，你们能确定，如果你们用叛国的罪名来指控王后，幸运会降临到你们头上吗？"

阿格凡佯装出一副很有礼貌的样子，加入了这场谈话。他的手并没有颤抖，因为他一直都在小心翼翼地喝着酒。

"舅舅，我很抱歉，我刚才想说的就是这个。我们不想用个人决战的方式来化解这次争端。"

亚瑟突然抬头，注视着他。

"你要明白，"他道，"神裁审判已经被禁止了，并且也找不到如此多的贵族来为王后进行无罪宣誓。"

阿格凡笑了笑。

"我们不怎么了解新法，"他说，"但是，在我们看来，只要能在您的新法庭上把某种说法证实了，个人决战就完全没有进行的必要了。当然，或许是我们搞错了也说不定。"

"您用什么称呼它来着？陪审团审判。"莫桀爵士不屑地说，

"就是那种和行商法庭①很类似的方法。"

内心冷酷的阿格凡高兴极了，他想："对，就要用他的武器将他逼入绝境！"

国王用手指不断敲击着椅子的扶手，此刻，他已被他们又推又拉地逼退了。他语气沉缓："你们对新法非常了解。"

"举个例子，舅舅，如果有人亲眼看到蓝斯洛上了桂妮薇的床，那对战审判就完全没必要进行了，是不是？"

"阿格凡，很抱歉，虽然你们是我很亲密的亲人，但我还是希望，你们能叫她一声舅母，起码，在我面前能如此。"

"珍妮舅母。"莫桀开口了。

"没错，我确定，我听到过蓝斯洛爵士这么叫她。"

"珍妮舅母！哦，很抱歉，我得说她现在或许正在和蓝斯洛爵士热吻呢！"

"莫桀，别说这么没教养的话，否则，我会请你从我这里离开。"

"舅舅，我敢保证，他不是故意这样的。他之所以生气，正是因为您的名声被玷污了。我们想要伸张正义，况且……嗯……况且受家族的影响，他在这方面感受极深。是不是，莫桀？"

"天杀的，我对我的家族一点儿都不关心。"

国王的神色越发憔悴了，但不时叹气的他却依旧很有耐心。

"好吧，我们没必要为这点儿小事发生争执，莫桀，你想要冒犯他们，请随便吧。你告诉我，我的妻子与我的挚友有了私情，而且，显而易见的是，你还准备用事实来证明这项指控的真实性，因此，我们就集中精力来谈谈这件事吧。我想你应该明白

---

① 以前在英格兰市集和市场召开的法庭，处理商人们之间的纠纷。

这样的指控代表着什么吧？"

"不，我不明白。"

"不管怎样，我相信，阿格凡是很明白的，你们做出这样的指控，就代表着，如果你提出控诉的对象不是荣誉法庭，而是民事法庭，那就必须按照相应的程序一步步地执行。如果你们最终胜诉，把你们从特昆爵士手中拯救出来的那个男人就会失去头颅，而我最挚爱的妻子也会顶着叛国的罪名被烈火焚烧而死。如果你们最终败诉，莫桀，我必须给你一些警告，你会失去所有的继承权，并被放逐；到时候我也不得不将阿格凡送上火刑台，因为提出控诉的是他，他就必须为此背上叛国的罪责。"

"我们的案子短时间内就会被判定，所有人都清楚这一点。"

"非常好，阿格凡，你已经下定了用法律途径解决的决心，你也是位十分强力的律师。我想，在这种时候，提醒你们应该仁慈一些，应当也是毫无作用的吧？"

"仁慈？哪种？"莫桀问，"是要赋予那些被放到船上、任其随波逐流的孩子的吗？"

"莫桀，十分感谢，我几乎都不记得了。"

"我们不需要仁慈，只需要司法。"阿格凡说。

"我知道。"

亚瑟用手肘拄着膝盖，双手捂脸。他颓废地坐在那里，良久良久，似乎是希望能重新把尊严与责任的力量汇集过来，之后，他在十指的阴影中，再度开口。

"你们想用什么办法抓住他们？"

这个身材挺拔的男人始终都很客气。

"如果晚上的时候，舅舅能离开，我们会带着武装卫队去王后那里，把蓝斯洛逮捕。但前提是您不在，否则，他不可能过去。"

"阿格凡，取证是你们自己的事，为了公平，我不能设陷阱来陷害我的妻子。没错，我觉得这样才是真正的公平。我有拒绝成为同谋者的权利。我没有佯装远离而为你们提供帮助的义务，这不属于我的职责范围。不，我可以拒绝你，而且，拒绝得理直气壮、毫无愧疚。"

"可您不可能一直都留在那里。您不可能为了提防蓝斯洛，而在剩下的时间里，用锁链将自己和王后绑在一起吧。您下个星期要出席狩猎大会，不是吗？如果您临时变更计划没有去，那就是故意要阻止我们伸张正义了。"

"阿格凡，正义要伸张，谁都阻止不了。"

"那，舅舅，您会如期出席狩猎大会；我们也被允许到王后的房间中去逮捕蓝斯洛，如果他在那里的话，对吗？"

他兴高采烈地问，那种语气很是猥琐，即便是莫桀听着，都觉得十分讨厌。国王静静地站在那儿，用袍子裹住全身，似乎是感觉到了寒意。

"我会出席的。"

"您不会提前通知他们对吗？"那人亢奋极了，亢奋得口齿都有些不清晰了，"您不会在我们对他们做出控诉后去提前警告他们，对吗？这可是有违公平原则的。"

"公平？"他反问。

他注视着他们，目光缥缈，好像是在权衡人性、邪恶与正义。

"我没意见。"

他收回目光，直直地逼视着他们，眼中闪烁着鹰隼一般的锐利光芒。

"但是，有些话，我要提前说清楚，以我本人的身份。阿格凡、莫桀，我现在只有一个愿望，就是包括你们两个在内的所有目击者都被蓝斯洛斩杀——我可以自豪地宣称，我的蓝斯洛一定有本事做到这些。另外，有件事我也得说一下，如果你们做出的这项严重的指控不能成立，作为司法界的领袖，我会用你们所提出的严酷的法律对你们两个进行追捕，不会有丝毫留情。"

第六章

国王到新森林狩猎去了，蓝斯洛很清楚这一点，因此，他坚信，王后肯定会差人来把他叫过去。他的卧室里光线很昏暗，只有放在圣像前的那盏灯在燃烧，他穿着一件色彩鲜艳的袍子在房间中走来走去，除了这件袍子，他的头上还裹着一种和穆斯林的头巾非常相似的东西，他准备就寝了，换句话说，他的身体现在近乎赤裸。

这是个朴素且昏暗的房间，墙体近乎裸露，没有遮篷的床又小又硬。窗户上镶嵌的也不是玻璃，而是某种被油浸泡过的、光线无法透过的亚麻布。一般说来，司令官们都愿意住在这种简朴的战时休息间里，室内只有一口破旧的箱子或者一把椅子——据说，威灵顿公爵①在沃尔默堡②居住的那段时间，睡的一直是行

① 这里是指第一任威灵顿公爵，曾经在滑铁卢打败拿破仑。
② 威灵顿公爵最后在此去世，如今它的所有者是英国女王伊丽莎白二世。

军床。蓝斯洛的卧室里只有一口金属接榫、好似棺材的箱子，一张床，以及一把用皮绳悬吊在墙上的巨剑。

一个壶盔被放置在箱子上。他在圣像前伫立的时候，有时会把它拿上，然后一脸疑惑地看着钢铁上倒映出的自己的影子，就像很久很久之前的那个少年一样。他放下它，继续在室内走来走去。

敲门声轻轻响起，他把它当成了信号。他把剑拿在手里，伸手要去开门，但门先被推开了，进来的是加瑞斯。

"我可不可以进来？"

"加瑞斯！"

他满眼惊诧地注视着他，之后才说："快请进，你能来，真让我高兴。"语气很淡，不算热情。

"蓝斯洛，我来是想提醒你的。"

老人凑近一步，看向他，咧开嘴笑了。

"上帝！真希望你不是为了某件十分严重、紧要的事情来提醒我的。"他说。

"这的确是件非常严重的事情。"

"好吧，请进来，关好门。"

"蓝斯洛，我也不清楚应该怎么说这件事，事关王后。"

"那就没必要了。"

他抓住这位青年的肩膀，推着他向门外走。

"很感谢你的提醒，"他用双手扶住他的双肩，说，"可我不认为你要说的事情我会不清楚。"

"哦，蓝斯洛，你明白的，只要能帮到你，我义无反顾。如果其他人知道我来找你，我不清楚他们会怎样议论，但我还是不能不管这件事。"

"到底怎么了？"

他停下来，注视着加瑞斯。

"莫桀恨你，阿格凡也是。也许，应该说对你恨意最深的是阿格凡。你被他嫉恨上了。亚瑟才是莫桀最痛恨的人。我们已经竭尽所能去阻拦了，但他们十分顽固。加文说这件事他不干涉，而加赫里斯，他无法决定任何事情，因此，过来的是我。我必须要到你这里来，哪怕这样做就等于和家族、和兄弟对立。因为，我的一切都是你赋予的，我不允许发生这种事。"

"加瑞斯，我可怜的伙伴，你到底被怎样的困境困扰着啊！"

"他们和国王见了面，告诉他，你去了王后的卧室。我们竭力劝阻，即便我们没有听到他们说什么，但肯定说的是这些。"

蓝斯洛拿下了放在他肩膀上的手，在卧室里走了两步。

"没必要为这种事愤怒，"他一边说一边往回走，"同样的话，以前也有人说过，而且是很多人，但没事的，什么都不会发生的。"

"我有预感，这次肯定会出事，真的，我就是有预感。"

"胡说八道。"

"不，蓝斯洛，我没胡说八道。他们对你的恨意很深，梅里亚格兰斯的例子又摆在前面，所以，他们这次肯定不会和你决斗。他们非常狡诈，他们会想方设法地暗算你、设计你。"

可是那位老兵只是拍了拍他的肩膀，笑了。

"别瞎想了，我的朋友，"他说，"回家去，好好睡一觉，不要再想这件事了。你能过来，我很感激——但是现在你该回家舒舒服服地睡一觉。如果国王被这些谣言影响了，他就不会去狩猎了，他没那么小题大做。"

加瑞斯咬了咬手指，大着胆子，实话实说。

最终，他说："今天晚上，请千万别到王后那里去。"

蓝斯洛诧异地挑了挑眉，旋即又放下。

"原因呢？"

"我很确定，那就是个圈套。我确定今天晚上国王的离开是有预谋的，目的就是让你到王后那里去，阿格凡会等在那里，将你逮捕。"

"亚瑟不可能做这种事。"

"他确实这么做了。"

"胡说八道，我和亚瑟很小的时候就认识了，那时候我们都还要保姆照顾呢。他不可能这么做！"

"可是，这太危险了！"

"我会舒舒服服地享受这份危险，如果真的有的话。"

"求您了！"

这一次，他将手搭在他的背上，用力将他推出了门。

"好了，好了，亲爱的厨房见习骑士，你仔细听着。首先，我对亚瑟非常了解；其次，我对阿格凡也非常了解。你认为我有惧怕他的必要吗？"

"可是，您背叛……"

"加瑞斯，我年轻的时候，曾经遇到过一位追着游隼跑的贵妇人，她就与我擦身而过，她的那只游隼把放鹰绳挣断了，遗憾的是，绳子绕到了树上，隼也被困在了树尖。那位贵夫人请求我爬到树上去，帮她带回那只隼。我并不擅长爬树，但我上去了。等我爬到树尖上，准备放开那鹰时，贵妇人的丈夫走了出来，他说他想杀了我，那时，他全副武装。这就是个圈套，一个诱使我卸下铠甲、任他宰割的圈套。站在树上的我，身着衬衫，手无寸铁。"

"真的吗?"

"是的,比起老迈的阿格凡,他强了不知道多少,但还是被我用树枝敲了头。哪怕现在曾经的辉煌都已湮没,风湿困扰着我们每一个人。"

"您能打败阿格凡,这一点,我很清楚。可是,如果攻击您的是他带来的一支全副武装的卫队呢?"

"他不会做任何事情的。"

"他会。"

一阵轻轻的刮擦声从门边传来。或许是老鼠在捣乱,但蓝斯洛的神色却很漠然。

"如果他真的这么做了,那我就和军队开战好了,"他言简意赅,"但这全都是瞎猜。"

"今晚您一定要去吗?"

这时,他们已经走到了房门旁边,这位御前司令官的语气坚决,容不得任何的质疑。

"仔细听着,"他说,"如果你一定要弄清楚,我可以告诉你,王后差人来召唤我了。如果是宣召,我没有任何理由拒绝,不是吗?"

"所以,我还是做了一件徒劳的事情,哪怕我背叛了我的祖辈。"

"不,不是徒劳。所有知道这件事的人都会为你的勇敢而致敬。可是,我们应该给亚瑟一些信任。"

"所以,不管怎样,您都是要去的?"

"没错,我的骑士,并且,现在我也该动身了。上帝,别做出一副悲伤欲绝的表情。赶紧回去睡觉吧,这件事让身经百战的坏家伙来处理便好。"

"您的意思是，我要和您说再见了。"

"胡说八道！是说晚安。还有，王后正等待着我。"

老人随意拿起一件披风，很轻易地就甩过肩膀，将它披在身后，就好像依旧还是那个意气风发的少年。

他把门闩抬起来，放置在门的一侧，思考着是不是遗忘了什么。

"如果我能拦住您该多好！"

"很遗憾，你做不到。"

他的身影隐没在漆黑的走廊里，渐渐消失，这件事也被他忘到了脑后，同时被他遗忘的，还有他的巨剑。

第七章

　　桂妮薇正在自己富丽堂皇的寝室中等待着蓝斯洛，烛火微微亮着，坐在烛火边、细细理弄着自己灰发的她看上去绝美异常，这种美是一位成熟的女性发自灵魂深处的美，而不是明星般的娇美。她独自哼唱着《圣灵降临歌》，传说，这首歌的作者是教宗。

　　夜晚，空气寒凉，烛火映着深蓝色的床顶的篷帷，照亮了散落其上的迷你金狮。梳子上拼贴的装饰闪着光，发刷上也一样，大箱子上的黄铜嵌板被磨得闪闪发亮，上面还有珐琅彩的天使装饰与圣徒装饰，墙上，用织锦做成、略有些轻褶的挂帘熠熠生辉，地板上铺着的毯子也非常不错。这样的豪奢理应被责难。从这条毯子上走过的人内心都会很忐忑，因为，开始的时候，这毯子可不是用来铺地的。一般情况下，亚瑟过来时，都会绕着它走。

　　桂妮薇正一边唱歌，一边梳理头发，门被轻轻地推开了，她有些低沉的嗓音与室内宁静的烛火倒是十分相衬。司令官解下自己黑色的披风，放到箱上，踱步过去，在她身后伫立。通过镜子，她注视着他，一点儿也不为他的到来而吃惊。

"这件事，可以让我帮你做吗？"

"如果你愿意的话。"

他把发刷拿起来，动作娴熟地理弄着她雪白的发丝。王后合上了眼帘。

片刻后，他开口了。

"这似乎……我不知道该怎么形容。和丝不太像，像是流泻的水，却又仿佛是云。水凝结成了云，是不是？它是冬天的瀑布？是白色的雾气？是海洋？还是一堆被风霜染过的稻草？对，没错，是稻草，柔和、深远、香气满溢。"

"这东西很让人厌烦。"她说。

"它是海洋，我诞生于其中。"他神色肃穆地说。

"你过来的时候，安不安全？"王后睁开双眼，询问道。

"谁都没看到。"

"亚瑟明天就回来了，他亲口告诉我的。"

"这样啊！我发现了一根白头发。"

"把它拔掉。"

"这根头发真可怜，"他说，"它好细啊，要六根编到一起才能有我一根头发那么粗。珍妮，你说，你的头发怎么能这么漂亮呢？我真要把它拔下来？"

"是的，拔掉。"

"会不会很疼？"

"不会。"

"怎么不会？我年幼的时候，常拔姐姐和妹妹的头发，也总是被她们拔，可疼了！难道是我们都上了年纪，感知下降了，所以再也体会不到曾经的痛与乐？"

"不，我不觉得疼，是因为被拔掉的头发只有一根，要是一把，肯定会疼。来，拔吧！"她解释说。

他垂下头，以方便她触碰；她也将莹白的手臂后伸，拽住了他额前的一缕头发，使劲拉扯，直到他疼得咧嘴。

"没错，还会痛，这消息真令人高兴。"

"你姐姐和你妹妹拽你头发时也这样吗？"

"对啊，但是我拽她们的头发拽得更使劲。每次看到我走近，她们几个，不管是谁，全都会一边瞪我，一边把自己的辫子保护起来。"

她微微一笑。

"我真高兴，我没有你这样的兄弟。"

"哦，可是，你的头发太漂亮了，我不会去拽它们，我想做些其他的事情。"

"什么事？"

"嗯……我想……我现在就想……窝在里面睡一觉，就像一只睡鼠。"

"等你梳完头再说吧。"

"珍妮，你认为，我们还能这样下去吗？"他突然询问道。

"你的意思是？"

"刚刚加瑞斯去过我那里，他提醒我说，亚瑟是为了设陷阱圈住我们才离开的，莫桀与阿格凡会来抓我们俩。"

"亚瑟不可能这样做。"

"我和你想的一样。"

"除非他们把他逼到了不得不这样做的地步。"她陷入沉思。

"我无法想象，他们能如何逼迫他。"

她突然转移话题。

"加瑞斯竟然为了你站在了他兄弟们的对立面，他真好。"

"我也觉得在这宫里，他是最好的人之一。你知道的，加文为人也很耿直，但他脾气太坏，并且爱记仇。"

"他非常忠诚。"

"没错。亚瑟说过，对外人来说，奥克尼是个很恐怖的家族；但对奥克尼家的人来说，能成为这个家的一员，真是件极幸运的事，他们非常团结，彼此友爱，打起架来更是凶狠得和猫一样。"

不知道是什么原因，王后虽然转移了话题，但事情依旧向着原有的轨道发展着。

"蓝斯洛，"她惊恐地问道，"国王会不会在他们的逼迫下做出某些事来？"

"你的意思是？"

"亚瑟的正义感很恐怖。"

"我不太懂。"

"我想，他上个礼拜就是为了警告我们才说那些话的。听！你听没听到什么声音！"

"没有。"

"我听到了，门外似乎有人。"

"我过去瞅瞅。"

他把门打开，但门外空无一人。

"虚惊一场。"

"那把门拴上吧。"

他将厚五英寸的橡木门闩滑入了深深的墙洞里，然后走回王后身边，借着烛火将她银白的发丝一缕缕地分开，之后，双手穿梭，迅速地编着辫子。

"无须紧张，太荒谬了。"他说。

但她却一直在沉思，还反问了他一句。

"你还记不记得伊索德，还有崔斯坦？"

"记得。"

"崔斯坦和马克王的妻子相恋，马克王把他杀了。"

"崔斯坦十分愚蠢。"

"我觉得他是个很好的人。"

"那是他希望你有这样的想法。他和他身为康瓦耳骑士的同僚们并没有什么不同。"

"很多人认为他是除了蓝斯洛爵士外，世界上最好的骑士，还有拉莫瑞克骑士……"

"不过是些茶余饭后的闲扯。"

"是什么让你觉得他愚蠢？"她问。

"嗯，这个就说来话长了。你不知道在亚瑟制定圆桌骑士制度以前，骑士都是个什么样子，所以，你不清楚他有多天才。你也不明白，崔斯坦与，嗯，比如说加瑞斯，有什么不一样的地方。"

"有什么不一样？"

"以前，骑士们心心念念的全都是自己。像布鲁斯·索恩斯·匹帖这样的老牌骑士，全都和海盗一样。他们很清楚，只要穿上骑士的铠甲，就没人能把他们怎么样，所以，他们想做什么就做什么，肆意地杀戮、淫乱。亚瑟当上国王，让他们很愤怒。你知道，他坚信世界上有正误，也分是非。"

"他仍旧坚信。"

"值得庆幸的是，他的性格和他的想法同样的顽强。他只是觉得人们做事的时候应该更柔和一些，但是，直到五年后，这项工作才有了一些进展。第一批接受了他柔和处事观念的骑士之中就有我，那时候我还很年轻，并且，让这种想法成为我的一部分的也是他。人们常称赞我是个温文尔雅、完美无缺的骑士，但其实，这和我毫无关系，这全都是亚瑟的想法，是他对新一代的骑士们有所期许。如今，这已经成为流行风尚的一种，在它的引领下，我们向着圣杯不断前行。"

"那你为什么觉得崔斯坦很愚蠢？"

"这个，他本就很愚蠢啊。亚瑟对他的评价是，一个在康瓦耳居住的小丑。当这股风尚开始流行的时候，他抓住了，但他从未认同过亚瑟的理念。他脑袋里的很多想法全都是断章取义，他觉得有名气的骑士都应该是温和且有礼貌的，也一直都迫不及待地想要达到这一标准，可是，他不懂这种理念，对它也毫无所感。他本质上并不是个温和有礼的人，他就是在模仿，他经常欺负黑人帕罗米德，对妻子也很不好。另外，他的作为对马克王是很严重的侮辱。所有的康瓦耳骑士思想都很传统，哪怕他们掌握了亚瑟理念的一部分，但对这些理念仍抱有很深的敌意。"

"比如阿格凡。"

"是的，阿格凡对我深怀敌意，原因就是，我是这种理念的代表人物，而他是康瓦耳的后裔，他的母亲就是康瓦耳出身。这真是件有趣的事情，但我们三人，被誉为最好骑士的我们，拉莫瑞克、我，还有崔斯坦，全都被守旧骑士们痛恨着。效法亚瑟的崔斯坦死时，那些思想传统的骑士们开心极了。还有，给拉莫瑞克冠上叛国之名将之杀害的，就是加文家族啊。"

"我觉得，"她说，"阿格凡对你深怀敌意，并不是因为什么理论，而只是因为那套陈腐的酸葡萄理论。他嫉妒心重，容不下比他更优秀的骑士。他不喜欢崔斯坦，是因为崔斯坦在他去欢乐堡的路上打败了他；他帮忙害拉莫瑞克，是因为在长矛竞技比赛中，那孩子的排名高于他；而你，你把他从马上打下来的次数还少吗？"

"我记不太清了。"

"蓝斯洛，你有没有发现，被他痛恨的人里，已经死了两个。"

"人终归是会死的。"

突然，坐在椅子上的王后从他的指间拽过了自己的发辫，转过身来，瞪着眼睛看他。

"我觉得加瑞斯没有撒谎！我觉得他们今天晚上会来逮捕你和我！"

她从椅子上跳下来，推着他向门外走。

"赶紧走吧，现在走还不晚。"

"可是，珍妮……"

"没有可是，我的直觉告诉我，这就是事实。蓝斯，我请求你，赶紧走吧，拿着，这是你的披风。别忘了，拉莫瑞克就是被他们从背后捅了一刀。"

"珍妮，这只是你的想象，别为没有的事情乱紧张……"

"不，这不是想象，你来听，听听。"

"我没听到任何声音。"

"你瞧瞧那扇门。"

此时，那块拉插销用的马蹄状铁把手正缓缓地向着左边挪动，就仿佛螃蟹走路一样，带着不确定性。

"门怎么了？"

"把手！看那把手！"

他们仿佛入魔了一般，伫立在门前，静静地看着那把被偷偷拉动、踟蹰不定、一直都在盲目探索着的把手。

"哦，天呢，已经来不及了。"她轻声说。

锻铁落到门板的木头上，把手滑落，发出一声巨响。那扇门很不错，做过加厚，有两层，一层是横纹木板，一层是直纹木板，而此时，门的另一边，正有一只带着金属手套的手在不断地敲打。戴着头盔的阿格凡高喊："把门打开！以国王的名义！"他的声音不断地在头盔的孔洞中回响。

"我完了，你也完了。"她说。

"蓝斯洛，你这个叛徒，你已是瓮中之鳖！"门外的声音越来越大，金属与木头的撞击声也越来越大。

吼叫的声音越来越多，有很多其他的声音混入。所有盔甲都无须再顾忌关节，哐啷哐啷的声音一直在石梯上回荡。门闩一直在被撞击。

不觉间，蓝斯洛也说起了骑士语。

他询问："房间中有没有能给我护身的铠甲？"

"没有，没有，这里连把剑都没有。"

他站在那扇门前，咬着手指，神情凝重，又带着疑惑。门不断地震动着、摇晃着，几双铁拳一齐锤击着它，那声音乍一听就似一群吠犬。

"蓝斯洛，战斗还有什么意义呢？"她说，"他们人很多，全副武装，而你手无寸铁。我们的爱情终究要以悲剧的形式来收场，我被送上火刑台，你也会死。"

他为自己无法化解这样的困境而愤怒。

"我只需要一副铠甲，"他很懊恼，"像一只落入圈套的老鼠一样被逮捕，这太可笑了。"

他扫了扫室内，诅咒自己，怎么就没把武器带来。

一个沉稳、兴奋、美妙的声音也在高喊："你应该明白，就算你插上翅膀，也飞不出去，这里有十四名全副武装的卫士在等着你。"说话的是莫桀，门的震动更大了。

"可恶！"他说，"我得离开了，门不能这样响下去，否则，整座城堡的人都会被惊醒。"

他将身子转向王后，紧紧地抱住了她。

"珍妮，我希望能用最尊贵的基督王后来称呼你。你很坚强，对不对？"

"哦，亲爱的。"

"我的珍妮，我的蜜果儿，吻我一下吧，你一直都是我心里最好最好的女子。我们的爱情不会被任何人摧毁，这一次，你也无须惊慌。如果我被杀了，记着，还有波尔斯爵士在。我的兄弟、我的子侄，全都会帮助你、照顾你。如果有必要，就给德玛瑞斯或者波尔斯写信，他们会为拯救你而竭尽全力。他们会把你带回我的领地，你可以住在欢乐堡，可以继续像王后一般享受生活。你懂吗？"

"如果你死了，我也不需要谁来拯救。"

"你会的。总要有一个人为我们的事做出解释，你得活着，这非常重要。我需要你完成这艰巨的任务，"他目光坚定，"另外，为我祈祷吧。"

"不，我拒绝，需要祈祷的话，你选别人吧。如果你被杀，我也会被烧死。我会从容面对死亡的，就像基督的王后一样。"

他让她在椅子上坐好，轻柔地吻了她一下。

"现在讨论这些太晚了。珍妮，我知道，不管发生什么，你都还是你，我也依旧是我，"他环视着整个房间，目光专注，"如果他们只是针对我，那没什么，但令人憎恶的是，他们把你也牵扯了进来，这真糟糕。"

她强忍着泪水，望着他。

"如果双足能用来换取铠甲的话，我肯定不会犹疑——哪怕有一把剑也可以，如此，我就能让他们牢记这次教训。"

"蓝斯洛，如果我被杀，而你活着，我会很开心的。"

"如果是那样，我会很伤心，"他回答，似乎幽默感一下子就回到了他身上，"好吧，好吧，你我都得竭尽全力了，哎，我这把老骨头还得动一动啊，可是，我很喜欢！"

他在里蒙日箱的盖子上放了蜡烛，如此一来，蜡烛就会在开门的瞬间被他挡在身后。他将黑披风捡起来，折了折长的那一边，然后把它当护手，把左手和前臂裹了起来，而他的右手中则拿着一只原本放在床脚边的矮凳。之后，他再次看了看这个房间。此时，门外的噪声更大了，有两人试图用战斧把门劈开，但纹理交错的双层木门成了他们的障碍。他踱步到门前，大声开口，门外瞬间一片岑寂。

"各位善良的大人，"他说，"不要再闹腾了，也不要再劈砍了，我这就把门打开，之后，想要怎么处置我，你们随便。"

"那赶紧出来。"他们语音慌乱，高喊，"出来啊！"

"你们别作无用的反抗了！""让我们到房间里去。""如果你和我们一起去见亚瑟王，我们保你平安。"

他用肩膀顶住一直在震动的木门，动作轻柔地将门闩推入墙中，门外的人停止了劈砍，似乎已经预感到了某件即将发生的事情。他先迈出右脚，脚尖与门的侧柱相距约两英尺，然后，他打开了房门。门不是大开，而只是微微一颤后，被拉开了一道十分狭窄的缝隙。而后，一位全副武装的骑士独自闯了进来，那模样就像一个被控制住的悬丝傀儡，蓝斯洛用力把门关上，拴好门闩，用有软垫垫衬的左手握住了那人的剑柄，然后脚下一绊，手微微用力前推，在他还没彻底摔倒在地时举起矮凳，对着他的头部一顿猛砸，随即像以往一样灵活地用臀部压住了对方的胸口。这事做得既轻松，又潇洒，就好像那个全副武装的人毫无气力一般。这个身着重铠、仿佛铁塔一样高壮的男子走入室内，伫立片刻，借由头盔的缝隙寻找敌踪，貌似十分温顺——就好像是他自己走入室内，把剑给了蓝斯洛，然后躺倒一样。如今，这个身材高大的人依旧躺在地上，很温顺，而光着脚的男人却用剑刺穿了他的头盔面甲。在他以双手向下按压剑柄的时候，那人微微挣扎了两下。

蓝斯洛站起身来，在睡衣上擦了下手。

"请原谅，我一定要杀死他。"

他把面甲打开，瞄了一下，"是奥克尼家族的阿格凡"。

门外传来一阵混杂着咒骂声、劈砍声和撞击声的恐怖声响。蓝斯洛看向王后，言简意赅，"帮我把铠甲穿上"。她没有拒绝，立即蹲下身子，帮他拆卸尸体上比较重要的铠甲。

"仔细听好，"他一边拆卸，一边说，"现在，我们有了公平一战的机会。如果我把他们逼退了，我会来找你，带你回欢乐堡。"

"不，蓝斯洛，我们已经伤害了很多人。如果你能离开，就远远地离开吧，而我会留下。如果能得到亚瑟的谅解，如果事情被压下，你就回来。如果得不到亚瑟的谅解，你又再次返回，这可怎么办？"

"给我吧。"

"这是另一个。"

"你还是和我一起离开吧。"他竭力劝说，同时，如球员套上运动衫一样把无袖短铠套在了自己身上。

"不，如果我们都走了，一切就彻底完了。如果我不走，我们还能找机会弥补。如果有必要，你肯定是能来救我的。"

"我不愿和你分开。"

"如果我被审判，处以刑罚，你就来拯救我，我会和你一同回欢乐堡，我答应你。"

"若非如此呢？"

"把你的头盔用披风擦擦。"她说，"若非如此，你短时间内便能返回，一切都会和原来一样。"

"好吧，好吧，那就这样，除此，我别无所求。"

他站起身来，手握血淋淋的长剑，注视着那个曾经杀死自己的母亲、现在已经没有生命气息的人。

"或许加瑞斯的这位兄长喝醉了，"他沉声说，"虽然说这样的话有些荒唐，但是，上帝保佑，让他安息吧。"

年迈的妇人让他将脸转向烛光。

她轻声说："再见了，这表示，暂时我们得再见了。"

"这表示，再见了。"

"吻我？"她询问。

他穿着满是血污、镀着金属片的铠甲，只能轻轻在她手上吻了一下。两人没什么约定，却同时想到了还在门外的另外十三个人。

"蓝斯洛，我想留一件你的东西，也想让你带走我的一件东西。我们互换戒指，好不好？"

他们换了。

"我的戒指与主同在，也与我同在。"她说。

蓝斯洛转身，向门边走去。门外的人依旧在叫嚣："出来！

滚出王后的房间!""背叛国王的人!""把门打开!"他们想要让这桩丑闻闹大,所以竭尽所能地叫嚣着。他微微把腿叉开,直面混乱,以荣耀的语言作答。

"莫桀,安静下来,听我说。你们不要再吵了,从门边离开,也不要再中伤别人,悄悄地离开这里。明天,我会亲自去面见国王,到时,以你们的身份,无论是谁想要以叛国之罪控诉我,都可以。之后,我会像一个真正的骑士一样应诉,给你们答复,以示今日之清白,以示我的真诚,当然,也会亲手教训一下你们。"

"呸,你们这两个叛徒,"莫桀叫嚣,"我们不会让你称心的,你的命就掌握在我们手里。"

还有一个声音在叫嚷:"亚瑟王给了我们生杀予夺的权力,你们的生死,全在我们一念之间。"

蓝斯洛把面甲拉了下来,遮住了那本来藏在阴影里的面颜,之后,他用剑尖把门闩拨开。砰的一声巨响,坚固的木门应声而开,全副武装、举着火把的人蜂拥而至。

"哦,各位,"他神色冷峻,"既然你们不讲风度,那就来吧,可要小心了!"

第八章

　　一个星期后，司法室内，加文家族的人在等待着。日光透过没被遮蔽的窗子射了进来，整个房间看上去很有了几分不同，不再像盒子，四面墙也不再透着淡淡的冷漠与虚伪，再也没有了引诱哈姆雷特将剑刺向无耻小人的、用挂毯设置的圈套①。那张拔示巴的挂毯被午后从窗外透过来的阳光照亮了，她置身于一座仿佛是用玩具砖砌成的城堡的城垛上，安坐浴盆，一对丰满的乳房显露出来——借着这束光，他认出了隔壁屋顶上、手执竖琴、留着胡须、头戴王冠的大卫——这束光还激漉了那百匹战马、前后纵列的长矛、铠甲和头盔汇聚的地方，即杀死乌利亚的地方。乌利亚从马上跌落了下来，就仿佛是一个刚刚接触潜水的人，他的

―――――――――――――

　　① 这个典故出自《哈姆雷特》第三幕第四场，御前大臣普隆涅斯藏在王后房间里的挂毯后面，偷听王后和王子哈姆雷特的谈话。他以为王子要杀死王后，就大声呼救，被哈姆雷特杀死。

腹部被敌方骑士击中了。这个可怜的家伙就要被从中间劈开了，那把剑有一半已经贯入了他的胸膛，他的伤口中有无数赤红色的虫子在蠕动，栩栩如生，那大概是他的肠子吧。

加文头倚挂毯，坐在专为诉愿人而设的长椅上，双臂交叉，神色阴郁。坐在长桌上的加赫里斯正在理弄皮盔上的绳子，为了让盔甲更紧密，他很想把它们换掉，可绳子缠绕的方式太繁杂了，所以，他已被自己整得焦头烂额。站在他身旁的加瑞斯觉得自己能把这件事做好，所以很想把皮盔从他手里抢过来。莫桀站在窗户旁的炮眼中向外看去，他的一只手臂被吊着，似乎依旧很疼，以至他的脸呈现出一种惨白的色彩。

"你应该把它从这道缝下面穿过去。"加瑞斯说。

"我明白，我明白，但是，我觉得，应该先把这个穿过去。"

"拿给我试试。"

"来吧，马上就好。"

"刽子手已准备就绪。"站在窗边的莫桀说。

"哦。"

"死刑执行的场面会很残酷。"他说，"木头都是烘干了的，没有烟，所以，在被烧死之前，她肯定不会呛死。"

"你这么觉得?"加文有些不悦地说。

"这个老女人真是太可怜了，民众会为她伤心的。"莫桀说。

加瑞斯突然转身，看向他。

"这一点，你早该想到的。"

加赫里斯插嘴："如今，上面。"

"我知道，我们尊敬的陛下定然也会在窗边观看这次死刑的执行。"莫桀仿佛只是在自言自语。

加瑞斯暴怒。

"你就不能收敛一下你的毒舌吗？无论是谁听到你的话，都会觉得你在享受观看火刑的乐趣。"

莫桀不屑地回答："你也可以啊，真的。除了你，没人认为这么说是错的。她只穿着没有袖子的连身内衣，而他们，会用火活活烧死她。"

"以上帝的名义，别再继续说了。"

加赫里斯缓缓地说："我觉得你完全没必要担心什么。"

莫桀突然转头望向他。

"你说什么？他无须担心？"

"当然不用担心，"加文愤怒地说，"你觉得蓝斯洛会不来救她吗？无论如何，他都和懦夫这两个字不沾边。"

莫桀飞快地动着脑子，一种亢奋的情绪取代了所有的不安。

"如果他为救她而来，他和亚瑟王之间就会爆发战争。"

"业瑟王会在这里看着下面。"

"可是，太不可思议了，"他的情绪再也压抑不住，"你的意思是，在我们的眼皮底下，蓝斯洛能从容地把王后带走？"

"的确如此。"

"可是，如此一来，受罚的人不就没有了吗？"

"上帝！老兄，莫非你想看着她被活活烧死？"加瑞斯大喊。

"对，加文，我想，我非常想。被杀的是你弟弟啊，你就在这里坐等那件事发生？"

"我已经提醒过阿格凡了。"

"加瑞斯！加赫里斯！你们不能什么都不做！你们的兄弟阿格凡被他杀了！"

"莫桀，就我所知，是阿格凡想要去杀他的，那时，他穿着睡衣，手无寸铁，阿格凡却带着整整十三个顶盔贯甲的骑士！最后，包括阿格凡在内的所有骑士被杀，活下来的只有一个逃跑者。"

"我没逃。"

"莫桀，活着的就只有你一个。"

"加文，我真没逃，我和他战斗了，我的手臂被打断了，我发誓，赌上我的荣誉发誓，我没逃，加文，我曾试着和他战斗。"

他似乎马上就能哭出来。

"不要把我当成懦夫。"

"如果你没逃，你是怎么离开的？"加赫里斯说，"蓝斯洛为什么要放你走，为了毁灭证据，他肯定想要把所有的人都杀死。"

"我的手臂被他打断了。"

"没错，可你还活着。"

"我没撒谎。"

"但他没把你杀掉。"

手臂的疼痛与胸中的愤怒叠加在一起，这个男人再也受不了了，像个小孩一样开始叫嚷。

"叛徒！你们都是叛徒！从来都是如此，你们反对我，只因为我瘦弱。你们支持那个蠢货，因为他强壮有力。你们认为我撒谎！阿格凡被杀了，守灵式都办过了，你们却不想惩罚任何人。叛徒！你们一直都是叛徒！"

莫桀情绪崩溃的时候，亚瑟走了进来，这位老国王看上去精神非常的疲惫，他走过去，在王座上安坐，然后用手势示意他们也坐下。加文回到长椅边，重新坐下。加瑞斯站在那里，悲悯地注视着国王，加赫里斯也一样，而莫桀则在哭泣。

亚瑟伸手，轻轻抚了下自己的额头。

"他哭什么？"他询问道。

"我们正在听他解释，"加文回答，"蓝斯洛为什么在屠杀了十三名骑士后不把我们的莫桀一起杀掉。很显然，除了他们惺惺相惜，没别的原因。"

"我想，这件事我能解释清楚，你知道，十天前，蓝斯洛爵士答应了我，不会杀我儿子。"

莫桀一脸苦涩："十分感谢您。"

"莫桀，你该谢的是蓝斯洛，不是我。"

"我倒是希望，那个时候，他把我也杀掉了。"

"他没杀你，我非常开心。如今，我们全都被卷进了麻烦里，儿子，尝试着去以感恩的心对待这件事吧，我是你父亲，而你，是我唯一的儿子，唯一的亲人。"

"我希望这个世界上从来没有我这么个人存在过。"

"我也这么希望，可是儿子，你已经存在了，所以，我们都得竭尽全力。"

莫桀心怀恨意地走向他，脸上却带着佯装出来的愧疚。

"父亲，您知道蓝斯洛会来救走她吗？"他问。

"是的。"

"您派没派人守卫？您有找骑士阻拦他吗？"

"莫桀，我已经尽力做到了公平，守备已经做到了能做到的最强。"

"父亲，他肯定会带着许多人过来，把加文他们派去守备好不好？"他一脸热切。

"加文？"国王询问。

"舅舅，谢谢您，但请不要向我提出这样的要求。"

"加文，我们应该对守卫在那里的人公平一些，你知道，如果蓝斯洛来了，守卫太弱的话就不合适了，因为，那是对忠诚于我的人的一种背叛。你知道，他们会被杀死的。"

"无论你会不会要求我这么做，我都不会去。用您身为国王的权力去逼迫别人吧。打从一开始，我就对他们两个发出了警告，现在，我也不会掺和。我不愿意眼看着桂妮薇王后被送上火刑台，不愿意看着她被烧死，我也不可能成为行刑者的帮凶，就这样。"

"这种说法，听上去好像是在背叛国家。"

"加文，王后是我的妻子啊，我也爱她。可是，现在，我们要考虑的不是个人的想法，而是公平，是司法的公正。"

"我想，我不能无视自己的感受。"

国王朝其他人看去。

"加赫里斯，你愿不愿意应我的请求，为加强王宫的守备而披上铠甲呢？还有你，加瑞斯，你愿意吗？"

"舅舅，请不要向我们提出这样的要求。"

"加瑞斯，我也不愿意向你们提出这样的要求。"

"我明白您的意思，但也请您别逼迫我们。我和蓝斯洛是朋友，我无法把刀剑指向他。"

国王碰了碰他的手。

"亲爱的，我相信，蓝斯洛也希望你能过去，他对司法也怀有相当的信心。"

"舅舅，是他给了我骑士的封号，我不能和他为敌。如果您一定要我去，我会顺从，但我不要武器。我想，这样的我，应该算是叛徒了。"

"虽然我断了一条手臂，我还是准备全副武装上阵。"莫桀说。

"你的安全非常有保障，疯子！"加文的语气非常尖刻，"国王已经给蓝斯洛下了不要伤害你的命令。"

"叛徒!"

"加赫里斯,你呢?"国王问道。

"我跟着加瑞斯,我也不要武装。"

"我们能做的只有这些,我们已经竭尽所能。"

加文站起身来,离开椅子,迈着沉重的脚步,携带着某种似乎很愚蠢的同情向国王走去。

"您做的已经很多了,我们所有的人连想都想不到这么多。"他用自己厚实的双手紧紧握住了国王露着青筋的手,亲切地说,"从现在开始,我们应该朝前看,盼着能有个不错的结果。让我的弟弟们空着手去吧,只要他认出了他们,就不会让他们受伤。我在这里陪着您。"

"那就走吧。"

"我要不要去告诉刽子手一声,他可以行刑了?"

"如果你想,就拿着我的戒指去找贝德维爵士吧,戒指就是凭证,莫桀。"

"好的,父亲,谢谢您,这用不了多少时间。"

这一刻,那张惨白中带着炽热的面孔上流露出了一缕感激,莫名而又真实,然后,他就跟在两位要去做守卫工作的哥哥身后离开了。他的嘴唇神经质地抿着,双眼却熠熠生光。房间里,只剩下加文和把头埋进了手中的国王。

"他完全有能力以一种更得体的方式来处理这件事。他可以不露出那么显而易见的快乐表情。"

国王的肩膀有些佝偻了,加文用手抚了抚他的肩。

"舅舅,不要惊慌,所有的事情都会向好的一面发展,我相信,在她被伤到之前,蓝斯洛一定会及时把她救走。"

"我只是在尝试着承担我该承担的责任。"

"人们会赞扬您的努力。"

"不是我要审判她，是法律，为了让审判能进行下去，我已竭尽全力。"

"判决不可能被执行，她会被蓝斯洛安全带走的。"

"加文，你觉得我在盼着她被救走吗？我代表着英格兰的法律，我的职责是，送她上火刑台，无怨无悔。"

"哎，所有的人都知道您曾做出过怎样的努力，舅舅。但是，毋庸置疑的是，我们全都由衷地希望她能平安。"

"噢，加文，我们已经结婚好多年了！"他说。

加文将脸转向窗户。

"别自找麻烦，这种乱象会慢慢变好的。"

"何为好？何为坏？"老人盯着加文的背影，悲伤地大喊，"如果她被蓝斯洛救走了，我派去执刑的卫士就会被杀，他们都是无辜的。我得到了他们的忠诚，他们愿意为我去守卫那里！司法便是如此！她得救了，他们就会死；他们如果不死，她就会被送上火刑架。但是，加文，恐怖的、熊熊燃烧的烈焰吞噬掉的是她，是我挚爱的桂妮薇呀！"

"舅舅，事情不会像您想的那么糟糕的，您不要再乱想了。"

然而，国王已然崩溃。

"他为什么要等待？他怎么不立马过来？"

"他必须等待，得等她出现在广场上，否则，他就得进攻这座城。"加文语气平和地做出了解释。

"加文，几天前，在他们还没被抓的时候，我就提醒过他们，我做过了，但是，在不破坏我们的感情的前提下，我无法坦诚。我就是个蠢货，我想装作不知情，我希望只要我愿意继续糊涂下去，事情就能得到很好的解决。你说我是不是做错了？你说，如果当初我做了别的选择，是不是就能保全她和他？"

"您已经竭尽全力了。"

"我所有的不幸，都源于我年轻时做的一些违背公义的事。你觉得，如果做了恶事之后再做善事，恶果就会消弭吗？我不这么认为。自那之后，我不断地做善事，希望能遏制住这不幸，但它却像波纹一般，越来越大，根本就堵不住。你觉得，这事是不是我要得的报应？"

"我不清楚。"

"太恐怖了！这么等待着，太恐怖了！"他高喊，"对桂妮薇来说，肯定更加恐怖。他怎么还不来把她带走？他怎么还不来给这件事做个了解？"

"不久之后，他们会这么做的。"

"错的不是她，是我吗？我应该当这件事不存在吗？我应该忽略掉莫桀的证言吗？我不应该判她有罪？我能抛掉新法，我应该那么做吗？"

"您有能力做这些。"

"我做事时遵循了我自己的意愿。"

"哎！"

"可，司法又能怎样？什么是最终的报应？司法、被溺死的婴孩、报应、不适宜的举动！昨天晚上，他们纠缠了我一整晚。"

加文尽量将声音放平："您不应该记住这些事，您要全神贯注地克服困难，您肯定会那么做的。"

王座的扶手被国王紧紧地攥住了。

"没错。"

"我觉得您该站到窗前来，她就要被带过来了。"

老人死死攥着扶手，一动不动。他目视前方，坐着。之后，似乎把身体中所有的力量全都汇聚到了手腕上，他想逼自己站起来，去直面自己的责任。如果他不到场，处决就是非法的。

"她穿的内衣是白色的。"

他们静静地伫立着，麻木地看着这一切。决定性的一刻即将到来，他们的一些感官反而出现了问题，这些问题让他们情不自禁地唠叨起来。

"哎。"

"他们做什么呢？"

"我想，大概在祷告吧。"

"哎，那是位主教，最前面那个。"

"他们在核对祷告词。"

"还真是一群奇怪的人。"

"他们没什么不一样啊。"

"我已经在公众面前露面了，你觉得，我是不是该坐下？"国王问道，就像个孩子。

"您应该在这里待着。"

"我不认为自己能做到。"

"您肯定可以做到。"

"可是加文，她要是看向上面了呢？"

"您只有待在这儿才符合律法。"

窗外，那仿佛被以透视的画法画出的集市里，好像有人在吟唱赞美诗，但听不出唱的是什么，也无法辨别它的旋律。他们看着为死刑的执行不断忙碌的牧师，看着伫立在那里、浑身熠熠生辉却一动不动的骑士，看着广场外汹涌的人潮，想要看到王后，就得像剥椰子壳一般把这些一一剥开，她深陷在旋涡的中心，被带到这里、那里，被带到神父和部分官员的面前，再被带到刽子手身侧，在一片规劝声中跪地祷告，然后再站起身来演讲。有人诋毁她，有人送她蜡烛，有人对她表示谅解，也有人希望能得到她的谅解，她要求人们带着她不断向前走，她要向人们展示她所有的尊严，展示她的生命与仪典。无论如何，黑暗时期的谋杀，即便合法，也无尊严。

"你见到救兵了吗？"国王问。

"没看到。"

"等待可真漫长。"

窗外一片岑寂，吟唱的声音在悲伤中停止。

"还要多长时间？"

"几分钟吧。"

"她会被允许祷告吗？"

"会，会被允许的。"

"你觉得我们要不要也祈祷一下？"老人的问题有些突兀。

"如果您想的话，我们可以祈祷。"

"我们要不要跪下？"

"都一样的。"

"我们要说些什么呢？"

"我不清楚。"

"我只能想到我们的父，要这么说吗？"

"这么说挺不错的。"

"你要不要和我一起说？"

"如果您愿意的话，就一起吧。"

"加文，我怕是要跪下了。"

"那我继续站着好了。"奥克尼家的领主这样说。

"如今……"

就在他们异常生疏地做着祷告的时候，集市的另一边隐约传来了一阵号角声。

"舅舅，噤声！"

正在祷告的人话刚说了一半，便戛然而止。

"来了很多士兵，我觉得，那是骑兵！"

亚瑟站起身来，走到窗边。

"哪里？"

"的确是号角！"

这时，一阵欢快、锐利、清晰的黄铜金属所发出的声音传进了房间。国王推了推加文的胳膊肘，颤声叫嚷起来："我就知道，我就知道，他肯定会来的，哦，蓝斯洛！"

加文向窗外探着身子，健壮有力的肩膀已经越过了窗框，他贪婪地注视着外面的一切，国王也一样。

"是的，蓝斯洛来了！"

"快来看，他的衣服是银色的。"

"还有银色的盾徽，带着红色的斜纹。"

"这位骑士可真潇洒！"

"瞧他们这些人！"

的确极具观赏性！集市瞬间崩溃，就仿佛大西部那荒莽的色彩。椰子从已经漏掉的、装满了水果的篓子里骨碌碌地全都漏了出来。战马们误解了它们一只脚蹬着马镫，另一只脚却不断绕来绕去的主人们，绕着他们转来又转去。神父蛮横地冲出人群，香炉被辅祭扔掉，想要待在原地的主教被强推着走向教堂，几位忠诚的副祭祀高举起他的权杖，像旗帜一样紧随其后。某人或某物用来遮阴的、以四根立柱撑起的顶棚，已经如大西洋中漏水的小船一样倾斜了，不仅篷子斜了，柱子也斜了。全副武装的骑兵随着铜管乐器的乐声像潮水一样进入了广场，羽毛做的装饰像印第安土著的头颅一样随风摇曳；剑起，然后剑落，就仿佛有某种怪异的机关被他们打开了。进行最终仪式时，环绕在桂妮薇身边的仆从们全都从她身边逃开了。被绑在火刑柱上、穿着白色内衣、一动不动的她就仿佛伫立在那里的一座灯塔。他们全都在她脚下，战争已经爆发。

“他们驭马的手段可真奇妙。”

“只有他们才能如此冲锋。”

“哦，那些守卫可真可怜！”

亚瑟不断扭动着自己的双手。

“有人从马上掉下来了。”

“是瑟瓦瑞德。”

“一场大混战啊。”

“从来都没有人能挡住他的冲锋，从来都没有！哦，绝妙的一击！”国王激动地嚷道。

“佩提罗爵士冲了上去。”

“不，那是他兄弟佩里蒙斯。”

“瞧，瞧那熠熠的寒光，瞧那颜色。不错！吉利梅尔爵士干得漂亮！”

“不！瞧，瞧啊，那是蓝斯洛，瞧他的刺击、他的劈砍！哦，阿格洛法落马了。看，他正走向王后。”

“皮亚马斯会把他拦下来。”

“胡说八道！皮亚马斯？哼！加文，最后胜利的肯定是我们，是我们！”

大个子的加文扭过身，咧嘴笑了笑，然后很热切地问：“我们指的是？”

"好吧，好吧，你这蠢货，不是我们，是他们。蓝斯洛爵士一定会获胜！皮亚马斯过去了。"

"波尔斯爵士也从马上掉下来了。"

"没关系，过一会儿，他们会重新把波尔斯扶上马背的。他过来了，他走向了王后。哦，瞧啊，他给她带来了长袍，还有外衣。"

"哎，他带来了。"

"我的桂妮薇怎么能只穿着内衣就出现在人前呢？蓝斯洛不会允许的。"

"是的，不会。"

"他为她套上了衣服。"

"她笑了。"

"为他们送上祝福吧。但是，哦，那些步兵！"

"结束了，这件事结束了，你能这么说。"

"我们可以相信他，他不会杀戮太多。"

"是的，在这方面，这个男人值得我们信任。"

"达马斯也落马了？"

"达马斯总喜欢戴那种肯定能被拽下来的红色羽饰！哎，他们可真迅速！"

"桂妮薇上马了。"

截然不同的另一种号角声传进了房间里。

"这是撤退的号角，他们要离开了，上帝，上帝，瞧瞧这一片乱糟糟的。"

"我希望受伤的人不要太多。你瞅见了吗？我们去帮他们怎么样？"

"不愿屈服的人太多了。"加文回答。

"卫士们很忠诚。"

"有十多个呢。"

"他们非常勇敢！哦，这都怪我！"

"我觉得，除了我那已经死去的弟弟，谁都没错。哎，你瞧，他们在那边做了最后的集结。被簇拥在最前面的是王后。"

"我要不要向她挥挥手？"

"不。"

"这么做不合适，是不是？"

"是的。"

"好吧，我知道我不能这么做。但是，在她走之前，我总要做点儿什么才好。"

加文一脸欣喜地转身望着他。

"舅舅，您是个大丈夫！"他说，"您瞧，就像我说的一样，事情正在朝好的方向发展。"

"你也是个大丈夫，你很善良，也很慈悲，加文。"

他们相互拥抱，用古老的礼节，互相亲吻着面颊。

"好了！好了！"他们嚷嚷。

"现在要做什么？"

"您说了算。"

国王的目光在加文的身上不断逡巡，似乎是想找出那件必须要做的事情。苍老与惊惶仿佛瞬间便远离了他的躯体，他面色红润、腰杆挺直，眼角的鱼尾纹都舒展了。

"我觉得我们该找点儿烈酒来喝。"

"不错，那让见习骑士过来吧。"

"见习骑士！见习骑士！这些浑蛋跑到什么地方去了？"他朝着门外大吼，"见习骑士！赶紧过来！去拿酒！你跑哪儿去了？去看上了火刑台的女主人吗？你们的忠诚都跑哪儿去了？"

那孩子跑过来时还挺欢喜的，可听到这话，赶紧应了一声，又从爬了一半的楼梯上转下去，噔噔噔地跑走了。

"酒喝完之后呢？"加文询问。

亚瑟恍然回神，一边兴奋地搓手，一边说。

"还没考虑好，总得发生一些事的。或许我们该让蓝斯洛说对不起，或者做出类似的一些安排——之后他便能回归。他可以对我们解释说，他之所以在王后的房间里，是因为王后想要把在梅里亚格兰斯一事中欠他的雇佣费给他，可又不想让别人知道，所以，才把他叫了过去。然后，他来救她就更理所当然了，因为他很清楚，她被冤枉了。没错，我觉得，这样安排就很好。但日后，他必须得约束自己的言行。"

但是，看着一脸热切的舅舅，加文却渐渐冷静了下来，他垂着头看着地面，缓缓地说。

"我怀疑……"他用了这样的开首语。

国王注视着他。

"我怀疑，只要有莫桀在，您和他就永远都不可能和好。"

门边的挂毯被一只苍白的手掌拉了起来，只穿着半身铠甲、吊着手臂的男人靠在门边，像个鬼魂。

"只要有莫桀在，就绝无可能。"那人用一种悲剧里常有的语调重复着这句台词。

亚瑟讶然转身，打量着满目狂热的他，然后一脸关切地朝他走去。

"莫桀，给我个理由！"

"亚瑟，给我个理由！"

"你太放肆了！怎么能这么和国王说话！"

"别用这样的语气和我说话。"

国王走了一半，就停了下来，莫桀那异常平静的语调让他的神智回归了。

"过来，"他的语气很和蔼，"这场屠杀很恐怖，我知道，我们站在窗边都瞧见了。但是，你的舅母平安了，这很好，并且，不违背任何司法形式的要求……"

"这场屠杀很恐怖。"

莫桀机械地说，但语带深意。

"步兵们……"

"垃圾！"

加文有些僵硬地将身体转向这个同母异父的弟弟。

"莫桀，莫桀，你和加瑞斯他们是在哪儿分开的？"他的语气很沉重。

"我在哪儿和他们俩分开的？"

红头发的男人咆哮道："不要学我说话！不要像鹦鹉一样聒噪！告诉我，他们在什么地方！"他的音调很急促。

"加文，他们在广场上，就在那群人中间，去找他们吧。"

"加瑞斯，还有加赫里斯……"国王问。

"他们在集市里躺着，鲜血让他们变得无法辨认。"

"他们没被伤到是不是？他们没穿铠甲、没带兵器。他们没被伤到吧？"

"他们都死了。"

"莫桀，别胡说八道！"

"加文，是你在胡说！"

"可是，他们没有穿戴铠甲呀。"国王抗议。

"他们没有穿戴铠甲。"

"莫桀，要是你骗我……"加文威胁道。

"……正直的加文就要把我这个最后的血缘亲人也杀掉吗？"

"莫桀！"

"亚瑟。"他转过身去，看着他，如是回应。他的脸色无比僵硬，眼中有悲伤，有冷漠，有狂暴，更有憎恨。

"如果这是事实，那就太恐怖了。谁会把没有任何武装的加瑞斯杀掉呢？"

"谁？"

"他们不是去战斗的，只是单纯地去守卫，还是我让他们去的。并且，加瑞斯是蓝斯洛的挚友，班恩家族的人和他的关系都不错。这不太可能，你确定不是你搞错了？"

"莫桀，告诉我，我的兄弟是谁杀死的？"加文高亢的声音突然在房间中回荡。

"究竟是什么人？"

怒到极致的加文冲向了那个驼子。

"哦，我强壮的伙计，不可能是别人，是蓝斯洛啊。"

"你撒谎！我要去瞅瞅！"

他跟跟跄跄地离开了房间，步履十分匆忙，和刚才朝他弟弟冲去时没什么两样。

"莫桀，你确定他们已经失去了性命？"

"加瑞斯很诧异，他的头顶被削掉了。"他冷冷地说，"加赫里斯没什么表情，他的脑袋被劈开了。"

国王很害怕，但比害怕更多的却是疑惑。他很悲伤，也很不解："蓝斯不可能做这样的事情。他们认识他，他也很喜欢他们。他应该可以认出他们的，没有头盔遮蔽他的视线。是他给了加瑞斯骑士的封号，他不可能这么做。"

"当然不可能。"

"但你说是他做的。"

"是我说的。"

"肯定有什么地方被搞错了。"

"肯定有什么地方被搞错了。"

"你的意思是?"

"我的意思是,得到你允许的、大无畏的、纯洁的湖上骑士,不仅给你戴了一顶绿色的帽子,把你的妻子带走了,而且,在走之前,为了让自己高兴,还杀了我的两个兄弟,杀了两个手无寸铁、被认为是他挚友的人。"

亚瑟坐倒在长椅上。年纪不大的见习骑士拿着酒过来了。这是他要的。

"大人,酒给您拿来了。"他向国王鞠了两个躬,说。

"拿下去吧。"

"大人,仆役长卢卡爵士想要询问您,可不可以让伤员们进来,另外,大人,请问用来包扎伤口的亚麻布还有没有?"

"去找贝德维爵士问问吧。"

"好的,大人。"

那孩子正要离开,他却唤住了他。

"见习骑士。"

"大人?"

"伤亡情况如何?"

"听说死了二十位骑士。瑟瓦瑞德爵士、格里菲特爵士、贝利恩斯爵士、阿格洛法爵士、古特爵士、布兰迪莱爵士、托尔爵士、达马斯爵士、迪安爵士、三位雷诺德爵士、皮亚马斯爵士、蓝贝格斯爵士、吉利梅尔爵士、佩提罗普爵士、异乡人凯伊爵士、还有赫米迪爵士。"

"加赫里斯呢？加瑞斯呢？"

"大人，我没听说，不是很清楚。"

身材雄壮的红发男子飞一般地奔了回来，一边跑，一边哭。他跑到亚瑟身边，哭得像个孩子："没错！没错！有人能证明，他们两个被他杀了！可怜的加瑞斯！可怜的加赫里斯！——他们两个被他杀了！在他们没穿铠甲、没带武器的情况下把他们杀了！"

他跪在地上，将头深深地埋入了国王的帐篷里，只露出了沙白色的发丝。

第九章

　　半年后的一个冬日，阳光明媚，欢乐堡被重重围困起来。阳光垂直落在北风上，犁沟上覆盖着层层白霜。城堡外的草丛里，椋鸟和田凫惊慌地寻找着食物；落叶树矗立在风中，如同血管图谱或神经系统。击打牛粪时能听到类似于击打木头的声音。一切都带着冬日的特点，褪色的苔藓绿就像被日光曝晒了很长时间、早已掉色的绿色天鹅绒靠枕。树的表面有一层绒毛，如同靠枕。针叶树都变成了白色，水坑和寒冷的护城河里，不时传来冰块碎裂的声音。在惨淡的阳光下，欢乐堡默默地矗立着，景色凄美。

　　想要接近蓝斯洛的城堡并不难。这个城堡历史悠久，可以追溯到亚瑟即位时代，不过繁杂的防御工事已经取代了原本的老式要塞，这些在现在看来很不可思议。你不能把它想象成一个荒废已久的堡垒，大块的石头中间夹杂着破碎的灰泥。人们在给它抹上的灰泥中掺了一些铅黄，所以它的色泽有些金黄。塔楼是法式圆锥形的，上面铺着石板，城垛上分布着几百个气口。顶盖上覆着几座像叹息桥①一样的小桥，连接着这座小礼拜堂和那座塔，看起来非常奇怪。外面还有不知通往何处的楼梯，可能它通往的是天堂吧。堞口突然生出了一个烟囱，高处镶着彩绘玻璃，十分安全，在原本空荡荡的墙上微微闪光。在突出的屋顶上，分布着方旗、耶稣受难像、滴水兽、排水口、风向鸡、尖顶和钟塔，看起来非常拥挤。有的屋顶上铺着红砖，有的屋顶上是长满绿苔的石头，还有的屋顶上铺着石板片，它们伸向各个方向。与其说这里是一个城堡，倒不如说是一个小镇。它不是老洛锡安没有发酵的面包，僵硬不堪，而是块碎馅饼。

围城者就驻扎在欢乐堡四周。当时，国王总会带着挂毯出征，这是衡量营区的标准。帐篷多种多样，红色、绿色、格纹、条纹、丝质，不一而足。在这个迷宫里，色彩、固定索、营钉、长矛、玩旗的人、随军小贩、挂着挂毯的内室和金餐具随处可见。英格兰王亚瑟坐下，想要把自己的朋友饿死。

大厅的中间燃着即将熄灭的炉火，发出浓浓的黑烟，飘出上方的塔楼。此刻，蓝斯洛和桂妮薇正站在火炉旁。这个火炉上有班威克家族和支持者的纹章雕刻，铁栅里燃着一棵树。现在地上满是冰霜，湿滑难行，马匹无法前行，因此今天是默认的休战日。

桂妮薇说："你是怎么弄成这样的？"

"珍妮，其实我也不知道。甚至直到大家都这么说了，我才知道我做了。"

"你还记得什么？"

---

① 位于意大利威尼斯，一端是总督府，一端是监狱，在总督府接受审判之后，犯人会从叹息桥进入监狱。

"我想我当时非常激动，又记挂你，有很多人朝着我挥舞武器，还有人试图拦住我，我只好奋力杀出一条路。"

"这可不太像你。"

"你以为这是我的本意吗？"他艰涩地说，"加瑞斯对我的爱超过了他对手足的情谊，我甚至都能算他的教父。哎，看在上帝的分上，不要再说了。"

"不要放在心上，"她说，"我觉得他不插手这件事会更好。"

蓝斯洛抬起一只手放在壁炉上，若有所思地踢了踢炉中的圆木，看着余火。

"他的眼睛是蓝色的。"

他看着火光，想起了那双蓝色的眼睛。

"他刚来到宫廷时，对父母的名字守口如瓶，因为他是从家里逃出来，来到这里的。他的母亲跟亚瑟有过节，所以不想让他来，但是他又不得不来，因为他很崇尚这种浪漫、荣誉和骑士精神。所以他逃来我们这里，还对自己的身份保密。他并没有提出成为骑士的请求，因为他觉得能留在这里就心满意足了，不过他后来对自己的力量进行了证明。"

他将岔出的一根树枝推回了壁炉。

"凯伊带着他进了厨房工作，还给他取了一个绰号，叫作'大小姐'。凯伊是个混球，因此……这件事好像要追溯到很久以前了。"

他们静静地站着，用手撑着壁炉架，脚对着炉火，偶尔会有一些火灰落下。

"我经常会给他些小费，让他拿去买点小玩意儿。也不知道为什么，这个'大小姐'对我很有好感。他就是经由我的手受封骑士的。"

他诧异地看着自己的手指，好像是第一次看到它们，还动了几下。

"后来他到外面去探险，对抗绿骑士，我们才发现他是这么伟大……"

他又诧异地说："也是这双手，杀死了温和的加瑞斯，原因是他不同意武装反抗我。哎，人实在是太可怕了。我们从田野经过，看到了一朵美丽的花，却用棍棒把它的头砍下来。这就是加瑞斯是如何去世的。"

桂妮薇难过地拿起了他那只罪恶累累的手。

"你对此也毫无办法。"

"我是可以采取一些措施的，"他又陷入了时常出现的宗教伤感，"错都在我。你说得有道理，这不像我。错都在我，我放任自己在那群人中大开杀戒。"

"可你是想救人。"

"没错，我是应该和武装骑士对抗的，却对那些半武装步兵大开杀戒。我被铠甲保护着，他们穿的却是强化皮甲，无非就是在皮革上加了一些扣钉。我却残忍地杀死了他们，为此我要接受上帝的惩罚。我把骑士风度抛诸脑后，上帝才会惩罚我，让我杀死了加瑞斯和加赫里斯。"

"蓝斯洛！"她尖刻地说。

"我们现在凄惨无比，如同身陷地狱，"他阻止她继续说下去，自顾自地说，"那位国王曾经让我成为骑士，教会了我一切，如今我却要对抗他。他，还有加文，岂是我能够对抗的？我已经夺去了他三个弟弟的性命，又怎么能让自己的罪孽更加深重。可是加文不会原谅我，他不会饶了我的。我不会怪他。亚瑟会原谅我们，可是加文会阻止他。现在，只有加文想要打仗，而我却像个胆小鬼一样，困在这个洞穴里动弹不得，很快他们就会带着号角走到城外，唱道：

> 叛徒骑士
> 快来迎战。
> 耶！耶！耶！

"不用在意他们唱些什么，他们唱的歌不会让你变成胆小鬼。"

"我的人也产生了这种想法。波尔斯、布拉莫、布雷欧贝里斯和莱尼尔一直都在让我出去迎战，可我出去之后会有怎样的后果呢？"

她说："迄今为止，我只知道你打败了他们，又放他们回家了，你的宽容赢得了每个人的尊敬。"

他伸手抱住了头。

"你知道最后一战的战况吗？波尔斯和亚瑟用长矛对抗，把亚瑟打到马下，自己也跳下马，持剑站在亚瑟面前。我飞快地冲过去，波尔斯说：'我是不是应该结束这场战争？'我大叫：'大胆！小心你的脑袋！'我们把亚瑟扶上马，然后我跪在地上，祈求他快点离开。亚瑟眼含热泪地看着我，什么话都没说，似乎一下苍老了很多。如果没有加文，他一定不想和我们作战。加文曾经是我们的人，可是罪恶的我杀死了他的弟弟。"

"你的罪恶就不要再说了，加文的坏脾气和莫桀的狡猾才是这件事的根源。"

"只有加文一个人的话，还是有希望获得和平的，"他感叹道，"他是个好人，但是他总是受到莫桀的影响，并因此痛苦不堪。除此之外，还有盖尔和高卢的积怨，以及莫桀的新团体，我也不知道希望在哪。"

王后第一百零一次提出了她的建议："如果我去找亚瑟王，听凭他的处置，会不会有用？"

"他们拒绝了这个提议，别想这个了，他们可能会烧死你的。"

她从壁炉旁边走开，走向窗口的大型炮眼。放眼望去，下面是一片围城工事。池塘结冰了，上面有几个敌方的士兵，正在玩"狐与鹅"的游戏①，不时有人摔倒，传来欢快的笑声。

"战争从未停歇，"她说，"没有人注意那些不是骑士的士兵的死。"

"从未停歇。"

她头也不回地说："亲爱的，我想我应该回去改变这个状况，即便我被烧死，也比现在要强。"

他也来到了窗边。

"珍妮，如果这样做有任何效果，我会选择陪你回去。如果让他们杀死我们俩就可以终结战争，我们不妨一试。可是大家都已经疯了，就算我们心甘情愿赴死，波尔斯、艾克特也不会忘记这笔仇。为了我们在市集和阶梯上杀死的人，为了亚瑟在过去五十年间所做的事，现在仇恨正在源源不断地形成。很快这些就会脱离我的掌控，现在也是如此，赫贝斯·勒雷诺米、维利尔和匈牙利的乌利都会为我们报仇，事情就会脱离掌控。乌利这个人太懂得感恩了。"

"好像文明教化已经疯了。"

"没错，而且我们是其始作俑者。波尔斯、莱尼尔和加文都负伤了，所有人都成了嗜血狂魔。我必须率领骑士们突破他们的包围，假装要攻击他们。也许亚瑟会在别人的劝说下来攻击我，

---

① 北欧游戏，玩家分别扮演狐和鹅，鹅要把狐围住，狐要捉鹅。

否则加文就会前来。果真如此，我只能好好把自己保护起来，不能还击。一旦别人发现我的做法，就会认为我没有在战争中竭尽全力，延误战机，使他们陷入更加悲惨的境地。"

"他们说得没错。"

"是的，但是除此之外，我只有杀死亚瑟和加文这一个选择，我是会做这种事的人吗？除非亚瑟从这里带走你，否则情况只会更糟糕。"

如果是二十年前的她听到这种不合理的提议，一定会大发雷霆，可是现在早已今非昔比，所以她只是露出了一个微笑。

"珍妮，也许这种说法听起来有些吓人，但情况就是如此。"

"情况果真就是如此。"

"我们对待你就像对待一个傀儡。"

"大家都是傀儡。"

他用头枕着炮眼的石头，感觉一阵凉意袭来。然后，她握住了他的手。

"不要胡思乱想，耐下心来待在城里吧，说不定上帝会眷顾我。"

"你曾经说过这句话。"

"是的，在我们被他们抓获前的一周。"

"如果上帝不眷顾我，"他艰涩地说，"我们去找教宗也可以。"

"教宗！"

他抬起了头。

"怎么？"

"蓝斯洛，你的意思是……如果教宗谕令两边，如果我们拒绝谈判，就将我们赶出教会；或者如果我们请教宗来裁决此事呢？波尔斯和别人都不会有异议的，当然……"

他热切地注视着正在思索一个合适的字眼的她。

"他可以派罗契斯特主教前来,见证我们双方的和平谈判。"

"可是谈判的内容呢?"

她已经有了主意,此刻情绪有些激动。

"蓝斯洛,无论谈判的内容是什么,我们都只有一个选择,就是接受。就算会对我们不利,但至少可以平息战争。而我们的骑士必须听从教会的安排,也就无法去寻仇了。"

他一言不发。

"你觉得如何?"

她镇定地转过身来看着他,这种表情十分满足,是一个女人在体贴地照顾了别人,以及完美地完成了某项工作之后才会有的。他不知道该怎么回答。

"明天,我们就能派一名信使出发。"她说。

"珍妮!"

她居然会同意自己被移交到别人手上,这让他无法接受。他们已经不再青春年少,他可能会失去她,也可能不会。人民的生命、他们的爱情和他的亲族将他层层包围,留给他的只有羞辱。她对此心知肚明,并想利用这一点帮他解围。她温柔地给了他一个吻。这时候,外面又传来了合唱:

> 叛徒骑士
>
> 快来迎战。
>
> 耶!耶!耶!

她温柔地抚摸着他的头发说:"不要把那些放在心上,我的蓝斯洛只能待在这个城堡,结局一定是美好的。"

第十章

"也就是说，教宗已经下令休战。"莫桀冷酷地说。

"是的。"

加文和莫桀坐在司法室里，等待着最后协商的到来。虽然他们都是一袭黑衣，却有着天壤之别：加文有点儿像个盗墓贼，而莫桀却打扮得像哈姆雷特，一身锦绣。他这种戏剧性的着装的历史，要追溯到他担任某个团体的领袖时。这个团体以某种民族主义为目标，想要盖尔族自治，并为了报复林肯的圣休①而对犹太人大开杀戒。这个团体现在有几千名成员，分布在全国各地，每个人都佩戴着他的徽章：一只紧握着鞭子的血红的手，成员称自己为"持鞭人"。而年纪较大的那位之所以要穿制服，是想让自己

---

① 英国著名圣徒，在林肯担任主教期间，林肯的圣休为了保护犹太人免遭迫害而做出了很大的努力。

的弟弟高兴。黑色的衣料十分质朴，象征着真实、悲观、叹息。

莫桀说："多亏了教宗，我们才能看到这样的场景。所有人都带着橄榄枝，组成一支美丽的游行队伍，那对情人还穿着白色的衣服。"

"这场游行确实不错。"

加文不太擅长讽刺，因此将讽刺当成了如实陈述。

"这场戏可真是精彩。"

那位兄长似乎有些不自在，就想换个姿势，让自己轻松一些，但他很快又变回了原样。

他含混不清地开了口，似乎在问问题，又像在求助："蓝斯洛写信说，他不是故意要杀死加瑞斯的，他没有看到他，才误杀了他。"

"意思是，蓝斯洛在肆意屠杀那些手无寸铁的人的时候，误杀了加瑞斯，其实他根本没有看到自己砍的是谁。这跟他一直以来的名声倒是十分贴合。"

这句话中带有浓浓的讽刺意味，连加文都听出来了。

"我觉得好像不是这样。"

"好像？当然不是，蓝斯洛才不会这么做，他是一个彻底的骑士，总会宽恕别人，从不会对弱势人群下手。正是因为他选择了这种做法，才会深受爱戴。你觉得他会突然撕下伪装，屠杀手无寸铁的人吗？"

加文想要站在公正的立场，虽然这只是徒劳："可他有什么理由杀死他们呢？我想不到。"

"理由？因为加瑞斯是我们的兄弟啊。我们的家族抓获了他和王后，因此他才会杀死加瑞斯，以此来报复我们。"

他又小心翼翼地补充道："还有一个原因，就是亚瑟喜欢你，所以他对你拥有的影响力嫉妒不已。他根本就是想要削弱奥克尼一族的力量，蓄谋已久。"

"他只是削弱了自己的力量。"

"而且他还十分嫉妒加瑞斯，担心我们兄弟会将他的名声据为己有。加瑞斯处处模仿他，让他很不高兴。无论如何，他们两个中要有一个蒙受耻辱。"

司法室已经准备就绪，即将成为最后的舞台。现在室内只有两个人，很有些荒凉的意味。他们的坐姿非常奇怪：并不是面对面，而是一个人坐在另一个人身后。加文看着地板，莫桀看着他的后脑。加文艰涩地说："在我们当中，加瑞斯是最好的。"如果他此刻转身，看到莫桀眼中的意图，一定会觉得非常奇怪。他那年轻的面孔和像乐曲一样的声音显得十分不协调。凑近一些的话，你就能发现在过去的半年里，莫桀的样子越来越奇怪了。

"他这个人很不错，"他说，"可是那个人却杀死了这个崇拜者。"

"我从中得到的教训是，任何南方人都不可信。"

莫桀以一种几乎难以察觉的方式改变了话里的代词，语气也重了许多。

"是的，这让我们都得到了教训。"

加文回身抓住了那只白色的手，疑惑地说："我一度以为这是阿格凡和你的错，认为你对蓝斯洛爵士成见很深，我对此深表惭愧。"

"毕竟手足情深。"

"你说得没错，莫桀。一个人可能会响应理想或者是非对错，或者觉得如此类似的事情，但最终还是会回归手足。我记得洗劫神父在断崖边有一个小果园，加瑞斯就曾经老去那里。"

他的口气里有一些不确定，尾音拖得很长。然后瘦弱的男人开始提醒他。

"他小时候头发就变得花白了，看起来漂亮极了。"

"凯伊曾经叫他'大小姐'。"

"那是在侮辱他。"

"但他说得没错，他的手很漂亮，就像一位大小姐。"

"可是他现在死了。"

加文血气上涌，太阳穴凸起。

"上帝会惩罚他们。这种和平不是我想要的，他们不配得到我的原谅。亚瑟王为什么要想办法化解这件事？这跟教宗又有什么关系？上帝啊，死的是我的兄弟，不是他们的，我要报仇！"

"蓝斯洛这么油滑，一定会从我们手上逃走的。"

"我们已经抓到了他，这次不会让他溜走。康瓦耳人原谅的事情已经够多了。"

莫桀在台阶上挪动了一下。

"你想过圆桌对康瓦耳和奥克尼做的事情吗？我们的祖父死在亚瑟的父亲手里，我们的母亲受到了亚瑟的引诱，而蓝斯洛就当着弗罗伦斯和洛佛的面，将我们的三个兄弟置于死地。而我们呢，却为了平息这两个英格兰人的争端，拱手让出我们的荣誉。我们是不是胆小如鼠？"

"这和胆小无关。也许教宗会逼迫国王把他的王后带回去，但是诏书里根本没有提到蓝斯洛爵士。我们会给他一个藏身之处，让他带着那个女人来，还会放他走。然后……"

"事到如今，我们为什么要放过他？"

"因为他手里有通行令状。莫桀，不要忘记我们骑士的身份。上帝啊！"

"也就是说，就算我们的敌人采取一些下三烂的手段，我们也不能向他们看齐。"

"要公平。我们要让这头野猪接受法律的制裁，判他死刑。亚瑟已经失败了，他会遵从我们的意志。"

"事情已经开始了，"莫桀说，"已经脱离了可怜的国王的控制，说起来真是让人难过。"

"确实是让人难过，但是他知道什么是对什么是错。"

"他倒是有所改变。"

"你的意思是他的权威已经不复存在了吧？"

"你猜得真快。"

他可以轻而易举地讽刺别人，如同在戏弄一个瞎子。

"他不可能考虑得完全，他打从一开始就不应该让那个叛徒在他身边。"

"也不该和桂妮薇结婚。"

"哎，这一直都是横亘在他们之间的问题，并非我们故意挑事。"

"没错。"

"国王一定要坚守正义，即便是教宗允许他把那个女人带回去，我们也非要向蓝斯洛爵士讨个说法不可。老弟，自从他把王后带走，残忍地杀死我们的兄弟，他就犯下了叛乱之罪，罪无可恕。"

"我们完全有权跟他讨说法。"

强壮的莫桀用粗厚的手掌握住了加文苍白的手。良久，加文才艰涩地说："孤独真的让人非常难受。"

"加文，我们可是一母同胞啊！"

"哎！"

"加瑞斯也是她的儿子……"

"国王驾到。"

现在，这幕调停剧即将拉开序幕。教会和政府双方的要人在厅中号角的伴奏声中，缓缓地走上了楼梯。那些朝臣、主教、传礼官、见习骑士和观众一边进场，一边聊着什么。这个房间就像一个由挂毯充当四壁的空花瓶，一朵朵的鲜花慢慢插进来。那些白嫩的贵妇人就是在这里绽放的花朵，她们戴着各种头巾，既有牛角式的，又有甜筒式的，或者戴着一顶便帽，很像《爱丽丝梦游仙境》里的那位公爵夫人。她们穿着光鲜亮丽的紧身衣，腰身拉高到腋窝，下身穿着长裙，袖子的材料是黎波里的精纺毛巾、塔夫绸或玫瑰花布，十分润滑。她们人比花娇，带着没药和蜂蜜（用于清洁牙齿），轻轻地走到自己的位置上。她们的追随者是很多引领潮流的年轻侍从，其中一些佩戴着莫桀的徽章，证明自己是"持鞭人"。他们穿着夸张的长趾鞋，上楼都成问题，只好在楼下时把鞋子脱下来，再安排见习骑士把鞋子拿上楼。他们给人的最深刻的印象，就是被长袜裹住的双腿，甚至有必要通过一项让他们的外套盖住屁股的法令。身负重任的议员们戴的帽子也很奇怪，有的像茶壶保温套，有的像阿拉伯式缠头巾，有的像鸟的翅膀，有的像暖手筒。他们穿着打了折的、加了衬垫的长袍，衣领是高轮状皱领式，还佩着肩章和镶有宝石的带子。教堂执事戴着可以让剃发处保温的无边便帽，小巧又干净。他们和常人的不同之处就在于，他们打扮得很朴素。一位来访的枢机主教也戴着帽子，上面点缀着华丽的缨穗。直到现在，牛津沃尔西学院的便笺还用这种缨穗做点缀。此外还有各种不同的毛皮，有人巧妙地把黑色和白色的羊皮缝成了互相交错的菱形。这些人不停地说话，就像一群聒噪的椋鸟。

至此，这幕调停剧的第一幕宣告结束。拉开第二幕的序幕的是预警的号角声，随后熙笃会修士、秘书、副主祭和别的宗教人士也陆续到场。他们不但带着用黑刺李木的树皮煮成的墨水，还带着羊皮纸、吸墨沙、印玺、笔、抄写员写字时放于左手的小刀、符木棒①和最后一次会议的记录。

第三幕是罗契斯特主教，被任命为教廷大使的他虽然把罩篷放在了楼下，但他的身份是确凿无疑的。他已经上了年纪，两鬓斑白，穿着白袍和法衣，戴着戒指的手握着一柄权杖。这位圣职人员礼貌有加，对属灵的力量非常熟悉。

最后，门边传来了号角声，是英格兰王亲临此处了。他裹着一件厚重的貂皮，右臂下面垂着一条很长的带子，外面罩着一件蓝色天鹅绒斗篷，戴着一顶沉重又华丽的王冠，需要由几名官员撑住（此处就是"撑"的本意）；国王被人引领着，踏上高台，走向王座。王座被罩篷覆盖着，上面绣着许多红色的龙，后腿直立。人群散向两边，加文和莫桀走出来迎向国王。国王坐在了别人安排好的地方。在王座对面有一个座位，上面挂着白金两色装饰，这就是教廷大使落座的地方。嗡嗡声消失了。

"我们是不是要开始了？"

罗契斯特主教开口了，他的声音就像传教士，让现场紧张的气氛得到了缓解。"教会已经准备就绪。"

"政府也已准备妥当。"

这句话是加文说的，声音低沉，隐隐有些攻击的味道。

"我们是否应该在他们到来之前安排妥当？"

"安排得十分完美了。"

---

① 古代的一种木棒，用于刻痕计数。

罗契斯特转向了奥克尼领主。

"我们得向加文爵士表示感谢。"

"不客气。"

国王说："那我们现在就得通知蓝斯洛爵士，法庭早已准备妥当，他可以过来了。"

"贝德维老兄，把犯人带进来。"

这里要注意一下，加文已经习惯了代表亚瑟发言，这一举动也得到了亚瑟的默许。不过，教廷大使并没有这么温顺。

"加文爵士，请稍等。我说过了，教会方面认为这些人无罪。我这次来到这里，不是为了复仇，而是代表教宗进行和谈。"

"教会可以按照自己的意愿看待这些犯人。我们已经按照教会的要求做了，不过，我们还要坚守自己的方法。带犯人进来吧！"

"加文爵士……"

"吹响号角迎接皇后到法庭入座吧！"

现场响起了音乐，如同来自某个不入流的剧场，外面也传来了与其应和的音乐，所有人都扭头看向门口。

丝绸和毛皮不停地摩擦，发出沙沙的响声。一列队伍缓慢前行，拱门开启，蓝斯洛和桂妮薇在那里等候判决。

他们的姿态非常威严，其中又带了些悲哀，就像他们穿着不太合适的服装进行伪装。他们穿着白色的外衣，外面套着一层金色的薄纱。韶华已逝的皇后手里拿着一枝橄榄枝，姿态却并不优美。他们胆怯地走了过来，就像一些想要努力把戏演好却没有演技的演员。走到王座前面，他们屈膝跪地。

"英勇的王啊！"

莫桀注意到了他们整齐划一的举动。"真是奇妙！"

蓝斯洛转过头，看着奥克尼族的兄长。"加文爵士。"

奥克尼转过了身。

蓝斯洛又转向了教会。"罗契斯特大人。"

"孩子，欢迎你的到来。"

"我奉国王和教宗之命，将桂妮薇王后带到此处。"

之后是一片死寂，场面十分尴尬，因为没有人敢出言维护他们。

"如果没有人说话，我就有责任为英格兰王后的清白和无辜作保。"

"骗子！"

"我来到这里是要拿性命作保，王后对国王一片赤诚，清白无瑕。因此，除了国王和加义爵士之外，不管是谁向我发出挑战，我都会欣然接受。正是出于对王后的义务，我才会提出这种建议。"

"蓝斯洛，圣父的意思是让我们接受你的建议。"

原本房中已经滋生了一些怜悯之情，但是奥克尼族长一开口，这种感情就被破坏了。

"你简直恬不知耻，居然敢说这种话！"加文说，"虽然王后可以被原谅，但你这个无耻懦弱的人，为什么要杀死我亲爱的弟弟？要知道他对你的爱甚至超过了对族人的爱！"

为了与此时激动的情绪相呼应，这两个男人此刻都不约而同地开始用骑士语。

"加文爵士，我不会找借口为自己开脱的。我倒宁愿死在我手上的是我的侄子波尔斯爵士，但是我并没有看到他。而且，我已经为此付出了代价。"

"你居然不把我和奥克尼一族放在眼里，杀死了他们。"

"我对你的看法感到遗憾，加文爵士。"他说，"我知道，只要你反对，我跟国王就不可能达成和解。"

"蓝斯洛，你之前能够带着王后来到这里，完全是仰仗通行令状和庇护所的保护。但是因为你蓄谋杀人，所以你必须离开这里。"

"上帝助我，你说的是如果我蓄谋杀人，但是我从来没有杀害同袍。"

他力争到底，说自己无罪，可是这番话在加文的耳朵里就变了味道。加文用力拍了匕首一下，大叫道："你的意思是，拉莫瑞克爵士……"

罗契斯特主教将手套举了起来。

"加文，将这项争论留待日后再说好吗？目前我们需要做的是把王后迎回来。诚然，蓝斯洛爵士很想解释这件事，教会才能提出合理的依据，保证和谈顺利进行。"

"大人，非常感谢。"

加文目光灼灼地看着他。直到国王疲倦的声音响起，事情才得以继续推进。他们走几步就停几步，动作滑稽。

"有人当场抓住了你跟王后在一起。"

"大人，我也不知道为什么，就受到召唤，去了王后那里。可是我前脚进门，后脚阿格凡爵士和莫桀爵士就来了，他们大声敲门，还说我是叛徒，是邪恶的骑士。"

"他们并没有说错。"

"加文爵士大人，他们说错了，那场争执就是最好的证明。我是为了维护王后才这么说的，并非为了我个人的名声。"

"很好，蓝斯洛爵士，很好。"

残缺骑士转向了自己今生第一位挚爱的人，自己的老朋友。

此刻他不再说骑士语，而是换成了日常用语。

"你无法原谅我们吗？我们不能再做朋友了吗？亚瑟，本来我们是不必回来的，但是我们还是回来了，带着一颗忏悔的心。我们曾经是朋友，一起作战，这些你都忘记了吗？如果你愿意高抬贵手，加文爵士的好意就可以平息一切。"

"国王必须公正，"红头发的男子说，"你怎么不放过我的几个弟弟呢？"

"我放过了你们所有人啊，加文爵士。我可以毫不夸张地说，我本来是拥有这个房间里的很多人的自由甚至生命的。在别人挑起的争端中，我曾经为王后作战，现在换成了我挑起的争端，我自然也有理由为她出战。加文爵士，为了避免你不光彩地死去，我不是也曾经为你出战吗？"

"可现在，"莫桀说，"奥克尼一族还剩了几个人？两个！"

加文飞快地转过了头。

"国王想要如何处理这件事，可以完全凭自己的意志。而自从我在六个月前看到没穿铠甲、没带武器的加瑞斯爵士被人残忍地杀死，我就已经有了决定。"

"上帝啊，如果当时他带有武装该有多好，那样也许他就不会死，或者他可以置我于死地，也不会让我们现在如此悲伤。"

"这场演说可真是动人。"

老人突然大叫起来，神情十分激动："你为什么觉得我要杀死他们？是我亲自将加瑞斯封为骑士的，我那么爱他。当我得知他死去的消息时，我就知道自己永远无法得到你的原谅，没有任何希望。但是我真的不是故意要杀死他的！"

莫桀说："我们也不想他被杀死。"

蓝斯洛最后一次为自己辩解，想要打动对方。

"原谅我好吗，加文？因为我做下的事情，我的心也变得千疮百孔。我知道你的痛苦，因为我自己也为此痛苦不已。如果我愿意悔过，你们是否愿意停战？我不想在你们的逼迫下为生命而战，让我为加瑞斯朝圣好吗？我只穿着衬衣，光着脚从三明治港出发，到卡利西再停下。在这段路程中，我每走十英里，就以他的名义捐奉弥撒。"

莫桀说："我们认为，用捐奉根本无法偿还加瑞斯的血，虽然罗契斯特主教会赞许你这种做法。"

老骑士的耐心被耗尽了。

"闭嘴吧你！"

此时，加文也爆发了。

"你这个杀人凶手，疯子，请你文明一些！要不然，我们就会当着国王的面杀死你！"

"这还需要……"

教廷大使又开始进行调停。

"蓝斯洛爵士，我们当中必须要有人稍微控制住自己的情绪，表现得体。坐下吧，加文，他说想结束战争，自己以加瑞斯的名义进行朝圣。你们意下如何？"

此时现场一片静寂，大家都满怀期待地等待着。红发巨人大声说："蓝斯洛爵士的演说，以及他的提议，我一字不落地听到了。但是，他背叛了我的弟弟加瑞斯爵士，杀死了他，我无法原谅他。如果我的舅舅亚瑟王想要宽宥他，那我，以及盖尔一族，自此之后就会停止服侍国王。不管怎么说，事实的真相是我们大家都知道的。不管是对国王来说，还是对我本人来说，这个人都是叛徒。"

"加文，每一个说我是叛徒的人都丧了命，我也解释过王后的事情了。”

“这件事已经得到了解决。既然不能捕风捉影地指控那个女人，那我就对此保持沉默。我现在指出的只是你的判决。”

“我会接受国王的判决。”

“我和国王在你来之前就已经达成了一致。”

“亚瑟……”

“请称呼国王他的头衔。”

“大人，你说的是不是真的?”

老人低下了头。

“至少我要听到国王亲口说出来。”

莫桀说：“父亲，你快说啊!”

他摇着头，就像一头遭受了折磨的熊，动作也像熊一样笨重，只是还一直盯着地面。

“快说啊!”

国王开口道：“蓝斯洛，你知道我们之间横亘着事情的真相。我的圆桌毁了，骑士们也有的离开了，有的死去了。我知道，我们都不想和对方为敌。”

“难道这件事就不能终结了吗?”

“加文说……” 他小声说。

“加文!”

“公正……”

加文站起身来，看起来高大粗壮，还带着几分狡猾。

“国王、大人，舅舅，您需要我当庭宣布将这个邪恶的叛徒抓起来吗?”

房间里鸦雀无声。

“现在大家都听着，这是国王的命令。王后依然回到国王身边，享有的权利也一如从前，以前大家妄自揣测的那些事情，她也无须负责。教宗也是这个意思。而你，邪恶的骑士，蓝斯洛，十五天之内，你必须从本国离开。上帝证明，以后我们会追击你，将法兰西最坚固的城堡摧毁。"

"加文，"他痛苦地说，"不要来追击我好吗？我同意被放逐，回到法兰西的城堡。但是加文，请不要来追击我。别让战争一直持续下去了。"

"那里值得更好的人。要知道，那些城堡是属于国王的。"

"加文，如果你要来追击我，请不要挑衅我，不要逼着亚瑟与我为敌。我不可以站在我的朋友的对面。看在上帝的分上，加文，不要让我们对战。"

"闭嘴吧！快点送走王后，从宫廷离开吧！"

蓝斯洛凝聚起最后一点精力，想要勉力挣扎一番。他先是看了看英格兰国王，然后看了看让他备受折磨的人，又看了看一言不发的王后，她手上的橄榄枝那么滑稽，她身上的衣服也很可笑。他抬起头，将他们的悲剧拔高了一个层次，变得严肃起来。

"夫人，我们只能分别了。"

他牵着她的手来到屋子中间，将她想象成记忆里的那个人。他的手，他的脚步，以及他的声音里的某种东西，又让她重新成了英伦玫瑰。然而，以后他们再也无法相聚了。在他的带领下，她走向了胜利顶峰——它早已被他们遗忘了。这个滴水石像兽像在跳舞一样，庄重地带着她走向中心，稳稳地成为王国的拱心石，以此作为终结。从此以后，蓝斯洛爵士、亚瑟王和桂妮薇王后将再也无法重聚。

"国王，我的老朋友，请允许我在离开之前说一句话。我要离开我奋斗了一辈子的地方，这是对我的惩罚。我将离开你的国家，还无法终结战争。我的最后一场战争，将会代表王后。现在当着大家的面，我要告诉你，夫人，不管你将来遇到怎样的危险或威胁，我都会从法兰西带着一支军队来保护你，你们每个人都要记住。"

他在她的手指上谨慎地留下了一个吻，然后转过僵硬的身体，走出了房间。此刻，他的眼中一片迷茫。

每一个受到庇护的罪犯，都必须在十五天内抵达多佛。在做这件事的时候，他必须"不穿衣服和鞋子，只穿衬衣，如同要接受绞刑"，就像一个罪犯一样。他必须拿着庇护所的象征——一个小十字架，走在路中央。加文或者他派出的人一定会悄悄地尾随着他，静待他的手离开护身符的时机。不过，他身上穿的是衬衫还是锁子甲都没有区别，他依然是他们的老司令官。他毫不犹豫，直视前方，脚步坚定。打从他上路，他的脸上就十分坚忍。房内的人们目视着这个上了年纪的士兵离开司法室，心里都暗暗替他不值，看着那些红鞭子忧心忡忡。

第十一章

在卡利西城堡中，此刻桂妮薇正坐在王后的房间里。那张大床已经被重制，变成了靠背长椅，在罩篷下看起来十分整齐，让人不忍心坐上去。房间里有一把长椅，旁边有一个温着壶的火炉，还有一张高背椅和一张阅读桌，以及一本书，可能就是加罗多写的那本书[1]，但丁[2]还曾提到过它。当时，这本书的价值是九十头公牛，但是已经将它读过七遍的桂妮薇对它毫无兴趣。夜晚的光在雪的折射下进入了房间，照得天花板亮闪闪的，甚至比地板还亮，平日里的光影形态也发生了改变。那些影子是蓝色的，位置错了。此刻她庄严地坐在高背椅上做女红，身边还放着一本书。在她床边的台阶上，坐着一个做针线活的使女。

---

① 加罗多的作品中有描述蓝斯洛和桂妮薇亲吻的片段。
② 意大利诗人，著有《神曲》。

桂妮薇的手在忙着，脑袋却像一个普通的女裁缝一样，一半头脑是空白的，另外一半则在思索着她曾经遇到过的麻烦。她多么希望自己此刻不是在卡利西，这里距离北方（莫桀的故乡）太近，缺乏文明的保障。她希望自己此刻是在伦敦，也许恰好是伦敦塔。现在，外面覆盖着厚厚的白雪，十分孤寂。而她想看到的，却是伦敦塔外面那个趣味十足、忙碌不堪的大都市；她想看到的，是挤满了房屋，不时还有房屋坠入河中的伦敦桥。她记得伦敦桥很有特性，桥上不但有房子，还有挂着叛乱者的头颅的长枪。另外，大卫爵士和威勒斯大人曾经将自己武装起来，在这座桥上用长矛一决高下。这座桥的桥墩上，修建着那些房子的地窖。这座桥不仅有礼拜堂，还有一座用于防御的塔。伦敦桥就像一个玩具小镇一样，一切都无比完美。主妇们会从窗口伸出头，用绳子将水桶放进河里打水，或者将废水倒进河里，晾晒衣服，或者在吊桥即将拉起的时候召唤自己的孩子。

单说这一点，待在伦敦塔也是不错的。卡利西的一切都静悄悄的，好像失去了生命力。而在伦敦的征服者之塔中，伦敦东区人的来往完全可以让冰雪消融。就连亚瑟在塔内留下的巡回动物园，都能提供一个交织着噪声和气味的背景，让人感觉非常惬意。最近动物园新添了一名成员，是法兰西国王赠送的大象，那只勤奋的新闻兀鹰马休·派里斯①还郑重地将此事记录了下来。

桂妮薇想到大象之后，就暂时放下了手里的女红，开始揉搓自己冻僵的手指，它似乎不能像以前那样很快就恢复温暖了。

"爱格妮丝，你有没有给那些鸟儿放面包屑？"

"夫人，我已经放过了。今天知更鸟的心情不错，对着贪嘴

---

① 英国史学家。

的乌鸦发出了颤音，非常雄浑有力。"

"好可怜，但我觉得它们能一连唱个几星期。"

"大家似乎早在很久之前就离开了。"爱格妮丝说，"现在，宫廷就如同那些鸟儿，既安静又无情。"

"他们一定会回来的，一定会的。"

"是的，夫人。"

王后又小心地做起女红。

"他们都说蓝斯洛爵士是个勇敢的人。"

"夫人，蓝斯洛爵士是个真正的骑士，一直都非常勇敢。"

"最近的信中提到，加文找他决斗过，他肯定很不情愿和加文决斗。"

爱格妮丝沉重地说："我不明白国王为什么要跟加文爵士联手，一起跟他最好的朋友作对。明眼人都知道，这就是逞一时之快。为了不让蓝斯洛爵士好过，为了杀人，他们把法兰西变成了废墟。他们做这一切，就是想表明他们这些'持鞭人'会做好事。继续这么做只能两败俱伤，为什么他们不肯让这件事翻篇呢？这就是我的愿望。"

"我觉得国王是为了表示公正，才想和加文爵士同行的。他觉得对于加瑞斯之死，奥克尼是拥有申请司法正义的权利的，对此我表示同意。而且，加文爵士是国王唯一可以牢牢抓住的人了。他把圆桌视为最大的骄傲，可是圆桌分裂了，因此他想把重要的人物留住。"

爱格妮丝说："为了保持圆桌的完整，国王就要对抗蓝斯洛爵士，这可不是什么高明的举措。"

"他们都说，加文爵士有申请司法正义的权利。国王被那些人摆布着，所以也只能这么选择。他们各怀鬼胎：有的人想要将法国据为己有，宣称自己的合法统治权；有的人已经厌倦了自己勉力维持了很久的和平；有的人想要加官晋爵；有的人想为在市集广场上被杀死的人复仇。那些人是追随莫桀的年轻骑士，崇尚民族主义，而且在别人的影响下，他们认为我的丈夫早已垂垂老矣，落后于这个时代；还有人是之前在楼梯上奋战的人的亲戚，这就是满怀着古老仇恨的奥克尼一族。爱格妮丝，战争就像烈火，一个人点燃的火，可以蔓延到无数个人身上，它不是由一件事引起的。"

"夫人，我们这种弱女子是管不了那些大事的。不过信里说的到底是什么？"

桂妮薇默默地坐着，思考纠缠着丈夫的各种麻烦。虽然她在看信，却根本没有关注信上的内容。过了一会儿，她慢慢地说："国王很喜欢蓝斯洛，就只能选择对他不公，否则他可能就得对别人不公了。"

"是这样的，夫人。"

"信里说的是，"王后突然回过神来，想起了自己手里的信，"每天加文爵士都会骑着马冲到城堡面前，说蓝斯洛是个胆小鬼，是个叛徒。蓝斯洛的骑士忍无可忍，就冲到城外，跟他单打独斗。但是他把他们全部打败了，还重伤了几个人，甚至差点杀了波尔斯和莱尼尔。于是，蓝斯洛爵士就应城里的人的要求，出来应战。他告诉加文爵士，自己也是被逼无奈，此刻自己已经变成了困兽。"

"加文爵士又是怎么说的？"

"他说：'少废话，赶紧开始，我们就都能实现心愿了。'"

"最后他们有没有打？"

"他们决斗了，就在城堡前面，从早上九点开始的，大家都承诺只会旁观。你也知道，早上是加文爵士力量最强的时刻，所以他会选择这么早就开始决斗。"

"愿上帝赐予蓝斯洛爵士三个男人的力量。我曾听别人说过，有红头发的原住民都有着精灵血统，因此在正午之前，太阳会为那个领主而战，所以他能够拥有三个男人的力量。"

"爱格妮丝，那会非常可怕，不过骄傲的蓝斯洛爵士是不会剥夺对手的优势的。"

"如果他没有被杀死，我会觉得很奇怪。"

"他几乎丧命，好在他用盾护住自己，躲闪着，后退着。虽然他遭遇了一些重击，但是他在中午之前都在尽力对抗。随后，精灵的力量削弱了，他开始了反击，用剑击中了加文的头部，把他击倒在地，结束了决斗。加文倒地不起。"

"啊，加文爵士！"

"本来蓝斯洛是可以杀死他的。"

"可是他没有这么做。"

"蓝斯洛爵士后退了几步，用剑撑着地。加文爵士请他杀了自己，还愤怒地大叫：'你来啊，杀了我就可以结束一切，快来啊！我绝对不会向你求饶。要是你不杀我，我还会回来找你决斗的！'他哭了。"

爱格妮丝说："我们有理由相信，蓝斯洛爵士是绝对不会进攻落马的骑士的。"

"确实是这样的。"

"他虽然其貌不扬，但是非常善良，是个真正的绅士。"

"他是个非常优秀的人。"

她们突然为自己的感觉感到羞涩，就都沉默了，继续做女红。不一会儿，王后抬起头说："爱格妮丝，光线有些暗了，我们点几根灯心草好吗？"

"好啊，夫人，我也是这么想的。"

爱格妮丝一边在火边点燃灯心草，一边抱怨这里太过落后，太过荒蛮，居然连蜡烛都没有。桂妮薇却突然哼起了曾经和蓝斯洛爵士一起唱的二重合唱曲，然后她突然意识到了这一点，就停了下来。

"夫人，白天好像越来越长了。"

"是啊，用不了多久，春天就会来了。"

爱格妮丝坐下来，就着冒出滚滚浓烟的火光，继续做女工。

"国王对那件事有什么看法？"

"看到加文被放了一马，他哭了。他回想起很多往事，觉得很不舒服，于是生病了。"

"夫人，这是不是就是他们说的精神崩溃？"

"没错，爱格妮丝。他是因为太过悲伤，加文则是脑部受创，所以他们两个都病了，但是别的骑士依然将城堡团团围住。"

"夫人，这封信并不太令人高兴，对吧？"

"没错。"

"我曾经也有过一封信，但他们说坏事总是传得特别快。"

"现在宫廷空荡荡的，世界也支离破碎，只有护国公留下来，所有的事都只能写在信里。"

"我实在是难以接受莫桀爵士的喜好。他喜欢在众人面前发表演说，还喜欢摘掉帽子，让大家欢呼。而且他总是像末日审判一样，穿一身黑色的衣服，为什么他就不能穿得快乐一点呢？我敢打赌，他这是在效仿加文爵士。"

"那是件黑色的制服，用来向加瑞斯表示哀悼。"

"我不相信他会关心加瑞斯爵士，也不相信他会关心任何人。"

"他关心自己的母亲呀，爱格妮丝。"

"她的喉咙被别人割开了，这是罪有应得，他们都是怪人。"

"摩高丝王后肯定非常独特，"桂妮薇沉思着说，"既然大家都知道这件事，而且莫桀已经成了护国公，所以我们应该可以讨论一下。想必她很有震慑力，才会在生下四个孩子之后，还能抓住我们的国王的心。她做了祖母之后，又俘获了拉莫瑞克爵士的心。她的孩子应该是受到了她很大的影响，对她的感情才会如此激烈，要杀死她。当时她都快七十岁了。我想，她会像蜘蛛一样，吃掉莫桀。"

"我曾经听他们说过，康瓦耳姐妹都是女巫，虽然她的可怕程度比起摩根勒菲还差一些，但是我想也没好到哪去。"

"这会让人不由自主地对莫桀产生同情。"

"夫人，他对你没有任何好处，所以你根本不必可怜他。"

"他留下来执掌大局后，总是彬彬有礼的。"

"没错，通常越是安静的人，越能搞出大麻烦。"

桂妮薇思索着她这句话，同时拿起手中的材料对着光。她焦急地说："爱格妮丝，你是不是觉得莫桀爵士心怀叵测？"

"他生来就是个阴险的人。"

"国王拜托他执掌大局，照看国家和我们，他不会趁机搞出什么乱子吧？"

"夫人，请允许我放肆地说一句，我现在根本无法理解国王。他先是应加文爵士的要求，对抗自己最好的朋友；然后又让自己的死敌执掌大权，当上护国公。他为什么要做这些傻事呢？"

"莫桀从来没有犯法过。"

"因为他是个狡诈的人。"

"国王说过，王位由莫桀继承，而国王和继承人是不能同时离开国家的，自然而然的，他就留在国内，担任护国公，我觉得这非常公平。"

"夫人，真正的公平是不会造成恶果的。"

她们继续做起了女红。

爱格妮丝又补充道："果真如此，也该是莫桀爵士去，国王留下。"

"我希望他这么做。"

然后她又补充解释道："我觉得，国王想陪着加文爵士，就算出了什么事情，他也可以当个和事佬。"

她们又做起了针线活，闪光的针就像流星一样，穿过了暗色的材料。

"爱格妮丝，你是不是害怕莫桀爵士？"

"是的，大人。"

"我也是，他最近走路都是悄无声息的，而且总是诡异地看人。大家最近谈论最多的，就是盖尔人、撒克逊人和犹太人，以及那些疯狂的事情。上个星期他在独处的时候，我听到他在笑，简直吓死人了。"

"他生性狡诈，说不定现在他正在偷听我们谈话。"

"爱格妮丝！"

桂妮薇如同遭遇了重创，手里的针都掉了。

"夫人，请您不要这样，我只是在开玩笑，您不必放在心上。"

但是王后依然僵直不动。

"你去门边，我觉得你说得对。"

"夫人，我怎么可以这么做呢？"

"爱格妮丝，你迅速打开门。"

"夫人，他也许不在那里呢。"

她有那种感觉，也许他就藏在这个房间，藏在一个漆黑的角落。她惊慌失措地站起来，如同一只发现了老鹰的鹧鸪，双手死死地握住裙子。现在在这两个女人眼里，这座城堡突然变得无比的冷清和空旷。

"你去开门的话，他一定会离开的。"

"但是我们要留给他离开的时间。"

此刻她们觉得自己被一只黑色的翅膀覆盖着，只能靠声音进行抗争。

"你先去门边大声说几句话，再把门打开。"

"夫人，我该怎么说?"

"说'我要不要把门打开?'我就说：'好的，现在也该睡觉了。'"

"现在也该睡觉了。"

"继续。"

"好的，夫人，我是不是该开始了?"

"是的，你快点去吧。"

"我不知道能不能做好。"

"爱格妮丝，请你快一点!"

"好的，夫人，我觉得我可以做好。"

爱格妮丝面对着门，似乎它随时都会扑过来，然后用自己最大的音量说道：

"我要开门了!"

"现在也该睡觉了。"

接下来没有任何事情发生。

"可以开门了。"王后说。

爱格妮丝拉起门闩，推开门，看见了面带微笑的莫桀，他正站在门框中间。

"爱格妮丝，晚安。"

"大人！"

爱格妮丝用一只手捂住胸口，趔趄着对莫桀行了一个宫廷礼，就从他身边跑开，跑上了楼梯。他彬彬有礼地站到一边。直到她跑走，他才进入了房间。他穿着那身高贵的黑天鹅绒服，佩戴着血红的徽章，上面镶嵌着一颗发出冷峻的光芒的钻石。一两个月之前见过他的人此刻再见到他，就能知道他疯了，但是他的发疯是一个缓慢的过程，所以身边的人根本无法发现。在他的身后，跟着他的小狮子狗，它的目光十分明亮，弯弯的尾巴不停地摇来摇去。

"爱格妮丝看起来有些紧张呢，"他说，"桂妮薇，晚安。"

"莫桀，晚安。"

"你是在绣刺绣吗？我原以为你是在织士兵们穿的袜子。"

"你怎么会来这里？"

"晚上顺便过来看一下，还请你原谅我这冒昧的举动。"

"你是不是习惯了在外面等？"

"夫人，人总归要从门口走进来，相比走窗户，走门会方便一些。但是我也知道，确实有人走窗户。"

"我知道了，你要坐下吗？"

他惺惺作态地坐下了，狮子狗跳到了他的大腿上。从某种意义上来说，他正在走他母亲的老路，因此看着他跟看一出悲剧没什么分别。他不想进入现实世界，总是在演戏。

人们写了很多作品，来描述心肠歹毒的女人背叛自己的爱人，让爱人踏上不归路，其中有克瑞西达①、克利奥佩特拉②、大利拉③，还有与洁西卡④一样淘气，带着爱人去见自己的父母，增添他们的苦恼的女人。不过，这些都不是悲剧的核心，这对于男人的灵魂来说其实并不重要。安东尼即便是死在自己的剑旁，又能怎么样？不也是个死吗？是母亲的欲望腐蚀了他的心智，而不是爱人的欲望，也同样是母亲的欲望将他推上了绝路。他的心里住的不是朱丽叶，而是约卡斯坦⑤。哈姆雷特之所以会被逼疯，并非因为愚蠢的奥菲利亚，而是因为葛楚德⑥。悲剧的核心与巧取豪夺无关，因为对每一个轻浮的女孩来说，偷走别人的心都易如反掌。悲剧的核心就在于给予、添加和与床褥无关的慰藉。莫桀并不在意黛丝德蒙娜⑦被剥夺的性命和荣誉，因为他也从自己身上夺走了这一切。当母亲的角色胜利地活下来，给了他几乎令他无法呼吸的爱时，他的灵魂就被偷走并覆盖起来，还有大半枯萎了。在奥克尼一族中，只有莫桀从未娶妻。而且，他在哥哥们去英格兰的时候，独自留在母亲身边陪伴了她二十年，成

---

① 莎士比亚《特洛伊围城记》中的女主角。特洛伊的王子特洛伊罗斯爱上了守寡的她，但是在希腊和特洛伊停战时，她被送到希腊，交换了一名希腊将领。她在希腊又爱上了将领戴奥米第斯，引起了他和特洛伊罗斯的纠纷。

② 埃及艳后，她依附恺撒，和弟弟托勒密争位，并为恺撒生了一个儿子。恺撒死后，她先后引诱了恺撒手下的安东尼和恺撒的侄子屋大维，但是遭到了屋大维的拒绝，最终自杀。

③ 以色列士师参孙的情妇。参孙力大无穷，但是他的情妇大利拉被非利士人收买，故意问参孙为什么力气这么大，参孙告诉她自己力量的来源是头发。于是大利拉偷偷剪掉了参孙的头发，让他被对手抓住。

④ 莎士比亚的剧本《威尼斯商人》中吝啬的犹太商人夏洛克的女儿，卷走了父亲的钱财，和爱人私奔。

⑤ 希腊神话中伊底帕斯的母亲，根据太阳神阿波罗的预言，伊底帕斯会杀死父亲，娶母亲为妻。后来预言成真，约卡斯坦得知真相后就自杀了。

⑥ 哈姆雷特的母亲。

⑦ 莎士比亚的剧本《奥赛罗》中奥赛罗的妻子，被奥赛罗误杀。

为他的粮食。现在她离开了这个世界，他又变成了她的坟墓。他模拟她的姿态走路和打喷嚏，也像她一样虚伪地演戏，将自己伪装成吸引独角兽的处女。就连那些残酷的魔法里也有他的身影。而且他还学着她的样子，饲养小型犬以作观赏之用，虽然他其实像嫉妒她的情人一样嫉妒她的狗。

"我怎么感觉今晚的空气里有一丝凉意呢？"

"现在是二月，冷也是正常的。"

"我觉得这是我们之间微妙的关系造成的。"

"你是我丈夫选定的护国公，而我作为王后，理所应当要爱戴你。"

"但我想你应该不会这么对待你丈夫的私生子吧？"

她放下手里的针，直勾勾地看着他。

"我不知道你过来的目的是什么，也不知道你想要什么。"

她原本是不想表现出敌意的，但是在他的逼迫下，她只能表现出敌意。她从来不会对任何人心生畏惧。

"我只想和你简单地谈论一下政治现状。"

她知道，此刻正有种危险在等待他们，她感觉非常虚弱。对于他的神智是否正常，她从未产生过怀疑，但是她现在已经过了可以应付狂人的年纪。不过，他的话语中充满了讽刺，让人十分厌恶，也让她感觉自己非常虚伪，无法将自己的意思简要地表达出来。不过，她是不会认输的。

"我洗耳恭听。"

"珍妮，你真是个慷慨的人。"

他没有把她当成一个活生生的人，而是想把她变成自己幻想的一部分，真是太可怕了。

她生气地说："莫桀，请你发发善心，叫我的头衔好吗？"

"好的，如果我对专门留给蓝斯洛的东西有所冒犯，我就一定要道歉。"

原本如同雕像一样的她在听到他话语中的嘲讽之后，就像服用了兴奋剂一样苏醒过来了：隐藏在她体内的那个浸淫在世上五十年的贵妇出现了，她挺直了腰板，被风湿折磨的手上戴着闪闪发光的戒指。

她迅速回应道："我想你会发现你很难做到这一点。"

"哎，只怕我非要这么做不可。珍妮王后，你的性子可一直都很烈呢！"

"莫桀爵士，如果你再做出这种不符合你绅士身份的行为，我就要走了。"

"你要去哪里？"

"随便什么地方，一个跟你的母亲年龄相仿的女人可以避开你的无礼言行的地方。"

他沉吟着说："可是是否有这样的地方才是问题。当你想到每个人都离开这里，前往法兰西，而如今这个王国由我执掌大权时，你的计划是一定行不通的。当然，如果你能去法兰西的话，你完全可以去。"

她懂了，或者说渐渐懂了。

"你什么意思？我不懂。"

"那你可要弄明白。"

"不好意思，"她说着就站了起来，"我要将我的使女叫到这里来。"

"没问题，但我还会将她送走。"

"爱格妮丝一定会听我的话。"

"我不信，不如我们试试看好了。"

"莫桀，请你离开好吗？"

"不，珍妮，"他说，"我想留在这里，不过如果你能静静地听我说话，哪怕只有一分钟，我也会像个绅士一样，实际上，我会做一个英勇的骑士。"

"你并没有给我选择。"

"没有什么选择？"

"你到底想做什么？"她一边问一边坐下来，将合在一起的十指放在膝盖上。对于这种充满危机的日子，她早就习以为常了。

他用一种欢快又疯狂的语调说："请不要这样。"他就像一只在抓老鼠的猫，并乐此不疲，"我们不能就这么单调地结束这件事，我们要先放松心情，再开始说话，不然会觉得很紧张的"。

"你说吧，我洗耳恭听。"

"不，你应该叫我的小名，比如莫迪，这样我才能自然地叫你珍妮，气氛也会更加和谐。"

她没有给出回应。

"桂妮薇，你是否明白自己的立场？"

"我和你的立场分别是英格兰王后和护国公。"

"这是亚瑟和蓝斯洛在法兰西对战时的情况。"

"是的。"

他伸出手拍了拍狮子狗，"如果我跟你说，今天早上我收到了一封来信呢，上面说亚瑟跟蓝斯洛都死了"。

"我不信。"

"他们在战场上交手，一起死去了。"

"这是假的。"她平静地说。

"确实是假的，但你是如何猜到的呢？"

"你这样说出一些虚构的话，真是残忍，你为什么要这么说？"

"珍妮，我觉得很多人都会相信这是真的。"

"他们相信的理由是什么？"她问道。到现在为止，她还没有听出这句话中蕴藏的意义。然后，她屏气凝神，不再说话。这是她有生以来第一次感到害怕，却不是为了自己，而是为了亚瑟王。

"你不可以……"

"我可以。"他兴奋地说，"而且我会这么做。你觉得在我宣布了亚瑟的死讯之后会发生什么？"

"莫桀，你不可以这么做！他们都还活着，你已经拥有了一切，还成了国王的代理人……你的忠诚……这都是假的，对吗？亚瑟王向来都对你十分公正……"

他的眼神里透出一丝冷漠："我从来都没有要求他公正地对待我，而且他只是为了获得乐趣，才会这么对待别人的。"

"但他是你的父亲！"

"可是并不是我要求他把我生下来的，而且他也只是为了获得乐趣，才会把我生下来。"

"我知道了。"

她把玩着自己做好的女红，坐在那里陷入了沉思。

"你对我丈夫的恨意从何而来？"她满是惊奇地问。

"我对他没有恨意，有的只是看不起。"

她温柔地说："但是当时他并不知道你的母亲是他的姐姐。"

"你是说，他让我们上船，送我们出海时，也不知道我是他的儿子？"

"莫桀，那时候他还不到十九岁。他们用预言逼他，吓唬他。"

"在和亚瑟王相遇之前，我的母亲非常好。她嫁给了奥克尼的洛特，家庭幸福，还生下了四个强壮的儿子，可是后来呢？"

"她比他年长一倍，我觉得……"

他抬起手来阻止了她。

"你现在说的人是我母亲。"

"对不起，莫桀，可是……"

"我对我的母亲有深切的爱。"

"莫桀……"

"在遇到亚瑟王之前，她十分忠贞。自从他离开，她就变得放荡了。后来，她跟拉莫瑞克爵士赤身裸体地躺在床上，被她的孩子杀死，这是她咎由自取。"

"莫桀，如果你对亚瑟王的仁慈、悔恨和不幸不太了解，或者持怀疑态度，那不管说什么都是白费力气。他很喜欢你，在这件悲惨的事情发生之前的一两天，他还在说他对你的爱有多深。"

"让他把这种爱留给自己吧。"

"他历来十分公正。"她哀求道。

"公正的、高贵的国王！事情发生之后再想做个公正的人，实在是易如反掌。真是有趣，让他把司法正义也留给自己吧！"

她努力让自己平静下来，又说道："如果你公开称王，他们就会迅速从法兰西赶回来，与你发生战争，那我们面对的就不是一场战争，而是两场战争，战场就在英格兰，就会让整个同盟都土崩瓦解。"

他高兴地笑了。

"真是令人难以置信。"她捏着刺绣说。

她根本无能为力。突然她想到，如果自己屈服于他，用自己僵硬的膝盖跪地哀求他，说不定可以打动他。不过，这一切都无济于事，他早已下定了决心。如今他说的这些话，也和以前一样，是一部分台词。他要按照剧本看到结果。

"莫桀，"她悲痛地说，"就算你不同情亚瑟和我，也请可怜一下国内的民众吧。"

他把膝盖上的狮子狗推到地上，满足地站起身，笑着看着她。他舒展身体，俯视着她，却根本没把她放在眼里。

"就算我不同情亚瑟，也会同情你的。"

"你为什么这么说?"

"珍妮，只是在思考一个简单的模式的问题。"

她一言不发地看着他。

"没错，我的父亲和我的母亲乱伦了，如果我学着他的样子，娶他的妻子为妻，是不是就是一种模式呢?"

第十二章

　　加文的帐篷里唯一能够发光的物体就是放在下面的一个装着煤炭的平底锅，所以帐篷里的光线非常暗淡。比起英格兰骑士的华丽大帐，这个帐篷显得十分寒酸。帐篷里有一张破板床，上面有几条奥克尼格纹的花呢。还有一个装着圣水的铅制水壶，里面的水可以为他做药，这是这个帐篷里唯一的装饰，上面刻着"汤玛斯乃圣疾之良医"几个字，与它一起绑在石柱上的，是一束早就干了的石南。这是他家里的守护神。

　　加文趴在花呢布上，无助地哭泣着，坐在他身边的亚瑟王正在轻拍他的手。要不是他身上的伤口，他是不会脆弱到哭泣的。老国王正在尽力安慰他。

　　"加文，别伤心了，"他说，"毕竟你尽力了。"

　　"这个月以来，这是他第二次饶恕我了。"

　　"蓝斯洛似乎不会受到岁月的影响，一直都这么强。"

"那他干吗不直接杀死我呢？我请求他杀死我，我说一旦他放我走，等我痊愈了之后就还会去找他。"

"上帝啊！"他含泪补充道，"我现在头疼欲裂！"

亚瑟叹着气说："那是因为你太倒霉，两次都被打中了同一个地方。"

"真是丢死人了。"

"不要胡思乱想，安静地躺着休息吧，否则发烧就会找上门来。我们无法打长期战，这可如何是好？如果我们无法在加文的带领下走上战场，就只能失败。"

他说："亚瑟，我是个稻草人，是个脾气暴躁的坏蛋，我根本无法杀掉他。"

"通常那些真正有能力的人总会把自己说得非常没用。我们不说这个了，说点开心的事情吧，比如说英格兰。"

"只怕我们今生都无法看到英格兰了。"

"别胡说，我们一定可以看到的，到春天的时候就可以，现在距离春天已经不远了，雪球早已露头，而且我敢打赌，桂妮薇那么精通园艺，她那里的番红花一定早就开了。"

"桂妮薇总是和气地对待我。"

"桂妮薇对所有人都很和气，"老人的语气中充满了骄傲，"也不知道此刻她正在做什么，应该是准备睡觉了吧，或者她正在跟你弟弟谈话，晚一点再睡。一想到他们现在聊的是我们，就让我的心情很舒畅；也可能他们正在谈加文的英勇事迹；桂妮薇甚至可能在说希望她的老家伙快点回家。"

加文在床上不停地动。

"我并不想回家，"他小声说，"如果正如莫桀所说，蓝斯洛对奥克尼一族充满了恨意，那他为什么又要放奥克尼族的领主一马？说不定他真的不是故意要杀死加瑞斯的。"

"我可以确定他不是故意的。如果你有心结束这场战争，那距离我们班师回朝就不远了。你也知道，我们之所以会开战，都是为了你的正义，我们所有参与这场战争的人都要遵从你的正义。如果你愿意鸣金收兵，我将无比高兴。"

"可我曾经发过誓，一定要跟他血战到底。"

"你已经做了两次尝试。"

"而且两次都被痛殴了一顿。"他艰涩地说，"他原本已经获得了两次结束战争的机会。算了，我觉得只有胆小鬼才会求和。"

"最勇敢的人是不会介意被别人看成胆小鬼的。我们曾经围困了欢乐堡好几个月，还大声唱歌，蓝斯洛不是也躲在里面吗？你没忘记吧？"

"加瑞斯的脸总是在我眼前闪现。"

"我们大家都对此感到伤心。"

虽然加文觉得思考是一件困难的事，但他还是开始思考了。现在夜色漆黑，他的头部还有伤，思考就更加困难了。在圣杯探险中，他遭受了加拉罕的一击，从那之后，他就经常头痛。而现在也不知道是出于怎样的巧合，蓝斯洛又两次击中了他同一个地方。

"我是他的手下败将，就要因此放弃吗？"他说，"现在放弃就是落荒而逃。也许我可以跟他第三次约战，把他击落马下，再饶恕他，这样才会比较公平。"

"很快英格兰的田野就会开满金凤花和雏菊，"国王若有所思地说，"真希望可以早日获得和平。"

"别忘了春天的放鹰。"

躺在床上的人沉迷于回忆，不由自主地扭动了一下，但是头部传来的疼痛让他瞬间僵住了。

"天啊，我的头在抽搐。"

"我给你拿一块湿布怎么样？或者给你拿些牛奶。"

"我挺一挺就过去了，这么做毫无用处。"

"可怜的加文，真希望你的脑袋里没有受伤。"

"我的灵魂受伤了。我们换一个话题吧。"

国王犹豫地说："我的话太多了，你休息一会儿吧，我走了。"

"留在这里吧，不要留下我一个人，否则就太无聊了。"

"可医生说……"

"让他去死吧。等一会儿，握着我的手，给我讲一讲英格兰的事情。"

"我想明天我们就能收到信，得知有关英格兰的事情。也许年轻的莫桀或者桂妮薇会给我们写信，告知我们最新消息。"

"我总感觉莫桀会在信里喝倒彩。"

亚瑟马上出言维护他。

"这是因为他生活得不开心造成的。毫无疑问，他的心中燃烧着爱的火焰。桂妮薇告诉我，他将自己所有的温情都给了母亲。"

"是的，他对我们的母亲很是喜欢。"

"也许他对她的感情是爱。"

"这就是他嫉妒你的原因。"

加文第一次产生这样的想法，他对此感到非常奇怪。

"也正是因此，他才会让阿格凡爵士杀死跟拉莫瑞克苟且的她。他真是可怜，总是被这个世界错误地对待。"

"我只有他这么一个兄弟了。"

"我知道，蓝斯洛的事情只是一个可怕的意外。"

洛锡安领主扭动着绷带，动作激烈。

"我觉得这并不是意外。如果他们当时戴着头盔，我还可以相信这是个意外，但问题是，当时他们根本没有戴头盔，他是可以认出他们的。"

"我们总是会说到这件事。"

"这根本无济于事。"

老人无助地说："加文，你今生今世都不想原谅他吗？我不是要为他辩解，但是如果能够在司法正义中增加一丝慈悲之心……"

"等他落到我手上，任我宰割的时候，也许我会这么做，但在这之前是不可能的。"

"那你自己拿主意吧。我想是医生来了，他想告诉我们我跟你待的时间太长了。医生，请进来吧！"

进来的不是医生，而是兴奋的罗契斯特主教，他拿着一盏提灯和几个包裹。

"罗契斯特，原来是你啊，我还以为是医生来了。"

"大人，加文爵士，晚安。"

"晚安。"

"你的头今天怎么样？"

"好了很多了。大人，谢谢你。"

"这可真是个令人高兴的消息。"

他玩笑似的补充道："我也为你们带来了好消息，信差提前来了。"

"带了信过来？"

他拿出一封信给国王："有你的一封长信。"

"有没有我的？"加文问。

"这个星期恐怕不会有了，也许你下一次会走运。"

亚瑟拿着信走到提灯旁，将封口上的火漆打开。

"请准许我读信。"

"当然，既然收到了来自英格兰的消息，我们也就不必固守那些礼仪了。天啊，加文爵士，我居然会成为一个朝圣教徒，还来到了异地，这是我做梦都想不到的。"

主教突然停止了闲谈。亚瑟一动不动地读着信，他的脸色没有变化，他没有将信失手落到地上，也没有将视线挪向别处，只是静静地读着。罗契斯特沉默了，加文也用一只胳膊撑起了自己的身体。两个人张大嘴巴看着读信的亚瑟。

"大人……"

他挥着手："没事，不好意思，我收到了新消息。"

"我想……"

"请让我看完好吗？你跟加文爵士聊天吧。"

加文说："是不是有坏消息？能让我看一下吗？"

"稍等一分钟好吗？"

"是不是莫桀？"

"不是。什么事都没有，医生说……大人，我们去外面说话好吗？"

加文想要努力坐起来。

"跟我说吧。"

"你躺下吧，别生气，我们一会儿就回来。"

"要是你们不告诉我发生了什么事就离开这里，我就跟着你们出去。"

"什么事都没有，你会把你的头弄伤的。"

"到底是什么事？"

"什么事都没有，不过……"

"嗯？"

"好吧，加文，"他有些支撑不住了，"莫桀在新党的拥护下，公然称帝了，现在他是英格兰国王。"

"莫桀！"

"他告诉'持鞭人'你和我都死了，你看，"亚瑟好像在对此进行解释，"然后……"

"莫桀说你和我都死了？"

"他说你和我都死了，然后……"

"然后发生了什么？"

"他要娶桂妮薇。"

房间里突然安静了下来。主教有些不知所措地用手去摸胸前的十字架，加文也握紧了红色的布，然后两个人同时开口。

"护国公……"

"这是假的，是在开玩笑，我的弟弟怎么可能做出这样的事情？"

"很可惜，这是真的，"国王强忍着说，"这是桂妮薇的信，也不知道她是怎么熬过来的。"

"王后的年龄……"

"他刚坐上国王的位子，就向她求婚。她无依无傍，只好同意了。"

"她同意了！"

加文用尽力气挪到床边，让双腿耷拉下来。

"舅舅，给我看看这封信。"

他接过了那只虚弱的手中的信（那只手屈服了），靠近灯光开始阅读。

亚瑟继续说道。

"王后同意了他的求婚，但是表示得去伦敦收拾嫁妆。随后，她就带着几个依然忠心的人去了伦敦，躲进伦敦塔，将闸门牢牢封住。谢天谢地，那座要塞非常坚固。如今他们将伦敦塔围得水泄不通，莫桀把枪都用上了。"

罗契斯特奇怪地问："枪?"

"他用上了大炮。"

老修士根本无法理解。

"真是太奇怪了!"他说，"先是说我们都死了，然后要娶王后，现在连大炮都用上了。"

"枪已经送到了。"亚瑟说，"圆桌完蛋了，我们必须快点回去。"

"用身体对抗大炮?"

"大人，我们必须迅速回去增援，加文可以留下……"

可是奥克尼领主从床上下来了。

"你这是干什么，快点躺下，加文!"

"我和你一起回去。"

"快躺下，加文。帮我让他躺好吧，罗契斯特。"

"我仅剩的一个兄弟违背了誓言，变得不再忠诚。"

"加文……"

"而蓝斯洛……我的头，上帝啊!"

在昏暗的烛光下，他东摇西晃地站着，伸出双手抱住了裹着绷带的头。他的影子映在帐篷的柱子上，看起来非常奇怪。

第十三章

　　来自爱尔兰的安贵斯曾做过一个所有的城镇全都被风摧毁了的梦。现在，正绕着班威克堡呼啸的这阵风依旧打算这么做，所有管风琴的音栓都被它拂动了，噪声响起，就仿佛有人在森林里将一团没有经过任何处理的丝线团给扯开了；就仿佛发丝被梳子拽扯着；就仿佛铲子里满满的细沙倾落沙堆；就仿佛被撕开的大幅亚麻布；就仿佛战场上铿锵的鼓点；就仿佛一条从世界底部的森林与房舍间穿过的见头不见尾的蛇；就仿佛女子的号哭、老者的哀叹、狼群奔袭的脚步。风呼啸着灌入烟囱里，不断地震动、嗡鸣，隆隆有声，最关键的是，那声音听上去就像是活物发出的：一种原始的、如怪兽般的、正在为自己倒霉的命运而号哭的生物。这阵风来自但丁，失路的鹤鸟与迷途的恋人被风裹挟：永不能安息的撒旦辗转风中。

　　西方平静的海岸被它搅动，被扯离海面的海水迅速化作泡沫奔涌而去。陆地依旧干燥，林木在风中倾倒。共生的棘木根节盘错，一棵呻吟着倒向另一棵，另一棵却因痛苦而号叫。树上的枝条摇摇摆摆，发出噼啪的响声，鸟儿用如锚的细爪抓住枝干，身体放平，风正在它的头顶呼啸。坚忍的游隼仍在断崖边安坐，雨水将它的羊排胡淋成了一绺又一绺，头顶的羽毛也因为潮湿而倒竖了起来。借着微微的光亮，野雁飞向了它寒夜栖息的巢穴，受那气流的影响，它们一分钟也飞不了一码，风则将它们凄惶的啼鸣不断地吹向后方，因此，即便它们飞得很低，只有几英尺，但是想要听到它们的鸣叫声，你就必须注视着它们飞离。狂风在高飞的赤颈枭和绿头鸭身后紧逼，于是，在目的地还没有到达之前，它们便已消失无踪。

强风凛冽，城堡门边，灯心草被折腾得疲惫不堪。螺旋梯道间，有风呼啸而入，木制的百叶窗被震得咔咔乱响，紧闭的窗户挡不住那凄厉的风啸，冷冰冰的挂毯被席卷为探寻着龙骨的滔滔巨浪。石塔在风中高高地耸立着，塔身却像乐器的低弦音般不停地颤抖；塔顶的瓦片被刮飞，前前后后撞击数次后最终粉碎。

此时，波尔斯正蜷缩在火炉边，借着明亮的炉火，看着身旁的布雷欧贝里斯；朔风苦寒，炉火的明光似乎毫无热度。火焰似乎已经凝固，乍一看，仿佛漆上去的一般。这阵怪风也扰乱了他们的思绪。

"他们走得如此匆忙，到底是为什么呢？"波尔斯埋怨，"我从没想过，围城的军队竟能如此迅速地拔营，一夜之间，他们就离开了，就好像是风把他们吹跑了一般。"

"他们肯定是收到了一些不好的消息，英格兰那边出现了变故。"

"可能是吧。"

"他们肯定会派人送信过来的，如果蓝斯洛最终能得到他们的谅解的话。"

"确实非常奇怪，一声不吭地就驾船离开了。"

"你说是不是什么地方发生了叛乱？爱尔兰、威尔士，或者康瓦耳？"

"本土住民一直都是惹事精。"布雷欧贝里斯表示赞同。

"我倒不认为会有叛乱发生。也许是国王病了，或者加文病了，必须得立马回去。他第二次被蓝斯洛击中的时候，也许伤到了脑袋。"

"也许是吧。"

波尔斯拨弄着炉火。

"就这么一声不吭地走了！"

"蓝斯洛为什么什么事都不做呢？"

"他可以做什么？"

"我不清楚。"

"他已经被国王放逐了。"

"没错。"

"那就不可以做任何事。"

"即便如此，我还是盼着他能做些事情。"布雷欧贝里斯说。

咔的一声，塔楼楼梯下的门被打开，挂毯飞卷向外，灯芯草竖立，有黑烟在炉火中升腾，风中，还有蓝斯洛的声音在回荡："德玛瑞斯！波尔斯！布雷欧贝里斯！"

"这边！这边！"

"哪边？"

"这上边！"

室内重陷寂静，门已关，灯芯草也重新躺倒；方才，蓝斯洛的叫喊声传入耳中还不是很清晰，可现在，他的脚步声却清晰可闻。他急匆匆地踩着石阶跑了过来，手中还有一封信。

"我找你们半天了，波尔斯，还有布雷欧贝里斯。"

他们站起身来。

"英格兰的信差送来了一封信，他的船在五英里外的海岸上搁浅了。我们必须立即出发。"

"到英格兰去?"

"没错，没错，到英格兰去。等这大风停了，我们就动身。波尔斯，你来督看粮草，运输的事全交给莱尼尔，我已经和他说好了。"

波尔斯询问："我们去干吗?"

"我们应该知道这些消息……"

"消息?"他含糊其词，"没有说这个的时间了，我们上船之后再说，喏，看看这封信吧。"

把信递给波尔斯后，他就急匆匆地走了，没看他们是何反应。

"哎哟!"

"快瞅瞅写了什么。"

"到现在我都不知道送信人是谁。"

"也许信里会提到。"

但两人刚刚谈到信的日期，蓝斯洛就又回来了。

他说："我忘记和你说了，布雷欧贝里斯，照顾马匹的事就交给你了。好了，把信还给我吧，等你们把信拼出来，一整夜就过去了。"

"信上写了什么?"

"绝大部分的信息都来自信差的口述。莫桀背叛了亚瑟，自立为英格兰王，还请求桂妮薇做他的妻子。"

布雷欧贝里斯诧异了："她不是已经有丈夫了吗？"

"他们就是因为这个放弃了围城。之后，国王登陆的时候受到了莫桀的阻挠，他从肯特调集了一部分士兵。他说国王过世了，王后则被他用大炮困在了伦敦塔里。"

"大炮?!"

"亚瑟要在多佛登陆，莫桀想要阻止，双方开战，陆上、海上全都打了起来，战况很惨烈，最后，亚瑟赢了，他登陆了。"

"写信的人是谁？"

蓝斯洛坐倒，一脸颓然。

"是加文！可怜的加文！信是他写的！他去世了！"

"去世了?!"

"这封信，他如何写……"布雷欧贝里斯想要追问。

"哦，那信很恐怖！加文是个极好的人，他的心，你们谁都不了解，你们逼着我们决斗。"

波尔斯有些不耐烦了，他提议："读读信吧。"

"我伤到了他的头，那伤口肯定很危险。他本不应该跟大军一起过来的，可是，他很悲伤，也很孤独，还遭遇了可怕的背叛，他唯一剩下的弟弟成了叛徒。他坚决要回去，要去扶助国王。开战之后，他想要冲锋，却倒霉得很，他的旧伤口被人击中了，就一下，没过几个小时，他就过世了。"

"我不明白，这有什么值得你伤心的。"

"仔细听着，我给你们读读这封信。"

蓝斯洛拿着信，走到窗边，看着信上的字，很久都没说一句话。加文这样的人，是不可能和作家这种职业有所关联的，或许，说他和绝大多数的军官一样，都是大字不识一个的莽夫倒很合适。在信里，他用的不是当时通用的，仿佛钉子般丑陋的歌德体，反而是可爱动人的盖尔草书，这是一种古老的字体，小巧端庄、浑然工整，就仿佛他刚刚师从某位年迈的圣者、在已然失色的洛锡安学习时的笔迹。由于他写字的时候非常少，这门艺术的美被完整地保留了下来。那只手，也许属于某个思想传统的男孩，也许属于一个已经上了年纪的女仆，他用双腿圈住凳子腿，安静地坐在那里，边吐舌头，边书写。老式的笔尖优雅地越过悲伤，烂漫的精准穿过了热情，他已老迈，玄色的铠甲中似乎走出了一个鼻子上还挂着鼻涕的赤脚男孩，他很开心，他的脚趾是蓝色的，手指像胡萝卜那样又细又瘦，一枝海藻根被他抓在手里。

　　致我生平所遇的最高贵的骑士，蓝斯洛爵士：我，亚瑟王的外甥、奥克尼洛特王的儿子、爵士加文向您致敬。

　　我希望世界上所有的人都知道，身为圆桌骑士的我，很希望能在您手中将生命终结——尽管，您没有这样的义务，但我还是想如此恳求您。蓝斯洛爵士，我恳求您，重新回归这片土地，来我墓前见见我。我希望主能聆听到的您的祷告中，有一小部分是在为我的魂灵祷告。

　　我被您击伤过，今天，您留下的那道伤口再次被人击中，这让我被死亡进逼，而此时，我正在给您写信。蓝斯洛爵士——或许，我的生命终究无法被更高贵的人终结。

　　还有，蓝斯洛爵士，请看在我们过去的所有情谊的分上……

信被扔到了桌子上，蓝斯洛读不下去了。

"就到这儿吧，我没法继续读下去。"他说，"他催促我立马赶到国王身边去帮助他，帮国王和他最后的亲人、他的弟弟对抗。加文对他的家人充满了爱，波尔斯，但最后，他失去了所有的人。他给我写信，说错的是他，说他不再怪我。上帝做证，他是那么的忠正与善良。"

"我们能为国王做什么？"

"我们得快点儿赶到英格兰。莫桀退到了坎特伯雷，并将战火带到了那里。暴风雨耽误了消息的传递，因此，这场战争也许早就终结了。所有的事都要从速。"

"马匹由我来照看，"布雷欧贝里斯问，"我们什么时候出发？"

"只要风停了，我们就走，刻不容缓。也许是明天，也许是今晚。"

"好。"

"还有，波尔斯，你来监看草料。"

"没问题。"

蓝斯洛和布雷欧贝里斯一起朝着楼梯走去，但走到门边时，他又将头转了过来。

他说："我们一定要把被困的王后救出来。"

"是。"

最后，和这怪风相伴的，便只剩下波尔斯了。出于好奇，他把那封信重新捡了起来，凑到越来越弱的炉火旁，欣赏着那如同耕犁齿刀般的线条，那仿佛是 z 的 g，弧度圆融的 t，弯曲的 b，它们都是犁铧犁出来的痕迹，都很甜美，就像新土，但这犁沟一路漫溯，正朝着终点不断前进。他把信纸翻过来，看了看签名，然后一字一字地拼读着最后那段话。同一时间，狂风呼啸，黑烟喷薄，灯芯草狂乱地舞动。

我今天写这封信，亲笔写这封信，就在我的生命走到尽头前的两个半小时，以我之心，以我之血，署此名。

来自奥克尼的加文

　　他重复拼读了两遍加文这个名字，然后咂巴了下嘴。"我想，"他大声地表示疑惑，"在北方，这个名字读起来是不是更像'库丘兰①'。这些古文字可真拗口。"

　　他放下信，踱步到窗边，哼起了歌。歌名为《金雀花，山丘上的金雀花》，歌词早就湮没在岁月的巨浪中，他哼的只是调子。也许那歌词正是：

　　　　血仍旧蓬勃，高地之心仍在，
　　　　赫布里底群岛啊，是我们在梦中所见。

---

　　① 爱尔兰民间传说中的英雄。

第十四章

坎特伯雷，国工的大帐，被同一阵悲风环绕吹拂着。外面闹闹腾腾的，相较之下，帐内则安静许多。帐内布置得富丽堂皇，王室那被劈成两半的绘有乌利亚图案的挂毯悬挂四周，厚厚的皮毛铺在床上，烛光微微闪烁着。这是一顶天幕帐，和普通的帐篷有很大的不同。后方架子上挂着的是国王那散发着幽幽冷光的锁子甲。一根好像是给鹦鹉用的栖木上站着一只时不时就会吼叫两声、戴着头盔、正沉浸在先祖之噩梦中的鸳鹰，它看上去很狂野。蜷曲着四肢、尾巴卷成镰刀形的灵犬卧在一边，正满眼怜悯地注视着老人，它的眸光很柔和，就像是雌鹿。床边放着一张珐琅彩的棋盘，很富丽，棋子全都由水晶和碧玉雕琢而成。棋局最后停滞在一盘擒王局上。秘书的桌子上、凳子上、阅读桌上全都是散落的纸张——这些文件有一部分是军需、军备文件，有一部分是仍坚强屹立着的政府送来的文件，还有一部分是亟待编纂的法律文件，全都很枯燥。一张便笺被压在了厚厚的账簿下面，那张便笺上写着一条命令，吊死违反军纪的威廉。这个来自兰恩的小伙子犯下了抢劫罪。便笺边缘，有一排端庄秀雅的小字，那是秘书书写的墓志铭，只有一个字，"吊"，却与这悲伤的氛围很是契合。被文件湮没的阅读桌上，有数不清的请愿书、备忘录及其他文件，这些文件，国王全都已经批示过了，同意的，便写下"已批，可"，不同意的，也没直接拒绝，而是以王室特有的委婉笔调，签下"再议"二字。阅读桌和椅子是成套的，此时，国王正枕着散乱的文件坐在那，意志消沉极了。他似乎已经死了——他也确实活不长了。

他太累了，多佛和巴罕道①的两场战争更让他近乎陷入崩溃。他的儿子想要他的命，他的妻子被围困，他的挚友被驱逐。加文死了，圆桌散了，整个国家烽火弥漫。然而，如果他的信念未曾被摧毁，他依旧可以以某种不一样的方式将这一切全部承受。那是很久很久之前了，那个时候，有一个白胡子老者曾善意地教导过还是男孩、还叫着小瓦这个名字的他。是梅林让他相信，相信人能尽善尽美；相信，概而言之，他不算恶劣，还算善良；相信，美德值得被拥有；相信原罪从不存在。那位导师实在是太年迈了，岁月使他昏聩，他以人性本善的假设为根基，将他锻造成了像居里、巴斯德、胰岛素发现者那样坚韧且乐于助人的器具。然而，命运终究还是无法逃避，"暴力"这种普遍存在于人性中的精神疾病注定要由他来对抗。梅林对他的教导是一丝不苟的，在他的教导下，亚瑟迈动了革新的脚步，稳步向前，他有了圆桌、有了圣杯、有了骑士的信念，甚至为了司法公正甘愿去

① 地名，位于坎特伯雷附近。

奉献、去牺牲。他和那些将毕生的精力都耗费在对癌症追本溯源的科学家们其实很像。他想要终结强权，想让民众更开心。然而，这一切，都必须以"人性本善"为基本前提。

回过头来，细看自己这一生，他发现自己好像一直都在为防洪而奔忙，然而，不管何时，只要他去检查，却总能看到全新的裂口，无奈，他只能再次对其进行防堵。洪水即强权。在和盖尔同盟对战的时候，他希望能以暴制暴，却一错再错，最后，还是个未婚青年的他发现，这样做，得到的永远都不会是正面的结果。但封建势力复辟的美梦还是被他敲碎了。之后，他希望这股力量能被导向正确的道路，于是创造了束缚它们的圆桌。所有对强权充满了崇慕的人都被他派去拯救被贵族压迫的人民、去行侠仗义了，他需要他们像镇压其他国王那样来镇压贵族武装。他们依令而行，然而，时移世易，他的目虽然达到了，可武力依旧不在他的掌控之中。于是，他想到了一个新办法，他让他们去寻觅圣杯，去为上帝效劳，但依旧无用，因为圣杯的拥有者们很快就离世了。没找到圣杯的人短时间内便恢复了原本的模样。最后，他希望能制定一些规则来约束武力，亦即，将它们和法律绑在一起。他尝试着编纂一些法律条文，以国家司法的形式约束被滥用的武力。他已经做好了为了司法公正而牺牲掉挚友与妻子的心理准备。之后，个人武力貌似受到了约束，但强权主义却又以群体暴力、集体武装、不愿受到某些新的法律约束的军队等新的形式冒出头来。他对个人武力进行束缚，才发现，他其实代表的是群体的武力。他刚克服谋杀，无法用任何法律来克服的战争却又扑面而至。

早年，为了推翻猎狐、赌盘等各种封建旧俗，他和罗马独裁者战斗，和洛特战斗，甚至还引入了总体战的概念。现在，他上了年纪，总体战却又赖上了他，而且怎么都不肯走。这是全新的敌对姿态，是最纯粹的憎恨。

现在，双目紧闭、用额头抵着文件的国王正尝试着让自己变得毫无知觉。因为，真的存在原罪，如果恶才是人的本性，如果圣经中所说的一切都是真的，人性本恶，且终究是狡诈无比的，那么，他此生为之奋斗的所有目标就全都是笑话。如果他想要把骑士的信念与司法公正的信念传达给的不是"智人"，而是"拿着鞭子的人"，是"野蛮人"，那所有的正义就全都是天真的、虚妄的。

还有一个更糟糕的想法藏在这个想法之后，他没有勇气去面对。也许，人性本无善恶，人就是台机器，没有任何感情——所谓勇敢，不过是危险来临时的条件反射，就像人被针刺一下会不受控制地跳起来一样；如果被针刺后不由自主地跳起来不算美德的话，那这个世界上恐怕就真的没有美德了，人性就是铁萝卜后面那只亦步亦趋、踏步繁衍着的驴；也许武力本就是一项活下来的人必须要遵守的自然法则；也许自己……

但他无法更深入地去思索了。他发现在颅骨与鼻梁中间、在两只眼睛中间，有某种事物正在逐渐地凋零。噩梦找上了他，他彻夜难眠，明天，最终决战就要打响了。需要他签名的文件还有许多许多，然而，他签不了，也读不了，他没有办法让桌子上的头抬起来。

人类战斗的目的是什么呢？

作为思想家，这位老者一直本分实诚，他没什么天赋。现在，他已经疲惫不堪的大脑又陷入了一个惯性的死循环：他已经在那些耗损过度的道路上脚步沉重地走了千万遍，就像是绕着车不断转圈的驴子，一直在做无用功。

到底是无辜的群众在心怀恶意的领袖的领导下奔向了血腥，

还是心怀恶意的群众依从本心重新选择了领袖？从表象上来看，百万英格兰民众似乎不可能被谁逼迫，更不可能因为某位领袖而改变自身的意志。举例来说，要是莫桀迫不及待地想要让英格兰的民众们全都倒立、全都身着衬裙，不管他的说服力多强、他本人多狡诈多恐怖、他给出的条件多诱人，也不可能有人会加入他的党派。被领导的人自然希望从领袖那里获得一些东西。或许，这座大厦本来就要倒了，他只是轻轻地推了它一把。要真的是这样，那么，这场战争就得定性为起源更神秘、更深奥的民族运动，而不是在一个心怀恶意的领袖领导下的无辜民众的不幸暴动。事实上，他并不认为是自己或是莫桀将这个国家带入了悲境。如果引领一个国家的方向能像牵着绳子遛猪那么简单的话，他也不可能任由这个国家偏离骑士、和平与司法正义的轨道。一直以来，他都在努力做着这些事。

何况，从第二循环的角度来说，这就仿佛是地狱——如果这悲惨的境况不是因他而起，也不是因莫桀而起，那一切的罪恶又要由谁来担负？战争爆发的最根本原因是什么？每一场战争似乎都是由之前的战争引发的。以莫桀为原点向前追溯，可以追溯到摩高丝，追溯到尤瑟·潘德拉贡，然后，追溯到尤瑟的先辈。这就好像是亚伯的国家被该隐窃取，人也被该隐杀害，之后，他的财产又被他的后人从该隐这里赢了回去。世世代代，不断更迭，以牙还牙、以眼还眼，一直持续下去。两败皆伤，无人从中获益，但所有的人又都无法规避。今日的战争，起因或许在亚瑟身上，或许在莫桀身上，但也在那数以百万计的"持鞭人"身上，在桂妮薇身上，在蓝斯洛身上，在加文身上，在每一个人身上。持剑者终将倒毙剑下。人如果不对过去说原谅，那所有的终点便都是悲伤。唯有放下过去，不去追究，才能真正将该隐与尤瑟犯下的罪行矫正。

姐妹、母亲、祖母，一切都以过去为根基！一世之所为，无论何事，都可能给另一世带去不可测之变数，因此，纵使只是打了个喷嚏，也会像石入池水一般，让涟漪荡漾向最遥远的池岸。不做任何事，无论遇到何事都不拔剑，让自己始终静止不动，始终不被丢出去，也许才是人唯一的希望，但这未免太恐怖了。

公理、不义究竟是什么？作为和不作为又区别在哪里？这位已然老迈的国王心想，如果能重回青年时代，一定要在僧院中深居，不做任何一件可能引发灾祸的事情。

首先要做的就是放下过去、不再追究。如果某个人、某位父亲的所有行动注定无止境、注定会变得"鲜血淋漓"，那就必须要抹除这段过去，缔造一个全新的开端。人必须要有充足的准备，说："没错，该隐是错误的，但如果要将一切乱象都引向正途，就必须接受现实。土地已遭掠夺、民众已被屠戮、国家也已蒙羞。今天，让我们把过去所有的一切都忘记，不再向前的同时更向后，不再为那以冤冤相报为根基的未来添砖加瓦，让一切都重新开始吧。让我们如兄弟般坐在一起，接受来自上帝的和平赐福吧。"

很不幸，每场战争人们都这样说，每一场战争都被冠以最后一战之名，都说战后便是乐土，都说想要构筑一个全新的未来，然而，当机遇降临，他们却变得格外愚蠢。就像一群小孩，吵吵嚷嚷着说要盖新房子，真要动工了，才发现自己不会盖。他们根本就不懂，该怎样来挑选建材。

老人的思路越来越窄、越来越难以为继。它们一直都在带着他兜圈子，原地徘徊，什么地方都去不了；但他已经习惯了，他无法让它们停下。他陷入了另一个循环的怪圈中。

也许，约翰·鲍尔说得没错，私人财产才是战争最大的诱因。"英格兰一直都在一条错误的道路上行进着,"他说,"它会一错再错,直到所有的人共有这一切,才会被终止。届时,不会再有贵族,也不会再有农奴。"也许,战争爆发的原因是,人们总爱在国家、爱人、妻子、某些事物之前冠以"我的"这一称谓。这种想法深藏在每一个人的内心中,包括他,也包括蓝斯洛。也许,在人们希望独占某些东西,不愿其他人也享有的时候,战争便已应运而生,即便那是灵魂、是荣耀,也没什么不同。因为饥饿,野狼会袭击鹿群;因为贫穷,穷人会抢劫银行家;因为被压迫,上层阶级将面对农奴的暴动;因为财富,穷国和富国之间常常爆发战争。也许,只有某件事物的拥有者和未拥有者之间才会爆发战争。你既然要站在这一切的对立面,就必须先搞清楚一件事:"有"这个概念无法被任何人定义,如果一个身着白银盔甲的骑士与一位身着黄金铠甲的骑士相遇,他脱口而出的那句话,肯定是"没有"。

然而,他想,不管"有"的定义究竟是什么,暂且把它设定为问题的关键吧。

我拥有,莫桀没有,他不同意这种说法,这自相矛盾:把我或者莫桀判定为风暴的推手是极不公正的。原因就在于,参与其中的力量实在太过繁复,身为领袖的我们,全都徒有其名;这些力量全都藏匿在某种社会构架里本就存在的脉动之下。现在的莫桀其实很无助,推着他向前跑的人数都数不清;那些人,也许是约翰·鲍尔的信仰者,希望以众生平等为借口获得支配同胞的权力;也许是希望能趁动乱之机,壮大自己的力量。这股脉动好像源于底层,比如那些依附于莫桀或者鲍尔的落水狗;比如那些没能被选入圆桌而心怀怨愤的骑士;比如那些想要变得富裕的穷人;又比如那些对权力充满了渴望的野心家。而我麾下的则是那些将我视为幸运符、视为模范领导者的骑士首领，是想要保护自己私产的富裕阶层，是害怕失去权力的贵族。这是"有"与"无"的交锋，是一场民众间的疯狂角斗，而非领导者之间的矛盾。但先不说这些，我们要先假定这个非常模糊的概念的确真实存在，也就是，"有"就是战争的起源。如是，最佳的解决办法便是拒绝成为任何东西的所有人。就像洛奇斯特所说，这一忠告来自上帝。世间有货币兑换者，有被憎恨、被胁迫的富裕阶层，所以教会不应该对世俗的悲剧介入太深；所以在洛奇斯特看来，高喊着"我的"的不只是每一个人，还有每一个阶层、每一个国家，只有教会遵从的才是"我们的"指令。

如果是这样，这就不单只是财富共不共享的问题了，而是包括思想、情感、财富在内的所有都必须拿出来共享的问题了。上帝警谕世人，要从个体的生活中脱离，如滴水入海般融入生命的伟力之中。上帝说，要想安详地死去并升入天堂，就必须将个人微不足道的悲喜及妒忌之心舍弃。要救赎自身，就得抛弃自身。

但存在于这颗年迈的、被白色覆盖的头颅中的某些观点，让他对上帝的观点无法认同。诚然，如果子宫不存在，子宫癌肯定也不存在。剧烈、彻底的治疗，能根除包括生命在内的所有事物。忠告再好，无人遵循，也只是徒劳。哪怕用天堂取代了尘世，也没用。

另一个已经被耗损了无数次的循环也在他眼前出现了。也许，害怕才是战争的根源所在：害怕去相信。除非真相真的存在于世，除非所有的人都没有撒谎，不然，除了自己，一切都是危险之源。你会告诉自己实情，但你不知道邻居有没有说谎。因为这种不确定性，邻居最终会被打上威胁的标签。最起码，蓝斯洛对战争是这样理解的。以前他常说，人的所有资产中，最宝贵的就是他说过的话。这个可怜的家伙，他已经食言了；但不管怎么说，他还是世界上为数不多的好人之一。

也许，各国对承诺的极端不信任，才是战争真正的根源所在。因为恐惧，所以征伐。国家和人没什么不同，也会自卑，也会自傲，也会恐惧，也会报复。将国家人格化是极合理的一件事。

战争囊括了怀疑、恐惧、贪婪、占有、祖辈的恩怨，而这些，又都不是解决之道。他不知道解决它的办法究竟是什么。他已经上了年纪，他累了，很累很累，还很伤心，他没办法再赋予这些想法建设性了。他只是一个在某位人性有缺的奇怪法师的鞭策下向着思考之路前进、心怀善意的人罢了。他能做的最后的努力就是司法公正，是不做不道义的事情。然而，最后，他还是没能赢。太难了，太难了，他已经被累垮。

为了证明自己还没彻底垮掉，国王抬起了头。他的心中还有一股简单却庄严的色彩在屹立，他挺直身躯，摇动铁铃。

"见习骑士。"他呼唤。

男孩揉着惺忪的睡眼，快步跑了过来。

"大人。"

国王注视着他。即便身处极端的困境之中，他依旧关注着其他人，特别是新加入的、表现得体的人。在他更需要安慰的时候，他还是跑去帐篷，安慰了同样需要慰藉的加文。

"可怜的孩子，这个时候，你该去休息了。"他说。

他关切地看着那男孩，忐忑中带着一丝空漠，他已经好长时间没有看到过这种独属于少年的烂漫与笃定了。

"喏，能请你给主教带张便笺过去吗？"他说，"如果他已经休息了，不要把他吵醒。"

"大人。"

"很感谢你。"

那个朝气蓬勃的孩子走了，他又把他唤了过来。

"哦，见习骑士。"

"大人。"

"你的名字是?"

"我叫汤姆，大人。"男孩礼貌地给出了答案。

"你住什么地方?"

"离华威很近的一个地方，大人。"

"邻近华威吗?"

老者尝试着去想象那是个怎样的地方，好像那就是曼德维尔①笔下的国度，是存在于人间的天堂。

"那是个非常美丽的地方，叫纽博雷维尔。"

"你多大了?"

"过了十一月就十三岁了。"

"是因为我，你才彻夜难眠吗?"

"不，不是的，大人，我在马鞍上已经睡够了。"

"来自纽博雷维尔的小汤姆，因为我们，许多人都被牵扯了进来。和我说说，汤姆，你明天有什么打算吗?"他好奇地说。

"大人，我有一把非常好的弓箭，我想上战场。"

"你想用你的弓箭取人性命吗?"

"没错，大人，我想杀的人很多很多，我盼着能如此。"

"要是你成了他们的猎杀目标呢?"

"大人，那我就没命了。"

"我知道了。"

---

① 一些旅行文集的作者。

"现在我能把信送过去了吗？"

"不，稍等，我的脑袋有点儿乱，想找个人聊聊天。"

"需不需要我给您端杯葡萄酒过来？"

"不，不用了，汤姆，把那些棋子拿开，坐到这边来，试着仔细听我说。你能理解别人说的话，对吗？"

"没错，大人，我有很强的理解力呢。"

"那么，要是我明天不让你上战场，你可以理解吗？"

"我想上战场！"他的语气很坚决。

"汤姆，所有的人都渴望战争，却又不明就里。如果我以国王的名义，赐予你不上战场的权利，你愿意遵从吗？"

"我愿意服从您的所有命令。"

"那好，你听着，我要讲一个故事给你听。我已经上了年纪，你还很小，汤姆，我盼着等你年长的时候，能把今晚我给你讲的故事讲给别人听。你懂我的意思吗？"

"大人，我想我懂。"

"从前，有一位叫亚瑟的国王，嗯，也就是我。在成为英格兰国王的时候，他发现，贵族与王室之间疯狂地相互征伐着。并且，他们经济宽裕，对战时身上穿的铠甲都非常昂贵，因此，没有谁能阻止他们的肆意妄为。由于他们以武力为行事标准，所以做了许多许多的坏事。现在，亚瑟王有了即便无法遏制武力，也要让武力代表正义的想法。孩子，你要谨记这一点。他觉得，如果在他的引领下，他麾下的贵族们都能锄强扶弱、为真理而战，那么，这种战争较之从前就要好上很多。所以，他把与他相识的所有真诚、善良的人都集合到了一起，赋予他们铠甲，让他们成为骑士，还向这些坐在圆桌旁的骑士灌输了他的理念。那段时间真是快乐啊，亚瑟王毫无保留地挚爱着属于他的圆桌，这种感情甚至超越了他对妻子的深情。多年来，就像他所希望的那样，他的一百五十位骑士四处游走、拯救少女、屠杀魔鬼、拯救囚徒、引导着正义。"

"大人，这个想法很好啊。"

"好不好，怕是只有上帝才能判定。"

"最后发生了什么？"故事好像要就此中断了，男孩忍不住开口询问。

"因为某些原因，事情脱离了正轨。圆桌分崩离析，苦斗连连，所有人都被杀死了。"

"不，不是这样的，"男孩信心满满地打断了国王的话，"国王会获得胜利的，我们会胜利的。"

亚瑟摇摇头，哂笑一声，现在，只有真相才是他想要听的。

"所有的人都死了，活下来的只有一个见习骑士。"国王又将刚才的话复述了一遍，"骑士，你懂我的意思吗？"

"大人？"

"这名骑士来自与华威毗邻的纽博雷维尔，名叫汤姆，是个少年。即使年迈的国王觉得这是一件极耻辱的事情，但还是在战争爆发之前，让他离开了。你瞧，国王希望有一个了解他伟大想法的人能活下去。他盼着小汤姆能在纽博雷维尔长大成人，能平平安安地在华威郡生活——国王还盼着，他能把这种想法说给每一个愿意聆听的人听，把他们两个都觉得很好的想法告诉他们。汤姆，为了让国王高兴起来，这些，你都能做到吗？"

男孩眸光纯净地望着他，一脸真诚："我愿意为亚瑟王效劳，无论做什么事都可以。"

"很好，勇敢的小鬼，现在，仔细听着，别将这些传奇人物弄混了。是我向你说出了我的想法，是我让你骑马奔赴华威郡，是我不让你带着你的弓出现在明天的战场上，你懂吗？"

"我懂，亚瑟王。"

"你愿不愿允诺，自此之后就格外珍惜自己的性命？你愿不愿意铭记，所有的想法都需要你这艘小船来承载，如果事有不协，你的生命存在与否就是决定希望存在与否的关键。"

"我愿意。"

"这样利用你的我好像特别自私。"

"大人，对您卑微的见习骑士而言，这是一种荣耀。"

"汤姆，在我看来，骑士就像是一根蜡烛，比如眼前这些。多年来，我一直随身携带着它，为它遮蔽风雨。它经常摇摆。现在，我把这些蜡烛给你——希望你不要让它们熄灭。"

"它会燃烧着，一直燃烧着。"

"好的，裹挟着光明的汤姆啊，你多大了？"

"马上就十三岁了。"

"那么，也许这些会耗费你半个多世纪的时间，整整六十多年啊。"

"国王，我会把它传下去，传给其他的英格兰人。"

"回到华威郡后，你要告诉他们：这根漂亮的蜡烛是属于他的。"

"我会的，我的伙伴。"

"那么，好吧，我的汤姆，带上最好的马，赶紧动身回华威吧。瞧，伙伴，那是不是氾鹬？"

"伙伴，蜡烛将永燃，我将回到后方的华威。"

"好的，汤姆，上帝会赐福给你。在走之前，记得把信给洛奇斯特主教送过去。"

男孩单膝跪地，吻了主人的手——他的外套崭新，上面烙印着属于马洛礼家族的纹章。

"我，英格兰之王。"他说。

亚瑟吻了吻他的肩，轻轻将他扶起。

"来自华威的爵士，汤姆。"他说——之后，男孩走了。

茶色的、富丽堂皇的帐篷变得格外空寂。狂风呼啸，烛光晃动，垂暮的老者在阅读桌边安坐，静静地等待主教到来。他的额头再次贴近纸页。燃烧的蜡烛摇曳若鬼火。灵犬注视着他的双眸仿佛两只满蕴野性的琥珀杯。此夜，莫桀的大炮没什么动静，他在等待晨曦的决战。现在，帐外炮火轰鸣，有炮弹落下，国王已不愿再做最后的努力，他败给了悲伤。甚至，当帐篷的垂帘被拜访者掀起的时候，羊皮纸上仍留着他脸上滑落而下的泪水，泪滴答滴答滑落，就像古钟在奏鸣。他偏过头去，不愿让来人看到这一幕，这是他能做到的最礼貌的举动了。垂帘落下，一个披着斗篷、戴着帽子的奇怪物体轻手轻脚地走了进来。

"梅林？"

但那里空无一人，他只是出现在了老年人的梦中。

"梅林？"

他再次陷入了无边的思绪中，但这一回，思绪却格外清晰，一如过往。他忆起了那位借动物来教导他的年迈的法师。他依稀记得，这个世界上，有各种各样的五十多种动物，人只是其一。人自然是动物，绝非矿物或植物，不是吗？梅林和他讲动物，讲那通过对其他数千个物种进行观察而学会某些方法的动物。他回忆起了那些对战争充满了狂热的、时时宣告主权的蚂蚁，回忆起了没有领域意识的野雁，回忆起了那节课上讲到的獾，回忆起了鹪鹩，回忆起了迁徙过程中见到的那座岛。那座岛上，没什么领域意识的海鸠、海鹦、三趾鸥和刀嘴海雀一直都相安无事，安安静静地过着自己的日子，传承着自己的文化。现在，就如看地图一样，他看到了那显而易见的问题。战争有一个特性十分奇妙，那就是，它源自虚无——是的，真真切切的虚无。国界线这东西，始终都只存在于想象之中。英格兰和苏格兰之间并没有切实的分界线，但福罗登之战、班诺本之战，却都因它而起。地理学，或者确切地说，政治地理学，才是真正的症结所在。不同的国家，不需要同一领袖，也不需要同一文明，就像海鹦与海鸠。只要贸易、通行、对外探索的自由能被保留，他们的文化就不会湮灭，因纽特人如此，霍屯督人也如此。国家依旧是国家，但传统的文化与律条被保留了下来。而地表那些只存在于想象中的线，只要不去想，自然就消失了。飞翔在空中的鸟儿从未在意过它。对鸱鹠而言，国界其实是一种极疯狂的事物，如果人也能飞翔，肯定也会这么想。

年迈的国王精神大振、神清气爽，已经做好了重新开始的准备。

这一天终究会到来——定然会到来——当他带着那张如同这个世界般毫无棱角、不设边界、能自由举行宴会的新的圆桌重回格美利的时候。要缔造一张这样的圆桌，只能以文化为倚靠。如果能说服国民读书习字，不再沉迷于性爱与温饱，便有可能让理性的光芒在他们身上绽放。

但是，此时此刻要重新向着另一个方向努力无疑太迟了。因为，这个时候，摆在他面前的唯有死亡，或者如某些人所言，被拘禁在亚法隆，等待一个更美好的时代降临。因为，这个时候，蓝斯洛注定要被削发，桂妮薇注定要戴上只有修女才会戴的头巾，莫桀更无法逃脱被杀的命运。融融的阳光下，碧波荡漾，个人只像滴水，渺小无闻，哪怕这滴水熠熠生光。

这个荒芜残败的清晨，炮声隆隆响起，英格兰的主宰者站起身来，怀揣着和平之心向未来走去。